一部关于长江南岸沙地的沉沦与崛起之作

长篇历史小说

《海韵风尘记》之一

呼啸的河流

（第2版）

丁竹鸣◎著

Huxiao de Heliu

二十世纪初叶，历史纷繁复杂，黑暗与光明同在，悲惨与希望并存。中国上下各阶层在这场两千年大变局中，是怎样认识、体验、拼搏、沉浮其中的？

四川大学出版社
SICHUAN UNIVERSITY PRESS

图书在版编目（CIP）数据

呼啸的河流 / 丁竹鸣 著 . -- 2 版 . -- 成都 : 四川
大学出版社，2024.3
ISBN 978-7-5690-6616-6

Ⅰ . ①呼… Ⅱ . ①丁… Ⅲ . ①长篇小说－中国－当代
Ⅳ . ① I247.5

中国国家版本馆 CIP 数据核字（2024）第 029628 号

书　　名：	呼啸的河流（第 2 版）
	Huxiao de Heliu（Di-er Ban）
著　　者：	丁竹鸣

选题策划：	王　军　罗永平
责任编辑：	罗永平
责任校对：	毛张琳
装帧设计：	阿　林
责任印制：	王　炜

出版发行：	四川大学出版社有限责任公司
	地址：成都市一环路南一段 24 号（610065）
	电话：（028）85408311（发行部）、85400276（总编室）
	电子邮箱：scupress@vip.163.com
	网址：https://press.scu.edu.cn
印前制作：	四川胜翔数码印务设计有限公司
印刷装订：	成都金龙印务有限责任公司

成品尺寸：	170 mm×240 mm
印　　张：	27.25
插　　页：	2
字　　数：	523 千字

版　　次：	2020 年 6 月 第 1 版
	2024 年 3 月 第 2 版
印　　次：	2024 年 3 月 第 1 次印刷
定　　价：	85.00 元

本社图书如有印装质量问题，请联系发行部调换

四川大学出版社
微信公众号

自　序

　　《海韵风尘记》为三部曲，主要描写长江南岸沙地的沉沦与崛起。第一部《呼啸的河流》说的是围垦。第二部《草莽英雄》说的是沙上抗日。第三部《潇潇雨歇》写了抗战胜利后，古镇微妙曲折的政治斗争和浓厚的地域风情。

　　二十世纪初叶，历史纷繁复杂，黑暗与光明同在，悲惨与希望并存。中国上下各阶层在这场两千年大变局中，是怎样认识、体验、拼搏、沉浮其中的？全书涉及了甲午战争、百日维新、洋务运动、辛亥首义、清朝灭亡、共和登场、二次革命、北伐战争、淞沪抗战等事件。如何化宏大叙事为小众叙事？作品化繁为简，沉重处浓墨重彩击鼓有声，情深时思绪萦绕轻轻带过。慈禧、光绪、李鸿章、翁同龢、袁世凯、张謇、吴长庆、张伯苓、张学良父子，这些影响中国历史进程的人物逐一登场，或电光一闪，或缠绕了半部作品。

　　第一部是一个国运带动下的围垦故事。

　　常阴沙位居长江南岸，原始的沙岛星罗棋布。三条夹江自西向东穿过，好大一片湿地风光！在地少人多的江南，为多少人觊觎。本书以张謇在南通的洋务运动牵头，带出了两岸的围垦故事。当时，国家已无安置大批灾民的能力，民众的生计主要靠民间投资的东部造地解决。

　　在小说的上半部分，绅士们违法筑坝断流，遭到张謇的严厉惩罚而失去了围垦权。在下半部分，形势又到了不得不围垦的地步。被剥夺了围垦权的地方势力当然只有拼死力争，因为这既是大笔投资的损失问题，也是地方围垦的正当需求。围垦中大小械斗屡屡发生，死伤者借机迫使张謇做出让步，用购买股票的形式得到了地方权益。在这个大背景下，迁徙成了每个失地沙民无奈的选择。迁徙潮中，各家遭遇殊异，欢乐与凄美的故事如片片浪花，冲击着沙人的行程。

　　列强环伺下的清朝灭亡，清楚地告诉人们，封建专制下的国家破灭不可避免。

这块肥沃的沙地，并未给民众带来多大的幸运，贫困化使陷入社会最底层的人们卖儿鬻女，沦为乞丐。丁赛福由茶馆小商人，变为赤贫之人就是个典型。商静山希望办厂兴业慈善救民，延续张謇的理想，也面临入不敷出的困境。而张乐泉仗着精明过人，建造了沙上第一镇，或许只是少数的成功典型。在二十世纪二三十年代的造镇运动中，他做得最完美。

此情此景的市井乡村，食不果腹者难度春荒。封建文化的糟粕：不可思议的缠足、排八字攀亲、开沙盘测运、熔锡块诊病、遗弃女婴等，一直贻害民众。太多的伤痛与无奈的小事件，构成了小说主体。细腻的生活场面、生动的人物性格，回放了二十世纪初沙地水灾频仍、悲剧相驱的图景，成为那个时代的缩影。

《呼啸的河流》一书，在人类与自然的搏斗中，以"命运"二字叩动读者。作品隐隐提出了：人的命运脱离不了自然的惠赐。自然与人的关系如此紧密地交织在一起。一次次主泓道折向，冲坍堤岸，毁灭田园，是老天对人类行为的惩罚。迁徙，是个必然的过程；命运，才是他们的出发点和落脚点。迷惘的人们，欠缺对自然的敬畏。在大自然面前，张謇始终是清醒的。他试图以公正与科学，来矫正人类的贪婪，却不料把自己搭了进去。

张乐泉、商静山、丁赛福，原本就读于沙上第一镇——毛竹镇私塾。地主张乐泉，一个普通农民出身的孤儿，在围垦造地中彻悟了教育与商业是社会发展的左膀右臂。工业家、慈善家商静山，两次卖身为奴，有着谨慎、劳苦、悲惨的童年。凄凉的身世迫使他努力学习，最终成为能干的水利工程师。如何与张謇龃龉，又一下子变为张氏实业救国的后继人？感慨万端的他，最终推出了慈善这一社会弥补行为。而贫农丁赛福，由一个小茶馆破产者坠入社会底层，因连生了五个女儿被人轻鄙，遭遇一次次生离死别。

国破山河在，城春草木深。

这样一个时代，矛盾与冲突不可避免。既有湘军回家，也有太平军起义。既有长江里兵舰炮轰，也有北伐军呼啸北上。既有械斗、吸毒、缠足和抢亲，也有山歌会、车水排洪、城市男女自由恋爱。既有地主救了共产党员、卐字会收养弃婴、奇女子洁身自好，也有田园风光、秀才隐居仿效姜尚钓鱼。既有宏伟的长江大潮一叶小舟去看鲸鱼卧滩，也有热闹庙会绣女摆摊，豪赌一掷千金。既有苏州府末场紧张的科举，也有南通州的阴险地霸陷害书生……

几乎每章都有吸引读者的魅力。等级森严的社会生活，隐藏在各个情节背后。祖辈坎坷艰难的人生，充满了成长的挫折与奋斗。强烈的社会变化，促使乡村绅士觉悟到教育的重要性，乡镇学校应运而生。一百多个小故事，演绎了世界的广阔、因果的不悖。现实足证：在人生的颠扑中，敢于踏进生命栈道，才能够站到社会正中，呼号着人生的积极意义。沙人的爽朗、彪悍、智慧，是从一次次大迁徙中历练出来的。他们的性格在迁徙中表露尽致。沙地文化带有江海文化的豪爽粗犷，即源于此。

小说道出了人生期盼的好运，虽是一道彩虹，却是精神生命的需要。主角——毛竹镇张乐泉、商静山、丁赛福三个同学，在命运的鞭挞下，结局如此不同。丁赛福喜剧性格中蕴含的悲剧色彩，令人感叹。商静山自幼削发入佛门养成的神性，几乎伴随了他奇事迭出的一生。张乐泉有如大西北石头一般坚硬的性格，却以异常的敏感捕捉到一个个良机。奇妙的是，他们之间又会有偶尔的交叉。张乐泉、商静山在垦殖公司合作二十年，丁赛福也住进了张乐泉建造的小镇，但三人到全书结束，并未在原点会见。年少时的场景无法再现。

千岛之国的常阴沙北部，曾长时期为南通行政地，由此直接牵出张謇的变革、围垦、办工业、教育和慈善等，影响遍及大江南北。张謇从百日维新的一团乱麻中，转而投入实业救国。在小说的上半部分中他去世了，而下半部分仍是没有张謇的张謇进行曲。历史的车轮暗示着二十世纪初的这股社会改革思潮，是必然出现的。

　　小说在自然、历史与人性的勾勒上做了些探索，拓展了故事的广度和深度。萨特说过：凡存在的就是合理的。直至完稿，笔者认识到这一切的发生和延续，都仿佛是一股必然和偶然交叉的长江潮流。沙地是个什么地方？读者慢慢看下去必有惊喜。

目 录

第一章　独孤生汗洒风尘
双城记梦入奇景

　　爷爷从十寸的镜框里复活了。他笑吟吟地从里面走出来，站在抽台下的地板上。抽台两边是一床一柜的对面主卧，隔壁是带有床柜的侧卧。床柜下的小银柜和压在上面的一只破木箱，加上一个奶奶出嫁时的红漆剥落的老式高橱，就是我家全部的家当了。

　　自从蒋仲尧先生来到姑婆家的御龙客栈，就在本镇第一次使用三脚立式照相机，为我家拍了三张有历史意义的照片。一张就是我爷爷的标准像。六十岁左右，长方脸，双目精神，鼻子丰隆，明显属于乡村中好看男子的面貌。一张是父亲与他的朋友的室内布景照。那时两个小男人还年轻，外表端庄凝重，不苟言笑，看起来有点滑稽。还有一张是母亲三姊妹的合影。母亲左手边是矮小但精神、梳了妇人发髻的三姨，右手边是长发垂肩、露出精致的鹅蛋脸的小姨。中间的母亲显得比她们高了些，方脸阔额，神情忧郁。她因七岁的儿子硬要参与，呵斥他而产生的不快心情还未散去，闪光灯已经记下了这有趣的一刻。

　　照片中，人后面的布景无非是千篇一律的花园、亭子、树木等。从我大哥的出生年月推算，那是蒋先生1937年的杰作。彼时他刚来小镇，寓居在御龙客栈，以照相谋生，养活他的太太和九岁的独生女儿。从照片中这一刻的人物表情，反映出沙上还未沦陷，小镇依然繁忙而兴旺。镇民们有闲情逸致，享受生活停下来的快乐一刻。

　　爷爷和他的女儿、女婿、孙子住在一起，他们已经过上了吃穿不愁的幸福生活。

　　那时候，一年到头能吃饱肚子就叫幸福了。爷爷的脸部峻毅而内心欢快，常常让孙子骑在他高大的肩头上，在二里长街溜达。这街现在虽叫了别的名称，但爷爷分明觉得这就是少年时代的毛竹镇。鳞次栉比的房屋，亲切友善的邻居，仿佛当年沙上第一镇的模样。灰瓦廊檐自高而矮地呈直线状远去，几百根森立的木柱威武而幽深，留下小镇顶部的一片天空，呈由宽而窄的流线状，均匀远去。

长街由南而北延伸至目光所不及，添加了慕名而来的徽商、澄商等新户。从毛竹镇迁来的人中，有爷爷的少年同伴、比他小几岁的黄随之。黄家恰好在理发店对门，开了家永福泰酒店。还有好几家，如集美、蒋川福、范舒泰、黄桷轩、董高昇等百年老店，也是从毛竹镇迁入的。令人奇怪的是，这常阴沙东部新镇大杨树，旧日的乡邻各干各的，仿佛互不认识、从不相干一般。小孩子想象出来的其实是一种理想的世界。外人永远是外人，彼此之间毫无牵连。人们各吃各饭由来已久，何况一次大迁徙后被打乱的人群？

恩怨情仇一刀斩断。原有秩序无须复位，已重新开始。

镇名是沙上人喊出来的。镇南有条北夹河，河北有一株三抱粗的细叶杨矗立天空，几里路外都能望见。四乡的赶集农民，便称热闹的新镇为大杨树。习惯按特征定名也好，后来的卵子沙（两粒椭圆形小沙）小镇，因从几间红砖房开始，就被称为红房子。

民国五年（1916），江阴人商静山在百二十里北夹河西端筑坝，阻断长江潮水流进。蕉沙东部地区才从江底猛地涨了上来，后由毛竹镇人张乐泉出资围垦，建造了大杨树镇。父亲在张家为首厨，东家张先生像战国时代的孟尝君，养了许多闲客。客人午饭后抓那种分为"同、并、喜"的纸牌。中国长条形旧纸牌，有一二三四五六七八九序号，顶端画着不同人物的脸型。牌上人物仅指尖大小，有各种各样的滑稽脸谱。双目圆睁状的叫"同"，微开的叫"喜"，两眼合闭的叫"并"，这在一个孩子的想象中形象合理。

尤其那张戴顶瓜皮帽、脸圆目睁的六同，很像南隔壁"卢福泰"老板卢瘌子。还有个神秘的女赌客"九饼麻子"，与牌九上的脸型很像，因此牌友赐予她这个昵称。她住在不远的长沙，后来嫁给一个河南游兵。在热闹的场合，这女人平凡而有名，有名源于她知道沙上兵家相争的秘密。一些玩家的行动计策，在牌桌上流入圈子，会有"九饼麻子"来客串。重要的是，把她想象成"九饼麻子"的牌容，似乎有些低估，但与她的实际地位暗暗相符。

沙地赌博大小，分为闷湖、清湖、春湖、飘湖，就像玩围棋的段数。牌在四人之间传递，就像小船载了客人结伴游湖。这种出手抓牌、剔牌，即称"游湖"。而能使赌徒们玩得紧张而又飘忽、飘然不知所向的最高档的牌局，要数飘湖了。最小输赢的是普通百姓的长条纸牌，几个铜板来去，一般民众都是玩得起的。庄园的客人天天爆满，都是镇上的商号老板或其外地朋友。他们喜欢"游湖"的悠闲有趣，上得乡村台面。

张家仓房的大庄园，在东镇河以东三百米的圩塘中。正方形的四汀宅沟，东北、西南角有两座岗楼，能眺望远近二里动静。东家张先生沉稳，气量大，待人厚道，颇得众服。大宅子里秩序井然，仆人们各自忙碌。记得五六岁时我进过一次张宅，是去给主人看相、要收为养子的。但我母亲死活不肯。父亲又要把我过继给丁二泉堂舅，我母亲也不愿意。现在回想，真要感谢我的母亲。想不到她在遥远的四十年代，就有了预感，是她决定了我后来的命运，还能读那么多书，考上了大学。

从床上醒来的我久久注目，觉得爷爷的相片动了，眼睛闪了，嘴巴张了。爷爷从镜框内躬身出来，这是一扇历史之门。在一生四次的迁徙中，孤独傲岸的他，外表谦卑快乐而内心坚强。读过私塾的他，被我赋予"独孤生"的玩侠名号，他的汗水洒落在沙上劳累的风尘之中。绰号为"丁长子"的独轮车夫，平常走路很快，又是个挑泥高手。一担泥块轻轻抓绳络子一甩，准确入叠梯层围岸的角落，好让后来者的泥块再叠上去。挑来的泥方，垒成慢慢高起来的皇岸，阻挡着长江的潮水侵吞。皇岸本该由国家出资，但实际是围垦人出资请泥工垒起来的。可见清末时期财政之局促。

夏季的早晨，市声喧嚣，穿过天井传到后落屋。

我坐在床上，赤身裸体，爷爷摸了摸我的小鸡鸡，笑了。他有五个女儿，现在又有了四个孙子，偷着乐！他一把将我抱了起来，像过去抱我的哥哥们一样，跨在他高大的颈项上。他走过一个青砖天井——门店后理发师泼水的地方，跨出玻璃店门，上了大街。他边走边哼哼唱唱，用手指了指"天生"茶馆，对我说，我们家也有茶馆呢！他断断续续地讲祖爷爷的故事，被我记住了七十年。

这一切若梦若神。毛竹镇旧家的摆设：戏屏、抽台、大床、粮柜。临街的双开间店门，有小楼梯上卧室。楼下南间是用砻糠烧水的老虎灶。北间是擦得发亮的六张榉树茶桌。茶室四壁的空格橱柜中，摆满了各式茶壶与茶杯。祖爷爷从远方带来的湖南山石，摆设在橱柜中间，显得主人雅致而稳重，寄托了他的"田园将芜胡不归"的乡情。

爷爷告诉我：那时我家的店号叫丁福轩，比天生茶馆气派多了。

天生茶馆往前，南首集美南货店，两开间门面南柜北堂。爷爷记得那柜子的颜色，还是那毛竹镇红漆剥落的样子。三尺半高柜台把小孩拦在柜下，大人付钱取货。此刻，集美老板王元定，摇着他的胖下颌，捋一把蓬松稀疏的胡子。他的下颌和左手不停地摇晃。我好奇他吃饭的时候，怎么能用颤抖的手把碗里的饭菜夹起来呢？

走到镇中黄桷轩茶馆赌场了。爷爷使劲在我的胯下努了努嘴。虽看不见，我能感觉他面部肌肉的微动。爷爷悄悄地说："那家是我们丁福轩在毛竹镇的劲敌。"正宗的湖南太爷丁耀湘曾与那家大吵了一架的。我不知道同行为什么吵架，但是爷爷说："那老板齐小炮是狠角色。"我见过齐小炮，五短身材一脸横肉。他穿黑色的短衫，敞开那满是黑毛的胸脯，样子很凶恶。

再过去就是范舒泰的面食铺了。门前有一张长方台子，堆放着刚出笼的馒头。廊棚底下还有一个贴烧饼的缸炉。那高高胖胖的范老头，正从生了炭火的炉膛里，用赤裸的手臂取出一张张烘好的、香喷喷的缸爿饼。爷爷给了铜板，范老头笑嘻嘻地说："要甜的还是咸的？"我说要甜的。爷爷就挑了一张缸爿饼，递给了他肩上的我。

夏季的街上分外闹忙。这走走停停，看到了街边一群大人小孩，围住了一个北方人的蝈蝈担子。爷爷给我挑着，看中一对竹篾笼中的大眼睛翠青蝈蝈。那蝈蝈还在不停地叽叽叫，可把我喜欢得不得了。回家后，我把它吊在家里窗口上，它也一样叽叽地叫着，一个小孩的恍惚时间，被吃烧饼、蝈蝈叫声的慢叫快叫的节奏和迷糊欲睡的状态瓜分了。

爷爷和我一直走出北街，就是那座关帝庙兼城隍庙了。进庙门，天井有两棵高耸的雌雄银杏。关帝的神龛帷幕褰开。那关老爷红脸美髯，右边是他的义子，那个战死沙场的关平，好一副白皙可爱的公子相。可怕的是左边的周仓，睁着一对铜铃眼怪吓人的。传说关老爷深夜审犯的时候，还能听到坏人被拷打、喊出凄厉的叫声。那匹赤兔马，夜间会无缘无故咔咔地长啸。伴着铜铃一阵阵激荡声，关老爷又要出征了。这恐怖的景象被庙祝小道士郝凤仙宣传，就有很多人相信。小小关帝庙，香火旺盛，信众多多。

正要返回南街自家"东乐"理发店的时候，我忽然清醒了：原来我独自躺在床上。

和爷爷同游大杨树？那只是母亲常讲的一个故事——爷爷留下的一个梦。也许在我出生后，他还没来得及抱过我，但我和他已有那种精神上的亲近感。梦境中的故事，被现实中缺少爷爷的我，当作曾经发生过的事了。母亲讲这些事情是认真的，她对爷爷和奶奶的逝去不无悲凉。

呵，这深深激起我对从未一见的爷爷奶奶的爱——这才是故事的源头。

现在，那张雕花木板旧床，剩下我一个人躺在上面。家人们不知道去哪儿了，后院一片静悄悄。爷爷的瓜皮帽半身像镜框，还挂在那抽台上方的墙上。这个仅两间房的屋子，平时可以容纳一家六口人安身。在前屋的南角，还安放了一台奶奶遗传下来的手操脚踏、经纬纱线、上下密状的木头织布机。

我记得，从后门去镇河，有三十米距离。那是我心灵逃走的路径。母亲一直用"东镇河里有落水鬼，要拖小孩下水"吓唬我。当我偶尔去河畔，想到那红眉毛绿眼睛、浑身长满湿漉漉的青苔皮的落水鬼，就会慌忙地摆动小脚，逃回家迅速关上门，还要把门闩插紧，觉得落水鬼进不来了才安心。

梦中的爷爷开心地在店里坐着，看着街面来往穿梭的乡下人、生意人、赌徒和背长枪的自卫队。他双臂垂膝，人高马大，有古人的贵相，偏是个底层贫民。街上并无多少人与他招呼，而他的善意写在脸上。行走时，他会对这些旧邻打招呼，喊声："嗨，吃了吗？"这使我感到奇怪：毛竹镇人猫吃猫饭，狗吃狗饭，互不相干了吗？隐形的身份线划在当街而过的市民中。新镇的每家每户都用竹篱笆隔开，鸡犬之声相闻却老死不相往来。爷爷记得的东家张先生，还在私塾一起念过书哩。现在他手持拐杖，身穿白熟罗对襟纽扣长衫。这与爷爷的链条布土色长袖衫，有质地气派的不同。

照片上爷爷的漠然，是对世事的迷惘？老乡邻、老同学走不到一道了？好在爷爷对一切都不在乎，他只喜欢唱山歌。

去大杨树了吗？爷爷时代，北沙岛和中沙岛之间，自西而东，有一条百二十里长、数里宽的长江支流。北夹河里风浪滚滚，过了刘海沙、蕉沙之间的海峡，才到大杨树。大佬们为争抢海里冒出的新沙滩，常用船摆渡来往。很多故事发生在由南而北、或由北而南，流进北夹河的"头"——渡口。

十二岁的爷爷来过这里，一眼望见那棵硕大的杨树。大杨树东边是黄茫茫的一片海，南边是汩汩东流的北夹河海口。沙滩上绿油油的关丝草随风摇摆，看见搁浅的鲸鱼，他弟弟被吓哭了，大四岁的爷爷知道：那是龙困沙滩，就像"丁福轩"做了破产的贫农。大杨树镇垒起了三层岗楼。从南岗楼上可俯视我家的黄案田。黄案的庄稼芳香，塑造了我的性格，是个喜欢田野自由的坏子，而西岗楼瞭望着十二圩港耕余庄，那个村庄才是集悲喜于一身的——爷爷的乡愁。

爷爷的双眼里留有无忧无虑的少年时代。在摸爬滚打的迁徙中，饱尝难养一家老小的窘迫。这段曲折的经历，有太多被他忽略，成了消逝的悲哀。也许世事都没有明确的信念，浮游远去。遗忘总有些好处，而不了之情会缠绕终身，莫衷一是。

跨过百二十里路，直到第四次迁徙，爷爷迎来一次小翻身。毛竹镇和大杨树，就是爷爷的"双城记"。他不是骑鹅旅行，而是肩负一家七口的生活。挑泥和种地是压在爷爷两肩的沉重负荷，淹没在大海里的故乡，漠然不知去向。

第二章 东海围鲸鱼困沙滩
西沙头船童游夹江

一群西沙毛竹镇少年，乘船前往江头海尾的蕉沙看鲸鱼。去时浪涛平静，回时突遇一场暴风雨。少年们经历了难得的风雨浪潮的考验，似乎预示了他们的人生。在大风大浪中前进，或许是沙上男儿逃脱不了的命运。

光绪二十年（1894）夏，农历八月十八日午时，中日在黄海爆发甲午海战。仅仅一个月前，农历七月二十一日处暑，蕉沙风雨大作，水漫江堤。长长的海滩上伸手不见五指，少数沙上农民躲进草屋内过夜。次日天明潮平雨歇，天空尚有漫天跑纱云奔走。有割草人去草滩，看到白水滩上一条六米高、十五米长的怪鱼平卧于海堤之外。它像一条大沙船扯足了篷，从这边看不到那边。一时间消息不胫而走，传到了北岛的横墩沙、关丝沙、刘海沙、登瀛沙、蕉沙和中岛的盘蓝沙、东盈沙、东兴沙。四乡之人奔走相告，去看这条见首不见尾的神龙，甚至引得江阴、常熟两县县官也由衙役鸣锣开道，前来蕉沙东南角采风观奇。

那次上街，我在爷爷的颈项坐得很稳，听他边走边讲童年的故事。说话间，他似乎亲眼看到了那条巨大的鲸鱼，爷爷说那一年他们是乘船去蕉沙的。

船是毛竹镇郑老板请的，他包船把儿子志先与书童商静山，派去看鲸鱼究竟有何不同，顺道去看两岸的沙滩涨得怎样了。光绪十年到十四年，郑端甫先拔头筹，在刘海沙北片围垦了圩塘两千多亩。他花两吊钱叫了船夫倪老大，在五圩港码头搭客。商静山喜欢人多气盛，加之与几个同窗素来要好，便借机请一次客，他分别叫上张乐泉、张鸿业、顾家九进少爷、丁赛福及其弟弟丁顺兴、黄随之等一起上船。

早上天气甚好，七月天有点热。少年们都戴上竹笠，穿了不同的夏季衣衫，拖着一条纯黑的辫子。看见少年们甩着小胳膊，嘻嘻哈哈来上船，倪老大高兴，忙说："众位少爷在平矶板上坐吧，我一会儿拔篷开航。"

客人上船后沙船如箭离弦，驶离五圩港青草岸，进入漫长的北夹河。少年们被眼前从未见过的阔大水面震惊了，觉得随浪而逐的船是那样狭小，却成了船客的唯一依靠。船已被一阵阵波澜包围，只能听天由命。目不暇接的丁赛福等人，悚悸着一颗忐忑不安的心，大家都觉得把自己交给黑脸的舵手了！而七月的江面很少这样的小风天。木船开航，夹江的波浪似乎温润有余，小人儿们被围逼的心情很快就变愉悦了。

洒在波涛中的阳光刺得人睁不开眼。商静山吩咐在舱板对开坐下。少年们用竹笠遮住脸，只听见倪老大操舵发出的"盎格鲁、盎格鲁"的声音和哗哗的水路分开声。风把那灰白色的老帆吹得竖、侧、横、鼓地变化，船倾斜出不同的角度，取得最快航速。

码头的望乡亭被小船抛到后头了。这是宋朝的船出江入海、告别乡人的亭子。一千多年了，古沙族远从西北长安而来，沿袭了唐人送别的情调。支流与长江连着，一涨一落的潮汐如同一个巨人的呼吸牵动了全身。夹江中心水阔浪大，与北海没什么两样。周围涌现一些队伍，敲击船舷发出咚咚不绝的撞击音。

丁赛福看着志先少爷与静山小厮。郑志先是白熟罗长袖衫，灰纺绸宽脚裤。竹笠下他的长脸略显幼稚，两只眼睛忽闪忽闪的好精明。而商静山脱下竹笠则是光头闪亮，一领黑纺绸短袖衫，也是灰色宽脚裤。他的眼睛黑如点漆，星光灿灿。虽然脸色黑，耳朵却长垂，不失小佛爷的气质。那张乐泉则是一身白纺绸长袖打扮，大脸大眼浓眉毛，虎虎有生气。他的叔伯哥哥张鸿业比他高半头，也是一身白绸长衫，长脸俊俏，两眼细眯含喜，嘴巴上隐隐有些黑毛了。丁赛福兄弟一高一矮，穿着普通土布短衫长裤。不过丁赛福高大，脸色嫩白鼻子丰隆，眉毛清秀，双目炯炯有神。倪老大想：这位小哥有大人样了。他的弟弟丁顺兴圆脸塌鼻子，不及哥哥漂亮。酒店的黄随之也有特色，穿一身黑绸衣裤，双目圆睁眉毛上扬，额头高也不俗气。

大家都坐下后，商静山便笑着对众人说："天天念书，今天终于可以出来看看海里景致。老板同意了，让你们一道乘船，去那百把里路的蕉沙看鲸鱼。"

丁赛福抢先说："哈哈，那感谢静山哥哥了。"

那张鸿业也说："太好啦！我被爹爹关在书斋里，几年没外出看风景了。"

张乐泉不多言语，呵呵笑了两声说："谢了静山哥。"

黄随之呵呵地笑道："静山哥带来的那位不常见，叫啥名啊？"

商静山把牢小主人志先的肩头，笑着介绍："这是我常说的志先少爷。在江阴城家里念书呢。"郑志先见了这些大哥哥们不好意思，喊道："哥哥们，改日到江阴城里玩吧！"

不航内河的沙船，吃水深起码几千上万斤。一般是单桅船，也有双桅船，甚至还有三桅船。单桅船宽可五米、长约十五米，双桅杆船宽十多米、长约二十多米。最大的三桅船宽二三十米、长约五六十米。明朝的郑和从太仓港起航周游南洋，就用了几百只三桅船。船篷支撑起来也有十米高，真够皇家气派的。

沙船用上等木材拼装后，要用麻丝桐油石灰嵌缝，几遍油漆几番晾干。倪老大的旧船刚刚上坞整修，也用了不少桐油石灰。

少年们一上船就闻见浓浓的桐油气息，纷纷说："油漆冲人呢。"

单桅船航行中。听得见天上的风，把篷鼓动得呼呼声响。船夫一把拉起厚重的布帆升到头，船斜着方向往东而行了。

倪老大嘻笑着说："你看你看，运气咋这么好呢？你要去蕉沙老天便行西北风，这大夏天还真少有！"

少年们也暗喜，心想：可以早些看到鲸鱼啥模样了。

沙船在倪老大的扳艄下，稳稳地航在北夹江中。太阳刚从东边的江面升起，小北风吹着，扬起滔滔波浪。船四周江水黄黄的，有些浑浊，波峰浪谷中有三两头江豚，一冒一冒地往上江逆游。少年们横坐在两边船舷的平矶板上。阳光从东斜照过来，穿透了江面的轻雾，在脸上晒出些红晕。他们的额头沁出些微汗珠。

商静山今天俨然是个小大人，对大家说："全体躺下，把竹笠盖脸上歇憩吧，拿汗巾擦擦。"

于是少年们呈"一"字躺在平矶板上。郑志先拿出一块蓝绸方手巾，往脸蛋上擦了几下，盖一串珠带竹笠。商静山的是白绸手巾，他擦了擦那光亮的额角，也盖串珠带竹笠。张家兄弟和九进少爷的是粉红手巾，他们也只顾擦自家那黑黑的脸蛋，盖上那蓝玉带竹笠。丁赛福兄弟和随之只有白布手巾，擦过后就放入短衫口袋里，盖上竹笠。

丁赛福说："我渡过北夹河去江阴卖过几次大蟹的，都是毛竹镇河里摸到的！"

那张鸿业也说："张家仓房四汀宅沟蟹也不少，我和乐泉过午去捉的。大人们追在屁股后边骂，我硬是不听。等到大蟹煮得红喷喷的端上台子，大人们也笑得没啥说了。"

商静山知道，他们都是独生子，怕淹死是当真咯。那郑端甫老爷平常是不让儿子去捉螃蟹的。

船航行在北夹河中，两边岸界越来越阔，几乎看不到圩内人家了。只见芦苇丛里一片绿色，在风中向东弯腰。那浪头一逐一逐的，打在船舷上发出咚咚的声响，好像到了大海中。倪老大是江北海门人士，随顾七斤南迁两代了。航一条沙船行走三夹四地，生意颇为兴旺。

突然他改变话题说："沙上人和江南人一看便知。沙人彪悍，江南人矮小。一开口那沙上乡音四处八路都有。中岛的老沙话、北岛的崇明话、南岛的老沙夹江阴调，都是移民。"

接着又说："毛竹镇号称五百店家六行俱全，九流三教人丁不少，有三千百姓。说起来咸丰爷年间，江阴沙棍与南通绿营兵还打了一架。皇帝才定下西归澄派，东由通州。顾老爷开埠摆平，各帮势力才安泰下来。"

少年们听得津津有味。张乐泉忽然冒出了"脚踏平矾，三分贼气"这种对船夫带有贬称的念头。他想的是：这个倪老大航船多年，肯定狡猾。

此刻，风浪不大。倪老大稳把舵，在宽阔的北夹河中往东驶去。船尾激起一股很深的水峰，挤开了哗哗的水浪。众少年都觉得新鲜又好玩。北边远去了的横墩沙，那一条带子般的青青芦苇被一绺白雾笼罩。而南岸的盘篮沙清晰一点。芦苇滩外有长长的关丝草。戴凉帽背褡的农夫在割草，一群白色山羊在低头啃草。看不见炊烟，农户的草屋应该是被皇岸遮住了。

只有倪老大指点两岸景物。看竹笠掩盖下的小子斯文得很，与农民毕竟不一样。他暗自喜欢上他们，好没来头地暗想：要是我六个女儿能嫁给其中一位，下半辈子也就吃穿不愁了吧！

有风助并不费力，船航平衡轻盈，倪老大有兴趣闲说水路。他说："我们现在在北夹中流，潮水浪头与海里一样大。两岸除了江滩还是江滩。"

俯瞰大江环境，自北而南的岛群被北海包围了。从船上望去，黄黄的水浪传来咯嗵咯嗵声！看不尽的浪潮，犹如许多小山峰不断变形。只有两条绿色岸线，细如游丝向东一直延伸。清风习习，船客们并不觉得热。

商静山说："郑老爷说的，北边是刘海沙，南边是盘篮沙。刘海沙西边是横墩沙，隔十一圩港东是关丝沙，再隔十三圩港是蕉沙。有三条大港淌进夹河里。"

郑志先说："北岛西头是顾家的。同治年间，我们郑记公司在东头插进来。"

顾九进说："过了横墩沙，还在顾家地盘！老爷要建小南通哩！"

张乐泉呵呵笑着表示赞同，丁赛福和随之漠然。茶馆与酒家，从不牵涉围垦的。少爷们夸口，没伊人的份。

丁赛福说："看！横墩沙过完了。"

少年们拿开竹笠，坐了起来。

倪老大说："看见北边分开了岸线，有个豁口亮亮的吗？这就是同治十一年（1872）开挖的十一圩港。亮口东边就是关丝沙了。"大家往南岸一看，南岸盘篮沙的绿色还没消失，原来东西错落的河港，不是直对口岸。

那刚走过的关丝沙，因为长满关丝草得名，为磨坊割草的好地方。

倪老大说："进滩割草要向青帮头目纳草金的。割草一天上税十个铜板。如果有十家来割草，就可收入一百多铜板。他要上交缉私营一大半，自己也落下不多。"

缉私营的厉害在于，不但私盐贩子要买账，畜牧草户也不得不顺服。刘海沙缉私营，就建在毛竹镇港口。丁赛福的爹也曾是营中的什夫长呢。少年们七嘴八舌地问着，扳着手指头数着长江上的船户人头，航帮、渔帮都要交税。

倪老大说："普天之下，莫非王土，率土之滨，莫非王臣啊，谁敢不服？再说，就凭你们毛竹镇几家也亏不了啊。顾家、郑家是财主，丁家、黄家也是小康之家哩！"

太阳顶头，大家肚子有点饿了，纷纷从食盒里取出点心。顾九进与张乐泉等分享着十多个肉包子，用荷叶包着，香味儿扑鼻而来。张乐泉拿几个给倪老大，放在瓷盆内。

顾九进与大家客气道："要不大家来一个？"

商静山道："我也带了二十多个糯米团子，芝麻白糖馅的，你们尝尝吧？"随后也拿了几个团子给倪老大。

丁赛福摇摇头说："我们都带的赤豆米粽。"

黄随之带的是芝麻拖炉饼，也拿给倪老大。船上有一绿瓷罐盛满了生姜开水，大家边吃边舀水喝。他们把瓷盆的食物端到篷荫里，让江风吹吹。倪老大却说道，你们慢慢吃，我早上吃饱一天不饿的。他手里紧握那支舵柄，咯吱咯吱地不可放下。

少年们忽生怜悯之心——世上三样苦：航船、打铁、磨豆腐。

风越来越大，幸好是偏南风，不是危险的转转风。但船已倾斜至十五度，低处时有浪花卷进来，溅到身上。有人已耐不了颠簸，丁赛福也觉得有些恶心。倪老大叫他们抓住船板不要动，减少阻力。刹那间风更大了，帆几乎要被掀走。

倪老大说："快落篷！快！你们上来卸下那篷！"

商静山人小，这时却第一个站起身来，他叫上长得高的丁赛福，两人克服恶心呕吐的难受，脚下趔趄围牢那支挺立的桅杆。按照倪老大吩咐，解开了麻绳把帆一把把落下，牢系在桅樯上。其余顾九进和郑志先，张鸿业和黄随之、丁顺兴五人，只觉头随风中的帆摇晃。眼看着天上的云奔腾，心跟着江里的潮一起旋转。在江面的狂风中，拉住一根绳也要付出双倍的努力。好在丁赛福力气大，让商静山抓住桅杆系牢一卷帆篷。

船童们觉得快要被风刮进江中了，卸帆后的船被潮水推动前进。这一路行来，人在船上心在江中。未经波浪的小倌，一直保持着高度的警惕，害怕它再次发威！

而舵手倪老大却一点也不慌。他睁着一双铜铃眼，眉毛又黑又浓，左右手稳持船舵，船顺着激流奔向远方。他有惊涛骇浪中眼观八方的精明，那双千锤百炼的粗糙大手功夫不凡。从他的眼神中，少年们看到了平凡的坚定，也暗暗吃惊。

这股突然而来的横江风有小半阵，江面又行西南风。倪老大遂让丁赛福和静山解开麻绳把帆篷一卷一卷地放开，扯到原来高度，船又侧十五度向东航行，那水道忽左忽右使沙船曲线前进，离岸线远有几里，航路是倪老大熟悉的水道。出海的倪老大把海风玩来玩去，船客是不易觉察的。

张乐泉抓抓脑门想：他足可指挥一连绿营兵吧。

又过了一个时辰，众少年望见南岸又见一白亮豁口。随之问："这是哪条港啊？"

丁赛福也高兴，似乎回到了陆地。他问倪老大："这港通往哪里的？"

倪老大说："那是盘篮沙、东兴沙的分界港——民丰港。南岸过去就是东兴沙了，东兴沙上有个西岗镇，蛮大的，有天主教堂的呢。"

少年们不懂天主教为何样的，毛竹镇只有城隍庙关帝老爷。九进少爷的姑姑是西岗镇的教徒，曾来毛竹镇顾宅宣传上帝的，但沙人逢年过节习惯去关帝庙上香。

说话间，北岸又亮出了个豁口。倪老大说："过了关丝沙，前面就是西街港口了。再往东就是蕉沙了。"他手搭凉棚朝天看了一下，小声说："日头过午，快到了！"

众人见蕉沙快到，纷纷猜测鲸鱼是啥样子的。

张鸿业抢先说："我看有洗脚盆大？"

丁赛福说："不止的，听我爹爹说鲸鱼是海里最大的鱼。北海里的鲸鱼喷水柱都一丈高呢！"

黄随之说："我吃到的最大的鱼是大青鱼，有一叉杆长。"

顾九进说："差不多，年年佃户送年货大鱼，劈几段才放得进铁锅红烧呢。"

郑志先说："长江鲥鱼也有大如扁担的，我看过一次拖网船夫，拿到江阴城鱼摊上，要卖半两银子哩。"

商静山说："就江里的鱼，香山寺放生的最大也就扁担长吧。"

至于那刀鱼、河豚，与鲥鱼并称"长江三鲜"，要上交县老爷做贡品，孝敬当今老佛爷的。不过施主送来的海鱼，都让沙弥扛到山下，丢入北海放生了。

商静山少年时代在香山寺做小沙弥，众人皆知。后来被郑老爷以五十两银子买做书童。师傅云淼是日本留学生。早年与保皇派政见不合，在日本受双面夹击，只有回到香山寺出家。深、省、自、静四沙弥，靠了个"山"字，不过是云淼胸中抱憾之意。商静山聪颖，留在身边掌管翰墨。后来商静山要走，他虽百般不愿，碍于郑老爷这大施主，只得让了。

郑老爷让商静山在私塾再读几年，助力志先少爷去东部开围。正因商静山与众不同，得以在私塾中与众童做了好友。

倪老大唠叨说："鱼在江里游，上、中、下深浅不一。捕捞也就得用拖网、插网、撒网……"众人却盼着早点上蕉沙看大鲸鱼。

航行了半天，大家才看到似近似远的一处小岛逐渐露出青色，那太阳已经歪到南天去了。

远处，一种神秘感冒上心头，船顶天空中忽然有一群大雁呱、呱、呱地鸣叫着。它们似乎很焦灼地飞往南天。张乐泉和鸿业数了一下，刚好十三只。这大雁经常可以在江边看到，春天往北，秋天就开始南归了，来不及回去的就在十三沙的芦苇滩里休憩过冬。每天夜里，双飞双宿的大雁睡觉，孤雁则负责守护雁群。

张乐泉手指着雁群说："连小小雁儿都通人性的哦。"

张鸿业看着看着，念出了："关关雎鸠，在河之洲，窈窕淑女，君子好逑。"

这长江的鸟类多得无数，特别有名的是青庄和白票，学名叫灰鹭鸶和白鹭鸶。乌鸦、喜鹊、老鸹都在田野上空飞，寻找各类虫子觅食。那野雉喜在麦地里做窝生蛋。苦鸦立在水田埂上，一声咣——笃，叫得很凄凉。

…………

不经意间，倪老大喊："到了！"

一声大叫引得少年们都朝北岸望去，这是他们的目标蕉沙吗？

北岸上高耸一棵又粗又高的大杨树，从江上老远就看见了。船过时再看，树冠足足有一个场地大。可以想象农家场地，布满树荫的杨树上该有多少鸟类聚集。这不，耳中只闻树上鸟鸣阵阵，传进耳煞是好听。不知名的鸟类、水獭、蛇类栖息于此，使小岛成为一块标准湿地。

蕉沙在北夹河北岸，形如一条香蕉型长岛，东连着那个波澜壮阔的东海，是一块无人居住的沙滩，上面长满了各种青草、灌木，流淌着四河八汊。长长的关丝草、白茅草、狗尾巴草，大片的芦苇簇拥着它，隐蔽了它的岸线。伫船远眺，南有夹江，东是大海，一片黄泱泱的波浪包围了蕉沙。

少年们都在想：倒要看看，那鲸鱼既然游进来，怎又出不去了？

滩畔茅草丛中，汉港内聚集了十多条沙船，都落篷抛锚。白水滩上，人山人海，人们都跑来看鲸鱼。进港抛锚，少年们上了皇岸，往下看已有上千人在围栏外聚集，恰如一群乱哄哄的苍蝇热闹着。这围栏是常熟、江阴两地的县官吩咐地方设置的。县官的轿子就停在不高的皇岸上，两人商议后得出：此鱼十分罕见，乃上天示意黎民百姓虔心祷告，帮助此鱼解脱灾难。千万不能轻举妄动，侵犯那鲸鱼半根毫毛。那衙役就一声铿锣一声吆喝：龙困沙滩，上天有难，黎庶百姓，焚香得免！

倪老大领着少年们登高观望，远处都是长江海浪，推到白水滩循环往复。那鲸鱼躺在沙滩上有一条沙船长，七八尺之宽，高可一丈有余。这大家伙在青珠沙泥滩上顽强挣扎，搅出一个大龙潭清晰可见。乡民们大多站立在围栏外指手画脚，大声喧哗。人声嘈杂，被七月的海风吹得呼呼地响，听不见说些什么。更有四五个乡人在泥沙滩上挖洞插了高香，燃起阵阵青烟。一群妇女戴着凉帽在围栏外叩拜，手上和裙上都沾满烂泥也不管。

商静山说："不如下滩看看，清楚一点？"

倪老大点头。少年们穿过岸下芦苇和关丝草，踏进众人踩得纵横交错的泥路，来到围栏外。好在已是下午，太阳偏西，看客走了不少。丁赛福是大个子，搀扶着六岁弟弟，别人让他三分。商静山、张乐泉等人跟在他后边。倪老大断后，几个人一下走到围栏的眼前。

少年们不约而同地喊道："这么大的鲸鱼！"

看得出鲸鱼是向岸上游的。鲸鱼高有两根丈杆，阔如一条沙船，遮住了身后的大江海浪。那大坑是它半夜里扭动造成的。大鱼头比寺庙中的大木鱼不知大上几百倍，鱼头鱼尾扭成弯曲的"S"状。周围的沙窝大似一个陷阱。近闻那鱼身的海腥味，不停地在风的间隙传过来。

商静山说："不要紧，那是腥味不是臭味，说明它还活着。"

张乐泉说："它这么困一囫囵天了，还能活吗？"

倪老大说："以前出过洋，听洋船人说，鲸鱼可一天一夜离水不死的。"

少年们拍手说道："哈哈，但愿神龙不死。"

鸿业说："岂不闻，生死有命，富贵在天，你们看那大眼睛似乎眨了两下。"

黄随之说："是的，我也看见眨眼的。上苍保佑！"

商静山说："我们都是有福之人，一来那鱼就眨眼了。"

顾九进、郑志先两位少爷四眼相瞪。出生在乡野的男孩们，比书斋里的读书郎强多啦，鱼也如此。大鱼，小鱼，爱闯的鱼本领大哦，那小鱼儿上滩就只有被抓的份了！

倪老大忽然这么想。

第三章　鱼归大海
状元出世

太阳偏西，沙滩上风声萧萧，人声渐细。

倪老大要抢一趟涨潮，顺风顺水回家。他翘起手指，嘴里打个口哨，催促少年们下船了。少年们被鲸鱼迷住了，正在兴头上。乡下人还有继续赶来的，回去的渐渐多起来。

看了鲸鱼最后一眼，少年们便一一下船了。张乐泉看到神龙突降此滩，是个好兆头，内心很喜欢这块沙滩。商静山则想此番"处暑爆"台风，为什么有大鱼冲滩？一定是海潮夹大汛，从东海上卷过来的。而丁赛福则认为，是上天降灾于人的前兆。七嘴八舌中，只有鸿业、随之与郑志先和顾九进没有言语，他们都累了急于返回。

鲸鱼留在少年们心中的印象很深刻，他们还有很多想法要讨论。但由于记着大人的叮嘱早去早回，不敢违命。这些十岁左右的少年们，一个个拖着黑黝黝的小长辫，七嘴八舌地上了船，坐下来。倪老大拔篙起航，驶出小港很快就进入宽阔的北夹河。撑竹篙，调整方向，船头往西。少年们扯上帆篷，船一掉头往西去了。

幸运的是，来时遇到邪风，回程赶上一路好风好水。下午未时，长江的涨潮来了。

倪老大叫一声：上潮了！

少年们的开心不用多说，几乎都睁大眼看那长江大潮的雄壮。

水面忽平铺起一层白色泡沫，咆哮着颠扑着席卷而来。四面八方的水似发酵的面团般齐刷刷地涨上来，像有人从背后吹开来似的。那风吹在水面上有种轰轰然的集体回声，而浪潮拍打船舷也发出咚咚地有规律的节奏。百里夹江风起云涌，黄色的潮、白色的浪前推后涌，船沿一条斜线从蕉沙返航，风声、涛声吹帆拍舷，奏出从未听过的音乐。东风呼呼地从船后顶着那张老帆，帆鼓满了风的力量箭簇般射出去。

风正一帆悬，倪老大掌舵毫不费力，眼中有股得意之势。

他开心地哼起山歌："七月七，七巧节，天上的织女要下凡。牛郎挑瓜来相逢，喜鹊搭桥为哪般？"

在漫天大潮里船过中流，倪老大满脸皱纹化为一脸慈祥，轻声告诉大家："船过江心了！"

一会儿又喊："偏南一里了！"

他像诸葛亮一样算好涨潮开船。来时需要走一天的水路，回时大半天就走完了。

他讲道："同样的航行，另一条船在狼山江面，遇怪风月夜翻船……"

听完他的话，孩子们深感长江的波谲云诡，对舵手的尊敬油然而生。

乐泉心想，这样的舵手算得一位草莽英雄！

少年们第一次认识了大江，来时惊慌，回时就坦然多了。一个个躺在舱面上，面盖竹笠，头枕波涛，暗暗激动，回味着蕉沙、鲸鱼、江头海尾、绿色海草……唯一的乘船经历使他们学到了些许沉着。依他们看，海也是有序的。海虽有喜怒无常的性格，但你尊重它，它也就尊重你。他们知道了人与自然是可以和平相处的。

乘船仅一次，就深深地改变了这些少年们的见识。

在这个年龄漂流长江，少年们久被禁锢的灵魂竟开始释放。在风浪的抚摸中，恢复了那纯真自由的天性。少年们心里很疑惑：是要感谢长江，还是感谢舵手？呵，长江之伟大，正是凭巨大的张力推力，亲和力排斥力，破坏力再造力，沉淀力冲刷力，使人类不敢唐突粗鲁，对其充满了敬畏。

当过一回船客你才知道，只有虔诚的舵手才敢在神灵的大海上驰骋。

或许在此刻，少年们开始了一种对未来人生的探索。他们有幸做了土地的主人，但不一定能驾驭自然。大人们有的被大江逼得破产失业，做了土地的奴隶；有的靠海吃海，做些鱼生意。难道说不是这条大江，在主导着沙人的命运吗？

想得这么深的，只有商静山一个人了。

看到夹江中的帆船，有的远如海鸟在前漂荡，有的近如擦肩而过。大堤内外是绵延不断的芦苇、关丝草。放牛的人戴一顶尖角竹笠，遮阳避雨，穿着白布蓝布背褛，光着晒得黑黢黢的膀子。与地里农夫有着迥然不同的姿态。此刻的放牛人和农夫都把黑色光亮的辫子盘在头顶，浸在西边夕阳的光照中。

静山和志先，无形中吸收着新鲜东西。江上筑坝会有怎样结果？也许在冥冥中浮然而生，倏然而逝。二十年后筑坝的故事萌动了吗？远没这么快。大江的雄壮，莫名地藏进了静山的记忆里，当然就是那点滴感动而已，一切远着呢！

一个孩子咋能想到筑坝？大江里又会生出多少良田？不过是大自然的莫名暗示罢了。船航过东宽西窄的夹江，两岸平齐的青沙泥之上，郁郁葱葱的绿色像涨潮般不断涌现。大家都羡慕：真是块风调雨顺、没有荒年的好地啊！

风华正茂的少年静山，无意识地留意着河水的流速、深浅、宽窄，爱向大自然发问的他，也许最可能具有造田的本领。后来他的成功源于严谨的科学性，他的失败源于性格的固执。与状元张謇大张大合的眼界，已经暗暗相悖了。

船在关丝沙外遇到雷阵雨，大家只好躲进十三圩港。

毛竹镇郑、顾两家早已派出仆人，沿北夹港口从西向东寻找。谁知道他们会避雨在十三圩港，统统地无获而归。雨停后月明星稀，谁能知道此刻倪老大把船驶出避风港，原路航回耽搁了时辰。少年们到五圩港口依次上岸，庆幸回家。此番目睹滩涂涨落和鲸鱼困境，又在北夹河淋雨。好似一种天意，难道是鲸鱼带来的吗？静山过目不忘，回来详述给东家知晓。乐泉羡慕的竟是航海的英雄本色。而留在赛福和九进少爷心里的问题，又是什么呢？

时过境迁，一次乘船不过是一种兴趣而已。

鲸鱼上滩后是回归大海，还是困在沙滩动弹不了？它一蹶不振的处境，会在沙上看客的梦中出现。难得一见鲸鱼，那些兴奋的乡民一回去便讲给家人、邻居听。

大家期待着明天，鲸鱼能否游归大海？

鲸鱼横卧沙滩一昼夜，观者人山人海。八月十九半夜后潮平，黑乎乎的白水滩上忽然不见了这条巨大的怪鱼。鲸鱼不知何处去了？第二天又有闻风而来的沙上百姓，看见滩地依然长满了绿油油的关丝草，草外的沙滩连个印子都没留下。暴风雨大江潮洗过的蕉沙，像是什么也没发生过一样，乡民疑惑不已。

未见鲸鱼而大失所望的看客，纷纷回想这奇怪的现象。鲸鱼似乎用一次现身结缘沙上，这议论又在茶馆、市场、农田和草滩上传开了。乡民都说神灵警示天下，清朝统治者再不重修武备，国将不国了。《申报》上也刊登一则奇闻：鲸鱼现身沙上官民震惊，翌日忽然不见。后来甲午战争后，有人就说鲸鱼困沙，是因为清朝统治者惹怒了老天。国人再不自振，恐再次国难当头矣！

九进少爷看鲸鱼回家后，仆人们还在滩地寻找着他，不见船和倪老大，芦苇丛里死活不见一个人，他们万般无奈地回了毛竹镇，结果那些少年却奇迹般地到家了。一个个淋得浑身湿透似落汤鸡，换了干净衣裳，正在家喝姜汤解寒气。家里人一边嗔怪回来太晚，一边熬不住要问：那鲸鱼是甚状态？有的小倌说得清，有的说不清了。不过那鲸鱼模样高大如船，都说的差不离。

次日，九进父亲顾七斤老爷，坐在毛竹镇商行里。

他高高抬起那副五百度近视眼镜，不觉哈哈地笑起来。天气很热，身高一米八、穿着杭绸长袖衫、颇显威严的老爷环顾左右。他的老仆人于福就知道了，随即拿起那管老爷专用的纯银水烟筒，递给东家。顾老爷左手接住烟筒，右手从圆形烟筒内掏出一小撮甘字号兰州水烟，装进烟锅眼内。然后拿起洋火划着，烧出一丝极其文雅的水烟味。

他边烧烟，边用阔大的嘴巴唼在烟管的弯头顶上，把筒中的储水噗噗地抽响。

那兰州水烟通过筒内的储水，发出吧嗒、吧嗒、吧嗒的声音，升至吸管顶端。烟气通过弧形管子，从口子进了顾老爷的嘴里，又从他的鼻孔和口中慢慢喷出。一管烟抽完后，他就取出那甲字状的水烟锅，从尾端把烟眼中的余烬"啪"的一声吹掉。那只老化筋爆的右手再摸一小撮烟筒中烟丝装进烟眼，开始抽第二管。

这纯银烟管是上海招商局做职员的大儿子顾浩林从老城隍庙里淘来的宝。据卖家说，是北京恭王府太监偷出来的，开价百两纹银，说不定是恭亲王奕䜣亲自用过的呢！

这套仪式给顾老爷一种惯性节奏，烟的刺激正好与他的思考点吻合。

在他边抽边吐出水烟气体的瞬间，忽然想起昨天孩子们带回的鲸鱼信息。蕉沙之东关丝草茂盛的土地，来了一条大鲸鱼，随后，他拿起桌上那份由毛竹镇邮差送来的《申报》，呵呵地笑起来。

他手中是一份1872年创办，已发行22年的《申报》。一共8张32版，都是竖排繁体中文版式。顾老爷幼读诗书却性格顽劣；中得秀才后，乡试未能摘取举人。聪明过人的他，家有巨资投入围垦，打造了万亩良田。通州团练王藻，点拨绿营兵下江南，剿灭了江阴帮。一把火烧了金鸡港西南江阴圩塘，顾家便独霸沙上了。江阴帮后来到官府告状，抵不过顾家势大，偃旗息鼓。

顾老爷一边读报，一边掂量着移师江南的策略。

初来江南时，他曾花半个月从西往东沿海察看过，长江在岛北兜了个弯，南岸横陈三岛三夹。情势稍稳，他就在江南围了第一个圩塘佳境庄，又在皇岸上造起毛竹镇。一横一纵十字街，比江南小镇大多了。檐高丈五，风雨无阻的两廊街，一眼望去木柱森立。镇口矗立四座箭楼，防匪防盗。

鸟瞰毛竹镇，靠海临江。

镇西五圩港通往长江。贯通东西的北夹河、常通港一南一北，与五圩港交汇在毛竹镇南。街后镇河交叉通江达海，引进长江潮水。三百家商户，清朝缉私营。港口驻扎轮船码头，每天一班招商局轮船载客运货。镇东有毛竹园，百米高的白虎山上立毛竹庵。四街相接，中心一座城隍庙。庙侧两株银杏，五十年长成两丈高的绿荫冠盖。建庙祀神为报答老母：青年守寡勤业、家持巨蓄而不奢，一片虔诚笃爱拜佛。

年过花甲的顾老爷，又一阵哈哈地笑起来。

不知今天《申报》上有什么新闻？听九进说到那鲸鱼上滩之后，竟无一人敢动它毫毛，谁敢挖一块回家美餐？这时，他的长脸高额上三道纵纹相叠，弯曲起来微微抖动，他曾被相面士者言，一生要过三条河。

这第一条河是长江，在咸丰爷手里过来了。那时他二十多岁，独自建造毛竹镇。

第二条河是南北纵向的金鸡港，也过去了。省道判得他在港东沙滩发展。

现在，顾家地盘已经伸过关丝沙，沿西街港直奔登瀛沙了，这算第三条河。

他笑嘻嘻的样子很和善，而肚子里又装着许多计划。九个儿子中有三个放在上海、南通，搭个城市帮。老四、老八被带到江南围垦土地，搭的是乡土帮。虽至老年，却应了那句俗话：上阵父子兵，打虎亲兄弟。

顾老爷忽然想起外甥张乐泉，让他来说说看蕉沙是什么印象。

张家与顾宅，离得很近，而上毛竹镇得半个时辰。乐泉弟兄俩穿着白布短袖，一高一矮，皮肤黑黑的，眼睛炯炯有神。到了镇中顾记公司账房喊叫舅舅。四只眼睛盯着舅舅，不知他要问啥。

少言寡语的乐泉，听了舅舅的提问，笑嘻嘻说道蕉沙东端那片东海小沙，至于鲸鱼是何模样说的少。他坐在小椅子上，甩甩膀子，揩揩额头上的汗珠，只说了：

"舅，三面临江真是个好地方。东是海滩，南是北夹河，北隔登瀛沙外就是海。现在一片草滩，过几年自然变成肥田。"

个儿大的鸿业说："伯伯，那鲸鱼无宝不登滩的，背脊上的鱼翅撑起来有小篷高哩。"

早晨毛竹镇市面上，顾老爷也听到乡下人说，鲸鱼又长又高，比毛竹镇的檐头还高。老人家只管听听、看看，弯下腰来抓个大西瓜，光亮油黑，用手敲敲，嘎嘣脆响，由不得不笑。他看上的土地，围垦的土地，该有多肥沃！出产的东西自然好。新田租得出去，多数佃户四六分成，不用他补贴肥料种子。三七分，他就要贴补种子肥料。头生不熟的新来户，都选三七分地租。海门招来的佃户，一年到头脸朝黄土背朝天，从不计较。

回过来，若没有王藻帮忙，这坉垯江南肥田怕是全给江阴人了。哪里轮得到江北人？送给王府的银子，绿营兵江南打仗的饷银，半个月打仗钱少不了千儿八百的。而后六十年，要把这片江南肥田收入囊中。

吸过烟的顾七斤暗想：沙不过百年，他必须年年查看土地，有否坍塌迹象，又必须抓机会开辟新土。

江南围垦隶属朝廷，由垦户上报各省沙田局：四至、露滩、成沙年代。准后垦户现银买照。事儿都得有布政使撑腰。皇天后土，大清朝战局窘迫，急需真金白银。围得土地也部分收归国有，供教育和慈善。国家仅以低价收购，不过也出了成本。因此，当一块沙滩成熟之际，绅士们伸出的大手，翻来覆去掐指计算。背景较量，势大先得。垦户之间恩仇相见，血拼暗杀不知凡几。

顾老爷能摆平一切，坐镇江南，委实了得。

昨天九进、乐泉，跟随郑记的人同去看鲸鱼。定心盘算的结果是四房的炮头孙子顾云千，一手拍下了佳境庄以东，围了扁担圩、老永圩、新永圩。刘海沙南段，由老八强势夺走。

顾老爷想起：呵，那个江阴郑家，又是一个劲敌。

郑记背靠江阴知县吴宗宪。吴宗宪省里有人，通州人远水救不了近火。绿营兵早已撤回通州城。如今毛竹镇的缉私营由朝廷派湘军充任。眼看郑记圈了北部万亩良田。顾家只占三圩塘。而郑记中间突破，剑指雪菁沙。旁有夹在顾、郑之间的陈四举人，围了两千亩。听听围主名字，有钱有势，会吓坏了人！刘海沙被分割一空，再往东就得去登瀛沙了。

顾家的小南通计划，与江阴帮争夺胜败如何？小小乐泉哪会知道！沉默的张乐泉手撑下巴沉默。问天问地，后几十年的事顾老爷哪能知道？舅舅知道这个外甥，再问不出话来了。

幼小的乐泉无法预见，舅舅问的是何等大计？为啥要去东海，回来详说蕉沙？

大体情况被顾老爷拎清了：蕉沙，横在北夹岸的一只大香蕉；东西长约六十里、南北宽二十里。它与刘海沙、雪菁沙、登瀛沙隔条常通港。二者取上下架势。北属南通，南隶澄、虞。现在，抽完水烟的他向自己发问：蕉沙东部香蕉头上这块小沙，隔海面对常熟。除此以外真的再没油水了吗？

顾老爷看外甥沉默寡言之中藏着精明。这小家伙是他从小看着长大的，自家嫡亲外甥。自胞妹去世后，妹夫张冠华另娶，又生下一男一女，把乐泉冷落下来，由舅舅帮助他去私塾读书。

问完话，顾老爷微笑着对外甥说："你和鸿业到后园找九进去玩吧。桑树上知了叫得欢，去捉几只下来。桃树上的蟠桃也熟了，好好吃个饱吧，午饭就在厨房吃了回去。"

乐泉谢过舅舅，找九进玩去了。

…………

水烟清香味中，顾老爷想起海门长乐镇的乡邻张家。

张謇小子考了二十多年，托了老佛爷大开恩科，这回终于中了头名状元。喝状元酒那天，张父特地派人来请顾老爷喝酒。那状元虽在京中封为御史大人，家中只是卖瓷器小家牲的单户。顾老爷带些江南名产碧螺春、鲥鱼、瓜果之类回海门老家，拜望这位邻居。酒后茶余与张父畅谈，获知不少信息：

1894年6月，也就是张謇夺魁后不到两月，中日甲午战争即将爆发。危机来临，慈禧太后依旧大办寿宴，弦歌不绝。没人敢指责。7月22日，慈禧太后从颐和园移驾回宫，正值倾盆大雨，路面积雨盈尺。文武百官，冠戴列队，跪地接驾，匍匐在地，衣履尽湿。而太后却高坐轿内，左顾右盼意气洋洋。

雨中下跪的状元，顿时灰心丧气自问：这种官，是人该做的吗？

他曾在日记中自述：顺天北榜中举前，从十五岁到十八岁，曾四次乡试失败。

在考场中净数一百五十天，历尽龙困沙滩的窘境。

其实张家的事情都被邻居顾老爷看得清清楚楚。感同身受的顾爷，忽然在老邻居面前失言了："现今国事衰弱，做官又有什么用？"

他想的是张謇中了头名状元，考到四十二岁，有啥合算？

凭两家情谊，张父敢在顾七斤面前议论朝廷，晓得对方守口如瓶的，最后透露了状元想回家办厂的缘由。

顾老爷说："状元回通办厂好使。"其实他想的是，这与他的圈地运动不谋而合。

但他不能尽吐真言。得意的是，当年造镇也是这般一棋落定的。现如今称为沙上第一镇，人杰地灵，医卜星相、三教九流，尽出人才……内心的夸张，恨不得把状元也收了去。

1894年9月，张謇突然接到了父亲病逝的消息，便回乡守孝，次年4月，却目睹战后刚刚签订的《马关条约》。他在日记中悲愤地写道：和约十款，几罄中国之膏血，国体之得失无论矣。反思起朝堂上种种，徒为口舌之争，不能死敌，不能除奸。负父之命而窃君禄，罪尤无可逭也。状元觉得辞职回通办实业，时机已经成熟。

此刻，顾老爷抽完最后一管兰州水烟。

兰州水烟的醇厚醒目使他心情舒畅，他额头上的三条皱纹舒平，笑了。他笑张謇四十不惑其实是不悟。他又叹状元终于想通了，回来办实务才对。张謇在家筹办纱厂，对沙地产棉大有好处。顾老爷一次性投资大生纱厂五千两，是看准苗头在张府订约的。他感觉赶上了时候，但又不免想：状元为何从御史衙门毅然回来？是傻、是无奈，还是机灵呢？这下总算读懂了。

他笑了。烟的清香回味到鼻子里、嘴里，渗透全身。左手拿着银烟管，右手拔出烟锅子，嘴巴凑上末端，"啪"的一声吹烟丝落地！刚好一管烟抽好，心思落地。顾老爷的宝，押在状元身上了。

眼前这份《申报》，盯上时局的一举一动。明天的《申报》上，会有状元的新闻吗？他喝了状元酒，听了朝堂事，又亲眼看到状元回来，真有太多感想。

敲敲烟管，顾老爷忽然迸发："七斤策略"何输于《朝鲜善后六策》？多年腹稿临门一脚！奇则奇在事非经过不知难罢了。

　　张謇如皋人士，一生与常阴沙牵扯不断，极像这唐、宋、元直至清末的段山，山不转水转。一会儿归属通州如皋，一会儿又归属江南，时过境迁皆是长江南北改道造成的，山并未移动半里。沙上的林林总总，让这位呕心沥血的状元公，操碎了心，顾氏公司要取小沙，一颗皇冠上的明珠。民国五年（1916），张謇为北夹河筑坝，上告至江苏省督军齐耀林。

　　不过此时的顾老爷想的是：为沙上圈地运动，不知又要闹出多少纠葛，这是他的预感。跨咸丰、同治、光绪、宣统四朝六十年，眼下的顾七斤真的老了。不光头发掉了一半，胡子也白了一把。虽说螳螂捕蝉，黄雀在后，但他已算不准谁是螳螂、谁是黄雀了。

第四章 书声琅琅四书五经闭门读
生生不息蒙童天性好顽游

毛竹镇是神奇的。

官盐行、绸缎庄、鱼行、码头、赌场、花行、典当、钱庄、戏馆、书场、茶馆三家、粮食行二十爿、饭店十家以上。日夜有市，热闹非常。典当后有清朝缉私营，驻扎缉私营官兵。缉私炮艇在江上游弋，防范私盐运进。

古镇也是孩子们玩耍的乐园。喜欢胡思乱想的丁赛福，幼时第一眼先见馒头店。会走路了，又看见左右两家南货店、茶食店。长大读私塾，走二里街无数店，穿三里平原抵达藕境庄。这时他忽然感觉，毛竹镇就像有鼻子有脸、有胳膊大腿、脑后甩着一根大黑辫子的小高个儿自己，浑身奔涌着喜欢玩耍的热血。

丁家在毛竹镇定居，源于丁耀湘——湘军曾国荃部运输兵。曾部在常州、江阴与李秀成作战。1864年7月，湘军攻破天京，声势愈盛。曾国藩虑及清朝统治者对湘军独大的狐疑，获胜即开拔回湘。彼时，暮气日深的湘军遭裁撤，零落者转为地方绿营兵。赛福父亲丁耀湘后为缉私营什夫长。

年近四十的耀湘不回湖南了，开了间"丁福轩"茶馆。老兵结婚，生下一个大胖小子，皆大欢喜。赛福长大后，随父亲进出缉私营，看到许多戴斗笠帽、背"汉阳造"的男人。大清早出操，听见那整齐划一的"向右转，齐步走！"呼喊声响彻了兵营。绿营兵两只炮艇，日夜在港外海里巡逻。常阴沙边境海滩，极具海盗地形。看上去风平浪静，却常有"翘臀划子"躲在芦苇丛，秘密进行私货交易。炮艇抓住了私盐贩子，就往营里送审惩罚。

毛竹镇人都喊他们绿营兵，这使他感到蛮威风的。

赛福长得高，有其父之风。湘军旧部欧阳钦、管阜丰留居毛竹镇，欧阳钦的儿子名叫欧阳庆，小名桂生，在缉私营见习。那管氏第二代为长庚，运米车帮。在山隧洞中捡到祝塘逃难少女，带回成婚。还有曾家族人曾北斗，为西兴镇缉私营统领。

年轻时，丁耀湘出入兵营。当初为湘军推独轮车运军粮武器，人们都喊他丁长子。同乡抽大烟、嫖妓女，他行走在曲折泥泞的江南大陆，活儿太累，没那功夫。湘军月饷五六两，几年下来有二三百两。素来节俭的他有了积蓄，后来盖个茶馆立身谋家。

丁福轩茶馆在北街，坐西朝东两开间。南间有老虎灶大锅烧长江水。那根烟囱就像翘起的老虎尾巴，直出屋顶。北间有四扇移动竹门，内摆六张黑漆八仙桌，廿四个条凳。门店上方有楼房两间，账房兼会客厅，茶叶家什储藏室。楼下南间有门通往后院，下镇河挑水洗家什。北间拖后有三间堂屋：厨房、赛福房间和主人居室。沿河草房堆柴草加厕所。南邻屋背后隔出了丁家院落。西镇河畔，这狭长的小院落，长有一棵绿油油的橘子树。树叶茂盛，在太阳光里很是神气。

同光中兴的年代，三湘老乡喜欢来这地方喝茶、打牌、喝酒，湘军的欧阳营长、什夫长、副官，兵丁张盘生、管阜丰等，常在丁福轩叙旧，秉承曾国藩的家国理念，为地方吃茶讲情理，调解民间纠纷。茶店遂成了毛竹镇的湖南同乡会，为剩余湘军流连之所。

丁福轩茶馆的小子赛福，也有结义三兄弟。对门酒店的随之，郑记商行的小伙计静山（又名舜耕）。静山比他大两岁，黄随之比他小三岁。随之是永福泰酒店的独生子。总角之年，两人在一起摸爬滚打玩水丢烂泥，十分顽劣。丁赛福的弟弟出生前，他俩都是独生子，要吃的有吃的、要玩的有玩的。小孩子纠缠不清，赛福常去随之家蹭饭，黄随之看茶馆里好鱼好肉，也会来吃。

至于舜耕，是老爷给静山的赐名，赛福等人仍喊他静山大哥。他常随老爷进丁福轩饮茶，听赛福说话清晰有善意，便成了少年交。舜耕、赛福、随之结个小孩帮，每年在镇庙会上玩耍。给踩高跷的摸壁鬼掷烂泥，惹恼摸壁鬼追来追去，便从人堆里一溜烟逃走。但场面上少爷就是少爷，仆人就是仆人。就像顾老爷的长随于福，虽然几十岁了，还不能与主人同桌吃饭，这是规矩。

而私下里，三兄弟无话不讲的。结义不需要形式，小孩们寻找机会玩就可以了。

自由的少年时代多空闲。听随之说，西兴镇渔码头曾经如何繁华，又如何逐渐走向衰落。古镇的秘密，引诱小子们去一探究竟。其实，随之怂恿同伴去，是他想念他的老家。那是祖爷爷做西兴镇东的好时光。他的抽屉里还保存着一枚椭圆形的西兴镇东之印。

五十年了啊，机会来了，施老夫子偶染感冒停课，他们便约好去西兴镇玩。早晨，由西兴老乡随之领头。熟悉路径的他，懂得何处抄近路、哪家有恶狗，三小子正经地走路过桥，讨得路人欢喜。淘气孩子也有礼貌啊。不正经时，他们上树摸知了、掏鸟蛋，多次恶作剧，被主家骂骂咧咧，然后快速逃跑。

西兴镇建于清道光十年（1830）。镇河向北与大白港相通，再注入界牌港淌入长江。镇河向南，注入东西向的老夹河。朝迎日出，晚送落霞，夜听涛声，西兴镇就在这圩岸上挺立着。

走了半天的顽童们，来到这两河斜角。伫立海风中，环顾西南都是茫茫大海。而弯兜一角的西兴镇，有丁字形街道，南北长五百多米，东西长两百米。老早头，丁字街有天都庙、文昌宫。此刻衰败的古镇，香火寥落车马稀。街道静悄悄，行人稀落。麻雀叽叽喳喳在檐下建窝。

丁赛福叹口气："哎，走半天来看这败相镇！"

随之说："它以前可热闹啦！右首这条大河，曾经是帆樯林立，渔船从北海航进来的。"

卖鱼买鱼凭筹筒发货。春天黄花鱼，秋冬带鱼海鲜。先买筹筒再下船取货。

但这时他们看到，岸下河中只有几艘渔船，在河中稀落停歇。

静山敲了随之背上一拳头说："你说的有那么繁盛？因何落败一至于此？"

随之直指西岸一带破落房子，说道："那时客栈、酒家、妓院多了去了。"

三人目光凑齐反问："现在它们到哪里去了呢？"

兄弟们看看，石子街道被雨水冲走，剩下零零落落的沙泥块。下雨多泥泞啊！

两人不禁问随之："镇上的人呢，都去哪儿了啊？"

随之摇摇头说："就我家，那时候就搬到毛竹镇了。当然害怕海水冲来，早一点逃走早安身咯。这里的住户一年比一年少了。"

不过他又说："目下还有大白港东丰泰庄、菜籽堂挡得住海水，是仅剩下的屏障啦。"

往北走完老街，他们沿西兴港转身往南。一路上看岸旁滔滔港水，注入了老常阴沙一角的老夹河。有些陌生地段景物殊异，随之也不记得了。

静山问："停下，老夹河在哪里啊？"

随之手一指，笑笑说："横在面前的，就是那百年前的老夹河啊。"

你看，河对岸的山不就是段山吗？隔河能与段山相望的，只有西兴镇。这里是两河的弯角。这段山以前在西，因为西边土地冲坍，现时看上去变成山在东了。孩子们立马明白，山没移。山不转水转，海岸越来越萎缩坍进长江了啊。

闻听此言，他们摇摇头直喊："坍海这么厉害呀！"

血气方刚的孩子们被面前的黄水白浪包围，有种明显的逼仄感在周遭浮现。此处断桥绝路人被海逼，要看坍海真相就在眼前。背后西兴镇上老街屋瓦残破。一股世纪末的气氛，影响了他们的情绪。

小人儿魂不全，一下子感到大自然的威严了。忧愁的丁赛福说："咱们还是回吧！"

冥冥中，老天爷有只手在摆布着，长江之南三里路的西兴镇，人口减少了大半。

静山忽然想："黄茫茫江水之上，唯有白浪滔滔。不堪回望几百年，这就叫沧海桑田了？"

随之说："坍海是从西边慢慢来的，历朝历代西岸泥牛入海了，所以走到这里叫'坍海边'。"坍塌的恐惧渗入孩子们的心里，使他们不寒而栗。他们同时想到，什么时候轮到毛竹镇了？

大半天过去了，三个人走累了，此处没有亲戚朋友，只好坐在大路旁树荫下暂歇。岸上有棵大树遮阴，正好坐在草地取出缸爿饼，边吃边聊。小兄弟缠着静山哥要他讲个故事。静山问："悲伤的故事要听吗？"两人答道要听，于是他开始讲起自己的经历。

静山又名舜耕，毛竹镇郑记书童。老板郑端甫靠种沙田发家。店内北货山参、鹿茸、枣子，南货笋干、淡菜、海带丰富。十六岁的少东郑志先掌柜，诸事却由伙计舜耕调拨。

两人感到奇怪，都问："静山哥，你有这么大本事吗？"

静山不接话，且自述下去。父亲是个木匠，母亲种田为业。自己生下来排行老九。幼时，父亲常把我随身带。我在一旁仔细看他造的每样东西。圆木脚桶要选用十二块板，既细致好看又不漏水。八仙桌台面宜选榉树板木，滑溜平光。父亲率众造房子，我看得特别细心。从前的大户人家平房都是七路头。七路头瓦房必用七排柱的山墙，可用百年以上。房屋的长度、宽度和高度，都有师傅口诀，不可胡来的。在家里，我喜用高粱秆自造小房，父亲喜欢不已。

江阴屡遭旱灾、虫灾、水灾，父亲就把六岁的我卖到香山寺里，拜了师傅云淼。云淼海外云游而来，到此见山下深港通江，面前青峰屹立，为不负这山水胜境，悉心操持。

静山说："俺师傅可不是个吃四方的化缘和尚，而是个喜欢研究学问的人。"

云淼的房间堆满书籍，沉浸其间宠辱皆忘。能干木匠生出个聪明儿子，他格外高看，教他认字、算术、进出乡绅人家。

静山又叹口气："嗨！不巧那年又被郑爷看中，转卖进府赐名舜耕。"

郑家以耕田为业，视耕田为尧舜之业也。舜耕细心伺候。老爷喜欢一只芦花猫，他每天都搜集残鱼剩骨，拌饭喂猫。但静山待过山上，进学堂施老师还遵原名：商静山。老爷爱惜的是他聪明，十岁时就被志先带去刘海沙滩地。他喜欢的是沐风听涛声，与长江朝夕为伴。

静山的故事越讲越长。孩子们跑累了，听累了，眼皮快撑不住了。说着说着，丁赛福背靠大树耷拉脑袋睡着了，发出呼呼鼾声。黄随之更是一倒不起，在草地上呼呼大睡。

在大海的逼仄下，他们两人做了不同的梦。

随之住在早已坍塌的西兴镇瓦屋，院落大，就他一个人在玩耍。只见一只大黄狗一蹦一蹦往门口逃走。随之认识是他家的狗，但为什么狗的嘴巴里叼了一枚木图章？他喝住了黄狗，那块图章掉在了地上。捡起来一看：竟是爷爷的"西兴镇东之印"，用作上通下达办事的。那黄狗被他踢了一脚，汪汪地哀鸣逃出去了。随之捡起图章，想往里走。心里想：这么笨，居然把图章当骨头了？

忽听一声，咣当！地动天摇，坍海了。

丁赛福在私塾，一直是老夫子责罚打骂的对象。这次，施先生和颜悦色，交给他一叠字纸，上面竟是《三皇本纪》，他喜滋滋地拿到手，施先生还让他坐在讲桌上抄写。自己何尝不想有这样的机会，这样露一手给下面的同学看看。他内心久被压抑的尊严，在梦里大胆出现了。

哈哈，太阳从西边天出了？半醒中，他倏忽地贬低自己。

海畔大风中，他努力睁眼一看：啊，外边一轮红太阳，真的挂在海的西边了！

孩子们接受了大自然的语言，反应是不同的。随之想抢回爷爷的镇东之印。赛福幻想的是，受一次先生的表扬。一个要权力、一个要尊严，各有所想。醒后的他们感到有些悲哀，许多往事早已远去，说不清了啊。

唯独静山清醒。自己早懂事不都是被逼出来的吗？人在屋檐下，不得不低头！走到今日幸好一路遇到好人，万一遇到坏人怎么办？凄惨的是，我卖了多少钱？一百两、五十两，还是区区十两银子？都不知道。

他不承想这些少爷都听不懂，没赔上几滴同情的眼泪，低头再想，事实是他们太小了啊，没吃过一天苦头，为什么硬要听卖身为奴的故事呢？

这与他们没有一铜板的关系。静山摸摸脑袋，有些心烦，只好坐等兄弟们醒来。他喊醒了他们。这两人揉揉眼，以为还在梦中天地呢。孩子的世界是真实的，读书压抑不了他们游玩的天性。西兴镇的海带来了坍塌、废墟、衰落和可怕的真实感觉。俗话说眼见为真，只有深刻，才会觉得敬畏。懂得敬畏，即是善良的起步。二者只有静山才能做到。

事实是：玩耍是孩子们的一大半，读书只是另小半。

顾、施、张三家来刘海沙居毛竹镇东。风水师勘探艮、巽、兑、乾四卦，上首顾家、中间施家、东边张家。顾家定在西端之艮方，取名佳境庄。在宅西堆成十丈高土山，为白虎山。宅东有条流漕唤作青龙溪。佳境庄东连施家藕境庄。施宅之东，是张家泉静庄。张老大、老二在南边的乐圩庄。

光绪年间，科举高中者极少。开店学徒者，自教一点墨水，打个算盘就行。丁福轩的丁耀湘，在湘军中干很累的活。赛福一出世，就立定主意让他念书。赛福的条子身材，是个武相，面容斯文又是文相。穿一件长衫，逼真一个书房少爷。私塾设在施家，父亲第一次亲自陪他开学，给塾师送上束脩。随之家也去报名送礼，碰上郑府也派人为舜耕报名。施先生说："就用原名商静山吧，舜耕可在郑府呼唤。长大在外还以静山出名，会有稳妥诸事之才。"

私塾开在三家居中的施家，恰好在圩塘中心，小桥横架，柳树成荫。长腿的丁赛福，天天走二里路去读书，并不费力。塾师名唤施邦举。藕境庄私塾有十多个学生，施家四面临江，吊桥一收孩子们就出不去了。铜铃一响，这群叽喳吵闹的顽童立马停歇，鸦雀无声。书房在正屋的西头，有花窗漏光，内设六张矮桌，每桌两人。赛福与鸿业坐在后边，张乐泉与静山人坐在前边。此外还有集成老二王元定、永福泰黄随之等十多个蒙童。启蒙读物为《百家姓》，这些孩子们就赵钱孙李、周吴郑王……一股劲念起来。下午，施先生一个个检查，背不出要挨毛竹板子打手心，直到背得滚瓜烂熟才不打。第二天一早还要抽查，背不出毛竹板子打正中手心，该有多疼啊！

有一次施先生布置毛笔字后，外出。丁赛福的字写得涂鸦一般。

鸿业说："你咋写成这样？"丁赛福就拉起毛笔，在鸿业脸上画了两个圆圈，像一副眼镜。

赛福说："你真是个小先生，我给你戴上眼镜吧。"鸿业躲避不及，被涂上了。

施先生进来后看到这副模样，问："谁干的？"

鸿业不说，赛福也不敢吱声。施先生的眼镜一闪一闪的，盯着赛福说：一定是你干的。

丁赛福只好站起来。施先生看他写的字太差劲。喝道："上来！"赛福胆战心惊走上去，被施先生重重地拉了几下大耳朵。

施先生说："你的耳朵倒蛮大福样，写字怎么一点不福样呢？"

这个夏天特热，施先生扬起毛竹板晃晃，告诉大家："下午上课前抽背课文。"

少年们回家，饭后又上学。

少年们坐在西厅房。只听知了在院内树荫叫个不停，闷闷的没有一丝凉风，汗水都浸湿了小褂子。

于是，赛福说："我们洗冷水浴去吧。"

静山、乐泉说："好的！"站起身来就出去。

还有像鸿业、随之、元定等怕先生打板子不敢出去，但还是压不住热汗也跟去了。六个人走到宅沟畔，只见树木浓荫，河水清澈，都脱了裤子扑通扑通地跳了下去。

那个清凉啊，真爽人。赛福个大，先从里岸游到河中心。他感觉水太深了，就扑通扑通往外岸游。那静山个虽小，也扑通扑通地跟了跳水。而乐泉个小，胆儿又小，始终只能在里岸浅浅地打漩子。其余三人都是父母平时宠惯了的，不敢游过来。丁赛福和静山游到对岸就去寻找蟹洞。

静山说："找到了，一个椭圆形的泥洞！"他把小手伸进去就摸。捉到一只大螃蟹，举起来喊："一只，一只！"

那赛福也找到了洞口，偏偏是个空洞。然后静山颇有兴趣地一个个找洞，不声不响怕惊动蟹们逃走。赛福也学那样专心地摸蟹，结果静山弄到六只大蟹，赛福只有两只。乐泉他们在里河岸始终没摸到一只，就去采摘垂到水面上的桃子，左手先抓住枝条，右手再一个个捋下来丢上河岸。不多会儿，每人吃了一个，又扔给赛福他们吃。

河中方半日，世上已千年。孩子们游得畅快，那施先生已然午觉睡醒，到了私塾看见人少了好多，派出随之前去呼唤。

随之在河岸一边喊一边笑："这下你们可吃毛竹板子了！"吓得赛福、静山把蟹用布包好用嘴咬住，扑通扑通快游了过来。乐泉等上岸穿好裤子，给随之吃了一个桃。赛福、静山上岸，却忘了裤子放哪里了，东寻西找。

岸上孩子们乐坏了，说："看看，赛福都有小鸡毛了，静山光板子。"

赛福羞红了脸，抓了裤子连忙套上。

静山也在旁笑他："有毛了，有毛了！"

孩子们哩哩啦啦走进教室，看见施先生的两眼，一股凶光从眼镜中透出。一个个吓得大气不敢出。

施先生问："哪个领的头？"

众人低头不吱声，他就抓了赛福的手。

拉到讲台前喊："一定是你人大胆大。"

赛福不敢分辩，施先生的板子已经重重地打了下来。一打那手掌心，就麻辣辣地痛起来。那板子并未停下，又来了一下。

先生还问："痛不痛？"

赛福不好说痛，施先生又打了第三下。他"哎呀"一声，几乎掉下泪来。

然后施先生说："还去吗？"

赛福回："再不去了。"

施先生又让静山上台，打了一下手心说："你也跟他去？"静山不敢回，就放了手。

轮到乐泉，他先把自己的手伸了出去，然后闭了眼等打。先生轻打几下。三个未下水的只各打一下。

然后，施先生对大家说："看看这就是不听话的样子！明个谁去就一样处罚。"

少年们这才安静下来。翻开书本，听施先生续讲千字文。

回家路上，丁赛福觉得真冤，明明是与静山一起出去的，结果板子第一个落自己手心上。因为静山成绩好呗！他摸到的两只大蟹，这会也不觉得好玩了，便送给了同桌张鸿业。

他一路走，一路想，先生好偏心。

第五章　毛竹镇同窗玩岁月
小赛福多愁兴夜寐

　　放学后静山与赛福一起走。赛福对静山的乖巧忽生嫉妒。两人不说话，还是第一次。

　　他们分开是必然的。进了镇上的南箭楼，静山到了南街郑记。而丁赛福还有一里路，才能到丁福轩。赛福的长腿能跑，也许是总比别人多走路和走得快，就容易走散。

　　光绪十七年（1891），丁赛福十三岁，失学在家。

　　他很喜欢毛竹镇这样一个热闹又温情的小镇，二里长街有许多地方可供儿童游玩。今天他和对门的随之约好，去城隍庙看关公、周仓、关平。这一白一黑、一高一矮的两个人，走在一丈半宽的石子街上，颇引人注目。但见赛福容长白脸，额角方正，头发浓密，一双长眼透出喜悦、善良。那随之黑脸，一双大眼白里透黑，圆溜溜的，特狡黠。

　　赛福比随之高了半个头。人声喧闹中，两人谈论着关公。

　　随之说："你脸长人大，可以做关公，我黑脸正好做周仓。你会舞青龙偃月刀吗？"

　　赛福说："我们茶店里有挑水扁担，我会去河里挑水倒进大水缸。"

　　随之说："我们酒店也有大水缸，有伙计挑我不挑的。"

　　赛福说："谁让我是老大，个儿大，爹爹总让我试试。"

　　随之说："我有三个姐姐，爹爹舍不得我挑。再说我人矮也担不动。"

　　他们两家在毛竹镇北市梢，一家茶店对一家酒店。两人向南走了一半路，也有一里长，见到十字街的西边，面南六间阔大的关帝庙，两扇大门两侧大栅栏，对外一面大鼓，进了大门左右哼哈二将，怒目扫眉，四肢张扬，先把告状冤鬼吓掉魂。

正殿供关帝，西侧供城隍老爷。据说夜间也有冤鬼来关帝面前告状，咚咚一敲那禁鼓，关帝就上堂喝令衙役排列，手握长杖口呼："威武！"然后，冤鬼跪在堂前低头诉冤。

赛福和随之看见大殿里几个农妇在跪拜烧香。他俩在红脸长髯的关帝的威严之下，不自觉地跪下去，你上我下地叩了七八个响头，觉得内心安稳多了。

随之说："咱俩许个愿吧，长大了做什么？"

于是随之闭眼，暗暗说："把永福泰开得更大，三开间变成四开间。每天帮爹爹数银子装满柜子。"现在箱子角落只有小半，他不满足。

说完后，赛福不好意思大声说，他跪着默默在心里叨念："我的新娘一定要漂亮，为我生五个胖儿子，使茶馆人丁兴旺。一家子和睦过日子。"

俩孩子少年志气各异，在毛竹镇上无人可比。

他们站起来后，看着关帝老爷的红脸似乎涨得更红。估计他在嘲笑俩小孩的狂妄、贪婪、无知：你们做得到吗？

然后，他们又去摸摸那匹赤兔马。不理解赤兔马为什么变成白马了呢？随之去马尾上拔了两根马鬃，拿到眼前看，却是黑色的。

他喊："赛福，你也拔一根吧？"

赛福看到神物，是不敢动半根毫毛的，不愿前去。

被随之讥笑："胆小鬼。"

赛福宁可让他嘲笑，也要敬神如灵。他怕那赤兔马报复，在夜间关店门时踢他一脚，跌倒下去。他俩住对门，随之常来茶馆听喝茶的聊天，说看皇历今年是水年还是旱年。丁赛福去酒店后院，院子里有许多桑树。在初夏的金色阳光里，他们像猴子一样爬到大桑树枝杈。在树上看地下，人变小了许多。鸟儿们从他们左右飞来飞去。他们摘桑葚，吃的甜甜酸酸的，把嘴染得黑黑的。

每年夏天，他俩就去镇河里游泳。一年年的，他们都长大了。十三岁那年，赛福下面有了黑毛，而随之却是光光的一条小鸡鸡。随之把赛福的秘密告诉了邻家小孩，他们就常在丁赛福游泳时，藏了他的裤子，然后让他光着双腿四处寻找，其他人就在一边哈哈大笑，让赛福大大地窘迫一番。在小孩子眼里，大家都是一样的，哪个人跟大家不一样，就变成异类了。

丁赛福就是这样的一个异类。他早早地觉得，老天把他早一步推到大人的地步了，他心里有些喜悦，也有些害羞。

他属于早熟的那一种男孩。

随之家远比丁家富有。祖上当过官，家里留有一件竹节夏布长衫和椭圆形的西兴镇东之印。后来开一家酒店，生意兴隆。他家三女一儿，父母对随之视如掌上明珠。镇东祖爷早逝，随之读书不成科举无望，再也当不了官。在酒店慢慢学习，春季蒸一大锅米饭，米粒必须坚硬成熟，拌以发酵的酒药，放在大缸里等发酵。过了半月掀开缸盖，闻到一股刺鼻的醇香。原酒出来，就可以一天天在大缸舀取，以1∶6兑清水，装入一个个密封的酒瓮，再搁上两个月。

就这样，新鲜的米酒出炉了。

全镇酒生意最好的要数永福泰。酒店自造自卖很赚钱，行业人称"造坊"。黄家两代人做下来，家资富有。行商批发是个大业务，至于五六酒徒，进店浅酌慢饮。只需准备上等酒菜，请个厨师掌勺小二跑堂。还有做酒师傅，季节性来店内下料蒸饭，拌药下缸。老板黄明陆，算毛竹镇的有钱人。

光绪年间，鸦片已从官府传到民间。赛福有次走进黄家内院，穿过房门，只见房门半开着，闻到一股烟雾从里边透出来。那烟雾好香，从来没闻过。这轻轻一闻，那滋味真是人间少有。

赛福喊："随之，我们去江畔捉蟛蜞吧？"

那随之从院子里穿出，连忙把那房门关上，不让他看到里边的人。

赛福好奇地问："那是什么香烟？谁在里边？"

随之尴尬地说："别问了，咱们去江畔吧。"

赛福后来问了自己父亲，才得知那是黄明陆在抽大烟。

随之的爷爷奶奶已不在，家产由他父亲掌握。去烟馆抽、买回自家抽，黄明陆也就慢慢成了习惯。夫人顾氏得病而死，留下一儿三女尚幼。随之的姐姐陆续出嫁，二姐嫁了个官人也是好赌好嫖，害杨梅疮死了，连二姐也不幸染上梅毒。自此，黄家钱财短缺，只剩下两间门面了。

西兴镇坍塌前，黄家曾祖母——镇东夫人尚在，决定搬出西兴镇，后来到了毛竹镇。邻居丁耀湘看看黄家逐渐衰落，别有感叹，看儿子赛福是个本分孩子，也就不再计较，逼他去考功名了。

丁赛福在这个冬天的夜间，久久地失眠。

茶馆的炉火熄灭。洗漱之后，他可以躺进属于他和弟弟的卧室了。因为厌恶弟弟的脏臭，他一个人睡一张大床，弟弟睡在边上小床柜。听见弟弟均匀的鼾声后，他翻来覆去睡不着。毛竹镇街上守夜人敲起更锣：嘭、嘭、嘭的三下！过了半个时辰，远处又传来嘭、嘭、嘭三声锣声。

夜来三更天了。更夫走远了，夜长梦多啊。

他平躺下来，离开私塾使他无所适从。

那些密密麻麻的书，现在与他无缘了。他家不是书香门第，茶室的格子里只放着一本皇历，那是父亲必读的书。看吉凶祸福生辰八字的，何时出行遇福？何时办事得祸？赛福可不爱看。笔墨废弃，书包挂墙，已经积了厚厚的灰尘。随着青春期的提前到来，他感觉很新鲜。每当裤子沾上了斑迹，第二天他就早早起来，晾洗在后院。

知道儿子成人了，耀湘夫妇也有点忧虑。

这种事是无师自通，不便父母指点。自从发生这样的变化之后，赛福似乎对家里活儿勤快起来，有种隐隐的责任感催熟年少的心灵。在父亲的茶馆工作，陪客人玩纸牌、看滩簧、逛沙滩。他没有更好的可去之处，无聊而无奈。只有家是他的唯一依靠。

他时常想起私塾的同伴们。心想，离开了静山、乐泉他们，我们会在哪里再相聚呢？

沙地不过百年，疑窦丛生，有些徒劳，也有些朦胧，孩子们更难以回答。谁也猜不到十年后的毛竹镇会是什么样，私塾的孩子们会走向何方，一切都会在黑夜的梦中消解。但千差万别的命运，几乎是无法抗拒的，丁赛福盼望回到童年，但永远不可能了。一只无形之手隔开了这些孩子们的路。他们凭着各自萌发的良知，会有不同的结局。

第六章　五圩港沙上山歌会
　　　缉私营公子夺头名

几年以后。

赛福已经长成大小伙子了，年纪却只有十七岁。耀湘夫妇很喜欢儿子长得这样快，乐见早日娶媳妇，抱孙子。

毛竹镇西去十里是西兴镇，六里是长安镇，东去十里有南兴镇。

清末乡村自治，各镇皆有民推的镇董事料理乡情，此时西兴镇镇董为唐五常。镇上有家从江阴城里迁来的费记点心店。老板名叫费邦兴，夫人郑玉莲，咸丰年间人士。

这家点心店专做江南口味：馄饨、小笼包子、肉丝浇头面、海棠印糕。用料手艺考究，系祖上传下的正宗无锡口味小吃店。玉莲头胎生个女儿取名静贤，长得小巧玲珑，模样十分清秀。二胎又是千金，取名静慧，端正富态。费邦兴暗暗着急。大女儿长到十六岁，出落得如花似玉，伴以一双小足，十分清秀。手脚麻利的她，在店内洗涮帮厨，晚上还跟母亲纺纱织布，打理杂物。二女儿生性宽厚，为人少言寡语，但手脚勤快。另用个母亲的表侄儿王小六做跑堂。

费记点心店靠着西兴镇渔码头，生意兴旺。港外渔舟帆樯林立，港内批发春汛黄鱼、冬汛带鱼，十分热闹。店内早晚人多，费老板亲自收银，请一名学徒够了。伙计拌料上笼蒸馒头，女儿煮面条添浇头，生意繁忙。

谁知西兴镇上有青帮弟兄十多人，领头的号称"西兴四虎"，专搞些敲诈勒索之勾当。其中有个唐扣林，是镇董唐五常的堂兄弟。这扣林在家中已娶发妻，却又看上费家大小姐静贤美貌，常来店内与小姐纠缠。静贤是个正经女孩，讨厌不务正业的无赖，躲在后屋不见此人。

有次唐扣林发话对店主费邦兴说："你那女儿许给我做个二房，也不辱没你这老头，兴许还帮你生意发达，她何必躲我？"

费邦兴没法子，只得以女儿有病推托。后来唐扣林纠缠不休，费家想到了搬家。长安镇上的镇董许世达，乃费邦兴姨父。费老板遂去商议。

许世达说："那唐扣林是镇董之弟。西兴镇人多势大，你搬到长安镇可以无扰。"

于是，费邦兴先把女儿悄悄送至许家，然后卖掉房产，买进长安镇店面，择日搬迁过来。唐扣林见人去屋空，长安镇非他势力地面，也就罢休。几年后，西兴四虎杀人夺财，触犯清朝律法，被一级一级告到了老佛爷那里。朝廷派人捉拿伏法，费家更安下心来。

光绪年间是长安镇全盛期，周围有顶丰庄、陶生庄、翁家小圩、黄五房等村庄。此时西兴镇坍塌厉害，逼迫商户零星东迁长安镇。镇上有江阴县衙核准庙产五十多亩的天都庙；十字街面，苏恒茂、义兴泰老店多家；十多条洋船，下洋捕捉海鱼；有鱼行批发渔船捕捉的长江三鲜，还有私塾教授蒙童。

秀才许世达做乡董秉达公正，治理得很是太平。长安镇发展为老常阴沙第一大镇。时人叹息，西兴镇，道光末年曾为范、薛二地主所建。江浪滔滔物是人非，至今西沙盛世安在哉？

费记迁徙正逢同光中兴，乡下市面也繁盛。费记原系澄帮老字号，干净清爽滋味有特色，别家做不出来的。到了长安镇，许多人慕名而来，日子过得比西兴镇安泰。静贤已经十七岁，长得亭亭玉立，不像店家之女。邦兴夫妇有心许个官宦人家，尚待字闺中。

长春三和短秋九，农闲的沙上喜欢办歌会娱乐乡民。

丁赛福十三岁时离开了私塾。使他伤心的是，孤孤单单的没人和他一起玩了。弟弟丁顺兴小两岁，长得黑黑的凹脸。父母不让他念书，在家烧锅泡开水做零活。丁赛福认得几个字，出来给客人倒茶，说上几句吉利话。别看他肚子里墨水少，鉴貌辨色顺风说话，讨得客人赏俩小钱。白头爷娘喜欢头生子，纵容得丁赛福有钱一向自己花。衣服由父母置办，他却要买绸缎帽子，加个珊瑚顶子。他长得高挑，冬天穿上长袍马褂，容长脸鼻头隆准，双眼皮两眉入鬓。毛竹镇上，赛福算得独一无二的俊孩子。

茶客们夸他长相清秀，做事伶俐，可惜也就一副躬腰伺候人的把式。比起同学张鸿业的读书扎实，张乐泉的沉默善算，商静山的摆弄技巧，丁赛福乃是另一种聪明。光绪年间，江南的滩簧常来走码头，内中有个梅家班很棒，一个连台本戏《七侠五义》要演两三个月。父亲丁耀湘是个武夫，见惯与长毛打仗的阵势，喜欢带儿子一集集看下去。滩簧在毛竹镇无人不喜，耀湘带儿子高兴入场，有人替他买瓜子递毛巾。

丁赛福见识了戏场的门道。一来二去的，这个湖南人的儿子成了滩簧迷。大陆调、簧调、铃铃调、南方调、行路调，都被他揣摩熟了。那一口湖南花鼓曲，在茶场上喊得响亮，推小车时也要唱《刘海戏金蟾》的。湘军旧部思乡忧愁，每每在丁福轩喝茶，拉嗓子唱《拜月记》《秦琼卖马》等老戏。十五六岁的丁赛福刚出道，唱得比老乡动听。江南滩簧温柔流畅，湖南人也改变口味喜欢上了。梅家班一到，海报上挂出头牌、二牌，惹异乡人品头论足，你争我辩好不兴奋。

班主梅长甫，见这小伙试试唱腔，欲招为小生，但丁耀湘认为做戏子没出息。

毛竹镇海门移民多，大家喜唱山歌。丁赛福唱的声音洪亮中带婉转，山歌会上观众多多。十亩滩地，全家人一起耕种的。到了忙季，丁赛福力气大，挑麦子、担稻谷，都独自承担了。什么插秧、割棉花草等他是无兴趣的，就由母亲和兄弟去做。丁家倒也衣食无忧。

丁耀湘忧虑，这孩子除了继承茶馆，恐怕做不了别的事了。这天，毛竹镇迎来一年一度的七月七山歌会。十月初一称"十月朝"，是神的节日。七月七山歌会，是黎民百姓的节日。近年庄稼好，地主过得宽裕、佃户不饿肚子，大家有兴致来山歌会逛逛。毛竹镇的镇董事顾七斤与乡绅商量，西兴镇、长安镇办过了，这届轮到咱们镇办了。顾老爷慎独，从不去公众场合。今年围垦得利，千亩良田收入囊中。他饶有兴致，欲把本届山歌会办得胜过西邻二镇。

山歌会是海门风俗。届时有跑马、木榔头戏、耍猴等活动。观众潮涌，引来肩挑馄饨、支灶面担、卖甘蔗、卖西瓜的小商小贩，十分热闹。民间的乞巧节是女孩儿们展示才华、结识青年男子的节日。两千多年的封建乡村，对女孩们的道德要求是：好女不做街买卖，佳人自从楼上来。何以留出这个给男女青年自由见面的机会？兴许是从北方迁来的羌、苗，尊古俗恩开一面，给相思男女一丝乐趣。

小伙子们上半天看美人评手艺，捎带点勾引挑逗，机会难得。毛竹镇、西兴镇、长安镇，浮浪子弟一群群前来游逛。三镇的青年女子，但凡引车卖浆者之家的，都喜去凑热闹。她们自带干粮铜板，背个蓝布小兜。里面装上刺绣的童鞋、婴鞋猫耳朵、小足尖绣花鞋、绣花手巾、绣花女子短衫等，前来毛竹镇摆地摊。

长安镇的费记点心店，两位小姐已及笄。她俩借了去毛竹镇卖绣花的口实，早早的起床梳妆打扮。静贤小巧玲珑的身材，穿上那一件白夏布大襟单衫，短短的袖子，露出一双白玉般的手腕，戴了一对银镯子。下身一条黑平布单裤，均匀的小足配上莲藕般的黑缎子布鞋。天生的一张瓜子脸，黑黑的眸子清秀不俗。妹妹静慧打扮一样，一看便知是同胞姐妹。她俩来到毛竹镇，小脚步子慢，用了半个时辰。一进箭楼门，就看到人头攒攒少有空地了。姐妹俩只得找到裕丰祥布庄，算是西兴镇旧邻，人丛里挤了进去借两小凳。包裹内的绣花鞋、拖鞋、手巾等，一一摆在蓝印花布上。一对姐妹花，立即吸引了摩肩接踵的乡下人弯腰来看货问价。

西兴镇的几个青年凑上来。为首一个黑汉子，戴大宽边麦草凉帽罩住了额头，他穿白布背褡，在裕丰祥门前地摊上弯下腰。

一双眼睛炯炯地、笑着嬉戏，问静贤："这位大姐，你这些东西卖多少钱呀？"

静贤回答："你要哪样挑个再说。"

背褡黑汉说："我都要，两个一起要。"

其余人就哈哈哈地大笑起来。

静贤红了脸，站起身来说："你家有几个姊妹？我也有哥哥要买东西。"

几个西兴小子倒答不上来，就弯下腰去乱翻地摊上的绣品。

静贤柳眉倒竖，喊道："你翻得也忒到家了吧？估计家里人太笨，不会绣花不知爱惜。"

那背褡黑汉说："我就请你回去教一下吧？"

几个人又哈哈哈地淫笑起来。

此时丁赛福、丁顺兴、商静山、郑志先、张乐泉兄弟、顾九进少爷，还有黄随之与仆人来了。听此处争执，挤进现场观看。

丁赛福和商静山目睹了西兴镇地痞的无礼，便大喝一声："嗨！这是我们毛竹镇，不是西兴镇！你可看好了。"

那背褡黑汉一见，上来许多毛竹镇男子把他们围住了，有些胆怯。

他站起来说："不过看看绣花好不好，你横什么？"

大个子丁赛福说："买卖公平，不要动手动脚欺负女子。你看把人家东西翻得一塌糊涂，这哪叫买卖？"

小个子商静山两眼放出凶光，喊："快给人家依样摆端正。"

那黑汉子的同伙，明白毛竹镇不是耍赖地，就弯腰把绣花品摆好。黑汉子离开时，回头死死地盯了丁赛福一眼，丁赛福也狠狠地盯了他一眼。

静贤见状，陪个笑脸对丁赛福等人说："多谢大哥们帮助，不然这些地痞还不知道耍什么滑头。"

此刻，丁赛福方才回过神来，看到静贤的脸觉得有些眼熟，去长安镇玩时好像见过这位小姐，但又回忆不起在哪店哪门了，静贤被丁赛福看得不好意思，也回了一个注目礼。

这一回视，忽然大吃一惊：天底下竟有如此清秀魁伟的男人，看上去不过十五六岁。长得这么高大，不知哪家商户的公子？

静贤难得动情，不由得红遍了脸。丁赛福跳动着小鹿般的心，越看越着迷。这两分钟光景，被商静山、张乐泉、黄随之等人都看到了，微微地笑出声来。

那张鸿业说："赛福啊，你的鸿运到了。"

丁赛福被他一提醒，赶紧说："啊，他们走了多久？我们快去南街吧，还有河南人耍猴的呢。"一行八九个人就依依不舍地离开裕丰祥，混进人流去了。

下午，顾老爷坐在竹轿子内，由两个家丁抬到毛竹镇东岸空地停下。

空地前排支起一杆万民伞遮阴歌台，周围站立一帮八个斗笠绿缨的缉私营湘军。顾老爷下轿，来到凉棚下桌前。他与先到的邻镇乡董唐五常、许世达作揖，然后安坐请茶。仆人递上西瓜、香瓜等，他们边喝茶边闲聊，坐等听山歌。

午末未初，太阳偏西。港东西两岸早已聚集了农人、伙计、匠人、杂耍的男男女女，坐在木制长凳上等着看戏。隔条毛竹港东岸的是本地乡民，西岸的是西兴、长安的乡民。日头正热，乡民戴了麦秸凉帽，手摇蒲扇。

这时东岸的万民伞下，听主持人黄老五大声喊：

"各位少安毋躁！山歌会开始。东岸由毛竹镇丁福轩茶馆丁赛福开唱，西岸由西兴镇的裕兴鱼行陈国民对歌。大家听好了，由大众公评。好的喊声好，孬的也不吹嘘。"

一听山歌大家乐，再唱山歌明年行。

黄老五说的在理，大家安静下来。观众齐刷刷把目光聚集到人丛中间站起来的丁赛福身上。只见他戴着一顶竹笠，看上去不过十五六岁，身穿白夏布露膀背褡，两条臂膀长可垂膝，是个白面书生。

他笑吟吟地，双手作拱，喊一声："众位父老乡亲，唱得好不要喊，唱得赖不要嘘。"

西岸的群众，看见这般斯文的人物出来，有点好奇。一伙人就有点不满意地嘘了几声。

但见丁赛福仰首一声开嗓：

　　哎，七月里来好风光，棉苗齐膝绿荫凉，

　　四姑娘头戴凉帽还出汗，想上镇去白相相，

　　娘亲说声弗要走，绣花拖鞋做几双，

　　一双大的爹爹穿，一双小的给娘亲，

　　娘亲小脚走不动，爹爹穿了夜乘凉，

　　还有一双送给谁，心里有个好才郎，

　　只见一面难思量，才郎住的啥地方？

这声音响亮，不是童声，有点浑厚流畅。配着这般人物，让两岸的女子们好一般遐想。西岸遮阴伞下，站出来一位黑汉，约莫十八九岁。身高同丁赛福差不多，就是那鱼行少爷陈国民了。此人国字脸，大眼睛眉毛短短的，有点武夫样。

他接着唱道：

　　才郎住在西兴镇哎，海里航船网来张，

　　春夏秋冬鱼不少，白米饭顿顿飘熟香，

　　若问郎家哪处住？北街有爿大鱼行，

　　人来人往客商多，南北海货有进账，

　　姑娘若是爱渔郎，拖鞋送到薛家庄，

　　薛家庄里有外婆，陈家鱼行码头旁，

　　弗做茶店烧水婆，弗用田里晒太阳。

声音吼得隆隆的，像个大嗓门。丁赛福听了，这明显讥笑我茶店了。

接着来个反唇相讥：

> 对门阿姐弗要慌，鱼行帆船装模样，
>
> 七月里海滩有大浪，暴风雷雨没躲藏，
>
> 网里鱼儿都逃走，船上渔郎空张望，
>
> 茶店开在街亭里，四面八方都来尝，
>
> 一盏龙井品西湖，二盏普洱到南方，
>
> 三盏红茶游祁门，四盏碧螺太湖上，
>
> 五盏福建铁观音，六盏洞庭是岳阳，
>
> 七盏雪莲冰里茶，八盏中岳嵩山绿，
>
> 九盏无锡鼋头渚，十盏好茶勒沙上，
>
> 沙上有个读书郎，清茶绿水捧你尝。

这《十盏好茶》，是丁赛福套江南小调《十二月花名》，他小小年纪，声音清朗，不带浊音，唱来该高就高，该绵则绵，委实好听。东边岸上立即吼起一片："好，好，好！"西边岸上也有喝彩声。

这使那个站在太阳底下的陈国民，一脸羞愧，自觉唱不到位，没有东岸的好听。

他想：你丁赛福！敢嘲笑我渔船出海遇到风暴？

随即向下努努嘴，周围立即喊出一片"嘘、嘘、嘘！"。这边毛竹镇的青年就恶声喊道："有本领接他一段，莫要瞎起哄！"于是"哦、哦、哦"地催陈国民。

陈国民情急之下反倒提不出喉咙了。

但见那西岸上四五个青年，一阵风快跑过了高桥，来到丁赛福面前想动手打。丁赛福身后的湘军绿营兵反应很快，立马冲出来包围西兴镇的青帮小子。丁赛福退出了险地，走进绿营兵队里。

总台上唐五常和顾七斤、许世达都大喊："不得乱动！谁敢打，抓进缉私营吃官司。"那西岸的四个青帮只好放下手来。

对上面唐五常喊："他们不公！"

那湘军队伍也对顾老爷喊："西兴镇跑过桥来打人！"

于是，那个山歌会主持人黄老五按照三位镇长的意思喊道："大家坐下！唱歌总有高低，论功行赏天经地义，不必争论。"

唐五常站起来对下面说："几个笨蛋，还不退过桥回去，败了我的兴致！"

四个人悻悻地甩手而去，这边绿营兵也退进行列。

主宾顾老爷说："不能让下面人坏了规矩，我们三镇继续唱下去吧。"他微微笑了笑。

那长安镇原来有个歌手，因此一闹不愿出场再唱。

许世达说："这届长安镇就不与你们两家争了，我们推不出好歌手，弃权。"

开始评奖了。

西兴镇先说："拼实力当算西兴镇陈国民第一，声音雄厚有海洋里的风浪之勇敢。"

长安镇说："依我看丁赛福的声音清亮，有沙上棉麦之香风吹百里的庄稼之音。"

许世达暗地里赞赏，丁赛福唱得有情有才，支持第一。这也遵循山歌会的古习"公平"二字。

顾老爷说："好，我看两位镇董客气，冠军就给毛竹镇了。"

于是，接下去说歌会结束照常颁奖。

三位镇董商量下来，第一名，丁赛福，第二名，陈国民。

黄老五抱拳宣布："经三镇公评，丁赛福第一名，陈国民第二名，第三名缺席。"

丁赛福听报得了第一名，一是欢喜，二是惊慌。

胆小鬼怕打仗的他，乃父教的南少林拳他不多练，钻进山歌班鬼混。那陈国民呢，下得场来脸上红一阵白一阵，觉得丢了西兴镇脸面。

等到台上领奖，第一名是白熟罗长袖夏衫一套，外加一杆仿造缉私营方天画戟。丁赛福接过奖品，作揖归队。那陈国民领到一管横笛，缺了绸缎衣衫，懒洋洋地回去了。

黄老五宣布："山歌会到此结束！大家可以早点回家。"

场子里的人们听了不免愕然，为长安小伙没出场而遗憾。黑压压的人群见过了会儿还没动静，只好纷纷离座四散而走。搬来的长凳桌椅、凉棚茅竹，都由仆人拆掉运回。

夕阳西下，静贤姐妹与长安镇、西兴镇的父老乡亲，一路上走着回家。

说起西兴镇青帮捣乱仍旧心惊肉跳。下半天听了两家山歌，免不了一乍一惊一喜一忧。姐妹俩见了那绿营兵和青帮一触即发的凶险场面，彼时芳心忐忑，不知道丁赛福是祸是福。喜的是歌手丁赛福为她俩解围，愁的他有没有被青帮打伤。今天最大的收获是认识了茶馆小伙，竟是个识文断字的温和人物。而丁赛福内心也留下了静贤的清秀印象，竟有了非她不娶的念头。

本次山歌会虽未成功，却是空前绝后。顾老爷有了对青帮的恶劣印象，后来就不再让这帮人迁入毛竹镇了。顾老爷对缉私营另眼相看，还请他们的营长到丁福轩喝茶。不过，清末抽大烟的陋习也渐渐渗透到镇上的大户人家。毛竹镇有了黄桷轩第一家大烟馆。

此后长江江岸坍塌十分厉害。光绪末年，西兴镇、长安镇毫无悬念地成了水下庞贝。老常阴沙被砍去半爿。一众商务纠葛、世事纠纷、热闹兴旺，消失在大江浊水之中。长安镇民众难逃一劫，费家一次性东迁十五里，在南兴镇安居重操旧业。后来，顾老爷一病不治，把围垦大事托付给儿子老四、老八。他的丧事极尽奢华，湘军头领也去吊唁。送葬队伍长有里把路，缉私营在路旁扎起白幛旗，送别镇董。

早年间，太平军兴起时，有三条海夹阻隔，便没有打到毛竹镇。镇民们对这位开创者避免战祸，保护了他们半个世纪的平静而表示敬仰。这场由顾老爷亲自操办的山歌会，竟变成了毛竹镇绝唱，遗留在口口相传的故事中。

第七章　逆继母摔碗大闯祸
甘风雨挥鞭小放牛

　　张乐泉是个苦命孩子，六岁时母亲顾氏不幸逝去，他坠入无边的孤独之中。沉默就此开始，甚至可以说，一辈子的沉默从孤独开始。在孤独里才能够找到他自己的世界，在沉默的世界里，他才能正常地过下去。

　　没有那许多忧虑，是有母亲的日子。

　　张乐泉常随母亲去顾家仓房，与表弟顾九进玩。那个仓房比自家的大多了，三进两厢构成前后两个大天井。一进是大客厅小客厅、两侧账房、书房。二进九间是主人卧室，北首上房是舅舅卧室。往南依次为已婚的七个儿子的卧室，只有老四、老八的房间，床桌依旧而皆为虚饰，是过冬过夏全家大团圆时用的。顾九进住北厢房南间。前院井里种植了两株硕大的银桂和金桂，一到八月半那真是满院的馥郁芬芳。后院有一口青石古井，那井边围了很大青砖地面，供汲水洗衣多人共用。仆人都住在大院后面的龙仆舍，另加仓房、屯粮和厕所之类。

　　最好玩的是四汀宅沟外的那片树林子。东侧有枇杷、杨梅、桃子、梨树等，西侧是榉树、黄楠、槭树、榆树、桑树等。这树林外边还有一道小明沟屏障接着田野。两沟之间五丈宽，为森森竹园遮蔽了庄园内可见物。

　　仓房正面开阔，外有一条进出土路，通往宅沟。张乐泉与母亲走过竹吊桥，从正门进入一进廊下，就有舅母等出来迎接，然后去小客厅看茶。舅母命使女用盘子捧出许多南通特产寸金糖、椒盐片等茶食。小乐泉内心喜欢，也从不客气地拿起吃。母亲与舅母聊家常，他便找顾九进爬树、粘知了玩。午饭非常丰盛，连什么长江鲥鱼、刀鱼那都是不稀奇的，连仆人都有吃的。

　　那是多么美好的日子呀！

　　在母亲忌日，张家宅邸一片阴森森。为了纪念，他会用小刀子在后园大榆树上刻一道痕迹，今年已经有四道了。每刻一刀他都十分心疼，疼树和疼母亲，每刻一刀他就会想，将来要走出这大宅门。

张乐泉明白，母亲死后张家与顾家疏离，全因继母的娘家在南通，不会与母亲的娘家亲近。庄园的秋天总是那么清凉，周围的树木太多了，就造成一种阴郁的气氛，阴郁的庭院，阴郁的老屋。还有续娶后父亲脸上的阴郁，继母刘氏脸上更有一天到晚的阴郁。

好在有那些读书的日子。

他可以在施姨父家吃饭，在姨父的书声中朗读，减轻了阴郁的逼仄。他懂得那次中午偷着去游泳，姨父只打了那么轻轻一记手心的含义——那是对一个孤儿的怜悯和疼爱。失去了母爱的孩子，实际上就是个孤儿。他隐隐感觉在姨父家读书，是逃离这阴郁世界的机会。可读书并非张乐泉所长，他不爱那些之乎者也的古汉语，从中找不到一点能与内心共通的东西。比如《诗经》中的"关关雎鸠，在河之洲"，张乐泉还没到领会男女之爱的年龄。比如《孟子》中的"老吾老，以及人之老；幼吾幼，以及人之幼"，懵里懵懂，难究其实。

姨父的讲解，他在家中找不到对味的体验。

今天早上，父亲问："乐泉，咋还不起来？也好去圩塘里佃户老六那里问问。"

停了一停，他又交代："稻子收成咋样？能交个几担上仓房？"

父亲的责问不那么凶恶，而继母的不言把厌恶都写在脸上。

张乐泉不吱声，太阳未出他已经起身了。洗脸之后，忙着把昨天换下的衣服放在木盆里浸泡，用手搓洗。

这是父亲的问话，他晓得要去斜南角小圩的茅草房老六家。虽然是个孩子，但已经承担起催租的工作。那账本是按照租地的面积和小熟大熟的应收粮数登记造册的，由父亲张冠华亲自掌管。今年催得紧，是因为秋旱收成减少，而地租不能少，所以派人去与佃户交涉。口讷的张乐泉去了老六家，看见他家的早饭竟是一锅麦粥。

他问："稻米出来了，还舍不得吃啊？"

老六说明情况："少东家，回去与东家说说，今年秋旱能否减点租？"乐泉是同情的，但他父亲脾气坏，岂容佃户违规。他也不敢擅自做主。

弟弟和父母的换洗衣服都是由仆人阿英洗的。但张乐泉说要自己洗衣服，就天天不拿到洗衣房去，甚至吃饭，弟弟妹妹能与父亲、继母一桌子吃，张乐泉只能在厨房和仆人一块吃。早晨，仆人们吃罢早饭要去干活，乐泉要去念书。养成习惯以后，连后来的中饭晚饭，他也愿意和仆人一起吃。与善良的仆人们一桌，会减少许多压力，省了继母的眼睛不时地盯着他的筷子，对吃多吃少吃相发话。

一天又一天，因为这些不公的遭遇，张乐泉在寂寞中苦挨童年。这一切是因为他的继母生了个弟弟，取名吉庆。五岁的弟弟长得肥头大耳，白白胖胖。张冠华自然认为，这个吉庆才是将来能丁的传人。他觉得乐泉是个不说话的闷葫芦，没有接管大庄园的能力。

张冠华让他去私塾念书，是想让炮头儿子长大了做些事。三岁定八十，他断定乐泉只是个二等之才。在乐泉粗通文墨能写几笔账后，张冠华已经满足。科举考试去当官？这木讷孩子是根本不行的。《论语》还未读完时，就让他休学了。

在家里，一个十岁的孩子能做什么？

那个整天不与他说上一句话的刘氏，已经在暗暗考虑了。

光这些催租的事，也不是一个小孩能完成的。那由账房王老夫子和仆人阿二，到年底一并催收；让佃户用独轮车一担一担运进泉静庄仓房里。这个张乐泉长得矮小，你让他去学工匠，也不与一个地主人家身份匹配。因此煞费苦心的刘氏，也一时无法想出招数。何况，张乐泉毕竟还有个大靠山。舅舅顾七斤过世，镇董还是顾家老四福斋，他可是乐泉的亲表兄。顾家势力，岂是小小刘家奈何得了的？自从刘氏来后，这顾、张两家也慢慢疏远了。除了有事需要送人情，由张冠华亲自出面外，刘氏从没去过顾家仓房。顾氏也不屑看到这个江北女人来做客。

张乐泉休学在家后，就每天练习墨笔字，这是父亲的要求。做个算账人，墨笔字是一定要合乎规矩的，不能像农家小孩笨拙涂鸦。这一练就是一个上午，下午他就没啥做的了。他终于忍不住要去毛竹镇找丁赛福、黄随之他们一起玩。有一天在江滩上放风筝回得晚了，张冠华就认为儿子不守规矩，用毛竹板子打了屁股。在打的时候，张乐泉居然一声也没哭。父亲更加认为这孩子真倔，没治了。

第二年春天，张乐泉又与继母发生了一次直接冲突。

源起于刘氏到厨房关照大厨：炒青蚕豆是要留给她晚餐吃的，硬生生地让厨子把张乐泉面前的那盆炒青蚕豆端走。张乐泉气得当着继母面，把那盆香气扑鼻的青蚕豆往地上一摔，哐当一声，谁也吃不成！两人对峙有多半会儿，那刘氏人高马大、柳眉倒竖，一双眼睛如铜铃，而乐泉个矮只及她半身，但也是怒眉凶眼。刘氏当然容不得他这么野，但她不能与一个十岁的孩子对骂和相打，那样太失主母身份了，刘氏只得悻悻地匆匆离去。她在客厅找到冠华，愤愤不平，添油加醋，诉说着这孩子对继母摔碗，不尊重她。

张乐泉与继母为了琐事吵了一架的代价是：他要史无前例地去做放牛郎了。

张冠华作难：辞掉放牛郎阿二，由长子乐泉去长江江滩放牛？去年干旱地租收少了，家里吃饭一二十个人太多。这一点，辞退佣工很有必要。但让一个少爷来做放牛郎，毕竟会成为毛竹镇上大笑话，他还要顾及顾镇董的颜面，但又不能不摆平这桩家庭矛盾。张冠华是个相对懦弱的人，而乐泉是个狠心而忠诚的人。张冠华相信，这小子不会去告诉舅母的。覆巢之下岂有完卵？乐泉不会冒着两家决裂的风险，换取自己的利益。再说啦，这不过是惩罚他一下，不是永久性工作。让这两人分开一段时间也好。

第二天大清早，乐泉在阿二的带领下，去牛棚看看。那牛棚在圩外江滩的窝棚屋里。阿二住在旁边一间房里，牛就拴在那旁的牛棚里。有一根牛鼻子绳，从那长着黑毛的鼻孔里穿过。那牛看见主人阿二，哞哞地叫了两声，表示要吃草了。张乐泉闻见一股沉闷的牛粪味，那是青草和粪尿的混合气味。阿二必须教会小主人怎样放牛。他先让乐泉换下干净衣服，穿上另一套旧衣服：短袖对襟土布衫、一条短脚裤，还有一根布腰带系在腰间。

穿好后让阿二看看：一个被草帽遮住额头的黑脸牧童，被打扮成功。

这个十岁的地主少爷就不顾那些颜面了。谁又会看到他在荒凉的江滩上与牛为伴？阿二与他第三天放牛，第四天就不会再来了。在蓝天白云的春天里，不会有多少艰难。张乐泉必须抓紧时间，学会放牛要领。他很聪明，那简单的找草、拴桩、换地、走来走去，就在关丝草冒出滩地的春天里完成。他听着长江的浪头，在百米外的白水滩沿咚、咚地撞击，远处是黄黄的江水，偶有一条帆船从西而东地慢慢航行。

停了会儿，却见从东边岸上又走来另一个牧童。手里也牵了一条老迈的、长着稀疏黄毛的牛。他下岸来，把牛儿拴在离开他们五十米远的草丛里，任牛儿在那里慢慢啃食青嫩的关丝草。

然后，他走过来朝阿二点点头，说："来了新的？"

阿二"嗯"了一声，不便说出少爷放牛的事实，只是说："明天我就要走了，你好好照顾一下这位新手。"他叫来了乐泉认个新伴侣。乐泉看面前的牧童，年纪与自己相仿，但高了他半头。紫糖色面孔是被太阳晒出来的，似乎有一种老练的气势，使他感觉此人可靠。

他文绉绉地抱拳，对新朋友说了声："承教了！"

阿二对他说："这位叫阿风，姓柳，是二圩里佃户柳福家的儿子。"

张乐泉眨了眨机灵的大眼睛，一下明白了对方的身份。后来，阿二回家了。张乐泉的给养由仆人陈福送来，这下他一人住进牛棚，自己做饭、扎草、喂牛、放牛。

在广阔的江滩，头顶是大碗似的蓝天，北边有汹涌的浪涛，坐下来是丰腴的绿草地。如果甩开放牛者的身份，那真是人生不可多得的好风景。他想，该好好地享受一下才是。眼前年龄相近的两个少年，相对的单纯，冲淡了他被贬为下等人的抑郁。

阿风说："你念了多少书？"

乐泉答："三年。"

"我看读书也没啥用，还是放牛快乐。"

"读书能知天下事啊，还可以做官。"

"一百个读书人有几个做官的？"

"……"

"读书人很烦的，念的那些'的的斯斯，干由南山'，听不懂没啥用。"

张乐泉说："那读'秩秩斯干，幽幽南山'，下面还有'如竹苞矣，如松茂矣。兄及弟矣，式相好矣，无相犹矣'。意思是那茂盛的松林，哥哥弟弟在一起，和睦相处情最亲，没有诈骗和欺凌。"

张乐泉把施姨父的解释说出来，他觉得那是一个好家庭的模式。而现在，他却被逼到相反的地步了。他那五岁的弟弟，将来会同他一样，感受到《诗经》的境界吗？不知道了。

一个牧童居然也听过《诗经》？

张乐泉奇怪了，不禁问道："你从哪里听到的？"

阿风说："我家里有书呀。爷爷念过，爹爹不念了。"

张乐泉看着眼前的阿风，有些惊异。

忽然，他发现远处的黑牛不见了，慌张地喊道："啊，我的牛哩？"

阿风家的牛在东边，张乐泉的牛拴在西边。太阳正头顶的时分，张乐泉看不到自己的那头牛，很惊慌。但见阿风站起来打一个呼哨，右手在空中甩一鞭子。

对他的牛说："去找你的朋友吧！"于是松掉牛角上缠的牛绳，但见那黄毛牛挪动四足，不慌不忙地往南走去。它弯弯曲曲地走进芦苇荡，没多会儿两头牛一前一后，走了出来。

张乐泉哈哈哈地大笑起来，说："哈，真神了！"

阿风说："神啥呀？牛也是有灵性的。这儿也没别的牛，你家的牛是它朋友，当然得跟它返回咯！"

张乐泉一想：也对。平时这两头牛天天在一个草滩吃草的，难不成做了朋友？

他真服了这位新认识的小哥阿风。午饭就在牛屋里，弄两个菜和阿风一起吃了。阿风有时来做客，会带一点农家点心与乐泉共享。在这些苦恼的日子里，因为有了朋友阿风，张乐泉反而觉得解脱了。

江滩有时有很大的风，张乐泉把斗笠系紧。有时有阵雨，那得看上来的是什么云，乌头风白头雨。是要抬起头察看天边，上来的云势猛不猛，云最上面透出的是墨黑色还是白晃晃的层边。在放牛的风风雨雨中，张乐泉可以用斗笠遮阳、蓑衣挡雨。那件短浅的放牛背褡，他也洗得很干净，晾在屋前的树枝上。牧童可以躺在草滩上，看白云飘飘。有各种野花野草的香味弥漫，也有各种不知名的虫子，飞来鼻子上端叮一口血。有一种花背瓢虫，豌豆大小，椭圆形红底黑点，爬上手臂给咬一口就会生出一个小疙瘩，痒得很哩。

此处江头海尾，是个候鸟飞往遥远的西伯利亚的中途岛。它们成群地落脚在芦苇滩里歇憩，嘎嘎地叫着。白天，芦苇滩里的野鸭子扑棱棱地飞到江里游泳。夜晚茅草屋里可以听到"吭笃、吭笃"声，那是守夜孤雁的凄厉叫声。头顶上有白云成堆地飘过、变形、聚合、分离。张乐泉当下并没有确切的想法，就像那些飞来飞去的云朵没个准儿。

阿风对张乐泉的学问佩服得不得了，居然有些崇拜。

张乐泉想，不过是看风景时的胡思乱想罢了。两根放牛鞭子，响彻在无人聆听的草地天空，比试谁甩得响？两条黑黑的童辫，盘在一高一矮两个孩子的头顶。什么时候会有他们的出头之日啊？张乐泉敬阿风足智多谋，能解决很多实际问题。俩人自然产生了一种亲热的伙伴情感。他们把牛喂养得很好。仆人阿福说给了老爷冠华听后，也觉得很奇怪。父亲对张乐泉以后究竟会咋样，只会放牛了吗，不禁疑问起来。那刘氏则根本不想让乐泉回府，恨不得自己的亲生儿子长大后独吞家产。

长江就在张乐泉的面前奔流，天空的鸿雁往北又往南地回归。

这又是一年。

三年了，他长高了许多，晒黑了，像非洲黑人。其间过年是可以回去与家人共度的，但是他不想回到这个孤独的家。他想像舅舅一样，在江滩上筑堤开圩塘。表兄们能干的，他相信自己也能干。一年年的，张家耕牛犁地请短工来帮忙，种好自留的二十亩好地。张乐泉和短工们一起，参加了力所能及的劳动，插秧啦、割麦啦。在长长的放牛日子里，张乐泉对长江、滩地、开垦、读书、家庭……像过电影一样想了很多很多。仆人阿福每年也会传达他父亲的意思：只要当面向继母认个错，就能返回仓房，住回他的卧室，不过张乐泉的确像牛一样犟。

他这放牛工作没丢，继母的惩罚还在认真地执行着。

这几年的放牛时光，张乐泉喜欢上了这块富庶的江滩，似乎不想远走高飞了。

张乐泉的放牛生活会一直继续下去吗？阿风也替他着急和忧虑。

第八章　十六铺船上乘客做茶士
五夹泓海里失火险逃生

年终家祭仪式上，张乐泉随父亲、继母、小弟吉庆、小妹静兰，到大伯张冠儒家过大年。

大伯二伯，住在毛竹镇港西的乐圩庄，离泉静庄五里多。四汀宅沟是个"日"字形，前面住老大，后面住老二；中间一道河沟隔开，一架木桥连通。大房范氏多年无生育。二房只生了鸿业一个独子。三家四桌人基本上涵盖了大房、二房和三房全部人口了。男桌由上辈三兄弟、鸿业、乐泉、六岁的吉庆以及账房王先生等上座。女桌由大房主母范氏、二房秋氏、三房刘氏和各房女眷坐满。第三桌由主要的仆人阿福、阿英等坐满。其余没啥名分的，也坐满了一桌子。

饭前祭奠列祖列宗。张氏宗祠的神龛前，摆满几十位男女祖宗的牌位、酒杯、饭碗。上是直系眷属，远的早已分支。但由"祖宗虽远，不可不祭"的朱子家训，始终维系着。主祭张冠儒，在摆好酒菜上好蜡烛的大祭台，点着了一大把高级线香。一时间香烟缭绕，弥漫张氏祠堂。祭台前第一排是张家男眷，中间为老辈三兄弟，两旁是鸿业、乐泉和吉庆。在大伯跪下的一瞬，大家齐刷刷地跪在蒲团上，咚咚地叩了四个响头。

张乐泉曾听伯父说，这些神龛供奉的牌位是几百年前从北方带到江南的，多不容易啊！他又想：张家男丁不多，几百年才几十个直系祖宗？跟现在三兄弟只生了三个儿子一样哦。伯父说过，张氏最初是甘肃的，后又到山西，再从大槐树辗转来到江苏的海门。

拜完起立那一刻，张乐泉想：祖宗辗转千里来此成家立业，太不容易了。

百年以后，想象不出他们的面容。内心存念，祖宗也是十分关切后代荣枯的，所以他心里又充满了敬仰。

男眷属拜完退下，一排女眷上来同样认真地四叩首。后依次再由男仆、女仆叩首。

除夕要先祭祖宗。大年初一他们这些小辈，也必须一家家地去长辈面前拜年叩头，还遵北方规矩。

张乐泉心里想：祭祖天经地义，等于世世代代地寻找自家的根。让后辈知道自个在这个世界的位置，秩序是不可造次的。

礼毕，张冠儒向祖宗拱手作揖，喃喃自语地祷告：壬辰之春，三房长子张乐泉，入储大房为长子。乃大吉大利，香烟永续，四季长春。

这样轻声说完，张乐泉就成为张冠儒的长子了。张冠华示意他先向自家父母叩了三个响头，算是感恩养育，再去大伯、伯母面前跪下叩了三个响头。

张乐泉站起来对伯父母叫了声："父亲大人、母亲大人！"

张鸿业愣了一下。他想，原本大伯说过几年要自己承储的，所以供他读书上学。施家私塾的先生施邦举也说鸿业最聪明。一直念到《大学》《中庸》，文章也写得不错，明年就可去考秀才了。大伯忽然变卦，换上了乐泉承储。叹口气，他自己只剩下一条路考科举，为祖宗扬名了。

他眨了一下眼，瞬间平静，似乎胸有成竹。

其实，张冠儒从小看着鸿业长大的。这孩子念书过目不忘，近年来写的文章流畅自如，颇得夫子青睐。但每每与大伯照面，神情呆板，不是那种活络头子。比如，除了叫一句大伯，就没有其他话了。除了文章，张鸿业对田地收成、收租出入的窍门，一问三不知。大伯品出：他是个不谙世事的书呆子。在张冠儒眼里，鸿业走路也是一颠一颠的，不如乐泉踱方步有官相。

他欣赏乐泉的一点是：无比倔强，凡认定了的事不会回头。这次宁愿被贬到江滩做放牛郎，也不向刘氏屈服。张冠儒想，好像是祖宗传下的西北人性格。咱张家胳膊这才宁断不弯，千里走单骑到江南啊。

祠堂内静静地洋溢着喜庆气氛。

除刘氏外，一屋子的人都喜滋滋，为乐泉庆幸，从此可以搬出泉静庄，来乐圩庄与伯父家共居了。不言而喻，三房的财产自然也只属于吉庆了。刘氏脸上显得轻松，她又何乐而不为？但张冠华决定，留下乐泉和他母亲的房间，并告诉儿子随时可以回来。

　　这之前，张冠儒把亲弟冠华、弟媳刘氏叫到乐圩庄叙谈，狠狠地骂了他们一顿。咋样？让自家儿子去做放牛郎？羞愧不？没吃了，没穿了？张家的面子都被你们丢尽了！然后把他与范氏的决定，跟老弟商量。

　　张冠华和刘氏被骂得低下了头。冠华内心很自责，有谁厌恶儿子呢？一个太少两个不多啊。像顾家有三房姨太，九个儿子。但时下形势如此，与其不愿，还不如让乐泉储了大房，省得大房又别生主意。

　　年前，张乐泉已经离开泉静庄，住进乐圩庄大宅门了。那个阿二又回到长江畔的牛棚里。那老牛竟然哞哞地吼叫，与他亲热不已，真是物恋故主，牲畜也有情啊。阿风呢，与乐泉道别后，也慢慢离开江滩，做了个挑子，前箩内破布衣衫，后箩装的烂斩糖、缝衣针。阿风变成小货郎了，这是乐泉不知道的。

　　进入大伯家，张乐泉开始过得有点拘谨，他严格地谨守着大房的生活习惯，早起去书房或母亲房间问安、闲谈片刻。上午跟随储父练武舞拳挥剑，这是祖上在西北的"堡时代"防匪防战的需要。这个规矩张冠儒坚持了几十年。午后读书写字过目笔账，即使储父写的也要复看的。吃饭时与父母同桌三人，倒也自在。那储母范氏总是给乐泉碗里夹好菜，说三年受苦了，要补一补的啊。储父比生父大十岁，已经五十多了。他性格开朗，与乐泉有说有笑的，并不严肃。

　　三个月下来，张乐泉感受到了家庭的温暖，对储父母很是感激。他分内的事做得服服帖帖，张冠儒十分满意。第二步就放开行动，让他去毛竹镇买东西之类。张乐泉有机会去舅舅家找表弟玩了。

　　张乐泉先去佳境庄问候舅母，告知储进港西乐圩庄大伯家了。舅母替他感到高兴，又问这几年滩地放牛的事儿，不禁骂了几句刘氏心狠。还说，现在你舅舅没了，你有事就去找老四和老八吧，在镇上商行里呢。舅母留饭吩咐多加几个菜，饭后，乐泉与顾九进一起去毛竹镇。

　　佳境庄离毛竹镇不远，表兄弟进了南箭楼。张乐泉看一条二里长街依旧老样子，但街上的情况有些变化，遂与九进边说边走。

　　乐泉问："这几年你都做了些啥呢？"

　　九进答："我才十几岁，能做啥？不就在乡下陪母亲。"

　　乐泉说："也是！舅舅去世，舅母很难过的，应该有个解闷的孩子啊，你正好。"

九进说："我也看些书，但武侠类的多。像《七剑十三侠》，好看极了，晚上躲在被窝里就做梦，打呀打的，崆峒派总打不过峨眉派。我流白了，你呢？"

乐泉哈哈一笑，说："表弟有出息呀，恭喜你成人了。"

在牛棚里的被窝中，有了第一次流白他没有说。那是件很羞人的事啊。伴随流白，他也懂了些人事。总要经过的一关么，似乎与传宗接代有关。

他们看见几个镇上孩子背着书包，嘻嘻哈哈地去上学，很像当年的他们。

九进告诉表兄："这几年，毛竹镇变化真大。镇东咱顾家捐资捐地，建造了一座国小——南通县常阴沙第六国小。洋学堂学的是算术、国语、自然、公民等陌生的新内容。"

几个头顶盘着辫子的乡下推车人，把一蒲包一蒲包的棉花，用独轮车吱嘎吱嘎地推到花行。九进说："那可以兑现换几个铜板，或写几包棉花条子抵钱。这么多棉花从毛竹港里，用木船运去南通大生纱厂。"

乐泉说："棉花条子可以变现为现金或米条子吗？"

九进说："也可直接与粮食条子交易。这些事都由钱庄进出的。"

乐泉看见，镇南开了几爿大花行。镇上的钱庄也从一两家扩展到五六家了。讨论中，乐泉似乎感觉，舅舅顾七斤的去世带走了许多好东西，又涌进了许多新东西。

九进说："学堂仍有，但学生偏少。"

乐泉又看见卖洋布的布庄。以前只有一家，现在已经开了五家。

说着说着，不觉来到镇中心，熟悉的坐北朝南的顾记商行大柜台。

放牛前那会，乐泉人矮，看不见柜台里的东西，现在身高已经顶出柜台了。跨进门槛，但见八表哥也像舅舅一样在看报。

他在柜台外喊了声："八表哥。"顾徽宗抬头一看，竟然不知道这个黑小子哪里来的。

九进说："八表哥，是乐泉来了。"老八便放下报纸，一边站起身来对乐泉说："快进来，坐坐。"一边让老仆人于福倒杯茶来。

乐泉和九进进了内柜台。老八喜滋滋地看着这位表弟，黑黑的身板敦实，两只眼睛乌溜溜的倒像个能做事的人。

乐泉和九进坐在靠背椅上。俩小孩对着一个二十多岁的大人，不知说点什么好。

还是老八先说："哈哈，乐泉你是周文王遇到姜太公了啊，你大伯人不错。"

乐泉想，大伯的知识是要比父亲强，性格也好。

他说："命中注定吧。"他说的是放牛和入储两件事。

老八说："是的，三姑母身前帮你算过命的，前期要吃点苦头，日后能办大事。"

乐泉说："但愿，现在就到眼前。八表哥，我在乡下很闷的。您派点事儿给我，让我在镇上做事吧。"

老八摸摸下巴说："我这里也好，正缺个画图记账的人。我的盘子事儿太多。你还小，能干吗？"

乐泉想了一下：这也好。就点了点头。

九进无意中插言："咱大哥在上海说的，今年也还缺人呢。"老八点点头没吱声。乐泉睁着眼看了九进一眼，有点纳闷。

老八就说："你大表哥顾浩林在上海招商局，过年回来对母亲说了，带几个人去轮船上做事。不过开始做茶房。乐泉，你愿意吗？"

乐泉不吱声，想了好一会，对老八说："我去。"

原来他是在想，自己不要靠大伯的财产。既然上海地面大，需要人，当然机会难得。再说跟着大表哥顾浩林也可长长见识，自己喜欢。放牛郎这事儿，把自己弄得灰不溜秋的，不好见人，日后学点本事才被人看得起。

一句话，他选了在上海发展。说："不过这事，我还得回去与大伯商量。"

晚饭后，在乐圩庄张冠儒的卧室里。乐泉借请晚安之际，坐在板凳上对大伯说："爹爹，今天去顾家商行了。"

大伯正在剔牙齿，无心地回了句："哦。"

大伯母范氏说："见了八表哥吗？"乐泉点点头。

范氏又问："他给你说了点啥？"

乐泉和盘托出，说："八表哥叫我去上海找大表哥。"

大伯父当然知道，上海招商局做事的是顾家大少爷顾浩林，且是股东。局里有事都少不了他哩。因此问乐泉："没有说叫你去做点啥事？"

乐泉只得回答："光说找点人，还不知做啥哩。"

这一年煞费了大伯父冠儒的心思。四十多年前太平天国运动后，又经军阀变乱百业凋零。唯有上海、南通那边有洋务运动，开设了许多公司和工厂。

冠儒夫妇商量：这孩子从小闷声不响的，不是个做官料。大凡富户人家不屑让儿子去学手艺做木匠、泥瓦匠的，只有上海学生意可靠。幸好顾家在招商局扩股那年，早已插足投资。那顾家老大是个人才，在招商局人脉不错。乐泉有个亲表哥依靠，是自己想不到的。亲帮亲，友帮友，张冠儒便同意他去上海。

后先由老八修书一封，征询大哥回信同意，告知了张冠儒，这才张罗乐泉去上海的行装。伯母范氏给了他五十块银圆做盘缠。清明上坟过后，乐泉穿上干净土布衣裳、戴顶麦秆草帽、背个蓝布包袱、穿双青布鞋，这就乘船来到上海。

到了上海，乐泉就近住在十六铺码头小旅馆。第二天早晨，按照大表哥信上路线，沿着中山东路走向福州路口，转乘有轨电车到外滩九号，招商局轮船公司。面前那座三层五开间的红砖大洋楼，底层外墙石砌，上面两层为清水红砖墙，各层均用拱形的木门窗。第二三层原有塔什干、柯林斯式双柱外廊。

他一看，简直惊呆了。心想：这是一个放牛娃能来的地方吗？

鼓足勇气进去后，他问了几个走廊里的职员，顾浩林房间在哪？人家奇怪一个乡下土鳖怎敢走进招商局。欣喜的他，边走边看，整幢楼全用实木铺地，内部楼梯曲折，栏杆有精致雕花。他不觉地扶着那光滑的木扶手，笃、笃、笃走上二层，找到大表哥办公室。一看，里边阔大宽敞，上有一丈五高的白色天花板，四周雕了环形曲线，十分豪华。

坐在大方桌子后的大表哥顾浩林，也是五十多岁的人了，看上去与舅舅模样差不多，容长脸马子鼻，额头高而光亮。

他站起来笑嘻嘻地问："是乐泉来了？"

乐泉就回说："昨晚到的。"

顾浩林就打电话给人事经理，又亲自带乐泉去见他。管事经理见顾浩林来了，站起来客气了一下。他上下打量：这黑黑敦实的乡下小子，两眼放光很有神采，思考了一下觉得可以。

只听他说了声："试试。"

这就把十五岁的乐泉，弄到招商局客轮"申苏号"当了个茶房。

乐泉第一次到上海，真是乡下人吃海参——头一回。

马路上一天到晚人群不断，十六铺码头四周的小卖店、大排档、自行车、汽车，乃至花旗摊、妓女院昼夜喧闹，这使他迷惘不安。这孩子是个苦命人，到上海是来学生意不是游乐的，身上几个盘缠也有限，夜间不随同室朋友玩耍，白天偶尔上街逛逛即回住处。

后来顾浩林领他踏上洋船，拜见船上大班师傅，多个马甲兄弟，乐泉算一个见习茶房了。船员们分住职员房间，一天十个钟头，上下五层客铺的打扫、兜售商品、查票、安排上下客，客人事情均需一一解答，好在乐泉性灵聪明，念过私塾应对不难。他待人和气，很快就上手了，师傅暗中欢喜。值班休息住进船员房间，六人一室倒也不挤。吃饭在船员餐厅，按时开饭。同伙间可以自由说话，这令乐泉感觉舒畅多了。

不过胆小的乐泉还是以沉默为主，较少回答别人的话。他喜欢读船上的《申报》。

招商局有申苏一号、二号、三号和四号四艘大轮船，专航上海到苏北泰兴的，中途停靠南通、十一圩等处。船员都是沙上客，乘客以沙上人、江北人居多。偌大局子，另有"江字号"大轮船二十七艘，最远去重庆、汉口，八天才回上海。上船后一切顺利，不觉得伺候人有多累。乐泉一是初来上海高兴，二是懂得了各地语言。因大表哥的关系，后来的工区是二层至三层。房间住一两个客人，设施比较豪华。乐泉也注意穿着干净整洁，蓝色的船员服、圆盖帽穿戴合身，健壮的体型很讨客人喜欢，听客人间的闲谈，懂得不少上海、南京的大事，什么甲午海战、公车上书、百日维新，《申报》上都有的。

头等舱客人穿着华贵，有长袍马褂绅士，有西装革履的洋人，也学会了几句洋泾浜英语：格的猫您，奥瑞特！

与洋人简单讲话。看客人特点知其所需、投其所好。有的客人爱抽水烟，乐泉帮他买好上等兰州水烟。客人把烟装进烟眼，嘴从长弯管吧嗒、吧嗒吸进去，拿烟筒磕磕再装第二筒。这种悠闲乘客，也让乐泉乐了。

光阴荏苒，一年认识的人不少。

一个剃西装头、戴玳瑁边眼镜、西装革履的男乘客，面孔白皙，双眼炯炯有神，举止文雅说话不多，有四十多岁，那是他无意中认识的。有一天，二层202独间传来轻微的呻吟声，乐泉忙敲门进去。只见一位斯文的先生正躺在床上打滚。

乐泉忙问："先生，您哪里疼痛？我来帮您。"

那客人说："胸口疼，凑巧没带阿司匹林。"

乐泉说："那您坐起来靠牢床背，我给您弄药去。"

乐泉以最快速度拿到了麝香救心丸，进门就说："医生说，吃阿司匹林不如吃这个好。"乐泉用温开水，帮他吞服了两粒救心丸，分把钟以后，居然平安无事了。客人对乐泉有见识、助人之急特别欣赏。

他是南京交通银行的经理，姓王名文章号逸兴，来往沪宁两地，有时乘火车、有时乘大轮，上岸到南通家里玩一天，巧的是海门同乡，八厂人。

乐泉用一口流利的海门话说："偶是长乐人。"

王先生说："那是张四状元的乡梓了？怪不得斯文。"

乐泉顺便套个近乎："一块土上人么！"于是俩人熟悉起来。

后来获悉，王先生与乐泉的祖上有些渊源。乐泉有时弄点酒菜，与王先生小酌一杯，饮至微醺。王经理想这小子，许能做点事？他给了一张小小的南京交通银行的白色名片，告知了地头尺寸。他关照乐泉："有事时到南京找他。"

在船上待了两年，乐泉从十五岁长到十七岁，是个大小伙子了。浓眉大眼的他，认识了一些商人、官员，眼界开阔起来。说话之间应对自如，完全不像个茶把式。学徒的工资月十五大洋，管吃管用了。乐泉悄悄存放起来，两年之中也有了两百多大洋。

第三年冬天，"申苏一号"从上海开出。船未到南通，大约在太仓、常熟的江边航行。二里宽的深泓傍岸，有几多丈的绞股潮水喷涌，此地海域名"五夹泓"。江上五条泓流在江岸外交汇盘旋，生出漩涡。船行到此，船长凝神屏息，左顾右盼。一怕撞船，二怕怪风，三怕巨浪。那大轮船破开水面悄悄靠近岸线航行。

不知从哪个船舱里透出滚滚浓烟，眨眼间传到舱面甲板。在呛人的烟火味中，船底旅客你踩我踏，赶紧逃上了甲板。乱哄哄的人声中，有人说：

"四等舱失火，蔓延到五等舱、三等舱了！"

此刻乐泉正在三等舱服务。夹道里的他，一边喊大家别乱，一边引导众人上顶层排队下船逃生。他忽然记起了什么，噔噔地上到二层202室前敲门、拽门。只见那王经理正一个人待着，在喝酒。

乐泉二话没说，取了他的皮箱，喊道：

"赶快，轮船失火了！先跟我上去排队下船吧。"

王经理见状，只披了件大衣，跟在一众人群中噔噔地上顶层。面前，船长正命令众人排队下船。船舷下的江面，有间隔地停了四五艘划子船，在潮水中摇晃。船员又从甲板上放下四条软梯，搭住了划子船，接引客人逃生。王经理就在中间一排队伍中。

乐泉把箱子递给他，说了句："您拎好箱子，下船当心。爬绳梯面里背外！下面有人接应。"

乐泉继续察看、引导乘客上甲板排队下船。他急匆匆地又去查船舱两端还有没有漏掉的人。船客们知道江上火灾厉害，循序下船，像一只只蚂蚁缓慢逃生，既不能快也慢不得。那船舷有三丈来高，下面有水手把人接进小船。

四等舱的烟味已经曲折上升到船面。

乐泉查好二三层，清空所有客人，噔噔噔地奔上船面，双眼俯瞰着船客猴子一样踏入小船。他看见王经理已稳稳地坐进小船人丛中，不觉地向他挥了挥手。王经理仰望到这个小茶房，来不及挥手小船就离开了。后来，乐泉看见四五只小船，来回接客上岸。在船长指挥下，他又接应别的客人排队下船。眨眼间全船几百名客人走完，剩下船员没走，这纪律是上船必守的。大家看那火，已经蹿上大轮顶层，呛得人咳嗽流泪。

看来救火很慢，水龙头不够使用。船长让船员分头顺四条梯子爬到小船中去。

乐泉背好包裹，慢慢地从中梯处下去。看看上面是人，下面也是人，只得一步步随势而下，眼看离末节还有五个节了，谁知上头有人一脚踏空踩在他肩上。他的一条腿被意想不到的力量蹬离绳梯。一个滑塌！乐泉从梯上掉到小船中。谁知右脚被小船的铁皮舷口一震，听到脚背骨"呱"的一声断了。双脚不平衡的乐泉一阵剧痛，歪斜跌入小船。小船颤动起来，周围的江水激出一层波浪。

幸好小船里的人们及时把乐泉接住坐好，问他："疼不？"

乐泉忍着疼痛摇头，心想：命大，没有落水。

小船在风浪中慢慢划到岸畔沙滩。他由近处的乡民挽扶接应，去村中茅屋里救治。

那火后来虽被扑灭了，但损失不少，还要凭票赔偿旅客的损失。"申苏一号"最终在原地向东开回上海去修理。

公司公告：因这次灾难，"申苏一号"暂时不会运行了。

乐泉在乡村人家包扎伤脚后，感谢乡民救治之恩，费了些金钱，然后雇辆黄包车回到毛竹镇乐圩庄宅上。家里人看他遭此大难不死，都称好险，好险！

可乐泉满意的是：被救下的王经理逃难回去了。要是自己一乱，王经理关门喝酒，那就难说后果。他最不满意的是：自己小小年纪变成了一个瘸子，走起路来那右脚必须一踮一踮，慢了许多。他深感命运之不公，为何倒霉事都会落到他头上？

张冠儒夫妇看他这个模样，当然不敢再送他去轮船公司，就和顾老八商议，让他去毛竹镇学习记账。从此，张乐泉开始做顾记商行的小账房，这倒蛮对他沉默守静的秉性。老八让他学做丈杆师，跟老师傅熟悉围垦科圩的种种，一年后才做记账师傅。原本打得一手快算盘的乐泉，做事公道谨慎，深得老八的器重。

一个去过大上海、当过轮船茶房、见过银行经理的人，会甘心做个乡下丈杆师吗？乐泉也许想过，也许无可如何。

一个瘸子当然只有靠自己奋斗了。

第九章　八厂轰隆张謇实业救国策
七情麻辣状元光明磊落身

　　1894年至1900年整整六年，忧心忡忡的状元公张謇，被大生纱厂、教育开路、慈善筹款、土地围垦等弄得晕头转向。冷静下来归结为：盘子太大，顾此失彼。他深感力不从心，胡子白了许多。毕竟状元也是人啊，受不了这等折腾。雄心勃勃的他，想不到有这等结果。

　　俨然半百老汉，坐在南通张府的四临轩中。

　　身后一架红木大书橱，叠满了泛黄的线装书。藤椅里，他穿着宽松的中式对襟夹袄，罩了一件灰色背褡。红木书桌上，垒着一叠一尺厚的近期《申报》、书札。他身材略高，四方脸，处在苍凉而无奈的阴影中。一双大眼睛炯炯有神，给人一种聪明过人的感觉。

　　他已经想通了：自己精力再旺盛，也挽救不了危如累卵的时局。四临轩是变临、道临、事临、祸不单临之意。踏入此轩，他每一天都在提醒自己独立思考，迅速化解一团乱麻的难题。

　　这些年他目睹了甲午战败，纷纷纭纭不知归咎于谁，今年又是庚子之乱，祸起山东"拳匪"义和团。慈禧太后一味排外，竟赞成"拳匪"的"扶清灭洋"口号。义和团在京城等各地，不问缘由杀洋人、杀教民、烧教堂，以致八国联军占领京城，清帝西逃长安。这等仓皇窘态，让人唏嘘。

　　到这时候的状元公，尝尽了甜、酸、苦、辣、咸、淡、浓、硝的世间百味。

　　清朝京师沦陷，朝廷逃亡内阁作鸟兽散。此一事件发生之前，朝廷的电报一封接一封抵达南方，敕令李鸿章北上，与攻打这个国家的洋人议和。慈禧将李鸿章由两广总督，重任为封疆大臣中的最高职位——直隶总督兼北洋大臣。战乱虽未降临南通，而东南自保之声一呼百应。煌煌家国何存何行？张謇内心怎不悲痛。

轩中孤坐，独品之此刻此时，若痛若酸谁能与共?

他喝了口浓茶，想起吴长庆大帅。在朝鲜平叛的那段通力合作的日子，吴大帅当机立断措施得当，将浑局顺利清肃。而李中堂嫉贤妒能，唯惮淮军被吴取代，立马把他调回山东登州。形同楚囚的能将，被活活气死了。

此一味憎意如苦药，吞在张謇肚子中，苦味久久不去。

1882年朝鲜因欠饷数月，发生了骚乱。日本趁机出兵，借口要朝鲜赔偿损失，签订城下之盟。这时的朝鲜，明了事态的复杂性，立即向清政府请求派兵支援。适逢北洋大臣、直隶总督李鸿章因母丧休假，职务由两广总督张树声代理。张树声主张对日强硬，接到朝鲜情报后，派海军提督丁汝昌邀淮军吴长庆到天津，会商对日办法。

8月8日，吴大帅赴约，张謇随行。

吴、张二人乘海轮赴天津，船抵大沽口，张树声已派人在码头等候。待船靠岸，立即把他们带入公馆。随后，不等吴长庆和张謇稍拂征尘，张树声和幕僚何眉孙来访。密室之中，四人商议了对日军事方案。8月11日，天刚破晓，吴、张乘轮返回登州。次日，吴长庆下达了全军开拔令。8月16日，吴亲率六营大军乘兵轮出发。

张謇同舰赴朝鲜。

吴任命张謇"理画前敌军事"，这于一介书生是陌生任务。他提出派袁世凯为佐理。袁世凯之所以来淮军，系亲叔袁保庆函荐给吴长庆的。初来乍到的小袁因年轻未谙世事，被吴按在底层，嘱随张謇学习艺文。后因他屡屡出手不凡，为张謇赏识，得以携赴朝鲜作战。这一年，张謇29岁，袁世凯只有23岁。能派两个少壮派处置前敌军务，吴大帅可谓见识不俗。

吴部于8月22日抵朝鲜。吴命一营官率队先上岸，然此人推说士兵仓促下船，多有不适请缓行。吴长庆大怒，下令军法处看管，改令袁世凯率队，并称：有不服从者，就地正法。袁世凯奉命部署，两小时内出发。次日黎明，袁率兵登陆朝鲜口岸。行五十里后，吴长庆与张謇率队随后抵达。袁世凯飞骑来迎，报告前锋已扎营前十里处，请大军在此留宿。吴长庆见他指挥若定，年轻却做事老练，大喜过望。

他对张謇说："慰亭真不错，不负张先生识拔，我应向您道谢。"

袁世凯听出是张謇密保的他，向吴大帅道谢后，又谢张先生。

张謇忙说："大帅对你特赞，望多替国家出力，不负诚信。"

小袁连连称是。英雄相惜、不论出处的滋味，渗透在吴、张、袁之间。

8月25日，淮军抵达朝鲜京都汉城，扎营距京七里的屯子山。吴长庆、张謇进入国王安排的行馆。

袁世凯向吴长庆禀报："所带军队有抢掠朝鲜村民鱼肉、鸡鸭、蔬菜的糗事。"

吴长庆大声说："为什么不严办？"

袁世凯说："我已就地正法了七人。现有七个人头在此。"

吴长庆连声赞叹："好孩子！真不愧将门之子。"

当日，吴长庆率亲兵一营进城。8月26日轻车简从，对摄政王李应礼节性拜访。下午，李应到军中回访。吴长庆一方面与他会谈，一方面把李应的手下人支到别处。然后，宣布清王朝对他的拘捕令。令完，送入官轿由士兵抬到南阳港海口。吴长庆把朝鲜摄政王专轮直送天津。8月29日，吴派兵消灭朝鲜枉寻里、利泰村叛军，俘虏数百人。张謇见俘虏中百姓较多，建议由地方官指认谁是贼寇。明令：只杀首恶，胁从不问。足见其仁善的秉性。

至9月8日，朝鲜政局平息。9月9日，直隶总督、北洋大臣李鸿章假满回任。从属淮军的吴长庆，亦到天津向他述职，张謇与吴长庆一道回国。朝鲜的庆军，托给了袁世凯。由此，小袁走上了他人生的新起点。

朝鲜内乱暂时解决，挫败了日本的计划。张謇面对真枪真刀，清醒地看到了朝鲜的重要性。介于中国、日本间的朝鲜，南与日本仅隔一道海峡。轮船由朝鲜的釜山港到日本，仅需六小时。中部和北部，与中国东三省陆海连接。朝鲜不保，东北危矣。于日、俄而言，日本防俄进攻东亚，俄国防日进攻西伯利亚，朝鲜有多重要，可想而知。

作为幕僚，张謇参与了庆军决策。深知清、日、朝、俄的纠缠导致的弱肉强食的心理，朝鲜既可为用之也极易失之。他最佩服昔日诸葛，在强曹、悖孙、弱刘之间纵横捭阖，火中取栗。张謇检讨了朝鲜问题，先后写了《壬午东征事略》《乘时规复流虬策》《朝鲜善后六策》等文。其中，《朝鲜善后六策》最为深刻。文中，他提出了解决朝鲜危机的策略。

一、按照汉朝的方式，建置玄菟、乐浪郡。二、按照后周的方式，设置监国。三、驻扎重兵于各港口，改革内政，除旧布新。四、让其自行改革，为其训练新军，增强其防卫能力。五、与东三省联为一气，互相声援。六、分路出兵、规复琉球，打击日本侵略气焰。

张謇在极短时间，草就《朝鲜善后六策》。事非躬亲不知难，他的实地参与最为重要。此书速递张树声，代奏皇帝，期为中国对朝鲜永不变更的国策。张謇的静与敏，静得三江之远，敏而未弹出手，才华毕露。用心之细全在一个"慎"字。

昔日的呕心沥血，使闷坐四临轩椅中的他，微微吐出一口郁气。大事远去，感受一刻平静，喝了口茶。

谁知这份由张謇起草的呈文旅途耽搁，送至天津张树声还没来得及反应，李鸿章回任。张树声只好把《朝鲜善后六策》转交他。李鸿章看了甚为不屑，简单批为：多事！扔在一旁。张謇那边，犹以为此事告一段落。

张树声之子张华奎，在天津父营中看到这篇文章，抄录后带到了北京。张华奎系捐纳郎中，把这篇策论在同僚之间传阅，京城同侪赏读不已。几位重官，到总理衙门、军机处询问《朝鲜善后六策》，而阁僚们竟未接到，根本不知。一时间京城舆论大哗。读罢此文者评之：有直抒胸臆、酣畅淋漓的滋味。有朱批之下且点为：可、大可而收笔。张謇的才华实力得朝官赏识，南派清议首领潘祖荫、翁同龢立即支持。侍郎宝廷抄录此文，上达皇帝和太后，竟未被慈禧采纳。

李鸿章悉知《朝鲜善后六策》引起重视，痛恨吴长庆趁自己不在，大谈外交。又闻御史在上达皇帝、太后的奏折中，对自己大加攻讦。嫉妒心似火烧的他，决定报复吴长庆。李鸿章让部下传言，欲把庆军交给马建忠。吴长庆听到，立马就要辞职，幸亏朋友袁保龄和周馥斡旋，李鸿章才未马上下手。张謇看到吴长庆艰难度日，庆军前景黯淡，决定逐步归退。

1883年秋，张謇把胞兄引入庆军，告假回乡。1884年，吴长庆调防奉天。李鸿章把庆军一分为二，战功卓著的庆军顷刻瓦解。吴长庆气得一病不起，他非常想念张謇，函催见面。张謇从上海乘船到金州，吴已病入膏肓。7月13日，吴长庆去世。手下的幕府宾客乘乱索取金银，恶声相向。张謇那个恨和怒啊，向谁发泄？

威风凛凛的庆军主亡人散，吴长庆落寞去世，令状元对世道人心顿生无限凉意。

此凉深沉，为冬冰之彻骨。张謇想：人情如纸薄不堪一吹！四临轩正在春季，却寒可彻骨。眨眼坐起的他，轻拍了一下桌面，由猛而缓地深吸了几口料峭寒气。世道虽难，并未影响他的自信。随吴长庆去朝鲜平乱，与袁世凯同历惊险场面，他感受了远离皇权，反倒宝剑锋出掣肘自如，才悉心写出了有理有节的《朝鲜善后六策》，朝廷仅作百无一用是书生论。反思小小一篇策论，何足道哉！栋梁之材的吴大帅，都因为国尽忠而被陷害，难免一死。

忠奸对比，加深了这位瓷器店平民宁良毋染的信念。

雨中跪送太后之问："这官是人做的吗？"

又变换为："中堂大人是怎样一个人？"

朝廷其实黑到容不下一个明人了。张謇奋起写道："观人于不得意时，于不得意而忽得意时，于得意而忽不得意时。经此三度，不失其常，庶可为士。"

他觉得，官场耗尽多少才智，心血不能为国推一寸之力，才是最令人懊丧的无奈。此乃寒冬之凉，一般人经受不了要颤抖起来的。

张謇的感觉凉透了，内心又急起来。23岁在浦口跟上吴大帅，31岁离开庆军。八年光景，都在大帅的信任之下。只为恩公太实在，放开手脚让他干，得与所学史书互为烛照。忠文掠世、恩公义亡，此二则令张謇深尝仕途变忽之诡。

四临轩中，本欲下笔的他搜索枯肠，仍不得要领……

原本一腔忠义只剩自叹，痛师哀朋、报国无门，不得不在节哀顺变中，生发痛彻心肺之感。四临轩外下雨了，雨声潺潺如号啕大哭，野外蛙声一片，他想：这么快就从春天到夏天了吗？

光绪二十年（1894），41岁的张謇二月恩科会试，得中一甲一名进士，授翰林院修撰。九月他就以状元之名，英气逼人地疏劾李鸿章：战既不备又败了和局。狠狠踩了他一脚！试想庆军在朝鲜已击败日本，平息乱局，何至于后来甲午战争，清政府把老本都输光？决战未开，先杀良将，是兵家大忌。你李鸿章不懂吗？拆散庆军气死吴长庆，接着就是黄海里北洋水师舰毁人亡，割让台湾、琉球，从此国无宁日。

慈禧、李鸿章难辞其咎！

拍了一下桌面，张謇松了口气，原因找到了！透彻实情的他，身体在椅子里微微扭动，发出一阵吱嗝声。突然感觉一道亮光在面前掠过，头脑里掠过的东西前后贯通，他一下明白了。

1904年春，清政府驻外使臣孙宝琦、胡维德等联名电请变更政体。此时，朝野上下，君主立宪呼声甚嚣尘上。张謇的拳拳之心不甘沉沦。他刻印了《日本宪法》，托人送抵内庭。慈禧看后表态：日本有宪法，于国家甚好！仅这一句批复。无可无不可的上意，耐人寻味。日本宪政相对于欧美，于皇权的限制最小。显然，揣摩权者心理的张謇，试图让慈禧明白，风险可以降至最低。

张在文中称：一行专制、一行宪法，立政之宗旨不同耳，非必生人知觉之异也。此时的人们相信：只要立宪，清政府的一切问题便可迎刃而解。屈辱的年代，真的一去不返了吗？

岂知清政府透支了人们太多的耐心，并没有多少时间了。他深知，百年危局中，所谓中枢，不过是太后一人之喜好憎恨而已。一喜一惊、一乍一怒、一气一恨、一感一叹，唯太后马首是瞻。极其敏感且多谋善断之人，只宜在自由环境里工作，极不适合迎来送往的马屁潜规则。

张謇看清了：局面即使有诸葛再世，也断不能支撑到底。

我们的状元公，面对满朝达官贵人，说不出有多辛酸。他明白，与其宁为玉碎，不如跳出局外。1895年年底，在张之洞授意下，张謇回南通筹办纱厂，定名为"大生"。此二字源自《易经》：天地之大德曰生。《厂约》开篇即说：通州之设纱厂，为通州民生计，亦即为中国利源计。

然而返乡状元办工厂，绝没有科举夺魁那般风光。为了招股集资，张謇四处碰壁，甚至一度花光了盘缠，不得不在上海报纸上登广告，屈尊路边卖字三天。

他曾苦涩道：三载以来，謇之所以忍侮蒙讥，伍生平不伍之人，道生平不道之事，舌瘁而笔涸，昼惭而夜愧者，不知凡几。真所谓吃得苦中苦，方为人上人。卓尔不群绝对不只是胜利者的资格论，也有失败者的痛楚经验在内。有了胜利而失败的双重体验，才可踏上人生制高点。路上卖字的张謇，不过将空头状元，换几个小钱罢了。路途的寒涩，使他倍感盛极而衰的道理。

1899年5月，纱厂终于开工。相对于政治变革，办厂显得安全许多。自1899年艰难开工，大生纱厂一路走高。此间他又创建了通海垦牧公司、同仁泰盐业公司等，利润直线攀高。原本偏居一隅的南通，十字街放个爆竹，全城听得见。人口不过四万，没有机器生产。为了将步子迈得再快一点，大生向交通、酿酒、制铁、电话、印刷等行业八路出击。

此刻，四临轩中的张謇忽然听到：静静的花园里，有只黄鹂在树上鸣叫。窗外的风声鸟语唤醒他，这是在书斋。不无快意的他，意识回到眼前。

前几年曾在通海垦牧公司与众言：借各股东资本之力，以成鄙人建设一新世界雏形之志。他将南通的地方自治，称为"村落主义"。二十年的时间，改变了南通，堪为他的短短的那篇《朝鲜善后六策》重新点笔。

此生只应长相守，何为奔波庙堂间？骤回故乡实现己愿，有种无限的宽慰。时日遂昌白头忽老，算是上天对状元忠心耿耿的一种公平吧。辛苦筹办的大生，为张謇托出了一个南通的改良梦。张状元前后思量，个中滋味反复涌上心头。四临轩中，他拿起在京城买的一个鼻烟壶，闻了几下。不觉连连打出好几个大喷嚏！一下轻松了许多。

连他自己都笑了起来：事过多年，还想他干什么？

手头一封黄皮红框墨笔书写的大札，落款南通县常阴沙顾辉宗。他知道是邻居顾家老八，修书呈明江南乡情。这封信他仔细看过了。

脑中忽一念头闪过：为资金短缺，不可能再去江南了。回头一退百念生。常阴沙本可为他伸头展足，再下一城。这江岸半岛在虞、澄两县之界，曾以金鸡港划界。张謇曾看好，年均亿吨水流量的长江，足够养育斯土斯民。一沃吾土吾民，是他与顾飞龙之约，但事涉通、虞、澄三县的利益。一代代沙人为之纠缠多年，发生了生猛拼杀的故事。

海门与沙上血肉相连，张謇主张的常通港，于同治十三年（1874）开掘。港北百里沙土，曾得朝廷下谕永隶南通县。偏偏彼时长江主泓道在南，水流碰南岸硬陆后，折冲如皋半岛，又使北沙坍海居民流离失所。如皋为他的血地，张謇免不了忧心忡忡。

顾老八函中历呈沙上形势，目的是要他到江南发展：

刘海沙东，先有光绪十年郑记围十二圩港东侧滩地。先严百年后，交给老四和老八。顾氏在刘海沙北围垦沙田2300亩，后又在刘海沙东围沙田3300亩。在十二圩港与常通港交汇处，建南桥镇定居。至民国初年，顾家箭头游弋东北，西街港、双桥多为势力范围。江阴郑氏直插向东，所围沙滩之多，亦不在我之下。其门徒商氏挟其余势，偏向蕉沙大杨树、小公司等地。百里沙上，顾、郑像一把剪刀，双锋交叉剪掉了大片常阴沙。

读罢叹息：现实把大江的喉咙生生地扼住了。他在乎的常阴沙，是个锁不住的怪圈。变忽不及，不能自由吐纳。

四临轩中的他冷静一闪念，长江变幻莫测。江南这块福地，是顾飞龙在咸丰爷手里冒险拿到的。不过张謇又觉得，那很遥远了。此一时彼一时，现在不可能了。摸爬滚打了大半辈子的状元，轻轻搁下茶杯。

微微一叹：事在人为之说，不敌独立难支之窘局。

窗户外边，春天的黄鹂叫得婉转好听。雨过天晴，阳光照进来，使他感觉到一缕温暖。他想，那只黄鹂想到陪我，我也得去看看它呀，随即离座而出，可惜那只黄鹂见有人出来就匆匆飞走了。眼前的合欢树正在开花，一簇簇粉色的丝绒般的花朵，高雅而精致。园中地下也撒满了一地花瓣。他又回轩中，拿起桌子上的那封书信，看了一眼，用笔轻轻一勾，不再回书了。

第十章　苏州府科举童试
光绪年末代秀才

光绪三十年（1904），王同时、祝守帧、黄仲伊、金稚兰、张鸿业赴苏州院试。五人同时考取大清秀才，张鸿业为第一名。

气候温润的江南，物产丰富，乡村安宁。张鸿业长成一个又高又黑的大小伙子了，穿了土布农装，戴一顶凉帽，扛柄锄头，走在乡村小道上。遇见他的人都会不约而同地称赞："啊呀，谁家大儿子，这么粗壮有力，准是庄稼一把手，当然得去种地。"二十亩自田转租一半，还有要自己劳作的。一熟棉花一熟麦子，瘦妻一人弄不下来。种地的事儿一样不能少，农民才是他的本分。夏天来了，妻子在家照看小孩，他就得去地里除草。担粪十亩地浇一遍要三天，无人替代。

这大夏天的，他被晒得黑里油光，双目炯炯有神。

他从不去乡村牌桌，赌徒们有多厉害，也赢不到鸿业的钱。别看他呆头呆脑，一双手却很灵巧，匠人的活儿自来会，篮子、小凳、桌子上的扣篮做出来中样中式，修理农具也不在话下。这些看来的、仿来的活儿一学就会，足见其用心仔细。鸿业的学问好，与手艺好互为映衬，地里活儿干完，空下来就惦记念书。农活虽然辛苦费时，用他的话来说就是：磨刀不误砍柴工。

从私塾毕业后，学童们不再读书。乐泉去轮船当茶房，遇失火造成右脚瘸子，转做个账房先生。鸿业与大伯同住一宅，每天可以见到乐泉。静山先做和尚，后到郑家为书童，转营围垦。而七月赛歌会上，赛福险些被打，但独拔头筹，赢得光彩。同窗间的消息，彼此传得很快。但他们的选择，都不是鸿业想走的路。

戊戌变法失败，光绪帝被禁瀛台，翁同龢贬回常熟。经此挫折的人们，迷恋科举并未稍懈。在科举结束的前二年，谁也不认为有变化。万般皆下品，唯有读书高，在士人头脑中留下了深深的烙印。这格言还有道理吗？科考当官是历朝历代的第一选择。倒是乡民一致公认：张家宅上出了一位读书人，也许会成为毛竹镇的状元哩。

待了六年私塾，学完全套儒家科考必读书，鸿业在施先生的培植下踌躇满志。与忧心忡忡的乐泉不同，鸿业眼睛里透出一种沉静稳当，或者叫作自信吧！读书写字不紧不慢，施先生颇抱希望，也教得用心。光绪二十年（1894），鸿业读完了《论语》《孟子》《诗经》《尚书》《周易》《孝经》《尔雅》。甲午战争后，他开始读《礼记》《春秋左传》，学习八股制艺成篇，算是到了科考前期了。

此时的鸿业虽腹中不乏诗书，却有个烦恼的籍贯问题。

蕉沙西北三十里的段山，古如皋县的濒海小山。后来长江主洪冲击如皋，陆变成海。慢慢地，把段山逐步南移，大宋时是海中景致。又后来，长江冲去如皋半岛南端。泥沙流向南岸，沉积了对面的常阴沙。北岸陆变成海、南岸海变成陆。同治十三年（1874），段山之南开挖了常通港。以此港为界，北归南通，南隶虞、澄。

一千多年，段山被移到了江南，张鸿业也变成通籍考生。奇也不奇？他得打点行装，乘船去南通参加县、府两级考试。如获通过，则可以去南京贡院，填报顺天府考生参加乡试。

然而作为农民的张鸿业很实际的，知道科场有风险，童生需谨慎。离乡已久，为之深渡大江，他觉得路途有碍。且又愁孤孤单单，人生地不熟会不会考砸了？

施先生考虑，虽则皇帝幽禁而帝党遇辙，但翁同龢南派余威不小。如能傍上帝师门道必有余暇，想到了同年好友，常熟翁同龢的弟子韩德怀先生。这季主考官多翁门子弟，时政通论是道必考题，考虑动笔基础，决定把鸿业转学常熟。

光绪二十一年（1895），施先生带鸿业至虞山诗社，见到韩先生和他的虞山书院，鸿业算是从乡下走进城市了。韩先生出题：限字为题分韵作诗，鸿业的古诗可以。韩先生又例加面试，鸿业即获通过。14岁的鸿业从业施师，读《仪礼》，苦不甚解，转从韩德怀后确有所得。但路途阻碍，不巧正是光绪二十九年（1903），五月沙上泥民在圈地运动中与通州沙棍抗争。清军派绿营镇压，时势混乱，乡民惊惶逃走，鸿业不得不中途辍学。

21岁的他回来仍从施先生。22岁那年，鸿业重返虞山书院，读《纲鉴易知录》《通鉴纲目》，几经反复初心依旧，韩先生帮他弄到了一个苏州籍考生名额。顺势之妙，鸿业在常熟县、苏州府两试成功。第三次，也是决定性的一次。鸿业高高兴兴地参加了由顺天府加场的苏州院试，这也是考秀才必经的三试：县试、府试、院试。

那夜，睡在老床之上，听万籁无声，胡思乱想，兴奋的他在乐圩庄后宅，仰望漫天星光闪烁。不知自己是哪一颗，一颗沙上之星能否来次惊人闪光？

考前父亲张冠英再三关照，进了贡院要如何如何，保持心态，要像私塾读书镇静如常。鸿业想他又没去过贡院，如何知道详细？明明瞎掰，一点也听不进去。其实，他正在对院试考题展开无限想象。

压力在考前出现了。

面前考题就像天上的星星数不清，给人一种高处不胜寒的迷惘。这场院试神秘而无形，这是临门一脚了啊，他焉得不心慌？为了应试，鸿业辗转沙、虞两地，汲取施先生的扎实功底和韩先生的灵活思路，其文起、承、转、合大有长进。县、府两考均通过了。谁都高兴，两位先生高兴，张家三代高兴，给他无限信心。

如此这般神气活现地风光了几天。面前不时闪烁施先生、韩先生、老父、自个儿，露出一脸笑容。但此刻鸿业躺在床上反复想的是：院试又是咋样的？这下能否一卷定终身？辗转反侧，怎么也睡不着啦！

午夜三更，他身旁是瘦小的弱妻，而怀里两岁儿子想有夹在父母之间。结婚四年了，因为常不在家，不像人家早有三儿俩女的。妻子本分，不太会懂男人心理，婚姻称不上美满。儿子他是喜欢的，小名"想有"，说的有子万事足，如今只差功名了。几年不在家里，妻子能够谨守闺训，上孝公婆下贤奴仆，难得。他觉得欠她的太多了，因此伸出一只惯于舞文弄墨的大手，从腰部拢了拢妻子的身躯。妻子没理他依然酣睡，他就只好推醒了她。

妻子说："睡吧，还要去苏州考试呢。"

他说："哈，你也太小看我啦。那不难的。"

…………

光绪三十年（1904），慈禧恩科开考。顺天府的院试定于苏州府，七月四日。鸿业带足百两纹银，还有一只手提式三层文房四宝盒，家中派遣得力仆人林老三相随。常熟同年五个青年人，早早入住苏州定慧寺贡院旁的旅馆。这年的初秋夜间很热。汗流浃背的鸿业脱去单衣，光着膀子躺在床上摇蒲扇，想象明天的种种形式。

砰！砰！砰！考试正日头炮连响三声。

旅店的学子们赶忙起身洗漱、吃早饭，然后穿着长衫衣裤，拖着长短不一的辫子，去贡院石狮子门前排队。各县县官书吏早已到场，用灯罩写字的方式，边喊号边给本县试子点名。

砰！砰！砰！二炮又响了！

催动考生排队进考场。鸿业等五人穿过大照墙，来到左右巷门前。由斗笠短衣的文部皂隶严格搜身，没有半点夹带才准入场。鸿业看他的同伴被一一搜过，轮到他就弓下身来，把文具盒放到地面。那皂隶把三层盒子仔细拆开，并未发现违禁之物，又一一装好，然后对高高的鸿业上下搜身，内裤都不放过。

鸿业有点紧张，咳嗽了一声。那皂隶有疑再搜索了两遍，才放他进去。

考场分为天、地、玄、黄等好几号，鸿业进的是黄字号。全部贡院房舍有几百间，一排一排的。单间房子很小，高七尺宽约六尺，进深四尺多一点。这么一人一间的小屋，左右屏隔看不到别人。墙的下中部，有砖托搁住桌板，就是考桌。考桌下面固定板凳。墙上一龛，里边放蜡烛，装上吃的、喝的。一场科考三昼夜，吃喝拉撒全在这小屋子。

人一进去，贡院封大门加锁。有巡视人员频繁走动监督，杂人不许在考场内出现。

鸿业这个书呆子，不在乎这样的封闭大院。腹有诗书气自华，虽然热得汗水直流，他倒如鱼得水。三天考试第一场题目是史论：北宋结金以图燕赵，南宋助元以攻蔡。鸿业一看，落笔挥写，曰：

三国之志各图皇业，而一国之力断难吞二虎。故而诸葛有隆中之对，宋仅围魏救赵之智。盖国势已衰，不得不用曲线之计救耳……

张鸿业从小做了儒家子弟，先生讲解的关公之义、武穆之忠深刻于内心，最后结句是：苟利国家生死以，岂因祸福避趋之。

写完自己感到何等苍凉，何等痛快！笔下道来，皆是发自内心，结尾非此句而莫属。

此刻号子虽敞门，里边热得不透气，鸿业把衣衫脱去，赤膊上阵。

第二场策论是政治：日本变法之初，聘用西人而国日以强。试详言其得失利弊策。

鸿业写道：埃及用外国人至千余品员，遂失财政裁判之权，而国以不振……

他心想，国人甲午之战十年，犹觉痛定思痛。瑟瑟写来，落笔有惊风泣雨般的悲凉，图存之心跃然纸上。

这七月初五更热，号子里水又不够。诸多考生纷纷脱掉长衣，只剩短衫。此刻，又闷又热的单间互为阻隔，像个大蒸笼。而鸿业欲图畅快，竟然站起身来脱个精光。他躬身奋笔疾书题写于试卷纸上。

第三场考他常读的四书五经。题为："大学之道，在明明德，在亲民，在止于至善"之义。鸿业的孔孟之道烂熟于心，挥洒自如、干净利落，并无赘言。

右手执笔，左手在黑黢黢肌肉丰满的胸脯上，来回用布擦汗。边写边添墨的他，兴奋处不觉站起来，思考时又坐下。他想，凭我张鸿业之文笔，好句何愁不来？

第三天又是砰、砰、砰三声，三炮一响号子内考生大多已经写完。院试结束。

百来个单号中臭气冲天。三天了，快的人写完被收卷。少数人还在踌躇费劲，也只得扔下考卷走出号子。吃喝拉撒睡全在里边的号子，离去时竟使他们都有些恋恋不舍，毕竟十年辛苦啊。有的人想到，还会再来吗？这场院试给了鸿业一吐肚中饱学的机会。自己觉得游刃有余，痛快淋漓。他喜滋滋地想：难道十年寒窗金榜题名，就在这大热天里定了？

同考的王同时等五人，考完出来后都在贡院前聚集。苏州府院试上三县下六县，赴考"蒙童"一群群出来衣衫不整。有的高盘黑辫子求凉快，有的拖着长辫如老鼠尾巴。有的笑、有的愁、有的疲惫不堪、有的衣衫不整。童生们聚集在贡院大门前，如一只只飞来飞去的苍蝇，浑身发出臭烘烘的汗骚臭。众人对所做题目津津有味，说道不休。牌坊下人头如蚁，都是光亮黑辫的少年郎。五个人中鸿业俨然大人了，那考试竟然还叫"童子试"？真令他哑然失笑。

不是他考得好，内心得意，能笑得出来吗？

有人提议："来苏州不如去考场外运河畔，茶楼酒馆放松一下？"

金稚兰说："一来大家交换题目感觉尚好，二来最后一次院试考得不错。慰劳多年辛苦，这机会不能错过。"

祝守帧说："金粉世界故事多多，本朝就有秦淮八艳的桃花扇孔尚任、钱谦益、柳如是的才子佳人游戏。"

这些乡下地主的子弟，读了多年孔孟只为考试。平时兢兢业业装得正人君子，与自家的私好一点不搭界。一旦卸下负担，统统地无所顾忌了。小伙子们走过南门大桥，下面就是十里运河。金稚兰掏钱租了条船，从孔庙南出发去城东一个来回。运河上凉风习习，"盘格鲁"的摇橹音中，众人环顾两岸，果然是歌台舞榭、笑声回荡。桨声灯影中繁华无比，把沙上小伙子们看得目瞪口呆。上得岸来有人提出，何不去妓院香艳一番，见识见识？苏州城里风俗如此，多少秀才贡生，少不得学学风流的。

这话使四位少年一时间心痒痒的。

而鸿业心里一定，说："我们读书君子，岂能做此偷鸡摸狗、坊间流氓之事？欺君欺父，将来如何齐家治国平天下？"

大清律令是禁止嫖娼的，王公贵戚乃至皇上都不得不遵守。何况这些少年童生？一句正言，压下几个蠢蠢欲动的毛头小伙子。他们六月里吃冰棍——欲火顿消，只好回到住处收拾行囊，从码头乘船顺流回沙上。

院试结束，回乡后的考生只能眼巴巴等着。朝廷和省里的皇榜将决定他们十几年的辛苦命运，也想看一看废寝忘食，一年苦练，而今赶考取得什么样的成绩。鸿业住在乐圩庄的日字宅。考后的他，每天不忘在四汀宅沟的碧绿溪水畔，背一背《论语》，预备着"半部论语治天下"。

果不其然，从九月等到十一月光景，就有地保敲锣打鼓，来四汀宅沟张家送大红喜报：

> 兹逢运年贵乡贵府张鸿业，录取癸卯科顺天府苏州院试，常熟县第一名生员，大吉大利，国家兴旺。

之前早有乡绅和施先生知情，提前预报。这天张府桥门披红戴绿，竹节桥外宅前路上，放了十几个响炮仗直冲云天，吓得那些天天飞来江畔的野鸟，也不敢再来竹林树丛盘旋歇脚。

张二老爷给了地保赏钱后，摆了六桌贺宴，请了私塾施邦举先生，常熟韩德怀先生，鸿业四名同科秀才。乡里乡亲，大伙宴乐一番，只见小伙子张鸿业，一顶青色瓜皮帽，穿的全新黑缎马褂，丝质长袍，显得靛头黑脸，一双眼睛炯炯有神。

他想：三年内予有一搏，再考举人！

考中举人就是乡绅待遇了，至少可做乡董，调解民间公私矛盾。人前也要呼作张老爷了，这个台阶他是非上不可的。家里的篾篓子写着"敬惜字纸，勿入垃圾"八个字。

敬字如敬神，这里边藏着多少读书人的科举梦啊！

第十一章　商静山奇围救生圩
江阴县名仕选东床

群岛之国，灿若群星。

浪逐沙头，芦苇荡漾，上罩着一片云层飘荡、晴雨不定的天空。无数次潮汐此起彼落，在江中形成青沙如点的岛屿。岛屿之间河港、流槽、深泓、浅海、洞子互为阻隔。岛上繁生芦苇、灌木丛、草类，也滋生昆虫、鱼虾、蛇类、蛤蟆、蜥蜴，栖息着南来北往的候鸟。

长江出海口的沙群，组成一大片巨大的原生态湿地。

在它偏西南的海面，凸现一群无名小岛。其中救生墩高于他岛，远航归来的沙船突遇暴风雨，望见一块凸出的沙头。水手们会下锚靠岸，爬上芦苇高地暂避风雨。大潮汛中，救生墩是避难所。地保敲锣打鼓，吸引更多难民到此暂避。灾民在墩上燃起烟火，会有小船木盆划至救生墩来救人。大潮汛冲破皇岸，救生墩上一把烟火照亮海面。风、雨、潮的黑暗之中，犹海上灯塔，亦如长城之烽燧传递信号。

救生墩之名得焉。

大浪淘沙，汇成一个巨大的梦。顾、郑双雄争霸，是光绪三十年（1904）的事了。郑家仓房居刘海沙北老永圩，神童商静山先僧后仆，被卖了两次，但郑老爷有眼光，为其更名舜耕，视若己出，供他吃穿用，还送去念书。戊戌变法失败那年，舜耕已经告别做和尚的日子了。16岁的他，被郑老爷派去与志先少爷一起，东奔沙滩。

高高在上的救生墩，夏季被大潮淹没，冬季又露出二三里方圆。它与大岛之间有很深的浅海流槽。前人试以围垦联陆，均告失败。这里四千多亩的土地，郑老爷想了非止一日。眼看东西南北的沙头，陆续成陆，唯独它仍是个荒岛。

又过了好多年。

头年冬天潮退，大墩儿显露全貌。志先、静山在邻墩上安营扎寨。静山伺候少爷盥洗、吃饭，跟他去察看新滩。冬天潮小，站在此岸看彼岸，只见荒岛上一片黄芦萧萧摇曳。

志先说："这就是我们要围的救生墩。"

长江算得大江大河。江面浩大，风物细微，江心三五船只扬帆西进。北望滩外冬来水瘦，南通还远在三十里海面之北。舜耕被这江山胜景一时感动，心情舒坦了许多。

郑家靠种沙田发家。这种田需要看滩、买滩。往往沙在涨潮时全被吞没，退潮时又露出沙头。由青珠沙泥沉淀而成的沙，叫作露头沙。沉积之初沙薄土松，泥块凝聚力不够称为嫩滩，围了容易被潮冲垮。一块沙滩需几十年的沉积，才能变成硬朗的老滩。

看滩，是行家的本领。郑志先九岁随父看滩，心性聪明练成火眼金睛了。江岸的夏季水位有7米左右，冬季水位落到3米左右，平均水位落差5米多。救生墩在夏季被水淹掉三里多宽，冬季露出二里多宽的沙头。夏淹冬出头。他们看着密生芦苇的滩一片迷惘，不由令人想救生墩真是个谜，主仆俩都道："没去过吗。"

少爷问："舜耕你看，它有多宽广？"

舜耕猜想："沙底有四里方圆，几年后就可围垦了。"

少爷点头："不错，滩已成熟了，十年等一回啊。"

舜耕说："沙头高，滩内出水方便。围后可省挖河渠好多。"

少爷说："这围垦有几件要事，舜耕你懂吗？"

舜耕点头说："少爷你多讲讲。"

少爷说："待我慢慢说来。"

岛周围堤是主工程，主堤未立，防潮水侵入先打箍埝，高5米，顶宽0.8米，阻止江潮。后才开垒大堤，大堤围成后即废箍埝。大堤可高啦！堤高6～6.5米、底宽12～13米、顶宽2～2.5米、断面15平方米。围成的圩塘，四围岸宽2～3米，中心马路宽3米，好大一个圈，得走小半日呢。

圩内水利，筑堤取土沟宽8米、深1～1.5米，堤岸置木涵洞通圩外港。小圩加开三角沟，圩内有宽1米的人行道。少东家细细道来，听得舜耕入迷，好在他学过算学，白天看江察滩，晚上纸笔演算。

舜耕和志先终于乘船上了令人畏惧的救生墩，坐在茅草柔软的土岸。面对枯水期的长江，他们有无限的遐想。一阵西北风呼呼刮来。头顶的云儿在江面上空闹腾着往南飘去，芦苇萧萧，寂寞苍凉。

舜耕取出一支竹笛，说："少爷，我来吹段《易水寒》吧？"

志先很感兴趣，说："太好了，来吧！"

只听笛声幽幽而起，低沉悠扬，呜呜然有寒水萧风来了，一会儿加进了人的感情。那种性情之猛烈，提高了笛音速度，又突来突去冲不破一段障碍。

志先听出荆轲要去刺杀秦王了，故而犹豫。壮士立志忧郁，好如易水萧萧般呜咽，继而笛声不断地提高、冲出。

志先想：荆轲终于上路了。

> 风萧萧兮易水寒，壮士一去兮不复还。
>
> 探虎穴兮入蛟宫，仰天呼气兮成白虹。

笛子是师傅送的，吹呜多山河悲壮之音。对坐的志先，不免随笛声哼唱起来。这悲情的荆轲，由燕赴秦刺秦皇的勇敢，被他唱得悲怆雄浑。舜耕吹着、听着，也被歌声感动。曲在北风中回荡，歌在荒野上飘荡，此情此景把舜耕深深地感动了。原来，一年年被事务缠绕的青年人，胸中也有音乐情愫啊！

此时，俩人都立起身拍手说："如此大江才配这歌！"

志先说："再来段平静优雅的吧？"

舜耕说："那就李白的绝句吧！"

于是横笛短吹，节奏明快起来，想那李白快乐又怀旧如斯：

> 故人西辞黄鹤楼，烟花三月下扬州。
>
> 孤帆远影碧空尽，唯见长江天际流。

这谱曲之人，是懂李白的，别有一种悠悠扬扬，触景生情欲罢不能的气概，恰到好处。

志先说："绝了，长江在前帆影翩翩，不知有几多离人困在舟中？"

他又随曲而歌，唱到妙处，志先的声音浑厚，高入云霄，低水环流。扬州三月，把个李白唱活了。

他把手问舜耕："我像李白吗？"

舜耕说："像，像，像。你有诗人气质，大手笔，用在工程上大气磅礴啊。"

志先说："笛子到底是云淼的，日本留学生啊，回到神州留有故国执念。"

舜耕笑笑，想起师傅。

舜耕再来一曲，那笛凑到嘴上一会儿，牧童短笛又吹的桃红柳绿，春雨潇潇。

志先坐地上，四顾寻找那笛声中的春天，欢快而激动。

曲罢，他俩学毛孩子在滩底上找蝎蜞洞，将手伸进泥中挖了不少冬眠的蝎蜞，回窝棚洗净用烧酒猛浸，晚餐就可以对酒当歌、人生几何了。晚来，抵足而卧。青年人火气大，不觉大冬天江滩寒冷。长长的冬夜，提灯之下往事翩翩。大了几岁的志先，不免给小弟讲些故事。

志先说："今天讲个历史故事吧，你要不要听？"

舜耕说："当然想听，少爷你讲。"

于是志先开始讲长平之战，公元前260年的夏天。

舜耕问："秦赵的之事，那得离今多少年啊？"

志先说："离现在2360年。"舜耕佩服志先算得快。

秦国是陕西那边第一大国，赵国是河北那边的第一大国。两国为了争夺北方霸权，打起来了。

舜耕问："战场呢？"

志先答："就在今天山西长平那地方。"

舜耕又问："那双方元帅是谁呀？"

志先说："秦国派的名将白起，赵国派的赵括，各有四十万人马。白起年纪大一点。赵括才二十几岁，就担任了大战主帅。"

舜耕很佩服赵括，饶有兴趣地听下去。

志先就讲起了白起屯兵的计策：正面大部队仅作诈败之用，把赵括的军队拖进了离开原地十二里的战场，先让预设的两万五千秦军，切断赵军退路。后又派五千兵奔往赵国给养地，切断了他的粮草。

舜耕说："啊？赵括咋这么笨？"

志先说:"他的战略不同,想用大骑兵与秦军在山地一战,就犯了错误。赵括企图速战速决,被白起分段包围,一次性战胜了。

不过战争用了三个多月。农历九月,赵军断粮四十六天,士兵相互残杀为食。赵括组织队伍分四支突围,轮番冲击了四五次无果。赵括亲率精锐强行突围,被秦军乱箭射死。四十万赵军失去主将,向白起投降。"

舜耕感到了战场上生猛劈杀、两军交战的诡谲,真是一言难尽。

志先说:"是啊,白起是什么人!号称常胜将军,战无一败的记录。那赵括,仅凭纸上谈兵,没有实战经验啊。赵王派他先错了,落进圈套。"他又告诉舜耕,赵国有名将廉颇,可是秦人用了离间计,赵王不用他了。

舜耕觉得挺可惜的。

志先说:"你还不知道,那白起赢了大战后做了什么?"

舜耕不解,说:"赢了就赢了呗,还有个啥?"

志先说:"他一下子俘虏了四十多万人,咋办?请示秦王,说自个儿看着办吧,带回来也多了四十万兵。可那白起不干,竟然把四十万赵兵都挖坑埋了。"

舜耕觉得疑惑:"自古以来不杀俘虏啊,这四十多万士兵怎么就死了呢?"

志先说:"白起先说放一部分老弱病残回去,结果坑早就挖好了。投降的赵军走到山洼里,看到这么一大坑都惊呆了,齐声喊不要啊。秦军用武器围过来,把手无寸铁的赵兵推了下去。"

这一下子,白起就留下了恶名。数千年了,后人都骂他凶残不讲理。舜耕先佩服白起,后又大骂白起,憎恨与厌恶大大盖过了认同。战争告诉后人,条件再好,也要用兵得当。兵多兵少胜负不一定的。那白起是仔仔细细了解形势,才敢这样干的啊。

舜耕说:"赵括用的是速战速决的战术,但他对敌情没去实地了解,导致一败涂地。而白起对赵军布局了如指掌,用拖字诀引诱其主力落进圈套,再用中段斩获、切断给养堵住赵括的援军。"

少年叹道:"趾高气扬的赵括,竟死于自己的布局中?"

舜耕说:"救生墩这么难,亦如两千年前的长平之战,不能速战速决的。"

志先同意这观点。牵扯眼前,他说:"我们在救生墩等候,也不会白等的。"

俩人在窝棚里夜话不断。最后决定回到眼前,凡事要仔细、仔细、再仔细。

三个月的勘探不惑不解，不是说得清的。好歹由舜耕记了下来。他们在救生墩观潮、测水。志先常出滩买些酒肉蔬菜，小虾小酒图个热乎。鸟儿们也常来周围啾啁鸣叫。夜来卷被而卧，两人在茅草棚里拉呱，商量如何拿下救生墩。

他们在这一闲一歌、一酒一论、一争一吵、一默一解之间，商定了围垦救生墩的办法。

办法是：在激流中垂铁秤砣，放长线抛锚。秤坨被水流带斜，一直不落定是因流急。据此可比较各处的流速快慢。舜耕手感特好，秤砣不落定因水急，加物直线下垂直至定稳，收线丈量得出水的深度多少。

这就有了第一手数据。

又发觉岛周围水道多年不涨沙，皆因处在长江深泓中，水流湍急。但四周流槽深浅有别，需要分段测量真实状态。救生墩的特殊性就在于静水深流，南深、北西东浅，如盲目围岸，深水中的激流仍会任意冲来打开缺口，得先解决水深流急地段。南流槽最深，被主泓道淘得最厉害，冬季仍是深沟，而北、西、东三面环岛，露出二里宽的老滩。

快步荒滩，已经有了可靠结论。

舜耕说："南流槽最深处，是别处的1.5倍，得两头筑坝，挡住这股深流。"

随后又说："先养滩吧，两头一堵水进不来，那沙泥年年沉淀，不被淘走了。"

志先说："是啊，难就难在南流槽横着，人上不去。不打坝留不住沙泥啊。"

计划敲定。舜耕分两次行动，等了两年慢中求快，奇围救生墩。

在南流槽两端筑坝截流，让它水平沙涨填满沟壑。据此先不必围岸，等后来者一起上。第三年冬季，早先筑的矮坝内，春夏进水秋冬干涸，涨出来的沙已自然成陆。南流槽也露出水面与全岛涨平！看到这结果，不出他们所料，俩小子几乎在岛上欢跳起来。

救生墩好大一片滩地尽收眼底，小工程师们好欢喜，回家告知郑老爷后，按部就班，组织民工在墩周岸线上筑箍埂、挑大岸、围土地。这二次围岸，四面临江的救生墩，好像前后双臂合拢，抱成一个大圆圈。按舜耕定的方案，高墩巨流深槽，换得良田四千亩。长江南岸最难围的救生墩，变成刘海沙中心。地势向东可接着蕉沙北背。后来舜耕参股，围了梁案两片圩塘，冲出最东私盐港，奠定了商家基础。

救生墩围垦成功，偌大一片沙滩变成郑家祖产，郑老爷十分高兴。夫妻商量，对舜耕说出蓄谋已久的攀亲事。然舜耕亦有原则，非父母之命媒妁之言不娶。于是，郑老爷开恩，让商静山去江阴乡下探望父母。

舜耕回乡探母。郑老爷虽拿钱周济家里，但兄弟姊妹众多，仍然拮据。父亲的视力严重退化，视物不清，不能干活了，母亲瘦得只剩下一把骨头，兄弟成家后多贫困。踏进江阴乡下那三间土壁房子，一眼看见黑郁郁的出生之地，母亲躺在破帐旧被中卧床不起，静山悲从中来，连忙走上一步，在床上与母亲抱头痛哭。

母亲拉住儿子的手说："老九啊，你总算回来了啊。"

舜耕说："娘啊，多半会也没少想家啊！"

母亲说："你的钱，都拿到的，不然更惨。这几年你好吗？"

舜耕说："好，有饭吃有家想就好。"

母亲告诉哥姐的情况。舜耕一一记住了，准备日后量力帮助。

他又去木匠老爸那里，和他说话。

父亲说："哎，这么多年我悔啊！怎么就把最聪明的儿子给卖掉了呢？"

舜耕说："不卖也得饿死。您就别多想了。儿子这不好好回家了吗？你缺啥我都会弄回来的。"

父亲知道舜耕不易，没再说下去。舜耕把郑老爷提出与商家攀亲的事，给父亲说了。

父亲说："这很好的，但是你到了郑家，可要样样多个心眼儿。"

老木匠另加了一句："自幼我给你取名商静山，后来郑老爷更名舜耕，你已经是奴仆了。这下合婚，当恢复静山原名，以示身份复原。"

舜耕领诫回城。

他出资请江阴城名医方东三，进村为母看病，又把父母同意两家亲事，以及父亲要求复名之事禀告了郑老爷。郑老爷听到婚事的回音，很高兴，复名也在情理之中，他想，这才名归言顺，这老木匠真不简单啊！于是决定许亲商静山，获知商家贫困，赠田百亩，一下解决了全家生计。后来其父失明，母亲去世，静山又觉万分悲切，自责一生未曾伺候父母半天，泪流成河，半日不醒。村中长老建议，与郑灵素小姐完婚冲喜，才恢复了健康。

光绪二十六年（1900），二十岁的静山长得精黑结实，个儿不高，脸蛋黑而精致，是个聪明绝顶的人。他的双目炯炯，最具威力，郑府大事情需他出主意。那郑灵素小姐有几颗麻点，但不失大方，静山夫妻恩爱不在乎此。他是个懂事人，岳父恩重似山，不图美人需报恩。后来一生未曾纳妾，可见其人之正。

静山夫妇恩情笃爱，第二年喜得贵子。此子生得面目白皙，一副斯文相有乃父气质。商家正在兴旺之时，起名从树——百年树人之望，小名寄志，将来继承大事业的。郑老爷十分高兴，收了东床又得外孙，可见自己有眼光，得识静山于童稚之年。

春节后闹元宵，毛竹镇大放灯彩，百姓观灯，热闹非常。顾老八、老四打算把种田实业向登瀛沙发展。郑记公司派志先捷足先登，又派女婿东征。乐泉此刻正在顾记公司做账房伙计。而丁赛福在茶馆陪客、吃饭、玩纸牌，无上进之心，在父母溺爱中，丧失了年少学习的上进机会。

第十二章　丁福轩迎亲闹雪夜
南兴镇嫁女悲别离

　　光绪二十五年（1899），十八岁的丁赛福已长成一个帅小伙。丁耀湘夫妇为了早日抱孙子，问赛福喜欢哪家姑娘。

　　赛福把与静贤的爱情和盘托出，另告诉父母长安镇坍塌后，费家已经迁往了南兴镇。因湖南地区流行苗族人对歌攀亲之风俗，耀湘夫妇倒默认了此事未加阻拦，随即请媒人东走南兴去费家说亲。费老板打听到丁福轩茶馆两层楼，门楼推窗见街，后落屋四间，还带个狭长庭院。店主湖南人种几盆花草，适合春夏秋冬，茶客盈门。

　　费家喜的是门当户对，遂找算命者排男女生肖八字，预示出将来子孙满门、人丁兴旺，定亲顺利成功。光绪二十六年（1900），丁耀湘托媒人给费记送了五月端阳礼：一对大青鱼一只大腿板，另加粽子八十八个和青布两匹。七月初二送的节礼更加客气：八条大青鱼、腿板四只、丝缎两匹，外加彩礼银圆袁大头一百零八个。年前送对月礼，告知结婚吉日腊月初六，取个六六大顺之意。费记点心店女儿许配给帅哥丁赛福，获众好评。男儿一米八的个头魁伟俊俏，容长脸鼻直口方，一双黑漆的眼睛透着机灵。又知道赛福读过私塾，知书达理，确实招人喜欢。费家于是满心欢喜，准备腊月嫁女这桩喜事。

　　沙上的腊月着实冷。

　　毛竹镇在长江南岸，五圩港、常通港交叉于此通江达海。北南西三面环水，西北风齐刷刷从长江刮来，掀动三河水浪。满天乌云朝南奔走，雪花一朵朵慢慢飘下。大雪天二里长街行人稀少，店铺门前冷清异常。到了中午，那雪花慢慢密起来。

　　丁福轩茶馆今天张灯结彩，耀湘唤了几个乡亲张罗桌凳椅子。老虎灶上开水热气腾腾。大厨在后屋里预备喜酒好菜，满屋子的香气扑鼻。丁大娘与媒人一起低头察看，看看迎娶的礼物缺了什么。前店后屋忙得有条不紊。

赛福呢？在自家房里脱下长衫，换一袭缎子长袍一搭黑绸马褂。昨天理了发，戴一顶蓝色瓜皮帽，帽前中一颗翠玉圆缀，越显得靓头青眼，白皙异常。按照湖南规矩，双肩挂红，胸前结个大红彩球。几个小伙子帮衬拉衣抻袖，弄得妥妥帖帖。

伴郎随之笑着说："洞房花烛夜，金榜题名时啊！赛福你今天不比鸿业差到哪里，论人物还高上一档呢。"

赛福说："你就别逗我了。鸿业现如今是大秀才，县令大人都要请他上堂议事呢。"

随之说："那又怎样？你新娘子漂亮，比鸿业夫人胜过好几分哩。"

丁家派出媒人黄老五、催亲蓝老六、伴郎黄随之，还有挑礼担的汉子三四个，加上新郎官八人的队伍。奇特的是，耀湘从北兵营借到栗色马一匹。当赛福由他父亲的湖南叔子们扶上大马时，雇来的乐队就吹起一班喜气洋洋的湖南花鼓曲子——粗犷、戏谑、乐气。这边厢两个炮仗腾空而起，一连好几响，毛竹镇北街、南街、东西街都听到了，知道腊月初六，湖南人丁耀湘家婆儿媳妇了。

队伍在大雪里缓缓行进。一会儿，路上的积雪已三寸厚了。没半个时辰，一行人走到了南兴镇西街的费记点心店门前。费家人连放六个大炮仗，接待迎亲队伍。亲家费邦通夫妇，表舅子王小六在门外迎接。

赛福下马后，有媒人引叫了岳父母，迎亲队抬了一堆礼品依次进入。费老爷对媒人黄老五说："今朝大雪，路还好走吗？"

那老五是毛竹镇地保，好一张油嘴滑舌。

他笑着回费老爷："大雪兆丰年，明年您可抱个胖外孙！"

只见大堂摆了十二桌，里外宾客盈门，大家一路笑着走进去，在费家堂屋落座献茶。自然，媒人黄老五坐东朝西头位，催亲蓝六坐二位。费家又安排店家老板陪媒。二桌新女婿丁赛福坐头位、伴郎随之坐二位，剩下来客由费家表少王小六爷陪同。礼道算先认识一下，以便开口往来。费娘子与二女静慧等女眷，在房里给大女儿静贤梳妆。

新娘早上换了内外新衣，外面绸镶边棉袄一袭，是请无锡裁衣做的，一条湖色宽边棉裙，刚好遮住三寸金莲。这会儿，由舅母给静贤绞面，用丝线在面上从上到下从左到右，在那白白嫩嫩的小脸蛋上，绞去些微茸毛。绞完，又施一层薄薄的上海雅霜面粉，最后在两颊点胭脂。静贤对镜一照，自己鹅蛋脸杨柳眉。脱离这十七年来朝夕相处的老屋，有点不舍，凤眼水灵泪光点点。

那雪，在窗户外棉絮似的纷飞，斑斑点点飘落，她忍不住抱着母亲大哭起来，费娘子和二女儿静慧也掉下几颗泪珠。点心店平时全靠母女三人上下打点。六月里，起五更睡半夜，弄好第二天的面团发酵。四更天起床，揉面烧水。五更天准备馅儿做馒头。大清早开门摆笼子卖馒头，有过往客人来吃面，就按照客人要求，下一碗碗肉丝雪菜大肉面。

伙计王小六是表弟，多睡会儿她们也不去叫醒的。

舅妈说："别哭了，看把脂粉弄花了不好看。"静贤的抽泣才停止。

这叫"哭嫁"，说是哭了就解去一辈子的忧愁。后来，厨房又把丁家礼品中的肋条肉割下一半，另一半回给丁家，那叫"割肉"，亦即女儿是爹娘心头之肉，自今天起割去这块肉了，不要早晚思量引起悲伤。

她这里婆婆妈妈，生离死别般的亲情难舍。赛福却在堂屋的热闹氛围中，想那七月半遇见的娇娇，不知这大半年来长得怎么样了。想到今夜就要圆房成亲，他心里那个美啊，乐滋滋。等到吉辰已到，那静贤小姐才蒙个盖头，在伴娘的搀扶下上了轿子。费家妆奁也不少，一堆堆排在轿子后面。

赛福于是按照规矩，招呼岳父岳母大人，喊声：爹，娘，我们走了。他跨上高头大马，在乐队的哩哩啦啦乐曲声中，一队人马逶迤踏雪西行。这边南兴镇商家都夸："啊，丁赛福真俊。费家的女儿嫁对了郎！"

再说丁家迎娶头房媳妇，请了许多亲戚、左邻右舍、缉私营乡亲，有二十多桌。

毛竹镇大雪纷飞，似乎只有丁家才兴旺热闹。湖南风俗给予这座沙上古镇一种别样情调。丁福轩茶馆的老大婆媳妇，老二顺兴十五岁，还有九岁独女丁美娟。小孩子穿着过年的新棉袄，在大雪中蹦蹦跳跳很高兴。新娘下轿跨火盆，是新郎拽起来的，进入丁家堂屋，在双喜中堂前摆张八仙桌。太师椅上坐了耀湘夫妇。司礼点拨：一拜天地，二拜父母，夫妻对拜，后送入洞房。

洞房在茶馆门面南楼上一间。红烛高烧，圆桌上也略摆几样小菜备夫妻饮交杯酒。

一切完成后，洞房内新郎新娘在伴娘的指引下挑去红巾。赛福和静贤四目对视，都觉得美滋滋的。半年未见，似乎变年轻了许多，果真是人要衣装，佛要金装，私下里思慕半年，如今好事就在眼前。两人喜气洋洋地喝完交杯酒后，伴娘和邻舍离开。赛福忙吹灭蜡烛，在一片黑乎乎里，两人宽衣解带，行那夫妇之礼。

俗话说新婚三天无老小，本该闹的新房被大雪掩盖了。两人竟未有多少言语，房门外偷听的小伙子们大失所望。外边的雪越下越大，他们也只有自叹，早早回家搂个黄脸婆暖和暖和吧，胜如这般听壁脚喝西北风咯！

毛竹镇街头巷尾流传着山歌会上有情人终成眷属的佳话。新婚蜜月，那种人生滋味自是老天赐予人类的，赛福和静贤这一对配得完美，婚后愈加恩爱。第二天遵循古俗，新娘早早起床下厨做了六碗青菜肉丝面，让赛福用盘子一起端到茶屋。一桌子坐了公公、婆婆、小叔子、小姑，加上新婚夫妇六个人。新娘先唤了公公、婆婆，说声："我下的面条，请尝尝吧。"于是众人拿筷子撩面，一股香味儿扑鼻而来，红汤青菜两相辉映，面条细滑、青菜喷香、肉丝柔鲜。

小姑美娟说："好吃，好吃！"

婆婆丁大娘也说："好吃的，有味儿！"

静贤知道第一道考试通过了。一家人笑呵呵地共进早餐，开始了另一段岁月。

静贤日常为全家做早餐，实惠可口，省了丁大娘操劳。花样调配不错，颇得好评。

半年后，七月天真热。镇北棉花地里草，长得高过了棉苗。她与赛福扛两柄锄头去除草，一路往北出镇下地干活，但见五亩棉田地里小草壮。

静贤说："得赶紧除草，不然棉花就被欺负的长不出来了。"

赛福回答："嗯呐。"这一高一矮，弯着腰把锄头在棉苗之间穿插，除掉杂草。年轻人戴个大凉帽，江风阵阵吹来，边干活，边说话。

赛福微笑说："这大半年的，来我家过得惯吗？"

静贤瞅了他一眼说："好啊，六口人过得去。只要粮食有，就安心的。"

赛福低头说："活儿又多，我要挑满两大缸水，烧老虎灶的开水，杂活儿你多受累啦。"

静贤轻声说："婆婆也洗衣服什么的，知道我天天做早饭累。早晨，她还得上菜场买菜。"

赛福又看她一眼，笑说："妹妹还小，不干活。"

静贤瞄他一眼说："谁家都有孩子，能指望他们吗？"

赛福笑了，说："你真好。"

静贤低头看棉苗下的草，说："一个家，总是你好我好，一大家子才过得快乐。"

赛福皱眉说："有点舍不得你人小，力气不够啊。"

静贤坦然说："没事的，在娘家常这样的。"

这又各自低头忙除草，到中午一亩地也忙完了。午饭休息了一会儿，才下地。静贤带好了毛巾擦汗的。

低头除草的年轻夫妻，并肩劳动。

赛福笑出声问："那会儿你在店门前卖绣花，那帮子地痞真坏。"

静贤也笑了说："不打不成相识呗，这就认识了你啊。"

赛福认真地说："是的。那么多人，这就看到了你和静慧。还没见过这样秀气的。"

静贤不在乎地说："人嘛，总有好看与不好看的，但到底还得干活过日子。"

赛福看准她脸，说："没懊悔吧？"

静贤白了他一眼，说："不懊悔。我认准的事从不懊悔。"

赛福开心地说："你嫁过来后，改好了我的懒病。我父母都还奇怪呢。"

静贤一脸正经地说："事情堆在面前，人人就会做的。今后还有小孩。谁能懒谁敢懒？"

赛福忙附和说："那是、那是。"

其实，能与自己看上的对象相结合，在那个时代是幸运的。一般都是父母之命，媒妁之言，到洞房花烛夜才能见真容。因为第一印象好，夫妻生活是美满的。俩人的脾气也好，从不吵架。左邻右舍很是羡慕，夸的都是静贤好。

她们说："你们家赛福也变成勤劳小伙子了。看，一家子多和美！"

小半年棉花收上来了。静贤和婆婆双双地晒棉花、轧肉子、纺棉纱。到大冬天，就开始织布了。这又靠静贤一天天地叽叽呱、叽叽呱坐着，右手拉线上下，左手抛梭子织布。丁大娘没想到，媳妇会一囊棉花做到头。

她常在四邻八舍面前夸说："娶了个能干媳妇。"

自家纺织的土布厚实柔软，这静贤又忙着拿去染色。到过大年，家里每个人都穿上了土布新衣，丁大娘也让她给娘家送些土布。说道："家里常年都是你劳碌，回送点给娘家应该的。"

静贤想，这老丁家是个通情达理的人家。

娘家，每月要回一次的，想念家人。她会带点毛竹镇的麻糕、香瓜子儿、红枣、核桃之类。过年了，也给娘家做几件新衣服，叔叔顺兴和小姑美娟也都有。

丁大娘看在眼里想，难为这儿媳妇公平。

庚子之乱后，江南南兴镇的教堂并未关闭。牧师朱季虬仍在主持每周日的礼拜。

妹妹静慧说："每周的教堂礼拜，唱诗班都快乐平静，我们都去参加的。你们毛竹镇是没有教堂的。"所以静贤对静慧说："到毛竹镇心里觉得失落了什么，很不习惯。想不到这些了，那少年时代的习惯，去教堂，祷告、唱诗，牧师替每个教民解烦平忧。嗨，都没有了。"

圣经上的故事听不到了。

静慧告诉她："有空，就来这儿教堂走一遭。"

但种种琐事缠绕，一个向往在久久的等待中。静贤把娘家的耶稣小像搬到了毛竹镇的私房中，放在临窗上首，每周礼拜，仍然跟着朱牧师的节奏，在耶稣面前检讨自己，做错了什么，做对了什么，小声或无声地忏悔。她做的事得到家里赞成的，赛福当然也不干涉。公公婆婆也不干涉贤惠的媳妇。

偶尔，她也去南兴镇教堂参加礼拜。她深信耶稣是存在的，祷告必不可免，不过街坊人沉浸世俗之中，都不知道这些。夜深人静，是她心灵敞开的时候。她相信圣主耶稣，会来到每一个信教徒面前，洗涤心灵上的尘土的。

虽然你看不见，但心里会感到，他来啦！

第十三章　丁福轩三代出世皆大欢喜
　　　傻美娟十岁缠足吃尽苦头

秋天，毛竹港芦花飘白的时候，静贤生了个闺女。

小脸蛋长得像父亲，俗话说女像父，都是福。正好与丁福轩的福字暗暗相契。爷爷奶奶虽没抱到孙子，也还欢喜，照常请费亲家夫妇来喝了满月酒。费家带来了小棉裤、棉裙、猫头鞋，送了个银项圈。看看取个啥名，不如与店名联着：福弟。沙上这风俗重男轻女，头胎生了女孩，要她带个弟弟来是名正言顺的。长江畔的冬天真冷，就让这几个月大的福弟杵草窝。草窝下面放个铜烘缸，孩子站在里边玩耍，小手一直暖暖的。

一次福弟会跑路的时候，奶奶彭氏拍拍手说："来，来，福弟，带个小弟。"顺手将她抱起来，盼孙心切溢于言表，弄得静贤脸红红的。

光绪二十八年（1902），生二女虎弟，模样俊秀，皮肤白皙，像母亲。

赛福却不以为然。夫妻俩都年轻，情深日久有享不完的甜蜜。他天天帮家里挑水烧老虎灶，从炉眼里一把把添砻糠。炉火青红，仿佛要蹿出灶面，开水自然滚滚的。然后他去弄把湖南大茶壶，注水七分。接着去一张张茶桌上给青瓷碗里，高高地筛下水来给客人泡茶。一股股沸水细细如丝，形成弧形点滴尽入杯中。那一绺沸水化开茶叶后，清纯的茶叶香气扑鼻而来。

茶客阿二说："镇北长江水在深泓里，滤去了沙子就特别干净。"

茶客黄六说："小伙脸俊人和气。"

茶客李兴说："这地儿清净雅洁，咱常来丁福轩喝茶吧！"

茶客胡土悄悄说："有时还可以一睹少夫人的芳容。"

结婚之后，赛福略显发福，透着小辈的谦卑。耀湘夫妇也颇怜惜大房俩人。

赛福婚后第三年，弟弟顺兴也娶媳妇了。弟媳妇连氏，是农家的，长得小巧，但性格麻利，说话尖锐。总是一家人，都不太介意这点。

那老二丁顺兴个儿与哥一样高，那脸蛋却扁圆，加上塌鼻子罗圈眼，完全遗传了父母的缺点。皮肤黑黑的，像个湖南山里人。那么年轻就背微驼，长得不经看。二媳妇连氏，皮肤倒也是白的，但两眼露出精明，活脱脱一小尖俏模样。二儿子媳妇与大房比较，人人都说没法比。耀湘夫妇随随便便，不太在意。偏偏这年大房又生个孙女。二房连氏接着在楼下落屋里，生下一个白白胖胖的小子。丁福轩茶馆顿时喜气盈门。丁大娘这次对连氏另眼相看，一个灶上端出来坐月子的徽子茶，也还一样。

连氏生了炮头儿子大泉。丁耀湘夫妇从感情、经济上，慢慢地向二房倾斜了。满月酒，爷爷奶奶给的份子钱也不一样了。

丁大娘对费静贤说："她是头胎理应多些，跟你一样十块大洋。你的二胎了就折半吧。"静贤道："婆婆不要如此解释，我是那样计较的人吗？"

光绪二十九年（1903），静贤三胎生女连弟，模样善良像祖母。夏天正热，静贤又为赛福生个女儿，丁福轩茶馆里就有了闲话。茶客们听说帅哥连生三女，大为不解，这样的雄壮男人，怎么只够生女儿？又迁疑静贤，人家头胎生儿子，她连生三个女儿，有些什么缘故？令人大惑不解。

自此，婆婆丁大娘也懒得抱这些个小孙女，去二房连氏房间看孙子多了。

丁福轩茶馆对两房媳妇暗暗地不一样了，分派给费氏就多做厨房活，连氏就做买菜活。年节走亲戚，也派连氏抱个大孙子随去，轮不到费氏了。费氏并不在意，赛福一天到晚活儿重，顾不上细琢磨。那顺兴虽比赛福小了两岁，人高马大的只是在茶馆烧火扫地倒开水。一年四季，赛福和弟弟去镇北耕种十亩沙地，重活也是赛福做的，轻活顺兴做。赛福有的是力气，看一样高的弟弟干轻活，不嫉妒。他常笑嘻嘻地在地里唱山歌。左邻右舍闲嘴杂舌的，赛福夫妇不想听。

一家倒也过得和和睦睦。

话说丁福轩两房媳妇都生了，正是毛竹镇兴旺的时候。费氏温柔端庄，不计小事。连氏爱管闲事，动辄为一双小鞋、一壶米浆发话。也许是生了儿子的缘故吧。那婆婆丁大娘虽然不吭声，内心也颇厌恶连氏。想到自家女儿也已八九岁了，到人家做媳妇也须合规矩。那年代一双小脚，似乎就是女人的标准。生得好看不好看，是其次的。社会上，小脚成了女人的标准。丁大娘想为女儿缠足，趁着脚小还嫩，疼得少。她心里想，现在再不裹脚，大了以后如何得了？一辈子被婆家冷瞧。

于是，那丁大娘开导女儿说："你大嫂、二嫂都是一双好看小脚。走起路来娉娉婷婷，卷裙摇摆中式中样的。"但美娟一味拒绝，正因这样才拖到十岁了。她不想将来成个小脚女人。事情逼到面前。小美娟有个奇怪的想法：我得逃走！不然那好好一双白嫩的小脚，就要变成猪爪了。

那天早饭后，小美娟忽然不见了。

害得丁大娘到美娟要好的邻舍姊妹家，一家家寻找。丁大娘先去近的莲莲家。

莲莲说："今天没来啊。昨天她说过，我娘要给我裹小脚的。"

再去红芳家，红芳说："昨天和她一起玩造瓦屋的。那地线划了好几间。大家先后独脚在地上跳着走。看谁能每间都走到。"

她反问："听美娟说，你要给她裹小脚？以后再不能'造瓦屋'了，她有些懊恼的。"

丁大娘左右去了七八家，都没找到美娟的影子。

全家焦急地问："她到哪里去了？"

再说丁美娟长得白皙苗条，十岁的小姑娘人见人爱。在她的内心，绝对不愿意把完整的双脚弄成猪爪一般。

她想，让我以后怎么走路上学？进了学校还不被同学笑死了！

再说啦，玩伴们一个也不想缠足，别家也不提这事。就老丁家，还兴缠足！

她想了一夜，决定逃跑。大清早吃完早餐后，她就溜进街上的人群，漫无目的地向南走。

自己头脑里想，能到哪里去？

逃到家里一下找不到的地方，东想西想没个定论。出了南箭楼门，路有好几条。究竟去往何方？必须定下来。她一下子想到了母亲丁大娘的表妹刘英家。她住在北夹河的岸上。怎么走？刘英阿姨生孩子，她随母亲去探望过。

记起来了，先沿着五圩港往南走五里，再沿北夹河岸往东走五里，得十里路。再往北下圩子去刘阿姨家。

这样，漫无目的的她有了目标，加快脚步往南走。

走到五圩港渡口，实在走不动了，就坐在一棵树下歇会儿。那会儿，乡下路上没两三个人。她忽然觉得又渴又饿，早晨为逃走，没吃多少东西，现在已经有些饿了，怎么办？是回去，还是继续走？回去的话爹娘必定责罚自己，说不定当晚就要给她缠足。不回去，得忍饥挨饿去刘姨家。跟她求，说通父母不要缠足就好了。这时，她坚定想法，站起来继续走。

两边都是绿色的稻地、棉花。只见头顶的日头往西偏了，才走到那两河交界的直角处。大岸上一片芦苇森森，好宽阔的江海相邻之处。港和夹的转角之西就是长江的西口，好大好远。上潮时刻从西段海里过来的黄色潮水，急速地涌进海峡。大潮西来，从海峡里往东往北，很是壮观。对于镇上小女孩来说，这是很难见到的。

鸟儿们在海峡上空飞来飞去，好自由。

她想，潮流自由、鸟儿自由，为什么我就不自由？

这没多会儿她更累了。看见岸上一座土地庙，她把头伸进去一看，恰好没人。她一步跨进去，坐在那叩头的草垫子上歇息。一见那神龛上边土地公公、土地婆婆慈眉善目地瞧着她。她连忙板正身体，弯下腰来连叩了三个大响头。

她对两位神灵说："大神啊，我小美娟，逢年过节也到庙里烧香的。只是没上您这儿来。看我可怜兮兮，求您托个梦给我爹娘，改变想法，不要给我缠足了吧！"

这样求呀，想呀，想这土地爷爷兴许比刘姨管用。一个梦托到就能说服爹娘的。这样想着想着，不觉地在垫子上睡着了。

这边家里丁大爷、丁大娘找不到女儿，就派两儿子分头上东、南两处大路去找人儿，关照他们边走、边问、边寻找。

丁赛福被派往南路追寻。他是有名的丁长腿，午餐后没多少时候，就问了三个人、两处人家。第一个见到一老汉，挎个竹篮买东西回家往南走。

他问道："大伯，来时有没有看到白上衣黑裤子的十岁女孩走过？"

老汉摇摇头说："没见。"

第二个问到一户岸边草屋人家。那家一女人忙着纺棉线，正好对着大路。丁赛福停下来，过去打招呼："大娘，有个女孩穿白上衣黑裤子，有没有在门前过？"

大娘停下手中活，站起身回答："没有啊。也许我低头纺棉没在意。"

赛福继续往南，劈面有个乡下人迎面而来。他戴个大凉帽，浑身汗涔涔的，背了个大竹筐割满青草。

丁赛福停下，招呼这小哥："有没有遇到一白衣黑裤的女孩路上走？"

那人说："路上没见。我看见那渡口土地庙里，有个孩子在睡觉。不如你过去看看？"

丁赛福谢了后，加快脚步，走向两河交界的土地庙。跨进去一看，自家妹子美娟正歪在垫子上睡着了。他顿时很难过，想到妹子平时帮忙抱小孩，替嫂子做零活。现在竟然被逼得离家出走。

他慢慢上前，在妹子的头畔轻轻呼唤："美娟，醒来。美娟，醒来。"

喊了三次。小美娟终于睁开大眼睛，一见大哥来到面前，"哇"的一声哭了出来。这是第一次私自外出，她尝够了又饿又累又渴的滋味。

赛福说："妹子，跟我回家吧？"

美娟说："爹爹肯定要打我了。"

赛福说："我劝劝他吧，不会打的。"

美娟说："你知道不，还要我缠足吗？"

赛福说："我不知道，回去再说吧。你一个小孩子，在外边绝对不行的。"

美娟想想也是。人生地不熟，脚踏生地，眼望生人，去靠谁呀？

她不得不向家里投降，乖乖地跟大哥回了家。

这一到家，丁大娘搂进怀里，母女大哭，丁老爷不吱声。

平安了三两天，该来的还是来了。耀湘催彭氏速替女儿缠足，必须缠足。丁大娘自己也懂得缠足的难处。当年咸丰爷时，她缠足疼得哭了一个多月呢。

丁美娟鹅蛋脸白皮肤，一双长勾眼，此时幼稚除了贪玩，父母宠爱，平时不让干啥活。她的性格像男孩，爱与同伴玩踢毽子、跳绳等。一双天然大脚，遗传了湖南脚夫的基因。这样的一双脚，要裹成三寸金莲，真难为小女孩了。如果缠了小脚，那不但走路不方便，而且河滩洗衣洗菜也不方便了。

因此她求母亲："我不缠，不缠，就是不缠。"她听不进男尊女卑的道理。

此事由她母亲一手主持，连氏做了个帮凶。

夜来，丁大娘彭氏把美娟按倒在后屋的椅子上说："坐下坐下，宝贝坐下。"

连氏说："妹妹你把土布袜子脱了，我给你洗洗。"

于是美娟以为是二嫂帮她洗脚，就伸进那木盆温水中。一双白脚在透明的水里发出柔嫩的光。这连氏就一边缓缓地洗呀洗呀，一边哼崇明山歌：四句头山歌两句真，还有两句吓坏人。癞沟巴出扇飞东海，小田鸡出角削杀人。

美娟甜甜的嘴角微笑了，后来连氏用白布把一双白脚擦干。那彭氏冷不丁的，抽出一卷白布绷带，拽起一只小脚就用力地裹起来。

美娟喊："疼，疼，疼！"

连氏说："裹完就不疼了。"

谁知，那彭氏为了女儿有双好看的小脚，着力地收紧绷带，尽可能变成她需要的形状。

美娟一下子眼泪滚滚，说："娘，你心好狠！"

彭氏说："你没看到对门酒店三个女儿也都裹了小脚吗？"

说着，连氏洗好另一只脚，也由彭氏亲自拿捏，一层叠一层，叠裹得密不透风。

美娟在裹完后，掉着泪还想下地穿鞋哩。

彭氏说："你就躺会儿吧，让脚里血放放，脚才不疼。"

美娟躺了一天一夜，第二天试试能不能下地。哦，居然可以穿拖鞋走几步了。

好在母亲不要她下楼，吃饭都有大嫂端上来。她们都是过来之人，少不得安慰几句。这样断断续续半个月，母亲和连氏才允许她拆掉裹布，再洗一次脚。

那美娟含泪任连氏摆弄。等到一层层解开，见到那脚红肿青紫，浸在水里再没有白皙美丽。脚背驼成弓形，随着脉搏一刺一刺地痉挛。

彭氏说："裹脚要趁热打铁。"连氏轻轻地洗了一遍又一遍。然后如此这般，把新的白布一层层裹上。这回美娟只觉得双脚麻木没有知觉，只好卧床休息。但彭氏说，要走走，不然会死了筋，变成瘸子的，吓得美娟摸了楼梯，上上下下连续走路。等到半月以后，又裹第三次，还照原来先洗脚后换布再裹。这回比第一次裹足少了些疼痛。

彭氏说："好了，再半月就成了。"一个月以后，美娟还坐在那小竹椅子上，当连氏解开缠足布带后，一双白皙的变形小脚就算裹成功了。

美娟自己看看，有点喜欢有点伤心。喜欢的是，她完成了女子必经的缠足礼。她逃也逃不掉的，慢慢成人了。伤心的是，从此她再不能跳绳、踢毽子。离开那些镇上玩伴，她会很孤独，很难受。

这缠足得三收三放需要个把月，从此需要天天洗天天缠，天天换裹脚带。丁美娟因为缠足太晚，十岁了差不多天足形成，因此完成后的小脚只能成为"烂嵥脚"，不够三寸金莲。但市井人家不嫁给官府人的，这个标准也就算了。至少攀亲时可以自豪地告诉媒人，小脚缠好了。

一双小脚意味着是个上等人，而大脚只是佃户、船户、车户人家的女儿。她们是没有嫁富人的资格的。这是男尊女卑的又一道戕害。

第十四章　废科举长江水灾
五大臣出洋遇刺

光绪三十一年（1905）9月1日夜。

一次历史罕见的特大风暴在上海发生了。崇明县境猝然暴潮陡溢，狂风怒号。骇浪奔腾，随之而来铺天盖地的豪雨。海潮在寿安寺附近破堤冲进来，潮声轰轰如雷响。沿江圩岸冲坍，居民庐舍尽被吞没。沙民多数趋避不遑，或被房屋压毙，或随浮水飘溺。横沙岛民万数，溺毙过半。

这次大潮上溯，波及江阴、常熟。

江畔毛竹镇首当其冲。缉私营兵丁在岸畔巡逻，围岸虽未冲破，但潮水之大弯下腰去就可洗手。炮艇也只能停在毛竹港内，前后抛了两个锚，犹在浪潮中左右摆动。圩内庄稼被风暴打得严重。丁家种的四亩棉花和别人家一般，残叶败枝不少，看来会减收四成，所幸稻田溢水，稻苗在大风里未被摧残。水退后粮食可有收获，一家十口人吃饭够了。

毛竹镇内，街上暴雨漫街。第二天早晨，上街卖菜的乡下人稀稀落落，涉足而过。馒头铺、面店也少了顾客，更不用说那绸缎庄、京南货店等，皆门可罗雀。十字街的关帝庙，道士打了三通诵经鼓。不见善男信女来烧香，少了几例助善钱。朵朵白云在大街上空，一阵阵向西北飘去。镇上檐下的麻雀不少，比平日多出好多。它们叽叽喳喳，从两街的屋檐下进进出出，搜寻食物。丁福轩两房的四个小孩不停地哭，因为尿布晒不干，小屁股兜得潮叽叽的，不舒服。费氏和连氏抱着孩子们在室内哄着转。

毛竹镇镇东集议：附近圩塘的积水淹没庄稼，必须排出去保秋收。根据田亩摊派，赛福兄弟俩必须参加所在圩子的排水行动。

有地农户按田亩比例出人，集中到长江大堤车出水。

车出水，实际是水车面朝长江，把沉没田地、河道的大水，靠无数双脚力踩车戽水，排出堤外。这工作需要岸外潮水退至安全线下，在大堤适当地段开缺口，支上一辆、二辆乃至多辆水车，组成小型抽水机群。水车原理是通过斗板、鹤膝相接的戽水斗，组成戽水链条。四人臂靠车轴上方的车坎，踩动脚下车轴之榔头。车水汉子双脚不停地踩，带动车轴循环旋转。轴中部的转盘拖上来从河里舀满了水的一节节斗板。水斗转到上方时，自动把水倒入渠道，再轮回下行抽水。

这样，堤内积水绵延不断被排入堤外长江。

这活儿，丁氏兄弟干惯了的。每天大清早，他俩在黎明前黑蒙蒙的稻地，从小河中车水灌溉稻田。与车出水的倒置不同，水车面向的是井字形水田，至水没掉秧苗三分之一，就算结束。第二天，稻田又被火辣辣的太阳晒干再去车水。车水，是每户稻农的日常工作，稻子收割前一周才停止。

赛福他们有一双长腿，车水快而不累，还时常给不会车水的新手来点幽默。有几次，邻居派个小孩灌溉稻田，请赛福兄弟帮忙。帮助弱小是好事，丁老爷会派儿子来助力的。

星星还是那几颗星星，月亮还是那个月亮。赛福一早就醒了，喊上弟弟走了。到了田中一看稻地水干，立即上马。兄弟俩都是长腿，双臂靠在车坎上，移动双脚踩车榔头，山歌自然淌出：

> 六月里来车水忙，星星没来我先上。
>
> 双脚飞车水溅腿，四两汗水几颗粮。

顺兴不会唱，默默地跟随哥哥的速度。忙了一个小时，五亩地只淌水一半。可是那家小孩还不到场，顺兴就有点不耐烦，说："自家地里别人都车水一半了，还不到？"

赛福说："我俩够了，催那小孩干啥。"

天快亮了，才见一个十几岁小孩匆匆赶到。赛福说："来了？"

小孩摇摇头说："睡过头了。"

人家道歉，他俩也就不吱声了。

他一上来，感觉两位大哥的脚力非凡。显而易见，俩大汉咋比一小孩？赛福很明白的，谁知顺兴暗暗使劲，那车速突然快起来。赛福跟得上，那小孩颇觉吃力。过了两三分钟，车速把个车榔头转飞了。小孩跟不上趟，只好双脚一吊。

顺兴哈哈大笑说："吊田鸡咯！"

小孩埋怨："哥哥们，也不照顾我一点！"

赛福骂顺兴："不能再这样了。你是大人啦！"

这是日常农活，轻松快乐，比不得这次人多势众的"车出水"。一等大潮过去，二须雨水停顿，三看江中潮水不再上涨了，方可开缺口往外车水，不然的话缺口开出，反而江水倒灌进田了。

那天，天上云奔，江面上风刮，吹来的一个大浪盖过另一个大浪。圩子里的水白茫茫一片，岂是三脚两下就忙完的。人们像细小的蚂蚁，聚集在一线大堤上。地保指挥上车地段，一共五个口子，需要五十多位民工轮流车水。民工们短袖赤脚卷腿，一会儿都上车踩起来。只听风声中传来一片洴碌、洴碌、洴碌的车水声音。车声与风声、潮水声在空气中飘荡。不多会儿，车水号子就响彻圩上。名为号子，并没有词儿的，不过是人的呼唤，与脚下车水的节奏混合：

哎唷嗨叻嗨——哎唷嗨，哎唷、哎唷吭——哎唷呼！

声调拖得特别长。

众人的号子响彻云天。赛福兄弟被安排在中间一架水车上。这一上车就三天三夜，由各家自送三餐，吃罢再上车。这样长时间的赶路，使车上的几十位民工，无不累得歪头歪脑、挥汗如雨。三天后，个个车水农夫双眼通红地回家呼呼大睡。

天空又是骄阳如火，地里活儿多。棉苗要扶正加土。稻地里略干一天，再车水上肥。辛苦的农活，自然是赛福兄弟俩的事儿。不过丁赛福是个乐观主义者，再累也不能不哼小曲。旁边地里的田邻们也爱听这小伙子的歌声：

六月里潮退田地静，庄稼一棵棵露精神。

种田汉子多劳碌，阿妹茶水送给有情人。

今年花地算不错，几斤几两汗水算不清。

来生若然不种地，还有打铁撑船人。

世上汉子三样苦，逃到何处快乐生？

求求老天好施舍，大潮不淹得安宁。

这次长江大潮的灾难，就在农夫们的辛勤号声中，平息下去。

潮没后，丁福轩茶馆生意冷淡。老虎灶开水烧了两锅，茶馆里只有滞留的两三个卖淘箩、筲箕的江南人。丁老爷着了凉，不停地咳嗽。赛福一个人在招呼客人倒茶续水。顺兴则扛个网兜，让小脚妹子美娟拿个环篮，一起去镇河。撒网捞取被潮水冲进来的长江鱼。

是年，清政府政治生活中，发生两件巨大变动。

光绪三十一年（1905）9月2日——也就是长江水灾发生的次日。袁世凯、张之洞奏请立停科举，以便推广学堂，咸趋实学。清朝统治者诏准自1906年始，所有乡、会试一律停止，各省岁科考试亦即停止。

9月24日，清政府宣布五大臣出洋名单。谁知出行当天，大臣们在正阳门车站遭遇行刺。延至同年12月，清政府更新名单，大臣们复出西洋各国考察。

这是清政府"预备立宪"的重大启动。光绪三十二年（1906）废科举后，南榜发轫的顺天贡院即闲置无用。此事在乡间市镇炸开了锅。五个秀才得知后，如半夜乱窜的饥鼠，各各交头接耳，议论纷纷。一天，这五名秀才相约来到常熟县城，拜访业师韩德怀。他们在大厅逐个坐定献茶，久候先生不出，一个个面面相觑，不敢看对方表情。后来韩先生出来絮聒寒暄，自觉无颜面对这些青春少年。话语间，也是顾左右而言他。面对尴尬，众人虚与委蛇，而出头椽子竟是张鸿业这老实人。

他说："韩老师，各位年兄，如今天下大乱，自戊戌变法以来，国将不国，士何以士？吾等饱学秀才六岁开蒙，初读《论语》《孟子》颇晓人事家国。继而四书五经得悟道之巡行，如醍醐灌顶。后继学之文韬武略，哪个不知何人不晓？朝廷枉自变法，致天下寒士心冷！有谁为国代谋为民做主矣？"

祝守帧等连连附和，请韩德怀先生给个答案。

韩先生下垂眼皮，他家虽有叔祖在朝为官，亦已被贬多年，不问朝事。

然后他答道："诸位苦衷，韩某不才岂有不知？"

昔日师生情谊历历在目。然天下之变，冰冻三尺非一日之寒也。甲午战败，戊戌变法如箭在弦上不得不发。岂知庙堂变故，母子反目、六君子弃市，虽袁世凯而非力逮，奈康梁亦难转时势也。

此次相聚，与上次各家贺喜宴对比，真是一冷一热，冰炭不投。不过五秀才还托韩先生向常熟知县反映功名中人的意见。

在业师听来，书生们的提问，今则如何，往则何往？朝廷就不能痛快一点给个答复？当了秀才的，却要拍桌子骂科举、废改革，真是文章风流千古事，不解眼前一点愁啊。

他们要讨个口信，为这批新科秀才谋个出路。

韩先生撸着一把山羊须，连称："要得，要得。"

半年之后，常熟音信全无。鸿业在书房里坐立不安。

他父母说："我看还是你弟弟乐泉的眼光不错，虽遭遇轮船火灾，导致腿疾，而在毛竹镇已经做了记账先生了。他的一碗饭端得牢牢的，每年银子七八十两，不少的哦。顾家已经开垦了刘海沙、文兴沙万亩良田。我看你不如问问弟弟，可否加入进去？"

然而，鸿业心想：施家学堂十年，几十个人中我第一名。今年考取秀才，毛竹镇乡董还来送礼吃酒。如今却放下身段，要学做市井商人，这秀才名分岂不惹人耻笑？

他一口回绝父亲的提议，说道："我不信！几千年的规矩，就这么白费了？这些滔滔如江河的韩柳欧苏、朱熹阳明的文章，统统白写了吗？"

鸿业一直喜欢在书斋念他的古文。好在家景尚可，吃穿不愁，十六岁那年，父母已经给他圆房。童养媳的妻子虽然黄脸瘦腰，倒为他生了炮头儿子，官名叫一相，小名叫想有。遂此，他也就勉强与父母妻儿度日。世事通变，鸿业闲来去毛竹镇散步，发觉人家用异样眼光看他。乡人都知科举已废，嘲笑这个四体不勤、五谷不分的书呆子，彻底完蛋了。

俏皮者故意喊他："啊，秀才先生，明年可要考举人了？"

他只莞尔一笑，不予回言。

然而日子长着呢。夜间想着举人的风光，眼看就高人一等了，怎么就来个废考？真是想不通！乡邻路人见了他，也不再低头尊称秀才老爷了，有的甚至"哼"一声，拂袖而去。人家笑的是，他除了念书别无长计，是个"啃老族"。下地不会栽种稻粱，上台不会奉承喝酒，拿起算盘不熟加减乘除。一个呆板秀才！

又过一段时光，流言蜚语逐渐没了。

他自己又想：自己满腹诗书，难不成二十来岁就要做东晋的陶渊明了？这样想了半年，鸿业竟渐渐地胡言乱语，或沉默一天不发一言。与妻子床笫之间，也不见热切。他感觉阵阵心凉，不能感知自己身为何物，有丝寒意渗透全身。

鸿业娶的是童养媳，他又是个专注学问的书痴，做爱只是履行公事，得不到真正的快乐。如今教书没处教，种地又不会种，渐渐地就变为一个沉默无比的人。不上街不下地，天天翻弄《论语》。他记性极好，考秀才的三篇作文题，背得滚瓜烂熟。心里想着，篇篇皆是上乘文章，自命一个字值得一两银子，也许还不止！如此好文好策，治国平天下岂有他哉？呵，简直字字都是金光灿灿的金子啊！

眼看，老死乡间是宿命了！

他留恋的只是已经被国家抛弃、狗屁不值的文字。半年以后一个秀才就改行捡垃圾了——去各镇各处专门收拾字纸。其他同科，王同时、金稚兰改学中医，祝守帧家是大地主，他在家帮父亲记账，黄仲伊去了上海，鸿业考得最好，结局也最惨。在乡下人看来，这个秀才一定变痴了。因此到处都喊他：秀才痴子。

没人知道他心里的滋味。春天里他变成了柳絮，飘飘无踪。人之身太轻浮，这一朵朵的柳絮好似文字，到哪里能找得着落？冬天里，他又感觉自己是一朵朵雪花，在寒冬里肆意飞扬。犹如身在贡院单间，赤裸全身舞文弄墨，一挥就够激情的！一冷一热怎可同日而语？文章出来号令天下，第一名秀才！

忽然，咋不见了这满地雪花，柳絮倒是常常粘在土布长衫之上，拂也拂不去。难道身轻如柳絮，可飘也飘不到远去。大人见他摇头，小孩见他喊痴呆！他听在耳里，也不在意。不免一声长叹！最要紧的是挽救文字，使天下之字都有归宿，乃秀才命中之题也。

有天早晨，乐泉正要上镇办理滩照书写的事务，忽然想到了堂兄鸿业，以秀才的文字功夫，自己万万不及的。他特地走进后宅，问候了二伯夫妇，喊出鸿业，在书房里与乐泉对坐说话。

乐泉一见哥哥瘦了，知道他心气高傲，还在抱怨朝廷为什么废科举。

他旁敲侧击地说："哥哥近日没啥大事出门吧？"

鸿业说："哪有什么事？上次去常熟半年了，也没个回音。"

乐泉说："现在上面乱得很，什么办洋务、开工厂，还不是替洋人赚钱！你看，我们围海造田，是为耕者有其田，这样对乡民有利。"

鸿业说："那倒是！"

乐泉打住说："那么哥哥，要不要去我四表哥公司谋个差事呢？"

鸿业说："不！你看我们家也有二十亩薄田，不用去仰人鼻息了。我还是做个陶渊明吧。"

在他心里，文字既不可谋生，而耕读未尝不遂心愿。按说他现在的地位，见了官也不用跪地了，那还为什么去给商人当差。

乐泉的大眼睛窥知他不愿意，也就告辞。他内心早料到的，劝鸿业弃文从商，鸿业必以大材小用论回绝，这都是读书人不知世事变化，倒翻老皇历的缘故啊。他摇摇头，径自离去。

这不，废除科举后，学堂也开不起来了。毛竹镇人注重实业，多数人家以种地为本分。稍有外出，也是去学木匠泥工。仿佛间，已不是那"万般皆下品、唯有读书高"的时代了。

面前一脚不知迈向哪个方向，但顽强的鸿业并没有发痴，他无言地向现实让了一步，认定这白纸黑字点点都有用，起码是他考县、道、府三级大试用到的。闲空时他裹着一袭蓝褂，拖着一根黄毛辫子，内心标榜"世人皆浊我不浊，世人皆醉我独醒"。一只竹篾篓子上面写着"敬惜字纸，如敬祖训"。张鸿业眼中的毛竹镇恍如隔世了？是他不认识，或不屑于认识的地方了，自问：坚持到底，能做个知识渊博、归隐自然的陶渊明吗？

偶然间他会自问，今年夏天发这么大水灾，是否与废科举有关？为隋开皇启动，行千百年之久的科举，是历朝历代取士独径，如今废掉，清政府能行吗？谁都不会回答，也不敢回答。张鸿业不过是被废的一个秀才而已，他敢去老虎头上拍苍蝇吗？

顺之者昌。他只有回头一笑，这有什么不好？

第十五章 十三沙秀才议事
张鸿业老诚失意

光绪三十二年（1906），科举废除后，沙上各处拆庙兴学之风陡起。光绪三十三年（1907），清政府又颁布《预备立宪》诏书。

各省部署履行圣旨，选举事务拟从乡村自选乡董起步。十三沙在苏州道衙管辖最北，常熟县与江阴县夹界之处。按照立宪条例人口五万成立沙洲市，选举乡董。选民分二等，他们怎样完成朝廷颁布的乡村自治选举？黄彦春这位不起眼的乡巴佬，怎样当上第一任毛竹镇乡董？为什么不是建造毛竹镇的顾家承袭？

常熟县令邵某张贴了朝廷关于地方自治的告示：

宣统元年（1909）常熟实行地方自治

1. 常熟北为常阴沙。南、中、北共13沙区，人口5万以上，得以常、昭二县所属之海虞、塘市、梅里同属为市级——沙洲市。

2. 人口5万为市，不足为乡，设议员20名。

3. 分甲乙等选民，完纳直接税满一银圆者为甲等，不足者为乙等。选民权规定乙级的两票抵一票。

4. 女性无选举权，不纳税者无选举权。

5. 议员虽由投票产生，而事先要与重要选民商量。

邵县令礼贤下士，特请末科秀才的廪生王同时、金稚兰、祝守帧、张鸿业来虞山书院议事。邵县令在虞山书院的藏经阁，摆了五把椅子。县令南面而座，左右分列祝守帧、张鸿业、王同时、金稚兰。衙役献上虞山青牙名茶，在空气中飘出缕缕幽香。

邵某感叹：自戊戌变法失败，翁老先生归隐桑梓。时不我待，宣统新皇登基，朝廷颁布《京师地方选举章程》《府厅州县地方自治章程》《议事议员选举章程》，贻下颁行。今召尔等光绪末科廪生前来，盖尔等皆为我十三沙地方贤达矣。

他喝口茶，清了清口说："请就如下地方现状，直呈乡情表达自治之津要。其一，十三沙河道灌溉之利弊。其二，天时优劣虫灾寡多之施政办法。其三，各地地主缴纳田赋之细情及完成办法。"

这话等于是考考这帮人中龙凤，有无实践之见识，从中物色德智俱秀的议事通才。

邵县令直指王同时，让他先说。

王同时客气地说："县令大人、各位同仁，当今天下弃旧图新之时，可惜国运衰落，太后光绪帝同日西去。新皇年幼不足五岁，虽有摄政王掌握，而国事倥偬非一日之冰寒也。十三沙土地肥沃人民勤劳，是个好地方。即今两条夹江岸畔，坍塌入海之田不少。乡民失地之痛倾家荡产被追动迁，而事无着落。官府宜组织围垦，囤积沙地卖于乡民，使可耕者有其田也。而沙上河流淤塞，南北不通东西阻隔，亦亟须召民疏浚者。"

邵县令听来很是满意，连连颔首称赞这个秀才。

接着金稚兰说："吾十三沙沙民拖儿带女劳碌耕作。冬不耐寒霜，夏不敌溽暑，疾病无医而生命叹息者众。翼望官府多多延请民间良医，在各镇设杏林义诊。唯其收费廉明，用心望闻问切，对症下药可救我沙民苍生。"

邵县令也很受用，此真系民情民苦者也。

第三个祝守帧，感叹二人所道无不义正词严，于是他也在民风方面说了几条："一者，开元始治，治民者首开其智也。何况，维新以来学习西方，更应普及教育惠及大众，而非少数富户。民乃国之本，民智乃国之力。于是乎，兴学之风不可废，新旧并举不可偏颇。"

这位私塾先生倒是三句不离本行，转变为赞成办洋学堂了。

轮到鸿业了，他也不是没有看法，但想说的都被前面三位道明了。这位隶属南通北沙的高才生张大公子，竟说："惭愧惭愧！但凡国计民生三位同年皆已一言九鼎，张某只有佩服，佩服。"

邵县令见他客气，观其相貌，紫糖色面孔，一副马脸高鼻子，浑身粗脚粗手。

虽双目炯炯，而肚中并无新见，甚是为其可惜。只得说："鸿业谦哉！无须内藏，而使人不测其高，哈哈哈！"

又道声："多乎哉不多也。还期各位乡梓随时通侯县府差遣，为不时之举荐。"

聪明的秀才们齐声拱手道："现如今科举已废，多谢邵县令尚能于穷乡僻壤选贤聚能。方使野无遗贤也。多谢多谢！"

邵县令也谦道："多谢各位献计献策，今日邵某略备水酒，敬请入席。"内心遂确定十三沙议长人选为王同时。

邵县令请张鸿业他们喝酒，多大的面子！宴席上祝守帧和张鸿业已经看出王同时大有希望，不虚此行。他们不免内心恍惚，人家考了个秀才当个议员，自家只能做塾师。张鸿业连塾师都做不成，内心不快，就多喝了几杯，脸上发红有些失态。

他借酒消愁大声吟咏："弃我去者，昨日之日不可留，乱我心者，今日之日多烦忧。"

邵县令微笑："那是李太白《宣州谢朓楼饯别校书叔云》名句，先生何忧竟出此语？"

大众齐笑，鸿业更是笑个不停。自从废科举以来，这是他最高兴的一天了。县令问政，何等荣耀？不枉他十年寒窗三载赶考了。

过了一个月，王同时、金稚兰被推举为十三沙议员。王同时发函邀请四位同年去西岗宅上饮酒。张鸿业坐上伙计推的一辆独轮车，从毛竹镇到西岗集合。四位贡院一同赶考的秀才，在王宅喝酒谈心。

王同时说："昨日收到邵知县公文，已经选我为常熟县沙洲市议员。故而邀请大家庆祝一番。"席上彼此并无隔阂，一醉方休。

下午鸿业仍坐上伙计的独轮车，回到毛竹镇张家仓房。妻子看他脸红红的，酒气冲人，赶忙扶他上床休息。谁知他拂袖道："去去去！"一口鲜血吐在床单上。妻子忙给他喝凉水压酒。

第二天醒来后，张鸿业似乎变了样。脸上漠无表情，不吃也不喝，一连三天后，方才慢慢进些饮食。从此沉默寡言，对普通事情有问无答，家里人连忙去追问乐泉兄弟。

乐泉说："我在毛竹镇听说王同时当了十三沙议员，鸿业哥文章才情比他好，口才略逊，看来他是急火攻心啊！"

　　他去镇上问了孙大夫，开了几帖中药，才慢慢有些好转。但做事就有些丢三落四，没有记忆了，算盘打得错乱，做不成账房先生，笔砚磨浓也写不来条幅了，生生地把个秀才哥给废了。两家姨丈的宅上人都说："好可惜，好可惜！"

　　吊诡的命运，废科举令一下废掉了天下举子千年不变的希望。

　　中国道途，由此可否激出新轨道、新气象？

第十六章　生男生女分道扬镳
　　　　　祸福恩怨早有天命

毛竹镇的十字街，一天到晚只见人群忙碌。商户打开店门，就扫地抹桌子、擦橱窗、掸柜台。乡下人卖粮、卖棉、买布、买菜、切肉、称鱼。那缉私营里的大兵，则吹起号子滴滴滴、哒哒哒地在场地里操练。毛竹港外的缉私炮艇，也突突突地开出港口，去各处水域查找贩私盐的蚂蚱船。

光绪三十三年（1907），连氏又生一男，取名二泉，属羊。丁福轩真是福气临门，爷爷丁耀湘满怀希望，顺从他哥大泉，取名二泉。是谓"泉运喷涌"的意思，泉者钱也。

接生婆奉承说："此儿一生下来就红光满面，将来不可限量。"

连氏却有些疑惑，她明明梦见一颗小星落地，却又变为一摊血。是福是祸难以预料，连氏把秘密藏在肚子里，看看窗前的大泉，在地上滚呀滚地学步，看看怀中吃奶的二泉，胖嘟嘟地吃饱了，有丝笑意隐现。她宁愿相信一颗星是个好兆头，而一摊血则是妇女生产的目测，自我解掉了这个梦。

此时，上房的大女孩福弟十岁，身材高挑，模样大方，像父亲。她已经懂得替母亲做事了。虎弟九岁，皮肤白皙，模样俊秀，身材像父亲，爷爷奶奶很喜欢她。三女连弟三岁，个儿又矮又小，皮肤黄黄的，像是没吃奶的赢弱儿。爷爷奶奶抱着怜悯地想，此孩将来定是个苦命。大孙子大泉三岁，是个小胖墩，从小脾气偏执，要这样非要这样，别的玩具一摔在地，爷爷奶奶较为纵容。

早晨，是这座乡镇最兴旺的时刻。

丁福轩闺女美娟，看哥哥们挑水烧老虎灶、擦桌椅的忙碌时刻，有功夫站在店门前观望来往人群。豆蔻年华一枝花，长得好看是被左邻右舍一致公认的。不高不矮的身材，不粗不细的腰围，出彩的是那鹅蛋脸白皮肤，配上一双长梢眼，一对长耳朵，看起来既养眼又有福相。街面上那些小混混、茶馆的往来茶客、四邻青年人都爱和她搭话，旨在看她高兴时露齿一笑。总之，大美女不敢当，小美女则有之。

　　缠足以后，她在街上走得少了。一来人大了，二来觉得再不像小时候想说就说，想玩就玩那么爽快了。看来缠足还是一种女子的心理成人礼。她站在门口，看看毛竹镇街景中最令人兴奋的时刻。

　　她的父母已经在院子里做事了。丁耀湘每天晨练那套八卦拳，呼呼呼地在后院划响。这时的他很专心，心无旁骛。他会觉得那天地之间的精华，随他的呼吸吐纳。他的筋脉也在拳道变化之中不断地活络通贯。母亲则做整理房间的杂事。孩子在睡，两个嫂嫂各有例事。连氏奉命拎只竹篮，去镇南菜场的肉墩头、鱼沓子，算计着一家十多口人吃喝的菜谱，既要便宜还要讲究个新鲜。费氏在院廊下搓洗那一大脚盆的衣服，洗完又去后院水栈，把衣服挂在水桥上一件件晾干。

　　美娟心里明白，那是爹爹厌恶她生了三个闺女的缘故。湖南人奉"不孝有三无后为大"的祖训，没生男孩一直闷在公婆心里，那是不待明言的惩罚。

　　美娟想，大嫂聪明贤惠，怎么命这么不好？

　　她是喜欢大嫂的，大嫂懂她的心思。

　　美娟忽然起了个念头：这次二嫂那边生了第二个男孩，大侄子三岁会跑路了。那大嫂的第四胎能不能争点气，生个男孩？

　　美娟性格直爽，爱说就说，与大嫂静贤的温柔文静合得来。而对二嫂的大大咧咧好为人师，则有口角。一家有十几口人吃饭，总有个规矩。这连氏自命能干爱出主意，生了两个儿子，被赋予采购权。而美娟爱吃的时鲜果品，每每违约。美娟就赌气在母亲面前说连氏不好。静贤的贤惠反而得到美娟的同情。种种想法上，美娟发誓要嫁个上等人，给二嫂看看。她将来也能发号施令，出口气。

　　她这样盼着，免不了在进出长街的人群中，辨别好看的和不好看的青年男子。早晨这个闲暇，是美娟乐意的时辰。她可以看到毛竹镇一年四季的生意，甚时兴旺、甚时清淡。家家商店的生意热闹，还不是靠头拖黑辫子、身穿土布服、腰系一根布裤带，鞋脚沾满烂泥的乡民们。

　　乡下上市买卖多是男人，完事后他们还要泡茶馆，聊些天气、收成、张家长李家短的闲话。到太阳正头顶，才匆忙地推小车、挑担子或空身回家。而女人们只在逢时过节，买些鱼肉招待亲眷，或给小孩扯几尺洋布裁衣做鞋，有个机会上街。也有怕男人粗心买贵了，才上街来的。

美娟深深地悟出这个道理。

她的一双长勾眼，不无兴趣地在路人中偷瞄青年男子。一天天的，也看出了这几千几百的男人里，皮肤黑的居多，她想是脸朝黄土背朝天之故吧。那皮肤白皙，和自己一样嫩生生的，百里挑一。再说身材五大三粗也有，瘦脊伶仃也有，但是匀称入眼的是少数。可见天地生人，就像地里庄稼河畔树木，哪有一枝独秀的？她从这些人中枉自多情，对比着可挑选的人儿。一旦到四目相对，射出电光的时刻，有些乡民却又羞涩地扭头走掉。

美娟的状态可用四字形容：待字闺中。

常来丁福轩的缉私营老总，年纪都大了，他们的儿女留在江南的少。青年人则记着祖训：千里出门母担忧，每个月拿了六两纹银，去镇上官办邮局，汇兑成银票，寄往湖南老家，养活一家老小。湘军叔伯辈，对丁耀湘这个漂亮千金，都怀着好意说："嫁到我们湖南去吧，肯定有富人家要的。"这边未成家的兵少，有儿子的琢磨配不上这鲜花似的小姐。不过也有湖南乡亲正式向耀湘提亲，那小伙儿还随他父亲来喝过几回茶，美娟也和他说过话的。人高挑个儿黑皮色，双目炯炯，煞是精神，鼻子隆准是条汉子。

美娟听人讲过：黑是汉，白是看。她倒愿意嫁给这人。

后来那小伙儿回湖南老家了，这边说亲也停了。美娟从他们的湖南话里听到，还心存一点幻想，都因为自家娘亲不肯，独女岂能远嫁，让美娟收起这份心思。

哪晓得，宣统元年（1909），费氏又怀孕。费氏觉得这胎婴儿动作大、脾气暴，像个男孩。爷爷奶奶寄希望，从小宠爱的儿子赛福也想要个男孩。大儿媳妇人品出众，生出来的儿子定会与众不同。丁老爷请了大夫施先生，开下两幅安胎药，使费氏平安如常。到了第二年麦收时节，费氏临盆，丁赛福忙去唤了接生婆高氏，早早烧好一锅热水，搁入艾叶、莲草，香喷喷的，很好闻。那孩子头出来，高氏一看天庭饱满，地阁方圆，忙喊婆婆彭氏来看。

她说："一定是个小子。"再慢慢捧出小小双脚，肌腱扎实，皮色嫩白。彭氏和高氏赶忙看看体下，一下子同时喊声："唉！"

原来又是个小丫头片子。

费氏在床上知道是个女儿，不免看了看她的眼睛，正眨巴眨巴在向母亲示意。

费氏想来，这也有奇处。俗话说，儿是娘的心头肉，且慢慢养育她。

外面赛福听见里边叫喊，也不知祸福。待接生婆出来泼水，赛福忙冲进去一看。彭氏的无奈，费氏的阴晦脸色，什么都知道了。不过他这人还是喜欢小孩的，抱过来一看，那婴儿朝他嘟嘟嘴。

他忽然觉得，我的前途也许就系在这个丫头身上了。二十七岁的他，已经自认是个生女的命了。

第二年，丁福轩茶馆老板将女儿丁美娟嫁给耕余庄黄氏。

缠了小脚的丁美娟，由常来丁福轩的茶客给说亲。那时，女孩十六七岁该嫁了。他们会说，西兴镇开始坍海了，速度很快，一夜要坍好几丈。看来长安镇也必坍无疑。离长安镇五里地的毛竹镇，也保不住的。我看你家小姐美娟，生得细皮白肉，一脸福相，不如往东找个刘海沙好人家吧？

有一个乡下人说，他的表亲独子黄大郎，有三关厢庄宅自田十亩，一个大竹园半亩多地，后面杨树高大。他问丁耀湘："可舍得把女儿嫁出去十二里？"

丁老爷问："究竟在何处？"

媒人说："南桥镇乡下的耕余庄。"丁老爷听闻，耕余庄是江阴郑老爷所围，地面肥沃向东三里地是盐行头，隔海就是蕉沙，蕉沙东去就是东兴沙，很有发展前途。

丁耀湘原本想把女儿嫁给镇上富户的，推算毛竹镇大难在即，谁家都难逃田毁屋坍之命。与彭氏多次商量后，决定结下这门婚事。

一待这边答应，男家连忙来丁福轩要美娟的八字。媒人回去与黄大郎的八字一对，巧合无缝。不过美娟命大，大郎有点压不住她。那边黄家听了媒人说丁福轩茶馆有地位的，比庄户小农强多啦。正在商量间，一听美娟小姐的模样好看。黄大郎就连声喊："我要了，要了！"

黄家父母为了自家这根独苗，就在四月头上托媒人送聘礼。土大布六匹，金耳环一副，金戒指一个，银圆六十块。丁家虽说不太满意，看看家里人口多，也就不再挑拣，收下了这农家聘礼，把独女嫁出去了。

这年春天，黄家请算命的选日期，农历十一月十六是个黄道吉日，就让媒人王国范送来婆亲帖子，少不得端阳礼两条大黄鱼，两根肘子，六十个糯米粽子。到了七月初二又送来节礼：两百大洋、绸布一匹、青鱼两条、蹄髈两只。十月又送来对月礼：银洋三百、绸布两匹、加上鱼肉之类。丁家见亲家尽心筹备，很是高兴。就在毛竹镇街上裁缝铺，为美娟做起一年四季的嫁衣：十二条绸布土布棉被，请木匠到家准备家具：大小脚盆，高橱柜、马桶箱、小银柜……

为的是显出丁福轩不是一般乡下人家，尽其所有陪了一套丰盛的嫁妆。

到了十一月十六那天，少不得请了老乡缉私营兄弟帮、七邻八舍、内外亲眷办了二十桌酒水。耕余庄的女婿黄大郎，也跟着花轿来到毛竹镇丈人家的茶馆。那些来宾们看见陪媒的、陪新小倌的男人，却很注意新郎的人品，一看他身上穿着不错，但人矮瘦一点，颧骨有些凸出，心里都想：配不上美娟的。

但木已成舟，到了大婚这一天哪有反悔之理？丁福轩也丢不起这脸。客人、主人的表情都藏在心里，表面喜气盈盈。只有美娟嫁过去后，觉得错了。倒不如跟那个缉私营黑小子，回湖南老家的般配。

第十七章　储母亲情助儿开事业
发小义胜躬行招财运

二十二岁的乐泉聪明能干，得到顾家的赏识。

舅舅去世后，他把账本做得仔仔细细，出入分明，有助于顾家兄弟理清家产，重振毛竹镇龙头老大的声威。储母范氏听说乐泉有了小小成功，把娘家侄女范彦秋许给了他，婚礼极尽奢华，贺客盈门。范氏中等身材，眉眼清秀，略显发福。婚后情感甜蜜，第二年九月就生下一个千金，取名张菊。

张乐泉参与顾家围垦，孜孜不倦地画滩地四界图，用绿色标嫩滩，用青色标水下滩，用栗色标成熟滩，竟然研究出成滩规律。

沙滩的成熟，往往需要百年以上的生长。开山者顾七斤预期目标大，所谓"七十二庄三十六和"，远景二十多里地规模，不过一切都是未知数，形势不断变化，乐泉心里清楚得很。顾家在刘海沙、登瀛沙皆有所斩获。与此同时，江阴黄承祖在西边开辟了龙太庄，郑端甫在北边围了菁圩庄、老永圩，常熟庞仲路开辟了碾秀庄。

这些围垦成熟的圩塘像大蛇齐游，顺着涨起来的沙地交错向东，蛇头在潮水中出没。

到清末，离始垦九十多年了。百里岛群才慢慢发育成一片良田。官府的滩照需备足官银打点，才能拿到官府告示：某年某月某滩由何人开发，以此屏退跃跃欲试、争夺不已的圈地群雄。

爱折腾的乐泉，当初去招商局当个苦差，拿不了多少银子。而围垦这玩意儿，成利十五之比。乐泉细心琢磨，心里有了底，介入顾氏围垦，仅领一名账房而已。顾家老一代结束，诸表兄由谁来承袭，尚且争得不可开交，考验着弟兄们的智慧。他们曾约定以西街港为界：河西老四、河东老八，成田按四六分配。这些个亲戚，人一富就有个天然的傲气。无权无势的小表弟，哪敢插足其中。

乐泉愤而自负：凭我之才不在表兄之下，何必仰人鼻息？要好的九进表弟，去南通城里领份财产，但他不来江南了无依靠。张乐泉的想法尽管小心翼翼，还是心劳日拙，应付不了顾家上下的一片渺茫。但他坚信，摆脱寄人篱下就一定要能干。

乐泉想起，那年母亲病了，她知道丈夫日后会喜新厌旧，曾约儿子长谈，自道治愈无望，告诉他几样重要事情。

她说："儿啊，娘给你几句吩咐。一、墙脚有2000银洋备急，藏在小坛罐里，别人都不知道。二、言多必失，少说话多想事。三、有难可寻找舅舅顾七斤，但非到万不得已不去舅舅家。四、一切需要自己做决断，别人都是靠不住的。"

后事难料，乐泉忘不了母亲的提醒，刻骨铭心地记住了她的四句遗嘱。

他又记得，母亲日常带他去毛竹镇关帝庙烧香。童年对庙外一店一门都有好感，毛竹镇变成了母亲的化身。如今母亲永别，还留下给他买馒头笼糕的记忆。后来施家私塾的四书五经虽不甚了了，字倒识了一大筐子。他与木匠儿子静山一拍即合，学到技巧不少，算个聪明小倌。

生母离世之后，时过境迁，但亲人、朋友、乡邻留有许多旧印象，留下幼年痛楚的味道。寡言罕语，是生怕惹怒后娘遭打。所幸储父母冠华夫妇未有生育，过继乐泉为储子。自思：这等滋味反反复复，要轮回到何年何月结束？乐泉嘴上不说，心里知道事情有多复杂。

毛竹镇寄托了他的母爱，梦中隐隐地出现微笑端庄的母亲。年幼的心灵，曾发誓要自己当家，一定要与外祖顾家恢复来往，以偿母亲未了之愿。头炮何时放出？缺少开办资金，想发家致富，怎么办？

那些年天天去镇上上班，一路看到毛竹镇乡下棉花种的甚多，知道沙地适于种棉花，能高产，再不济至少是个平产。他家佃户也种棉花，用独轮车推到镇上花行出售。他知道，锡、通两地厂家都有委托收购的各镇花行。

沙上都是土种鸡爪棉花。朵白籽大绒短纤维牢，是乡下土布的好原料。丁赛福的妻子费氏，学得一囊棉花做到头，种花、除草、施肥、摘花、晒花、拣料、轧花、团棉、纺纱、浆纱、经纱、上机织布、去染布店染色，十几道工序都一手操劳。这些农活，乐泉在佃户家都看到的。棉花的经济价值对农户仅为一家穿戴，对商户则是交由纱厂纺纱织布，获利就变多了。农人种棉织布，不如花行收棉赚钱，是毋庸置疑的商人道理。自古以来，岂有农人穿洋布的，又是棉农们的朴实道理。这里的价值差，被乐泉看得清清楚楚。

他想，我何不开一家花行，来赚钱做本搞围垦呢？

花行，也许是不错的，试一试？

乐泉这人，脑瓜子特灵活。为人性格沉默不多说，盼他开口说话，比登天还难。但是他心思缜密，想法藏在许多人不明不白的地方，到时候眼前一闪亮，都能派上用场。向储母借钱？她毕竟不是亲娘，开口借钱不方便。转而一想，不如试探一次，心里有底，反正不是拿钱去赌博。

主意拿定，他就去乐圩庄宅上，带了许多京南货补品，对范氏说：“母亲，我想开一家棉花行，你看行不？”

范氏说：“那敢情好。我上毛竹镇看过，这里花行只两三家，生意特忙。敢情有大钱赚？”

于是乐泉解释：“乡下人棉花一包，只要两贯铜钱，而卖给厂商，一包俩银圆，当然能赚。”

范氏说：“那好得很。”

她是聪明人，明白儿子需要什么，于是拿出十亩田价的一张银票——1200大洋，给了乐泉。

乐泉笑笑说：“母亲，我会还给你的。”

范氏说：“不用啦，你要找几个可靠工人打理哦。”范氏心里乐滋滋地想，我大房有这个儿子打理，还怕什么？

那乐泉拿了银洋后，就存入钱庄作为开办资金。然而，租赁两间门面，请谁来管理，着实动了一番脑筋。因为需要懂行、定价、善变化，与自己搭配得来，还要能去城里厂家找收购主户。思来想去，最后定下通州张謇的大生纱厂，隔江路近又是海门同乡，比较好说话。

他又想到，那柳得风做了放牛郎后，又去穿街走巷做货郎，贩卖针线、胭脂，换糖换引线，收些废铁烂铜。此人机灵一等，找个花老板非他莫属。再说啦，童年发小感情未泯，让他主持尽可放心。两家又是海门乡邻，一起移民沙上的。小时候一起玩耍，大了多有交集，就凭这两点，自然稳准。

柳得风，如何从放牛郎变成货郎的？

柳父原是私塾先生，贫困落寞在农家，读了多年四书五经，连个秀才也没考上。这就恨死了科举，立志务农。稍过几年，又发现经商略可小富。于是搜索家当，在毛竹镇开了一家小小胭脂花粉店。家里人口不多，得风是独子，照例很宠的。但脾气特倔强的柳父，彻底改变了万般读书高的信仰，退到社会底层，总算办起一家小化妆品店，收入比种地好。看透世故，对独子柳得风要求更不一样。

晨昏教子立下三条：

一、人生必须自己创造。别人做的馍，啃着也不香。

二、事必从最底层做起。搞商业，就从货郎做起。货郎穿村走巷，挣钱不多，全靠脚工、嘴工、耐心、公平心、小处着想。

三、货郎要多做市场调查。今天做化妆品，明天就知道乡村人还要点啥！这就叫步步用心。

让儿子在草滩放牛，有了吃苦耐劳的毅力，做事算初小毕业。这做货郎练习经商，能力算四年级了。这天，柳得风刚过十六岁生日。早上，就被父亲喊到店堂，站着听父训。

柳父问："今年几岁了？"

得风奇怪，说："十六了啊。昨天刚过生日吃面的。"

柳父说："知道人是如何站起来的？"

得风不解。这不好好站着吗？

柳父说："那站的是一刻乃至一世人生。要你天天站着，你行吗？"

得风不知道什么事，要天天站着。

柳父说："今天开始，你自己挣饭吃了。你看，这么高的身体，这么大的眼睛。牛也放了三年，风风雨雨都不在乎了。现在要你一边站一边走，挑货郎担去挣钱。"

再问一句："你能行吗？"

得风一下子不知所措。放牛是很自由的，不过管好一条牛。挑货郎担能否赚到钱？还真没底儿，闷声不响。

柳父桌子一拍，说道："担子已经放在门前，里边都是胭脂花粉、针头线脑。店里你都知道。不过，要是用来换些破布、烂衣服、铁锅、铜管之类，就有钱赚。"

他反问："你人高马大的，这挑担子没问题吧？"

得风心里咯噔了一下，可以挑得动，但能否赚到钱，他没谱。

他知道父亲的脾气，一担两头挑，二话没说跨出了店门。竹筐里有那些剩余的胭脂花粉、花露水、蚊香，也不重。

走出毛竹镇南箭楼，戴顶凉草帽，脸色本就黑黑的他，在阳光下一路走，手里拿个小棒槌。咯咯，嘣——咯咯，嘣！一记记敲打起来：

"阿要胭脂花粉，蚊香花露水！大姑娘的化妆品，老太太的防蚊叮。"

穿村走埭路生不熟，需要笑脸问人："大爷，这去南三里怎么走？"

路人看他诚恳，就好意回答："转过七里庙，下的五圩埭，就是南三里渡口。"

柳得风做了半天生意，换到一只铁锅，两件破棉袄，顺路来到渡口乘船，上岸之后，只见家家炊烟，到了午饭时光。这正好是推销商品最好时刻，也是他挨家挨户敲棒槌的好机会。他一边看哪家有人，一边叨念父亲的教诲：

第一条诚信。一只大铁锅能换两盒胭脂，五根银针。

第二条不偷盗。人家空空的没人，免进。家里家外有东西，不能顺手牵羊。

第三条不淫邪。男人不在家，大姑娘小媳妇，不能欺负。即使勾引你，也不能将就占便宜。

第四条不咒骂。人家态度不好，要忍气吞声，息事宁人。

第五条见死要救。不能听之任之，你走你的。

…………

这五年来的货郎担，亏没亏本倒不在乎，就是太烦太寂寞了。

堂堂七尺汉子，不知前途何处。

难不成挑一辈子货郎担？也碰到横的男人，不讲理。不按价格拿东西，他只得赔着笑脸说："大叔，我这小小年纪，也是帮老板做事，亏了拿啥赔？"也有乡村独居女子，见个大汉来了，长得威武堂堂，恨不得生吞活剥，先是假惺惺说有破烂要收，待走进屋子，门一关，就要扯他裤子，吓得他挑了担子夺门而出，跑远了。

时日难遂心愿，柳得风慢慢悟出了：从渡船辛苦，看到打铁辛苦。从放牛风雨，看到割草辛苦。他明白，天底下穷人都是辛苦的。要做富人，不能靠坑蒙拐骗，必须一步一个脚印地往前走。

现在，他已二十三岁了。张乐泉找上门来，见到柳父喊声：

"叔叔，多年不见，得风哥在干啥？"

柳福认得乐泉，见他长衫马褂，紫糖色面孔，明显一副老板样了。

他笑着回答："他呀，我让挑货郎担，做生意好几年了。"乐泉理解了柳叔置之死地而后生的策略，其实他和得风走的是同一条路。与柳福商量后，开花行得到肯定。得风出来见了好朋友，哈哈大笑。柳福筛了两碗酒，做几个菜，硬拉他们喝酒，他作陪，双方说定。柳得风又代请了个账房先生，自己做收花的秤杆师傅。乐泉让他雇几个季节农工。

柳得风出身苦。父亲把他赶出老家，只有一担家什，惨不惨？柳家在毛竹镇开小小胭脂店，父亲叫他独立，原是盼他自创家当，听了乐泉一番好意，正中下怀。于是欣然入股德茂祥。

三两天后，货郎一下子变成德茂祥棉花行经理人了。地址选在毛竹镇北段，通江靠河，朝东门店三开间。后有场地晒棉花，码头上下船只。乐泉观察得风，沉静足量，不开口则非，一开口必行，很符合他的脾气。一年后德茂祥有了好名声，得风还受托上南通结交大生纱厂经理陈宝通。德茂祥一年收下的棉花比别家多。乐泉时常来花行看秤，查收支进出，给经理人柳得风薪金不少，一年下来也有百数银洋。

几年下来，乐泉手里有了足够资本，还清了储娘范氏本钱。那些年，棉花能赚钱皆因纱厂兴旺，添财进宝，得风心里也满意。

但张乐泉头脑中，仍盯住顾记垦殖公司。

光绪三十四年（1908）起，商静山追随江阴郑记，不知不觉现已二十九岁，成了一个熟练的工程师。

宣统元年（1909），社会动荡，十分混乱。

顾记双桥东街，续着了施、何两家的西街。半里小街廊柱森立，石子路黄石街面。东西两街都有桥，得双桥之名。东桥堍旁顾氏家庙，有顾七斤神像。这位围垦始祖脚踏东海神鳌，手持八节缨苏尖枪。他围垦的登前七、八、九圩，就在双桥镇北。西兴镇之薛氏、镇商苏良卿、沙头邬氏，皆在登九圩埭上联袂造宅。北薛、中苏、南邬三家一线。西兴镇坍塌，苏恒茂南货店，迁入双桥镇。财力雄厚的苏良卿，民国后兼任了地方议员。

　　两位小董事乐泉与静山，常有来往，或同解围垦难题，或聊天喝酒。乐泉敬的是静山的才华，脱颖而出。静山敬乐泉做事极稳，决策堪佳。顺风顺水地，多年交往源于私塾同窗的一个"信"字。

　　世上难有从小到大、合作二十多年不分手的人，而商静山和张乐泉便是。

第十八章 目击辛亥第一把火
成就清帝逊位诏书

是谁把一个末代状元，推上了这样一个高度，使他目睹了皇朝垮台？谁能料到武昌新军的一次擦枪走火，会导致辛亥革命的发生？又是什么力量鬼使神差，让武昌起义成为压垮这头衰迈骆驼的最后一根稻草？

张謇，是的。正是这个他曾梦寐以求和倾力维护的皇朝，在想不到的时候和想不到的孤独中，被他蓦然看到了，摇摇欲坠到轰然倒塌的速变现场，他是目击见证人。

辛亥一把大火被张謇亲眼看到，只能用巧遇来解释吗？

武昌起义发生时，张謇正在武汉。张謇于1911年10月4日到达武昌，10月9日出席了湖北咨议局议长汤化龙的午宴。此间，张謇与有关政要会谈。10月10日晚，张謇回程所乘的轮船在汉口鸣号返程，东去不远的夜色中，他蓦然看见长江对岸火光冲天，而这正是武昌起义的炮火。他顺流而下到达安庆，得知革命军已经速占了武昌城。安庆的新军也在起义准备之中。形势突如其来，张謇不得不放弃与安徽巡抚朱家宝商谈导淮问题，急忙赶回南京的江苏省咨议局。

张謇对预期局势很是担忧，他不希望看到战争和内乱，不愿看到拼杀和流血，也担心自己实业救国，会因战争而落空。怎样尽快平息这种局面，回到一个和平环境？赶回南京后的他，请求江宁将军铁良、两江总督张人骏"亟援鄂"，未果。又赶往苏州，连夜替江苏巡抚程德全起草《改组内阁宣布立宪疏》，涉及吁请清廷立即解散皇族内阁、组织责任内阁大事。

另一方面，他又担心虎视眈眈的列强们会出手干预，再度发生战乱。

他以江苏省咨议局的名义致电各省，呼吁不得借助外兵镇压新军，否则国将亡。此时，革命的烈焰正燃向全国，各省纷纷宣布独立。上海宣布光复，苏州、杭州宣布独立，江苏巡抚程德全被革命党人推举为都督。张謇的实业、教育发祥地通州也宣告独立。至此，全国已有五分之二的省份宣布独立。

张謇不无感叹独立之势已经不可阻挡，清廷大势已去！

他虽不赞同以武力方式推翻政府，但赞同革命派发展实业富国强兵的主张。同时，各地在平静中宣布独立，没有流血，未损害到工商业。这样的"和平光复"使他看到了现实之下尚存的一线希望。多种因素促使张謇最后转向了民主共和。为纪念民国诞生，张謇自撰"民时夏正月，国运汉元年"的嵌名春联，喜悦之情转为期待。南北议和期间，有人又以人民觉悟程度不够、土地太辽阔，不宜共和而宜君主立宪的论调来反对他。张謇撰写长文，例举种种，实为开导说服反对派。

清政府态度如何？

革命爆发后，全国各地纷纷宣布独立，敦促清朝统治者退位之声日隆。宣统嗣母隆裕太后，察见形势度量全局，下令袁世凯拟一道《清帝逊位诏书》，以免皇族遭到杀戮。袁世凯与张謇旧交素善，深服其胆识才智。于是找到张謇，委婉代求由张謇草拟时态紧急下的清政府诏书。张謇接受后，便请他的苏州籍幕僚杨廷栋、雷奋俱抵苏城。三位文人在阊门外钱万里桥附近一家旅馆——维瀛旅馆，彻夜草拟诏书。时由杨廷栋主笔，张謇和雷奋润色点缀，最终拟好了全文。后由雷奋亲自交给袁世凯收纳。袁把草拟好的诏书上呈太后，太后又与近臣修饰，盖上玉玺方正式对外发布。

由隆裕太后颁布的《清帝逊位诏书》：

奉旨
朕钦奉

隆裕皇太后懿旨：前因民军起事，各省响应，九夏沸腾，生灵涂炭，特命袁世凯遣员与民军代表讨论大局，议开国会，公决政体。两月以来，尚无确当办法。南北暌隔，彼此相持，商辍于途，士露于野。徒以国体一日不决，故民生一日不安。今全国人民心理，多倾向共和。南中各省，既倡议于前，北方诸将，亦主张于后。人心所向，天命可知，予亦何忍以一姓之尊荣，拂兆民之好恶。是用外观大势，内审舆情，特率皇帝将统治权公诸全国，定为共和立宪国体，近慰海内厌乱望治之心，远协古圣天下为公之义。袁世凯前经资政院选举为总理大臣。当兹新旧代谢之际，宜有南北统一之方，即由袁世凯以全权组织临时共和政府，与民军协商统一办法。总期人民安堵，海宇乂安，仍合满、蒙、汉、回、藏五族完全领土为一大中华民国。予与皇帝得以退处宽闲，优游岁月，长受国民之优礼，亲见郅治之告成，岂不懿欤？

钦此！

宣统三年（1911）2月12日，延绵二百六十八年的清朝，正式退出中国历史舞台。如此重大的逊位诏书，竟是由张謇与门人在南方的弄堂旅馆撰稿的。谁是帝国终结者？历史当然忘不了武昌新军的起义。孙中山、黄兴、宋教仁、章炳麟、熊秉坤、吴兆麟、黎元洪等先驱人物的前推后助，当然也不该忘掉状元公张謇的文笔正气极致，以较为体面的方式结束了清政府的统治。

但作为象征性的仪式，帝国最后的终结者，无疑是隆裕太后。也许有人会嘲笑她软弱和无能。是的，当时的隆裕太后可以做不软弱的选择：与民军血战到底，拼掉最后一个铜板，流尽最后一滴血。即使不能消灭革命，最后还可以退回东北，占据东北三省和蒙古，就像当时主战派王公所说：割地而治，外结强邻，常年征战，未必没有再度入主中原的那一天。

说真的，如果清帝拒不退位，退回满洲，并非不能支撑下去。

何况清政府还掌握了一支袁世凯无力控制的、由满族士兵组成的禁卫军，东三省总督赵尔巽仍忠于清室。从国外看，中国的强邻日、俄两国都仇视民主共和，而乐见中国分裂。日本军阀甚至已经有所准备，要在清朝统治者北逃的途中，劫持宣统皇帝，再以他为傀儡，搞满蒙独立。清政府并没有真的到了山穷水尽的地步，这一点无疑是各方肯定的。顽固的封建正统世袭制历经两千多年后，自隆裕太后起，统治者终于学会了"妥协"这两个字。政治的契约精神竟为隆裕所用，结论自明。复杂形势下一次简单的选择，反而是最聪明的选择，这样一条真理得到最严正的公认。

诏书一出，即在全国舆论界引起轰动。《申报》《大公报》等报纸好评如潮，择其评点要义，集中在隆裕太后身上。

　　……隆裕太后其人，胸量胆识远超慈禧是没有疑问的了。试想，她与光绪之间固因慈禧的专横而生嫌隙，但光绪毕竟是她的亲夫，在接受新事物的年龄层次上，应该有共同点。这点，不应被她与慈禧的姑侄关系掩盖。

　　……她的内心倾向光绪也是没有疑问的。迄今史料没有她参与慈禧废光绪的事迹。在慈禧的权柄加亲情关系垄断下，她只能做到如此。后来的下诏清朝退出政坛，等于是赞成共和。那么，她与光绪的维新思想不谋而合，也是没有疑问的。

《密勒氏评论报》《纽约时报》等评：

　　……所以，隆裕这个人不是简单的不抵抗主义，揆有维新思想的迸发。在保全八旗贵族的生命财产上，她是一个非常明智的决策人，为旗人各界赞誉。在皇朝更迭，一次次都习惯性由战争完成的东方大国，避免一次大规模的生灵涂炭，更创世界奇迹。清朝的和平退出，是法国卢梭《社会契约论》在地球上的一次完美实现。

　　在他们笔下，一个退位皇朝的太后变得至高无上。为纪念隆裕太后的明智和决断，在她去世后，北京的民国政府下半旗，并在故宫太和殿为她举行了隆重的葬礼。袁世凯率领民国政府官员佩黑纱，亲临祭拜致哀。

　　言不及义的民间，也有舆论反思。甲午之战因朝鲜内乱，张謇身临其境。日本进驻朝鲜，清军奉命救援李韩皇朝。张謇与吴长庆、袁世凯受命逮住大院君，解放小皇帝的行动。清军与日军斗智斗勇的急速行动，在后来的甲午之战中得以延续。

　　一想到慈禧六十大庆，张謇随百官跪在雨水中，目送太后招摇而过。其后就是百日维新失败，光绪帝幽禁瀛台，又八国联军攻入北京，太后和皇帝仓皇西逃。直至几年之后的帝后先后一天离世，这些末世怪象偏偏都被这位皇朝的忠臣看在眼里。

　　一切都这么巧，难道没有暗中的人为干扰吗？由甲午战争到庚子之变，历史路径明白无误，告诉人们：清政府失败的原因就是高度的集权专制。慈禧一个人的胡闹，仅借皇权而无人可改变。六君子弃尸菜市口，鲜血淋淋，告诫世人：改革是不可能的。一个腐朽的政权，何以能高瞻远瞩？默默无闻的隆裕，与她的亲姑姑——最喜欢操弄权柄的慈禧相比，孰智孰蠢？在民众心里有了结论。

这一切的偶然和必然，充满戏剧表演的空间和历史嘲弄的远音。张謇扮演了这场伟大历史剧的启幕、落幕的司仪人。他与其中离奇的巧合，是偶然还是必然？然又充满了他的个体实践的正当性和历史法则的森严性。舆论认为：辛亥革命前后，张謇先是力促立宪，后又与袁世凯一起力保清廷和平交权。乃至隆裕太后下令，由他草拟《清帝逊位诏书》，他简直成了大清朝下台判官的不二法身。说他是新时代的穿针引线人，毫不为过。

1912年，民国肇始。一夜之间换了两个朝代，"光复"二字深得人心。

民国建立后第一桩牵动全国百姓的大事，是剪辫子运动。

毛竹镇乡董们请了几个剃头师傅，从农民上街买菜的早市始，把箭楼大门一闭，直至夜间上灯瞭望之刻，进镇男人都要排队剪辫子。古镇的东、南、西、北四重楼门下，变成剪辫子的临时集中哨棚。大大小小的毛竹镇男人，有的听话排队，有的半推半就，只要看到辫子头，一把拉进来等伺候。剪辫子运动是民国必过的第一关，表明汉人与清廷一刀两断。

大箭楼的阴影下。

坐下、低头，"嗑嚓"一声一剪刀，大大小小的辫子纷纷落地。一天剪下来的辫子装了十几麻袋，箭楼上红、黄、蓝、白、黑五色民国旗，迎风飘扬。街人相遇，看到彼此一头散发，黑到齐耳，都要哈哈一笑。光复汉统，给予知识分子的快意是不言而喻的。看看剪辫子的直接效果，市民、乡民、老板、伙计、大兵都觉得：

"不是吗，早就该这样了！"

第二件是政府管辖的缉私营，变成缉私局。

仍驻扎在毛竹镇江畔。换了五色旗，称什夫长为排长，六排为连，六连为营。原营统改称营长。辫子剪掉后，士兵们的尖顶斗笠和旗人背褡，也改为新军的灰色短档上下装。头戴一顶前有鸭舌的兵超帽。他们对清朝灭亡毫无哀伤。却一个个嘻嘻哈哈，对新气象看上去很开心。除了辫子被剪掉，他们眼中其他什么都没变。唯有张鸿业坚守那一条黑辫子，不肯剪掉。还躲到东沙张家田头屋，住了个把多月。一直到风头过去，毛竹镇的剪辫子运动结束，他才回到六圩庄和父母妻儿团聚。

民国初建，私塾纷纷关门大吉。顾家仿效张謇作为，捐地捐资，在毛竹镇建国立初小。南通市教育局行文定名为南通县第六国民小学，聘请南通师范毕业的马开新为女校长，多名新学先生上课。新国小开班五年级，后升格完小。

十多年后，施家私塾的曾孙施念尧，每天跑四里路去毛竹镇国小上学，中午回家吃饭。孩子们背着书包，上学放学有四次往返。他们走十六里路读国语算术并无怨言。乡间小路上能听到孩子们唱出的民国新歌曲，嘹亮而快乐。

第十九章　长安镇危局费家迁徙添男丁
曾九圩避难静山落脚结义弟

民国初年，常阴沙西部坍塌严重，西兴镇、长安镇坍入长江。其商户民众纷纷东迁，算是老常阴沙民众的第一次往东迁徙吧。

故乡两镇相继坍海，静贤有几分遗憾。虽已迁到南兴镇，而那美丽安静的青春岁月田园风光，永不可回望了。赛福神往的少年时代，常去这两大镇钓鱼游玩。他和静山、随之去玩过的海天一角，都被龙王爷吞掉，咽下去了，回头再看早已是茫茫大海，连成一片。

期间澄境的商静山家，加入首批移民，迁至常阴沙最东的曾九圩——为同治年间涨滩，光绪中叶围垦。从蕉沙渡过海夹往北，经私盐港西去刘海沙是条走私路径。因此，这私盐港外聚集了众多盐贩子。面临黄茫茫的海夹，盐船在芦苇丛中隐藏交易。岸上小贩们推独轮车，来这里外运私盐。曾九圩岸外有渡口盐行头，因此得名。岸外浊浪滚滚，东望是菁沙，南望是蕉沙。五里路宽的海夹潮来潮去，有渡船过往两沙之间。有个私盐小贩乔玄，绰号老鳖，常在此处歇船卸货。后来把一家老小迁到曾八圩，与商宅处在南北前后，一岸之隔。商家迁至曾九圩后，静山在二十岁光景，做事得去毛竹镇郑记公司。一辆黄包车拉半天工夫，也就到了西边的古镇。同村的乔玄，长得五大三粗。黑乎乎两只大眼睛铿亮，人见之都害怕，都说没有金刚钻不揽瓷器活，好一个私盐贩子！他能航船去吕四进货，再行百里返盐行头批发。

乔玄明白，商先生个儿虽小，双目有光，独于计策，精明周全。人家在郑记公司为首席工程师，是个叫得响的人物。乔家常从吕四捎回带鱼、海蜇、海带等稀罕物，送给商家。商家逢年过节，也给乔家送些江米年糕、大白江阴馒头、老酒之类。闲常，乔玄会等商先生回来，上门拜访交谈。由此两家来往密切后，拜了把儿。那乔玄属于青帮，江阴郑家也是青帮出身。静山身为郑家女婿，隐约变成同道。

民国初年，张乐泉原配范氏生女后去世。乐泉伤心过度，把女儿张菊托付给乳娘抚育。

眼瞅毛竹镇坍海在即，乐圩庄两家冠儒、冠英想搬走，剩下张冠华面临两难选择。留在泉静庄，只有独担门第。那张乐泉担心父亲太劳累，于是他领头，筹谋东迁。张家向表兄顾老八购买了刘海沙北边百亩良田。老张家遂离开毛竹镇三合一，迁徙到刘海沙三余庄。意欲仿效早年从西北远迁的义气，抱团取暖共归一家，特在三余庄造了个工字邸合宅，仿毛竹镇泉静庄四汀宅沟。前两家住老二和老三，后隔条小河通到老大家。祖坟亦随迁三余庄，按在宅北外一里，种上松柏。三余庄遂成为张家过江二次迁徙的定居所在。乐泉与得风因势利导，乘机把毛竹镇德茂祥也迁至十二圩港南桥镇。

半岛迁徙运动中，各家各户弃旧图新，发生许多有趣故事。

丁赛福亲家费氏到了新地盘，巧逢吉星高照——成全了多年期盼。静贤嫁出后，由静慧和表弟王小六支撑店面。喜的是，平静的生活孕育了新生命。费娘子都四十二岁了，抱儿梦至今落空。而大女静贤嫁到丁家，尽生闺女。毛竹镇人舆论断定，费家是个传女不传男的血脉，怪难听的。生活就是这样不公，费娘子嫁来二十年，生女不生男。恰逢女儿连生四个外孙女。南兴镇人的笑话，成了费家一块心病。暗叹，不怪别人说，那就咱家的命！

为大女静贤，这母亲没少求菩萨。沙上的庙宇，杨舍河南庙、西兴镇文昌宫、长安镇菩萨庙，都有她的踪迹。迁徙到南兴镇，也常去教堂礼拜，祷告上帝。多年来，静贤的四个女儿自家孩子自家疼。丁家爷爷奶奶不乐意，大房二房摆不平。幸而姥爷姥姥对孩子们一视同仁。过大年给压岁钱，每人一只大洋——十五贯铜钱的价值啊。

静贤的委屈，在娘家得到补偿。

事有蹊跷。半年来，费娘子忽然经常吃东西呕吐，吃桃子也发酸吊胃口。想想四十开外了，不该是怀孕了吧？这个月忽然月信停了，担心是否得病了。费邦兴携她去镇上名医焦若男处把脉。焦大夫一把胡子，九十岁了，传说医术极好。费邦兴夫妇等了半天才到号，进去后，那焦大夫目光炯炯，观察费娘子的脸色。待她落座，邦兴站在旁边。焦大夫上上下下打量费娘子，一看她年过不惑，一副淡然清气中，隐隐透出一缕红气。

大夫想，该是老来得子了。

按例给右手把脉，听那脉息咚咚地跳得有力。再左手把脉，除了咚咚咚强音之外，竟然透出一丝卜卜卜的男性扰音。

大夫想，奇了！老来得子，还是个男孩。

他笑微微，对站着的费邦兴说："前边是女孩吧？"

邦兴说："大女儿都嫁出去了，二女儿在家，没有男孩。"

焦大夫笑着对他俩说："这么多年没生育，如今恭喜恭喜，十月就有弄璋之喜了。"

邦兴自然知道，暗想，前二胎弄瓦，第三胎弄璋？

焦大夫看他不信，说："有的，全在善良正气集聚多了，硬朗者自来！所谓心气和平福自来。"

夫妇二人睁大眼睛，费家来南兴镇不久，并无人知道内情啊？这大夫怎会知道的？再想，他也不会探听小民隐私啊？头次看病，他咋啥都知道？这么详细？

真奇了！其实中医理论也凭逻辑，心理与体态互补互损。善者得祥，恶者损阴是必然的。虽然中国没有弗洛伊德，道理则一样。夫妇二人有些不信，忒违背常情了吧？不免怀疑，四十得子少而又少的。

焦大夫说："不用担心。两句话，一有胎了；二是个男胎。不用吃药，只要好好静养减少重活、防止跌碰，安住胎气。我说出的话一定不错的。"

费邦兴夫妇将信将疑，拿出双倍诊金要给焦大夫。

焦大夫说："只要一份，生了儿子送几个鸡蛋就行了。"

费娘子说："一定，一定。"

夫妇二人喜气洋洋回来，告诉静慧。

女儿当然高兴。四邻八舍，暂没告诉，以免惊扰，惹动胎气。

费娘子倒也没少活动，晚上备料蒸馒头，一早上铺子压面条，菜场买菜，洗衣摘菜，注意不与别人相撞等。平平淡淡过了九个月。到芦花飘絮的金秋，稻子上场之日，费娘子的肚子才慢慢显现。俗话说男的尖，女的圆。这不尖不圆的，还真不好猜测。

街上又一番议论纷纷，有说肯定是个女的，有说这胎会生男孩，甚至打起赌来。生女派说，她女儿一连四胎都女的，做娘的哪能生男孩了？二女在前，肯定连生三女。生男派又说，别看费家来镇上十年，生意公平待人和气。该老天帮忙来男的了。这乡村闲话，给费家添上一番传奇。

奇的是，费娘子九月怀胎发生三次意外。

三月有些受凉发热。大夫关照不吃药，弄点生姜大葱熬汤喝，出汗就好。焦大夫强调，男胎给母添力的。费娘子依法炮制，三天就好。六个月肚子大一点，有次在家里绊倒门槛下，肚子就有点疼了，忙去焦大夫处。听他说，无创伤可休息，不几天安稳如初。费娘子睡了三天，果然肚子不疼了。第三次最厉害，怀胎八个月上街，被一挑担子乡下人撞倒。那挑夫很不安，连忙扶起送到费家店。

费邦兴正要骂挑夫，费娘子拦住说："不怪他，是我不小心撞了他。他挑担子重，没看到我。"

这次卧床三天又没事。邻居焦急说："这肚里男孩好倔，愣是不肯下地。"

费家亲戚、女儿静贤都来看望说："看我这弟弟还真是福将，没出生就屡屡保平安。"

到了十月临盆，费家亲戚也都来了。屋子挤满了人，静贤忙里忙外给烧热水，熬艾叶汤。静慧给母亲端饭端水在旁陪伴。费邦兴请了沙上有名的接生婆高郎娘子，从东沙用小车推来南兴镇，屋子里喜气洋洋，而焦大夫所言是否真实？几十年名医会断错吗？屋外头，生女派和生男派也饶有兴趣地等待着。

大女儿静贤还一早去教堂，一个人站在耶稣面前祷告：

"保佑我娘亲生产平安，保我费家好人得好报。"

她回到屋里，给母亲说："您忍着点儿，会有点痛苦的。"

一切就绪，盆汤就摆在费娘子床下，冒出阵阵热气。接生婆等待着，费娘子一阵痛来，竟然晕了过去。静贤、静慧忙给母亲掐人中、掐印堂、掐脉窝，她才皱眉头慢慢醒来。已经有一大摊血流出，隔了一刻钟，第二阵剧痛又使费娘子疼得喊出声来了。

接生婆只见一双白白小脚出来了，说："难啊，这孩子咋站着出来了呢？"

慢慢小心捞出小脚后，费娘子腰部又疼了一会儿。

接生婆手托孩子屁股说："快看快看！费家种儿带出来了。"

此刻小孩上半身虽未出，平躺的双腿之间，有一小鸡鸡冒了出来，还挂俩"铃铛"。全场人兴奋地喊："儿子！儿子！儿子！"

费邦兴在外听到了，喜得掉下了眼泪。

费记的跑堂伙计王小六，也奔到街上。待他一公布这消息，立刻炸开了锅。四十二岁生儿子，沙上少见！

邻居听了这消息，生男派跷起大拇指喊："赢了赢了，我们赢了！"

生女派改变立场，贼嘻嘻地说："男孩，男孩，世上只有男孩好！"

静贤娘家迁到南兴镇后，生意兴旺。现在又新宅添丁，喜上加喜。费氏一家信奉基督教，归之于上帝的恩赐，从而对这个宝贝儿子给足了营养，几个月后白白胖胖的，早早地会认人微笑了。赛福请张鸿业秀才给男孩起名：费华成，期待他能读书识字，灿然华成之望。

生意场上，这几年费家的江米由徐老文运送。徐老文每次送米，都要与费邦兴喝酒聊天。当然先是贺喜添丁，又忙着想替费家保个媒。

老文说："江南有蚕桑织布收入，比沙上好多了。"

无锡城里的丝厂、布厂、面粉厂在荣家兄弟带头下，多家开张。梁溪河上新造大洋桥宽有几辆汽车对开，十多丈之长。每天行人络绎不绝。撑伞的、背包的、挑担的、卖菜的……各路人马，男人戴礼帽，女人小脚伶仃，擦肩而过。乡下的蚕丝纺好了，厂家沿河设点收购。厂师傅看货出价，交银买丝钱货两清。每家丝行门前人头攒攒，一年到头忙碌不息。

后补上一句："张泾桥到无锡只有十里之遥，那里人家都姓张。"

费邦兴喝醉了说："愿把二女儿嫁到无锡。"

老文说："我们张泾桥，倒有个小伙，尚未娶亲。"

费邦兴急着问："我二女儿嫁给村中哪家？"

徐老文喝得醉醺醺，笑呵呵说："你的女婿名唤张阿道，亲家名唤张有才。"

费邦兴说："十多年交道了。我家静慧你也看到，人长得好，你可要仔细哦。"

徐老文说："那是，那是。嫁过去我们就是亲戚了。"

徐老文见费邦兴急切，捎他来到张泾桥。

怎样看人家？这张家住在河塘之东，门前有座小桥，场地宽阔瓦屋六七间。早先徐老文多次来南兴镇，见到费家两女儿美貌成双，曾给张家提过此事。

老张家也很愿意攀个漂亮勤劳的沙上媳妇。

如今静贤已嫁到丁福轩茶馆。静慧二十出头，与姐姐比也是鹅蛋脸、乌黑头发，双目喜气。老文就留了个心眼，欲把她嫁给表亲张有才的儿子。那张阿道与赛福不同，是个黑皮肤，夏天脱衣服入塘里洗澡，浑身精黑精黑的，但双目如电，精于算计，与赛福是两种性格。

徐老文预先告诉张有才，费邦兴是点心店老板，家里很富有。小姐静慧长得不像乡下人，把阿道那小子听得口水直流，才托老文来提亲。

老文把张家说得头头是道，费邦兴亲自来张泾桥看人家。张家十分客气，买鱼买肉招待准亲家。酒过三巡，说到兴头上，费老爷就把亲事允了。回到沙上，说起张家富有，养蚕缫丝年进二百两。费娘子心里喜滋滋的。独有静慧，听说阿道是个黑汉，不及姐夫丁赛福模样。

她发声说："将来同桌喝酒如何能比？给邻居看了也不般配。"

直到母亲再三说："嫁人要嫁富人家，免得终身受苦。"静慧才勉强同意。

这年冬天费家嫁二女儿，与大女一样嫁妆丰厚。新娘到了张泾桥，邻人都说："不愧富商人家，娶到这么好媳妇。"静慧到了夫家，思念娘家母亲弟弟，免不了哭了一个月。还好，那张阿道懂得怜惜美貌妻子，事事让着静慧。费家呢，二女静慧嫁去张泾桥。那张家自田十多亩，副业种桑养蚕，还有铁木织布机两台，买卖兴旺，费邦兴夫妇对此一百个放心。慢慢地，新婚夫妻感情好了起来。

这一年，真是费家好运之年。添丁与嫁女，都得好兆头。

费娘子去教堂祷告，低头念叨："谢上帝恩赐，我主保佑！"

第二十章　民国元旦湘军诀别江南营
海圩肇始危局分家再迁徙

民国元年后，毛竹镇湘军为主的缉私营改称缉私局。作为政府机构的缉私局，盐政不废，依然要用这些熟练的湘军旧人。上头官一变，下边必然也随之改变。江苏省督军齐耀林派来的新驻军，与原湘军壮年有为者联合，势力有所上升。湘军旧部亦延至第二代。欧阳、张、曾、龚、丁姓等新人逐个顶门。

老湘军大多选择回湖南老家，小部分湖南无家产且已成家立业者，定居沙地。

当初曾国荃招募私家军队，从老家娄底等处的贫困户中选拔。月薪六两银子，应者众多。训练期间，曾大帅以慎独思想贯彻军务，果然使这支军队能打仗、打胜仗。湘军成了朝廷栋梁，谁也不能否认。飞鸟尽良弓藏，民国后的湘军早该解散了。按照众议，散伙前欧阳钦在缉私营酒会招待各方，什夫长丁耀湘，基于血肉迸飞的情谊，也在元旦邀众人在丁福轩酒叙。

留者与回乡同仁一一告别。

上午，湘军伙计们忙着在丁福轩后院，烧火、择菜、担水……一个个忙得浑身出汗，笑吟吟地用湖南土话问答：

"嗨，你哪个家里的啊？"

"嗯，我家添了你这个孙子啦。"

"嗯，你家堂客有几个孤老？"

"哈哈，我就是你堂客最喜欢的孤老啦。"

他们长年累月在长江上芦苇滩里巡航，捉拿盐贩子。那点血汗银子也舍不得丢在妓院老鸨那里。平日里，就是说个笑话解解闷。

湘军的各路汉子大多来了，娄底的、溆浦的、常德的……丁福轩大厅一时人满，头桌摆在厅内靠西墙正中，两边厢三行桌子往东，一共十五桌。

在残酷的十年剿匪战争中，多少湖南客死去。江西鄱阳湖一役，连曾大帅都差点做了石达开的俘虏。湖南客几乎一半死在南京城下，欧阳钦最懂这是是非非。他的浓眉大眼，不觉凄楚地抖动一下。六十岁的他似乎眼中有泪水，但干涩得掉不下来。

这个湖南人记得，在城门的云梯上中箭下跌，眨眼间右上臂血流不止，躺在地上浑身散了架，昏迷不醒。是车夫丁耀湘在护城河畔认出了他，救出了他——这个同乡同村的欧阳钦。丁耀湘在他只剩下一口气的状态下，背起他逃脱，用车子推出了二里多地。他是在临时营地让医生拔出箭头，清洗疮口，涂上金疮药而救活的。

因此，酒会在丁福轩开场和收场，合理而必要。

老车夫七尺身材，长白脸，扫帚眉，一双眼睛炯炯有神。这二人一高一矮，赛如唐朝开国将军秦琼和尉迟恭，有了家业和一大堆家眷的他们，习惯了江南富庶平静的生活，相约不回湖南了，但离别酒是一定要喝的。

欧阳钦忽然想看看拥有毛竹镇第一美男子之称的丁赛福。

就对耀湘说："把你家大儿子叫来，和我家小狗儿桂生站一起比比？"

耀湘明白他的意思，在乎后代的出息，于是叫上了赛福与欧阳家的桂生，并排站在欧阳钦面前，竟也是一高一矮。

赛福毕竟念过四书五经的，率先喊了一声："欧老伯。"随即施行跪叩礼。

那桂生也学着喊了声："丁叔！"也跪下行礼。

欧阳钦说："几年不见，赛福像个大丈夫了，生了几个儿子？"

耀湘忙笑着说："四个千金咯。"

欧阳钦哈哈大笑，说："要不改日给我家做孙媳？"

赛福的脸膛顿时红了上来，那欧阳桂生也跟赛福喝酒去了。

欧阳钦看出，来的人们只有二十年前出娄底的三分之一，心中不免有些凄凉。

看看满堂的湖南客，你喝我叫，十分热闹。他们在战场拼杀十年，又在江南的缉私营中度过了十年。现在轮到他们回故乡了。故乡的橘子、青蒿、玉米和鳜鱼，突然一下子摆上热气腾腾的酒桌。那是一种什么样的感觉啊！欧阳钦口中念念有词：敬天、敬地、敬老乡，在地上洒了三杯满酒。各桌湘客把家乡的米酒一壶又一壶的干了。湖南汉子们被辣的菜、温的酒烧得脸红扑扑的，一口酒气喷出来就能醉倒人。

各个桌子都摆出了划拳酒令：一敬乡啊、二不错啊、三开泰啊、四发财啊、五金魁啊、六高升啊、七贤林啊、八纷絷啊、九连登啊、十指齐啊！

划拳口令不对，就要罚酒一杯，但他们乐得喝。

摆在面前的是二十年相聚又离散在即的场景。他们不自觉地流下了眼泪。他们带来了小一辈的湘军后裔，其中赛福算二代中最大的，已经是四个女儿的父亲了。那龚宝胜是龚瑞南家第三代，还只是十一二岁的毛头小子，黑黑三角脸，双眼机灵幽深，皮肤黑黑有光，看上去似乎不可限量。

下雪啦！

大家喊："怪不得不见日落西山呢！明天就要各奔东西咯。"留下的欧阳家、丁家、龚家、张家等，已经安居沙上。但他们也面临未来迁徙东沙，离情最是同人知，何妨醉入望乡途！这短短一天，一个个喝得酩酊大醉，相扶送回。

第二天离别。

留下的湘人举家相送。毛竹镇街上雪地斑斑痕痕，被踏出无数杂沓的脚印。正北码头，民生公司的客轮汽笛三鸣。

一呼："船快开了！乘客上船吧。"

二喊："起锚、开航！"

三作揖："离港了，再见，亲人们！！！"

那是轮船惯语，东来西往每天一班，班班如此。

雪越下越密，船舷上的行客和岸上的送客，只见挥舞的手与雪花一起摆动，身躯、面容、泪眼婆娑，都消失在大雪之中。另一拨留在沙上的湖南汉子，思念回乡，却早已绵绵无期，泪水止不住地流下来。从此，人们重新开始两种不同风俗的日子。成家立业、传宗接代、生老病死、分离在即。两代以后，老乡们已经变成完全不认识的陌路人了。

湖南娄底的湘军，有几家散落到沙上了。其中赫赫有名的抗日志士，演绎了草莽英雄的曲折剧情。不管身在哪一方，他们都各占地盘，互不相识了。在冷冰的现实之中，再也没有缉私营这棵背靠着的大树庇荫了。

你说奇也不奇？历史就这样的混淆杂渗，没有经纬，没有避让之空隙。

大拨湘军走后，丁福轩的生意变得清淡。原有的小湖南会馆的地位一下子丢了，沙客都去黄桷轩茶馆。崇明人和江北人谈生意、排纠葛、摆乌龙，生意逐渐兴旺。胸毛黄炮儿，这下威风起来。毛竹镇人也要买我江北人的仗？丁福轩的耀湘老先生，是个见过世面的人，不愿与黄桷轩斗法。过完元旦，就是农历壬子年，毛竹镇出现长江坍塌，乡民开始迁移。

街上的老人们说："又一个花甲子开始啦。"

严酷的坍江就在脚下，古镇的日子长不了。镇北零星坍海，丁福轩首当其冲。老丁家不得不举足东迁。庞家圩是探花庞仲路出资科的圩塘。东去二十里的十一圩港自北向南，穿过庞家圩向南流去。时人在港上建木桥，桥西先有两三便民小店，得名庞家桥。那出江港口是个渔码头。每年春季，宁波船载满小黄鱼歇在港里，等待沙人买春鱼。港区桅杆林立，生意十分兴旺。庞家桥离十一圩最近，沙上商贩来私盐客栈，批盐贩卖者多。

耀湘看到，此地是个招徕客人的好地方，于是毅然迁毛竹镇老屋暂厝庞家桥。丁福轩茶馆迁来后，两开间缩小为一开间。三十多岁的赛福，与父母兄弟十一人共住，因丁老爷心里想维持一个大家庭不愿分家。而两房媳妇生男生女，芥蒂遂生。二老呢，难免有压岁钱不公、上学不公、穿衣不公……气得静贤面黄肌瘦，靠从南兴镇娘家要点零碎回来补贴，大房还勉强维持点面子。可二房连氏恃强凌弱，好像丁福轩所有家产都该归她两个儿子。

说话时，难免不讲理，静贤回房暗伤芳心，这终于激起赛福的男子汉气概。有一天他向父亲提出："父亲，您也看到了。两家十一个人在一起，小孩子常常吵闹，不如分家过，好吗？

丁老爷回道："嗯，我和你母亲商量一下吧。"

宝贝的大儿子说的话，耀湘听来在理。大房生了四个女儿，一点小小家资不够养他一世的。其后庞家桥也迅速衰落。丁福轩一分为二，大房迁耕余庄，二房迁元兴圩。丁老爷托人在元兴圩、耕余庄买了两处薄地。毛竹镇的木头砖瓦，再从庞家桥拆了分运两个村庄。大房、二房都造了四间草房。二房墙头是砖的，大房的墙头是芦笆，有点不公。

但他心里想：不管砖墙、芦笆墙，安置两家子生活够了。田地虽少，且由他们自己去过日子吧。

六十开外的丁耀湘决定关闭茶馆了，丁福轩茶馆彻底歇业，转业佃户。这就是曾大帅麾下一个什夫长的结局。在那种年代，能在异地养家活口，算得个有担当的汉子了。二老去元兴圩与子孙共居。他摸摸胸口，一辈子没做坏事，落个长寿，也是旧时佳话了。

赛福自幼在爹娘手里享福，没吃过苦。怎样当好一个农民？有一说法，男人二十七岁才成熟，恰逢其时。赛福一个读四书五经的少爷，变为脸朝黄土背朝天的佃户，是他人生必走的路。但如何养活一家老小，并不轻松。在毛竹镇，他和弟弟共耕十亩沙地。茶馆泡水沏茶与客人闲话，轻松过日子。现在当农夫，得一样一样地重新学起来。

平生第一次身份转变，令他措手不及。从少爷到佃户，这一年的日子可谓脱胎换骨。

多么繁荣的一个市镇！毛竹镇悠悠岁月不再，落下小时候的梦想了。而现在他是一个被晒黑的农民。戴上那顶麦秸凉帽，他低头不看别人。把帽檐压得低低地遮住自己，使对面人看不到他的脸。他怕让人说，这么俊的一个汉子，怎么挑大粪？老天这么阴错阳差？一年以后，他渐渐地不在乎所谓的面子了。但人家喊起来，总带妹妹名字："美娟他哥呀！"他竟不得不依仗妹子了？这有损他的自尊心。

丁赛福高高的个子，容长脸，龙胆鼻，双目含情。微微一笑，还能迷倒一些年轻女人。

他继承了父亲的独轮车了，装上地产的打包棉花，到常通港南桥镇，去德茂祥卖棉花。这时候，他看到弟弟顺兴在花行里踩棉花、打包上堆，做小工头。管事柳得风看见这样一个长条子来了，身材很配做短工。

顺兴说："阿哥，不如你也来和我一起做？"

赛福闻见花行里飘满了一阵棉絮的气息，令人窒息难受。一闪念，他就回绝了弟弟。

弟弟说："一个季节能进账十块八块银圆。"

过了一程，静贤让他去试工，实在做不了就回。赛福有个咳嗽毛病，冬春常发病的。这花行的空气太差，让一个支气管炎患者待这是不行的。赛福自己想到，静贤也想到的，所以只说试试。做了几天赛福到底不适应，宁可背上懒汉的诨名。

赛福的生活是顺其自然的，住进老父亲盖好的四间茅屋，很满足了。他爱娇小妻子，静贤勤劳持家，给了他生活的安宁。妻子整天忙活，家里一张织布机，一年到头织布，这就够了，所谓男耕女织，不就是这样子吗？他的欲望很简单，一年粮食能让一家人过下来，就不错。生这么多女孩，还指望什么？

女孩们长得个儿高，天真善良。其中二女儿出色，茅草屋里出个美人胚子，虽然穿着粗陋，清秀的模样不得不让人另眼相看。赛福心疼女儿们，在秋季花生熟了的时候，他早早挖了出来洗净晒干，用丁福轩的大铜烘缸，泡起来，他期盼最后能生个儿子，给女儿们做小弟。因此，福弟、虎弟、连弟、令弟……接踵而来。

多么盼望老天能赐来个拖把儿的啊！

那年插秧的季节，田里一片青翠，他家的二亩稻田才插了一半。五岁的四女儿令弟偏偏在田埂上又哭又闹。静贤和赛福一前一后，往后退步插秧，身后的十二行秧苗蔓延开来。日已偏西，不能离开水田。令弟越哭越响，赛福心里一冒火，金色的苍蝇在眼前飞舞。身子很累的他，不顾一切地走上田埂，两只大手一把抱起令弟，使劲往小河那边一抛。

静贤吓得脸色煞白。

还没来得及说话，令弟已经落在了对岸一个秧草堆上。虽然哭得更惨，但幸好没摔伤。此时，福弟在田埂抛秧扎，虎弟在家中烧水。听见激烈的哭声，福弟放下秧扎，忙往河那边赶去，三步并作两步走，把草堆中的小令弟抱了回家。由虎弟去哄她，一会儿令弟就不哭了。

静贤见女儿没事，弯腰边插秧边抱怨了一声："你看，真的摔死了，咋办？"

赛福心中烦恼，回答："我早看好对岸的草堆，摔不死的。"

他心中也懊悔刚才的举动，沉默下来。夫妻二人低头弯腰，一直忙到日落西山，一片稻地绿油油地在风中摇曳。

民国三年（1914），静贤又生一女，几至绝望，费氏给取名丁桂英，小名叫末姐，不想再生。二房连氏喜添千金，取名金妹。福弟十四岁了，有亲戚做媒，许给杨舍赵家做媳妇。于是，丁赛福这个最懂事、最能体贴父母的女儿，远去了江南。他不觉地躲在屋角暗自流泪。静贤也很伤心，懂事的大女儿远嫁了，缺少了得力帮手，家里事更忙了。

一盏豆油灯，一个黄昏接一个黄昏的，在狭窄的茅屋里闪烁。

赵家家产也不多，男孩赵行健十八岁，比福弟大了四岁，过一年就要圆房的。后来，赵行健迷上赌博，把家产赔光，赵家也变穷了。不过，隔年福弟就生了个大胖儿子，全家喜气洋洋。大家觉得这个小孩长得肉嘟嘟真迷人，不如小名就喊"阿迷"吧。丁赛福夫妇听到生了外孙，十分高兴，带了点鸡蛋和红糖枣子去赵家探望福弟。

福弟才十六岁，躺在床上看见父母亲来了，心里当然高兴。两年不见，她有许多话要跟母亲讲。福弟还真是有福，生了男孩既给夫家带来希望，也给娘家添了面子。邻舍们说，你家福弟的福，是好名字带来的。阿迷将来长大顶门，会给赵家重修门面，有多阔气！

赛福夫妇在杨舍城里住了三天，终究不放心家里小孩，不得不告别福弟，回家。曾经的富人家不失面子，请了黄包车把亲家送回了耕余庄。

第二十一章　成名一举北夹筑坝
祸福双联难分究竟

　　常阴沙西端接紫气沙，从紫气沙岔出北夹、南夹、老夹三条河流。三河分隔了北沙、中沙、南沙岛群。紫气沙下的三河三岛，傍着长江南岸水抽力大。千年以来江水行洪的主渠道，就选中了它们。

　　夹河中水势汹涌，毁掉堤岸庄稼，北夹河两岸更甚。多年来西兴、长安两镇相继坍塌入海。毛竹镇距长江只有半里之遥了，沙人纷纷东迁。老常阴沙地盘被蚕食，人口减少，半岛土地供不应求，农户想种租田都找不到。与此同时，有一股水流出其不意，令长江主泓道折向江北，冲毁如皋岸线，农户损失巨大。

　　时人热议在北夹河上游筑坝断流，使百里长河变成肥沃滩地。因工程浩大，迁延拖久未能举措。民国五年（1916），沙地士绅不得不再议段山北夹筑坝事，一时召集了虞、澄两县郑端甫、卢国华、徐云卿、吴庭陆、庞仲路、顾辉宗等有关乡董。在毛竹镇集会成立了鼎峰垦殖公司，会议一致推荐总工程师商静山，与会计张乐泉相机而行，另推举徐云卿为督办理事，督查进度、周转、外联诸事。

　　筑坝需征得省里同意后，由县沙田局察看、批文、下照。但与会者看到，工程牵涉太广。北夹河西窄东宽，窄处一二里，宽处竟有七八里。以百二十里长度计算，至少也有十万亩以上良田。如此上报标的，大大超过既往的成例，省里岂能答应？民国后有省沙田局，管着买滩、勘探、滩照、施工等一揽子程序。北夹筑坝属大型国土围垦案，不但须报县，还要上报省沙田局批准。

　　此事如何对上圆封？成了众人抓脑门搓手的一时无计的难题。

　　是先斩后奏，还是按部就班上报获批？场上议论纷纷，十万亩滩地，哪个官家肯随便送来批文？按照官家一贯做派，还不是把一个个围主的竹杠，敲得汩汩流血，知难而退。再说，那张謇是省咨议局的总议长。南岸筑坝阻流必使主泓道北折殃及如皋，如皋是他出生地，这直接危害北岸保坍工程的事，他哪会同意！另传沙上两夹河筑坝之议，已经被张謇否定。南夹那边筑坝围成的滩地，他还下令退给公家。

此时只见一人站立。众目睽睽："他是谁？这么大胆敢越位而出？"

一看之下，竟是顾记公司的会计人张乐泉。二十多岁的他，矮短身材，脸色粗糙。双目炯如铜铃，眉毛似帚插入云鬓。众人不禁一愣，此人从未见过，议论间，听说他是顾老八手下会计。不知能有何等见识，足以服众。

张乐泉说道："大家担心的张謇必定力阻此案，已在预料中。咱们的行动连县政府都不能知道！这么大的工程报上去，在座各位都要受牵连。于是，北夹筑坝只能悄悄进行！"

大家一听乐泉这闷闷的大嗓门，言简意赅，说得太符合实情了。筑坝事转折下来不批的多，就万一批了也要剥掉你半层皮。绅士们都是沙上精英，不是不知道，而是不乐意有这结果。

乐泉暗想，他们掩耳盗铃不过被我说穿了而已。沙上筑坝，势必把长江主泓道折往如皋半岛，冲刷对岸张謇主事的保坍工事。以状元公的精明警惕，他岂能撒手不管？

众人知道此策并无奇特，瞒天过海乃三十六计之第一计也。

静山此刻也站起，在众位前辈面前附议乐泉。而郑记老板端甫，竟也听女婿的。

端甫说："乐泉说对了。现今省里局势争执不定。那齐耀林忙不过来，这小小北夹河的事，是不会过问的。等那张謇出来干涉，坝体筑成了，难道还扒了不成？"

吴庭陆说："说的对。北夹筑坝在于一个'快'字，这就看静山的动作了。"

这些老奸巨猾的沙地乡绅，几乎众口一词："不能上报！"而那位大名鼎鼎、少而任侠的徐云卿，不慌不忙地喝口茶，微笑不言。他想，你们这一阵风啊，结果如何尚不得而知。

那么静山状态究竟如何？主事的是他，果真领命不悔？

遥远的童年时期，香山脚下北夹深泓的流速，早就被小和尚静山看出来了。但此刻他想，要是不筑坝断流，南边的常阴沙半岛就只有一步步自西而东，像多米诺骨牌坍塌下去。西兴镇、长安镇、毛竹镇……将前赴后继，坍海惨状摆在面前，是稳而不动，还是像长江的刺鱼一般，凭腾空一跳抓住猎物果腹？

沙上人的地方保护主义肯定是有的。到底是保沙上，还是保如皋？

静山也拍定："上报省府，等于事在动议中，来个一刀子从上斩断！覆巢之下岂有完卵？"

真是天下熙熙皆为利来，天下攘攘皆为利往。虞、澄两县乡绅也早已跃跃欲试，等不得了。这块到口的肥肉，谁不想吞下去？于是，大家决定先办公司，付诸行动。说得纷纷扬扬，不过一场二十世纪初的圈地运动而已。前期募足资金，后期由商静山绘图施工。会上郑记公司领头凑足两万银圆，吴庭陆出一万，代表江阴股份五分之三。顾辉宗出资一万。徐云卿和庞仲路各凑八千银圆。小股东商静山五千银圆。张乐泉兜里钱不多，报三千银圆。江阴帮势大力足，报股最多。

丙辰年十一月初，静山实地观察了北夹形势。虽值冬季潮小，水流仍十分汹涌。北夹河西段两岸宽不足三里，然而跳荡着的波谷浪峰，俨然长江主流一般的汹涌。他细想筑坝需顶住长江激流，围岸种田只防范潮侵，堤岸坡面受压力会有很大的差别。断流的基点呈"V"型，完全不同于围垦的形状。

这样的事情，沙上人都从未试过。静山深感肩上压力沉重。

但众股东拍板了："再难也要咬着牙上！"

放弃？将自毁英名，有悖沙上父老的期望。怎么办？静山蓦然想到，这次该上山看一下师傅了。师傅为他赐名静山，教认字、读书、算术，算名副其实的启蒙老师。静山上山时犹犹豫豫举步维艰，竟想起了当日伴师坐禅。

山下涨潮时发出雷鸣般的声音，在静山耳畔响起难以入禅。他想到这水流必定激烈无比，造成急剧的千万漩涡，将那西沙的田园卷走。住在西部坍海边的沙人，不得不向东迁移，农人失去成熟的土地，生活艰辛。又想到自己曾随少爷看滩，围垦救生墩，对水势认识较深，更萌发出"两岸风平浪静、百姓安居乐业"是为己任之念。

山上，树高山静，鸟儿鸣叫。师傅已老，见了他，当年剃度时的一个小光头浮现眼前，笑意洒在老和尚布满皱纹的脸上。浓浓的离情叙完之后，静山便把北夹水况悉数告诉师傅。云淼沉思良久，面授了锦囊妙计……

解除了心中疑虑，静山豁然开朗，小和尚下山无比轻松。

第二日一早，静山带领两名资深丈杆师，去毛竹镇西南亲自测量。由他敲定北夹第一坝的位置南补扣圩至北五圩港岸，选定小汛期的十一月十八日动工。由乡董卢国华再筹资一万大洋，买破船十多艘，草包千余只，做好前期准备工作。

贴出报条：

> 各乡民众：北夹筑坝系惠民大工程。参加挑泥农工，每人每天五升大米，技术人员每天八升。放钉耙铺草皮者，技巧小工每天六升。

乡民对比之下，比围圩工钱上升了两成。重赏之下必有勇夫，几天后各乡镇报名额满，招来了几千壮丁，丁赛福亦在两千余个挑泥汉中。人群挑着一担担泥块从烂泥滩出来，爬十几个阶梯，个个快步如飞。至于工程师静山是咋样人，他们都漠不关心。

而听到了静山的名字，赛福是知道的。二十四年过去，忙碌的赛福见不到静山了。不知他现在是个怎样的人。赛福虽穷，却自有尊严。这般忙哪用去找静山，找他又想干什么？扛了一根扁担，自己又干得了什么？

他叹口气："这辈子也不用去找静山哥帮忙了。"这就是赛福的志气或老实吧。

十一月十八日开工那天，北风呼啸，天气晴朗。

民工们黑棉袄、青脚裤，一式的短装精神抖擞。斩土的钉耙频挥，挑泥的行走迅速，工地上一派繁忙景象。总指挥得当，民工情绪高涨。十天后，十一月廿八日那天，新海坝两端越接越近，仅剩六十多米的中间豁口了。

时值小汛期，一日两潮进出北夹河依然。如何在六十米豁口中，挡住汹涌的潮水？

最大的问题又在面前。这时，静山遵照师傅"非常之事必用非常之法"的教导，大胆开进十几条旧船。船内压着梆硬的花岗岩石头。船儿两两并排三三接尾，停在豁口中间。大北风中堤岸中断处，这些船凿洞破壁，水进人离之后，只见一条条石头船在北夹激流中先后无声沉没。水面只露出少些石块棱角。船中石头压寨，草包灌土弥合，稳居中流砥柱的位置。

确保万无一失，静山喝令："投泥牛！"

　　挑泥汉子飞步甩担，快速投入稻草捆扎的泥牛数千枚。一时之间，两头扑通、扑通的激水声中，水退包垒已现雏形。没多少时豁口被严严实实堵住。内外之水互不进犯了，一阵惊涛骇浪，惊得鸟儿也不敢飞过来了。

　　静山最担心的，还在于最后时刻：上潮之水能否完全被新坝挡住。

　　于是他又施出了这样一个绝招：晚间，坝体上亮起了上海买来的汽油灯，刹口处安了六个螺丝坛。坛内装满无数铜板，坛口仅容一手伸进。泥工只要甩掉担子里装的泥块，即可在螺丝坛内摸一把铜钱离开。谁跑得最快，完成担数最多，钱也抓得最多。此招果然见效。不到一个时辰，豁口处可见堤身上升水面下落，大坝两段慢慢合拢。

　　长江之潮被挡在新坝之外。

　　不过，两端虽已接平，但坝体甚矮，仍须不断投泥加高。于是，那六个空了的坛罐，又换上了六个装满铜钱的螺丝坛。民工们肩挑几十个来回，摸的钱能值好几块大洋，怎能不使出吃奶的力气？民工简直疯了，一股劲儿甩泥摸钱。

　　就这样半夜后，那北夹河第一坝终于稳稳当当挺立起来。坝体犹如一条长龙，横卧在西北风中，挡住了后半夜汹涌奔腾的子潮。众人伫立大坝之上，黑暗中那坝下潮水虽然汹涌发出轰轰声，却一切两段，被隔成东西两边了。

　　此时此刻，静山和千百条汉子全都热汗盈盈，群情激昂，甩掉担子高举双臂，齐声欢呼："哦！哦！哦！"

　　直到此时，操劳了十天十夜的静山，心中的一块石头终于落了地。

　　半个月功夫，丁赛福与泥工们住一个工棚，吃喝拉撒睡都在一起，认识了朱老哥、陈老弟等一个档子挑泥棚友。第二天，四盆八碗大宴众泥汉，鞭炮阵阵，盛况空前。

　　众人疑问，为何独不见了工程师静山的踪影？原来他又只身上了香山，要把北夹筑坝断流成功的消息尽快告诉云淼恩师。谁知当他赶到恩师床前，云淼已气若游丝。说来也奇，静山的手刚一摸到师傅的手，云淼那久闭的眼睛竟然慢慢地睁开了。嘴唇也微微地翕动着："静……静……北……北……知师莫若徒。"师傅的心意，静山自然最了解。

　　于是便俯伏在云淼的耳际，深情地说："师傅，北夹筑坝大功告成！"

　　他又对云淼低声说："师傅放心，静山没有辜负您的厚望。"

只见师傅苍白的脸上掠过一丝欣慰，随即就闭上了双眼。

老人家圆寂之后，静山特为他在香山上勒石刻碑，书写下了云淼留给他的几句话：事之艰兮倍之常矣，民之苦兮己之任矣，国之弱兮吾强之矣。

丁赛福没有去找商静山，他凭借自己的脚力跑了半个多月，也挣到一些米粮，足够六口人吃两个月了。春荒的饥饿和挑泥的忙碌就这么解决了。

北夹第一坝建成，把有史以来被江水分隔的北沙岛、中沙岛连接。在清末民初国力衰弱之际，大长了国人志气。香山脚下到常阴沙一带，为民造福的静山和尚，成了一个响当当的人物。民间又传说静山和尚衔命而生的种种趣闻，听来皆是无稽之谈了。

师傅圆寂后，他更笃行日持一善、心必自安的信念。

第二十二章 申饬两县令
捉拿商静山

为瞒报常阴沙北夹河筑坝截流，江苏省政府下令：

常熟县令罚俸半年，江阴县令革职卸任。

北夹筑坝完成后，郑、吴、徐、卢、庞、顾等大股东纷纷前来观看，静山和尚迎来送往忙了几天，先后两拨人由他陪同，走上北夹第一坝。郑东家、吴东家、徐东家、顾东家四人先来。四九天老北风钻人般的寒冷，他们穿着黑缎子羊皮袄，带了罗宋帽，裹个大围巾走上大堤。从坝北端上去往南，堤面宽约丈半，堤身斜斜地铺向海滩，堤上走了一半，对望补口圩迷迷茫茫的还有一里地，又下了堤坝往上看，果然伟岸有姿。

静山介绍大堤底面宽约四丈，长约二里。

从上到下实地目测，那大堤高约三丈。走至南端补口圩大坝，一看其下东西向的皇岸低了五尺多。

老郑说："嗨，大坝比皇岸高多了。"

静山笑笑说："这大堤能顶得过八级大潮。"

众人说："这坝筑得牢靠。静山说放心，可保三十年不毁。"

他们看完后十分踏实，随后去毛竹镇有名的康庄酒楼吃了饭。饭桌上大家议定：到明年春上向县里报摊。那时近堤的东沙面涨出来，形成了可围垦的老滩。上报后，验滩、绘图等也得三年后才能批下来。此时，离围垦北夹滩地为时尚早，但股东们跃跃欲试，预期都很乐观。

其中顾家的老八想：这一笔资金下得准，只涨不赔。

酒桌上闹哄哄的，充满喜庆气氛。你一杯我一杯，喝到一醉方休。

谁知背后自有人去省城，暗告北夹非法筑坝之现状。状子到了江苏省咨议局议长张謇手里。张謇拆信一看，不禁冒出了冷汗，大呼："一江之隔，竟有人敢这等犯事？"

民国六年（1917），张謇去电话质问江苏省省长齐耀林，谓："北夹断流筑坝后，将增量长江对北岸冲刷量，损及如皋北岸保坍工事，必须铲除！"

齐耀林滑吏也，初不知北夹筑坝事，转询江阴、常熟两知事查禁，具复：两邑沙董俱以停工对。齐耀林据此函复张謇，公牍往还已历数月了。

张謇怒斥，齐耀林不得已，乃令省沙田处处长曾朴及澄、虞、通、皋四县知事定期在南通会商办法，决定处理北夹非法筑坝事宜。张季直在南通会上痛斥非法筑坝断流及澄、虞两知事和省局的曾朴。曾朴以未预闻筑坝事及未应召买滩照对。虞知事张镜寰，则对以坝在澄境，与己无涉。澄知事陈思，则无可推诿，引咎辞职。

张謇据此下令：着常熟知事张镜寰，罚薪俸半年。事出江阴境内，江阴县知事引咎辞职。后张謇以二事要挟省长齐耀林：一是撤陈思任。二是以议长身份，督令省府派军警速赴北夹坝址，铲除坝身，恢复长江支流原貌。

齐耀林虽肚有委屈，碍于张季直的名望，只得照办。

商静山居住曾九圩，属南通刘海沙管辖，真是人怕出名猪怕壮。张謇手有举报帖子，已知北夹筑坝为商静山施工并参股。火冒之下，他乃令南通县令派兵捉拿商静山，押往南京审讯判刑。过了半月，张謇派出个贴身书吏过江查验己令果否，该吏回报即刻动身，决定人先到北夹筑坝处，察看实地坝身在否。

书吏倒是很会办事的人，只身带一书童，就毛竹镇客栈下榻，夜来闲话中询问旅馆店主。

对他说："你们的北夹大坝南通都知道了，很有名的，能带我去看看嘛？"

店主被镇董预告过，留意省里会有人来，说话小心。估摸口音不是沙上的，又涉及大坝事，该是省里的派员。

店主笑声哈哈回说："这不都拆了吗？不信你去看。"

书吏看他样子不是说真话，第二天就和书童徒步走到五圩口江岸，从北端登上那条大坝。书吏举目四望，两边黄潮涌浪，堤身一字穿过。不禁叹道："果真雄伟！"侧望坝西，长江白浪滔滔，冲到坝下江水已被束峙了。转身再看坝东随风起浪，还有鸟儿在上下飞翔捉鱼为食。那人回去后如实向张謇禀报："坝已筑成！"张謇气得脸色发白。

继之，南通竟派兵十多人来毛竹镇督促地方铲坝。军警们住在旅馆，出来看见大堤稳如泰山，夜来又暗暗地被筑坝人贿赂。兵们见状想铲坝实是很难，非几个人一夕之功！他们默认了前来会商的毛竹镇董的辩白，就由他召集上百农民，用几天时间铲除了长可五丈、深一丈一段堤身。南通军警禀报张謇聊以塞责。不久又传令省里二次派人督查。

股东代表郑志先对策："如今之计，令镇董去旅馆向军警具保完案。"以"已由民工凿出缺口五丈许，江水徨徨倒灌铺地"之词，又一次敷衍了过去。这批军警走后第二天开始，原筑坝股东郑、徐等人，又召集民工集中力量挑灯担泥，填满了所凿缺口。

此事由所派南通军警禀报警察司令后，上达张謇曰：

"奈何坝体巨大，绵延数里。坝东地势高、坝西是大潮，怎样搞都不得要领，断流后东涨的潮水逐步收缩，滩地涨高与两岸陆地差无几。生米已经煮成熟饭，令行禁止无法恢复。"同时，省沙田处曾朴处长也从旁代为陈情。

一纸令下，换来的是几乎纹丝不动。张謇的心被一桩乡间小事绊住，左右权衡竟无计可施，但其为江北百姓维权之心未泯。俗话说：活蟹捉不着捉死蟹，来个釜底抽薪。一想起那个商静山，他心里就冒火：不信乡下木匠的儿子，竟会拿一座土坝锁住滔滔江水！

他一拍桌子，喊声："捉拿商静山！"于是，他拿起电话与省长齐耀林通话。齐耀林滑头兮兮的，把责任推给江苏督军李纯。李纯又令南通警司："派新军士兵前去捉拿匪首汤静山！"其抓捕理由为北夹乃长江支流，动辄影响两岸民生。商静山无视省府，擅自筑坝乃肇沙匪之祸。罪名厉害不厉害，那是要杀头的，可怕不可怕？

那南通警察司令原本是沙上顾家的亲戚，少不得把捉拿商静山之逮捕令告之顾老八。

五十年前绿营兵镇压江阴帮，是兵戎相见，这次来个刑名相见，又有多厉害。沙上圈地你中有我、我中有你，一荣俱荣、一损俱损。既然都分不开了，就叫作共同开发吧！内中有多少利益交错，就会有多少反目成仇。但绅士毕竟不同于流氓，有隐忍之旨。老八脑子一转，顾家与商静山岳父都是鼎峰股东，筑坝是股东会决定的。商静山被捕，必然供出实情来，大家都要受到牵连。

于是顾老八请来郑端甫先生，在茶馆议事，把捉拿商静山密令提前告诉了他。郑家立马通知女婿商静山，速速离开此地。

那天，南通兵来了一个小队，十几个人。个个荷枪实弹到了毛竹镇，由乡董黄彦春带领到郑记店铺。郑老爷早就教好店徒，回报：商静山去年年底就被店主开除，回去了。

南通兵弁队长问："商家现住在何处？"

店徒不敢有违，回答："他家住在那东滩之边的盐行头，曾九圩中，是现今省府曾朴处长所围的圩塘。"

说时迟，那时快。耽搁之际的商静山，已经接到丈人派来的告险。南通兵步行一天，次日上午也只到了东海畔。静山住在曾九圩里，自有一些挑泥朋友，为首的就是乔玄，为人足智多谋。紧急之下，静山快步来见他时不免有些慌张。

乔玄气汹汹地说："来就来，我自有办法送你出去！"

午饭辰光，他们只见东岸上一群戎装士兵，背着长枪匆匆而至。这边埭上一群破烂汉子，四人扛了一个担架，正要上大岸。二者相遇，南通兵大疑。担架前为首的是乔玄。只见担架上被絮里裹着个病人，被子上面还盖了一张破旧渔网。一兵掀开渔网一看，病人面色蜡黄双目紧闭，后面跟一个小嘴妇人，满面眼泪哭哭啼啼。

听她哭得是："这可怎么好？当家人你不能死呀，孩子六七个，让我怎么养活。"

那士兵们也很警觉，就问随行的乔玄："这边可是曾九圩？"

乔玄手往南一指说："曾九圩还在南边，我们是曾八圩的。"

士兵又严问："你们何事外出？"

那乔玄扮个苦相说："这家汉子生了热病，几天几夜不喝水了，送到船上去南通基督医院看病。"听说是去南通的，士兵们就放松了警惕。

双方分开不多时，静山的担架下了船，船在芦苇丛中慢慢驶向东南海面。待士兵们赶到曾九圩商宅，搜问商家人。

家人说："从没回来！去年去了上海就没信了。"

南通兵扑了个空，琢磨没这么快就知道要捉他，自知刚才上当，放走了商静山。再去江岸上搜索，找那群担架人。只见芦苇拂风，乌云满天，哪里还有踪影？商静山的小船，早已从茫茫大江里飘走了。

张謇闻讯后，其尴尬可想而知。一怒之下严令：

原北夹筑坝股东，一个不许具报北夹滩地围垦案，着曾朴处长严令执行。北夹股东们有惊无险，总算未惹上刑事官司。时日佺偬。这桩省级"沙匪案"，也就变成永久的无头案子了。

静山和尚命有吉星，在义弟乔玄的帮助下，一舟渡苇逃出虎口。

张謇后被沙上人讥笑，状元玩不过一个小木匠。

第二十三章　往事百年北夹大计无损偿
　　　　　股东卅六境外围主起尘烟

我爷爷又作为无名配角出场了，面临的是一场真实的流血械斗。敌对双方好几百人，手执扁担、钉耙、农具打群架，直斗得七横八竖，鲜血洒地，也未能分出胜败。

丁赛福住在耕余庄南胯脚里——大岸之下由圩沟框定的狭窄地带。那靠岸的田地俗称"胯脚"，意即大岸的跨度之下。胯脚地只能种旱庄稼，另在正田租了三亩水旱两用地、四六成分的分收田。丁家靠三亩地两熟庄稼分成，勉强维持七口人的生活。

有一天，埭上的挑泥工头子蓝老六，吃过晚饭来到丁家，看一家热乎乎的，桌子上放盏豆油灯亮闪闪。姊妹们哭的哭、笑的笑，在厨房烧水洗脚。赛福见老六来了，就拿一管装好的水烟筒。说："六叔，坐下吃管烟吧。"

老六倒不忙说："坐下说话。"于是，静贤和女儿们从桌边退下。

老六接着掏出了真话说："明天北夹滩地有大事，郑家老板在宅上喊我去说话了。"

赛福说："啥事这么急？"

老六答："大事，大事哦。"

赛福帮他点着火，只见他双手捧住那烟筒，啪沓啪沓地抽起来。老六一边用嘴骨朵骨朵吸烟。吸完一罐，他就拔去烟炮，用嘴在底管口一吹把烟渣吹掉。

搁下铜烟管，他正式宣布：明天我们耕余庄要派十个人去北夹滩，还有几百人头由同余庄、庆余庄等好几个庄派出。

赛福听说，这北夹滩地春天就要围垦了，泥工们等个把月了。他不知这明天要干的是啥活儿？

老六说："明天不是去打箍埂，而是去打仗。"

赛福猛地一惊："打什么仗？和谁家打？"

他知道，在几十年的围垦中，打仗也是常见的，俗话说一个碗不碰，两个碗叮当，两夹边界、挖河、零头角擦都会有矛盾，协商不通就打架。胜者为王，输掉就自己赔钱。

老六说："这回是打大仗，和无锡人干上了。"

他又说道，省里张议长下口令，不准沙上打坝股东围垦滩地。无锡人刘世衍是广业公司老板，通过北京内阁的钱能训转江苏省议长，申请围垦滩地三万亩。张謇与刘世衍同在省议会，系一正一副同僚。刘世衍是张謇经常见面的付议长，又有内阁钱老总来过电话。

一句话：派头特硬！

张謇一时情面难却。再想想不行，刘家报的围案已被自己的前令牵住：不准沙上人报案，来个无锡人就能行吗？不得拉下半世的骂名！张謇自己制约了自己。你还给不给？既是己令威严，又需放马一边。明面上无锡人与北夹围垦风马牛不相干，而暗箱内上边这么大的面子，身边又是这么近的同僚，当然万不能辞啦。明显的干扰困住了他，昼思夜想叹口气：刘世衍他厉害，牵一发掣全身！不声不响地就从背后给我张謇一拳，他是看清了自己的软肋啊，左顾右盼不得已，只得打电话嘱咐了沙田局，给予刘家一纸滩照——围垦北夹滩地一万亩。

一句话说出口，想想真难！

鼎峰公司原打坝的股东吴庭陆、顾辉宗、郑志先、徐云卿等知道后，局势无可挽回了，他们又频频派出探子赴无锡再探，消息传回来很是不幸：刘家广业公司明天就来圈地围箍埂了。

丁赛福平时极少碰到打架的活儿，但一个圩里年轻朋友十几个，自家三十来岁人高马大的，一直是工头看得起的民工，吃挑泥饭也十多年了，俗话说荒熟半年粮。一个季节挑下来，也有几担粮食，加上租田产粮，够吃用大半年了。

老六问："去吗？明天一工三斗大米！"

赛福想了一下，觉得义不容辞，就扭头去跟静贤问了句："去吗？"

静贤没法回答，事儿紧急，这就敲定。

第二天一早，静贤煮了饭，加上草头汤，对女儿说："让你父亲先吃饱。"之后才让五个女儿上桌。

赛福穿上蓝布两短打，腰里围根湘军的皮带，头上戴顶兰毡帽，活脱脱一个沙上帅农哥。静贤送他上穿头至岸顶。看自家男人肩挑一副泥络子，走进了队伍。听他嘴里哼哼着山歌调，竟无一点惧怕吗？她心里倒是恐惧得很，谁知道赛福是在壮胆呢，还是懵懂？目望岸顶，缓缓走动的这十多人队伍，近岸邻居大脸印堂也在内。

印堂点头招呼说："赛福嫂嫂，你放心好了，我俩人在一起呢。"

静贤对赛福和印堂说："你们当心哦！不要死打活打，瞧着不好让一点。"

赛福和同伴笑笑，回答说："我们都有少林功夫的。"

这也非虚话。丁耀湘是湘军车夫，身上的少林功夫，一招招传了儿子的。要说赛福当初，也够湘军营里军士的资格了。一路上，又有七八支队伍加入进来，两三百个人走在自东而西的大齐岸上，看到一群群乌鸦从芦苇丛中飞进飞出，在天空呱呱地乱叫，唤起这帮泥腿子的不祥感。

有人抡起一根扁担，往上挥舞。喊道："贼乌鸦，滚蛋！"

那群黑色的灾星鸟，呱呱地往东南飞走了。

队伍中七嘴八舌："这滩地都等了一年多了还不围？不然，早该种上庄稼了。"

从雪菁沙到横墩沙，转转弯弯大约二十多里路。风对面吹来，只听脚下悉悉瑟瑟的衣裤摩擦声。脚步凌乱，一个早上，方走到北夹河最西的滩地，这是一片三里方圆成熟沙地，涨潮落潮都淹不掉的北夹滩中心区，只要外扩成五六里，筑起堤坝，俗称打箍埂，就可阻挡潮水侵入。看看一片广袤的芦苇滩，芦尖已经春笋般地冒了出来，多有生气。大家杂说纷纷，开垦之后可得千亩良田。

围垦就是围起暗滩明滩，蚕食长江江面，不断推进式的半岛圈地过程。一块暗滩涨成到明滩，大约要等两三年时间。江南围垦的反面作用，是阻挡了长江行洪，令其折向北岸造成一次坍塌，又反过来折向南岸半岛的北端，形成了二次坍塌。事儿涉及大江南北沙地人的千家万户。这也是张睿发誓要阻止筑坝围田的主因，而鼎峰公司筑坝造地，要命的是违法不报官府。张睿下令不许他们围垦，自有正当理由的，但是法理往往相悖。这条省令只许别家开发，又违背了原筑坝股东权益，自然会酿成血腥的械斗局面。

耕余庄等泥工队伍穿的也是蓝衣。他们扛了扁担络子、钉耙锄头进岸下滩地。下滩后听令加入早到的鼎峰公司蓝衣队伍。

冬季芦苇已经清除干净，只见层层密密的新芦桩冒出。赛福他们抬头一看，对面滩里人头攒动，人声潮杂，一色黑包头黑衣裤，约莫二百来人吧。这边是蓝包头蓝布短装，那边是黑包头黑布短装，倒也壁垒分明。双方沿着滩地上一条浅浅流漕，隔开了二丈距离，分了两边。吞吐之息相闻，素不相识的农人们眨眼变为敌人了。

那黑布队伍前，有广业公司老板刘孟轲出头，也穿的黑色衣服。只见他白净面皮，齐耳短发，四十多岁。长衫齐腿，不像个干大仗的人。这边蓝布队伍前，有鼎峰公司三老板徐云卿站着，穿蓝色衣服。那徐云卿别名徐少侠，是个有武功尚侠仗义的汉子。他五短身材，一双铜铃眼目光炯炯，浑身结实看着很有力量。今天扎了武装腰带，蓝色对襟袄，光头剃得锃光敞亮。这位看上去不戴帽子的蓝衣侠客，俨如一名出征营长，双臂粗如树杈，站在一个高墩上等待蓝衣队伍到齐。

当然，离开仅仅二丈地，对面就是广业公司黑衣民工。为显示公平，分清敌我，广业早在幕后，派了黑色队伍。黑衣民工两条大手拿着扁担，在南边排成一字面北，广业少东家刘孟轲站在前面，两边队伍排齐，南边又开来几辆黑警车，排到左右两边。滩地上人声鼎沸，约有五百之众。蓝衣、黑衣人数各有两百多名。

黑衣队刘孟轲开腔喊话："北沙徐老板久闻大名！今次来沙开滩，有省政府批准滩照的。你们不必阻挠！"

徐云卿看他说得轻巧，就开声："刘老板难道不知，山是我们开，树是我们栽！若要拿地盘，交上洋钿来！这三十里江滩是鼎峰公司筑坝涨出的！想必你也知道。没有北夹筑坝，这里还是滔滔长江！这地儿决不会让出！"

刘孟轲知道，战场上谈判是多余的，于是喝令带来的无锡黑衣警察，砰！砰！砰！朝天开了三枪。他后边的黑衣民工就冲上前来，他们手持扁担，乱哄哄地向蓝衣人喊道："这地开始围垦，你们快走！否则扁担不客气！"扁担角已经碰到蓝衣民工了。蓝衣民工哪让他们得逞，有的原地坚持不让，有的纷纷冲到南边占地，于是双方出现蓝黑混杂、犬牙交错、一对一的开打场面，不用发号，黑衣、蓝衣两队混杂用扁担打起来了，一时间江滩上人声鼎沸，乒乒、乓乓的扁担阻击声响成一片，为避免流血死伤，双方大多数用扁担打斗，少部分抢起了钉耙，或半途拿上钉耙斗打。

民工们捉对厮杀走马穿插，赛福和印堂边打边往南冲。徐少侠看蓝衣队伍人多气壮，往南越逼越远。

看得出南边黑衣队伍凌乱了，散架很快。刘孟轲想，难道打架也分人生地不熟啊？

这时，蓝衣队伍虽然受点小伤，但越战越勇，没人躺倒。黑衣队伍有好多伤者躺下，散落在蓝衣队伍的地盘。

那赛福盯住黑衣队伍中一个高个男子，想缠住他别冲过来。赛福一扁担"乓"地一声敲在黑衣汉的扁担上，一时间急速乒乓，不分胜负。眼看黑衣汉想越过中线，赛福丢掉手中扁担，一脚踢去。他把黑衣汉踢得一个趔趄，扁担也掉下去了，于是蓝、黑俩高个儿，就大气喘喘地耍空手道，你一举我一横的拳头，打得难分难解。

赛福一拳打来黑虎偷心，打在黑衣人半胸。黑衣人双拳交错，猛击赛福腰部。赛福右腿跷起，一个螳螂扫把黑衣人扫得几乎跌下，黑衣人并未退却，一拳打来，赛福躲避不及，给打中左边胸膛，只听他哎呀一声，后退了几步，马上由村头蓝老六接战黑衣人。赛福站立不稳，口里"噗"一声，一摊鲜血吐地。他只得后退空地站住，摸着胸口低头喘气。

那边墩上徐少侠领头，喊道："蓝衣队往南冲！"

号令之下这两百来人的蓝衣队伍，撒网式与南边民工交错厮打不休。双方的毛竹扁担乒乒乓乓，打得惊险复杂，有的后退，有的前进，有的倒下，有的捂住身板前冲。紧张时边退边打，空隙里要防冷不丁的旁出扁担。半小时后，打伤的躺地不起，哭声哀哀，勇猛的继续往南寻找对手。

南边的黑衣民工，退到滩地中线的二道流漕了。刘孟轲见状不对，命令黑衣警察向北队最勇敢的蓝衣人开枪。

"砰"一声，印堂倒下，赛福瘸着脚过来扶起他。印堂挥舞扁担，尚要继续朝南冲。

蓝衣队见开了枪，毕竟农民的命也是条命，只好后撤。南边黑衣队在警察掩护下，从后边又追上来了。

徐少侠看见耕余庄的高汉子印堂凸出人群，不怕枪响，闷闷地继续用扁担厮打黑衣人。

突然，又一声枪响，高汉印堂应声再次倒下了。他的胸部流血了，那边黑衣警察看到蓝衣高汉倒下了，遂停止前进。徐少侠飞奔前来察看，他撕下腿上绑带，把倒下的印堂受伤的胸口，包扎了好几圈。他一边手臂招人，叫他们扶起印堂退出；一边追赶那位逃走的开枪警察。

砰！他拔出勃朗宁手枪，朝那黑衣警察开了一枪，没中。手枪敏捷命中率高，是他不想打死人。那黑警察不敢还手，只得停下了脚步。

徐少侠上去喊道："你打伤人知道吗？开枪杀人是犯法，跟我走！"

黑衣警察交出长枪，乖乖被蓝衣泥工绑住，捉拿回去。刘孟轲在后边见闹出人命，一溜烟逃走。那边黑衣队伍和警察，在刘老板手势下慢慢后撤散去。

滩地里横七竖八，躺了七八十个受伤民工。黑衣蓝衣混杂不清，只听左哼哼右哼哼，不知他是哪家人。断扁担、坏钉耙、破衣烂衫，抖了一地，一片哭声，弥漫滩地上空。鲜血淌在青草丛中，非死即重伤者约有数十人之多，幸而械斗双方只为争地并无血仇，早已关照只用扁担打、慎用钉耙打，否则死伤者只会更多更惨。

刘孟轲逃走后，黑衣领队令手下人带走所有伤员退出。

徐少侠命令："穷寇莫追！蓝衣队也不打了。"

双方各自抬扶受伤工友，返回两侧的土岸上。午时三刻，潮水马上就要涨上来。蓝、黑的领队都知道，老天惹不得的。潮水一冲谁也别想打，要打也打不成了。

滩地上空乌云奔腾，不见一只飞鸟。它们都被一场大战声吓得躲起来了。空气里飘散着丝丝血腥味。狂风随潮水刮来，呼呼地席卷走乱七八糟的战场垃圾。械斗的人分散走光了，不一会儿，潮水排山倒海涌上了滩地。一个时辰之久，一片波浪之中只露出矮矮的械斗高地。轰隆隆的潮水，洗刷了遍地血腥。这场多年不见的械斗，打得潮声呜咽日月无光。云惨惨地不肯飘走，风嘶嘶地痛苦哀怨。

这就是民国六年的北夹河西滩。

打了不到一个时辰，一场近五百人的混战结束。徐少侠命令手下，把广业公司的开枪黑警察五花大绑，押回鼎峰公司总部。那受伤流血的印堂也被徐少侠令人用担架，送去毛竹镇诊所治疗。

再说赛福受伤吐血，老六腿也被打瘸了，只得互相搀扶回家。他们耕余庄的民工，鼻青脸肿，歪臂瘸腿，没有一个完好无损的。赛福的胸部吃到一拳头，疼得用手捂住。还有手断脚折的，一对对搀扶而回。最严重的是印堂急需救治。天已黑了，人们午饭都没吃，又饿又疼。乌云黑月下，队伍中的蓝老六和丁赛福，一步一瘸地往回走。

人们都记挂那个受伤最重的人，议论着：

"不知印堂伤得怎样了，有无性命之忧？"

第二十四章 人命关天广业撤退顺大势
契约精神张謇补局抚众绅

北夹滩地大械斗上了报纸头条，两边都不得安宁。

广业公司被扣的那位一枪击死民工的马警察，等待上告发落。鼎峰公司虽然抓了人，但死者家属急需安抚。而公司实际已解散一年多了，开支何处着落？还有两边参与械斗的民工伤的伤、残的残，如何处置？这都需要钱。钱从何来？自然是造成械斗的广业公司，广业也意识到赔偿无可避免。

广业幕后的刘世衍，身居省咨议局付议长，北夹滩照得到议长张謇的允许，由省沙田局核实发放的。俗话说，解铃还须系铃人。那张謇当了五年江苏省咨议局的议长，又兼任南通大生纱厂和通海垦牧公司董事长。繁忙的工作，忙坏了这位年已六十三岁的张季直，而突如其来的这场械斗，势必牵连到身居南通的议长先生。

春天的早晨，张謇喜欢喝一杯碧螺春。方脸大眼的他，额头上皱纹三绺了，头发白了好几绺。这天早餐后，他穿上一件长衫，套件黑色缎子褂，戴上一顶瓜皮帽，六十多岁的人了，免不了咳嗽两三声，清清嗓子。他撸了撸两边袖子，坐在那把紫檀太师椅中，喝了口碧螺春，漱漱口，吐进痰盂。吐故纳新人之必然，总不成一味固执如初？

脚下是大方块法兰西瓷砖，平整光亮，青中细花纹的那种，亮得照得见人影。

书童牧青轻声说："老爷，茶凉了吧？"

张謇说："热的。"

他静静坐着，那架铜把手挂壁电话突然响起来。这种能打到老爷书房的只有熟人。张謇起身，上前抓起那凉凉的电话听筒。

喊了声："喂，谁啊？"

那边很亲热地叫了声："议长您好！我是无锡世衍啊。"

刘世衍比张睿小了十岁，故行晚辈礼。

张睿说："广业春天生意可好？"

世衍说："好，好。"算是问候结束。

进入正题。他对张睿说了发生不久的、北夹沙民与广业民工，为围地械斗的事。

张睿问："他们由谁领头？"其实，他脑子里还有那个静山和尚的闹事影子。

刘说："一个叫徐云卿的，据说是原鼎峰三老板。"

张睿："斗得咋样？"

刘说："两边手执扁担，打了一个半时辰。"

张睿好奇地问："你们赢了？有伤亡吗？"

刘沉默后说："就向您老告诉，此事非你下令不可。"

张睿问："到底咋样？"

刘世衍于是汇报了局势："我们有警察开枪打死对方一个民工。现在围垦搞不定了。"

张睿说："这等事怎么早没估计？动用警察，责任不小啊！"

刘说："谁知道鼎峰公司会出此损招？现在我们的马警察被抓在沙上，死活还不知道。"

其实双方心照不宣，都在当日准备了这场血腥械斗。刘议长挑精捡肥，把事儿说得有利己方。

张睿慢慢说："此事我恐怕不好出面，我出面于理不顺。人命官司，该法院管。"

他思考了一下，又说："弄不好鼎峰会告状省里的。"

此刻，他的心里已经十分清楚。鼎峰公司前两年就筑了坝，这滩地才涨上来的。既然滩涨上来了，现在不让他们围地，于理说不过去。虽因为前边是非法筑坝，但后悔当年没有坚决铲坝。等到滩地都涨成熟滩了，满滩芦苇长出来了，你想吃现成食？沙上人也不是吃素的，无论如何不可横来。刘世衍，你想拿我张睿的名声来摆布？不成。

自己摇摇头，万万不成，这不是自己的初衷，他不糊涂哦。

张睿思考再三。

第一步，因我的决定造成双方械斗流血伤命，应立即停止北夹滩地围垦行动。

理由是无锡广业插进来，于前情后理都说不通，暂时收回广业手上的省府滩照。再则，筑坝事他并未详细了解，而贸然否决沙人地权，有悖公平原则。倒是发生了械斗，应当机立断改正错误。

沉思之下，他以省议长身份居中斡旋，先要求广业刘孟轲派出熟人，与鼎峰公司言和，做出姿态，愿意赔偿筑坝损失十五万银洋。双方同意后，重新发回广业滩照，围垦股权仍由广业执掌，并要广业同意，赔偿被马警察击毙的印堂银洋两千，安置遗属。其余死者仿照此例，由打死方公司赔偿。

张謇想：广业太笨，一场械斗为沙人争取了原始开发权。既然连人命官司都出了，不能一错再错。

第二步，重新赋予沙人个体购买广业股票。补偿筑坝损失在情在理，等于不违背国家围垦政令，改以购买形式恢复沙人围垦权益。这样既不违反张謇下达的《惩罚违规筑坝的沙上鼎峰公司》一文，也可让无锡人与沙民的争斗得以偃旗息鼓，官司不再扩大。

于是，张謇又回电刘世衍，告知自己的想法。

电话后，张謇长叹了一口气。

自己两年前下令捉拿商静山，申饬两县令，于法于民皆无错。但是大坝没铲除，怎样分摊涨出土地权？明摆不能排除原沙上股东份额了。当初是一气之下，后来也没去深入了解，此事搁置已久，这等结局是必然的。一场械斗，双方都要付出不菲代价。为国为民，他都难辞其咎啊。

"哎"的一声，他的内心总算有个较为妥当的交代。

沙上这块，重新购买滩照，要多花多少银子？算有广业赔偿的筑坝费抵值。

广业这边，折腾来折腾去，股权全没了，还要搭进械斗的资金，真是一场瞎胡闹啊！

此一时也彼一时也。触类旁通的张謇竟然联想沉思，回味辛亥一幕更是瞬息万变。

昔日大名鼎鼎的状元郎，竟需躲在苏州弄堂内，奉命起草大清退位诏书。他也是目击辛亥火起武昌的少数人之一，离开汉口不到一小时，船上西望火势腾空。

汉口席上，与汤老板会见各界名流。谁曾想到，大事就在今夜发生。清朝坍塌，被一个恩科状元第一眼看到。奇也不奇？这自然地让他想起去汉口谈纱锭买卖之事，无意中撞见了起义大火。巧啊，一切都是巧。大事之凿凿，何如小事之区区？所谓解铃还须系铃人者，为今之计可借来小用一番。

跟随淮军吴大帅去朝鲜，与倭寇斗智斗勇，写出《朝鲜善后六策》，又怎样？切合时危崭露头角又怎样？最后，还不是恩师被问责，自己回老家？揣着糊涂装明白者，如我张謇矣！二十多年后，对皇朝不无一丝痛惜，也不无一丝痛绝。那夜江轮东渡，沿途频频被各省巡抚约见，介于朝廷和革命派之间的他，真是应命而生的吗？辛亥一决，由战争而导致清廷和平退位，居中周旋妥协是很重要的。

历史关头犹能通变，时也势也，张謇算得见过世面的英雄。要是没有这场械斗，广业何至如此尴尬？可见刘世衍也不怎么样。他的嘴巴微哂了一下。

那鼎峰公司被取消围垦权之后，俨然倒闭无力再行围垦，而原股东为了处理善后，仍须不定期开会。既然此番北夹械斗是鼎峰公司股东会议决定的。械斗引起的死亡处置当然由公司赔偿。这边绑架了黑衣警察马国寿，又该如何处理？公司股东会议各抒己见。

郑志先说一命抵一命。顾家表示不同意。

而徐少侠说："要打死他？我当时就一枪毙命了，并非失误。但事情不得解决，围垦权归谁？反而弄得更糟糕。"

乐泉头脑聪明，说："不如我去南京找找妹夫张道航？"大家觉得有理，十四个股东全部同意，皆说："这比较公允妥当。"

事后议定：印堂之死，应由广业赔偿死者家属银洋五百，市值滩地五亩。安置好印堂的孤儿寡母。这是放人的第一个先决条件。第二，北夹筑坝花去大量投资，广业要坐享其成的话，必先赔付筑坝投资十五万大洋。两个条件必须答应，否则我们既不放人，还要上告。

北夹滩地一寸也不准开采！否则，广业不管以何种形式，仍会受阻。

鼎峰的策略是：打人不过先动手。即同意派出张乐泉去张謇议长那里先告一状，又坐等广业改变章程。

他们哪里知道，广业已经和张謇电话约定了。

乐泉受命本想去南京。以海门同乡、远亲的身份去初会状元公，但张謇住在哪里？不得而知，也没有联系方式。一介小民，只有去找最可靠的亲戚。他得去找民国政府立法委员张道航。带上沙上春天时鲜的河豚，乐泉出发了，找到张道航后，和盘托出了北夹筑坝及滩地械斗的来龙去脉。

张道航听了，先杜绝一命抵一命之说。

他说："杀死马警察万万不能，鼎峰会错上加错。"立法委员绝力反对此种低级错误。

但北夹围垦权既然是张謇以议会名义决定的，更改还需通过议长张謇。后张道航特电张謇，取得他同意，约乐泉在南京城中心的鸡鸣酒家，把北夹械斗缘由向张謇议长详细汇报。

中午时分，张道航携张乐泉，来到鸡鸣酒家，看到雕梁画栋，窗明几净，很有古风，绝对是状元公喜欢的地方。

三"张"小聚，状元来迟，带个书童牧青。进来以后张道航先作揖，尊称"议长先生"。

落座后张道航又让那三十多岁的乐泉，上来参见这位同乡远亲。

张謇坐在沙发上打量小同乡，个儿不高，紫糖色面色，双目炯炯有神。

只见他一脸虔诚，走到面前喊道："阿公，小孙乐泉十分高兴见到您。"

张謇问："你住海门哪里？"

乐泉说："与您一个长乐镇的啊。"

只此一句，张謇立马热乎起来，说："是啊，你看我在南通，很少回去了。"他又问了乐泉的爷爷、外公，大体都认识的。

等闲话说遍，张道航问张謇："议长您看，点菜吧？"

张謇见到家乡人很高兴，随便点了几个南通乡菜：春鱼烧蚕豆、炖黄鱼、红烧猪蹄等。

道航要了壶茅台，三个人各斟满一杯，于是边喝酒，边聊天。张謇知道小老乡特意请立法委员出面，有事来求的。

就问了乐泉："啥事需要阿公帮忙的？"

乐泉简略地说了北夹筑坝始末和械斗之事的起因。

张謇说："北夹筑坝是大事，改变南泓道方向直接冲向如皋，你们想到了吗？"

乐泉说："那时候诸股东头脑发热，没有想到啦。"

张謇说："筑坝圈地涨滩，清朝至民国都有明文立法的。你们可是先犯了法。"

乐泉多少聪明，招承说："是！是！"

张謇最生气的是那个没抓到的工程师商静山，便问："那商静山何许人也？"

乐泉自然不便近说，只道："那是江阴县里郑家买来的书童。后来学习水利工程有点本领。"

又帮静山说句好话："他也是听老板话才去设计工程的。"

张謇问鼎峰公司老板都是谁，乐泉说："顾辉宗，海门同乡——顾飞龙第八子。还有江阴郑记，常熟钱宇门、徐云卿等。"

张謇侧目想了一想：顾家是海门大户，在南通大生纱厂有股份的。

就问了："鼎峰开出的条件有哪些？"

乐泉把股东会议的两条意见说出来。

张謇说："围垦项目需要每亩付出五块大洋，两块交滩照钱，三块补如皋江岸保坍工程。"

这钱均从广业的赔款中支付。

乐泉想了一下，事出于意外这边多付好些。但一则事情需要解决，二则张謇一开口岂有收回成命之例。

便低声说："叔公，那好吧。"

三人议定：刘记广业赔偿北夹筑坝费用十五万元给鼎峰，此款需扣除筑坝冲击北岸的保坍损失五万，由广业交省府直接拨给如皋县。

刘记广业愿意拿出八成股份，出售给原沙上筑坝乡绅。至于双方的人命纠纷，就按两家协商的吧，不再诉讼至省。

张謇强调："放人是必须的！"

张乐泉于是斟满酒杯，双手举起敬了这位阿公一杯。自然张道航也站起来敬了议长几杯。酒罢，张謇喊牧青陪乐泉聊天、吃水果。这边，一位是民国政府咨议局总长，一边是立法委员，喝茶聊天，谈起南京城里许多新鲜事。

在这之前，张謇已第一时间与涉事广业刘世衍通过两次电话。张謇的门人梁仕登、周季诚也觊觎北夹的滩地肥肉，背地里在张謇面求过多次。但在广业与鼎峰纠纷未决前，不好插手的。此番两面斡旋，取得比较公正的一致意见。乐泉听后也敢回去交代了。谈话间，张謇看这个小老乡，还颇有谈判本领。南京二"张"，慢慢地欣赏起乐泉来，话多了起来。

乐泉回沙上禀报结果，鼎峰公司放回了马警察。三个月拘禁期间，也没怎么难为他。蓝衣队打伤的民工，一律由鼎峰公司赔偿大洋一百，市值一亩地价。广业赔偿蓝衣队死者印堂五百大洋，另与鼎峰条件一致，赔偿黑衣队死伤者，避免了人群闹事。广业赔偿鼎峰十万筑坝费，上交省里五万滩照、保坍费和死伤人员补贴之后，资金短缺，无力再行围垦，也只好退一步零售名下股权。

鼎峰股东分配了十万筑坝费用，广业垦股开放后，他们买了大部分。张謇海门公司门人梁仕登、周季诚也乘机买了不少，还剩下不足三分之一的股权，顺手分散给广业名下另拨人。

一桌大餐吃到最后只剩下骨头了。

张乐泉和商静山以少量资本，参股了梁案、周案围垦。大围主们也不易，如鼎峰股东郑、顾、吴、钱、徐等，大笔投资几乎丢进潮水一场空。谁知山穷水尽疑无路，柳暗花明又一村？最后仍占了北夹围垦大股，剩下的几次转手，最小的散户只有两三百亩垦权。寡妇黄师娘，集资十五家，才够买下了区区百亩地。

经一场械斗，北夹滩照分给了三十多家围主。大大小小股东被时人戏称为：股东卅六北夹围垦起烟尘，好一似隋末瓦岗寨英雄群起，看谁能最后分出高下？

第二十五章　北夹烽烟沉清
东海双杰重游

广业找到一位在无锡寓居的谈判人杨义。杨义是无锡荣家的二管家，出身沙上西岗镇。因与鹿苑徐云卿家有亲，担得此任。杨管家来到常熟徐家后，送上一份厚礼，午餐中交谈广业的赔偿，以及释放马警察之事。徐云卿知道这是广业给了徐家面子，回去得说服其他股东。其后，大笔筑坝损失赔偿，由杨义与徐云卿分期交付画押。而围垦权，仍是首要问题。

杨义说了，广业老板愿意出售八成滩照，给沙上诸位筑坝股东，由徐云卿出具名单。

徐少侠禀告公司，当然高兴。保全滩权是最好结果，股东们见好就收。广业的决策不失主动，毕竟刘家滩照在手，卖多卖少卖给谁要他同意，决定滩照在无锡买卖，由杨、徐居中盖印，达成转让契约，两月后生效。广业赔付的筑坝钱，分几次付。鼎峰的股东纷纷去无锡，买回了各自认领的滩照数。杨、徐两个人忙起来，这一搞就是半年过去了。

北夹滩地预期可垦面积约十万至二十万亩。广业原想独吞，现不得不放开，徒添坊间笑料。围垦长江滩地，乃是十分烦琐的系统工程：找滩、勘滩、等滩，从暗滩变为明滩，征集挑泥民工、冬旱围箍埂、春天集中筑堤。堤面种草皮防潮毁堤、堤内开沟筑路……如此繁复的技术性的工程，不能由一家完成。

械斗，也不过是某个环节爆发的问题。

等候多年，北夹滩地解禁后，沙上绅士自然开始行动。乐泉与静山，一对发小好似知春鸟，最先知道这个喜讯。他俩虽不是天天见面，但隔阵就会聚聚。南京回来的乐泉，有意把对张睿的印象与颇有怨言的静山分享一下。

一个温和的春日，张乐泉特意准备一桌酒菜，派人去曾九圩商宅，请来静山先生。商家与张家不太远，也就七八里路，乡下也不用请黄包车，独轮车一路上咿咿呀呀穿村过埭，推到了三余庄，停在张宅门口已近中午了。静山看见一座竹节吊桥，大清早就被仆人放平了。静山与车夫进入，车和人在竹桥上发出吱嘎吱嘎的声音，乐泉与夫人早就守候桥堍。

只见大厅前有个院子，四汀宅沟河岸种了好几株大榆树，一片片叶子放青，嫩荫下宅内空气清新，令人爽然。车夫去大宅歇憩，静山被请进大厅内，踏步跨进高爽的榉树门槛。大厅里是青灰色方砖地面。墙上挂了一幅仙翁山溪树木图。两边对联：厚德为人心自乐，积福之家庆有余。

横幅：诗礼绵长。

静山估计，当出自乃兄张鸿业手书。此时，乐泉也请了堂兄张老夫子作陪。那鸿业比静山大两岁，四十开外留了三绺黑髯。

他站起身与静山作揖："静山兄，好久不见。"

静山也忙还礼："鸿业兄留了胡子，分外儒雅了。"

乐泉笑笑，忙请静山上座朝南，鸿业左侧面东，乐泉右侧面西。

乐泉喊上酒菜。不一会儿摆了满桌：凉菜是吕四海蜇、浙江皮蛋、金华火腿、清拌马兰头、糖醋芥菜等。热菜有清蒸黄花鱼、东坡五花肉、蚕豆烧春鱼等。酒用的本宅自酿老白酒。大家喜欢的，以显沙人风俗。

老白酒不醉人，味香醇厚。乐泉先敬静山一杯，鸿业再敬同窗一杯，然后静山一一还礼。

喝过酒，静山忍不住问："乐泉兄，此番南京见了张状元场面如何？"

乐泉说："正要告知静山兄，一切安稳。那状元儒风习习，很让人敬重呢。"

静山问："张议长对北夹围垦事，知道多少？"

乐泉说："比你我还清楚，真神了。"

原来，他早已知道械斗和死人、扣留马警察等事，连械斗人数都知道的。

乐泉接下去说："如皋对面筑坝断流。自然长江主流北折影响江北，半个月后他就知道了。通过督军齐耀林派兵铲坝，未能奏效才有捉拿哥哥的行动。他派的是南通的兵。恭喜兄台洪福，虎口脱险。"

静山当然知道，真这般羊落虎口，岂能生还。

乐泉又说："由此延伸的围垦权，当然断不会再给鼎峰公司圈地滩照了。"

又告诉静山："我已向议长说明，商静山只是奉命行事。"使张议长对静山哥的误解稍稍释去。

静山听了心里落下一块石头，不再有官司了，内心也敬佩张謇的确是为减少苏北坍塌不得不下的法令，何况两个县令都遭受了惩罚，足见绝非只针对他一人的，公事公办么。

饭后，乐泉邀请静山转进南厢房梅花书斋，商谈如何购股问题。南山墙的午后阳光十分暖和，二人边喝茶边讨论鼎峰公司解散的事。乐泉说，鼎峰的破产原因，除了被迫豁免围垦权外，也由自身资金不足引起，续下去的工程无法开工，且正当分期支付的滩照费十万，人心不齐也凑不够的……

彼此内心盘算，张、商两家也不过两三万大洋。如果考虑盘下广业部分股票，招工围垦还需投入资金。目前也只有量力而行。话锋一转，那么张、商两家如何介入北夹的围垦呢？

即以原股东名分，直接购入广业股份，盘子太大，资金不够。不如另开门道，参股海门老乡梁、周两家，与他们合股，去蕉沙东部再行分割。梁、周两个海门实干家参与进来，是沙上最新消息。即此信手拈来，可见商、张头脑何等灵活！

静山说："不但北夹河滩地涨得快。如今，常阴沙临江北岸也在涨起来，盖归于南岸深泓道北转之故。下江潮水流速低于十米每秒，则沙粒下沉数骤增。看看刘海沙以东的雪菁沙也涨到西街港了，东边的登瀛沙也涨出了好几千亩咯。"

静山断测："五年之内必有大涨滩。"

乐泉说："是啊，登字围案是梁锦钦卖给顾家的。顾老八一人买下登七、八、九圩的滩照开垦成功。你看，登瀛沙与雪菁沙之间，顾记就势造起了双桥镇。"静山知道，他还参股了顾记的围垦。这是乐泉的小股分散、多面触及之策。

静山笑说："你我都被请双桥开镇典礼，在顾家仓房上喝酒的哦。"

乐泉说："我那八表兄蛮有本事的。那年同去看鲸鱼的老九，入股南通大生八厂。远在海门东边呢。"

静山哈哈一笑说："想不到老话说，送子观音一船送来的七八个童子，一个个都有出息！"

谈笑间，他们早把其他好友忘了。赛福等人已经是种地汉了，那些失交多年的私塾同窗，是不是早该淡出视野了。

末了，乐泉又问："您那边的小学办得咋样？"

静山说："还好维持。"

静山又问了乐泉想办的双桥小学。

乐泉回答："是的，校舍砌在小园和圩里，盖了朝南五间，朝东十间瓦房。还未延请先生。静山兄有贤者荐请几个？"

静山说："好的。"

静山认为民国的社会教育，是教化民众的第一要务。

两个人一直谈到日落西山。此番应邀来三余庄，静山看到这几年乐泉主事张宅，眼见吉庆有余，故而各处都添喜悦气氛。他的内心也在考虑儿子们的读书问题。

二人又谈好择日雇船，去眺望一下北夹河两岸的滩涂。几日后乐泉约了静山，乘一条小木船，从毛竹镇补扣圩出发，再游北夹河看旧日风景，借了西南风之力，东航甚快。船上举目两岸早已是芦苇青青。天空湛蓝，有少许白云往东，芦苇塘里突然飞出一群白鹭，扑棱棱往北岸而去。

静山与乐泉打趣："哦，鸟儿飞去北海滩地上了。"

同治十一年（1872），南通县开挖刘海沙最东的十一圩港，穿中沙岛到南夹。同治十三年（1874），开掘由毛竹镇五圩港起头，一直往东边常通港。常熟县与南通县的分界线在常通港。

伫立船头，河水浑黄。他们手指近处说："北夹河以前该有多宽啊，宽处七八里，窄处也有两里哦。当年倪老大的单桅船，航到北夹最东的出海口。人山人海中，观看鲸鱼卧滩鲸鱼眨眼。二十多年后北夹筑坝，主泓道全被阻断往北折向如皋而去。现如今北夹河窄多了水慢了，越西越缓。那些滩地也跟着西涨东跟。"

静山说："北夹河是常阴沙三横五纵中第一大河。"

乐泉手指两岸："我看宽处尚可，窄处剩下里把长了，大大地缩水啊。"

静山说："当然，河水都在探底了。如今还留下几个渡口，海坝头、十字港、三条桥头、盐行头等。"

静山是个有心人，接着说："别看现在是摆渡口，将来围垦北夹滩地，还会往东打坝截流。"

乐泉说："那两岸田地的排灌出水怎么办？"

静山说："两岸筑堤移动岸基，中间仍留出了一条小北夹河。圩塘出水还是流入此河的。"又补充了一句："不过北夹河会更加狭窄了。"

他介绍："从西至东，第一号坝已经筑起来，叫老海坝。那二号坝、三号坝，一段段自西向东而来。全部围成圩塘后，留下的是一、二、三、四、五、六的海坝地名，中间缩水的小北夹河一以贯之。这就叫烂泥萝卜洗一段吃一段啊。"

民国八年（1919），北夹河的长度、宽度萎缩了。滩涨逼水水退成陆，终至酿成主泓改道的洪灾。而这在民国前期，沙人尚未清醒认识。听了静山的预言，乐泉虽有怀疑似乎明白了点，这是一个现实主义者跟理想家的区别。

民国九年（1920），沙地围垦遍地开花。沙上纵横交错的水系格局基本完成。沙人围垦的两个地方，一是以北夹为中线指南扫北，二是由刘海沙起的北海涨滩，步步东移。长江主泓道北移了，南岸流速减缓。常阴沙半岛北也涨出了大片滩涂，被多家实力派盯上了。

二人抬头，又见一群白鹭北飞远去。

乐泉心想：我甘肃张家，是否也会过江返北而去？

对命运的暗忖有点不着边际，是顿悟吧？遥远的乡愁，不需要跟静山说的。令乐泉感动的是前次游北夹，萌生了开山辟地的梦想。此刻，北夹河小船横渡，接送南来北往的沙人。两位平地起步的沙老板，也迈入三四十岁的壮年。乐泉手持一根灵寿木镶银的拐杖。多年风霜，他已养成了绅士从容不迫的风度，皮帽、黑缎马夹、青绸水长衫都是必需的。他们的手指上都戴有金光灿灿的戒指。

小船顺风顺水，近午时分站在船头，远远地又看见了那株三人抱的大杨树，两人不免笑哈哈地对树呼叫："看见了吗？到了，到了，我们又来了。"

船靠南岸，两人上岸步行，边走边看边谈。

乐泉说："哈，梁登仕先生的儿子梁锦钦，报的大滩案四千亩之大！包括眼前往西是苇滩，跨北夹河仍是滩。梁案直北，有周季诚的周案蜿蜒接界，延伸到常通港。梁家崇儒学，给圩塘取名：礼、乐、书、数、射、御，圩名寓意'六艺'。"

静山说："想不到这最荒野的滩地，与古文化联系起来了，梁先生有两下子。"

乐泉北指，梁家另三块登字号大圩塘，远在北海岸的登瀛沙，转卖给顾家了。他又一手东指，那边是江阴黄承祖儿子黄庭奎报的黄案。

静山听说过，黄案有千亩之广，也靠原北夹股东的滩照。此刻尚未开发，一片茅草丛生、芦苇杂乱、鸟鸣蛙叫的景象。

船过夹河登北岸，直到梁案最北，呈现一条宽大流漕，有二里长横在面前。

静山心里猜到，这就是当年盐行头大海峡了。

哦，我下船逃走的海峡？助我逃过官家追捕的，千钧一发之际的海峡？瞬间闪出一舟渡苇的惊险：大过年的，突然海岸上来了一队荷枪实弹的南通警察，心里好害怕。小孩子飞跑来告诉他。静山何等灵敏，连忙去与乔玄商量。乔玄当机立断，喊上四名汉子一妇人。如此这般地，把静山用担架抬走。乔玄顺利把警察引走，担架上的他闭目只听到风声呼呼。船在海峡中颠簸摇晃，心在突突跳。

敢问此时此景，有谁能在警察面前要花招？那只是自家命大而已。

倏忽间，脚下听到咕咕咕的鸣叫，一只彩色的野鸡飞了出来。静山好奇，弯腰一看，那叶子中间竟有六颗圆滚滚的小蛋散着。

乐泉说："抓回去吃了？"

静山说："凡物皆是生灵，老野鸡回来不定怎么寻找呢。"

走出芦苇丛，他心中不无感慨：造化之弄人，风吹浪打我又重来，好如这鸟一般，遇见人类，自然保护她的孵蛋了。

静山与乐泉到处察看，你一言，我一语，讨论着有名滩地。

周案与梁案在恤济港西曲线对接。梁案靠西、周案靠东，并行往北。梁案又在西边包住周案，周案又跨了恤济港往东，延伸到很远、很远。一条恤济港引它们接着了常通港，煞是有趣。

两位接着又发现恤济港之东一块小沙地高高凸出，滩长三里多，索性招呼小船过河上岸，踏上奇特的小沙地，他们的灵感来了，指指点点，一线绵绵尽是周案滩。周案在此地抱住了小沙地，仿佛一对父子坐在梁案之东北。小沙地卧周案之胸膛，扼周案之险要。二人伫立小沙地，试想那年此地，鲸鱼上岸被潮卷而去的情景，优哉游哉，何等快乐！

静山说："此地这片滩涂，真是朝看日出、晚看日落的最佳处。"

乐泉内心欢喜起来，脚步加快。

静山观察，小沙地为临水一岛，很独特。对乐泉说："这里可以造镇。"

它东边临海，海潮汹涌涛声依旧，静山预测这块滩地慢慢地会变成一个东北大直角，五千亩之大。

那乐泉认定，这里才是甘肃张家最后的落脚处，自己不用返回甘肃祖地了。但是他又莫名地想：这里真的能成为张家的日不落乡梓吗？

不过静山岔开说："科周案还得等几年呵，滩地才成熟。"

乐泉却心想就向周季诚先生，要上这一小片了。

直至日落西山，江滩上风渐渐冷起来，他们才恋恋不舍地告别长长的北夹河，在它的出口下船返程。江岸上咿咿呀呀的旋转车轮，把他们送回各自宅所。

后来，静山参股了梁案靠近处的三百亩，地势较平坦，离曾九圩宅邸不远。乐泉参股周案了，买下小沙地这是他的重要决策。其后，民国十四年（1925），乐泉独资开发小沙圩，建立了新庄园。

第二十六章　张乐泉无心闯北荡 商静山初识卍字会

三月，春暖花开，气候温和，原鼎峰股东薛礼泉邀请总工程师、总账经理，下榻在江阴城里最好的承德居饭店，商静山和张乐泉两人欣然赴约。江阴就在江畔，河豚、刀鱼是时令菜肴，这家厨师烹饪的别有风味。在三楼僻静雅间，三轮敬酒过后，几个人面孔都红了，无话不说。

老薛说："民国四年（1915）共事，一晃就是六年光景。如今北夹大坝案不了了之，获得广业足额赔偿，想不到的啊！"

滩地围垦权为广业释放，滩照允许鼎峰股东购买。这几年，静山挂帅，在北夹河中打了多座海坝，涨出滩地不计其数，分散给了鼎峰原股东。

张、商俱悦，一起说："当然高兴。"

紧锣密鼓的开发，号称三十六家烟尘，其中也有薛礼泉也在内。他自己斟满一杯，又给两位一一斟满。他们猜不透：这个文质彬彬的儒商，多时不见，要做点什么吗？

老薛提议："为有今日的顺畅，我敬两位一杯，一干而尽。"

然后，三人坐下来。

薛老板话入正题："不瞒两位兄长，今天再聚有一事相求。"

商、张说："尽管说。"

礼泉说："我手上有一众广业的滩照，当初进的多了一些。目前资金想投入纱厂，头头有点紧。兄长们可否转掉部分？"

这边乐泉问："你有多少股啊？"

礼泉说："我一下买了两万股，每股五元就是十万哦。我的纱厂那边需要十万资金。您两位各认领五千股？"

商静山说："咋不早说，我正在筹办榨油的工厂，手头不便。"

乐泉说："我的资金也不多，最近周案那边就花了五万。"

礼泉说："这期广业滩照，都是瞄准东兴沙的，很快就会有价值。"

乐泉考虑再三，朋友面子难却，当面认购了五千股。

他且说："还要银行贷点款才能给你。"

乐泉早就探知，薛礼泉在大笔推销广业公司滩照。广业的股票都是后期的东兴沙、卯子沙的。这些沙滩是周案东南的长江暗滩，潮小露头潮大不见，还没涨上来呢。他只敢买四分之一。凭直觉，他不认为是最好选择，还是等着吧，一个最美好时机的到来还是说不定的。

酒酣，他们又去听了滩簧戏，才回房休息。次日离去，大家倒也高兴而来欢喜而回。

…………

有一天，德茂祥经理柳得风去大生纱厂收款。陈宝通请柳得风转告乐泉："张謇董事长准备卖掉部分通海垦牧的股票。"

陈宝通笑哈哈地说："是不是您和张乐泉一起分享？"

那柳经理说："回去问问，我做不了主的。"

柳得风回沙上后，和乐泉一起喝茶。乐泉敲定投通海垦牧两千亩的滩价。后由大生总经理陈宝通做中人担保，写了一张详细地契。文载，明年末地租三七分成，汇票送上海交通银行乐泉户头。这是一种主权肯属，租权代理的形式，也是通海方面资金变通办法。

未几，陈宝通竟安排一次张謇与乐泉的第二次相见。大张、小张在南通冠生园饭店再聚，由张謇义子杨竹堂、陈宝通作陪肯定了交易。之后，张謇派了杨竹堂，同车陪同张乐泉赴大丰县，观摩黄海北荡的风光。

抵达后，乐泉与杨竹堂一看北荡景色果然雄伟，白云蓝天，黄海的浪涛从东岸畔，层层滚来。辽阔的大海里，几乎看不到一只船。

乐泉觉得，黄海的广阔与长江不同。

长江后浪推前浪，而黄海波浪不回头——都是冲向陆地而来的。这是一种大探底，是海洋向人类的探底。它奔向大陆用浪涛的深度，来敲打海岸的真实与牢固。而小小的人类，有一双锐利无比的眼睛，透过那海边的空气和蓝天，来体会土地的生长力量。那高可盖膝的滩草，昭示海滩那么肥沃。乐泉从来没见过如此动人心魄的大草原，一下就很喜欢。凭经验主义，他认为地广滩价便宜，绝对合算。比起长江沙滩，潜力大得多。

一望无际长长的芦苇、滩草，成了陆海的缓冲。其实，令人叹息的是——他陷入线性思维中了。自然状态的雄壮，并不代表开发利益的大小。张乐泉万万想不到的是，大草原真正的价值要在更大的时空里体现。这一等就需一百年吧！

乐泉的每一脚跨出去，都踩得稳当。但他对盐碱地知之甚少。地广、低价的诱惑，驱使张乐泉签约，这份契约一直延续到1949年，是乐泉一生最大胆、最具风险一笔投资。长长的履行期，信用并未有损，损失的是收益。到后来，令乐泉想不到的是：对比之下薛礼泉卖出的厚德股权，投资少却年年稳。大丰垦牧第一年尚好，其后就断断续续的资金往来不畅。

他没有考虑到，远在黄海畔的通海垦牧，其实是与大生纱厂牵在一根线上的蚂蚱，都在张謇的一个大盘子里转悠，一荣俱荣，一损俱损。乐泉再三感慨，徒生悔意。

此时的静山，却与三教九流颇有缘分，迈向了另一处社交场。有朋友约他去了常州城，听世界红卍字会的传教士在公园里讲经说法。如约而至的他，和朋友坐一起听一位高大的碧眼灰发的传教士讲道。红卍字会的道义，以救赎为己任。他是个佛教徒，这些外国教义到常州后才知道的。

传教士介绍自己：瑞士人，约翰逊博士。他讲得娓娓动听，身旁有翻译，也有二三十人在静心聆听，仔细欣赏每句话。

突然，他改用中国话说："民国五六年（1916—1917）间，山东滨县（今山东省滨州市）知事吴福森和驻军营长刘绍基，在县署仙祠设坛扶乩。所示训语，大率教人以立身处世之道。民国六年（1917）冬，刘绍基奉命调防济南，又在府东大街14号设坛扶乩。至民国九年（1920）坛务渐盛……是时在坛者四十八人，旨在教诲信徒……于是有了奉训筹设道院之举。民国十年（1921）二月初九，红卍字会道院建立，办公地点设在南关上新街。十一月，红卍字会道院经政府核准备案，成为合法宗教组织，公开传教。"

他又讲了红卍字会的工作。

民国十三年（1924），直奉战争时，世界红卍字会总会和南京分会派出了救济队。前往北京、天津、杨村、榆关，及江浙昆山、浏河、宜兴、嘉兴、上海、丹阳、常州、杭州等处救济伤兵，并在北京天坛、南京下关、天津、镇江，相继设立临时医院。共治疗伤兵七千余名，收容伤兵八千余名，掩埋尸体三千余具。在各处分设收容所五十余处，收容妇孺难民两万五千余名。

民国十四年（1925），长江一带、直鲁豫各省发生战争。世界红卍字会中华总会与各地分会，组织救济队三十支分赴各地救护，共救护伤兵、难民十一万五千九百余人，掩埋尸体五千余具，收容妇孺难民五万余名。

讲到最后，约翰逊说："你们中国人大多信仰佛教、道教。你们的孔夫子也是劝人仁善，他说过人之初性本善。其实红卍字的宗旨与儒释道皆为一体，承认世界应该由善的信念来统治，祈求长久的和平。我们红卍字会正是秉承善念，才来中国救死扶伤、扶困济贫的。世道混乱的时候，需要救赎大众。"

一直讲了半天，才结束。约翰逊微微一笑，收口说：

"今天的听众将会获得一枚红卍字胸章。佩戴红卍字以后，神灵会处处保佑你的。你们只要登记一下名字，就可把胸章发给你们。以后你们也可在不同地点，参加我们红卍字讲坛。只要有这枚红卍字胸章，就可进去的。而且你有困难，也可诉诸各地红卍字会替你解决。"

他最后强调一句："但是红卍字会绝不强求你们加入，你们自己决定吧。"

下面的几十个人议论纷纷，都觉得讲的新鲜实在。大家觉得，需要参加这样一个自愿性质的红卍字会。那静山也去领了一枚红卍字胸章。回到曾九圩，静山讲给夫人听后，郑夫人也很高兴。

从此，只要有红卍字在哪儿讲课，夫妇二人总会去听，也承担一些红卍字会的小任务，算是人生的一次转变吧。

对约翰逊从世界出发、从人性出发的观念，他深感震撼，不断自问：心胸不及人在哪里？

自我的救赎意识，从小就有了的。至年成，虽未科举入仕而能造田惠民，这种种经历在他心里打了层层烙印。从性本善到性本恶，演绎了多少曲折是非，饥饿、冷眼、打骂、风吹雨淋，六岁上山遇到好人师傅、八岁转卖遇到好人东家、二十岁结婚遇到好人妻子。老天已经将人生的极致考验，都降临在他身上了。

做慈善，是他必然的归宿。静山想，能有这样的几次就很了不起的了！

想到这里，他叹口气，自言自语：吾生亦苦，吾命亦微，且靠日日修行，厚之矣。

知难行易。一要有量。我佛之手心，可凭孙悟空翻七十二个筋斗。二要有德，德气绵长与运气相接。三要有慧，跳出三界外，不在五行中。云淼师傅天天教的"人生乃一小宇宙，世俗内隐大宇宙"。

本性上，江南人好文重德，山西人善博重财义。静山气质自幼生成的，有种高贵的"神"性，绝非凡夫俗子能比。而乐泉自幼孤独思虑甚多，乐泉的母逝、放牛、轮船失火……想到是上苍给的磨炼。沉默之下，他多谋善断。静山选择了红卍字会，而乐泉选择广大的北荡。这些隐讳的想法，藏在他们的内心深处，无须与别人分享。

几十年形影不离，脾气、爱好都互相了解，但他们绝对不会变成同样的人。社会转型之时，他们的选择是不同的。

第二十七章　商从贤读书遇佳人
曾九圩开办榨油坊

　　民国十年（1921）。商静山已经四十一岁，与郑灵素小姐夫唱妇随，生有四子二女：子为商从树、商从文、商从贤、商从齐，女为商从德、商从淑。其中从树、从文在南通农校读书。从贤后来也考入南通农校读书。

　　那农校是张謇先生一手联办的师范、农校、医校之一。农校西邻邝家花园，俗称邝园，乃张謇管家邝世通的花园。邝世通出生如皋，发达后回归故里造园寓志。当日园内风景秀丽，闻名遐迩。今如皋薛窑镇东有动物园，西部是回归园，旧称邝园。农校学生课余假期，常至东、西园玩耍。邝园较大，主人居内宅带半个花园。一道墙外，即是民众可自由进出之园林。私家花园供乡人游览，亦民国旷达之情。

　　商从贤刚十八岁，中等个头，五官端正，特别是双眼神采奕奕，惹人喜欢。身材齐正如外祖郑家之人，面黑而端庄，酷似静山先生。在班内品学兼优，体育方面身手矫健。此半年已经升至农学二年级，被推选为农（二）班的班长。

　　静山原想，老大老二读师范，将来皆是教书先生。儒家重农务本，这老三就让他学些农垦本事，懂得禾菽黍麦之理，回来也好管理田园。从贤在校内好踢足球、投篮球，短跑长跑是拿手本领。男女同学皆服从他的带领。他本性和气，善于帮助穷困同学，颇得众心。

　　旺盛的精力用于读书，读得广悟得深；用于体育，爆发人之初的好动。哪避免得了青春期男女之恋呢，可能还在懵懂之中，自己也没有觉察出来。不过，机缘总是上天看好的日子。一个周末，室友都回家了，宿舍里空空的，这不符合他喜欢热闹的性格，于是他好好收拾一下自己，上身是件黑色燕尾短马甲、纯白胶领衬衣，腿上穿的配色黑西裤，脚上穿一双褐色发亮的美国皮鞋。

　　去远地，还是近地？

比较之下，他决定去邝园溜达半天。

那邝园平常去的人较多。从南边依河而建的一带花窗漏墙，看进去真的是柳绿桃红，枝叶纷纷探出墙外。园外沿河也是一行细柳，青青嫩嫩垂到碧绿的水面上。河上的小石桥，临河人家的水栈，碧波荡漾，撩人心扉。江南的燕子剪尾双双，从园内园外飞进飞出，叽叽喳喳地唱起春天之歌。从贤在墙外小桥上伫立，面前的邝园令他十分震惊。

自己对春天的认识，怎么老停在沙上的麦田如翠，杨树放青和江水涨落呢？这是两种不同风格的春天啊！于是觉得邝园之内必有非常美景。他把皮鞋踩得噔噔响，在石板街行走，从院墙的大圆门洞一步跨入。

园内已经十分热闹。彼时，介于城市和乡村之间的南通，男女成对游玩不算稀奇。民国十年（1921），南通人们的穿着已不算落后了，这是个衔接新旧的阶段，男的西装小分头、学生装、市民穿对襟衫。女的刘海、双辫，或齐耳短发，上穿修短大襟青、蓝色上衣，下身平脚黑裤，时髦点的已经穿了黑裙，肉色丝袜。脚上呢，黑色搭攀布鞋，或亮色皮鞋。

许多卖花生、瓜子的男女小贩，把板兜挂在胸前，嘴里吆喝着：吃长生果哩，朝业（日）头瓜子哩！走走停停兜揽生意，随时出货收钱。

从贤想先去占领那四边临水的清绮亭。亭西有太湖石的假山，垒垒块块，曲径通幽，煞是有趣。走上亭去，坐在八角形木柱的青板栏杆上，俯瞰园内男女似过江之鲫。他们叽叽喳喳，似乎有说不完的情话，这是少年商从贤不怎么理解的。

坐了半小时不到，只见湖水畔的鹅卵石小径上，一个女生边走边看园景。一会儿，那女生弯下腰来，停在那里看湖水里的锦鲤。从贤随她的视线，看见一条一条红黄色小鱼游来游去，在水中玩耍。这时，她的脸还未抬起，一头黑发很纤细，梳了两条小辫儿。与他相隔有二十米远，却似乎有一缕暗香盈袖，飘飘而来。是园内花香，还是她的芬芳？他分不清的。这不免更引起他的关注，等待她头抬起来的时刻。还别说，越等越不抬头。

于是他想走了。

但就在他想抬脚的瞬间，她突然站起身子，把那白里透红的瓜子脸，朝亭子望过来。只见她眉清目秀，具有一种很文雅的气质，不是市井女子可比的。那女子似乎也觉察了什么，她看到一个新潮男生，目不转睛地看她，还以一个礼貌的浅笑，这就离开了湖畔，惹得这位痴情的商从贤呆呆地在湖心亭琢磨了半天。她是哪家的闺秀？是读书人吗？为什么单身独游，来也匆匆去也匆匆？

在这之前，他没有对异性的这种感觉，是她的一抬头，一微笑使他恋恋不舍。

后来的周日，商从贤还是这身打扮，还是老地方，看她是否有同样的心情，可以再次相遇。

在跟上次差不多的等待时间之后。果然，那女生来了。这次她穿的是短袖对襟衫，蓝色平角裤。小辫依旧，只是略显朴素，是个平民之女吗？好像有赏鱼癖好？还在湖畔弯腰低头看碧水红鱼。从贤意识到，必须主动了，他自然而然地下了清绮亭，绕半圈慢慢抵达湖水之滨。隔开五尺距离，从贤轻轻地喊声："打扰了。"

那女子果然也站起来，轻轻笑了一下。

女生问："你是哪里的？"

从贤也笑笑说："农校的啊。您呢？"

女生答："我医校的。您几年级？"

从贤说："农二了，明年夏天毕业。您呢？"

那女生说："我才一年级。"

对答之间，他们已经走近好几步，就隔开一张桌子那么远吧。

不知怎的，报明身份后，两个人竟然走得更近了，像一对朋友般的，左右站立。

"你叫啥名？"女生更进一步问道。

男生答："商从贤，江南沙上人。"

女生不待提问，便自我介绍："我叫邝翠屏。"

"哦？"男生挺稀奇的，说："您家住哪？"

翠屏说："不告诉你，我是南通人。"

从贤也就不再追问。

这样走走停停，把个小小的清绮亭周遭都踏遍了。

从贤说："你们功课紧张吗？"

翠屏说："还蛮紧的，学的基础语文、地理、数学、生物，明年开教育心理学了。"

她反问："你们学哪些？"

从贤答道："多了。生物、植物、土壤学、气候学都学到的，还有英文。"

翠屏说："我们也学了英文。"

这二次会面，两人未能深入到其他，泛泛而谈。

"Goodbye！"大家算是道别，翠屏留下个很迷人的微笑。

第三个周日，当然是双方下意识的约定咯。柳丝更浓，一道道飘拂在湖畔的卵石岸上，有一些垂入碧绿的湖水中，荡起圈圈涟漪。翠屏先到，坐在长椅上内心喜滋滋的，边看金鱼边掐下一段柳条，手里编织一圈小小的花环。

忽然，只听从贤"哎"的一声从背后招呼她，入座后，双方隔开二尺距离。别人看来不是那种亲密的距离。

翠屏说："等你会儿了。"

从贤问："你咋这么早？"

翠屏不想告诉他，这邝园就是她家的，估计从贤出生平民，她不想摆出不平等的地位。这次，从贤带了一本书，商务印书馆的《茶花女》。那小小的32开本竖排汉字，是林纾先生翻译的。翠屏拿在手上不禁开卷起读，一会儿，她被林纾那古朴优美、别有风格的译文迷住了。

从贤说："看看吧，故事很悲惨。我看中的是林先生的文字太凄清了，能用到如此简洁的文字，把生活化的故事道来栩栩如生，真奇才也。"

翠屏说："我从小看古文多，喜欢这样的文字。林先生的古文别有一格，白话比不上的啊。"

这算是两个人第一次找到真实的共同点。临别，从贤对她说好好读读吧。

不想时日流光，转眼就是暑假了，这邝园就成了这对青年的定情之所。翠屏知道他要过江回沙度假了，在园中和他过了个长长的聚会。两个人的事，也慢慢传到邝家大人耳中，但对未来提亲，这也不好明言阻止。从贤已经知道翠屏是邝园主人之女，而邝世通又是张謇议长的大管家。说起来省议长、大生老总的管家，能把乡下人吓坏吧，从贤听说南通城里，邝家办婚丧喜事，都要在路上肃静戒严的。

可是，我能娶他家的千金吗？

秋季开学后，两人再在邝园聚首时，不免因地位问题而略显冷静。

从贤说："到此吧？"

翠屏说："人生难得一知己。"沉默了二十分钟。

到最后，翠屏迸出一句："非你不嫁！"弄得从贤心中忐忑不已。

自从他俩的恋情暴露后，邝老爷已经派人紧跟小姐，看是否出什么问题，后来，邝家老爷下令，禁止女儿去后园玩耍，一把铁锁把那月洞门锁住了。小姐上学都有丫鬟接来送去，等于把邝翠屏关了禁闭。小姐在与老爷的对话中，说不肯放弃商从贤，哪怕到天南地北，也要跟商从贤一块走。这下老爷急了，竟然想出一个下下之策，派人去南通县教育局控告：农校商从贤品行不端，却又无具体证据。

但这邝大老爷的圣旨谁敢不从，都怕官帽一脚被踹掉。于是，从贤被南通农校以一纸退学令，变相开除了。不过幸而他一贯品学兼优，学校不好明文写出开除的结论。商从贤在宿舍里盘算一番，直到深夜，觉得跟邝翠屏是书本上说的"孽缘"。第二天，他就毅然卷铺盖走人，过江回沙上老家。

美好的初恋偃旗息鼓。

十八岁的遭遇，是商从贤的第一次人生挫折。他不知道邝翠屏在他走后，会有怎样的反抗，但他知道一切反抗都是徒劳的。这个世界，谁的拳头大谁赢，商家比得过邝家吗？

回家后，他向父亲原原本本地说了离校缘故。静山知道儿子是诚实的，不会说谎，而且他在筹办一家乡村油坊，有个机会。因此对儿子说："这是给附近乡亲的黄豆、棉籽榨油的，砌厂房、办作坊、请工人等，你就操持这段时间吧？"

他相信这老三会有这个能力。

这样，商从贤十八岁就做了沙上油厂的开办厂长了，小小年纪就学会怎样开一家成功的榨油车间。多数时候他日思夜虑，安置厂房，榨油的原料进出，一排排的榨油道、要用榉树木框才硬朗，打油用的铁榔头……一切程序完备后，他才与父亲商量，贴上招工广告，招用年轻力壮清白人家的农民，来做榨油工。

招工广告上写了：不问江南、江北人都可报名。两个月后，商家油榨开业，放了一百多个炮仗，碎屑药味散满一地。这当然是商家开办第一家工厂啦。

在这些忙碌辛苦的日子里，从贤慢慢把邝翠屏忘了。

第二十八章　丁赛福受伤困养病
小姊妹泪别耕余庄

北夹滩地，鼎峰公司蓝衣队跟广业公司黑衣队打仗。赛福邻居印堂勇敢向前冲，被黑衣队马警察一枪打在胸口，身负重伤后不治而亡，引起一场人命官司。死者家属，其他受伤者们纷纷要求经济赔偿。

在凶猛血拼之时，丁赛福胸口挨了高个儿黑衣汉一拳头，顿时口吐鲜血，被同村民工替下。后来，他与蓝老六相扶着走回来，幸好耕余庄的中医蔡郎中开了几剂中药，为他止住了吐血，胸口又换贴了一个月的膏药治伤，情况慢慢好起来。但这年春天，围堤挑泥工做不成了。那鼎峰公司的一天五块打仗工钱和十块钱的养伤费拿到了，但毕竟也养不起一家六口人的生活。

窘急之中，静贤去南兴镇娘家求援。父母派伙计王小六送来几斗大米，不够家里人一年吃的。那王表舅见状也烦恼，心想谁叫姐夫去械斗的嘛，只是不好当面说出来，思来想去正好有个机会，介绍丁家的二外甥女虎弟外出做工。

那二女虎弟能给丁家带来一点希望吗？

几年之中，黄毛丫头长成亭亭玉立的少女了，一双水盈盈的凤眼，葱鼻配上一口樱桃嘴。从耕余庄到十二圩，都找不着这样美的姑娘啊。静贤晓得二女儿聪明勤劳，家里家外活儿从小一教就会。纺纱织布时，静贤的机巧功夫也传给这二女儿。大女福弟已去杨舍做童养媳了，真舍不得懂事的二女儿也离家。

漂亮的女儿嫁给谁？成了丁家夫妇的难题。

想把她留在家里，招个女婿不出门，免得地痞流氓前来骚扰。然而穷人家的女儿，却少有富家子弟问津。后来，静贤常带虎弟去南兴镇外婆家，参加聚会祭祖等事。虎弟喜欢镇上的热闹，有大小商店和各种好看的布料。那搽在脸上的胭脂花粉，姥姥家就有，小试一下，在镜子里搽上脂粉，简直就变成一个美人了。走来走去，她学会懂得自尊和懂规矩了。外婆外公也喜欢漂亮的外孙女，想给她找个好婆家，无奈沙上地方净出粗夯汉，静贤看一眼就不想再看了。

家里还有三个姊妹，家里吃了今天没明天。静贤心里很着急，由此跟娘家父母说了招女婿的事。恰好彼时有个贩米江南人徐老文，说江阴峭歧有个富户人家，生个独女也有十五六岁了，想雇个陪伴丫鬟，那人家开饭馆有地产有势力，主人也慈善。赛福夫妇回家考虑再三，细想太远不同意。但因生活窘迫，也不是不可以考虑的。捎信来去，对方答应每月给三块大洋工钱，外加逢年过节有赏钱。

赛福想，这一年下来不但省了家里吃的，也有几十大洋收入。

于是说："等什么合适的，一时半会也等不着？"

静贤说："哪能，那边就敢情好吗？"

那天，给虎弟穿上两件较好衣衫，就由徐老文的船载了赛福夫妇和女儿，去往江阴。

到了主人家里，潘老板夫妇闲坐在大厅等候，小姐也在等同伴。主人先让赛福夫妇和老文坐下，把虎弟叫到面前仔细端详。一看这乡下丫头，还挺稳重的，模样儿比小姐也好看多了。

回头问小姐："咋的，中意吗？"

一看她脸上挂着笑容，十分友好，小姐就说："就是她了。"

虎弟头一回被人像商品一样看来看去。她只有低头沉默的权利，哪还有挑选的自由。这事儿也就在赛福夫妇和东家潘茂盛之间定了，潘家先支三块大洋给赛福回家盘缠。

潘夫人看丁家夫妇不是坏人，就令虎弟去小姐书房和庭院看看。小姐取出一个很新的小皮球，一下一下地教虎弟拍。虎弟试了几下，一下子就拍了十几个。小姐拍手说，你真行。静贤在旁细看，那小姐太瘦弱，大约娇生惯养之故。相差三岁，虎弟足可当她的大姐姐了。

过了一年后，表舅王小六又介绍连弟去江阴泗港的吴家做童养媳，日子总算好过一些。这年，家里只剩下十岁的令弟和六岁的末姐。两三年中赛福病恹恹的，静贤没少费心。困窘之下，她毅然替人家纺纱织布，挣十个铜板一天的小钱。赛福因为胸口受伤隐痛未愈，只得在家歇息，不能去挣每年一季的挑泥工钱了，丁家更加贫穷，乃至食不果腹。

民国十二年（1923），虎弟已经十九岁。

两个年关，她也回来和爸妈姊妹一起过的。三姐连弟硬做了吴家的童养媳，过年不回了，她的家已经是夫家了，很少见面。过正月半，吴家送些食物前来拜年，没请赛福夫妇去走亲戚。再说家里还有两个小妹妹，不能没有大人照顾。路远迢迢，来往稀少，赛福两口子懊悔，倒不如留下虎弟帮母亲纺纱织布，也有零钱。连弟的定亲钱百儿八十的，买粮食也快花完了。赛福不能挑泥了，静贤手头的纺纱钱也剩下没多少了，倒是虎弟常捎回主子的赏钱，补贴家中买些粮食。

这年正好过元宵节。

只见岸上一人匆匆而来，静贤一看是娘家表弟王小六。他脸色懊丧直走到茅屋门前。静贤和赛福连忙请进屋内，递水安坐。

静贤问："她舅舅，从南兴镇走来，有啥事？"赛福就和老表舅在堂屋说起话来。

赛福见王小六低着头，便一脸疑惑地说："兄弟今早啥事这么早到耕余庄？"

王小六忙说："这事很急，我必须早早通知你们家了。"

静贤和丈夫，一起走过去围住表弟，连问几声："到底啥事？"

王小六低着头说："外甥女虎弟不见了。"

赛福夫妻俩一下慌了，金星直冒。

齐声接问："咋了？咋了？"

于是王小六告知前天正月十三，潘家饭店吃过午饭，照例是由虎弟洗碗的，但突然找不到人了。潘家派人四处寻找，没个人影儿。

静贤吓傻了，忙说："兄弟你看咋办？"

王小六说："马上去要人呗！活要见人死要见尸。"

这不，丁家夫妇忙了半天，借粮、托人照看小孩、叮嘱令弟管好妹妹等。令弟听说姐姐不见了，难过地流泪，点点头答应父母。

王小六说："你两口子从沙上出来，从早上走到太阳落山，可以到达江阴。"两人和老舅道别，嘱托关照一下小外甥女们。

第二天，赛福夫妇匆匆吃了些东西，就离家远去了，背起包裹走上了大岸。

令弟在岸下向爹娘喊问："你们去几天呀？"

静贤回道："最多六七天吧，到时我们会回来的。"

赛福夫妇一高一矮，身穿蓝布大襟上衣，行动急速。穿村过堡上岸过桥，感觉七十多里路，仿佛一直在脚底下溜着走。为了快一点到江阴，他们上午已经赶到福全镇的叉港桥。两人兜里没几个钱，只好啃两块硬锅贴，坐在那叉港桥堍。

有两个行人问："这是去哪里呀？"

赛福答道："要去江阴峭歧。"

年长的那位叹了口气说："还有三十里！"

赛福顺口向他打听："那么下午怎么走？"

那人说："你先朝南赶到杨舍老街，然后再转弯奔西南二十里，即可到峭歧。"

静贤听了，心里不免着急。

那人说："不如看看，叫辆黄包车？"

赛福摇摇头说："大哥你看我们是请得起黄包车的人吗？"

那人摇摇头，不知这两个沙上人有多急的事，要在一天里赶那么远。

上午两口子还一路走一路说话，下午看看太阳一点点往西掉下，哪敢怠慢，站起身子，谢了行人，就朝南先奔杨舍。此时话少了，步子快了。幸亏他们年轻，跑得动，不然早已软瘫在路上走不动了。这心里有事，女儿生死不知，可把老两口走得筋疲力尽。两人一直走到日落西山，天慢慢黑下来，才走进峭歧城门。

大街上家家灯火，夜店开张，灯照亮街道的热闹，但是他们有种不祥的预感。

好在来过一遭的，摸到南街的潘家饭店，灯火还有，零星几个人在吃饭。伙计汇报老爷后，请丁家夫妇进了后厢房。屋里的木柱子陈旧泛着黑色，潘家老板和夫人坐在椅子里沉着脸，像两尊菩萨。蜡烛的光彩一闪一闪地捉摸不定。

赛福喊了声老爷、太太，直接就问："我们家虎弟呢？"

老爷沉着脸不吱声，太太也无表情。

等了一会儿，老爷对他们说："你们的女儿两天前不见了，想必我们派人去南兴镇转告你们了吧？"

赛福说："今天大清早我们上路，就是来问这件事啊。你总得告诉我们是怎么不见了？"

老爷说："不见了就是不见了。"

赛福说："我们虎弟有啥不规矩的行为吗？"

老爷沉了会，说："那倒没有。"

静贤插嘴说："那平白无故，怎么会不见人的呢？"

潘夫人说："这小孩呢，平时还好，看不出来有啥不规矩，也没有什么人与她不合。前天吃过午餐后，本应她收拾厨房的。可是，发现厨房里乱七八糟的，就追问虎弟去哪了。丫鬟老妈走了几圈都找不到影子。我们又吩咐下人去大街上寻找，菜市场里寻找，都找不到了。"

末了补一句："如今不见第三天了。"

老爷说："起初我们还以为虎弟不辞而别，所以赶到南兴镇，问清了她舅舅没回家，才叫你们来商量的。"

他又问道："请问她可能去哪儿？"

赛福说："平时除了外婆家，也不去别地儿的。"

赛福虽老实但绝不傻。他在大厅里沉默，思考了这样几种情况：一是不小心落入河水溺水而亡。二是遭遇某人强奸，不从被杀。三是在潘家接连遭遇不顺心，选择自尽。四是被坏人拐卖。

但他对一切无从得知，也没有半点证据，无可奈何。静贤是个贤妻良母，不知道世界上有这等奇怪的事情会发生。她的眼泪，从进门就一直在流。

看着难过的赛福夫妇，老爷说："你们去厨房吃点东西，就在虎弟住房过一夜，明天再商量吧。"

其实，人走茶凉，潘家已不想跟他们再多说了。第二天早饭后，几人在厢房里会面。

老爷打开天窗说亮话："你们虎弟是徐老文介绍过来的。他是个船户，我们也找不到他。这事，我们也没有对不起虎弟的地方，你们可去左邻右舍多问问。如果有，你们可以去告我的。"

赛福夫妻哭了一夜，哪里睡得着？翻翻虎弟的旧物一样不少，就是不见那个人了。想来想去，也没别的办法，只得听老爷吩咐。

老爷说："丁大哥，这一年工资是三十六元，全部付给你们。另加八十四元身价费，凑足一百二十大洋。你看怎样？"

赛福和静贤哪里是为的钱，而要他们乡下人去衙里告状根本没门。

想了一会，就说："就这样吧。虎弟的去向还要请潘老板给追问，把下落告诉我们。"

潘家说："当然、当然。"

潘家以一亩滩地的价钱，赔了一个活生生的人失踪的费用，当然无所谓。丁家呢，老实本分只有接受的份儿，也根本没有办法在陌生地段去寻找女儿。吃完午餐就告辞，这事儿两相了结。

静贤把虎弟的衣物打包带回，看看狭小的屋子，心里想再也见不到女儿了，不禁又掉泪。她自责是她不好，没有把虎弟留在身边，嫁个普通人家完全可以的。这下人去如灯灭，留下老母亲一辈子的愧疚之情。

与虎弟一起干活的陈大婶将他们送到大门口，与静贤对站了一会儿。静贤就问陈大婶："虎弟还有别的消息吗？"

陈大婶说："这孩子蛮好的，平时看不出来会出事。手脚上样样勤快，我们也信她的。是不是给人拐走了？"

静贤眼泪不禁流下来，只得背过身去擦泪水。一个母亲的无奈，是不得不与女儿永久分离。想起当初生她、带大她的许多细节，静贤的眼泪又一下子夺眶而出。

虎弟从静贤的视线里永远消失了，但虎弟的影子会占据她的内心一辈子。

赛福夫妇不得不继续往回走。客居他乡的人们，只有回家是可靠的港湾。一切事情等待回家再说，再想还有什么说的呀，人没了就没了。这走呀走的，又到了杨舍西边的泗港头，泗港河流进老夹河。老夹河东头通鹿苑，西头出长江。他们还得走原路返回。

两人身心疲惫。赛福与静贤商量，太阳下山前想到泗港三女儿家住一夜，第二天回耕余庄。这江南地方河汉太多，绕来绕去的，太阳就下山了。两口子在黑暗的小路上，有点恐惧的感觉。为了摸地段，不知怎的走到一个高墩转弯处。丁赛福一脚踩在软绵绵的东西上，低头一看，是个醉汉躺在路上，酒气熏人。

那醉汉被踩醒了，歪歪斜斜地站起来喝道："哪里走！"

赛福只得收脚，一声道歉："对不起，走夜路的没看见。"

那醉汉说："这么大块头，看不见我躺着吗？"

赛福说："天黑走得急，没在意。"

醉汉一看旁边有个女人，便问："这女人哪里的？"

赛福说："我老婆啊！"

醉汉斜着眼睛说："这么小的女人，能配你？我看你是人拐子！"

赛福急了，连喊："不是拐子，她是我的女人。"

醉汉说："你就是拐子，一定是！不然有这么晚走路的？"

赛福说："我们从江阴过来的呢，我亲家就在前边吴家宅基。"

醉汉意识不清，猛地一下，一个冷拳头打在赛福背后，赛福倒下了。那醉汉骑在他身上拳头雨点般落下。背痛中的赛福，两天接连走了一百多里路，再也没有力气翻起身来与他对打。直到醉汉打罢走后，扬长而去。静贤才赶忙去扶赛福，从江南窝塞的泥地站起来。噗！一口血喷了出来。

静贤吓着了，忙说："我们快去连弟家吧。"

黑暗中，她看到有根江南人爱抽的潮烟管，丢在地下，知道定是那醉汉的，琢磨拿回去做个证物，便收进包裹内。于是俩人相扶，一瘸一拐地往吴家宅基走去。走到那河过了那桥，才见吴家的门墙内有灯火。

听得敲门声，女婿桂荣一开大门，看见岳父母突然歪歪斜斜出现在门外，他知道有事了，就连忙搀扶了老丈人，去屋里坐定。

连弟从房内奔出，把母亲换扶坐下，又忙去烧水，先用热水把父亲的手脸洗干净，喝水。再拿来干净衣服，给他换了坐下。静贤坐在那里沉默的哭不出声来。好一会儿，才原原本本地说了虎弟失踪的事。小六舅舅来家通知，昨天赶到峭歧。虎弟确实不见了，再也找不回来了。连弟也难过地哭了起来。

静贤接着说："今天来你家，在高墩那边又惹事。"断断续续地说出了赛福夜遇酒鬼被打伤在地，口吐鲜血。

亲家公、亲家母都被惊吓，闻声围拢过来，问个仔细："竟有这等事？这打你的汉子是啥样子？在哪地段打的？"

赛福慢吞吞地回答："是在西边高墩下遇见和出事的。那人不高，很壮实，一脸酒气。"

静贤说："还掉下一根潮烟管，在这儿。"于是拿出给大家看。

吴亲家于是立马派人去前边寻迹查询。半小时后得知，赵家宅基上的醉汉回来的晚，且大喊，路上遇到人贩子被他打了。很多邻居听到的，看他经常这样也就不以为意。

第二天，吴家觉得伤了这么大面子。桂荣自己的丈人被打，恨不得去找醉汉算账。

吴亲家说："请上我们的叔祖，与他们评理！"

老屋叔祖来了，带来二十多个青年扛了钉耙、锄头。看了丁亲家的伤势，大家义愤填膺，他与这帮青年人现场讨论。

有人说："我们带家伙，干脆把醉汉抓起来暴打一顿。"

叔祖说："不妥！先礼后兵。我们去说理索赔，不成的话动武不迟。一打双方不问情由，两败俱伤。赔偿没辙了！"

大家就把带来的钉耙锄头，丢在桂荣家场地。吴亲家众人由叔祖领头前行，桂荣小夫妻扶着丈人丈母。随后，一伙人扎堆去赵家宅基，讨问公平。

一会儿到了赵家宅基醉汉家门前。吴家众人站到场头，把他们吓一跳，不知何故，赵家也喊上来一帮人。

吴家老叔祖开话："昨晚我们沙上丁亲家来看女儿，路上无故被打伤吐血。是你们的醉汉行的凶。"

赵家人说："怎的见得？问罪也要三分理！"

叔祖顺手拿出潮烟管，在手里摇晃。

他喊说："看看，这就是他打人后丢地下的。"

赵家人一看，正是他的。

赵家领头喊出醉汉问："你的潮烟管呢？"他左找右找，的确是拿不出来了。

赵家人知道醉汉一向爱惹事，看他一大早困死的样子，身上的酒气还没散尽。现在人证物证都摆在面前，他抵赖不掉了。

双方群议决定：醉汉赔二十块大洋，当面认错，还吴家的公道面子。另外要在出事高墩地，放炮仗化纸钱，驱赶那躲在路头的瘟鬼。这算替赵家讨点面子——是醉汉遇到瘟鬼作祟。这不，醉汉只好东借西借凑了二十块大洋，当面向丁赛福道歉赔钱。吴家留下十个人，押送他去高墩地。

赵家人知道，吴家亲戚被打伤，当然大损面子，不赔于理于情过不去。这对醉汉也是个惩罚教训，下回不敢再仗势欺人了。再看，来这么多人，不赔就是一场械斗了，告到官府，醉汉还要吃官司，私了图个太平，省得没完没了瞎折腾。

赛福在女婿家里养伤。耕余庄的小姊妹见父母去了半个月也不回，那半斗米早就吃光了，没办法，人小也想不到去邻居家借粮，天天在家里用青菜草头熬汤喝。有一天，令弟忽然见到父亲的丁家娘舅，老舅公戴老五从岸上走过。

她立马大喊："舅公快救救我们！"

舅公进了丁家屋，急问："啥事这么哭？"

令弟一五一十告知了舅公，说："爹娘临走说顶多六七天回来的，可是去了半个月不见踪影。"

舅公说："不哭，我这就掬点麦子给你们，还能吃上几天。"

过了半天，舅公拿来粮食救了小姊妹。等赛福夫妇回家，姊妹们哭成一堆，伏在母亲身上不肯放，意思你不能放下我们不管。静贤看看两个小女儿，饿得青皮薄壳。

她心里想："我再不远走了，再走家里孩子也搞不定了。"

赛福家出这样大事情，传遍耕余庄。赛福对别人家一贯善良，大家也都很同情，都说："再不把儿女送去远方了，饿也饿死在家里。"

赛福又吃了几剂中药，才止住吐血。半个月后，家里慢慢安宁下来，但悲伤一直持续了好多年，没有散去。虎弟无故失踪，没有一点蛛丝马迹，是本书留下的唯一悬念。

第二十九章　度春荒江南苦大旱
老乞丐策杖驱恶狗

民国十二年（1923）秋，江南大旱，蝗害蔓延，农作物收成大减。灾荒使沙上人民生活十分困苦，一日三餐难以为继。极度贫困者断炊闭户，自寻短见。有见识的农民组织佃户自救合作社，提出25%减租。

翌年之春，家中还剩下两个女儿的丁赛福，生活十分窘迫。费静贤日夜为他人纺纱，纺一斤纤子才挣三五个铜板，就算一天纺两斤也只有十来个铜板。对于这位妇人来说，由于米价大涨，每天只够挣一升大米，一家四口根本不能吃饱。这意味着她不得不紧张地劳动，来度过这个扼住贫民喉咙的春荒。

有一天晚上东风狂吹，雨滴狂打这所耕余庄岸下的茅屋。

赛福说，不如早点歇憩吧。静贤累极了，把卷裙脱掉，洗脸洗脚就上床歇憩了。这一觉睡得好甜，根本听不到外面的风雨声。第二天早晨，她起身去灶间烧一点麦栖粥，给赛福和女儿们做早饭。等她烧好早饭，抽空去前头屋看一看昨天纺的纤子，大吃一惊：明明放在竹篮里的纱纤子没有了！

真是"竹篮子打水一场空"，她又四处找找，防止自己记错了。

为何到处搜索不见纱纤子？静贤忙把赛福喊起来再找寻一番，还是找不到纱纤子。突然发现，堂屋的芦笆墙被挖了一个洞，有人伸进手来开了后门，这下明白：纱纤子被贼偷走了。静贤急得大哭，赛福心里也难过，这二斤纱纤子是妻子好几个晚上苦熬的呀。屋漏偏逢连夜雨，家贫还遭贼偷，明摆着，这二斤纱纤子，要赔东家起码三十个铜板，也就是半斗米的价钱。

哪里有这钱呀？

哭过之后，他们想想这做贼的，肯定是那个胯脚里的江北人唐瘸子。因为经常邻里丢失的东西，最后在他家出现，但是捉贼捉赃，没有当场抓住，是不好跟人家去要的，只有自己咬断了牙齿，往肚子里吞。

姊妹被哭声吵醒，起床后看到这般困境。

四姐令弟想了想说："父亲，母亲，我出去讨饭吧。一天讨到升把米，也可以用野菜煮了煮吃，不至于饿死。"

静贤想想，这是没法之法。虽然丁家从前也是大户人家，但是目前春荒讨饭总比偷东西做贼好。

四姐说："我看见岸上印家龙姐比我大一岁，天天去讨的。晚上回来好的有二升，少一点也有一升。有时带点菜饭回来，还可以大家吃一点。"

爹娘同意后，四姐就拿一根打狗棍及一只讨饭篮，穿一身破衣裳，加入了耕余庄的讨饭队伍。这时她已经十岁，而末姐才六岁。四姐见队伍里也有小女孩跟在后面，还会引起富户的善心，多给点，于是她把六岁的末姐也带去讨饭了。

讨饭队伍也有领队的，她就是经常出现在耕余庄上的有富娘。别看这有富娘，俗话说潮头上氽来的，也要起个早去捞来。她一是走得早，二是有见识，三是优先照顾最惨的人家。

她说："大家都要帮助最悲惨的人。"

穷家女儿天天跟有富娘去外圩塘讨饭，碍于面子自家埭上不去讨的，这样不但省了一个人吃，而且可带回点饭菜。有富娘有丰富的讨饭经验，做事公正，跟在她后面的人有十几个，大多是女孩子。男人一般不去讨饭的。穷急了的男人成群结队去吃大户，就是装得威风凛凛，借口是闹春荒才到大户宅上。

对老板说："流年不利，没法子，今天来你家吃一顿。"

富户也知道情况不假，大家都要活下去，也就被迫开仓放粮，让他们在厨房煮饭烧菜，吃个饱回去，留个好名声。只是，茶馆出身的赛福、念过书的赛福，无论如何丢不下这面子，宁可当年去为鼎峰公司打群架，那也是个围垦纠纷不害羞。吃大户，名气有点不好。人家看见这张脸，以后都会说："看，这就是那个春天吃大户的穷挫大！"加上赛福现在病得更厉害，也是不能去的原因。这样，一家四口人的吃饭问题，只能靠静贤纺纱织布和孩子们讨要回来的升把大米解决了。

四姐加入了长长的讨饭队伍，认识了有富娘这个讨饭头子。逢到慈善的粮户，兴许给个一两把米麦，还有一碗热饭。而凶恶的富户会放出一只恶狗，就需要讨饭队伍集体用棍棒来驱走。

四姐留心观察，不免多想：有富娘一直是个要饭的吗？她为什么要饭？无人知道。兴许因为她有长期的讨饭经验，所以女孩们愿意跟她出去，有某种安全感。令弟想，她真是一个能干的讨饭头子，在于她学会了看脸说话，或哀求、或哭脸、或热乎……在有富娘的队伍中，四姐受到一次一次讨饭的锻炼。过了一阵，她把有富娘看成自己的一个亲人了。

有富娘说："今天去同余庄的蒋三寡妇家，包你们吃顿饭还有菜，兴许还能带走一升米。"

十岁的四姐听了立马睁大眼睛，吐出舌头。

四姐混想，同余庄的蒋三寡妇，能和有富娘做朋友吗？

小小的她哪里明白，人与人之间除了贫富，还能有讲信誉合脾气的朋友。使她感到惊奇的是，有富娘与蒋三寡妇，为什么做了朋友？她们是邻居？她们有远亲？好像都不是……

有富娘知道这些新加入女孩的家中情况。如龙姐大一点、本领较强，四姐瘦小容易被狗咬。在她们碰到难关之时，该由她去摆平。一路上逢山开路，遇水搭桥，总有一些人家的恶狗跳出来，对她们狂吠。做乞丐要有穿庄过埭的脚底跑功，不怕狗咬的狠功，会开口表达的软磨功。这时龙姐、四姐们不时舞起手中的杨树棍子示威。

有富娘对乡村地形了然于心。

常阴沙是伸向长江的半岛，按照沙滩边线挖沟筑堤围圩。沙上的埭，就是圩塘中间的大路。一字形的埭，按圩塘的边线和朝阳面确定了村居方向。普通住宅傍着圩塘的河沟，朝南屋为主、朝东屋为辅。如果圩塘斜向长江，那么河沟顺斜，农屋就取坐西面东的方位。沙上人称圩沟之内大块地为"正田里"，一般住富户。圩沟与圩岸之间为胯脚地，一般住贫苦人家。

看屋知家底。埭上房屋有用麦秸和泥做屋顶的抿头屋，也有芦苇辫稻草顶的草屋。大梁上等的用粗杉木，中等的是细木，最基础的用茅竹梁。沙上用芦笆做墙的大多为贫户。一个六七口人之家，也就住三居室。中间为"灶下屋"，两边称"房头"。厕所和养猪、养羊的棚子，叫作"坑棚"，搭在大屋后。村里面有河，农户在河面架半截小桥，洗菜、洗衣、挑水。

小桥流水人家，沙上别有一番风光。从圩心的地主仓房，到正田埭上、岸下头胯脚。地主仓房在圩塘中心一目了然，民众四围而居，这是一种古时城邦制的格局，也是封建等级制的折射。

地主庄园的格局是：四汀宅沟用吊桥或土坝出入。厅堂在宅第一进，七排柱房子或九排柱房子。大圆柱粗正梁，有的嵌入雕花木刻。二进是房间，住了主人的家人。三进靠后河沿，屋子较窄为粮仓、仆舍、厨房。大庄园三进由厢房连接，内有账房、会客室、书房等。室内古色古香，与庄园主人的儒学背景有关。大厅中以长桌居中靠墙，上边对联和中堂醒目，充满文化气息。桌前的八仙台和左右明式紫檀椅子，备主客会见之用。地面用大块青砖，显得宽大深沉，不落尘埃。

而旧时沙上一、二、三代农民，都住草房。

春荒年景要去哪家讨饭？乞丐们需凭目测来决定。有富娘带领下平时讨饭人少，就沿途看哪家烟囱在冒烟，饭还没熟；哪家烟囱停了烟，饭已做好。她带两三个孩子讨饭，用不着多大防备，可以站到中等人家门前，就用一种谦卑的声音开口要饭。龙姐和四姐是贫困中的好姊妹，龙姐体胖面宽，四姐清瘦大方，穿上破破烂烂的乞丐衣后，站在有富娘的肩头之下，哼哼哭哭苦苦哀求，向主人说话。

这天早上，有富娘从大岸上走过，身后已经有四个小丫头跟随。龙姐们已等在那里了，她们喊了声有富大娘后，就随在她后边走。有富娘对这些很随意，愿意来的就来，她绝不"嫌贫爱富"的。

有富娘没吃早饭，就顺着一条埭走下穿头。当然，龙姐和四姐也饿着肚子。正在她们停下来，想走近一家抿头屋时，突然蹿出一只半人高的大黄狗，径直跳到她们面前，张开大口"汪、汪、汪"咬起来。四姐见那狗不比她矮，张开血盆大口，露出尖利牙齿，不觉地哀声后退。有富娘则临危不惧，一下甩出了那根打狗棍，笔直插进狗头前泥土中。

她大喝一声："你个畜生，敢来吗？"

那狗见一个浑身脏臭的高个女人披头散发，手中那根粗壮的打狗棍竖立地面，不禁退了两步，但它并未没停止吠叫，依然"汪、汪、汪"，越咬越凶。

但是老乞丐怒目相向不怕它，它就怕了老乞丐，逐步后退。

有富娘的第二招还没使出来，那就是呼喊孩子们把狗团团围住，四面八方用打狗棍打上来。那狗见人多，只好退走，再不敢上前扑咬孩子们了。

有富娘大喊："家里人呢？"

那家出来一个混汉子，说道："这么早就来要饭？"

有富娘说："这年头不知道饿死人吗？"

汉子说："个人头上一片天。"

有富娘说："有饭大家吃，有难大家当。"

这几句似疯非疯的对话，逼得那男人从厨房里拿出个饭篮子，往地上一按。

有富娘说："你家没凳子？"

汉子知道错了，就拿出凳子，放好饭篮。

于是有富娘，就抽出篮中铲刀，让六个孩子围拢用碗自家盛。

这要饭的也是三百六十行之一行，历朝历代的丐帮都被允许的。有富娘见他开口不善，断定是个为富不仁之家。她们围在抿头屋的屋檐下吃饭，那狗被主人呼喊进去，栓了再也不来了。

有富娘说好今天要去蒋三寡妇宅上讨饭的，许愿孩子们可以坐着吃饭，有菜汤喝。早餐完毕以后，这稀稀拉拉的队伍就不再去别家，径直往东北同余庄而去。

早年有富娘的夫家破产，她讨了多年的饭只为养活一个儿子，后来她的丐侠声誉日隆，也并非没有来由的。她做得一手好针线，说得一口好奉承，通情达理。连有名的蒋三寡妇宅上也把她当作常客。她来了可以围桌而坐，吃热饭，蒋三寡妇有点私事，也会与她探讨，她总是密守隐私，绝不造谣。

偶尔，有富娘也给四姐们说一点蒋三寡妇的内情。

蒋三壮年去世，留下女儿一大堆。当年他承储过蒋五的儿子，因此蒋五在蒋三死后谋求夺产。丧事上定好由谁披麻戴孝，继而可坐定蒋三宅基的主人。当时只见蒋三寡妇雷打不动。她一人披麻在头，戴孝在身，浑身雪白凛然不可侵犯。她不让蒋五得逞，快刀斩乱麻，处理了丧事。蒋三下葬后，她找西街港大老板李胜千评理。李胜千与蒋三在世时沾亲带故，看到她一身正派，独自带大五个女儿，未有异心，对她十分敬重。这财产虽说旧时传男不传女，但如今民国了，女儿长大也可招女婿顶门的。

而那蒋五也找到李胜千，把承储一事托出，坚持要争蒋三家产。

李胜千微微一笑，说："现在已经民国世道，你嫂子也不容易的。再说那清朝律法现在不用了，不可枉夺家产了。"

蒋五只好罢休。

西街港第一名人判定后，蒋三寡妇得意胜诉，从此一心一意要把蒋家宅基弄兴旺，平时对仆人宽厚，与四邻八舍和气，再也没人来搅扰，但她的内心却很孤独。那时，发财寡妇沾染一点男人腥味事儿，也轮不到别人管的，但蒋三寡妇她不。这下胳膊上可跑马，硬了！沙上人索性省掉"寡妇"二字，直接喊她男人名字蒋三了。哈，真是人心胜天。

有一次，那有富娘来蒋三寡妇宅上讨饭，吃饱后领一群乞丐们出宅。有富娘最后与蒋三寡妇辞别走出，无意间在房门底下，看到一枚金光灿灿的戒指。这有富娘早年也发过财的，破产十年早已想通：人生在世四个字——天地良心。于是她拾起来，将金光灿灿的大戒指当面交给了蒋三寡妇。蒋三寡妇一看正是自己洗脸时取下来的，找一个上午都不见，这可是蒋三当年给的订婚戒指啊。二十年了啊！自己一直戴着的，不想被一个乞丐捡了，更想不到她会还给自己，可见此人正派。

知己不论贫富，重在可以托心。从此，她将有富娘当作朋友。

四姐闲空时陆续听了这些故事，对这两个长辈女人佩服得不得了。

现在她们就要见到这位大人物了。走了约小半天，从西街港东、潮汕港西那只圩塘下去。蒋家宅基在正埭的中心，一般的四汀宅沟。仓房四围有榉树、榆树，蔚然成荫。奇怪，几乎没有农家常见的大杨树。仓房的正面由一架木桥日放夜吊，供进出之用。宅沟之北、西河沿绕了大竹园。小仓房屋没讲究。宅沟之内只见厅堂、住室、辅房等。

龙姐和四姐有些兴奋。

看到碧水环绕、树木荟郁，颇有欣欣向荣的气派。有富娘敲了木桥中间的桥门。自由宅上的黑狗吠叫，给蒋三家报了信。

丫鬟出来观察后，回头向蒋三寡妇说："呵，有富娘领几个讨饭的来了。"

蒋三寡妇微笑，多时未与这位讨饭朋友会面了，正好诉说近来宅上的故事。

开门之后，那黑狗也被喝住不叫了。有富娘便将孩子们领进宅邸。蒋三寡妇当然不会倚门迎接的。孩子们在门外齐喊声："蒋三奶奶！"她们觉得，没挨主人骂就算客气的了。

于是蒋三寡妇大大咧咧，出来笑着对有富娘说："多会儿不见哦！"

有富娘说："上半年一直到西头讨的，没来东头。"其实这是她的借口，给自己留一份尊严。

孩子们，被安排到大厅廊檐下晒太阳。丫鬟拿些长生果招待她们。龙姐和四姐觉得果然礼道与别处不同，把她们当亲戚呐！

吃过之后，孩子们就高兴地在四处玩耍。她们特别兴奋，竟能到有名的财主家玩耍。平时到一小富户，都要防她们是否顺手牵羊，拿走小东西什么的，看地主的脸色和挨骂是常事。

快到午餐时间了。

蒋三寡妇已经喊孩子们进厨房用餐。桌子上摆上了香喷喷的炒青菜、熘秧草、韭菜炒鸡蛋，一会儿又端上咸菜豆腐汤，随便的一顿沙上家常饭，孩子们可有一年多没见到了。厨娘盛出七碗热乎乎的白米饭。孩子们捧在手里，觉得像是过大年。

她们感叹："难说啊，怪不得喊她蒋三，像个男人肚量大。"

有富娘说："你们吃吧！蒋三奶奶很大方的。"

临走，蒋三奶奶还给了每个人十个铜板。

孩子们喜欢疯了，连声道谢："谢蒋三奶奶！"心里想，从未见过的这么个大善人。

这一次龙姐和四姐足足长了见识，以后怎样做人，得像蒋三奶奶，把那些可怜而陷入贫困的人们记在心底。

有富娘用手抹抹嘴巴说："我去与蒋三奶奶道个谢，你们在桥头等等。"

这一天，早上被狗咬、中午吃上过年饭、还给了铜板，真把孩子们乐疯了。蒋宅讨饭给她们留下了深刻的记忆。

后半年，龙姐和四姐还跟有富娘去讨饭。有时人多有时人少。往南去扁担圩的李拨盘、黄不熬、年至高等富户家讨。各家有所不同，但是再也找不到第二个蒋三奶奶了。她们认为，蒋三奶奶这样的人无疑是富户中的大好人。

她们最远一次跑到大杨树。看到那棵矗立在北夹河岸的大树，有三人合抱粗，五六丈高。夏天有鸟唱蝉鸣，不知哪个好心人在树下摆下一缸清水生姜茶、两个茶碗。行走大齐岸的农人、牧人、乞丐、货郎可以随便取饮。四姐觉得，讨饭有惊险也有自由。

她感叹，乞丐们，大多是些贫苦善良的人呵。

是命运不好吗？

第三十章　张菊母逝成孤女
　　　　乐泉缘识王蕴章

民国十三年（1924），张乐泉原配范氏去世，独女张菊才六岁。

张乐泉读完私塾，其储父张冠儒着急抱孙子，就挑了海门亲戚范海生之女彦秋为儿媳。他们婚后搬迁来沙上三余庄。乐泉见彦秋虽不识字，却非常贤淑，也暗生欢喜。彦秋进门后孝敬储房公婆，对后娘刘氏也未怠慢，刘氏倒也怜惜这个儿媳妇。

后来张乐泉去招商局船上谋事，在家日少，在外日多。他们先是不孕，多年后才生下女儿张菊，夫妇感情渐趋冷淡。范彦秋抑郁于心，生女不久后就因病去世。但范氏的贤淑，深为乐泉切记。所以，他对张菊的外祖一家礼数不减，以弥补亏欠范氏之情。张菊年幼时由干娘抚养，长大后对母亲的记忆总是懵里懵懂，内心一直缺乏母爱。

彦秋去世后，乐泉着实自咎了一番，常去三余庄的江畔回忆少年时代。白云飘飘，青草萋萋，放牛三年的自由和痛苦历历在目。伴童吴四也会识相地跟随他身后，自知安慰不了主人。

这个聪明伶俐的小剃头匠吴四，是被乐泉在南桥镇姚记理发店发现的。他年纪虽小，手艺不错，剪、理、洗、刮胡子细腻体贴。人也长得端正，乐泉正好缺个随身陪伴，就向老板姚大方要来的。吴四从如皋坍江圩子逃难而来，虽有个老娘，但房屋、田地、磨坊，都在一次坍海中沉入海底。这种事前并无征兆的走马坍，摧毁的家庭太多，有人逃得快，有人沉下去。无家可归的吴四，心里自然孤独凄凉，愿意跟随乐泉叔叔四处走走。但凡老板上下班或去别处，都由吴四随行，乐泉的储母也放心了许多。

乐泉喜欢在江畔的青草岸上流连忘返，海风把俩人的长衫吹得飘在空中。他们看到江上的天空无比辽阔，对岸的芦稷港隐约可见，西去东来的帆船都那样不紧不慢。时间，被眼前海浪昭示得从容不迫。从十三岁到三十岁，乐泉经过了多少大小事件，读书、放牛、去城、上大轮、认识银行行长、轮船失火、跳船瘸脚、转行围垦、鼎峰破产、张謇会面……而妻子独自在家，吃那么多苦，生下第一个孩子。

他内心在喊："海风阵阵，能听到我的思念吗？"

事儿太多了，一切起因于母亲之死。母亲不死，会有那么多难处摆在面前吗？转而一想，如果母亲不死，顶多也就是继承父产，做个快乐地主，娶个发财媳妇。

他自责：小小张菊尚在幼稚之中，自己真的没关心好范彦秋，只顾做生意了。

哎！他叹了口气。吴四知道老板在想那没见过的大奶奶，他真是个多情男人。

乐泉对吴四说："这边风景好。要是有风筝就和你在这儿放风筝了。那镇上花行的柳叔叔，曾与我在这里放过牛哩！"

吴四睁大了眼睛，不解地问："是吗？"他不敢再问下去。因为来江滩放过牛的都是穷人家的孩子啊，老板怎么会……

乐泉住在长江畔的三余庄，经常要去南桥镇德茂祥花行关照他的生意，那柳得风管家，做事大方，客户也多。棉花上市后，打包、请船、跑腿、去南通，与大生陈宝通先生沟通进厂时间、银钱往来等等。吴四常能见到他的。

乐泉觉得，得风不愧和自己一起放牛，摸爬滚打出来的。德茂祥花行，一年也有几千大洋收入，加田租，成为乐泉家的主要收入来源。这几年，北夹河接连打坝，从二海坝到五海坝，围垦遇到大好时机。他入股的收益丰富，上海银行里的利息滚了几番了。

他想，这不是某种契机吗？十七年来，走南闯北的见了多少大佬，他们大多是见识宽广、有智慧的人，我张乐泉不过是学了点皮毛而已。

乐泉现在已经是南桥镇的小老板了，单身行走，旅途寂寞，有个伴侣吴四，不管上下班去外地，零碎杂事由吴四去办，方便多了。

乐泉去南桥镇必从三余庄经过。胯脚里有个王姓人家是个寡妇，靠种租田养活三个小孩。那些孩子穿着一般，但生得额头饱满，五官端正，乐泉看着他们追追打打觉得十分好玩，使自己又回到童年时光。更因乐泉只有一个女儿，看见男孩天生喜欢。走过王家门前，总要笑嘻嘻地对孩子们喊上两声，或开个玩笑。

有一次，雷电忽闪，一声轰隆隆在头顶炸响，未带雨伞的乐泉，已经走近胯脚里王家穿头，吴四怕雷，也跟在老板后边快步紧走。

王家女人连忙喊他："张先生不如到我家避雨？"

张乐泉见她模样周正，穿戴陈旧却整洁，平常也点头打招呼的。

于是喊了下吴四，一块走了进去。王家三间草房，一厨一堂一房。王家女人连忙端上一碗生姜凉茶，给坐下来的乐泉驱寒。

张乐泉说声谢谢，四顾打量她家，屋里屋外清扫得特别干净。

三个小孩瞪着黑溜溜的大眼睛，好奇地看着他。

那女人喊："儿们赶快叫张先生！"俩小的傻乎乎地笑，不叫他，意思这人天天走过我家门口的认识的。那大孩七岁模样，一双丹凤长眼，一双剑眉，轻轻叫了一声："叔叔。"

乐泉挺喜欢小孩的，不免端详一番，只见他天庭饱满，光头圆圆的，甚有异相。块头中中匀匀，只是瘦了点。

就问王家女人："这孩子读书了吗？"

王家女人说："他爹爹去年死了，欠下一屁股债。哪有钱读书？"

乐泉说："南桥镇开了学堂，我替你报个名可行？"

王家女人是个聪明人，一看是本庄大财主说这话，连忙回答："那是张先生的大恩大德了。"

乐泉因雨，无意中得识小蕴章，有两个原因。一则蕴章之父王明升，是个结实的庄稼汉。王家地里种的新鲜瓜果蔬菜，常送给张宅尝鲜，张乐泉因此认识了他。后来听到他患伤寒，也曾去看过医生，但因回家后要赶季节种地，没好好休息反而呛死了。张宅的人都在叹息。二则王蕴章的名字，是张鸿业秀才起的，蕴含此儿文章出类拔萃之意。他父亲死后，看孩子大了，乐泉忽然感从中来，一想自个儿幼年丧母，历经多少艰难，决定帮助这个小孩，让王蕴章念刘海沙小学。校董之一的乐泉，决定免去他的一切学杂费。

乐泉很有识人本领，在他看来，只要提携一下，这孩子将来会很有前途的。

眼下这些可爱的男孩，一天到晚只知道追逐玩耍，他心里有点郁闷。回想自己在母逝后，上了本学堂，才懂得做人规则，后在大生轮船上，见过多少中外大亨，都是礼貌文明的。私塾和轮船上学到的道理，离不开读书。他深信，要做大事，必先由读书开头。《三字经》说"人之初性本善"，但人之初如若不加教育，那么沦落为贩夫走卒，甚至坑人的坏蛋，都有可能。

一个人读成啥样子，决定将来做啥事。乡村的信念是：读书翻身。

一句话，这些孩子一定要读书。

这是乐泉在王家遇雨，看见孩子们得到的启发。他办了双桥小学，有经验。若能在本庄三余桥再开个学堂，让全村孩子们读上书，该多好啊。

民国十三年（1924），张乐泉筹办的三余桥小学开学了，请了两个先生，一个烧饭的小工。四间教室只开了一间，收下三四十个拖鼻涕的小孩。庄里佃户——那些黄毛孩子，背起书包上学堂了。王蕴章的两个弟弟也上了这所小学。张鸿业给他们起名：王蕴章、王大章、王文章，寓意：蕴大文，后有可为也。

乐泉最喜欢看到这样的结果。

看着这所自办的校舍，日出日落、叮当铃响、上课下课。孩子们一涌而出，嫩生生的童音，打动了三十岁的校董。

在这繁杂的世界，书声琅琅，营造一种莫名的安宁氛围。安静中的瞬间，他觉得这是一种使命的完成。

他想，这些学生将来会有出息的。

吴四呢，暗暗叹息，觉得自己再也回不到这样的时代了。

乐泉更想到德茂祥的生意，稳稳打进南通大生纱厂了。每年棉花上市季节，一天有两三条船停在这花行后港里。栈头下边一张木跳板，工人们陆续下船。人小包大，一手撑腰扛包，一手筒中取筹。一包包四方棉花，往船上挨个叠起用油布盖好。一条船装满像个小山顶。船老大收锚启航。

喊一声：开船了！

舵手将竹篙子一点，船慢慢离岸。内河中，往往有几家花行的船只结队过江，从十一圩港出海航向大江，半天后进入北岸九圩港，再航行到大生厂码头抛锚。大生厂经理人陈宝通，验了德茂祥的货，朵大绒长，干燥不潮湿，便挥挥手，关照手下人：凡是张乐泉的棉花，来者不拒，全部入库。几年业务往来，德茂祥赚足了信用，得以免检卸货。

乐泉走路时，低头不语。吴四不敢与老板说话，知道他喜欢沉默。不让多嘴的他只是想：老板他怎么这样难开口呢？他猜不透老板沉默的理由。其实那次乐泉与静山北夹双游，就早已成竹在胸。他看中周案全圩的南小沙，已经成熟将其租给农人三七或四六分成。周案的棉花，也会用独轮车咿咿呀呀推进德茂祥。

　　然而这一年，长江边上的乐泉，却看到了战争。

　　三余庄外的北海，能看到军阀的炮舰，在大江上轰轰隆隆，互相开炮。一阵火光爆炸后，把江水激起丈把高的水柱。放牛人、种地人的心"砰砰"乱跳。好害怕！奉系的舰队驻扎在镇江、安徽一带，今儿个与浙江的直系孙传芳在长江里干上了。炮声隆隆一来一去、交错火拼的场面，岸上百姓看得清清楚楚。别提有多害怕，害怕他们打到岸上来。

　　后来张宗昌败走，孙传芳退回上海。这次海战，也是乐泉从《申报》上读到的。直到现在，他还订了一份《申报》，每天由绿衣邮差送来花行。乐泉想，有份报纸是个福气。老百姓安居乐业，心里有个底。看报，就像毛竹镇的姨父顾飞龙，能给乐泉的心里带来一股力量，心里想着说，多亏这两家军阀没有打到沙上，然后安慰自己。

　　还是小地方好。

第三十一章　于家于业乐泉乔迁小收双喜
尽国尽民张謇沉疴永别人寰

民国十四年（1925），北夹筑坝九年后。

张乐泉已是身价万计的常阴沙富户了，他终于以"小股份投入，四面开花"的策略，敲定了一枚主将棋子。

这年，他毅然决定，迁走半个三余庄，移建周案。

卧榻之下岂容他人酣睡！卜宅小沙致富纳福，由乐泉某种灵感产生，直觉告诉他，有二十年前鲸鱼隐示。那鲸鱼离水一天，悄然遨游。那时的人们并没有感到预示，只想那是一阵风！奇异的风吹得鲸鱼随浪飘来，又随浪飘去。偌大鲸鱼的呼吸节律就像渔夫捉到的鲶鱼活蹦乱跳，搁几天也不会死去。

十二岁乐泉的脑袋里，已经萌有先见。不，这绝不是一件普通事件。张家从甘肃、山西、海门转战而来。看鲸鱼的初衷，是祖宗赐予的机会吗？鲸鱼，于他来说是发现、是隐示。这块沙滩必会暴涨，成为物产丰隆的膏腴之乡。天高任鸟飞，海阔凭鱼跃，谁能拿到这块地，是个人的运气和本领。

这年春上，他已买好砖瓦梁橡囤积小沙，请了邻居马木匠，带领十几个泥瓦木工来到小沙。许多佃户民工来帮他开掘四汀宅沟。大门前的河上，架起一座宽约六尺、长二丈的双节竹桥。白天放下过路，夜间吊起防匪盗。

在汀河的桥直，造了三丈高、四丈阔的大厅六间，两厢书房、内眷卧室各四间。备客户来往需要，原来五间的收租田头屋移到后汀河畔，做了仆舍、厨房。特在东北、西南建两处防匪岗楼。新宅子河外围了三面竹园，一面果园。森林之外又挖凹形明沟三道，在最外边作防护。

有沙上第一庄园之称，这是第一喜。

随后，乐泉把储娘接到新宅上首安居。原三余庄老宅留张冠华夫妇、弟妹居住，张鸿业一家六口仍居工字宅后院。

第二喜。小沙圩新宅完工，张乐泉大宴宾客，邀请顾氏、商氏、施氏、徐氏，摆了十多桌酒宴。好事者为张乐泉说亲，乐泉把客人请到南书房。

在喜气盈盈的氛围中，客人笑笑说："房子这么大，一位女主人是绝不可少的。"

乐泉自顾微笑，并未回答。

那人说："乐泉啊，彦秋姐姐都走了一年多了，一个人寂寞吗？"乐泉依然微笑。

客人想了一想，接着说："你的事业也翻了这么大。俗话说，家宽不如身宽。现在有了新宅，男主外女主内，这个道理应该可以吧？"

乐泉说："倒是很对。"

客人又说："仆人也有张把台子，平时也有三邻四舍来到。一年两季收租，也需要女主人掌握啊。"

他这话说得在理，乐泉不能不考虑了。

于是乐泉说："哪家哪处的呀？"

客人说："远是远一点，也不算太远。"

乐泉睁大眼睛等下文。

那人说："江北有个张王港……"

乐泉说："知道，我去过，就在海门西边的海岸上。"

那人说："张王港有个俞胖子，开家南北贩猪行，生意很好哦。"

乐泉说："做什么的？"

那人说："一年都有几百头苏北肥猪，运到江南，赚好几千块哩。"

乐泉心里默算，不是虚话。

客人说："俞家一子一女。儿子已成婚立业，女儿三十一岁，还未有婆家。"

乐泉说："那又怎样？"

客人接着说："那老板俞胖子很富有，而女儿三十一岁还未婚，你说他急不急？"

乐泉才知俞老板提出的婆亲条件：一是女婿也是老板，二是年龄相仿。

那客人特别提出："还有第三，俞老板开出家产近半，给这个宝贝女儿做嫁妆。"

客人把张乐泉说蒙了。乐泉心想，小张菊需要有个娘亲照顾，而自己也需要扩充资金做大事情。

客人话毕，乐泉答谢一番，并郑重拜托他去江北俞家提亲。

加一句：聘礼一定不少的。

俞家派个女家媒人来沙上看人访宅，见乐泉三十出头精明能干，大宅子建得也很阔气。

一锤定音，当面定了年末好日子。

结婚那一天，新娘俞氏和十条船嫁妆送到北夹河畔。数十精壮汉子，一箱箱抬至小沙圩张家仓房。张家佃户们都被请来参加婚礼，炮仗放了几百个。佃户们争看新人，猪行老板嫁女儿陪的啥嫁妆？衣被橱柜盆桶家什，应有尽有，队伍走了一更天，看者扳着手指还未算清。

真是十里红妆女，一朝新婚贵。

等到日落西山，那俞春秀的花轿在前汀河停下，由仆人点亮山灯旺火。新娘从火盆上跨过，由婢女扶到厅堂拜亲。一拜天，二拜长辈乐泉之储父母张冠儒夫妇，其他表长辈，新娘一一拜见，老人们都给了红包，然后夫妻对拜。那俞春秀补上了做新娘的一切礼品规矩。

那夜，众宾客吃完喜酒，纷纷离去。乐泉才回新房坐下，倒了两杯合欢酒，与新媳妇俞春秀站立起来一饮而尽。

春秀对他喊了一声："乐泉老倌。"

乐泉酒后抓着她的手，喜气洋洋地喊："老婆，睡吧。"

蜡烛双双，红上红下一片喜气。乐泉三十一岁又做了新郎官。

上床之后，吹灭蜡烛。俞春秀快意接待，一个是久旷之汉，一个是成熟大女，倍极欢欣。乐泉觉得春秀规矩大方，会伺候自己。在他心里，她就是新家的管家婆。

建立在海门乡谊基础上的张、周合作，从民国十五年（1926）合围周案六百亩起步。张家先随顾氏，后共兴周案，三十年过去了。在围垦程序、官方保障方面，脑子一转，会利用渠道得到方便。但在周季诚这个大老板面前，张乐泉谦恭稳重，持晚辈礼，深得认可。从中又听说，周季诚之子周志权在外边做生意大有进展，赚到大笔银子。六百亩圩是他们第一次合作，但也是最后一次合作。张乐泉迁宅大杨树，宅邸安顿、田租稳定、家和万事兴。

谁知在那遥远的地方，却传来不利的消息。

有一天《申报》上刊登：张謇名下的通海垦牧公司濒临破产。看到这则消息，小沙圩大厅里晒太阳喝茶的乐泉，惊出一身汗来。他连忙叫了一辆黄包车，去了南桥镇德茂祥花行。

冬天，各大花行例行淡季。大秤不开，花师傅休息，工人没有一个，河道里也没一条船。

"老得！"乐泉喊了一声。

他的声音洪亮，正在太阳底下迷糊的老得被唤醒，只见老板从黄包车上下来，付车钱后，一步踏进了门槛。老得不知他有什么事。

乐泉说："你知道吗？报上刊登，北荡的通海垦牧要破产了。"

"啊？有这等事？"老得惊叫起来。

乐泉说："这家报纸我看了几十年，消息一定可靠。"

老得说："那边并未有信息传给我们啊？"

乐泉说："都这地步了，人家能催债上门？"

老得一想不错，就问老板："咋办？"

乐泉说："去人啊。"

于是，下午老得就乘船去南通上大生纱厂，找到总经理陈宝通，问起通海垦牧的事儿，陈宝通不得不如实相告。

老得问："那我们张家投了两千亩地的股票咋办呢？"

陈宝通说："现在，张董事长重病缠身，在医院里住着，生死且不知呢。"

话说到这份上，老得只有回家。

乐泉知道后，一时懊悔万分。一万多块大洋，这就没了，他有点不知所措。

急也没用。乐泉与上海兄弟张吉庆电话联系，决定亲自去上海一趟。

吉庆说："你如今只剩冒天下之大不韪，上告张謇了。"

张吉庆帮乐泉请了上海最有名的律师万妥，在上海高等法院立案。过了十多天，张乐泉才得到南通方面回音。那陈宝通特意过江来会晤张乐泉，把张謇的惨况统统说出："不但通海垦牧破产，大生纱厂也要破产。资不抵债，资金只有负债的六成。总资产倒欠四成呢。"

乐泉问："怎么会如此呢？"

陈宝通说："这几年直系、奉系打仗，各省的棉纱市场不稳定。收进来的棉花抵不了放出纱锭债务。张謇手里还有学校、医院、慈善几十个单位，需要年年补贴，他一个人应付得过来吗？"

乐泉想了一想，是这道理。问陈宝通："那怎么办？"

陈宝通说："张謇在病床上，知道打官司了。一天有几十家上门讨债。你沙上这一块么，看来要通融一次。"

又说："把那两千亩滩地收上来，全划归张乐泉名下，由你自家去管理吧。"

这就是说，张乐泉不能每年拿纯粹的股份利息了，而是必须实地考察接受海边滩地，签下与张謇的这个城下之盟，同意"股转地"购买北荡滩地。

上海法院的判决来了，判定：诉讼双方达成和解。

乐泉一个小人物，怎能翻得过来？翻了又怎样？状元都人财两空了，你还能朝死人身上踩一脚？

此事后来由老得代表乐泉，拿回来张乐泉名下两千亩地契和法院判决书。张乐泉叹口气，为这事生气、懊悔、同情、叹息、激动不已，几天才算平复了心情。

这是他第二次遭遇挫折，尝到了大笔投资失败的酸楚，生意场上听落不听涨，永远没有直通车。他暗地里也扪心自问：张謇老爷见过两次，人挺正气，也是值得同情的。这么个大人物，竟然落得两手空空，有命运这东西吗？

生命无常，张謇先生于1926年8月24日突然病逝。一代状元企业家，在失败的痛楚和人情的落寞中，黯然离世。南通万人空巷送状元，各界公祭，得到此消息的商静山与张乐泉，亦束装乘沙船赶往南通。

只见公祭大殿内，那些民国要人花圈相错，列队祭拜，连逊位的爱新觉罗家也有代表，前来祭拜其忠君爱国之勋业。商、张二人先后整装肃容，灵前上香，对张謇先生一生奉廉、奉业、奉民之高尚道德，钦佩有加。

商静山奋笔挥洒一联：

弥望国威平戎六策警后人

斟酌才调振通大计获英名

南通县门生

沙上商静山泣拜

此联是他对张謇先生的才华忠志发自内心的感慨，想一想当初捉拿商静山，申饬两县令，何等奇葩，而南通各业初振，又是何等精彩！

张乐泉也有一联：

同乡同气同德同为同姓同业乡人感大德

有才有品有识有功有名有望国事著公声

海门戚谊门生

晚辈张乐泉泪挽

张乐泉感慨三次以同乡帖请见，都未拒绝，初见南京鸡鸣寺，二见南通邀投资，三见去大生纱厂结账，因此一辈子以张謇为榜样。不做亏心事，但得夜安眠，成为他的座右铭。两个沙上乡绅从张謇身上获益良多，挽联皆是商、张二人的肺腑之言。谁又知道张謇的影响，竟遍及江南乡野。这都是状元在世坦荡人格的付出而所得不菲的世上友谊，所谓世事难料、善德后延，绝非区区金银财宝所能掩盖，也绝非金榜题名一时的绝世芳华。

张謇最大的善事并未歇搁。

他圈存的沙上鼎兴沙的女师范圩塘名下，一千亩公有土地仍归南通女子师范学校所有。佃户每年上交的租金，由管理人汇到南通女子师范学校账户，续补后期的女子教育，也算好事未零落，还有后来人吧。

盘点张謇业绩：

自1899年开工，大生纱厂一路走高，到1908年累计纯利润达160多万两。创建通海垦牧公司、同仁泰盐业公司等企业。大生向交通运输、酿酒、制铁、电话、印刷等行业四处出击。

1903年创办通州师范学校，至1920年，在通海地区开办了小学315所，中学若干所，师范学校3所，专科学校6所，大学1所。

创建公益机构，1座博物馆、1座图书馆、1个气象台、16家慈善机构等。

偏居一隅的南通人口不过四万。经张謇三十余年的经营，具备了现代化城市的雏形。

张謇将改良社会的重担肩负在一家企业身上，无异于一匹小马拉数辆大车。过于随意的资金抽取，滥生的子公司、孙公司，使表面辉煌的大生集团，实际千疮百孔。脆弱的自治终究无法在时代的荡涤中保全下去。

1922年，随着持续走红的纱布市场突然暴跌，积弊甚多的大生纱厂一蹶不振。1925年，大生的债务达906万两，占全部资产的65.7%。这年7月，张謇被迫将所有企业交给债权人江浙财团接办。南通的自治走向衰落，他的一生心血付诸东流。

张謇给友人信：

　　謇不幸而生中国，不幸而生今之时代，尤不幸而抱欲为中国伸眉、书生吐气之志愿，致以嚼然自待之身，涴秽浊不伦之俗。

从1922年张謇破产，至1926年8月24日张謇病逝，四年。

出殡那天，南通上万人前来送行。就在当天，南京国民政府的北伐军剑指南昌，与军阀孙传芳展开激战——革命至此方兴未艾。

一墓状元荒冢。墓藏一顶礼帽、一副眼镜、一把折扇，一只尽根牙、一束胎发。潇洒最是文人骨，跌宕曾为万民谋，到头来两手空空见上帝。

改良一梦，恍若隔世。

第三十二章 商静山转行洋务业
三公子录取同济大

民国十五年（1926），旧有的北桥镇、三省镇，与新兴镇东西南北连接，跨过常通港与十二圩港汇集一点，成为沙上最热闹的新建集镇。相对于十一圩港，乡民以港代镇呼它为：十二圩港。十二圩港有得天独厚的交通优势，轮船北渡南通天生港，汽车南达常熟—苏州。

多年前商静山的预言，几乎一一实现。从一海坝，到二、三、四、五海坝，都由他督造。今年，六海坝也造好了。造海坝挡潮拦田。圩成后留下的北夹河窄了，仍可以行洪泄水。至此，沙上北夹河沙地探底了，东去是大江口子，不需要海坝了。

静山的计划全在他脑海里。

民国以降，造镇几乎是沙上大佬的共同癖好，居于商业、文化、地域产品推销，造镇是必选。各处小镇如雨后春笋，而静山隐约觉得，十二圩港能成为沙上的发祥地。此镇与小沙圩造镇相隔十多里，可以分享肥沃沙土的众多好处，可以说双臂联袂，相得益彰。大杨树那边有田园牧歌，可发展兴旺的棉粮市场。十二圩港有港口驻军，而为江防要塞，具备战略地位。一种互仰、互润、互抱的关系促进了政治、军事、教育、宗教，都跟了上来。

静山是个很奇怪的人，出生木匠之家，却资历丰富。十七岁就被提拔为见习工程师了。他参与了郑记刘海沙北片围垦，创造了令人赞叹的业绩，奇的是他的脑袋始终会产生新想法。他暗中萌生了以赚来的钱投进慈善的想法，裨益社会，回馈苍生。

他与乐泉的分界点在于，那次他去常州听红卍字会，乐泉去了大丰看滩地。从此，静山与西方的实学关联，而乐泉是一脚一个坑，踩进了更远的围垦世界。

曾九圩宅地开办一家小油坊。静山当时就萌生心思：开一家大的怎样？吊唁张謇大人后，他周游南通，看到原来四里宽的南通膨胀成人口十万的城市，只用了几年，张謇老爷的办法啥都有：纺纱织布、电厂水厂，也有榨油厂，但不全是新式机器。南通油厂还用老办法，即卧式的油槽嵌入法。打油靠工人的铁榔头，一锤锤打上去压出油来，产量不高，甚至他那曾九圩小油坊，每年也可在南通市面销售豆油、棉籽油、菜油。

据他测算，一家完全人工的榨油坊，一年也有五六千营业收入。他想，那么开一家机器生产的洋榨油厂子，一定赚得更多。原料，长江两岸丰富的棉籽、菜籽、黄豆都不缺而且便宜。那洋机器他已经派儿子去上海了解过了：需要一部引擎、一部蒸汽发动机和附带的余热发电设备。其他卧式的油饼榨取设备，土法木料的也可请木匠制作。

新油厂的开发，静山必然选在十二圩港。

在静山眼中，常通港与十二圩港汇合处，地势高且平整，是一块不可多得的风水宝地，这是表兄虞恰恰的地盘。虞恰恰与商静山都是去常熟曾府的买地人。商静山住曾九圩，虞家住曾八圩，逢年过节有来往。多年来，虞家这块好地也就收地租，没别的。虞恰恰手里有钱，平时喜欢抽大烟，打发日子。

沙上这地块远，四里方圆闲得久远了。话虽这么说，买家必须亲自出马。

静山想着这块地，选个日子，雇辆黄包车。这百把里路程，雇了个强壮车夫黑神猴。那黑神猴长得瘦不拉几，身体不壮力气却有的是。那天在商家吃个饱饱的早饭，让静山踏上车沓、坐进车棚，他就放下车帘。

路途遥远，往南一会儿，静山就听见外边虎虎生风起来。民国十五年（1926），在乡下是看不到汽车的，黄包车是有钱人乘坐的。早上卯时出发，自鸣钟嗒嗒嗒响了六下。黑神猴在路上不时与静山聊天。

"先生，您这好长时间没出远门啦？"

"嗯，那几年东奔西走筑坝科圩塘。你的活儿也没少哦。"静山笑笑。

"先生，你这档子事我都能数出来。这今年的已是六海坝了吧！哈哈，您多辛苦！"

"那是！今天也跑得远，百多里路啊。常熟城里去过吧？"

"去过。张乐泉、倪胜千都雇我的车。"

"是，你黑老板的车又快又稳。车钱多些，还有赏金吧？"

黑神猴神秘地笑了。

不到一个时辰，到了大义镇要过条内河。

黑神猴说："那座桥上的木头凸出，车会颠簸哦。"

黑神猴请他下车。静山撩开车帘，踏上那江南大地。

静山用手遮太阳，看看日头快上头顶了。那条江南从太湖往北去长江的河，名唤"望虞河"，有十丈宽百五十里长，在福山境内出海。再看看江南的稻地，青青秧苗一片蛙声，都五月末了，静山穿着白色开襟长袖衫，黑脸上一双精明的眼睛闪闪发光，才四十七岁哦。

黑神猴想，那额头凸出，双眉飞蹿，是个人物。今天商老板的赏钱一定多。

车停河畔，静山下车。过了一座桥，黑神猴撩开门帘，静山一脚踮起，上了车。

黑神猴说："这下快点，先生您坐好。"

静山只听外边呼呼呼地，小半时辰就进了常熟城，转几个拐弯，就来到西门内虞山脚下。一排围墙里边透出黑瓦百墙。静山下车喊了仆人，转告沙上商先生来了。那六十岁的虞恰恰，慢吞吞来门前，作揖迎接静山。黑神猴对面一看，那人瘦长条儿，一副长脸颧骨凸出，两只眼睛耷拉着，半开半闭，露出了一点笑意。

黑神猴想，虞恰恰五月天还穿着夹袄呢。身上倒是干干净净。

静山让黑神猴递上一份礼品，那虞恰恰叫人送进去，没看。

静山说："这里边有上海百乐门的京戏片子，您收好了。"

虞恰恰笑了笑，心想，今天肯定有事求我。

进客厅，问："没吃饭吧？"立马让仆人端来热饭热菜上桌子。

又对静山说："趁热快吃。"

那黑神猴就去厨房吃了。

静山一个人喝了二两酒，草草用完。然后两人并坐在方茶几左右两边的红木明式椅子中。仆人在一旁递上茶来。

恰恰说："今年新的虞山茶。"

静山抿了一口，果然清香醇厚。

恰恰又说："东北风吧，把老表吹来常熟了。"

静山说："不瞒表兄，真的有事求您。"

恰恰认真起来，说："只要为兄能帮。"

静山说："就您家的刘海沙那块地。"

恰恰说："是吗？"

静山说："现如今想开办一家油厂，表兄能不能相让？"

虞恰恰眼前浮现常通港南，自家盘了两百亩上好的高地。

他说："我家宅邸还在曾八圩呢。那点儿地种点粮食吧！"

静山说："您这常熟城里，还缺沙上粮食？您别逗乐。"

虞恰恰爽快，单刀直入："真的开油厂啊？"

静山立马跟上说："您也可以投股份啊，年利高哦。"

虞恰恰说："哈哈，不急，您要就让给表弟了，肥水不流他人田。"

静山一惊，他同意了，于是问价。

虞恰恰说："那年买来至少也花了一百多大洋/亩吧。现在周围都是镇，地价高高的了。"

静山也爽快："虞兄，开吧，我不还价。"

于是虞恰恰笑笑："自己人便宜点，一百五十大洋，别人来就二百咯。"

静山想，也是，谁让他当年眼光好，看中这开镇地盘呢！

这时，虞恰恰的眼睛里已经流出眼泪，鼻子里淌下清水鼻涕，接连打了好几个呵欠。

静山聪明人，不愿揭穿他的尴尬烟瘾，就说："一言为定，改天我让你表侄儿从贤开银票三千，您给地契吧？"

静山知道，虞恰恰三收三放，精明着呢。反正自己必须买下，也可怜他如今只有眼下的宅邸和曾八圩的仓房了。此刻，十二圩港那块两百亩地被静山获得了。

黑神猴拉着静山沿原路而返。路上车陡，静山在靠背上不能安静，想着开镇办厂的许多杂务。

在商静山的圈子里，有鼎峰公司的同事圈，自己以老成稳重博望。他也绝不会忘记常熟西门虞山脚下的宅邸，有一位特别的贵族虞恰恰，原名虞家驹，因为古派加新派，被常熟人唤作恰恰，很会闹抠的意思。他是江阴郑家的亲戚，静山夫人郑灵素的表兄。多年来，他一直默守自己的生活规矩，一点没改变。起床就点上烟管品尝那令人来劲儿的白粉。早上去山景园吃碗鱼丝辣椒面，上午泡兴隆寺的茶馆，中午尝尝王四酒家的炖骨头汤泡饭，喝二两白酒，下午在家里睡半天。

家里事务有夫人、儿子打点。他喜欢边抽大烟，边开留声机听京戏，对京城里的名角儿如数家珍。静山很崇拜这位前朝发过的大表兄，说一不二从不改口的，这也影响了静山的做人原则。虞恰恰的自由来自把一切都看开了，而自己的不自由来自众多的世间俗事。

静山这油厂的开办和新兴镇开街，就在商从贤读书期间。

三公子商从贤，被南通农校以"不守规矩"开除后，在家中足足哭了一个礼拜。总归年少气盛，自觉委屈无比，想怎么就遇不见一个当代包文正呢。凭商从贤的才学品德，怎么南通农校都混不上毕业？在这时，他知道邝翠屏一定也很伤心，不知半年后，她是怎样一种境地。后来，他冷静梳理了一下，也有自己做错的地方，没先让邝家父母认识自己是怎样一个人。自己知道父母知道邻居知道，南通人咋知道？相信如果他们看到他后，也许做得不会那样绝。

商从贤是个很有志气的小伙子。

当初对自己说，此处不留人自有留人处。何不推倒重来，重考学校？反正年纪还轻！成绩底子十分优秀，考试必定通过。他又去问了南通的同学们，知道每年上海几所大学，像复旦大学、同济大学、圣约翰大学，都来南通招生的，农校也有毕业后又考上大学的。而且，上海的大学舍得花钱聘请外国教授上课呢。回沙上，商静山见到儿子不知从谁处捧回一大摞书，天天在书房里闭门读书，谁也不见，三餐茶饭由仆人送进去。

这年的春末夏初，从贤直接去了上海同济大学，领取招生报名表填写。夏季放学，他就按照规定，去上海住在沙人开的通和旅馆，坐车去参加同济大学入学考试。成绩出来后，他又很自信地接受同济大学的面试。

面试是个很有趣的场景。

一间四方办公室里，摆个长方桌子。有个外国人高鼻子蓝眼睛，套一件汗衫坐在那里对他微笑，还客气地请他坐下。

只听那外国人说："我叫弗里斯，英国人。来同济大学五年了。"

提问先从从贤的名号经历问起。

从贤是个聪明人，说了名字，略去被南通农校开除的细节，只是说生病后，以高中同等学力来考同济的。

弗里斯问了他几个物理方面的问题。比如水的沸点，蒸汽的力量如何变成动力的？

商从贤答得头头是道，蒸汽是在外部压力下越积越多的分子能量，变成动力推动活塞运动，等等。

这些都是技校的功课。他读了书本，又懂得自家小油坊的生产，回答简易实在。可见为了录取同济，他花了多少额外功夫！

弗里斯很喜欢这个黑黑的，长得精明，头脑灵活的青年学生。

从贤很有礼貌地告退，让下一个面试。

回到沙上，半个月后，他就接到了绿衣邮差送来的盖了同济大学印章的录取通知书，外加例行事项。

接到通知书，心中暗喜，他知道这刻终于是跳出重围了。第一个就写信给邝翠屏，为使她放心，他是不会变心的。

商静山知道儿子考上同济大学，喜上眉梢，但并未大事张扬，也未请酒祝贺。这是他从小养成的冷静性格，只是准备了必要的行李和学费。

秋季，商从贤就去上海读同济大学机械系了，而他的主课老师就是弗里斯。当然，商静山的洋油厂的开办，少不了儿子从同济得到的一系列妥善安排。其后的各类机器也由弗里斯帮忙，从美国订购运回的，保证买到后随时可用。

二十世纪前二十年，静山造镇、办厂，两大喜事都亏儿子商从贤参与了。他一展所长，机器的购买、运输、安装、匠心独运，是不是巧合？农校毕业未必懂工业，重考同济，恰巧办厂，机器安装，开始请的是南通师傅，待一切装好后，调试发动机。那崭新的蒸汽机竟然纹丝不动，急坏了商静山。在洋玩意儿面前，他一窍不通，只好让儿子回来。从贤把装好的机器一件件拆开来。仔细分析才发现：原来是请来的南通土师傅把蒸汽机四个运程装反了。他自己动手重新安装好，对这个常识性错误很愤怒，去客栈找南通师傅，早逃之夭夭了。

十二圩港，轰隆隆响起来一种不间断的声音，一直响了近百年。

这种匀称而坚实的声音吹进了沙上人的耳朵，只知道脸朝黄土背朝天的农人，祖祖辈辈从没听见这怪声音。于是，早了十年的新兴镇逐渐繁荣兴旺起来。商静山到四十七岁蓄须，才觉得浮生初安。

一天傍晚，静山父子同游了新兴镇、三省镇、北桥镇。新兴镇宽阔整齐，一个大转角往北跨过常通港木桥。桥上有花纹栏杆，桥下水色浑黄，潮水正在上涨。桥东街五丈地两边街属商家的，接上曾家一里路长的东西街，名唤三省镇。三省镇往西，接上了横直东西的北桥镇。北桥镇东西出口，有去往十一圩港的大路。顾记两兄弟，就居住在北街面东宅邸，三镇呈东西"工"字，中间的三省街最长。这一座完美的青瓦木柱小街，河流曲折有致，穿插了青瓦白墙，岸房影映在水中摇曳多姿。北桥街岸下是四汀宅沟何家仓房。沙上的小桥人家，总给人温馨遐想，引一拨拨沙民来做买卖。新兴镇百余间商户住客，很快兴旺起来。

走完十二圩港，需半个时辰。人们觉得那种早期大隆机器的声音，在远处也可听到，觉得十分欣慰，很快又发现一座小镇虽由三家相接，但主次分明。当初为了对接工程，静山没少与顾、曾两家协商，半个沙上仍属南通管辖。凭着静山的人品和智慧，他慢慢掌握了此地乡情民意，又与十一圩港的原湘军后裔阳胡子，结成安全联盟。

张謇的乡村自治，在他去世若干年后，由他曾经憎恨的商静山在沙上完成。商静山与倪胜千、张乐泉同为十二圩港议事局董事，主席是同余庄的老板倪胜千。商家建新兴镇，正处于和平年代。由此静山明白了，老前辈为什么在沙地造了毛竹镇，造镇——行政、经济、防务一体，现在挨到商家了。

岁次，常通港南这块地，成为商家地盘。

新兴镇、北桥镇、三省镇一体运行，是一件很幸运的事。十二圩港在其后的十年与大杨树镇双雄并立。商静山想的是，这里的每一天，远近都能听到机器轰隆的声音。而乡人在想他，又会有什么样的新作推出，被世人再次惊奇呢？

第三十三章　商从贤潜心学课
邝翠屏冰心玉全

同济大学初建于1907年，校名为上海德文医学堂。1924年5月20日，经南京国民政府教育部批准，改名为同济医工大学。因此，5月20日为同济大学校庆日。

开学第一天，商从贤走进法租界张家浜新马路的同济校门，看到一块巨大的横石上边雕刻了严谨、求实、团结、创新八个深蓝色大字，下边是德文版本。一望而知，这所大学的校风与德国的严谨国风有所联系。同济新生似乎已经预料到，其后的四年本科，将要过一种什么样的生活。

夏季里，那些乳白色或灰青色的三四层建筑，不乏欧洲汉堡的湖畔风情。椰子树摇曳着长长的凤尾树枝，与北欧的墨青色云杉互为邂逅，让人感觉既不是在南美也不是在挪威，这是中国的上海。从贤怀揣二百大洋，一脚跨进同济医工大学的报名大厅，看到已经有很多同学穿着或中式、或西式的夏季服装在排队。那一排挨个的宽长桌子上，盖着洁净的白色桌布。

夏天十分炎热。抬头看，上边是圆形穹顶的乳白色天花板，一台台枫叶电扇匀称地旋转，送来阵阵凉风。窗户外，宽广的校园十分安静，从贤注视着这一幕，一届又一届的莘莘学子是如何来到这里的？看到那些城里的娇儿们，穿得西装笔挺，肩挎的皮包里有的是钱。大厅前停有多辆墨黑、灰色的发亮的汽车，全是送行来的。而从贤只有两百大洋，藏在拎在手中的一个土布包袱中。

等待前边的同学报完道，他在长桌子前不慌不忙地解开包袱，把里边的录取通知书、注意事项和本人照片都摊在老师面前。老师微笑地看着这位脸色黝黑的俭朴学生。最后，他把藏在包袱深处的二百大洋，哐当当、亮晃晃地交到桌子上。

老师又笑笑，心想这城里学生都用汇票了，他还揣了沉甸甸的袁大头。

忙完，老师问他："你是哪个省的？"

从贤用崇明话回答，南通县常阴沙的。

老师说："好啊，离这不远。家里是做什么的？"

从贤答道："种地的，有一家小油坊。"

那报名老师知道了他的家况，说道："不容易考上来的，一定要好好学啊！"

开学第一课，谁知道那个面试的弗里斯先生，竟是从贤的基础课教授。他教高等物理、高等数学、高等化学和机械学原理。从贤觉得有缘，这就有了熟门熟路的第一引路人。从贤想，幸运啊，被农校开除，那片屈辱的阴影总算散去了，他可以毫无羁绊地继续读书之路了。

师从英国教授弗里斯的商从贤，在同济大学发生了很多趣事：拿错裤子、做错模型、眼睛近视、能一天不吃饭……这些都被同学们视为"土老冒"，岂不知从贤在认真钻进一件事情的时候，是从不分心一点点的。这就发生了令人不解而又平常可笑的趣闻。

有一次，那高鼻子、蓝眼睛的弗里斯，正在长长的黑板前演示一只圆筒型的钢管，讲尺寸的厘米、毫米。弗里斯说，那一厘米可以是个周长，而一毫米就是个组成周长的尾数了，所以，制图的时候要看清写清，不能有一丝一毫弄错，弄错了装在机器上，就是个废品，还可能是个祸害。然后，就让全班学生画那圆管的投影制图。谁知，商从贤还沉迷于上次那只钢轴承的兴趣中，画完以后交上去，弗里斯教授哈哈大笑。

他对全班学生说："你们知道商从贤画了什么吗？"

随即举起那副轴承图，同学们都睁大了眼睛。

弗里斯说："今天教的是圆管，他交上来的是轴承！"

全班哄堂大笑，商从贤脸红得低下头。

可是，弗里斯说："不错，他画的轴承比你们都好！只是文不对题是个大错误。"

他让商从贤重新画了圆管的图形补上。一堂课散了，大家议论纷纷说，他没看到老师的示范吗？从此，从贤就拴住了自己随波逐流的奔马式思维，免得开小差。他的作业常常被弗里斯当作范例演示。

又有一次，从贤为了第二天要考试，背诵物理知识，花了不少时间。室友阿邱学得很轻松，不需要背诵也记得住。他是从贤最羡慕的天才。那个周日，从贤没去食堂吃饭，而是认真地在宿舍里踱来踱去，背诵课文，连宿舍门都不出了。这一天下来，总算背得滚瓜烂熟。

阿邱对他说："从贤，我给你买了包子尝一下吧？"并放在他的桌子上。

而从贤第二天才当早餐吃。

周一，长长的两小时考下来，他得了全班第一名，连弗里斯也十分佩服他。从贤的兴趣广泛。大学里的阅览室、图书馆是他常去光顾的地方。除了专业知识之外，他也读了莎士比亚、歌德、狄更斯、雨果、卢梭、孟德斯鸠、亚里士多德等人的作品，最喜欢在周末的大厅里，听上海各大学外籍老师的演讲。他的知识面大大冲破了"沙上人的视野"。

从贤是位十分喜欢体育的乡下人，在乡下只看到武术师的各类拳路，什么少林、武当、崆峒之类。那时沙上还没有篮球、足球、游泳、单双杠、跳马等洋玩意儿。

从贤在篮球场上的表现，成为同学们窃窃私语的话题。天气晴好，下课或假日，他一上场脱掉外衣，露出浑身黑色的肌肉，绽鼓鼓的。六个人一队，他跑得快，打得猛，是前锋，每场球，对方总是用高个儿前锋看住他。但是灵巧的从贤为了抢球，可以从对方胳膊底下穿过，双手一接球，球被他截获了，传给队友。投篮也不放过，接到球眼横竖一扫，看到有空间露出，"嚓"一声，那球竟能歪斜式地进篮了。从贤一身黑色的肌肉，迷住了同济的女生们，她们只挑有商从贤的比赛观看。从贤一出场，投球即来，"嚓"的一个远投，3分！她们就会欢呼起来，挥舞双手。

期间没少发生女同学暗送秋波，乃至主动邀请约会的事情。这些女学生穿着入时，举止文明可爱，可惜在她们的前面，有个邝翠屏。许多友善的爱情，都被远在南通的邝翠屏给无形地挡道了。

短短四年求学时光，在严谨的课程学习和兴奋的体育运动中结束。商从贤以一个沙上农民身份戴上了德国学士帽，穿上了学士服。

他手捧毕业证书的那刻，忽然惊醒：怎么一下子登上了具有高水准的大学课堂？

四年中，他知道了同济优越在何方！

在德国人创办期间，同济医学院、工学院，继承了德国大学的传统，有同样完整的医学、工学。由于学风严谨，同济大学的工科学生享有和德国大学毕业生同等声誉和待遇。同济的医学当时已经在国内外闻名，也是当时中国最好的医学院之一，流传着"北协和，南同济"的说法。每学期开学就得交两百大洋，等于乡下两亩地价。这四年下来加上生活费用、其他杂费，没有千把大洋是读不下去的，沙上的人读同济大学，只有富裕且杰出的子弟才有可能。

从贤忽然觉得，他从同济大学顺利毕业，这辈子第一次坐上学士交椅，又想到南通农校的遭遇。他笑了起来，祸兮福所倚，福兮祸所伏。

在与邝翠屏的书信来往中，从贤感受到了她一心一意的真情。邝翠屏在南通医校毕业以后，进了南通首屈一指的基督教医院做见习医生。商从贤心想，以他的家计、身份和学历，是可以与邝小姐在一块的。

这时，他就设想他们的未来了。

邝翠屏在南通基督教医院妇产科见习。自从商从贤被迫离开后，这几年幸而有同学叶家珍转信，她才能读到从贤的亲书笔迹。每当她展开那白纸，看到竖行的流利钢笔字，脑海中就会出现他黝黑精明的脸蛋以及和蔼的笑容。这种情景从未发生过，只有在闺房中，拆开商从贤的来信，才会让她忍不住掉下许多眼泪，沾湿信纸。然而，对于这位大女儿，邝世通寄望甚大。未来女婿，至少是光耀门庭的公子。

邝老爷认为，女儿一有貌二有才，凭邝家声望堪与通州富家结亲。

当他知道翠屏与商从贤在花园相会，儿女情深，就不惜动用名望，让学校找借口开除了并无过错的商从贤。但是，翠屏的倔强使他伤透了脑筋。一般人家有财有势，邝老爷也看不上，所以南通的别家也望而却步了，一阵子，邝家大门再无贵人踏进了。翠屏也已经二十三岁，人家十七八岁结婚，都已经儿女成双的了。邝老爷叹息，偏偏我邝家如此不受待见。他暗暗忧虑，嫁不出去的女儿怎么办？

这也是他心偏理拙的缘由。在从贤大学毕业前一年，倒有个不错的人家，大大超过邝家期望。谁家呢？那可是赫赫有名的江苏省督军齐耀林的侄子齐邦尧，一个即将去留美的世家巨子。

媒人系张謇在南京的故旧，他知道邝家女儿是名女，君子好逑。当邝老爷遇上这门人家，怎肯放过？攀龙附凤的心情喜出望外，于是亲自与女儿说了。那齐家也是南京豪富，何况儿子将去美国留学，将来前途无量，双方说好，先结婚再留美，且有可能携带妻子一起赴美国留学的。

而邝翠屏不论门第高低、远走他乡等诱惑，对商从贤的一片痴情始终未改。如何能背叛？与其说不背叛从贤，倒不如说邝小姐自幼形成的从一而终心理占据了上风。经过再三思考，邝翠屏让弟弟邝伟业转达，回绝了这门亲事，并坚决要求与商从贤结婚。

理由很正当：

一、商从贤是良家子弟，一向品学兼优。

二、商从贤快毕业了，也不辱没了邝家声誉。

三、自古以来情为何物，直教人生死相许？认定从情而不从富贵荣华。

这三条出来，难倒了邝老爷。

但是面对如此般配的一门贵亲，他怎好回绝，以何种理由回绝？因此没有松口。

两次逼婚。一次是南通城里与张謇家不相上下的，督军齐耀林的侄子。另一次是四川财主刘家。翠屏想来想去，还是决定从情。为了辨明初衷，匹夫不可夺其志。

匹夫力量在一个小女子身上发生了，谁知道她的意志如此坚决，竟选择为情，欲在南通长江栈桥上轻生。

那一天，天低云暗。

春天的东北风吹得长江水面波涛滚滚。邝翠屏没有让家人知道，悄悄地从大门出去。只有仆人看到招呼了一声，问了句："小姐去医院值班？"很普通的事自然没回禀邝老爷，但是当医院里电话打进来，问邝医生怎么没来上班？仆人汇报了老妇人，又告知了邝老爷，邝家遂派十几个人去南通城里她爱去的地方查找，又问遍邝翠屏的好朋友，都没有音信。邝老爷心里有种不祥预感，当即派人去长江边寻人。

邝翠屏站在长江栈道上。那些轮船码头的巡夫看到一个忧郁女子在离江岸五十米的桥上迎风伫立。她的脸向着东边，那是从贤生活的大上海。翠屏想，你怎么知道我被家里逼得出此下策？距离遥远，你怎么不为我挺身而出？她觉得，自己已无路可走，只有提前结束生命了。那轮船个把小时一班，巡夫们不知道她何时上船，很奇怪，就报告了码头的大班，大班便前来问询。

邝小姐说："我在等人。"

大班看她并非寻常人家女儿，不能加以阻挠，也就相守在旁。

那邝小姐急了，说："我等人要你陪着？"

那人离开了一点，正在尴尬时，邝家的找人队伍来了。

对翠屏说："小姐回去啦，这江风怪冷的。"邝翠屏一看大队人马来到，知道寻死是不可能的了。

她老母亲脚步慢，跟在后面，急了跑到她面前，一把抱住说："女儿啊，你怎么就舍得娘亲呢？"

就这样，邝翠屏被塞进一辆汽车，与母亲相拥而泣。

这之后，有谁再敢提亲？

回家后，邝老爷再也不敢责问她了，毕竟父女情深，知道这个女儿如此烈性，是不能以父威相逼的。又过了半年多，邝翠屏才渐渐有些好转。她写信告知了从贤发生在这几百里外的一切。

后来由叶家珍转信到同济大学，商从贤还真一点不知道。小小情缘，竟这么难成全？他对邝家重新审视，顿起逆反心，心想你邝家这么不认我商家，难道我有什么见不得人的事？回信也就冷淡起来。那邝小姐认为邝家理亏，只怪父亲伤透了商从贤的心，回信也很坦然："一切顺其自然吧。"

这边邝老爷也自作自受，前边推掉大亲事，现在小亲事也不登门。咋办？邝老爷也只有屈尊，托人往沙上商家提亲，俗话说女家向男家"反盯网"了，自失面子也不顾了，想到了陈宝通是商家好友，就亲自登进陈家大门。

张謇去世，江浙财团接管了大生纱厂。陈宝通未离开厂子，家在狼山脚下的陈家埭上，一个大大的四汀宅沟，吊桥、大厅、岗楼、厢房一应俱全。

邝老爷不觉感叹：十足的乡下隐居人！估计千亩良田，大生纱厂挣得银子不少吧？吊桥上不好走汽车，邝老爷与司机走出来敲门，陈宝通在桥埭上迎接。

见面后，陈宝通问："邝兄很久不来，甚风吹来？"

邝老爷说："哈哈，陈兄多时不见，依旧满面红光。"

陈宝通说："上下可好？"算是问安，邝老爷也就不瞒事情，把女儿不从婚事、江畔寻死的故事说了一遍。

陈宝通说："有这等事？"

邝老爷说："我当初也为她好。"

宝通说："什么呀，俗话说，亲不亲一家人。儿女婚事在南通城里早就不是那大清朝咯。"

邝老爷就顺势托宝通："沙上有个商家的儿子，同济大学毕业。您能否屈驾，为我家破镜重圆跑一次？"

宝通说："解铃还须系铃人。你要写封情辞恳切的信，向他家道歉，不提女儿寻死的事，然后我才能去。那个商家也是个倔头倔脑的，我知道。如今在沙上开办油厂，千亩良田不比你我差哩！"

邝老爷自然按计而行。

半年后，从贤同济毕业，时转运来。他的父亲商静山答应了邝家婚事，定在农历十一月半的黄道吉日。

商从贤细想，邝小姐愿为我而死，我岂能负她的冰清玉洁。

到了良辰吉日，长江上风平浪静，潮水自东而西缓缓上涨，是成家立业的好兆头。邝家是那种南通城里办事，封路上道的人家。如今衰落，势力小多了，再也不摆大，只是一般嫁女儿的场面。嫁妆足足装了十二条船，金银珠宝、箱柜盆桶、绫罗绸缎，一应俱全，还扛上五千大洋的红封妆奁钱。

北雁南飞。

长江上二里长船队红妆挂喜，吹吹打打好不热闹，照例新郎乘船去邝府，拜见岳父岳母，与众亲戚长辈会面拿红包，然后新郎压船在最后段位，护送那十里红妆一路稳稳前行。

众人渡江到十一圩港上岸，嫁妆由商家队伍运回。新娘到宅，跨火盆，放炮仗，三拜之后，由新郎搀扶上了大楼。这是商静山第三次娶儿媳妇。前边两个住在新兴镇上，老大在杨舍警察局，老二是教书的，唯有这老三最争气。上海同济大学毕业，娶个聪明能干的南通望族之女，又为商家翻了个身。

人群里，静山红光满脸摸着那三绺胡须，呵呵地笑着接待各方来宾。

喜酒一直喝到三更天。邝翠屏与商从贤很晚才熄灯安睡，燕尔新婚加远别重逢，说了一夜的情话，竟未行夫妻事，一直到第二夜，才享鱼水之欢。

这个饱尝了人间之苦的姻缘，多不容易？

第三十四章　丁福轩一家分南北
耕余庄大房招女婿

丁赛福因受伤，不能参加春季挑泥围垦了。

粮食不够，导致全家吃喝成问题。赛福家是纯贫农，没一块自家地。前几年种正田里的租田，一年两季麦子稻子，来个四六分成。自从赛福受伤之后，只能种别人不要的胯脚地，没有稻子了，粮食更加紧缺。

五年来，赛福的女儿老四和老五都得出去讨饭，而静贤呢，也只能靠为人纺纱织布挣钱买粮。赛福有辆独轮车，是湘军老爹从湖南带来的，平时就为人家运输、搬家等得些工钱。但赛福是个天性乐观的人，他对生活的认识就是只要挣点钱够一天吃喝，就不再心里发愁。所谓钱财身外物，肚子饱了就行。这点最低限度的生活水准降下来，就被邻舍亲戚看低了。

赛福把满腹忧愁放进了喉咙，往往走路唱山歌：

> 春季里来暖洋洋咯，田里麦子都放青哦。
>
> 今年麦收两三斗哦，妹子家里我来忙哩。

他有信手拈来的唱歌天赋，到七月七山歌会得些奖赏。也许山歌纵容了他的狂想，一辈子就是个理想主义农民。家里有老伴一人盘算，不知道柴米油盐之贵，小户人家，是静贤起着稳定作用。

老湘军丁耀湘，住在二儿子顺兴家里。赛福从不妒忌和怀疑爹娘是否补贴了弟弟一家，那耀湘老头也不常来看望。儿子无能，自家又人老财乏没能力救助，任其自食其力罢了。耕余庄的大妹子做了寡妇后招了个后夫，条件比大哥赛福家好多了。

穷在闹市无人问，富在深山有远亲。

有一年春夏之交，丁顺兴的两个儿子，来到耕余庄玩，一是采摘桑叶喂养蚕宝宝，二是到大伯和姑妈家探望一番。两人跑着前去，他们从早上开始跑，一前一后有时并排有时分开。沙地苇塘的乡村风景十分迷人，一家家茅屋后的大杨树都散发出一种杨叶香味儿，一朵朵轻柔的杨絮飘在空中，粘到行人的衣服上。燕子双双忙着从水畔衔泥筑巢。鸟儿在向阳人家的茅檐底下，垒个鸟巢，躲在里边孵蛋。没几天，鸟蛋就变成了六七只小燕子，嗷嗷待哺。燕子父母不辞辛苦，一点一点去寻找。庄稼叶子上的虫子，被鸟儿叼回来，忙着用黄黄的尖嘴，俯啄给小燕子吃。

从元兴圩到耕余庄，要穿过好几个村埭。兄弟俩弯弯曲曲地过小桥，上大岸，走上这条十一圩通东沙滩的大路。他们当然不是双手空空无事可做。只要远远地看哪家有大桑树，就会跑过去，简单招呼，把桑叶采下装进围腰兜里。有一家的大黄狗"汪、汪、汪"的追着俩兄弟吠叫。高个儿二泉让大泉爬上桑树，他抓了一块碎砖，狠狠地朝准黄狗砸了过去，那黄狗疼得汪汪叫着，乖乖走了。

又有一家，篱笆墙内茅屋背后有棵大桑树，从外边够不着采不到。大泉哗啦一下子扒开一大洞，从篱笆墙钻了进去。那家人听到后出来骂了几声。

那大泉说："采桑叶摘李子，都不犯法的事儿，你也别骂，采完就走。"

二泉说："你家的狗也用绳子牵好了，别给我看到能杀死它。"

那家看这兄弟俩好横，也就采点儿桑叶，罢了不吱声。他们这样一路走一路采，两个大大的包兜装得满满的了，这才想到肚子饿了。

上午时分，总算来到岸下的大伯家里。赛福和静贤都在家，四姐和末姐还未出去讨饭。亲戚相见，自有一番喜欢了，姊妹俩喊了大哥、二哥，俗话说亲不亲一家人啊，小时候在毛竹镇和庞家桥，他们都围一张桌子吃饭的。

静贤听到侄儿来了，就迎了出去，喊道："啊呀，走累了吧？"伸手把桑叶都接下。

兄弟俩喊了："大娘、大伯。"邻家十几岁的毛头小子好奇，这俩哥哥什么风吹来的呀，一起迎到丁家门口，男孩们一起说话。坐定以后，静贤倒上两碗开水喊他们解渴，大伯则与俩侄儿唠起家常来。

赛福说："爷爷在家干些什么？"

二泉说："他呀，还不是跟村人抓抓小湖，打打纸牌，每天早上，那一套拳路要练到吃早饭才歇下来。"

大泉说："奶奶去世后他也孤单，衣服都是他自己洗干净晾出来的。"

赛福想，还是湘军的习惯，不差遣别人。老爷子也有八十出头了吧，身体康健，他特放心了。他没去想儿时的茶馆梦，贫穷的现实下那不值一提。

静贤说："啊，你母亲在家忙吧，今年上了几家的布机？"

大泉说："我也不知道，反正和您一样，每天坐在布机上唧唧呱、唧唧呱，我父亲一早就去了镇上茶馆加砻糠烧开水了。上半年去茶馆打工，下半年花行做工，一年到头挺忙的。妹妹烧早饭，我俩起床晚。爷爷老要我们跟他练拳，说是为了防身，男儿不能不练。"

赛福知道父亲三句不离本行，一把年纪，还忘不了军营里的活儿。

他一脸无所谓，感叹地说："我早不练了，现如今太平年代，也不打架了，练来有什么用。"

二泉说："我俩有时练几把，什么猴拳、虎拳、熊拳的，八段锦我们都会。"

婶婶静贤呢，老早去准备午饭了，拿不出好的，咋办？就把地里嫩生生的芥菜挑了几棵，又让四姐去河里淘米。那是去年织布客户送的旱稻米，挺香的，平时藏着掖着，这就让侄儿们吃上了。

午饭时候，兄弟俩、老伯老婶、俩妹子围桌而坐。静贤端上来热气腾腾的旱稻米香饭，还催他们夹菜，那新鲜的芥菜有股喷香的菜味儿。小姊妹笑嘻嘻地看哥哥吃午饭，觉得欢喜，借哥哥的光，她们不用出去讨饭，觉得有俩哥哥心里挺高兴的。赛福看着俩侄儿，心里涌出来一股快乐，还是心酸，说不上来。

吃完午饭俩兄弟告别，说还要去别处采桑叶，便走了。静贤也就不留，交代他们：河畔树上采桑叶不要落在水里，狗咬躲开点之类。俩兄弟并不知大伯家有多困难，一顿家常饭，吃完擦擦嘴便走了。

静贤心里幻想，等他们长大了，兴许能有依靠的时候。

赛福倒没想这些。他下午还要去帮别人盖房，也走了。静贤照常在布机上唧唧呱、唧唧呱织布。俩姊妹今天看到虎生生的哥哥们，感觉很突然，免去讨饭的差使后，便去地里除草。

大泉兄弟回家，母亲连氏问在哪家吃饭的，是不是姑姑家？

俩兄弟回答："不，是在大伯家呢。"连氏有些愕然。

顺兴忙说："大伯家怎样待你们？"

二泉说："挺客气的，吃旱稻米饭、炒芥菜。"

顺兴又问："俩妹子在家吗？"

大泉说："在啊。"

似乎很正常的回答，却引起了顺兴夫妇晚间的对话。

连氏说："他们家挺苦的，你哥哥不能劳动，家里挣不到钱。"

顺兴说："他也不跟我去镇上找些活干干。"

连氏说："他不是身体有伤嘛？"

顺兴说："哎，也不该让哥哥去打那场架。"

连氏说："他们那边乡邻说，姊妹俩常出去讨饭呢。"

顺兴沉默不语。

连氏说："侄女四姐也快十六七岁了，能不能找个婆家？"

顺兴说："也是，哪里有呢？"

连氏是个有主见的人，说："要说他们家呀，得招个女婿顶门，不然咋办？"

顺兴想，也是，家里不能没个青年男人啊。

连氏说："你在镇上消息多，给哥哥家碰碰运气！"

顺兴真未食言，一连说了好几家。

第一家是元兴圩富农袁家，一共生了五个儿子。前边四个皆已成家，老五因为长得太黑，女孩家都看不上。父母想把他招出去，以免无家之累，无奈说起耕余庄丁家的女儿，老袁家又嫌太穷，儿子去了没好日子过。

第二家是邻村民丰港的张家，也是好几个儿子，剩下一个没娶媳妇。丁顺兴说："我大哥是个老实人，大嫂贤惠。侄女四姐聪明能干，招进去会好的。"谁知老张家一打听，也嫌丁家太穷。再说，还能娶上个讨饭媳妇？不成。

第三家倒有些意思。赛福来个干脆，改了招女婿的主意，采取与姐姐一样的做法——嫁到江南去。

给费家点心店送货的船家说："倒有个外甥在杨舍城里，做糕点师傅。小伙子长得帅，人也麻利。"

全家犹豫，令弟有些心动。但想到前边三个姐去了江南，结果不是很满意。水乡河道叉七叉八，变数大啊。二姐无缘无故被拐走，十几年没有消息。我去杨舍，又会有什么样的结果?

八字排得不顺,也就不干了。

两年过去了。四姐令弟十六岁了,民国时代,该是谈婚论嫁的年纪。

丁赛福夫妇也纳闷,四姐的婚事,咋这么难?

搁了一阵,事情有了转机,丁顺兴没少关心。他是德茂祥花行的老工人了,老板是张乐泉。不但认识他,而且很相信他。有一次,师傅们饭后歇息。乐泉来到他们中间,闲话一番,无非是张家长李家短,忽然引起丁顺兴的一段忧愁来。

他说:"啊,张先生。你看我哥是耕余庄的,生了五个女儿个个能干,都是纺纱织布的好手。前三个嫁了,第四个正当年,想招个女婿。"

丁顺兴是十几年的老雇工了,乐泉静静地听他说。

丁顺兴又说:"第二个最漂亮,做事大大方方的,却没好报。在江阴峭歧被拐走了,我哥伤心了好长时间,嫂子还为女儿的事生了场病。"

乐泉内心很同情这乡村人家。想起自己娶了两房媳妇,留下小张菊才上学。偌大新宅,孤零零的没个弟兄,也很凄凉。那么,这丁赛福五个女儿没有男孩,也很可怜,忽然起了恻隐之心。

就说:"我帮你哥家看看吧。"

回家后,想起那个小书童吴四哥,今年已经二十一岁,也是自己忽略,没有考虑他该有的婚事啊。有次与吴四出去,乐泉在路上和这小伙子说亲了。

乐泉说:"吴四今年几岁了?该找个媳妇了吧?"

吴四想,明明十二岁到你家做书童的,都九年了啊。

不过也害羞地说:"早呢。"

乐泉说:"不早了。"

吴四说:"我无家无业的轻松,一个人吃饱全家不愁。"

心里却默默地想,谁能给我做媳妇?你老板会帮吗?

乐泉听他说得实在。转而一想自己当初要了这小男孩,一晃就长大成人了。十年的风风雨雨,吴四没少伺候呀,下雨拿伞、饿开小灶、出门买票、洗汰衣服,样样辛苦。这么多年连头发都是吴四给打理的,把一个张乐泉弄得清清爽爽,一番老爷派头。

乐泉想,这小子不能亏待了他。

乐泉回来和老婆商量，俞春秀也同意这门亲事。于是正式和吴四说了。吴四心里懵懵懂懂地：一下子就要结婚了？他很难想到成家立业的事情。夜来独宿，每每隐约有要个老婆的想法。现在老板成全，那么还需要拖延吗？

第二天就答应丁家的亲事。乐泉委托厨娘李家妈妈去耕余庄说亲。丁赛福不做主，费静贤倒茶待客，说起老四的婚事。

李家妈妈说得头头是道："你们家人口不多，招个女婿合适。男人嘛，各家不能少的，何况赛福哥年纪大了，家里大小事情，谁来顶门啊！"

四姐令弟在隔壁屋里，听说给自家说亲，害羞不来见面。母亲喊了几遍才来。她原先倾向于那个杨舍小伙的。这下，也没看到人。

但她不想就此决定。隔了一天，李家妈妈又来了，带上穿得清清爽爽的吴四，来相亲了。那天并没有事先通知，小姊妹穿着破破烂烂的乞丐服，恰好在其后回家。四姐很警惕，一听家里有客，不想让人看见这副讨饭模样。

她悄悄与末姐说："我先绕道山头畔，把讨饭篮子打狗棒丢在那里。你从后门进去拿衣服，我们在坑棚里换了衣再进屋。妈妈问起呢，就说帮邻居干活的。"

四姐悄悄换了衣服进屋，一下就听见上次来的李家妈妈的声音，旁边还有个英俊小伙子，客人与妈妈坐在堂屋。四姐穿的平常衣服，很普通，不显得突然。四姐听母亲喊声后，大大方方进了堂屋。李家妈妈上下一看：这孩子瘦了点，但模样大方，额角很宽广，管保是个主事人。

四姐上来礼貌地叫声："李家婶娘。"

吴四的眼睛转过来，看看长得咋样。

四姐也不害羞。青年男子嘛，走村穿巷见过不少。她大大方方地回瞧了他一眼，只见他身材不高，五官倒是清秀的，身上穿了一件灰色长衫，洗得整齐干净。四姐知道了他是个孤儿，心里有点同情。那吴四见到四姐，虽是穷人家女儿，表情做派很大方。他想，她绝不会是小家子脾气，也不会是羞羞答答的农家女。

双方心里有某种默许。

这客人走后，费静贤问女儿："看看这个小伙子怎么样？"

在外公费家，也看过几个男孩的，四姐也没有害羞。这个吴四，在令弟内心看来是个孤儿，或许他的心会稳定的，这对丁家有利。她想，听说杨舍的小伙高大帅气，但离得远，这个吴四矮了点，可离得近。权衡后，她同意了。

　　静贤很喜欢这个无家可归的小伙子，心里盘算，吴四该是个可靠的孩子。在大人家做事，有稳稳当当的工作。也不知怎么地，她竟然会想到，他今后可以为丁家生孙子的。

　　真是直觉吗？

　　赛福也点头同意，于是丁顺兴给李家妈妈回了话。

　　张乐泉见这门亲不费事，也很高兴。这就给吴四说了很多成家立业的故事，期待这位好伙伴能明白，有个很好的屋里人。吴四自然感激老板成全，他细心地把老板的生活照顾好，报答他的知遇之情，内心有期盼，也有很多迷惘。

　　吴四孤身为仆九年，忽然像一只独鸟返归林子了，想想吴家飘零江南，七零八散不得团聚，至今才有了归宿，不免忐忑地想：从此，我会不再孤单了吗？

第三十五章　张乐泉中年得子
吴四哥独鸟归林

攀亲的几道手续：

一、提亲。二、排八字。按求婚者出生年、月、日、时辰，排出四柱的天干地支，为婚姻的命运预测，初定能否继续。排好八字写帖子送到女方，与之对比是否般配，这就决定了婚事走向。三、双方承认后，需要有婚约。看女方是否收下男方帖子。四、择婚期。农户人家大多选在十月丰收以后的上寒头。定了日子，提前一月送彩礼，叫对月礼。按照男家经济实力，一般送金器、糕点等，选好吉日良辰，亲戚朋友贺喜送礼。喜家前前后后打扫干净，准备远方客人的卧室、被子等。

吴四的媒人是李家妈妈。老人家六十岁不到，生得小巧玲珑，衣衫整齐。她拿来八字，交给丁赛福。丁家一想，就由长腿赛福去民丰港妹夫家走一趟。妹夫施庭贵有苏州玄妙观拆字先生的资历，现任民丰港的圩长。圩长管丈量田亩、河道疏浚、交纳田赋等行政事务。

民丰港的圩子里，数他学问最大。

赛福把吴四的八字帖子揣在怀里，一阵急风般赶路。从耕余庄到民丰港有四五里路，背上出汗了。下大岸进村埭，不觉就到了施宅小河前。只见施宅处于中心沟和小明沟的交叉直角，一派杨树和桃树种在沟岸，下有小水栈。朝东朝南的七间茅屋，也是个直角，中有凉棚走廊。陆直角虚抱了水直角，所谓地角方圆者是也，风水好。

赛福轻轻地踩上三根木小桥，走进南屋大门。表妹戴氏正在灶间做饭，妹夫施庭贵在堂屋里翻看皇历，一见表哥来到，摘下眼镜笑眯眯迎接。

赛福说："妹夫忙啥？"

庭贵说："随便看看今朝日脚。"

赛福说："今儿初八啊。"

庭贵说："快请坐，歇歇。"

戴氏见表哥来了，过来递了毛巾给他擦汗。

赛福说："阿英子，烧饭了？"

然后戴氏说："我去抓几个鸡蛋炒炒。"

赛福顺势就坐下。

赛福说："不瞒庭贵，我家老四攀亲了，让您看看男家的八字。"

庭贵说："哦。"他拿起赛福递上的红纸八字，戴上眼镜，细细端详起来。

赛福只见他一会儿舒展皱纹，一会又皱眉，一会儿开怀，一会儿微笑。

不禁问："咋样啊？"

庭贵说："上上号八字。南大五，吃满笋。男子七月生女子四月生，又是凤仙配枇杷，一窈窕一黄熟。这日柱么，刚好都是二十一，架起来是四十二、八十四、一百二十八。这家要发的。要问发在何时？子孙兴旺，后福无穷。"

庭贵怕他不懂，或说话过头，忙回头解释："三四代之内，必有大兴旺。"

赛福听他念一个字，就嘴上笑一下，暗想：忒远哩！谁知道是不？他看庭贵顿了一次，刚才皱眉怕中途有卦，不确定在何时，不好冲淡他的兴致，就没提。

说了大半会，赛福笑得合不拢嘴，问："有这么好吗？"

庭贵说："自家人咋能骗你？"

那边戴氏喊："饭做好了，上桌吧。"

于是齐到厨屋。八仙桌子上摆的一盘蒸咸肉、一盘大蒜炒鸡蛋、一盘紫色茄子、一盘红烧肉、一盘咸春鱼，还有一大碗咸菜肉丝汤。

庭贵说："喝上点儿？八字这么好，大哥您交好运了。"

于是两人推杯换盏，热乎起来。戴氏忙给哥哥碗里夹肉夹鱼。

赛福呢，很久都没享受到青年时代的亲情，心里有说不出的开心。

庭贵还给挑了个结婚日子：十一月十六。

丁家回去就给了张府回音，女家赶紧用吴四送来的布匹做衣服，还有那彩礼大洋，请木匠打了几样家具。那静贤旧日的橱柜，也挑一两样凑齐。

等到十一月十六，天气甚好，有点儿小西北风。吴四在张府上穿戴整齐：瓜皮帽长衫加上黑绸缎马甲，一双全新黑布鞋是四姐令弟给他做的。

离别时刻，吴四去宅上张夫人处叫应一声。

春秀说："张宅的人出去，人俊奇。"并嘱咐他："好好过日子。"

那乐泉少不得又给了他两卷喜烟钱放在兜里，临时取用。

然后吴四对乐泉夫妇说："老爷和太太带大了我，我这就去丁家了。您二老多福多寿。"

乐泉夫妇想不到，吴四也有这一天。

女家呢，四间茅屋，东上首父母居住，西头就是吴四和令弟的新房。那些结婚的家具摆齐在新房里。新郎官到后免不了放炮仗，热闹一番。吴四下车给了双份车钱，然后由丁家人领进堂屋，听司仪的吩咐节奏：拜天地、高堂，夫妻对拜。

丁家今天算是多年来最热闹的一天了。男方来彩礼较丰富，吴四全部结存工资，十三岁算起到二十三岁，也有一千二百大洋。张宅拿出三分之一，给了结婚彩礼，置办家具外，余钱作请客办酒之用。丁家请的客人方方面面都到了。爷爷丁耀湘、叔叔丁顺兴夫妇、大小泉堂兄、丁美娟夫妇、费姥姥与华成夫妇、表妹施氏一家，四邻八舍一共十桌。婚宴菜肴四盆八碗，喝的是家酿老白酒。

吴四结婚，天晴暖和。客人们都高高兴兴前来送份子钱，一派大吉大利的气氛，属于龙凤配的吴丁之合，全家皆大欢喜。第二天谢媒人，李家妈妈高高兴兴地喝了好多酒，疯疯癫癫地回到张宅，讲给乐泉夫妇听。春秀说，我就像嫁女儿吧，明天让吴四与四姐回门一次，于是派短工去丁家通知。第三天，吴四和令弟坐黄包车回到小沙张府，免不了带些点心礼品给老爷太太。乐泉对这场主仆情谊，也甚满意。

事情过去后，吴四回府当差。

办完吴四婚事，乐泉也心定了下来。不过他忽然想起，一年到头忙忙碌碌，只是为了多挣点儿地和钱吗？他心里一直有个心结：古贤说，不孝有三，无后为大。三十多岁只有一女儿，与静山比差一大截。他家四子两女，子孙满堂，过节日热热闹闹的。在我这年龄，他已经儿女双全了。

张太太俞春秀，下人皆称呼她为"奶奶"，作为上辈人的尊称了。可她毕竟才三十几呀，来了张家三年，没有生个一儿半女，心里总觉有愧。出身猪行的俞春秀，读了小学后再没上学，在家坐吃等困，闲得很。不过父亲俞胖子却是个粗中有细、做事能干的正人君子。一家人吃饭时刻，他总给弟弟和春秀说些仁义道德的故事。俞老板的信条：公平正义都由老天管着呢，举头三尺神明在，看着人在干啥哩。因此，俞春秀来张宅做事大方，待人不错，颇得人心。

春秀私下里与乐泉床笫之间，也颇相爱。她爱乐泉的能干、忠诚，乐泉爱她的大方、善良，配做大户人家的主儿，无奈没怀上小孩，也去中医大夫处吃药，补身子。但春秀自忖："自家太胖，不知怎的怀不上孩子？"

这几年下来男主外女主内，日子过得不错。小沙圩的张宅也树木峥嵘，一派繁荣气象，缺的就是子嗣。俞春秀迷上了去庙里烧香，各处敬拜送子观音，还到狼山上大圣菩萨神座前叩头许愿：生了儿子一定来捐钱随喜。

上苍有眼，眷念张乐泉，结婚几年没生育的春秀，在三十六岁时竟然怀上一胎。

喜讯一来，俞春秀什么事都不做了，乐泉关照宅上内场的家事交给管家杨竹堂，迎来送往、田里生活、买卖菜肴，分配各仆人，他们一样做得头头是道。俞春秀一个人坐在客厅或房间，摸摸肚子一天天大起来。大夫关照，须到宅上各处走走预备顺产，到七八个月光景，晚上睡觉时肚子里小孩在踢脚。他让张老爷也来摸一摸。乐泉说，准是个男孩，这么调皮。果不其然，翌年六月，春秀生了个白白胖胖的小子。

那季节，宅沟里荷花盛开，阵阵清香兴旺得很。乐泉给小宝取名张荷宝，生在六月初四，俗谓荷花菩萨生日，心里祈祷会保佑他好好长大。乐泉心里甜蜜蜜，有了儿子张氏便有后了，自家在外奔走，也突然有了劲儿。从甘肃、山西辗转来到海门、沙上，这才完成多年的心愿。

一想不错，张家列祖列宗，定是积善有余的好人。

四姐来张宅帮忙伺候张奶奶坐月子，自然样样当心。春秀的娘家人也来沙上探望，带了好多礼物。这乐泉一直耽误到满月后，才出去做事。吴四陪伴老爷左右，喜气洋洋。

张乐泉三十七岁那年，交上好运，中年得子算第一桩。南边儿的东长沙围垦了两三只圩塘，还建了新的收租仓房，算第二桩。

乐泉在外做事，一到晚上就想儿子，想春秀，催着吴四雇车赶回仓房。过了木吊桥高喊一声："到家咯！"回府上第一脚，他踩进春秀房间。

春秀微笑说："回啦？"

他就说："哎，想我儿子呗。"

这时，他从摇篮里抱起胖嘟嘟的小荷宝，用毛茸茸的胡须扎他的小脸颊。儿子吓哭了，他却哈哈大笑。

春秀乳水不足，便雇佣一个倪家妈妈做奶娘，四姐就回家种地去了，吴四在丁家过得不错。丈人丁赛福多了笑容，干活、唱山歌的劲头更足了。那吴四还学乐泉的派头，在丈母娘送盆洗脸水后，摆两个铜板在桌上，算是小费。

四姐和吴四也说老爷和太太待人不错，中年得子是菩萨保佑。

丁家慢慢改变了穷困的光景，再也不用出去讨饭了。

第三十六章　截私盐老九失策领生死
辞统领云龙神隐归田园

清末民初，沙上造镇之风兴盛。同治元年（1862），方、钱两姓造西岗镇，光绪二十六年（1900），缪、曹两姓造纯阳堂，光绪三十四年（1908），顾云千造双桥镇，民国十一年（1922），杨姓造东莱镇，李姓造大新镇等。

盖因北夹河筑坝，逼使长江主泓道冲向半岛的北凸部分。西部西兴镇、长安镇坍塌入海，西坍东涨的趋势无可变更。人们不管贫富，都被大自然逼得再三地由西向东迁徙。人类本能地依靠自然，需要奔向富有希望的新地方。

筑坝这件事，看起来使土地成倍增加。可是人们的认识没有顾及筑坝造成的长江流向变化，主泓道会冲击现有大片土地，遂使民众流离失所。这些是围垦家万万想不到，或不去想的。

有能力造镇的，大多是拥有丰厚资本的大地主或商贾巨子。民国十五年（1926）后，常阴沙北部已经有十二圩、双桥镇等，这些市镇大小不同，地理位置大多优越，生意兴隆，人气旺盛。三年前，乐泉和静山勘察的小沙圩，也在筹备造镇。

这时，鼎峰公司围了多只盘篮沙的鼎字圩塘。

鼎字圩地址在北夹河的四至五海坝之间，十一圩港由此穿过。隔河相望的两只圩塘，呈吕字形排列。鼎峰公司从实体演变为松散的组织，已有十年之久。当下公司暂厝张宅，由张乐泉临时主事。张謇的干儿子杨竹堂老先生，兼任了该公司和乐泉家一大一小两笔账务，曾任通海垦牧财务的他，自然把账理得清清楚楚。

鼎峰公司名义股东有：南通顾氏、鹿苑钱氏、徐氏，塘桥庞氏、江阴黄氏、郑氏、程氏，沙上的张、商等。他们约好半年来张宅审理垦殖、成田、出售等大事。这次，议定刚造好的六只鼎字圩，可以对外出售。二十多年来沙上大佬，大家也多知情，有能力一次性预付的先得，只要他有钱，数千亩良田就可以换回上万银圆。年终，杨先生提出比例、成田作价，来分摊红利。

这年秋天，张家仓房来了两位上海客人。

两部黄包车停在竹桥外，进了乐泉庄园。来客一位是田行丰——上海田步鳌的侄子，另一位是乐泉表弟杨大卫。田行丰的伯伯大名步鳌，字云龙，道上喊田老九，人称田大叔，是个好大面子的人物。秋凉了，客人都穿了长衫马褂，戴了泥料的高顶礼帽。乐泉闻门人通报后，到桥堍迎接。

杨大卫笑着抢先喊应表哥乐泉，乐泉也笑回，把两位上海贵客请进了大厅。大卫是熟人，来过多次。田行丰从上海来，初见庄园里宽敞清净，树木森森，颇有好感，进大厅里有红木八仙桌子，明式座椅七八把。中堂画幅松风虎啸图，寓意乐泉的生肖，好有气势。对联书法苍劲虬雄，木门雕格、花窗漏牖，老式宅邸装饰，脚下地面宽沉，由三尺见方青砖镶平。

落座后沏上了三杯福建铁观音，各自微微喝了一口。

乐泉笑问："两位饭吃了没有？"

杨大卫答："在我的蒋家港宅上用过了。"

田行丰笑着说："张先生，这大厅好清静。"

乐泉点头谦应："式样老了，乡下地方请勿见怪。"

田行丰自我介绍："我是大卫的表弟，大家都算是亲戚了。"

那杨大卫和乐泉不免笑了一笑，互为应和。

田行丰取出他的名片，递给乐泉说："我住在上海，名片上都有。"

乐泉一看上边，头衔不小：大兴纺织公司总经理田行丰。于是客气道："失敬！不知田经理到鄙舍有何事见教？"

田行丰说："岂敢！我伯伯田步鳌老了，近六十忽然想回沙上颐养天年。这不，听说西边十字港有圩塘出售，不知张兄可肯帮忙通融？"

乐泉一听，这是打那新围的鼎字圩塘的主意了。

乐泉心想，田步鳌、田大叔、田老九、四眼贩子、长江缉私营统领，拥有长江大轮船五条。乖乖，闻听如雷贯！这个遥远的传说竟然跑到自家门上来了，奇哉怪也！大人物想坐定西十字港地盘，摇身变为沙上的大佬？

这就有了不祥预感，怕他必将影响大杨树镇的地位。

于是回他说："哦，田大叔大名远扬，那可是上海滩的名人。谁不知道田老九与黄金荣先生拜了帖子的，做到长江缉私营统领，可敬可敬！没说的，待我禀报公司股东后，再给回应好吗？"

对乐泉称公司开股东大会商量，要等消息，田行丰知道有事儿在里边，沉默一会儿，这又递上人参、肉桂之类滋补品，说："给张兄秋冬进补吧。"

一盏茶后。

杨大卫说："不如看看我表兄的宅邸？"

田行丰说："好。"

于是乐泉领他们参观门厅的竹桥、四汀宅沟、东西两座岗楼、书房、厢房，到处看看。

田行丰说："这起码也有五六亩地儿吧？"

乐泉说："四亩地足矣！我这地好在有两道水沟防护，中间是竹林树木，外边人看不见宅子里的。两座岗楼，可瞭望三里外的动静。"

"砰"的一声！恰恰此刻，北边竹园里飞出五六只灰色的鹭鸶，扑棱几声，腾空而去。沙地人称白鹭鸶为白票，灰鹭鸶为青庄。它们都是长江芦苇丛中的候鸟，春来冬去，爱挑茂密的树林栖息。

乐泉说："六里外就是长江，那些北雁南归哦，都来我的树林里过夜。"

田行丰很欣赏这自然美景，说："虽说上海人山人海，哪有乐泉兄宅上这份清幽？"

这就送别客人。

乐泉说："回音由大卫带给你吧！"

第二天，乐泉到雁行头商宅特地拜访静山，商量上海客人买地大事，静山准备了新鲜的长江蟹，鲈鱼等，两位喝了好几杯老白酒，把乐泉灌得脸红红的，酒后在静山书房看玻璃鱼缸内金鱼游来游去，很有意思。乐泉忍不住夸了一下。

书斋落座，乐泉提出了上海大亨田步鳌要买鼎字圩塘的事。

静山感到有些突然，名气那么大，黄金荣的拜兄弟来做邻居？细忖之后，他觉得手中握有十一圩港口，即使十字港造镇也被它扼住。在他的势力范围内，料想那田大叔也会让三分，于是同意田家买鼎峰、鼎兴的千亩圩塘。

静山说："北夹河北的卖给了股东庞家，南边的卖给了股东徐家，这最好的十字港西两只圩塘，价钱总要高点。"

除了地价，静山考虑这田家要买下这两只圩塘，随即成为十字港中心区。这会对他的十二圩新兴镇，产生什么样的影响？想来想去，不外乎是两地离得太近，东西五里路，有无冲突？还有田家造新镇，生意上会有分割地盘效果，细细斟酌又得出，商家的十二圩在主要地位，十一圩港在南通县地面，是个出海口，可以扼守关口堵住内地货物进出，而十字港属于常熟县，被出海口堵住。这点，那田大叔必须付出某种代价。

足球场上，自家永远站在守门员的位置，他心里笃定多了。

乐泉也想，大杨树离开十字港十几里地，周遭继续涨滩，它会继续向东发展。自家的计策，应该不会受西边内陆的影响。

乐泉慢吞吞地说："当然，论形势、地面，涨价两倍也不算吃亏。"

于是两位大股东敲定：东兴沙的中心区地价三百大洋一亩。

当时认为公司开价，给留下还价余地，谁知大卫送信过去，田家一口答应。后来就由田行丰送上了两千亩地价——六万大洋的银票，上海交通银行的汇票哦。之后田家来取田亩执照，上边署名：买家田步鳌，卖方代表商静山、张乐泉，担保中人杨大卫。上盖常熟县衙大印。

一溜儿地画押盖手印，一桩大买卖成功了！

其实田大叔与侄子行丰，此前来过两次十字港。五十多岁的长江缉私营统领，不知为何产生归隐田园的雅兴。凭他的地盘与青帮背景，足可在上海过发达的日子。沙上人赶上海，富人做生意、穷人做厂工是个新潮流。现在他把上海的生意交给了独子田伯成，也许他厌烦了，多年来杀杀拼拼，长江缉私的曲折历程够他喝几壶。也许他需要回归平静的乡村，要不然上海大亨来沙上要干些什么？

他与侄子来到这北夹河与十一圩港交叉的十字港。田家发了大财，也要为乡梓做些好事。一句话，他要金盆洗手了，再也不参与上海滩上乱七八糟的江湖了。他看到的杀戮和死亡太多了，他走的路程够遥远。后二十年中，由私盐贩子摇身一变，成为缉私营的哨长。东从上海起，往西每一个缉私哨所他都去过。大江两岸的启东海门、嘉定太仓、常熟江阴、南通泰州、镇江扬州、南京芜湖、安庆铜陵，直到西边的武穴黄冈、黄石汉口、沙市宜昌、万州重庆。

呵，一幕幕情境历历可数，也亏得有一颗自幼母亲教养的佛心，才会落个最后立地成佛的好结局吧！全盛时期已经过去了，见好就收吧。

老人家老谋深算。

看出这地方比周围高出三尺，风水大顺。一片莽榛丛荒，郁郁青青，有兴旺景象。田大叔看着眼前，十字交汇处云烟腾起。通贯常阴沙西东有百里长北夹河，像一条腾龙飞起，与他的表字云龙有关吗？

真是老天有意辞不得，毕竟栖居云深处。他对侄儿行丰说："鼎字圩塘的两岸，往北直通十一圩出海口，往南达苏州无锡，此处可办个内陆小火轮站，接通苏南苏北的江河水道，正好是个中点。"不愧做了多年的长江缉私统领，一下就看中这块宝地。

他又开腔："再说啦，我也老了，田家的家产是从海上起步的。我们不会离开长江大海，这区区几千大洋算得什么！"

侄儿说："贵是贵了点，起码双倍地价。要没您老人家这般说法，别处还真买不到这么块地。值了！"

田大叔又补了一句："此处百年后也会有大发展。"

田大叔在上海滩上混了三十年。

上海是各类帮派并存、世界大国并行、百家势力竞争的东方第一大港。这个远东最大城市从上层到下层，每天都会推出不同的代表，构成一种新奇张扬的时代标志。清朝后期的上海滩，青帮、红帮应运而生。青帮是个漕运帮，红帮是个码头帮。这上海滩的青红二帮，盘根错节，实力庞大。那黄浦江里，每天有洋船、军舰、木帆船、小木船、舢板船，乃至各国军舰，不计其数地穿插在浑浊的波浪中。贸易货物在此进出、交换、出洋、转口。

十六铺码头排列，分开了军事、商事、民运、客运等纷繁复杂的功能。苏北、安徽、宁波等上海辐射圈，到此谋生的民夫约有数十万，无数的杂工，身在负贩中，忙碌一生。他们肩上扛的是粮食、药材、机械、土特产、布匹，乃至真枪真炮的零件等，汗水浸湿了他们的黄黑躯干，水门汀打磨了双脚的铁脚板。高高矮矮的民夫们在不同的码头上上下下，嘴里哼喊着吭唷嗨！吭唷嗨！手拿或嘴衔发货、收货筹子，弯弯曲曲要跑百米乃至几百米，进出大轮和仓库。

这样的队伍里，往往有个地方特色隐秘团体的，例如宁波帮、海州帮、苏北帮等。另一种是有帮派背景的私盐贩子，一伙人十几个至数十个不定的，他们卖的是力气，吃的是简单粗粝的食物，填饱肚子就行。

这天，5号码头从泰国运来了大米，一包两百斤，运完后只见领头的一个高大黑脸汉子，吹一声口哨，就把正在擦汗的运工们集中到远一点的空地上。那边是接替他们的另拨队伍，远处，巡警们狠狠地挥起鞭子，抽打跑得慢的扛包人。

清朝和民国时期都对盐务相当重视，盐的运销由官家控制，贩卖私盐是要杀头的。偏偏有那么多敢于冒险的汉子们，从事这样危险的工作。此刻，黑汉子向周围人发放了大馒头，每人三个，加一碗茶水。黑汉子便是那领队人田大叔。

他小声说：“夜里到船上发货，有接货船在船舷傍着。只许我说话，你们不发声，只管扛包摔过去。”那些吃饭的运工点头表示知道了。黑汉子又说风雨无阻啊。

谁知春天的东风劲吹，真的送来一场夜雨，运工们为了挣钱穿了雨衣，一个不少来到偏远的10号码头，齐刷刷跳上一条木船。那上面的平矼板有盖了油布的突出货物，十个人纷纷跳上这条船，风雨依然不止且越来越大。

穿了雨衣的田大叔说：“别害怕，工钱双倍。”

等到半夜时分，才看见黄浦江的东边来了另一条木船，那船越来越靠近这条船，到了两船相傍的时刻，黑汉子对那船站立的雨衣哥，吹了一声口哨。那边人影中也回应一声口哨。

离开两米，这边货船上的头领问话：“河图洛书？”——哪里人？

对方回答：“江上侠客。”——盐贩子。

这边问：“轿子里边有人吗？”

那边答：“空轿子抬人。”——接货的。

这边问：“码头财神？”——给什么票？

那边打：“左来右去。”——银行本票。

这边喊：“你过来做兄弟。”那边人应声，跳上货船。

于是，这边领头搜索他身上有无凶器，接着便一把勾住他的腰，压在船板坐下。两条船的领头人就双双坐在船板上，看这边黑影扔货过去、那边黑影接货入船。不一会儿就把全船搬空了。

这边坐下的田大叔一把拎起另外一个领头人，紧紧抱住他的腰，亮起电筒问：“票在何处？”

那人说："岸上去拿。"

没等田大叔反应过来，那人忙吹了一声口哨，对面船就砰、砰，朝这船打过来了。这边没有防备，田大叔拔起手枪连忙向对面开了两枪。他想把已经站立的那位一脚踢下船板，顺便夺他手里的枪。那人没跌下去，田大叔想用手制服他。瞬间，那人一脚勾起掉落的枪，反而对准了田大叔的胸脯，夺下了他的枪。

他先把田大叔绑好押进船舱，然后对这边慌张的船工，手一指说："对不住了，上岸对账！"

那边船上二十来个人早就跳了过来，围住了运工们，把他们统统绑住，二十多个缉私警察持枪对准了船上的十条大汉。冰冷的枪口对准运工们的脑袋，谁敢反抗？只有听话，一个个被押进船空舱，盖上船板。

田大叔身经百战，这一次竟然违规，同意接货人来了个陌生面孔。他依仗口令熟，证明对头的，不管人认得清认不清，大意地把一向接货人必须是熟人的规矩破坏了。这就出事了！

那船是上海警厅督派来的密探。乌黑的江上，他一下子用手电筒照出私盐船上的太极标志，又把口令对上了，当然接下来就是鸣枪示威，只想镇住他们。私盐船一开始却没有发现不对头，待田大叔得知后想掉头变策，来不及了，反被夺枪拘押。再说，私盐船大，难转身。警察们都上船了，谁会放你的盐船再掉头。

田大叔冷不丁想："来不及了，来不及了，哎，几十年大洋船翻在阴沟里。"

在暗舱中他细细思量，坏在哪里。

忽然觉悟，一是雨天忘记了观察对方，接货船是否有太极标志。二则，来者不是熟人，没有仔细盘问就绑架他，失去了该有的警觉。他"哎哎"叹气，这次货走而人被骗，对方则轻轻松松，居然毫不费事。三则，俩人扭在一起时被他逃脱变为主动，反控制了自己。四则，他们先开了枪，对船员有俯首就擒的震慑作用，这边的枪已经不起作用了。

田大叔懊悔无已，想到为了一船盐，赔上十条兄弟的命，太不值啊！

真是智者千虑，必有一失，事情出在疏忽大意啊。在黑乎乎的船舱里，有股浓烈的咸盐气味，船浮了起来，在波浪中摇晃不停。田大叔他们个个像包扎的米粽子，被横七竖八丢在船底。

田大叔昏昏地想，交货时怎么就把他当成私盐贩子了？还琢磨收完货，会让他到岸上取银子，结果被一网打尽。自己违背了黑道见面的四道手续，真该死！

船板下的十个人，此刻抓紧时间商量如何对付官家的审讯。

田大叔说："我必死无疑，能保九人性命就了我心愿。"

那六十岁的老秦说："老九不能死。为什么？老九一死我们这九个人也等于死了。一不能通知家属收尸，二不能弥补各家损失，三断了上海滩上跟青帮的联系。"

田大叔说："我不死谁死？事儿我犯下的，由不得你们了。"

老秦和贩子们都说："你别死，你一人死不合算，这些身后之事，还得你去安排。"

这时队伍里的老向说："我与你身材一般，黑夜里也没看清脸庞，所以我去死能蒙过关来。入帮对祖师就立下誓言，兄弟可以替死，后人如同一家，我的后事劳烦老九哥办了。"

说来说去，田大叔原先想简单一死了事，反而不成功了。

后来就定下：五个人报私盐贩子，五个人报雇佣船户，这样可以少死一半。

风雨之中，由那边人开船起锚。航行了半夜，到了黑乎乎的上海警察厅。老九们只好一个个乖乖地随他们上岸。进去后，警察把十个人分成两堆，押进两间不在一块的牢房。田大叔被关进上海缉私警督处的监狱里了，接下来，他们将面临一场生死判决。

谁会生？谁会死？

这要看审讯警察的态度，警察需要的不是口供，而是真相！私盐贩子的口供是否符合情报，是否大有破绽，事关此举黄浦江擒拿的成败。审问两天一次，十个人统统被抓，青帮大佬也断路了。他们被分隔在两个监狱，另一拨送去宅北区提篮桥监狱。那些拖辫子的狱卒冷冷地看着这群私盐贩子，似乎在说："活该，杀头的事也敢做！"

田大叔想，绝了啊。曾有几次死里逃生，或越狱，或贿赂官员放生，或内外接应假事逃脱。但此次异常的交货出其不意，人证物证俱在，再也没有山不转水转了，再说也来不及带物件进监狱的。警察厅对这些私盐贩子，都有各种办法。两处监狱十个人里，谁是船工，谁是犯人，都定好了的，但现在被混编一起，再分开两监，各五人，约好的口供就需要每人灵活应对。不过私盐贩子很团结，狱中人想好了无论如何得让田大叔活下来！因为他忠信可靠，一定会兑现诺言的。老向想起田大叔曾救过他亲哥。另外四个人，当然也不敢出卖田大叔。因为青帮规矩，对出卖兄弟者处以极刑，不管家眷生死。

然而，两处监狱当然都会刑讯逼供，不放过一个私盐贩子，这就注定了田大叔的生命需要经受一场考验。

这边审讯六天，一个个严刑拷打，结果一致，三个私盐贩两个船户。

那边提篮桥监狱老向坚称：他是私盐贩子头领，名唤"田云龙"。

其他人都按田大叔教好的回答。这下老田变成"老向"，老向变成"老田"。还有两名当堂喊冤，自称被雇船户。上海警察厅只有派人到十三沙地方，有名有姓地追查，进了沙上十三沙董事局，问清姓名、地址都与口供符合。十三沙董事当然会鉴貌辨色，不掺和官家人的指令。十个人都被喊做常年在外的航帮船户，他们没有责任。

结案只有那个戴尖顶官帽、拖条大辫子的黑衣检察官，来做终审。他把缉私处那边五人逐个问了姓名，把私盐贩子另押，提篮桥监狱自称盐贩的也并入。谁真谁假，也只好葫芦僧乱判葫芦案了。按照上海警察厅的意图，成全两处关押的船工五人，各打大板释放。田大叔混入其中，幸运逃脱。那老向等五人既已招供私盐贩子，在最后一次堂审后被押送刑场。此次刑讯，看出青帮一心保主，纪律严明，不言自知。果然厉害！

行刑那天，犯人排列在刑场，由监斩官验明正身，第一个喊到"田老九"！

老向应声而出。其他四名"主犯"也相继被叫出列。监斩官宣读死刑条律。老向等五个人就被插上斩旗，推出斩首。

十天后，田大叔等五人被放回了十三沙。

田大叔出来后，将为他冒名顶死的老向之子安置在田氏公司里，另被杀的四名盐贩家眷也一一安置。向氏家眷被接到住处，优渥待之。风波平息后，他向上海青帮上层堂主禀告了失利原因。

一切推倒重来！

田大叔立志为死难兄弟报仇，他们的私盐营生没有停止，只是改了口岸、姓名、严密关节，从上海搬到苏州乡下。原路线从苏北滨海运上海的私盐，改从沙上北夹河与私盐港进来暂厝，再由内河送往上海、浙江等地。期间，他们用引蛇出洞的伏击法，打死了多名苏州缉私警察，且成功地用了声东击西之计，逃脱缉私警察的追捕。田大叔的三次遭遇战，就使对方五死三伤，也算替五个兄弟报了仇。

坊间遂流传：霉朽朽，碰着田老九。说的就是这意思。

民国后，上海的缉私警察换了一大批人，缺乏能干的统领。青帮头领杜月笙，推荐田云龙任长江缉私营统领，获全票赞成，也许是上海官方以毒攻毒，无办法的办法。传奇般的经历，由匪而官的角色转换，真让田大叔哭笑不得，因此定下了少管闲事的准则。任盐哨官十年，田大叔管辖吴淞至沙洲北川港一线的缉私，麾下有炮艇、兵丁，驻守北川港，有时奉命与长江两岸缉私营，联合缉拿江洋大盗。

为官不得枉法徇私他是懂得的，同样须得尽责尽力查办私盐，不同的是他常约束部下不准为非作歹，且常网开一面，照顾抚恤那些孤苦盐贩，为穷人开条生路。

民国十三年（1924），统领任上结识了不少大佬，田云龙也积累了可观的资金。他想到血溅刑场，许多兄弟被砍头，不觉哀从中来。内心一想，来来往往年过半百，目中所见所闻，只感觉前途茫茫，转而想到上海的种种关系，何不弃官从商？

于是，他耗资买了五只大轮船，创办了大通轮船公司。多年后他又感到累了，把上海的事务交给儿子田公伯，乡下的事务交给侄儿田行丰。

那晚，田大叔第一次回到西岗镇面南的老宅。

五上五下的楼房已经陈旧了。那些梁木曾是儿时所见，造新房搁上的。那七把梁木分为正梁、二梁、三梁……被下边的木匠顶上排架。主事刘木匠把辫子摔在颈圈，拔起腰里插的斧头，从七道梁起先后一一搭上去。

他边干活边撒合子喊道："七把梁吃喝傍，六把梁酒肉香，五把梁走四方，四把梁子孙满堂，三把梁朋友帮，二把梁官位上，剩下最后的顶梁。"

只听他提高声音喊道："一把梁回家乡，福寿享！"

随后搭上正梁木头，贴了三款大红帖子：福、禄、寿。

又喊一声："正梁上位，洪福齐天！"他边撒合子边从围裙兜里抓东西往地下撒开。

这时节，底下的炮仗砰砰砰，像爆芝麻一样响起，腾起一片烟雾火光。

小孩、大人都弯腰抢馒头和喜糕，一片欢乐，场面达到高潮。田大叔记得小时候他抢的最多，还送给了邻家孩子，现在红纸都飘走了，梁柱子由黄变黑了，那个撒合子的木匠刘师傅，也已经去世多年。从八岁到五十三岁，过去四十五年啦！想想自家的命，还真如他撒合子说的那样：好正义、有人缘。

他想起小时候，大家在地上抢馒头和喜糕的那种乐趣。

他年轻时出走于同治年间，十三沙的西岗镇，现在变成常熟县管辖之下的十三沙议事所。田大叔的大本营——家宅在此，有早年的营生、兄弟、帮会，又有他主管过的盐哨所和青红帮两拨人。那些与缉私营的冲突，两帮争夺权利，有过不少心惊肉跳的故事。

这夜他与侄儿田行丰说了半夜酒话。俗话说，梁园虽好非久留之地，一去四十多年，感觉还是回到老屋好。于是他决定由侄儿重新修缮西岗老屋，让唯一留下的胞弟、行丰的父亲田步山与他一起居住。

老田对侄儿说："人生二度，志在除旧布新。"眼下，他买下上好圩塘，地跨常阴沙西去东来的中心，一座沙上大市镇就这么造起来了。侄儿行丰这名字含有时代更新、物产丰富之寓意。田大叔定下了新镇名为新丰镇。少不得宴请亲戚邻舍和十三沙董事，鼎峰股东众人一共五十多桌答谢。

民国十五年（1926），西岗的十三沙董事局仍由票选。这次天福沙的老将姜恒，继续连任，还好老天帮忙，风调雨顺，田赋收起来不困难，又逢多年在外的田大叔回来，十三沙那些疏浚河道、办学教人、开店兴镇的事儿得到助力，姜老先生做起来毫不费力。

沙上第二大镇崛起，铺垫了后面数十年的常阴沙新景。田大叔那段生猛鲜辣的故事，静山、乐泉们哪会知道，听起来会把人吓个半死。如何评说田大叔此人，是忠勇双全，还是五毒俱全？而田步鳌回乡，又会唤起沙地人新的梦想吗？

第三十七章　三台际会长江鸣大轮
二泉春来茅庐出兄弟

常阴沙半岛凸出江中。江的支流北夹河被自西而东的各段土坝封闭，仅留出一条小河，原河面变成阡陌良田。无形中，长江主泓被阻折向改道，逐步地冲坍半岛北尖儿。西坍东涨的形势有增无减，但半岛主体稳定下来。

数十年后，田大叔回故乡西岗镇住了一夜，关照侄儿田行丰买下十字港中心圩塘。其后，在十一圩港与北夹河交叉的十字港西侧，他开造了田家庄园。庄园风格仿东海小沙圩的张家庄宅：四汀宅沟，两河包围，由吊桥通出大门。不过，田大叔懂风水，把面东庄园改为面南，与河南的新丰镇前后毗连，与江南一般民居布局相同，符合大一统方位了。

新丰镇寓意是静极而动，顺着北夹河游弋的一条沙上青龙。店铺在廊棚之内四尺，街道宽丈五，黄石街面下雨不滑。廊檐下一店一阶条石为沿，长街相接一里，两旁店面四五百家，有粮行、棉花行、布店、山竹行、酒店、南北杂货商店，还有鱼沓子、肉墩头、点心店、面店、馆子店、赌场等。

放在镇之上首西门中间的，是一座最大的茶馆。西门内左右八字街，一座二层茶楼飞檐翘角，腾空而起。镇南靠河的城隍庙仿上海样式，小了许多。他把未来的生意做了大大的预设，儿子田公伯留在上海，是不想丢弃事业。东边起了大生意、大往来，也是大通轮船公司所在地。这沙上就变成理想中的世外桃源。新丰镇一挺，十一圩之东的新兴镇的生意受到一些影响。十一圩农民逐渐奔去港西。

此时十一圩的轮船站还未建造。百年来，十一圩的名气是靠春秋两季渔船进出，贩卖黄花鱼、带鱼的渔码头扬出来的。有一次田大叔忽发雅兴，具名函件由下人送抵欧阳庆和商静山，邀请至田家庄园一聚。那天春和日丽，缉私营哨所的哨长欧阳庆的黄包车，不一会儿就到了田家庄园，田大叔恭候迎接。随后，新兴镇镇长，也是十三沙董事的商静山也来了。大家走进田家的大厅，看一看：

漏花窗的户牖古色古香，还有细工雕刻的红木家具，中堂对联，青砖地坪等。阳光从南照进来，添上一层暖意。田大叔居中，欧阳、静山左右分坐，三个人年龄差不多，田大叔五十三岁、欧阳五十二、静山四十五岁。仆人献上好的碧螺春，香气四溢。

欧阳庆微微喝了一口，赞："哈，大叔的茶行时，春天碧螺春最好。"

静山凑上说："我家的是铁观音。"

三个人相对一笑。

欧阳庆大胖块头，是接的老子欧阳钦的班。他脸颊上的肉堆了起来，脸色红润，倒像个关二爷。静山先生光头，三绺长须，目光精明有禅意。田大叔黑黑的脸上，一对扫帚眉毛竖向额头，两只眼睛似喜非喜，似嗔非嗔，让人琢磨不透。

客人照例客气一番，谢了田叔的美意。

欧阳庆说："早就想来拜访咯。"

静山说："田大叔与我处邻居啊，好有一比唇齿相依。"

田大叔哈哈笑了一声说："果不其然。两位久闻大名未曾乞教。云龙这是诚意相邀哦！"

欧阳庆性急，说："无事不登三宝殿，请教大叔何事说来？"他的湖南口音是改不掉的。

田大叔说："不急，咱喝茶聊聊。"

静山约略知道，田家想办个轮船站。因田大叔道上人，话里套话意思太多啦，不好猜。

戏谑一下大清官职：田大叔是"领台"，欧阳是"营台"，静山十三沙董事只能算是"区台"。三个"台"，一方土地一方神，这十一圩到十二圩的大小地儿，就凭他们说了算。

田大叔知道该怎么做，为了理想，得让大通公司的轮船先从十一圩走一走。在北海边建个轮船码头，就想到了十一圩港。虽吃水浅，大轮不可靠岸，但可用舢板把客人渡到大轮上船。对于静山来说，从长江各地汇集的旅客，会有人上岸过江做生意。十一圩上有两条线路：去东边大杨树的，沿常通港大路往东，必过新兴镇。去新丰镇的，得斜西南沿河走，何况通往常熟、苏州的军路，就在新兴镇东门，他稳居有利地位。这欧阳老兄算得上是个老奸巨猾的兵痞子。他父亲曾是毛竹镇缉私营的湘军统领。到第二代，几十年看在眼里、把在手里，都从祖辈学来的。

做事谁人不畏惧他？

这"三台"会审说不上，那官衔都不这般说法。此"台"者，皆是省、府、县下辖之地，道台都够不上。三人其实都已有盘算，田大叔想，等到酒宴一开，先喝个人五人六再说吧。对于客人，这送上门来的好事，还不好说？

酒宴菜肴丰富，吃完再到大厅喝茶。

田大叔拱手说："小弟有事相求两位兄长。我家有五条大字号轮船，每天来去两班航北海边，由小犬田公伯在上海一手打理。现在，他想把轮船往十一圩岸挪一挪，建个码头。"

他目视欧阳庆："不知您高见如何？"

欧阳庆知道这事不必多说，建码头当然对大通有利，建在十一圩，傍着缉私营，也会增加自家名气。那些走私客，兴许会有几个在十一圩港船上漏出来。再说，建码头用地雇人，都离不开自个的地哩！

本想狮子大开口，在曾经的上司面前，还是要适当一点。

他暗暗盘算：田大统领在上海有实力，且曾是上司。这又不好开口要，只能暗暗使劲，来个绊马脚。于是说了些十一圩港滩地浅吃水不够，大轮船这不好靠岸之笨词。

又说："十一圩只是渔码头，春秋两季的渔船，在口岸挤得满满的。港里都待不下。要有了大轮船，需要增加警察，码头员工，等等。"

静山暂时静坐，不表态。

在田大叔看来，这些无非是钱的问题。建码头需要钱，买摆渡船需要钱，雇佣员工增加税收需要钱。他算起来，也不过那么五千大洋足矣。

于是跟欧阳庆说："欧阳兄不必多虑，这钱和人的事儿，当然会托您安排的。"

欧阳庆推辞一番。最后确定：由欧阳庆向南通县申请建造十一圩大轮船码头，由静山去南通转交申请的详文，由田大叔准备施工的程序，约两个月，待到详文拿回来后，那颇有构思的十一圩轮船码头开工了。欧阳庆吃的最饱，他的庞家桥庄园位北、田家庄园位南，算近邻。不用说，完工那天，欧阳庆就可身兼十一圩码头缉私营长，轮船码头保安头领了。

且慢。

小宴之后，田大叔才道出了大轮船靠岸建立码头的好处。十一圩从此更增热闹，与长江东西两路连接，生意人滚滚而来。大轮船定时靠岸：上行早十点，下行晚十点靠岸，这就定下来了。

八月中秋。田家选个日子，在缉私营东一里开造大通码头。地面二亩，从上海运来水泥钢管，大门都用钢管烧成的，地下水泥石子平铺。码头左手票房、五间候客厅相连。右手准对大门，就是级数三十多个的下船台阶。中间放平一道斜坡，用以拖货行李。大岸一溜儿石驳、水泥咬缝。不管风吹浪打，纹丝不动的。

码头竣工，选个黄道吉日。上半天放了几百个炮仗，落一地烟花。然后田大叔的侄子行丰穿蓝色航海短装，一副船上大班模样，率领七个客人上船。那来看热闹的乡下人，从来没见十一圩的大轮船是什么模样，乘舢板摇呀摇的上得了大轮船吗？

农民拥挤在院子里，观看老板们是怎样上船的。

只见田行丰先抵达水栈，水手把靠岸的舢板抛锚。行丰一脚踩进舢板里，然后把田大叔扶上坐好，又一一地把欧阳庆、静山、乐泉、李胜千，以及两个乡绅，扶进舢板坐下。由两个划子手跳上来坐船，一左一右地用大板子在江水中摇动舢板。幸而秋季风不大，那波浪在船外涌动。一会儿，舢板摇到了高高的大轮之下。大轮帮上漆两个大字：仁爱。"仁爱"号的水上五尺船帮，开舷窗通往舱面，还有楼层和烟囱。

八个人谨慎撩起衣摆，依次上船。

上了大轮船一看："啊，平舱之上又有三层高的舱位凸出。"

田大叔说："我坐惯的，各位小心。"

风不大，微风飘拂他们的脸庞。伫立大轮舱面，往西看南京那边云雾层层，而往东一看上海那边青天一碧，两重世界连接了天空一线，再转身向北一看，江面足有三十里宽阔。

田行丰说："江上波涛汹涌，无风三尺浪，一年到头停不下来的。但那大轮船居然纹丝不动。"

一会儿听大轮船鸣汽笛，呜、呜、呜……响了十二下。

田大叔说："我们的船最多容纳客人三百六十位，有五等舱位，票价不同，房间大小也不同。"

乐泉说："自然自然。我十五岁做过招商局茶房的。一等舱有独间一个，二等舱住两个，三等舱五六个不等，四等舱住十几个啦，五等舱是最底下的地铺，一字排开。船票么，各个不等价的啦。"

静山说："听说这轮船也从香山底下航行，是吗？"

行丰说："有的，待会儿您看看香山顶上有庙的。"

过了一会儿，舱面上风大，他们就被领进了提前备好的二等舱，里边窗明几净，茶水备好。茶房们一个个站在门前，摆手请进。到江阴停靠上岸，接送那边客人。

欧阳庆和田大叔进了舱面第二层的第一间。

走廊两边依次是静山、乐泉、行丰、胜千，还有俩乡绅。

田大叔对欧阳庆说："不巧上海就头等舱卖完了，只能留二等舱坐一段了，反正江阴下船的。"

客人对坐可以说话，躺下睡觉，两床之间一个方桌擦得铮亮亮，于是他们都上床聊闲话，静山与乐泉说咱就坐着说话吧，三句不离本行，江面上说说常阴沙西坍东涨，形势如皋那边坍塌更厉害，还有走马坍呢。沙上地方凸出来的额角，也被慢慢削去了。

静山说："那都是叫江神推掉的，据说土地之下藏有泥牛，天天在底下拱大地哩。"

乐泉笑笑，想起当年撤离招商局轮船时的情景。

傍晚时分，过香山脚下大江，深泓里波涛分外汹涌。窗户外看，远处的青山隐隐绿树迷离，那寺庙顶看不出来。静山不免想起师父云渺和尚，在山上教了那么多学问。

乐泉说："百年身后事，谁也料不到。"

船在江阴停靠，汽笛响五下，才停下来。靠江阴不用舢板，这八个人就在码头踏阶上岸。天晚了，田大叔特意在澄江酒楼小宴，招待客人。他们在旅店住一个晚上，第二天才雇车，回到百里外的十一圩。

丁福轩从庞家桥迁出，一分为二。

长房去耕余庄。八十开外耀湘老先生，随二儿子丁顺兴去了元兴圩。分家公平，大哥丁赛福喜欢冬闲去滩上挑泥科圩塘。他与弟弟不同的是，爱自由，有自己的想法。围垦这活儿，挑累了可以歇几天不去的。顺兴是个病鬼，挑泥吃不消，就去茶馆烧火泡开水。这些丁福轩的老行当，他做来熟悉稳当。到秋季棉花上场，顺兴就去做花师傅，踩棉、打包、扛包上船。不过，花行里空气不好，他老咳嗽。赛福身上有伤，家虽穷却不眼馋那几个钱。田家花行生意好，高价送往无锡、上海。幸运的是，丁福轩的二儿媳妇连氏，生了两个儿子，上上下下逐渐兴旺起来。大儿子大泉十九岁，有个童养媳，闲空常替换顺兴，去茶馆干事。

生性开朗活泼的大泉，喜欢交朋友。有些纠纷撞上了，他好揽事评判。因摆的公平，大伙儿就喊他丁大哥了。老二丁二泉那年十七岁，身材魁梧，正是血气方刚，有股猛气的年纪，喜欢跑去十二圩街交痞子兄弟。他还喜欢去茶馆赌博，为私家烂事打抱不平，这就有了五六个人，一帮小兄弟。因做事忒猛，不管三七二十一，就要撸起拳头打人的，一般人喊他十二圩一虎。

此刻天真烂漫的二泉只讲交情。时势出英雄，十一圩港成大通公司轮船码头后，加上两季渔船，生意更是兴隆。从港码头上岸，两边的烟馆、妓院、旅店、鱼沓子、香烟店，应有尽有。这帮小混混有了用武之地：转卖船上鱼票、抽取保护费等，这也够他们喝一壶的了。

收入比茶馆好。

哥哥大泉到了二十岁圆房，有了儿子后就不去花行了。田家少爷田二公子，看他断情理有口碑，便收进了庄园，陪来往的客人打牌，合着算个小马仔。少爷看他会说话，就让在田家茶馆管乡间断情理的事儿。民间财产纠纷、打架骂街、婚姻离合，需要茶馆——没有法律的法律事务所。大泉能说会道，鉴貌辨色，会靠势力大的一边，颇得绅士们欢心。那欧阳庆统领也常带几个兵弁，来新丰镇赌博，玩姑娘，偶尔与大泉一起赌博，成了赌友。

十一圩码头通江达海十分重要，欧阳庆势力大。田家为了笼络他，就把大泉逐步捧为乡董，民国时期就是乡长。丁顺兴家因大儿子做乡长，地位当然立马上来了，丁福轩的二儿子咸鱼翻身，走出了茅庐，在街上有屋了。耀湘夫人没享多少福，早走了。

接着发生了一桩有趣的事儿。

那年十月初六，在民丰港三条桥，一家新娘坐轿过桥的时候，竟然有几个毛躁汉子手持木棍，突然从桥底蹿了出来，横在轿子面前不让走。那轿子正要下桥，忽遭阻拦，俩轿夫本能地退回桥中间停下。新娘初嫁，不能抛头露面，只好在轿子里闷声不响。按沙地风俗，新郎在吃过丈人家酒席后，已先告辞回家。轿子由领亲的媒人带路。那媒人仇二一脸拉碴胡子，是条汉子。

他手指着拦路的蒙面人大声喊："大白天朗朗乾坤，你们想要干什么？"

领头的蒙面汉说："我们需要轿子转向，往东走去另一家。那家也办了喜酒。"

仇二说："弄错了吧？我们直走，去的桥南三里叉的林家，新郎林慧楠。"

又反问："你们的新郎谁家的？"

蒙面汉子说："这就要你们过第三条横东桥，六圩埭上的张大富家，新郎张何春。"

这边媒人摇头说："错了错了，赶快让开！我们不能耽搁。再说啦，你们的领亲人呢？咋不出来说话？"

那蒙面汉子说："你去问新娘，认识张何春不？攀过亲没？"

领亲人仇二知道原委，拦轿的那家退亲有大半年了，没再提婚。

他有主见地说："今天的喜酒是林家的，我亲自跑了无数趟。所谓媒人跑一次吃一蹄髈，三十六次没有也有十多次了。"

蒙面汉子喊道："妹儿呢！真实说说，你们多事快滚！"

那领亲仇二说："这是啥地方？不是强盗窝！"

蒙面汉子说："有理讲不清，先抢了再说。"

他大喝一声，对那一前一后俩轿夫说："识相的随我走，轿钱双倍！不识相当心断了你们的手筋骨。"

两个轿夫看看，面前六个汉子一字排开，手持木棍个个凶神恶煞。抬头看，乡村地方十月天快黑了，四周没路人怎么办？只能跟他走了。

林家也有六七个男人扛嫁妆的，喝声："强盗痞子！"随即丢下妆奁，横起扁担与六个蒙面汉子的棍子，乒乒乓乓打起来了。那轿子被轿夫抬过了桥，停在西侧三丈地空路上，他俩丢下轿子也手持短棍，加入林家队伍与抢亲人打起来。

再说新娘在轿子里，听得十分清楚。轿子已过桥，歇在两桥之间闲地儿。三条桥的好处，可以从西边平行的那座桥上走回去。造桥者早已设计好方便行人的。于是，新娘眉头一皱计上心来，顾不得东边两拨人打架，不声不响地撩开布帘，躬身从轿子里悄悄钻了出来，蹑手蹑脚地，她想从三丈地外的另一座桥上飞奔回去。

她想，轿子也不要了，妆奁也不要了。逃过这一关，就算赢了这门亲。

领亲人仇二捡根树棍，加入林家队伍，变成八比六。蒙脸的六条汉子和接亲八条汉子正在扭打。蒙面大汉瞬间往西一看，轿子掀开，人去座空。

两拨人停下，都看向轿子，布帘里空无一人。

那蒙面汉子说："新娘逃走，咱也不要打了。"

仇二也说："都不关咱们的事，回吧！"

蒙面汉子让同伙去查看新娘逃去什么地方。这边也停下来，扛起妆奁快步赶回去。桥南蒙面人，在河两旁坡地荆棘中寻找新娘，有好一会找不到。再看那停在路上的妆奁也空空如也，被抬走了。

这蒙面汉子无奈一摆手，这新娘真狡猾，算啦回吧。张家的喜酒也不好吃了。

再说新娘一直躲在远处苇丛，怕被发现并未过桥。听两拨人走后，她脱掉头上的装饰，循原路走回了娘家。一路走，一路心还在卜卜蹦跳，庆幸没被抢走，合着俩轿夫故意歇到安全地段，让她逃走的。又想，不然的话抢去了那张家，不知道怎样一番折腾呢！

那边林家等到日落酉时，也没见轿子来到。

准备的炮仗、山灯旺火，统统没派上用场。林老板赶紧派个飞毛腿去女家追查原因。这时新娘已回到家，媒人妆奁都没损失。女家一五一十把遇到强盗抢亲的经过告诉了林家。那领亲仇二也已经返回林家，把亲眼所见真情告知。林家这算办了个空壳酒席。亲戚们吃完酒席后，纷纷告辞。

他们也啧啧称奇："好几年没听着乡下人抢亲的故事了。"

也有亲戚想，反正新娘没进门，这份子钱也不用给了。

那林家出来招呼亲眷慢走，还说："新娘没抢走，这回林家没吃亏。下回补办喜酒再请大家。"

那抢亲的张家，是赔了夫人又折兵，一样不用唠叨，狠狠地骂了请来的抢亲汉子，待他们吃完酒后，几个小钱打发走了，为的是不能过分得罪这帮小混混。

原来那元兴圩的丁二泉参加了抢亲队伍。

　　本意把新娘抢走给张家的，还想好了，如她不肯配合要绑起来，强行结婚，等生米做成熟饭，也就不怕女家反悔了。而偏偏那女家姓朱，与大泉媳妇沾点亲，就来田家茶馆找大泉。大泉不知有兄弟参与，直评了抢亲张家不对。没几天抢亲的张家也找大泉说，新娘是我家攀的亲，一家女不吃两家茶，这门亲事要定了。林家也来说，我们家三媒六礼一样不缺。

　　大泉找来张家原媒，说了好多。事实在前，一切都是注定了。大泉先断第二家有理，后来二泉瞒不住了，悄悄给哥哥说出抢亲没得逞，说话间要他帮张家顶理。大泉犯难了，最后想，母亲虽女流之辈，但一向老道会有办法的。回家后，私下与她商量。连氏思前想后也犯难，又考虑林家明媒正娶不能抹杀。

　　再一打探，原来张家因为儿子喜欢赌博，三年中家庭贫穷不止，后来又发生这小子打伤赌友。消息传到女方坏事了，要退亲。媒人跑来跑去，三次还钱三次不接，朱家就不还了，打算女儿嫁出去后，由他来讨要。

　　那张家早就探明，朱家女儿另许林家，有了娶亲时间，于是琢磨轿子走的路线，喊上六个小痞子，蒙面抢亲。

　　二泉拦轿抢亲受挫，还打伤了林家的轿夫，得知哥哥要断林氏有理，才不得不和盘托出。大泉说这更没法，场面上我把话放出去了，一言既出驷马难追！

　　能不能收回成命，保全二泉名声，真是两难。

　　临了还交由老娘判断。

　　连氏说："你也不是毛孩子了，还乡下人吃海参头一回？这点子事明摆着，不能因私压公。你只需如此这般、这般如此。"

　　第二天大泉命人喊来两家地保人马，在田家茶楼上拼桌子讲情理。

　　楼下人头攒动，围观了好奇群众。三张台子拼起来的凹形长桌，左边是林家人和地保媒人，右边是张家人和地保媒人。主位面东是乡董丁大泉。二十岁的丁大泉中等个儿，微胖身材穿一件灰色长衫，四方脸，白皮肤，正当盛年，两颊血气红润，双目略长，带点儿不威自严的霸气。两边人站着，各自捋臂揎拳，纷纷攘攘地要出桌打架。

　　观众们听主位声音洪亮，一拍桌子说："大家都不要吵了！"

　　场面顿时静了下来。

　　地保介绍理由。地保是半个中间人，说话按照事实。场面上有如苍蝇声嗡嗡不停。

大泉说："你们两家的理我都仔细听了。这沙上地方吃人饭、讲人话。"

观众一边听他说，一边似乎心不在焉地自言自语，哪有保媒的说亲不继续下去的？你自己停下来，不去送日子送对月礼，对吧？明显针对那张家。

接着他提高声调面对全场喊："一、第一家本当鸣锣而娶，男儿不孝家庭变故，输掉田地无生活之本。女儿去了赔损失。二、女家欠缺退亲没退钱，但媒人为退彩礼跑了三次，女家每次都要退，道理尚在。三、第二家未知前情一切正常。四、三条桥抢亲，是为犯法，张家大错特错。抢亲未果，免予追究。"

定论面前还要当众询问一次。丁大泉侧身问那个女儿家："你愿意去哪家？"

朱家人抢说："我女儿都在抢亲那天，冒着危险逃回家了，这不明摆着？"

大泉不理，再问朱家女。她一口咬定："我去林家。"

随即，判词一卷拍定："着朱家退还第一家全部彩礼，不再纠葛。如有纠葛须由张家负责。第二家胜诉，另选日子再行婚礼。"

纠纷人请官家断情理，立规矩谁赢官司谁付茶钱。林家赢了官司，承担费用毫无怨言。朱家皆大欢喜，父母欢喜、亲戚欢喜、女儿内心欢喜。只有张家，只恨自个儿子不争气，赌博败家还娶不上媳妇。

田家茶馆那次讲情理，民心大振。不过大泉省略了蒙面人抢亲的来头，人群中不免窃窃私语。世上没有不透风的墙，台下听众多有闻者，岂能猜不出他们是谁。但判词既然合理，双方也已承担，碍于判官情面，不必横生枝节。何况林家队伍说不出犯人相貌，不想再折腾下去。这点大泉懂得，双方懂得，台下观众也懂得。

天下聪明人多哉，豪杰何必赢在明处？

事后，因二泉参与抢亲，被母亲连氏抡起家法，揍了一顿，罚他再不准去街上与不三不四的痞子混在一起，让他待在家里老老实实种地。祖父丁耀湘年已八十，躲在房间不掺和，回想自己年轻时候也听过好几回这样的抢亲故事哩。想不到如今自己孙子也成了抢亲强盗，不觉地叹了口气，唉！

这次三条桥抢亲，田家茶馆论理，传为沙上头条新闻。而丁大泉能把这桩大案子拍定，也小扬名声。

好事多磨，丁福轩的孙子终于走进茶馆，做个有面子的人了。

新丰镇呢，凭着较为开放的多元文化，人气渐旺，生意日增。

第三十八章　北伐军剑指南通州
沙上孩跃身第一军

　　张乐泉在南书房里看《申报》。

　　阳光从窗户照进来，吴四端来一杯热茶，写字台上摆一副浅光眼镜，是坐在藤椅子里的主人摘下的。看到紧要处，他转动屁股，藤椅子吱吱地响起来。坐稳后，他又捡起台上当日新报，上好了金丝边深度眼镜，目不转睛地开始阅读。读文这点上，乐泉与堂兄张鸿业很像，喜好安静的文章，但弄不过鸿业的八股味学究气。乐泉不太喜欢古文，却特关心远近时局。

　　这一天，竖排版右边是通栏大报名：《申报》，其余按照重要性排列，紧靠的是头条新闻，上边写的黑体大四号的繁体字：广东国民革命第一军入沪郊。文：北伐军进入松江激战毕庶澄……下边如何围城、爬梯、遭遇城头部队密集机关枪、纷纷坠落……

　　乐泉忽然觉得神经紧绷起来。

　　这广东部队与上海齐燮元督军的部队决战，就在上海外围。如果上海失守，那北伐军必定会挥师西进——从嘉定、太仓、常熟一路打到常阴沙。张乐泉太熟悉这一带地形了。他十六岁时去招商局轮船做茶房，为围垦去上海找表兄，都沿这条路走的。第二天再看《申报》，又是头条：刘峙失利，毕世澄侥幸。说的是攻城之难，守城之勇。北伐军架梯上城，用的是古战争云梯术，虽有后边火力猛助，终不敌城头毕佳俊居高临下，火力扫射。刘军攻城两天，死伤颇多仍未遂。第三天，却又是北伐援军第二师开到，采取猛烈炮火远攻。

　　毕家军死伤太多，寡不敌众，弃城而逃。再看：松江陷落后第三天，北伐军进入上海……

　　张乐泉毕竟是个有心人，上海是他的重要之地，还有他的亲弟交通银行的协理张吉庆。战争进度吸引了这位沙上地主的浓烈兴趣。接下来两个月，局势似乎慢慢稳定下来。此时的上海工人纠察队，举行了第三次武装起义，大大配合了北伐军攻占上海的势头。《申报》接着报道：刘峙率部移防上海、闸北、吴淞一带——那时已经占领了。

没两三个月，《申报》等报纸皆展示结局：五省都督孙传芳退防苏北，本釜原督军齐燮元流走日本。张乐泉被北伐战争吸引，一连看了两个月的《申报》，并不感到吃力。关注这场多年未有的两军相争的大战。他几乎屏声息气地紧张自问：究竟鹿死谁手？

现在总算使他松了口气。张乐泉订的报纸由彭邮差送来，招待他厨房用一顿午饭。时局混乱，自家条件正在成熟，准备起造连接庄园的大杨树镇。但三年来，种种不利消息使他不得不放慢节奏。

看好的扼守常阴沙东部，不但有发展余地，且为日后与十二圩、新丰镇的三足鼎立奠下根基。资金方面，适逢南京中央农业银行发放农贷，加之那年轮船的头等舱贵客王经理愿意帮忙，条件是可用新造市镇房屋抵押贷款，解决了他最担忧的资金问题。

他想出手的造镇行动，突然被眼前的北伐战争无形地拖延了。唉声叹气！头脑里紧绷的弦是子弹响到脚跟了，时刻面临战争与和平！常给自家拉响警报。集中几个月来看《申报》，使他理出了大致的北伐战争进程：

1926年7月9日，国民革命军誓师北伐，蒋介石就任国民革命军总司令。刘峙跟随蒋介石进入湖南，先后参加武昌、南昌的攻城战斗。因在南昌的激烈战斗中，指挥官王柏龄突然失踪，刘峙便接替了指挥官一职。在蒋介石的总指挥下，刘峙率第一、二师击溃了浙江南浔铁路正面而来的孙传芳军队，到达吴城。11月24日，北伐军在江西全境取得胜利，刘峙奉蒋介石之命，乘胜进军浙江。1927年1月，刘峙在浙江桐庐县横村埠将卢香亭的主力打垮，率军进入杭州。2月，在上海附近的松江，遇到毕庶澄率部顽抗，刘峙将其击溃后，乘胜攻下上海附近的昆山、太仓、浏河等要地。

刘峙之后担负司令部警备任务，旋即又调防镇江、常熟。4月12日，蒋介石发动了反革命政变，屠杀了大批共产党人和革命志士，使一场轰轰烈烈的大革命被镇压了。

1927年5月，刘峙被任命为第一路军第十三纵队指挥官，受命由常熟渡江，进攻苏北北洋军周荫人防地。周荫人不堪一击，刘峙乘胜追击，直达灌云、东海，再克涟水、淮阴，最后驻防江都。同年8月，孙传芳不甘失败，偷袭龙潭（南京之东）。此时刘峙部队已返回江南，拟到杭州休整。忽闻孙传芳偷袭，刘峙即令副师长徐庭瑶率部迎击，自己马上从杭州起程，亲率第四团赶往镇江，指挥作战。但8月28日，刘峙在行军途中所乘火车与另一火车相撞，死伤二百余人。刘峙也负了伤，带伤指挥部队转入防御。

孙传芳发动全线进攻。刘峙阵地被突破，形势危急，幸亏增援部队赶到，次日转入反攻，将孙军全部歼灭。此役结束后，刘峙升为第一军军长兼第二师师长，率部驻防上海。

沙上沿江一带正在孙、刘的战争区内，能看到的仅是：1927年5月，刘峙为第一路军第十三纵队指挥官，受命渡江进攻北洋军周荫人防地。那一幕时间紧促，北伐军由常熟渡江，在沙上江岸地区作短暂滞留。

没几天，留心北伐军行踪的张乐泉，就听到了距离最近的隆隆炮声。

庄园内有下人通报——位于长江北凸岸线的朝山港村，来了刘峙的部队。还有好多年轻勇敢的乡下人，追逐去长江畔看打仗的热闹，反正也就六七里路，乡民只敢躲在皇岸之下的芦苇丛里，看到那些黑军装的北伐军，在江岸上不停地来来去去。有人观察说："那些北伐军，白天埋伏在岸下，乡民只能偷看，长江里由东而西去的军舰，挂五色条子旗是孙传芳部，挂青天白日满地红的是蒋介石的北伐军军舰。"

胆大的人装扮放牛郎走上皇岸，其实身畔的北伐军就住在朝山港小学里。那里预备了许多洋铁桶，由北伐军一个个搬运到岸上。他们在洋铁桶里燃放好多鞭炮，那声音震天响地，岸上许多洋铁桶子集中点响了炮仗，噼噼啪啪连续有半个多钟头。

放牛人想，那些顺着岸边主泓流西航的五色旗军舰，应该能听到炮仗打击铁桶的声音吧？这告诉他们：北伐军来了，北伐军就在岸上！算是对孙传芳的一种威吓。你不可能来，江南已经布满北伐军。放牛人看到了密似蚂蚁的北伐军遍布江岸，都是刘峙的部队，消息口口相传。

大家都说："北伐军对付江中逃窜的孙传芳，竟是用洋油桶放炮仗来吓唬他的，好笑不！"乐泉听到这些起鸡皮疙瘩的消息，分析这是不想和孙传芳在江南打仗，吓唬他别上岸来！一向沉默的他，也笑了出来。

上海另一位督军齐燮元，对到来的黑衣北伐军闭目不视，他的内心不屑于广东草寇会成为国家的军队。他选择了退出，流亡日本！期间，他真像古人的一苇渡舟，悄悄地去了东洋岛屿。

无独有偶，张乐泉、商静山也都是正统的共和观点。他俩搭档起来，睁一只眼闭一只眼，对北伐军采取不冲突、不支援、不承认的态度。在这些地方人士眼里，五省都督孙传芳才是统帅五省的大都督，就如三国时的孙权麾下的周瑜大都督。而刘峙的北伐军，最多不是从广东跑来的流寇！他们心里想，那些人不过是流寇主义的草莽。

但是此刻他们不知道，孙大帅去苏北哪了？上海下落如何了？民国总统徐世昌咋了？最最重要的，这个眼前故事会朝哪一边进行下去？会不会影响到农民种地、工人做工、商人开店、地主圈地？

反对战争，是大多数沙上乡绅的态度。商静山一贯以正统自居，这时的主要兴趣在办慈善。搬迁南兴镇育婴堂和办卍字会，两件事已经摆在年度计划中。

他透过一把密集的胡须，知道有多少乱党，是藏在胡须里的跳蚤，弄得他的嘴巴痒痒地不好开口。

他竟断定北伐军是秋后的蚂蚱长不了。

民国十六年（1927），北伐军刘峙进驻沙上十一圩、朝山港等地。

我小姨，十三岁的小末姐和她的同伴们，正在三余庄海畔摘野菜。这群女孩亲眼看到了孙传芳的兵舰一路放炮西航。南岸的北伐军做出不惜一战的回应，不过那只是一种佯装的吓唬。孙部紧急北撤赴苏北，无暇南顾再与北伐军决战，砰砰放炮是吓唬一下而已，真是空对空，一个新的空城计。那隆隆的炮声是女孩子们第一次听见战争的声音，吓得她们心里腾腾跳，几乎丢弃篮子逃回家去。

时值1927年5月，北伐军第一军刘峙部，由孙元亮等四个师长领兵。有几个营驻扎杨舍城，落脚梁丰中学。学生们看到北伐军排以上军官个个腰佩中正剑。早操纪律严明，口令清晰。后来问知，这些兵与朝山港的洋铁桶里放炮仗的兵一个番号。年青的学生们领悟：好一出诸葛亮的空城计！

这样一支新鲜部队，当然引起学生们的注意、激动、羡慕。

到达常阴沙朝山港的北伐军的战术、洋号、中正剑、刘峙、第一军的名称，第一次传进孩子们的耳朵。他们知道了孙传芳救江西失利，又从上海逃亡苏北。北伐军在洋铁桶里放炮仗，装作有很多机关枪，是对长江逃窜的北洋军的警告。学生们很快知道了许多从前闻所未闻的战争新闻。所谓眼见为实，无形中影响了立场。而大场面的是非观，不是年轻的学生想考虑的，血气方刚的青年人好冲动、兴奋，追求新事物。

梁丰中学的学生，受北伐军宣传和纪律影响很深。一些人瞒过家里，坚决要求参军报国，这些都造成商静山的不满。商家大本营十二圩，稳居常阴沙交通、工商、教育之盾牌地位。他坚称：北洋政府是正统。

十年前，张乐泉、商静山、李胜千等人筹办了南通刘海沙国立六小，每年有考上梁丰中学的优等生。这十二圩镇上的刘顺泰米行刘大福，有个儿子考上梁丰中学，先生起名为刘剑秋，字仰白。还有西街港那边的同余庄，有个从海门搬来的大户陈仲善，儿子陈若谷，字崇实，也考上了梁丰中学。正当五月光景，杨舍城里忽然来了一支黑衣黑帽、腰缠皮带的年青军队。他们整齐列队，走在杨舍那条弯弯曲曲的东西大街上，大小军官腰里佩戴中正剑，口里喊着"一二一，一二一"的口令，踩着整齐的步伐。因需驻扎，军队营长就与校长商量，借用学校操场和教室。

营长放话说："住那么几天，就要去南通的。"

学校开始放假。两个沙上孩子，觉得不对啊！挺严肃的北伐兵，年龄和他们差不多啊，私下里就商量着研究，这些兵哪里来的啊！

第二天早晨，梁丰中学的操场上聚集了五百多名北伐军。风中飘荡着滴滴滴、嗒嗒嗒的军号声，旗杆升上了一面青天白日满地红的旗子。不一会儿，列队完毕，挤满场子。那个营长站在高处，用湖南话清晰的口音对士兵训话。

他说："同志们，我们国民革命军是正统的、革命的、爱国的、打倒军阀流氓的军人。我们继承总理教训的三民主义——民族、民权、民生。现在这些奉系、直系、皖系的军阀，控制了中国的北方省份。人民吃不饱穿不暖，任他们盘剥、压迫、蹂躏。我们革命军，就是去解放民众的。打倒军阀，你们说要不要？"

出乎意料的是，五百人同一声："要！"声音可响亮了。这么一致、响亮、威严的声音，传到了围墙外好远的城区，连走路行人、做生意上街人们都听到了。

那营长还在说："胜利必定属于我们！用不了一年，我们打败了南方各路军阀，来到长江南岸的江苏省。我们的孙总理，曾在南京建立临时国民政府，这里是光荣传统的圣地。我们在这里驻扎，是要去打苏北的孙传芳。我们要感谢这里的老百姓，管好自己不去扰民，大家说要不要？"

场下又是一声吼："要！"

然后他们唱起了北伐军歌：

> 打倒列强，打倒列强，除军阀，除军阀。努力国民革命，努力国民革命，齐奋斗，齐奋斗。打倒列强，打倒列强，除军阀，除军阀。国民革命成功，国民革命成功，齐欢唱，齐欢唱！

歌声震动了外围观看的学生们，使他们热血沸腾，不觉地也随着唱起来了。

早操结束后，刘剑秋和陈若谷跟随士兵们走进宿舍。俩小子从士兵们住的教室，看到整齐的杯子、被子、毛巾，没有一样凌乱，十分佩服。唐营长的训话，竟然激起了他们浑身热血，等到早操完毕，他俩就去找唐营长。那营长还蹲在操场和士兵们围拢吃早饭。完了，在操场上听着俩小孩要说什么。

刘剑秋先开口说："你们部队要新兵吗？"

唐营长说："要啊，北伐军正在用人之际，马上要去打南通，请问是谁要参加啊？"

俩小孩相对一笑，说："我俩这么小要不要啊？"

唐营长问了：你们多大了？

刘说："我十七。"

陈说："我十六。"

他们认真地等待营长回话。

那唐营长哈哈大笑："这么小，想参军？"

俩孩子说："我们想参军。"

营长问："参军为什么？"

他们一起回答："打倒军阀，国民革命！"

唐营长看到他们的态度诚恳，回答说："这可不开玩笑的啊。当了兵，不能反悔的，你们想好了。"

俩小孩坚决地说："想好了！"

唐营长看这俩还挺机灵的，又是高一学生，就让他们填写家庭情况等信息。

然后对他们说："明天就可穿上军装了。"

刘剑秋、陈若谷好兴奋，出于喜欢严肃而又年轻的军营生活，也许带了一点政治理想，也许是偶然的心血来潮，总之他们自己决定了自己的前途。

他们又想，要是家里知道，放不放他们走？两家都不贫困，怎容儿子出去当兵吃苦。于是，孩子们决定先斩后奏，等到通知传到沙上家里，父母们目瞪口呆。第二天他们就穿了军装回家，与父母亲友告别了，把这些长辈哭得如泪人儿似的，但事情已经难以挽回了。

5月11日，北伐军北渡长江之日。

这天，在十一圩港码头、潮汕港码头、十三圩港码头，北伐军征集了数百艘木帆船，帆樯林立，一条条排靠在一起，就像长江里忽然涌出来一排排木头一样。军号吹起，响彻云霄。北伐军的军旗迎风飘扬。身穿黑色中山服、腰扎皮带的士兵列队，从三个码头罗列上船。

这数千人的队伍占据了码头边上的长长空间。一轮鲜红的太阳，照在了这一行行黑衣黑帽的北伐战士的身上，分外温暖。他们有条不紊地一个个上船，先让辎重披着盖衣，由士兵推上船，其后机关枪由正副主机手扛在肩上上船，再由士兵从民工的独轮车卸下载物，一一搬运上船，最后士兵有序地下岸、跨船，分散到并排的各木船内坐定。整整一个多小时，岸上的队伍才见空落，一个不剩的上到船上。

等人群安定下来，号兵就吹起了滴滴答答的洋号，启程了。船夫升起帆来，在初夏东南风的鼓动下，稳稳地在长江的波涛中北航。

再说刘、陈两家的父母，在行军外围看得眼花缭乱，也不见他们的宝贝儿子在哪条船上，他们不可能很早就到。俩学生离家十天前，就去了杨舍北伐军营地训练：拿枪、列队、装子弹、瞄准、拉钩发弹，如何上船、如何上岸、如何随机应变，等等。父母送别只能看到大场景，看不到孩子在哪行、哪列、上了哪条船。

想想，反正儿子就在大部队中。等待队伍走完码头落空，四位老者也只有一屁股栽在码头岸上，热泪盈眶地看大批船只越走越远，一片风帆浩浩荡荡，遮住了长江北岸一线的江堤和树木，直到越去越远，看不见船影了。

刘剑秋和陈若谷，在杨舍城里加入北伐部队。由于都有高中文化，做事敏捷伶俐，一到部队就从见习营长做起。陈谷若到了南通就被提升，任海门市党部主任，后又升到北京市党部主委。当陈若谷家里收到儿子来信后，真的异想天开了！儿子十六岁就做大官了！只是人越走越远，不知后事如何。小地主陈仲善，也开心也伤心，一把眼泪听天由命了。他哪知道两年后的儿子，随北伐军到北平做到大学校长。他的同学刘剑秋，后转任天津市党部主委，退伍后去日本留学，之后回国当了法学教授。

乡里人都夸赞道："沙上人好有出息！"

张乐泉也听到，沙上第六小学的学生陈、刘二人在北伐军里升了官，做到北平和天津的国民党主委。他想现在的小孩啊，小小年纪，火箭式上升，此消息激起了张乐泉办学的成就感。当年资助的王蕴章，也从上海纺织大学毕业，进入后来的大生八厂做总工程师。他细想，办学真是利国利民，沙上出人才，第一靠办学。

北伐军走了。

那年那月，商静山和张乐泉总算看到，沙上从战争的缝隙里漏了出来，又是一片和平安静。初夏时光，农家又开始了紧张农活。农民们磨刀霍霍，准备收割麦子。

48岁的商静山在新兴镇的宅邸，曾看到过北伐军来小镇买日常用品、买粮食、买蔬菜，很有礼貌，不像"兵靴子"。这些不可思议的印象，需要他慢慢消化。这是二十世纪上半叶新的气象，但不能改变他对北伐军的看法：乱党！

有一天下人来报告："先生，我们十二圩街上来了个北伐兵呢。"

静山愕然，问："不是走光了吗？"

手下说："也许是密探啊。"

静山大怒："走了好多天回来干啥？"

静山下令把他抓起来。待到抓进来，静山一看，还是个十六七岁的毛头小伙子。

静山问："你是北伐军吗？"

小孩说："不是啊？"

静山问："那你为什么戴超帽，跟北伐军一样？"

小孩说："南通城里男孩好多都是这打扮啊。"

静山说："这里是沙上，不允许北伐军再来扰民了。"

小孩说："我不是北伐军啊。"

静山也不回答，吩咐手下，把他关进东南角的仓库，给饭吃但要弄清楚情况。

静山拘押从苏北来沙的小孩子，消息不胫而走，原来小孩是来走亲戚的。那家恰是商家总管张大鹏的邻居顾乔，因总管在商家做事好说话，顾乔托张家老婆去商静山面前说情。静山弄清是一场误会，也就放了人。

他心里想，这种事情以后不要管了，会弄错的。可见他还是个实事求是的人，但他对革命的成见依然顽固如初。

回到坐在椅子里的张乐泉。

巨大的人生希望，被长江里的战争整整往后拖了六年，他紧张观察战争的每一次趋势，是北洋军胜了，还是北伐军赢了？有一点他是准确的，这场战争只可能向北延烧，不可能在江南陆上再战，这是基于双方的码子算来的。北洋军老是逃窜，而北伐军一鼓作气，胜多败少。另一点，北伐军目标是北，取代北洋政府。战争的结论是向北，毫无疑义。

但他内心的正统观，与商静山是一样的。原因在于战争与他们没有一个铜板的关系。谁来了对老百姓不是一样，照样收捐纳税。

那时，不少人心里有个银圆情结：

你折腾来折腾去，还不是袁大头吃香吗！人们对袁大头的喜好表现在拿起一枚亮晃晃有点旧黑的袁大头，用一只指尖轻轻那么一弹，搁在耳朵边一凑，立即会发出细细的嗡嗡声——那才是真的！一块袁大头可以买到好多东西，一百二十块袁大头就可以置一亩上好良田呢。这种朴素的价值观，以值钱不值钱来判断啥好啥坏。啧，还真是不可反驳的实用主义哲学。别怪他们了，有很多人都从这角度相信北洋政府的。

那时的国民们，哪个不厌恶战争，期盼战事结束，早一点过上安宁的生活呢。

第三十九章　从树上任警察局长掉陷阱
静山责子鞭刑伺候戒毒品

商家大儿子从树，有一天忽然雇了一辆黄包车，回到十二圩。

那晚天也黑了，静山听说他回来晚了，就让儿子回曾九圩老宅休息，与妻儿团聚，等明天再见面。但他第二天仍不见儿子来镇见面，就差遣下人去询问。谁知一问，竟使静山大吃一惊，继而大怒拍桌子。

冷静的父亲抑制不住大喊："这一切为了什么？"

儿子从任职警察局长的杨舍城夜归，究竟有何异情？从树媳妇哭哭啼啼，前来公婆面前诉说，她说："从树这回从警察局长位置下来了，而且再也不能去警察局当差了。"之后，静山坐在大厅的红木椅子里，与夫人郑灵素左右面南而坐，只等大儿子从树来呈明请罪，那商从树在父亲的威令之下，畏畏缩缩不敢来。

回归当初，从树毕业时才二十几岁，虽然家中吃穿不愁，养个少爷根本不是问题。但静山认为人生除了上学，就该走入世道，寻找个立足存身之法，好在自己丈人郑端甫先生，在江阴城议事局做董事，说句话市面上行得通的。这年秋天，他便安排外甥商从树，就任澄东第一大镇杨舍警察局局长。

从树上任那天，朝镜子里一看，乖乖，有多大的威风！

人先往前一站，高有七尺男儿。黑色警服大盖帽，腰缠皮带，佩戴勃朗宁盒子手枪——民众称"盒子枪"。那小巧手枪，只有官员才有资格插在腰间炫耀。那些小警察差不多就是每人一杆汉阳造吧，平时长枪插进局内的枪座，一排过来几十杆，煞是威严。一有报警，小警察们纷纷排队取枪，快步小跑一溜儿上了街，抓小偷、揪强盗、抄赌场，都小菜一碟。

这最难得一件呢，就是禁吸毒贩毒，时常有大小官员的熟人牵入其中，既难以识别又不好处理。这也是年老的外公和中年舅舅，语重心长地在他上任前特别关照过的。

从树在警察局有专门的局长办公室，靠南，有四扇大窗户，阳光照到桌子上，怪舒服的，他身后墙上挂着孙中山遗像、三民主义的遗训，以及一幅"天下为公"的手迹作品。他身后的国民党青天白日旗，使这个二十二岁的沙上人，颇有点芒刺在背的严肃感，这也养成了他每天面对那些小警察时敢于一脸威严的习惯。

巡警队长丘六是个关键人物。

商从树初来乍到，对警察局长该干些啥，一无所知。警察局里的上上下下毫无印象，不熟悉。于是，巡警队长这一人之下百人之上的职务，就变成商从树想寻找的依靠对象。

上班那天，丘六率一众警察到办公室集中，一字儿立正敬礼，倒弄得从树不好意思，顺口喊了声稍息。一看那丘六的瘦杆巴儿，一双老鼠眼，两道八字倒挂眉，穿着一身黑警服，他的特点是特别工于心计，好拍上司马屁。见面礼后，那丘六弯腰笑脸，给从树沏茶点烟，一双鼠眼笑得眯缝。

他说："局长啊，今天十月初六黄道吉日，您选今天来，真是行家，看来以后的工作定会顺顺利利。"

从树书生气十足，迷恋于江湖义气，看到这个手下人如此会说话，免不了谦应一句："丘队长见笑了。从树一介书生，这警务工作，以后还多仰仗丘队长您了。"

丘六说："呵呵，局长大人高才生，卑职岂敢越位，一切还仰仗局长关照哩。"

一番套话之后，丘六正在察言观色。他在想从哪里下手来扳倒这位有点背景的新局长。商从树沉浸在当官的喜悦之中，哪里会发现卧床之侧早有窥探之人。在老谋深算的丘六面前，商从树太嫩了，哪里是他的对手，原本上边部署是丘六任局长的，忽然上边却派来了商从树这嫩货，于是，他怀恨在心，暗暗设局骗商从树坠入圈套。那商从树出身乡绅门第，不过是一介小书生，怎有资格进得警察局？

丘六先是假装巴结请上司吃饭，选的酒店是杨舍老街北边的澄江楼。这喝酒点菜，商从树在行，南通城里早有一手，免不了的长江大虾、虾子鱼丸、东坡肉、红焖蹄髈之类。那酒呢，就有老窖、茅台。从树也不敢过度奢靡。其实这红焖菜中，调料众多，吃家分不清是正是邪，端上桌子一股香味，总以为是八角、茴香、杜仲之类。再说啦，掺假药料有谁来分清处事？

这澄江楼，一楼是面馆，专营无锡汤面、拌面、凉面等，供上市农人、过路客商早餐，由于料足，属浓香型。这是他们推出的一块金字招牌，里边也可掺假的。二楼则是富商大贾们迎来送往的客宴之所。墙上名人书画，窗户花草青瓷，很有雅居品位。而三楼，白天不让人进去的，晚上则紧闭窗户，里边烟雾腾腾，摆了三五张檀木靠背小灯桌，是隐秘的大烟床。

每逢周末，丘六知道局长眷不随身，煞是寂寞，事先约好从树来此小酌上了三楼。那些个小警察们，自然回家拥抱黄脸婆寻欢作乐。从树只得听他的话，徒步来到澄江楼。丘六是这澄江楼的老顾客，老板金阿福胖胖的弥勒脸，肚子里坏水一锅，全听丘六的。他们是否合伙分成，无人得知。

这丘六知道怎么对付这嫩角。先是多次在酒中、菜里、汤面里，投放罂粟壳颗粒，使局长吃上瘾，后来弄得非这家餐馆不可，然后就在餐馆楼上的烟馆里，假装聊天喝茶。最后一招：送上一盏烟灯。

从树吓得说："这就不对了！岂有知法犯法之理？"

丘六嘻嘻笑着说："澄江楼这烟味儿轻松，不会上瘾的。不信局长您试一试？"

多次吃喝拉近了关系，从树已经放松了戒备，说："有这么好的大烟吗？"

丘六说："只试一次，下不为例。"

从树拿着那关湘妃竹烟管，自有老板金阿福来装烟丸，让从树在烟灯上凑火点亮，然后，那一绺烟雾就轻轻飘上来，从树不知已经坠入一连圈的陷阱，兀自享受得很，边吸大烟，边享受一躺下来百事不问的闲趣。他觉得那烟真有品位，慢慢渗入脑门，再弥散全身。忽然发现，像到了传说中的仙界一样，浑身轻松无比。看慢慢散去的烟味，似我非我，仿佛灵魂出窍一般。从树躺下，迷迷糊糊变为世外仙人。他因肉体轻而陶醉，胜如回到二十岁年纪模样，有力无比。

第二天到了这时刻，又是这家烟馆，一辆黄包车把局长拉着在街上飞奔，饥饿的行人不知这是哪处的马背大亨。

局长抽大烟，重则关进大狱，轻则开除，他是知道的，而那大烟之瘾君子似神仙般，竟是如此不好请走，盘在椅子里的从树，连连打呵欠，浑身柔软无力，真所谓请神容易送神难，丘六毫不费力，一把把他推入这窟窿。此刻的丘六知道他已经上瘾，这大烟钱也不用他讨要了。那从树为了人精神一些，不能在下属面前露怯，以后主动去澄江楼，叫上一管大烟慢慢吸食，在那飘飘的香味中，重获了那种舒服感和年青感。他乡外地，从树实实在在地踏入了丘六的大陷阱了。

这年冬天，上面又下令严禁大烟，那巡警队长丘六看机会来了，就乘他那个晚上悄悄去澄江楼的时刻，看着怀表算时间，算定局长何时上楼，何时递烟，何时抽到中途，此刻的丘六，已经稳稳当当、笃笃定定地，上了三楼。

在门外一看，局长的模样不亦乐乎，他立马吹哨子，叫上楼下七八个巡警，噔噔噔跑上楼来，一脚踢开了三楼烟馆房门，巡警们只见局长在抽大烟，个个惊吓得目瞪口呆。丘六走上前来，那从树免不得有些慌张。

丘六弯下腰说："怎会是您局长大人？哈哈，刚刚有人举报，这里有人抽大烟。我想不到这次您来了，免责，免责！"

他假装不好意思，别过那张三角脸。

从树被突如其来的丘六，弄得脸红也不是，白也不是。他这才顿时明白，只能冷冷地说："丘六，我知道你了。你看着办吧，我商某人也不会放过你的。"

后来丘六说："毕竟兄弟一场，我不会让你蹲大狱的。"

回局里没几天，省里边行文，开除商从树的杨舍警察局长一职，让他回沙上老家闭门思过。从树这才知道世道险恶，中了丘六的又做恶人又卖乖的拙劣诡计了。

从树在走出警局大门那会儿，转身对弯腰装蒜的邱六，狠狠地瞪了一眼。

跨上黄包车的时候，他回头说："你等着瞧吧！"

丘六明白，他毕竟还有老外公郑端甫。江阴城里有这块老牌子，吃亏不到哪里去。

送到门前的丘六呵呵地笑着，补一句："商局长您慢走，不远送了。"

他的内心是，看你这阵听话，那套硬的，我就不使出来了。哈哈哈！

从树一走，丘六九十度弯腰结束，左右努了努嘴。砰！一声关上了警局大门，意思是你再也不会踏进这扇门了。

商从树经过这次澄江楼之变，想到春风得意的上任那刻，硬是被丘六使了个大大的绊子，撂下来了！而上来接替局长职务的，正是这位皮笑肉不笑的痞子丘六。只可惜十年寒窗、三年官运，大轮船翻在阳沟里。他竟被不读书、专使坏的丘六，撂倒在大烟中。

说者无奈听者揪心，怎不叫人黯然神伤？

商静山听从树原原本本地讲出被开除的实情，估计一点没撒谎。他知道这孩子从小老实，正因幼年不在双亲身旁，外公外婆过分溺爱，才养成许多坏习惯。俗话说，桑树条子要自小囤；小不囤大不直，不成器物的，这话就应到大儿子从树的身上了。静山选个日子，去曾九圩老宅的家族祠堂里，当着一家老小，狠狠心抢起一根皮鞭，实施家法。他不想在十二圩街头市面，闹出大新闻，害怕街谈巷议坏了商家名声。

祠堂里族人众多，鸦雀无声。他喝令从树脱下裤子，伏在大厅的木凳子上，又让两个下人从两边按住他的屁股。

静山说："谁放松他，我就加鞭在谁身上！"

说时迟那时快，只见"哗！"一声，蛮大一鞭子忽然落下。从树白嫩的屁股上立马一道血印渗透。

从树虽说软弱，但这回自己犯错丢了商家面子，忍住没有哼声出来。

那静山见他能忍，难道不想悔改？又一鞭子落下去，二道血印子交叉出现在屁股上。

从树还是没喊出来。

那静山想，你小子胆儿大？于是第三鞭子又落上去，那血印子已经分不清前后道了。

从树仍咬住牙关，不吱声。静山想，不下狠心教不了这个儿子。

于是第四、第五道鞭子接连打下去。

那从树终于哼出声来，喊道："父亲，我再也不抽大烟了，求您饶了我吧！"

那静山说："要你尝尝家法厉害，才能痛下决心。"于是第六、第七、第八、第九鞭又重重地打了上去。

从树连连喊疼，那鲜血隐隐地流淌在凳子上。

静山问："你还抽不抽了？"

从树只有哼哼的份儿，声音低下来说："我再也不抽了。"

这四围的人皆是男人，商家三兄弟和商家族户的丁壮。商从文、商从贤、商从齐被叫到刑凳的四周，看得最清楚。毕竟亲兄弟，看到父亲的鞭子一下落到大哥的屁股肉上，他们的心免不了颤抖一次，打十次颤抖了十次。但他们没资格，也没胆量去规劝和阻止父亲的鞭子。这场苦肉计也在他们的心里落下深深的烙印，吸毒害人，他们深深体会到了。

可以说在场的每一位族人、仆人、杂役都睁大眼睛看到了血淋淋的一幕，不会不深受触动。这也是商静山的初衷所在。

静山对着一家六七十口上下人喊道："没有家法哪来国法！"似乎这是他内心里喊出来的一条理念。

他喊道："大家都看到了。犯罪犯法没有好结果。从今以后大人要教好孩子，父母疼儿子谁不懂，一旦教不好，那就是从树这样的下场。"

他着重一句："谁也救不了！"

从树犯了那么大的家法国法，商静山如此打来，也着实有他的理由。从树只得任由父亲的皮鞭，在细皮白肉的屁股上留下一道道血印子。

他忍着疼痛，心想，一切完了没了！从今往后只能夹起尾巴重新做人。

郑老夫人哭得像泪人儿一般。从树被扶下来，她要儿子把被骗经过、上当过程、毒品之害、认识错误的悔过书誊写，盖上血书手印。当从树向双亲原原本本，坦白上当过程的时候，他跪着的身躯居然还在不停地瑟瑟发抖、发抖、发抖、发抖。

商静山大加挞伐之后，关了从树两个月。老夫人看看儿子肉痛，才放了出来。然而这烟瘾哪是一顿暴打能戒掉的，半年后，就算他姥姥，也没本事帮他真解脱了。所以只有妻子知道，从树有没有真正戒掉。人倒是瘦了三十斤，显得皮包骨头。从树自己明白，不能重蹈覆辙，身处于谨慎与恐惧的难挨之中，也许日后能改过自新，吃碗安稳饭。郑老夫人让静山派商从树在慈善机构卍字会学管理，处理一些收留婴儿、派遣乳娘、安排日常事务的差事，但绝对不允许从树参与钱财进出。

商静山责子真的痛彻心扉。他的内心想，罢了！老子当年总有九条命抵挡，也不敢这江湖第一道诡计啊。晚间，他与郑夫人闲聊，感叹多年心血一朝落空。追念当初恩爱，第二年就生了这炮头儿子，后来上学已经是洋学堂了，就交给江阴城里的外公外婆照看。

当初起名以百年树人为望。想不到，这树人之难恰恰是世上最难、最充满不确定和最为诡谲、难以预测的。儿子非但没有成才，反而坠入最危险的毒品之中。这吸毒贩毒自古以来，就是花银子最多，多到倾家荡产的地步。到后来，吸毒人无不过废品一件，浑身散发余毒。一个废物再无可用，是最悲哀的。

所以这顿毒打，连亲生母亲也认为是必挨的。

郑夫人黯然回想：最初在从树身上花的一番心血，清清楚楚都在眼前。十七岁送他去南通读书，吃喝费用不少，平均一年要用三百大洋，哪是贫困生所敢奢望的。他的钱都去哪了？为人父母竟也不知道。她哪晓得，因为虚荣心，他愿意当大哥。两三好友礼拜天都上馆子。这一顿下来，没有三四块大洋不成。又最爱看戏，南通城里忽然来了名家大戏，比如四大名旦、四大花脸、四大武生等，来一个，他都会携带一帮小兄弟出进戏院。那四五个小混混，看到精彩的地方，都要学京城看戏规矩，大声喊上几个"好"！俗称为帮腔。

结拜了兄弟，从树一诺千金，他们有困难都要花上几块大洋。

你看，这样远离父母的一个少年，在南通这样的洋派城市，怎么会不任性变质？这里头，当然有老子好侠尚义的基因。从树这孩子，从小到大看了不少父亲的见义勇为行为。但他不知道，父亲那是正当规矩事儿，而到从树这就学歪了。还好，他未染上嫖娼和赌博。

商家油厂开办三年，没有赚到大钱，让静山老爷煞费苦心。商记油厂本想由大儿子回来掌管的，如此一来等于断了一条臂膀。油厂屡屡出问题和儿子被开除公职，毗连发生，静山自责，天天在外奔忙，儿子身上花费心思太少。经此事打击，他想得最多的仍是：这个银不银、锈不锈的儿子，今后如何安身立命？

可怜天下父母心啊！

第四十章　静山遇困犹豫进退
从德换嫁转忧为喜

民国十六年（1927），商家内外交困，真是从未遇到的倒霉年。

静山一把蓬松胡子垂到颌下，一副呆板的表情停滞在脸上，他感觉手足无措。年末祭祖，不得不多烧几把檀香，多叩几个响头，加上一番苦心祷告，又让下人多放几个大炮仗，来驱走缠绕在头顶的厄运。老爷子心中这些纷繁复杂的纠结，怎样解开？从树、从文、从贤也都看在眼里，疼在心里。

三个儿子都给他添了孙子，这使静山心里高兴，外表一点不张扬。他想，凡世间事物必先嚷嚷，欢喜过了头，犯了佛爷的六戒之一"妄语"，因此反而取消原来的幸运，以示惩罚。他是个诚笃的佛教徒，喜欢淡泊在心，平和对待一切事物。

老三家喜事较多。商从贤娶的邝翠屏，出身南通大户，十分贤惠。夫妻第二年就生下一个宝贝儿子，取名商毓琨，意为再生个儿子，昆仲联袂，兴家有望。静山又遇到不得不解决的问题：商家一大一小两家油厂，几年下来大厂亏损厉害。大儿子从树因吸毒被开除，使他更加慎独。一天，他聚集族人当众吩咐："大厂子归公，小厂子由老三夫妇掌控。两边经济分开，以求合理经营，互不相扰。年末大厂红利，也得割让四分之一给老三。老三这边，本小利薄就不加计较了。"

虽然话已出口，私底下却议论纷纷，妯娌们说这不公，大厂亏了小厂赔不？但老爷子之令谁敢违抗，她们哪知道，这只是老爷子的金蝉脱壳之计。

宽待小厂子是他看好从贤才艺，必能把小厂子办好，留个余地以备不测。而大厂，名义上由三个儿子统管，却少不了有外场人做实际管理。经营权半属于外人控制，他要留一手看几年后，会有什么改变。

从贤媳妇看到公公经常闷闷不乐，想用喜事来冲一冲。她与从贤商量：向公婆提出自家兄弟邝伟业在南开大学教书，比从德大一岁。两人皆是教书先生，能否结成一对。

静山夫妇知道儿媳妇此举是为解开公公的憋闷，说的倒也及时。大女儿从德已二十多岁，到了女大当嫁的年龄。静山深知俗话"女大不中留"，所以先委托邝翠屏去试探娘家对这桩婚事的反应。翠屏回了一次娘家，反馈令人欣喜。那邝老夫人正愁二十五岁的儿子，独自在天津很不放心，再说大学里多的是外省女子，良莠难以把握，而从德是女儿的小姑，知情知性不会有错，于是吩咐女儿带上从德来邝宅，与天津的邝伟业见上一面，看看有没有缘分。邝伟业与商从德，一个南开哲学系讲师，一个南通中专毕业小学教师，说得着吗？

那年春天，就由嫂嫂邝翠屏带了从德，第一次轮渡过江，到邝家府邸相亲。

老邝爷去世多年，只有母亲尚在。从德随嫂嫂翠屏进宅，少不得去拜见哥哥的丈母娘，递上一份礼物。那邝夫人横看竖看：从德额角秀丽，鼻直口方，长得大方，礼貌周到，心中颇喜欢，嘱咐留下住几天，与嫂子住一屋。说话间，少不得由翠屏介绍了哥哥邝伟业，自幼读书，聪明异常。一路走来，先读南开中学，再读南开大学，硕士毕业以后，因成绩优异，被本校聘为哲学系的讲师。这颇合商家读书明道的观念，先给从德一个勤奋书生的好印象。

邝伟业乘津浦线火车，从天津回到南通。这对陌生男女特地在邝府的大厅内会面，有了第一次相见。

老夫人正座，邝伟业穿了长衫，伺立在旁，傍母微笑，只见邝翠屏领了商从德进入大厅，先见过邝夫人，叫了一声伯母。再由母亲介绍从德与儿子认识，这位是你姐夫的妹妹商从德。

那伟业听了名字，觉得三从四德很传统，站起来点头算是见面了。

那从德一看伟业：一身书卷气，不像是个粗俗的富家子弟，也有三分敬意。

然后落座，邝伟业还在母亲左侧相陪。翠屏与从德在右侧椅子坐下。那邝伟业说起话来直爽而文雅。

伟业说："我没去过沙上，听说沙上土地很肥沃，宜耕种的。"

从德说："长江边的土地肥沃，庄稼长得好。老百姓日子过得去。"

那伟业说："是啊，孔子说的，食为民之先。中国社会还处在农耕阶段，土地就是命啊。"

从德说："自古以来莫不如此，我教的学生统统是农家子弟。"

伟业说："是的。"

说这些题外话时，伟业发现那商从德有一种古典美的气质：瓜子脸很端正，头发特黑，一耳短发，双目沉静，有点欣赏她。

而商从德看邝伟业，也被邝少爷的五官端正、谈吐不俗吸引。

老夫人何等聪明，其后就按照儿子的安排，直接让两人在园子里游玩。

伟业的姐姐翠屏与姐夫商从贤，缘分结在邝园的外半园。那里有池塘、假山和飞檐翘角的清绮亭——寓意清绮双飞。园北古树数株，欣欣向荣，园南曲桥通亭，池中绿水金鱼。此处曾吸引过多少旷夫怨女，借游玩之名谈婚论嫁。

另一半的内宅邝园，则是古树森森，假山错落逶迤。此地为邝爷辅佐张謇议长的慎思歇憩之处。邝爷每行独径，却找不到通幽之明，慨叹时局移易，而人性难料，所以为陪状元公，他赤胆忠心，曾付出多少心血，议长一生肝胆相照，都似历历在目。状元公黯淡去了，邝爷自忖未有寸功，难完毕生之志。

在清绮亭一天下来，话音越来越近，第二次这对青年避闹入幽，移步内半园的重重假山曲径之内。

两个人交谈，从德也很大方，问道："邝先生你家的后花园，怎么都是坎坎坷坷的假山和高大阴森的树木，少见园林的小巧玲珑啊？"

伟业说："问得好，这个你就不知道了。我父亲邝世通是张謇老爷家的总管，也是状元公的朋友，当初也是秀才出身，与状元有同窗之谊。他除了管理事务，也经常与议长先生漫谈国事家事。状元公的忠勇刚毅，见诸《朝鲜善后六策》。这曲曲折折的假山道途，号称九曲十八弯，是他在闲余时间边走边思考，历经三进三退的地方，萦回处有明漏，暗路上藏玄机，这叫个虚实体验吧。"

商从德听来闻所未闻，不晓得世上还有此等真诚的友谊，志同道合至于此！幼时同窗胜过兄弟！在心里产生一种认同感。从德心想，张謇的事情，时严而令责，赏罚而有道。状元肚里总会有妙策回春的策略，不是一般人所能应对的，怪不得他在朝鲜时，能于吴长庆幕里写出《朝鲜善后六策》这般震动朝野的奇文。

从德想父亲在沙上给子侄辈讲了不少张状元的故事，在找到一个共同点后，邝伟业话锋一转，说他在南开教书，南开的校长是张伯苓先生。

从德立马追问："张校长是何等人？"

于是邝伟业讲下去，张伯苓出身天津名门，又如何家道中落，如何考取北洋水师学堂，他是清末北洋水师中具有高级驾驶技能的十七名能人之一。后来在北洋水师军舰做大副，又如何在甲午海战紧张时刻，转派到黄海驾驶兵舰，与日本海军面对面作战，又如何命不逢辰，亲见北洋水师第一艘军舰被击沉，他们的军舰为保存实力，奉命撤出。又如何在山东威海，见证了港口的旗杆三易其帜，国土沦丧尽在瞬间。张伯苓深受刺激，于是弃军从教，从办学堂干起。他与严复东渡扶桑考察，回来后在民国八年（1919）开办了南开大学。

从德听得睁大眼睛，入了迷。伟大！她被这位甲午海战的亲历者——张伯苓校长深深折服。这时，伟业说了自己在南开中学读书，接着考取南开大学，读的是哲学文学，取得硕士学位后，目前任讲师。

他俩边走边谈，一会儿脚下羊肠小道，卵石块垒，一会儿又侧身而入黑暗的假山洞天，一会儿又踏进闭塞沉闷的黑暗角落，一会儿复现光明。从德是第一次来，未进假山洞的那刻，看着面前高低错落、蟠龙般搅缠的湖石山林，她想进去了，还能穿得出来吗？心里慨叹，好壮观啊，比苏州的狮子林还多了份峥嵘剔透，绝非沙上风景可比。

进入假山深处以后，简直是座迷宫，不知道从哪里来往哪里去。她是讲历史的，两千年中国历史的丰富复杂亦如这山洞的曲折幽深，需要走过一遭，才能心里有底，足下生风飞出去。

邝伟业说："那张伯苓校长真是非同小可！他可是参加甲午海战，上了军舰与日舰擦肩而过，北洋水师的驾驶官呢。"

从德深深地被那场海战震撼。那些爱国将士的骨气也曾被南开的崇实学子迷恋。眼前这位南开讲师穿的平常长衫，却饱含国学风度，似乎那段不久前的历史突然浮现在这位乡村女教师的面前，正要她诲人不倦用以教育后人呢。

她想，那是怎样的英模历史和怎样看得见、摸得着的忠勇人物啊！

伟业在她沉默思考的时候，被她的白皙与黑发相衬的古典美吸引，愈加看到了她的静穆性格之魅力。由从德的一品一相中，他隐隐感知了她的心地纯良。

两个人游走在邝家花园，被荷叶田田、垒石峥嵘、古树清木的静态美感动，人物和环境相得益彰。

第三次相见。伟业更是从张謇与朝廷的百日维新谈起。状元公的毕生才华，为从德这位未来的妻子，上了一堂大清末年的历史课，又从袁世凯促成清室退位，到他的糟糕称帝，破坏了共和大局。再从国共两党的第一次合作，到1924年的清党、1927年的北伐，都有空前绝后的论调。

恋爱和政治，在这假山的曲折迂回中，竟达到了一拍即合的成功。

实际上邝伟业小时候就在张謇府邸玩耍，听了状元公的许多教诲，受其爱国影响最深。

最后一次，在一棵三百年的大榉树下，两人坐而论道，不像是一对恋人倒似乎是一门师友。伟业说到了文艺复兴，起源于意大利，传到全欧洲。谈到莎士比亚，米开朗基罗，以及文艺复兴把欧洲从中世纪带到了现代社会。邝伟业如数家珍，从德听得津津有味。邝伟业讲到了启蒙运动，在法国，有孟德斯鸠、卢梭、伏尔泰，号称"启蒙三杰"……

从德小时候对历史很感兴趣，如今刚好也是小学历史教师，不但喜欢历史而且还要教历史。她教的是三皇五帝、朝代更迭的中国历史。伟业说的西方故事，简直是天方夜谭。

邝伟业说："讲到文艺复兴，四个字可以形容'科学民主'。简单来说就是德先生和赛先生，英文是democracy and science。"这点消息，实际上冲破了从德所受的儒家教育，萌发了新思想。后来她回到江南，每每与哥哥们谈起来，头头是道。商家儿女们忽然发现，世界上还有那么多奇异的思想啊！

在最后一天的晴朗天气里，院子里树木葱绿，鸟鸣清脆。

伟业站起来，伸出他年轻有力的手臂，对从德说："我爱你，来个拥抱吧。"

从德感到幸运和甜蜜，虽有些羞涩，但她勇敢地站起身来，被伟业搂进怀里。听得见他的心在突突地跳，为此，她献出了第一次吻，双方都被美的春天、美的年轻、美的升华陶醉。十分钟以后，仆人来喊吃饭了，两人才恋恋不舍地转身回去。

余下来的两天时间，邝老夫人和女儿翠屏在家里聊闲话。翠屏说些婆婆郑夫人的大家气派啦，公公商静山固执己见啦。当然老夫人最关心的还是翠屏夫妇。

翠屏就说："这你不用牵挂，你家女婿是同济大学高才生，在上海也见识不少。商家本就是个诗礼之家，讲究家和万事兴的。"

邝老夫人说："有那么好？"

翠屏说："你又老调重弹了。那会儿我如果看不上商从贤，能那么死心塌地吗？"

邝老夫人说："也是，那会儿你几乎跳江，吓得我老命都快没了。"

翠屏笑笑，说："南通都啥时代了，还要讲门当户对？商家不也很好嘛！四个儿子成家立业，两家油厂赚钱。还有良田千亩呢。你看从德就不老派，在南通读书，沙上教书。很聪明的一个媳妇儿，就看你老人家要不要了。"

邝老夫人说："就按你们那会儿，还要看两个有没有缘分呢？"

翠屏笑笑说："我看他们谈了两三天，在花园里一蹲就是半天。吃饭都要仆人去喊，还有不明白的吗？"

这年冬天，按照南通邝家和沙上商家的选择，定了伟业和从德在农历十一月十六举办婚礼。

邝家派了一只小轮船，伟业、媒人陈宝通和随从十多个人，在十一圩上岸来，就被商家的汽车接到曾九圩，中午商家举办宴会，邀请沙上乡绅和亲戚朋友，喝商从德的出阁喜酒。

到下午两点，乡绅和亲戚们喝完喜酒，看见从德在伴娘、妹妹和接亲的南通女人的簇拥下，跨出商家大宅门。那太阳正好斜照过来，射在那雪白的婚礼服百褶裙上。从德的脸白里透红，两道画眉弯弯入鬓，黑漆般的眸子透出幸福的光芒，缓缓地坐进汽车。邝伟业穿米褐色的笔挺西装，一条红领带透出喜气洋洋，微笑着在后边跟了过来，挽起她的手臂。面对岳父商静山、岳母郑灵素，二人微笑着喊了声："父亲、母亲，我们回去了。"

那商静山看到新式婚礼，如此新颖稀奇，就微笑点头。郑老夫人掉下两滴老泪，把留恋爱女的感情，藏进苍白的皱纹里。

随船的嫁妆早已一件件扛到轮船上了。一片炮仗声中，汽车启动开往十一圩港口码头。众多的哥哥、嫂子、客人们一起站在大门前边，看到曾九圩的大宅门，被一片喜气洋洋的氛围所笼罩。半晌，送别的人们还舍不得回去，汽车远行渡过长江，当天就到了南通邝宅，当然也是一片喜气洋洋。作为媒人的嫂子与哥哥从贤、翠屏跟着新娘去南通邝府，一来送人情，二来照顾新人。

晚上邝家在濠河教堂举行了婚礼。

灯光之下，西装革履的新郎和一身洁白婚礼服的新娘并站在台上。

年老的李牧师问邝伟业："你爱她吗？"

伟业毫不犹疑地说："我爱她。"

牧师又问商从德："你也爱他吗？"从德不好意思地点头两次。

于是，伟业从口袋里掏出一枚钻石戒指，亲自为从德戴上。

一时间，礼乐响起，大家都上台献上一束束洁白的康乃馨，祝福这对般配的新人。

这商、邝两家成了沙上津津乐道的换亲美事。静山呵呵地笑着，觉得心里轻松了许多，毕竟女儿名花有主，女婿是赫赫有名的南开讲师，邝家又是南通大族。他与夫人内心既有骨肉离别之痛，也有女儿嫁得不错的喜悦。这种喜悦藏在深深的天伦之情中，足以抵消大儿子的过失之痛了。

此后，又会有什么事情来光顾这位沙上奇人呢？

第四十一章　天伦之乐抚儿嬉闺房
故地重游携子看江滩

　　这几年的张乐泉，乔迁新宅、公司赚钱、娶媳妇、生儿子，人生旅程可算一帆风顺。储父冠儒、生父冠华，两家的四个老人都已送走。他对两边的老人十分孝顺，人生的头等大事养老送终完成了。

　　问心无愧，松口气，可以来点真正的生活了。

　　多年的奔波间隙，使乐泉多了份儿女之情。外出之余，在宅上待几天，与妻儿享天伦之乐。妻子出生鱼行世家，多有持家兴业之干练，偌大的宅地交给俞春秀，他很放心。春秀贤惠，啥人干啥活，多少时间完成，都心里有数。在俞春秀的不声不响之中，不怒自威，下边不敢有半点差池。出自平民之家的她，没有废话却每每有感情联络，下人们都服。

　　张乐泉庆幸自己得到了贤内助。一年两季的收租时节，佃户推着独轮车咯吱咯吱地从远处赶来，排队交粮。后院几间房子，一个个竹圈围起大粮仓堆满了。两人多高的粮仓，要用木阶梯上的。交粮又大有区别，好的晒干去杂，可以直接进仓，差一点的就不行了，总有晒不干、杂质多的粮食，拿来充数。

　　俞春秀当然不做门头兵，不去称重看粮食好坏的，但是她派了个五十多岁的精干老头王福，去管理粮仓进出。春秋两季，这王福有得忙了，还得雇短工来帮助运输、晒粮、出售等诸样杂活儿。他是张乐泉资助上学的王蕴章的叔叔，曾经管过粮食收进卖出，便与张老板熟悉。好粮食不用进仓，上午收了，下午就派几辆独轮车，推到粮行出售。那些个差粮，俞春秀关照也不要拒绝，因为拒绝后拖拉，不知何日再来完租，就由短工忙晒粮、翻粮、进仓等杂活儿。

　　实在太不像话的，那王福撂下一句狠话，震慑佃户："来年种不种了？"

　　那佃户知道，好地差地的产量起码隔两成，于是下回就不撒野了。王福把关，算账时扣几斤几两也很准确，佃户没得说。佃户交租无须到仓里，只要去小镇上的粮行、棉花行交货记账抵租，省了好些烦琐手续，但如物价一日三涨，实物抵租就难定，这都需要地主有眼光，而这就是俞春秀的高明之处。

俞春秀最宝贝的，当然是独生儿子荷宝，他是六月里观音菩萨送来的一个吉祥物。

为此，二月十九和六月十九这两个传说中的观音生日，她没少去城隍庙、河南庙的观音大士前焚香祷告。以大龄女人找到张乐泉，得个续弦夫人的位置，家大业大，先生能干，够她满足的了。荷宝生下来以后，乐泉一改浪迹天涯的旧习惯，回来的次数越来越勤。俞春秀呢，失去多少闺房之乐也不在乎，有了荷宝一切满足。长大些的儿子白白嫩嫩的，要多可爱有多可爱，这让她充分体验了一种做母亲的自豪感。

有了儿子的春秀，平时威严反而少出现，多了几分和蔼。厨房里的菜肴也比以前好了不少。下人们因此也高兴，有这样好说话的主母。所谓安居乐业，就是张乐泉和俞春秀这些年的日子。

有一天，仓里的雄鸡在东边鸡窝里边，喔喔地啼叫了一遍又一遍。睡在北厢房红木床上的张乐泉说："都卯时了啊？"

俞春秀说："早呢，多睡一会儿吧。"

两口子久别胜新婚，足足一个时辰，停下来汗流浃背。

俞春秀羞羞地说："想不到比新婚那天还勇啊！"

乐泉气喘吁吁地说："那叫老当益壮。"

春秀害羞不言语了。她心里想，愿他事事顺遂吧。这么大个家，里里外外都靠他一个人撑起来呢。

于是起身，呼唤丫头陶英端碗人参汤过来。

一会儿乐泉睡了，春秀在旁说："等会儿也该起床了。"

两口子穿戴完毕，丫头递上一盆洗脸水。洗刷后，这就喝那碗中热气腾腾的参汤。乐泉呢，比一场大战后的将军还累，身子坐在藤椅中，咯吱咯吱扭动几下。再过了会儿，只听门外笃笃笃，是小脚走过来的声音，在敲房门了。

这是小荷宝："父亲，母亲，快开门，我来了。"

春秀赶快去开了房门，只见六岁的荷宝穿了长衫背心，带了顶蓝色瓜皮帽。一溜儿的进来，给父母请安："父亲母亲，早上好。睡得好吧？"

儿子问的，乐泉不吱声，春秀说："好。你没有尿床吧？"

荷宝说："我不尿床的，没有尿。"说着，嘟起了小嘴。

春秀说："早饭吃的什么？怎不过来一起吃？"

荷宝说："我起床早，陶英说今天就去厨房，一个人吃好了，吃的荷包蛋，咸肉块，还有枣子泥糕。"

春秀放心地笑了。她知道陶英不让打扰他们的好事，先生多久才回来一次，就让荷宝一个人先吃了。

陶英这时从门外走进来，说："荷宝说还要吃这吃那，我让他少吃点，不要闹肚子。"

春秀知道这是平时自家的做法，因此对丫头陶英很满意，笑了一下。

乐泉在椅子里笑眯眯的，想和儿子好好聊天："摸瞎子躲猫猫、滚弹子打砖板，你会吗？"

荷宝说："我不会。哪个人教我啊？"

乐泉说："哦，小孩子要会游戏的。我来教你。"

于是，乐泉和儿子先在房里摸瞎子，荷宝双眼被蒙住，在房间里转圈找人。乐泉这是训练他，距离差不多，走近后会是谁，全凭猜测。这时，乐泉躲在方椅子背后。小荷包笃笃地凭感觉找。他首先感觉到方椅子后边有人，就跑过去一手抓牢，然后说："父亲啊！"自己笑着扯掉蒙布。

乐泉就哈哈地笑着说："我儿子聪明！"然后还给他蒙上，再找。

荷宝马上感觉到柱子后边有个人贴着，憋了呼吸。这很容易，平时带他长大的陶英就长这么高。他在背后把陶英的衣裳下摆抓住说："陶英姐啊。"

陶英说："荷宝真聪明！"

乐泉自幼玩的游戏，中年以后犹未忘记，躲猫猫，那是人人都玩人人都会的。这次乐泉当猫猫，让荷包找。荷宝躲过脸去，那乐泉就蹑手蹑脚，在厢房的左角落门橱柜背后蹲下。厢房很大，但荷宝会开动脑筋：哪些地方最容易藏个人？一是有屏蔽的，二是不太在视线内的，三是平常人猜不到的，这太容易，对荷宝来说都不难。

父亲哪里去了？

荷宝想，没听见出去的声音，肯定在房内。房内左角的橱柜有块大窗帘遮住。他想，肯定在这儿，能遮住一个人而看不出来。他笃笃笃地跑去，一下子就把乐泉拉了出来。

乐泉笑着说："你咋知道的？"

荷宝说："这不陶英姐平时让我找，总躲在这房角。父亲躲得不稀奇！"

荷宝又背过脸去。乐泉轻轻地走到大床后边一蹲，大气不出一口。荷宝回过身来，父亲又不见了。他估料，只有房门背后、大桌子底下和床背后可以找到人。于是笃笃笃地翻开第一、第二个地方，都不见。这下，他很老练地转到房间里层，去大床背后一看，父亲正蹲着不起身呢。

他大喊："父亲你又输了，快出来吧！"

后来划定地段，可以躲到房门以内任何地方。荷宝一转眼，人又不见了。这次他左右转着脑袋想不出了。

过一阵他垂头丧气地喊："我找不到了，父亲出来吧。"

房内母亲和陶英都大笑起来，出乎荷宝的意料之外，原来乐泉躲到窗户上边坎儿的帷幕里去了，所以荷宝发现不了。乐泉出来以后笑笑说："荷宝，你下回要多想那些不能躲的地方，倒是有可能藏起来的。"

越容易的地方越安全，越隐秘的地方不一定有。别人想不到的地方，要想到。

乐泉从正反两个方面测试了一次宝贝儿子，他的智力水准也仅仅中等。他在思考，怎样把儿子教的比常人更多一只眼、一只耳朵、一个主意。

这一会儿的游戏，乐泉知道儿子的现场感很灵的。下午，他吩咐喊了几个佃户人家的孩子，与荷宝一起玩。他关照小孩们，大家要引导荷宝，只许输掉不能赢，这样给头一次的荷宝信心。这一下子来了三四个拖鼻涕的小孩，都比荷宝大一两岁。他们头次来到仓房大场地，一溜溜地从这跑到那，好新鲜。

荷宝出来了，乐泉跟在后边笑着，对孩子们神秘地说："还没叫人呢？"

小孩子们立马看着乐泉喊："张先生！"

乐泉说："哪个先来？先滚弹子吧！"

其中一个黑脸大眼睛说："我先来。"

他从口袋里摸出一把红绿黄蓝色的玻璃弹子，在地上一放四散而去。仓房前院子的这块开阔地上，用了树枝在四角和中心，画了圆圈——弹子进坑的地方。

他说："荷宝弟弟，我先走。"

于是拿起一颗红弹子，只见他用两个手指，轻轻一弹。那弹子进了东南角的坑里，然后他让第二个矮孩子再来，矮孩子弯下腰轻轻一弹，那弹子在地面走了几步，滚进西北角的坑里。第三个胖孩子上来，弯下腰来轻轻一弹，一颗黑弹子进了南角坑里。

然后孩子们笑笑，喊："该你啦，小少爷。"

荷宝想，这有什么难？他弯下腰拿起一颗红弹子轻轻一弹，只见那弹子走了一会儿，只停止在北角的坑边，进不了坑。荷宝觉得奇怪。

设局的大海说："小少爷，你要先看距离远近，琢磨使出多大的力气来弹它。自然弹子会进坑，不然进不去。"

第二次再试一试，荷宝的弹子仍没有进得了坑，荷宝郁闷。

大海现场再慢慢弹一颗弹子给他看，那颗绿弹子像个人左拐右弯地单走。弹子陷进第一坑，换个弹子再冲第二坑。再试一试换弹子如何能进第三坑、第四坑的，大海从四个坑方向，分别弹出四颗弹子，都能弯弯溜溜地进了中心坑。

大海安慰荷宝说："头一次不进没关系，第二次自然会进坑的。"

那荷宝俨然算他的入室弟子。

大海说："滚动中的弹子，还要去击别人的弹子。一记击中别人正游走的弹子，使它歪了方向进不了坑，而你的弹子进了坑才算狠。"

最后四个孩子表演互相竞争的，就是互相穿插，把正在游走的弹子改变方向。那弹子遇到别的弹子滚动，自然力大的继续走，力小的转了方向停住，进不了坑。一个个轮流互击，那大海总是赢家，把别人的弹子打得落花流水。

荷宝目不转睛随着弹子快慢看去，笑了，说："大海真厉害。"

大海对他说："小少爷，你得先看清毛糙不平的地面，然后决定弹出弹子的方向。在双指使力的那刻，注意手指的力度。"

旁边三个孩子你一言我一语，也给荷宝出主意。乐泉看到荷宝能和穷人家的孩子玩得尽兴，也颇高兴，每次游戏完了，给孩子们几颗糖。一天下来，荷宝懂了不少。第二天，第三天，荷宝就会玩弹子了，本领不比别人差，一样四个坑子全进了，弹子还能滚进中心坑。荷宝学会了，乐呵呵地可高兴了。

一连几天滚弹子玩厌了，于是第四天孩子们开始玩打砖板。

太阳从东南边热乎乎的照进大宅门。孩子们的小脚丫咚咚咚地踩过跨河的竹节桥。那竹节桥咯吱、咯吱地上下摇晃，但不会断裂。桥体都用钢钩搭牢的，它发出的声音会告诉门人：有人来了。夜间竹节桥吊起，外边就进不来，而东南角、西北角的三层岗楼，远眺着三里路外的田野、房屋、道路。

孩子们在大宅子的场地上，看见抱粗的榆树落下的花儿，密细密细的，落满一地。

大海问二宝："你家早上吃的老麦粥？"

二宝说："是。"

三流说："我家也是。"

四弟说："大家都一样。"

荷宝出来，给他们一人一个油煎饼。他们都馋死了，一口咬半个。

荷宝见了呵呵地笑。

大海扫去落花，拿起一块青方砖，把几枚铜板垒在上边，然后退出四尺地面，用手指画了条横线。他手里捏一枚铜板，双眼看牢那青砖上的垒钱，狠狠地掷过去。那枚铜板斜擦了过去，把青砖上的垒钱削掉两枚落地。再次掷出，又打落三枚，一连三次还剩一枚。他就把手里的铜板放低摆平，用边沿平掷出去，砸走了那余钱。神了！很漂亮的眼力和手功。另外三个孩子也表现同样的砸钱落砖的技巧，但不如大海来的利落。荷宝站旁边看呆了，心里想真行啊。后来他也学会了这套游戏，只是赶不上大海哥这等神罢了。

穷孩子们还在宅地上，画个尺把大的圆圈，把垒钱放在圆心一叠。然后，用一枚铜板去砸垒钱，看能否跳出圈外，谁打出来的钱，就归谁。这得靠手臂的力气和眼神准不准。这些游戏很普通，却能锻炼小孩子的集中力。沙上自古流行的，做好一件事的能力，这叫"掼圆圈"。

孩子们赢了荷宝的钱，笑嘻嘻地回家。大人夸赞他们吃到张家仓房的饭，还拿到小钱。

可荷宝眼睁睁地见父亲外出了，乡下孩子们也不来了。

他们家里各自都有活儿要干，挑羊草啦、喂鸡鸭啦、晒粮食啦，这些力所能及的活儿，在荷宝这样的年龄早已开始做了，也是大人们辛苦劳累中的一丝慰藉。荷宝是独生子，他不能走出大宅门四处野逛的。因为大人不会让他这样做。

后来乐泉回家，竟带他和吴四三个人去了海边的草滩。

夏天的芦苇滩，远看碧绿一片，望不到边，进去后密密麻麻不知道往哪里走，吴四抱着荷宝走在前边。芦苇丛中，多的是蚊子嗡嗡地在耳畔叫，时不时地叮上一口。

荷宝想，母亲不让来的，父亲说要去看看。

走出芦苇丛，又踏进一道半人高的关丝草、狗尾巴和望不到边的杂草群，这可把小荷宝乐坏了。吴四抱着他，他靠在吴四肩头上。吴四记住，不能让少爷下烂泥！这是太太的吩咐。

小荷宝说："父亲，我从来没有来过这么好的地方。你看碧绿的草滩，黄黄的海水，蓝天像大碗一样扣下来。白云飞舞，小鸟歌唱，太好看了。"

乐泉说："你知道父亲曾来过吗？"

荷宝说："不知道。"

乐泉说："父亲在比你大了六岁的那年，来这做放牛郎的。"

荷宝说："为什么？"

乐泉说："为了要吃饭啊，就得放牛。"

荷宝看看远远的那边，真有放牛的小孩子赶着一头大水牛，慢慢地、慢慢地，穿过芦苇丛去有草的滩地。乐泉看着眼前的青草丛香气扑鼻，似乎回到多年前他放牛的地方。这是他开垦过的原滩地，又往长江方向扩大了好多啊，西望长江的黄浪大潮，一望无际不知通往哪里，汹涌的大潮和蓝天、草地，在放牛少年的心中，永远定格。这里才是他人生的出发点，思考从这里开始，身体在大自然中成长。他想，这里也是让小孩子认识世界的地方。

乐泉问："世界这么大，你往哪里去？"

荷宝沉默下来，有些陌生害怕了。

乐泉说："东到上海，西到南京、汉口，更远的地方父亲都去过的。父亲还在长江轮船上做了两年茶房呢。"

荷宝不解地问："家里有那么多钱，还要去船上做船夫？"

乐泉说："父亲小时候身无分文啊。只有从小事做起，才能赚到钱。"

乐泉语气很沉重，荷宝也感觉到了。

他告诉儿子："跌成右脚瘸子，就是船上发生火灾。父亲让别人先下小船逃走，自己最后一个下，不小心摔伤的。"

荷宝隐隐地生起同情之感，又崇拜父亲的做法。吴四边走边谈，用手指出草地里各式各样的野花小草。荷宝看到了数不清的蝌蚪、小鱼、小虾，在河里漫游。吴四谨慎地看着草丛里有没有蛇，一旦见到蛇盘在草根，或正在脚下游走，便会知趣地避开，怕吓着荷宝。

有两个小孩子正在放牛，离他们很远。

荷宝想，我不需要去放牛啦！

大约过了半个时辰，荷宝开始不耐烦了，因为蚊子在他小屁股上叮了好几处，惹得浑身痒痒的。身上又流了许多汗水，他想回平静安宁的大宅门了。于是三个人走出芦苇滩，走上高高的皇岸。那里停住一辆独轮车。

有个健壮的车夫在守候，看到三人上来了，他站起身子。

荷宝一看，那个人身子几乎有两个父亲般大，一双粗壮的手臂好似铁钳子，两个巴掌像夏天的蒲扇，手指一根根粗的像胡萝卜。不过他的双眼却很小，很诚恳，只戴一顶宽边的旧草帽。

父亲喊他："乔老五。"

乔五很老实地对父亲说："先生，您坐右，少爷左边。"

那高大车夫的双手握住两个车把，拳头犹如铁锤般铮铮有力，三寸宽的车环带抢在他的粗脖子上，车把被拉起来啦。车轮只着地一点，右重左轻的独轮车，需要车夫的右手使很大力。

乔五给小荷宝留下了很深的印象，在这个巨人车夫的手里，车子稳稳地开始前行，车轮发出吱呀吱呀的声音。独轮车盘的轴与车架圆心的不断摩擦，发出几百年乃至千年前一样的悠悠响声。吱悠吱悠的车声，被海风吹向更远的地方。风声盖过了车声，近处反而听不见，车夫跨步大，吴四在车后几乎赶不上趟。他篮子内的玻璃瓶子装了水，时而给荷宝和先生喝上几口。在车夫的驾驭下，他们平稳地走在无止境的海岸线上。

　　白云在高高的天空疾驰，一辆独轮车，在天底下变为一道孤独又耀眼的风景。车像一个黑点，在长江、芦苇滩和蓝天之间慢慢移动，蚂蚁搬家一般，缓缓地行走在幽怨的时空里。荷宝不知道要走多远多久，但愿永远有这样的时刻，这样的风景。

第四十二章　四方坍塌沙沉变沧海
三星高照筹资造新镇

　　小沙圩田园肥沃，绿意葱葱，是东海之滨的一处乡下地方。不过这里离大集市很远，走十几里才能赶场，没有商店，没有集市，更没有学堂。

　　乐泉回家，人烟稀少，走几十里路也看不到一个人。他想，读书是第一桩要紧事。小沙圩距离双桥小学、三余桥小学很远，孩子们上不了学，那两所学校是他亲手创办的。毕业出去的人，有做工程师的，有做官员的，有做教书先生的。乐泉对此事有一份真切的坚定。

　　乐泉看重教育非一日，回家后让荷宝与孩子们一起做游戏，启迪智慧，这是没法之中的法子。游戏尚属小事，而读书明理却是头等大事。适龄孩子读书，却苦于没有一所学校。作为仓房的主人，他感到头疼。这促使他坚定一个主意：让孩子们有书念。

　　其实遇到的问题与小沙地的孤僻环境关联。小沙地处东海畔，比旧三余庄远了去了。想一想，种地、做生意、读书、筹钱、小买卖，乃至科圩塘，多少重要事情都被市镇连接到一起的！兴镇、兴商、兴学、兴业是个铁链条。他着急了，得有自家的市镇。

　　造镇，这桩大事在他的心里，为什么反复不落地，有诸多内外理由。一座毛竹镇那么繁华而又衰落，是什么道理？咱家造的镇会是什么样？他要品品自家的原因。小沙围垦、搬家造房、似乎都奔这目标，不止一年了，潜意识中，他要理出经纬或门道。对于一个实干家来说，无数的窘境督促他反复暗暗地思考着。他想，一百步他已经走了五十步！这应该欣喜。

　　忽然，机会来了。这机会就是孩子们要读书。这个触发点，只有如此强烈的观念才推动起造镇。他不免兴奋起来，怎么办？心里没底。一向沉默的他，忽然想先去看看毛竹镇的旧样子吧。

废墟的魅力在于它曾经的风光，听说坍海已经逼近毛竹镇北市典当原址。眼下只剩了一座毛竹山，庙宇尚在，人去屋空。要去看一看老商店、老董事、老亲戚、老佃户，走掉了多少人。他要亲自问一问，了解真相。

他们现在怎样了？自己该怎样做？

毛竹镇就是自己的前世今生。离开几十年，坍海究竟产生了什么样的影响，吸引他不能不去看看。毛竹镇如何建镇，如何兴旺，他知道。如何坍塌，坍掉多少田地，他不知道。坍海究竟有多么可怕，他想知道。只有弄清楚繁华是怎样消逝的，才有可能重造一座坚固的城市。这里既有对河流破坏力量的叵测与敬畏，也有对旧时代变化的倥偬与不宁。

时代的开始和结束，需要借鉴历史，这驱使一颗好奇心强烈地跳动起来。

六月夏天，一个炎热的上午，一早起来用过早餐，那个年轻有力的车夫乔五，就把独轮车停在四汀沟的桥堍，然后吴四拎了一淘箩麦饭和一盆子咸瓜炒毛豆，让乔五挂上车把。三个人的午餐样式，是太太春秀关照的。乐泉出来的时候，穿了件链条布短袖衫和半截子黑布裤子，头上戴了顶旧凉帽，这也是春秀为他准备的。

黑黑的他，装扮得更像一位地道农民。

走的那会儿，乐泉对荷宝说："看看，看看父亲像不像个放牛郎？"

荷宝没有见过放牛郎是啥模样，他眨着黑灵灵的眼睛，表示不解。

乐泉对儿子说："这就是父亲十二岁上去草滩放牛穿的。"

荷宝瞪着眼睛说："父亲回来换掉它吗？"

乐泉没回答。

春秀说："不要问这些，让父亲早点走吧，路很长呢。"

荷宝愕然，不知父亲为什么要去那么远的地方。

太阳刚出的时辰出发的。那乔五不愧是大力士，先生右边、吴四左边，坐在车上不轻不重，吃饱了的他出来推车，只听见脚下吱呀吱呀的车轮旋转声。他熟悉这条去毛竹镇的大路，这是他的逃命之路。先生叫他先走北夹河畔的大齐岸，大约二十多里，再沿着五圩港的岸往北走，其间需要穿村过堠，也免不了上岸下岸、过桥过坝。

走不远还遇见一些认识先生的农人，打招呼问："张先生哪里去？"

后来没有熟人了，只看见扎草的独轮车装满了青草、上街的农夫农妇挎个篮子、卖西瓜香瓜的小贩挑了担子。他们的小车只管弯弯溜溜地向西北前进。走到毛竹镇附近了，才看见村烟慢慢稀少。人家不多，地里遍布水稻、黄豆、棉花。再往北的过程中，越来越安静，看不见一个人。只有东北风一阵狂一阵浅，吹过整片的绿色原野，飘来海的轻轻潮味。虽然没听见海浪的搏击声，但隐隐感觉海就在前边了。

大家都不说话，想来农家该吃午饭了。

吴四也是个不爱说话的。乔五更是车夫哪有插言，只听见风大，才想起来说："东北风大没潮天？"

大家心里渐渐有些担忧，怕下雨。

吴四说："不会，六月天旱，难下雨。"

乔五的汗珠子流下来，顾不上擦，这是他给老板出力的机会，以报答张先生救他一家的大恩大德。随后，他们看见毛竹镇的残砖断瓦陈旧破烂，冒出稀疏的炊烟，按照老板的意思，不惊扰镇上人了，只在北边坍海岸的草滩停下来。

一条无比宽阔的大江，突然出现在面前。

风吹大浪咚咚咚地冲击草滩的边沿。那些暗绿色的关丝草浸湿了，在大潮里若隐若现地跃动，而天上大队的灰色云团从大江上空疾驰而去，飘向西部，有几只黑老鸹呱、呱、呱地在头顶上方叫，其实是在找食物。

吴四取出毛巾，给乐泉擦汗。乐泉擦完后，喝了点水。

先不忙吃饭，乐泉伫立荒滩，抬头一看，说："哦，什么叫大江？这才是真正的大江。"

浑黄色的潮水，被东北风鼓起三五尺高的浪头，自东而西地追逐而去。对岸的南通影子看不见了，只有一线迷茫的带子。整条大江在风中哭泣，不停地流动。黄色的水波好像时时要上来，吞没这仅剩的一片草地，它已经变为二里路长的一道脆弱的屏障带。

此刻，置身海边的三个男人，似乎与海连在了一起。那些曾经的故事隐隐约约在乐泉的心里冒出来。毛竹镇北部的缉私营、铁匠店、杂货店，缉私营人群、工匠、商人，人声鼎沸。面前的浪潮奔腾消逝，远近都一个模样。人们纷纷退走，没退走的已经跨出了一只脚，踏上了另外一只船。这地儿再不能种了，不知道什么时候轰隆一声，就会连人带地，落入大海之中。

失去和存在，不分彼此！谁走谁不走，无解。

毛竹镇西半里也是大海，被包围的废镇变成孤岛，张乐泉自幼与长江为伴，再也看不见了，江边的家、牛、轮船、茶房、围垦场、挑圩塘的农夫，嘈杂的人声，都被笼罩在大江上空一片云影之中。生活的喧嚣曾密切地联系了大江，而现在大江就在他的面前。数十年，一天天的视野是对江水的认识，一点一滴积累起来的，多到数不清。他明白了长江是亿万滴潮水的集合，这些水滴具有自己的性格：平静与凶猛、缓慢与迅速，都是那么令人敬畏。

他手往南一指，喊："什么叫坍海边，这里就是。"

吴四和乔五转身而望，潮水把陆地团团围住，企图吞噬，小小陆地哪有不坍之理？这是浪潮的围城战。老辈人说，走马坍一天六七里，一只只圩塘就是这样消失的。陷落发生在夜深人静时，整个房屋与人畜家具、菜园子一窟窿坍下去。

看见坍海危局的人们在想：海坍是无可挽回的，一定要来的，它是一场场抢劫般的灾难。抢劫几代农人辛苦挣来的房屋、田园、家什、牲畜，没商量。逃走！捡了条命，对不住，你的田园、耕作、收获、房子都没了。一切都被潮水摆平了。

吴四说："我家就是被潮水抢劫的，一空如洗逃出来，逃到江南。在我公公和父亲时代，有一座如皋圩子的大磨坊，一家六口，虽很辛苦但吃穿有余，季节忙赶牛耕地，收割后就搞粮食加工。我家养的一头黑水牛，大眼睛，通人性，好吃新鲜的滩草，可怜家什和牛被突如其来的走马坍侵吞，毫无剩余。母亲和二哥至今到处打工，无家可归。"

而高大的乔五说："我们一家八口被坍海灾难夺走了五个，只剩我和妈妈、弟弟。那是一次猛烈的陷落，过午时分，只见地下冒的水越来越多。我刚好没午睡，连忙喊全家奔出屋外场地，眨眼间地块就陷落下去，眼见海水从家里冒出来了。我两个胳膊一个裹住母亲，一个裹住年幼的弟弟，凭我游泳技术很快冲出漩涡，才游出边沿了。我心里一阵狂喜，我们得救了！那块坍海区域，父亲正和一个哥哥在地里干活，他们落进了深渊，还有近处打工的三个兄弟也不见了。整个过程不到半时辰，田园、亲人、邻居不见踪影。浪潮之外，我家变得身无分文，沿街乞讨。"

父亲和兄弟们在不同的坍海事故中去世，他的情况最被乐泉怜悯。乔五流浪来到小沙后，进张家仓房讨饭。乐泉和太太见他人高马大，留下当了仆人，还给了他们母子三亩地租种。乐泉让这大力气的乔五做了仓房的车夫，每每随他外出，平时会让他使力气做宅工，空下的时候，去耕种没租出去的田地，打理那些茂密的树林子。

三个人席地而坐，站起身来都被眼前的潮水和它带来的灾难震慑，说不下去了。吴四打开淘箩，盛了三碗饭，坐在草地上。他们吃的是麦饭和咸瓜炒毛豆，这是老板规定的早期放牛郎的伙食。

乐泉说："不错啦。这沙上人住坍海畔，一怕陆地坍塌，二怕潮水冲破江堤，三怕青黄不接，饿得嗷嗷叫，到处去讨饭。"

吴四和乔五默默无言，说的简直就是他们。

吃过午饭，乔五用车把张先生推去毛竹镇西边。一路走一路看。热地里像火灼，二里多宽潮水退场，现在只剩下三里路不到陆地，望过去都是一片片海水了，浑浊的浪潮在踊跃的追逐，茫茫大海之西不见一物，日头晒在浪头上边，更是一片耀眼的迷惘和凄凉。

吴四说："这坍海是最无情的，这块城郊接合部以前很热闹的，转眼间就变海了！"

乐泉说："西去数十里，长安镇和西兴镇已经掉在海里二三十年了。"

乔五边推车边往前看，一双大手牢牢箍住车把，好像有某种不安的事情在威胁他。他长长地叹了口气，父亲和四个兄弟被潮水掩埋在西海岸下，尸骨无存，更不用说建在西沙的三间房子和庄稼了。

毛竹镇西边浪涛滚滚，西兴镇、长安镇早已变成了一片大海。

车子转到毛竹镇东部，他们免不了停车看一看，最热闹的东北部缉私营，坍入大海，哪里还有叮咚叮咚打造兵器的铁匠店。练兵大操场——士兵们出操练武，发出哼呼哈啊的威武声音的大场地，都掉入大海了，远望一里，唯东部的毛竹山屹立在四围的大海中，露出破败的寺顶和树木。

北部已经坍塌到老典当了，缉私营沉入海中。

乐泉心里想，四分之一的毛竹镇没了，便问："四面包围毛竹镇，毫无退路了吗？"

吴四说："是，没有退路了。"

潮水对陆地的包围、损毁、吞噬，这种无言的威慑力量暗示人类的计谋也好、体力也好，集中在一起，其实也远远不如大自然。

他们这第一次的探访，日落西山时就得回东沙去了，有三十多里路要走，乔五加快车速，路虽远还是要赶在日落前到家，太太与荷宝不放心要倚门盼望的。

第二次又过了多天，仍是三人一车，去探访旧镇风貌和旧人行踪。乐泉当然穿了体面的杭绸对襟长袖衫和黑色纺绸长裤，脚穿黑布白底鞋子，这次去看成长其间的老镇。

废镇是何模样？

车进镇，旧地探访，老街残破不堪，首先是主街北端掉进了大海，犹如一条小龙无端被掐去了龙头。车往南推，大街两旁一家家店门关闭，无人叩问。从门缝偷窥，橱柜倒地垃圾半散店中，空空如也，店主已经永远回不来了。车在大街由北而南，发出吱嘎吱嘎声。乐泉脚不方便，仍坐车上，吴四跟在车后。二里长瓦檐下，一根根廊柱子由长而矮迷失远去。空空的大街上，乔五这样的大力士也没人来发现和惊奇了，实在遇不上一个上街的人。石子街面坎坷肮脏，与碾过的车轮合奏，听来如同呜呜咽咽的蒙古长调。

夏日永昼，冥冥中的毛竹镇，忽然传来了独轮车的吱呀声，诉说着六七十年繁华。名镇也有垂死之痛！乐泉在叹息，诉说着左右店号：义协丰、镇天祥、郭福泰、阳春堂、范舒泰、高云来、集成、黄义山、董家春、展和兴……

乐泉说："顾家杂货店在镇西三间门面，一半是京南货橱柜、一半是围垦公司的高柜。中间是大方砖地面，两旁大方榉树椅子。柜台里有账台、匾额、椅子、茶壶。我在公司做账房先生。那年才十九岁。"

走到十字街口，是个方形小广场，又出东西两条侧街，而关帝庙和顾氏宗祠就建在西街斜对面，关帝庙里曾经香烟不断的。如今两株大银杏矗立，院子内一片荒草。

乐泉说："那时候庙的影响可大呢，一年到头有人叩头烧香，正殿关帝老爷、关平和周仓，两侧观音殿和城隍菩萨。十月朝城隍老爷出会，有赛马高跷举牌，四个勇士手臂上挂铜锣，敲一声！游客惊奇喊叫。后来舅舅去世，宗祠里就放上了舅舅顾飞龙的神像。他脚踩鳌鱼，手持笏帖，是个官人样子。"

吴四和乔五听不太懂，但懂了老板的年代在毛竹镇开始。跟上了一个好人，必定会发财，这就是他们当下的想法了。再往南，还有数十家，乐泉就不一一列举了。他们继续走，只见一两个老者，走在空空石街面，穿着破旧。

乐泉下车作揖，问一个白胡子老者："你知道原来的毛竹镇乡董黄彦春，还住这儿吗？"

老者想了一想，回答："是的。黄彦春没搬出去，几个儿子都搬走了，他还要料理镇上这些老街，县上还有文书抵达。"

乐泉笑了一下，谢过老人。

他想，好事，想不到毛竹镇乡董还在！狂喜！大可以去找他了解情况了，于是让乔五把车推到主街南段的一家大宅院。三人停车一看，白围墙已经变灰，黑漆大门闭着。园内却有绿色的榉树透出，以及麻雀的叫声。

乐泉喜极敲门，有人开门，问："你找谁？"

乐泉说："请你通报黄董事，我叫张乐泉。"

不一会黄彦春出迎，六十多岁，黑平头，拉茬胡子围满嘴巴。

他对乐泉说："什么风吹来的，张董事不来我家吃饭？"

乐泉忙回："在小店吃过了，也找不到熟人，就来找你啊。"

他俩在毛竹镇共事多年，多有共识，乐泉是东迁后才辞职的，黄彦春请进客厅奉茶，落座后问："不知张董事来荒莽野地，有何贵干？"

乐泉说："从小出生的老镇岂能忘掉？"

一问一答，黄彦春告诉他："店家搬走，近的去了老海坝，远些去了南兴镇、新丰镇、新兴镇，还有的镇商、徽商去了苏州、无锡。还有些没搬走的老商户，如向东街的王老五、集成、董凯丰，向南街的有高福鼎等家。农户集体迁移，商店苟延残喘。"

乐泉重点探问旧屋价钱多少，与黄彦春协议商定，黄董事还说明需要转账归主，最后加上镇西北无主孤坟必须随迁这一条，他做事周全，乐泉十分佩服。

一盏茶下来，问的也差不多了。

张乐泉告辞，黄彦春说："有事再来吧，一年半载看样子走不掉的。"

老友相逢旧情在，乐泉得到一丝欣慰，心里挂念他出生的地方。于是要乔五推车向东，走在那条茅草丛生的三家垛。顾舅舅的家宅内，蔓延荒草。表兄弟都迁往北桥镇和双桥镇了。老四和老八，在东沙的本和庄、合顺圩盘地数千亩，停车去了读书的藕境庄。施家四汀宅沟宛在，人去宅空，听不见一丝声音。在鸟雀啼鸣中，早年的书声琅琅远去无影踪了。

眨眼车至张家旧宅泉静庄，早二十年就拆屋装船，搬去了刘海沙的三余庄。四汀宅沟是他学游泳的河流。如今芦苇依旧荒草易主，都不姓张了。这一片空宅地一连数家，杂树丛生、河流废弃、荒草连天，变成了蛇、鼠、蛙、黄鼠狼的天下。

乐泉不语，内心翻腾：真是天算人算，不如龙王爷一算呵！

记得镇西有个大粉丝厂子，是郭家开的，想来也一并废弃。毛竹镇搬走的店面灰暗无光，与兴旺年代对比一一在目。古人说沧海桑田，难道只是走马坍吗？

这是个陆海更迭的无言岁月。

他想，至少可以告诫人们潮水无情，说不定哪天哪刻，又回头来找人类算账，凶狠得连人带物一口吞，迟一步留不下一个脚印，把你的田地、牲畜，狮子大开口般直接吞没。最无情的是它不会给你任何补偿的，这种灾难是一刀切，不论富人、穷人都得听命，只剩下迁徙一条活路。尊重自然是一种敬畏，逃离自然则是一种权宜之计。

日落西天彩云归，晚归的农人多起来。车子在路上咿咿呀呀作响。张乐泉受大自然的感动，想了很多很多。

他叹道，三十年前的老镇慢慢死去了，时空倒流，孩子、学徒、亲戚、同学四散分离。个人的回顾，其实只是从一家收花行开始。诚信经营本无多聚，啥时候都不会来参与围垦，念叨啥都不会念叨造镇——像毛竹镇一般的镇。四十一岁的他，遇过多少劫难，这一生如何不易，如果不是众人的帮助，也不过薄田百亩，一个小地主而已。三十年走遍好多地方，认识了好多人物，结交各界朋友，上至状元公张謇、招商银行董事长，下至县官、乡绅、平民百姓。而他，只是个读过私塾的"蒙童"而已，还不是凭一个人品！有品行才能得人、得地、得大局。

回到家，天已黑了，春秀与荷宝张罗三人晚餐，问这问那。乐泉奔走一天，有些累，老镇的衰败深深嵌入心底，陈年往事、丝丝缕缕、断断续续、喜忧参半，喜的是老镇旧屋绵延，可以买下来重造新镇；忧的是繁华如斯，也不免一场空。但他很坚定：即使赶不上毛竹镇，也要有它的一半。

一次草滩实地踏勘，忽然悟来，围垦适应了东涨西坍的自然潮流。人生无常，什么叫坍海，什么叫围垦圩塘，都有其不得不来的理由……反过来叩谢大自然，它的无情才逼出了许多能干的年轻人。至于一些遗老遗少，像自己、静山或者别人，像一只孤骛腾空般躲过灾难，才落脚生根在新沙地。

纵观常阴沙半岛，北部乡镇像打牌三缺一。其北十二里新兴镇、西十六里有新丰镇，与东边未来的大杨树正好三足鼎立。而东边是太阳出的地方，得天独厚。你不造镇也会有他人来造，多好的机会！这个众抢之所，农、商两用地盘，造镇，充满希望。

算下来两年大筹备。第一步，访问毛竹镇南新街败落现状，计算散户材料价位，买回旧的建筑材料，可以省去许多钱，毛竹镇不够，还需找南新街的残房补充。第二步，可用人手有木匠、商户、小工。物色大木匠、寻找迁移船家、水路……第三步，资金在哪里？可能要去见一见头等舱贵宾王总，取得南京农业银行的贷款。

新镇铺事儿太多，另一桩需动员毛竹镇旧商户。最后一桩，镇西无主坟地祖宗两千，依序随迁，这是毛竹镇董事会的附带条件。公平合理无论谁来买，都一样，带走这些寡鳏孤魂，义不容辞。

复杂过程摆在一个实干家面前，可以条分缕析。愁绪如云的张乐泉，造一座新镇的意志不可改变。桩桩件件，闲暇细细说给张鸿业，与他分享堂弟的喜悦和忧愁。

鸿业听了也特有感慨，毕竟泉静庄有祖业啊，挥笔赋诗一首：

还乡

两袖清风还时月，十载梦断已背慈。

何堪相思惹落寞，应有心泯挽情丝。

老调虽破有人听，血脉偾张在记忆。

几时同偿来生债，再造桑梓毋离弃？

张乐泉满怀激励之情，是这实地考察产生的灵感吧！

第四十三章　耕余庄两家聚会
　　　　　丁福轩四世同堂

民国二十年（1931）三月初，丁耀湘来耕余庄过清明节。

每年清明，他总是照例要被大儿子和女儿请来耕余庄，待两天再回元兴里。长脚车夫的儿子还是长脚，这车夫还配大儿子赛福接班。耀湘老人说什么也有百四五十斤，坐单侧，另有一袋麦子压栈。那丁赛福推得手臂发酸，满头大汗，接人、送回，来来去去，载父亲来回义不容辞。不说推个小车，就是养老送终伺候老人家，也是应该。小时父亲宠他太多，这点事要做的。又想，免不了是我赛福的责任。一来我不去别处做工，二来他喜欢父亲坐他的独轮车。听父亲说道古今评判俗事，使他又回到丁福轩茶馆生意兴隆，湘军顾客搋这搋那、互相开玩笑的情景。

父亲开茶馆的经验丰富，故事不少，有的是乡间故事，有的是正邪纠纷，有的是立身处世之道，甚至故乡的奇风异人，都讲得有趣得很呢！何况这老头性格开朗，说谁谁都心悦诚服的。

赛福竖起耳朵听，乐得唱起了山歌：

> 三月里来沙上春，风吹杨柳桃花盛。
>
> 菜花金黄蜜蜂飞，田野一片好风景。

赛福走了半晌就到元兴里。竹园之下四间草房，就是老爷子住的地方。弟弟顺兴四十刚出头，正是卖力气的好时光。什么罱河泥呀，挑大岸呀，用得着他必去。赛福当年被蓝老六喊去械斗，落下胸口受伤的吐血毛病，幸好有老父在湘军里留存的金疮药，才治愈留命，力气活做不了啦，但地里施肥、锄草、浇灌这些轻活儿能行。

他进门，看到老爷子在整理农具，说："今天来请父亲喝酒的。"

老爷子放下农具，有多欢喜，先问："吴四怎样？"

儿子答："还好，有工钱都拿回家的。另一半老板替他存放，以备将来孩子多了要用。"

老爷子："行吗？可以置几亩地。"

儿子："老板说要种地到东沙，再过两年造大镇。"

老爷子："附近有的是地。"

儿子："那不方便，现在回家是耕余庄，与住镇上不同啊。"

老爷子想想对的，无言。

老爷子问："重孙金狗不满周岁，孩子谁管呀？"

儿子："我把他骑在项脖子，各家串门，看看路上有狗叫、鸟飞，孩子高兴，就不吵了。家里伙食吴四买些回来管够了。"

老爷子："你家静贤人小挺辛苦的，地里活你要勤劳一点。"

儿子："我现在不懒了，家里这么多人要吃饭呢。"

老爷子："不能单靠静贤织布纺纱了，你得勤力。"他知道儿子的懒是自小养成的。

这过清明节第一天，老爷子到住正田的女婿王御龙家吃饭。

美娟家大儿子旺宝已经十岁，小儿子金山也八岁了，还生个丫头叫聚美。她第一个男人病了九年，去世了。沓子称鱼的王御龙丧妻，就做了续弦夫妻。在王御龙家吃，耀湘老头最开心。这个王御龙身体壮实，做事厚道，比儿子强多了。女婿陪他喝酒，心里欢喜，女儿是父亲的小棉袄，平时鱼沓子有点荤腥，也会捎带到元兴里，给老头开荤的。

最可爱的是外孙小金山。在吃饭时，小外孙凑在外公耳根前叫声外公，丁耀湘摸摸他黑光光的头发，看看他圆溜溜的大眼睛，好喜欢，一眼勘定：这孩子将来必定聪明伶俐，世事机灵的。而小金山眼中，外公好特别，个儿高高，脸长而下巴宽阔，额头上有三道皱纹，像个大写的"王"字，口音中改不掉湖南土话："你来仔咯，你耍子咯。"由一个"咯"字收口。

喝酒之间，御龙讲了他爷爷的故事。

原来身高马大的王御龙，是个旗人子弟。他爷爷的爷爷在辽宁兴城那边的，随努尔哈赤一路征战，到了北京，在顺治帝时，被派到应天府来做抚台侍卫的一位将军，家里见有一人高的钺斧佐证，早年间还见到爷爷的花翎顶戴的呢。后来将军去世，子孙分家，他爷爷的爷爷也分到一份。王家转行做生意，在南京、苏州、常熟一路辗转，才来到沙上。

上代人去世后，王家就在这刘海沙经营鱼沓子，传到御龙这辈，他是独子，便继承了鱼沓子。两间门面，二层楼房和五间大落屋，租给吕四客人来货栈卖鱼。现在十二圩街上，他独一无二，没鱼沓子盖过他家。在耕余庄里有二十亩土地，归御龙名下。御龙有两个儿子，大的杭金已经小学毕业，在沓子上帮助父亲进货出货。

爷爷传下来的那柄斧钺大刀，藏在后宅房中，想到时他便取出玩弄一番，亮闪闪地镇人。而后来，是不是派上用场不得而知。热兵器时代了，那柄大刀也只是舞弄舞弄，算件古物吧。书场里说书先生说故事，一柄大刀会惹起清兵入关，是虎狼骑士的勇猛武功。至于祖上打过哪些仗，如何打到北京，细节少数许见文字，只是姓名湮没失传了。

丁老爷子听了十分高兴，好似沙场遇到知己，这个女婿长得面阔背方，一脸络腮胡子，确有武士后代的样子，但与他的精打细算的商人行风和酗酒习惯，竟判若两人。

女婿留他一宿，第二天老爷子到大儿子赛福家吃饭。

看到静贤张罗了十多个菜，摆上十六副碗筷，要敬祖宗，老爷子就想到湖南的日子。丁家五代单传，到他手里要供奉十个祖宗，加上六个支系亲人，一个也不能少。这又是百多年之前的事儿了！起码在道光爷手里，这更上代的来自何方？他是个武夫，却又是个爱瞎想的人，其实是个爱追问的人，所以他本就是一册丁家的历史书，祭桌上的十六副碗筷就是证物。虽然无人知道和想知道，但在沙上丁家，他就成了活着的开山祖宗。他的性格脾气，一举一动，会在后代中绵延下去的。

而记忆里只有他的父母亲和伯叔子三对长辈了，当然靠种地为生。故乡是个山区，人在山上的很多，一撮撮分散住在背靠大山的道旁，称为山冲。山道弯曲上上下下，高处可上峰顶、低处可踏平地。山洼里的人地少，种些玉米、高粱、地瓜，平地种水稻，主食大米。兵荒马乱，穷乡僻壤，曾大帅为保一方安宁，就组建团练队伍，操练枪支称"乡防"。那时候南来北往的流寇多，给乡亲造成灾难。百姓为混口饭吃，当然去参加曾家帮。后来，曾家的船队在鄱阳湖之战失利，就钻研攻击太平军的利器战术，才扭转了局势，反败为胜。

这些年断断续续讲给儿子赛福听的，赛福没记住多少，却成为一个能讲故事的人。

丁老爷子摸摸这把老胡子啊，真不容易留到今日！

赛福家出生不久的孙子金狗，还在摇篮里眯眼睡觉。老爷子好不容易弯身，看看那白白胖胖的小方脸，一下就想到，丁家的后代遗传这脸型。金狗醒了以后，又看那一双小眼睛，像谁？倒有点像吴四了。再一想，那是重外孙啊，也笑笑不在意了，总之这小孩姓丁是肯定了，算我老丁家的子嗣哦！

祭桌上有十二盆菜肴：东坡肉、大鲤鱼、整鸡整鸭、白玉金方（豆腐）……看起来与湖南祭祖差不多。令弟点上一双红蜡烛，再由爷爷耀湘亲自焚香，祷告一番，跪下叩了四个响头。然后依次赛福和静贤、吴四和令弟、小末姐等六口人叩头，完了烧了好多纸银锭，都是令弟和小末姐手工做的，一时间烟灰飘飞。后人们一本正经在想象：老祖宗正在嘻嘻哈哈，喝酒吃菜也许会互相打趣呢！

仪式完成，才开始吃饭。这次赛福夫妇好高兴，老爷子一向恨这大儿子不争气，连清明祭祖的简单事也办得不咋样，今天总算遂了他的心愿，让老爷子健在时刻，吃到了儿子家的好饭菜。重孙子出世是最重要的，老丁家有子息，在人面前也站得起来了。

而老耀湘眼中看到的是：吴四的才干，赛福家境的迅速转变，最喜欢的是重孙金狗出世，用手摸摸他，别提有多可爱。老丁家两个儿子，两个孙子，六个孙女，又见了三个重孙——到第四代啦。南北两处丁家，重孙们长得虎虎有神气，将来又是一代人物。老爷子的男权主义相当严重，在耕余庄看到四世同堂，多少欢喜尽在不言中。

他想，四代同堂，甚至比百亩良田好。

战争，真是传奇，把湖南种子撒到江南来了。这些都现眼儿的，当然不需要在茶馆里吹。这年，丁家好开心。吴四每每把老板给的工钱拿回来，交给丈母娘，这大大改善了大房的经济状况。按照吴四意见，清明的祭奠菜肴也不能简单，今天给耀湘看到了，尝到了，他喝了好多酒。

乡村邻居也颇羡慕，纷纷说："谁说招女婿空欢喜的，这丁家兴旺着呢！"

赛福家招了女婿，生了孙子，日子一下好了起来咯！耕余庄丁家第一次办得起酒席了，这是一个很大的转变。爷爷欢欢喜喜来了，享受一下儿孙之乐，觉得不比二儿子差，才安了心。顺兴这边呢，已经分出两家孙子，办起酒席来自成体系，就没有请大伯和姑姑了。各家祭祀的祖宗不同，王家的祖宗都不认识。过去大伯家穷，请不起爷爷，现在不同啦，随个便利，免了繁文缛节。

湘军草根来自曾国藩弟弟曾国荃部队。老耀湘混的多少有些文化，存一绺仁义。那年打仗，看见一个死了的长毛横埋在麦地里，全身埋了，一只大腿伸到土外，是他叫上一个弟兄给埋安稳的。俗话说胜败乃兵家常事，大家出来打仗，谁知死活。太平军围剿江南大营，湘军吃了大亏，也死了不少人，后来曾国荃一鼓作气，与李秀成从常州打到江阴。太平军的尸体多得堆了起来，他们湘军也死了好多哦。

陈年往事沉浸在丁耀湘的梦里，梦见当年征战的场面，攻陷天京，湘军靠的是发炮厉害，战火熊熊。云梯上楼，跌倒不少，都是从湖南出来的子弟，年轻力壮活生生的娃子就撂摊子了，怎不叫人心惊肉跳！

丁福轩的创始人丁耀湘人高马大，一个铁铮铮的湖南湘军什夫长，到了八十岁以后逐渐衰老。他有一桩心事：未得还乡了却乡愁。谁能说出落脚江南是对，还是错？谁不是父母养的？谁没有思乡之念？谁又能马革裹尸还？太平天下，欧阳钦的儿子算一位，做到缉私营长，住在田大叔北圩塘。人家家大业大，算最有成果的。而我老丁家，也慢慢攀上来了。哼！谁能小觑我老丁家！

这也是他老人家的自我安慰。寻常行善积德，比不上毛竹镇开茶馆的舒服。比起在湖南山乡背货送货，一双铁脚板要少跑多少路。比起在湘军里打仗送粮草，那种刀光剑影血肉横飞，硝烟弥漫后多了一些安稳，算好大的福气啦！

人老了也别无所求，对于耀湘来说，八十多岁，算盘拨的蛮准。

这一生，第一，娶了沙上老婆贤惠能干。第二，生了两个儿子没给老丁家绝后。比起客死他乡的湖南人来说，运气蛮大。第三，湘军月薪六两，省吃俭用积攒了几百两，总算应付了茶馆、搬家，林林总总事儿，娶媳妇、嫁女儿都管了。二房正在兴旺头上，大房开始好转。丁家第四代的男子，生在赛福、顺兴两家，有了重孙。两个重孙子出世，六个重孙女长大，加上女儿丁美娟前夫的遗腹子，后夫的子女。他认定都是丁家血脉。

坐在独轮车上的老爷子，掰着手指算，喋喋不休。车夫听他如此饶舌，不觉发笑。

儿子们都好了。顺兴家俩孙子走上了街头市面，有了人脉财气。赛福这边，女婿吴四也不错，大儿子摆脱缺吃少穿的困境。丁耀湘摸摸留下的三绺长髯，有些得意和喜欢起来。哎，只可惜老伴走了。人生本就无常，他看的生死太多了。那个年代，能隔了几个省，在异乡活下来，等到四世同堂能有几家呢。

眼前这一幕，算是有大福气的人了。

他是战争培养出来的不死战神，所谓福寿绵长的吉言，是应在这种人身上的吗？

他的希望是大儿子随迁新镇以后，去那住上几天。他在赌拼，身板硬朗的自己，为什么不可以？他是个理想主义者，遗传给了儿子，儿子更是理想主义者。理想主义的好处就是天人合一，自然地走向美好。理想主义的错误是无视或否定现实的艰难痛苦。

他搬出来以后，再也没有回故乡。

不符合那句衣锦还乡的俗语，是个终身遗憾吗？后面几代滞留江南的湘军后裔，已经永久忘记了湖南。路途遥远、失去联系、无关紧要，统统是理由，而更真实的理由是他们脱离了乡土文化，不知道湖南是个啥样了。故乡的氛围、故乡的语言、故乡的魅力……语言的改变，掐去了追根溯源一道梁，或者说他们被优越的吴地同化了。

老爷子在想，为什么同是武士之后，儿子赛福和女婿御龙会有那么大的不同？

他喜欢女婿那种生意场上驰骋拼搏、细打精算的做派，大大不同于儿子的懦弱柔和、贪图安逸。一俯一仰之间，两家没有什么不同。御龙家里有大刀，作风大刀阔斧，而丁家空藏铸剑，却没让儿子一试青锋。老伴对赛福的溺爱，到底也改不了，要不是找个能干女婿，可能要穷一辈子。有了吴四，刚刚有了点希望。

回家路上独轮车咿咿呀呀，近田远岸不时地飘起一股股青烟——各家上坟的纸钱飞往天空。有时听得见亲人的哭声，也像独轮车的吱呀吱呀声，悠悠不断。这自然引起老爷子对远在千里之外的湖南山岗上祖先的思念。那一绺绺青烟化作活生生的血脉，留在他的记忆里，遥远而又亲切。

老湘军沉默不语，沉浸在回忆中。

他忽然冒出一句，问赛福："想不想回湖南去看看老亲戚？"

赛福说："不想。去了也摸不着路哦。"

老湘军叹口气："哎。"

他沉重地加上一句："对静贤要好。孙子要用心调教好，丁家的后代啊。"

这句毫不相干的话，正是他内心翻滚，解决不了的矛盾。他其实没有睡着，又想着那吴四的张老板是否造镇，耕余庄两家都把这消息告诉了他，引起他的兴奋了。

他想，我八十老汉，也有未来吗？

前半生转战沙场，后半生"孟母三迁"：毛竹镇、庞家桥、耕余庄。当年鲸鱼龙困沙滩，忽然一夜之间不见了。那真是个神出鬼没的地儿。他也听别人在茶馆里说起这新闻。

迷迷糊糊的老爷子，惬意在春天温暖的气候里，怡然做起了后十年的美梦。五十岁的赛福不知道八十岁的父亲眯缝着眼，是醒，还是醉。

穿村过垛、过桥上岸，都要特地关照父亲：

"过桥了，上岸了。到老永圩了，到民丰港了……"

老爷子的结局和许多沙上老者一样，几年以后被四方木盒埋进了深深的沙地，普天之下哪块黄土不埋人，然后，他的灵魂年年来儿子家的祭桌上过节、喝酒和夹菜。其实，死了和活着一样，生命还在一种假设的意境里。

丁耀湘在独轮车上想，祖上的积德向善，是对一个战场的忏悔。

一个湘军班长经过五个朝代，无数次与太平军对垒打仗，活到如今就是一种胜利。丁耀湘的故事本是个传奇，既然是理想，就让它飞吧！

第四十四章　丁二泉仗义夺账簿
胖欧阳两枪收义子

十二圩镇上有家易顺新钱庄。

股东易步义有良田几百亩，余资开钱庄。大客户是些小地主，把收租完粮后的余钱存入易顺新，收点利息再投资别的买卖。有些人手上紧，亟须借贷过渡，借出时利息高些，存进时低些，钱庄就吃存贷差。有时也碰到有些人需要现钱，拿些金银首饰前来典当取钱。还有一项是客户把粮食、收花行老板开出的米麦几担、棉花几包、合市价多少大洋的书面"条子"，拿来付钱。一般都须讲诚信的人，才获准有此资格。钱庄以"条子"付钱出去，赎不走的烂条子，看准市价转卖得利。

如此几项构成了钱庄生意，但无本钱的钱庄肯定会关门，因为钱庄就是为资本增值的，没有钱，是万万不成的。虽说嗜钱如命，一般由当地有威望的乡绅、民众认可的老板，才敢开钱庄。十二圩港三镇相接，钱庄没几家，是个冷门，看上去门庭冷落，但获利可观。

这老板易步义家在曾九圩，有个长兄易步平，共居一家，在四汀宅沟内，都是本圩塘的大地主，而易顺新钱庄开在北桥镇的东街，两开间面南。三尺高曲尺柜台，小孩子望尘莫及。这家有个管账先生名唤刘德顺，四十多岁年纪，模样斯文，态度温和，还有个管典当金银器的三十岁毛阿福，胖脸像弥勒，两个店员态度好，吸引客户多。易顺新的生意好，别家钱庄不无嫉妒。这老板易步义，倒也勤快，天天来街上守店。这人好眼力，来者一个颜色一个表情，他就知道你要做啥，因此可称八面玲珑，生意如店名很顺利。

但这年春，易顺新遇到一桩麻烦事。

一个乡村无赖绰号"酸韭菜"，他专靠吹牛拍马结交权贵势力，却又贪财好利喜欢胡搅蛮缠。人家叫他酸了的韭菜，意思是筷子离开一点，快别夹那块。那时，欧阳庆在十一圩港一言九鼎，当然是酸韭菜巴结的第一对象。逢年过节送些时鲜是小事，但凡欧阳家里办事，他不分是非，都要随个份子。此人本名孙九财，有些田地，因他的无赖品行，真名不传，绰号流行。

叫惯了自己也觉得挺顺了，酸韭菜就酸韭菜吧！

易顺新的老板在钱庄门面坐定，一管水烟在手，噗噗地在嘴中吞吐。一会儿又拔出管子噗地吹出烟锅子的残烟丝，再装上新水烟，点上边烧边吸进嘴里一吐一纳。他忧心忡忡地观察街上情况，看哪个人会先来到店里。

那个酸韭菜昨天到门面与刘账房纠缠不休，为去年抵押了一张百包棉花的大条子，上面写好一年后赎回，抵价为每包三元，是森泰花行老板的亲笔条子，由酸韭菜、森泰签字、易顺新画押认可的。当时从钱庄拿了三百大洋笑呵呵地离开，也不知他为啥事用的，钱庄不管他的事情。但是一年后的昨天，他笑嘻嘻地来赎回条子，归还的大洋只有两百元。

刘德顺说："那不成！一定要三百三才能取条。"

他争执说："今年棉花实价每包两元，条子要升值一百元吗？还算在我头上？那大洋按价二百我付了。这倒赔生意说不出理由！"

易老板到场后，也不肯出款，限制他必须拿出三百元加上一分利息三十元，一定要三百三十元，才给赎条。

酸韭菜不同意说："哪有听涨不听落的？看，这一张条子，现在拿到花行也只有两百大洋啊。这不，落价要算到我酸韭菜头上？也不想想，我会给你们吗？"

其实，他知道没问题，谁知今年每包棉花跌价一元，是他想把亏损嫁祸于钱庄。

易步义说："棉花条子凭条付款，按兑出的票面价和加息，这是市面公理。别的钱庄家也一样，你能不懂？"

这时酸韭菜看对方执意坚持，就对老板易步义喊道："你家那账本拿出来看看，怎么写的，是一百包棉花对不？"

易步义说："给的条子上明明写清楚的，你看账本啥意思？不给！"

那酸韭菜急了，说："好，我明天再来跟你们算账。"

易步义算定，今天他要请欧阳庆来出面摆平了，但他肯定欧阳庆不会来的，钱庄规则都一样，他能不知道？一定是酸韭菜先到，后边兴许会有欧阳庆助阵或兴许不来。

但是他首先看到的是丁二泉的面孔和几个跟班小混混。他们六个人在街面上一会儿来一会儿去走动，是等人吗？他一下想到，刘账房的兄弟刘小狗是丁二泉的马仔，昨天肯定把这事告诉丁二泉了。丁二泉出场使他疑惑，且看他会怎样做。

这时，酸韭菜闯进了钱庄，易步义笑脸相迎。

只见那酸韭菜板着脸说："易老板，昨天已经说了，我的棉花条子不要了，不赎回去。"

易老板说："那不成吧？都有签字在上面的，我们钱庄拿去也付不到棉花的。"

酸韭菜说："你们的账怎样做的？不拿来给我看看，记的是几包棉花，市价多少？"

易老板听他说的似乎有理，只好命令刘账房拿出账本，翻开去年今日存入：孙九财棉花一百包条子一张。付出：大洋三百。条文规定：一年赎回条子，需付本息等当大洋三百三十元。

易老板说："看到了吧？"

那酸韭菜说："不对啊，把那天花条子拿出来给我对照。"其实，酸韭菜身上也有钱庄给的副本，他心里清楚得很。

易老板说："原写棉花条子，要你拿钱才能还给你的，你也有条的啊！"

酸韭菜说："你那账簿给我看一眼！"

没等刘德顺给他，他就一把将账本抢到手中。

易老板说："孙先生，你怎么可以强抢钱庄的账簿，有话好说啊。"

酸韭菜说："不但抢账簿还要烧掉！你又咋样？"

易老板喊："哈哈，你敢？"

一听易步义喊声大，那丁二泉就出现在堂屋里。此刻，丁二泉和五个小跟班上来，一溜儿排在钱庄店堂内，挡住了酸韭菜的去路。

酸韭菜转身一看，六个大汉站在面前，各个年轻有力。不是本乡村的陌生脸，他内心一下就怯了。

丁二泉说："抢来的账簿，还不拿出来？"

酸韭菜说："你找谁？关你屁事！"

丁二泉说："我们路见不平。北桥镇开镇八年，没有见过这样不讲道理，抢夺店家账本。"

酸韭菜像小孩子打架，把账本捂在背后。

那丁二泉上去一脚，就把他的手臂踢疼了，账本落下来。

丁二泉说："你也不想想，跟咱们胡闹，你小爷给保管两天！让我看看你到底存几包棉花？"

丁二泉捡了账簿和一群混混退出，酸韭菜不自量力，追出门去。

此刻，老板易步义伸头侧目一看，只见钱庄外的弄堂内，欧阳庆带了两个黑衣警察出来了。丁二泉抢先走出，已经离开了十几步。

酸韭菜上街对欧阳庆告状说："他们抢了我的账本。"

欧阳庆在后边对丁二泉瞪眼喊："还他！"

丁二泉回头说："那账本是钱庄的，现托我保管，不信去问易步义！"

欧阳庆见他不买账，就举枪要射击。那丁二泉拿着账本，径直往东逃窜。

未走几十步，欧阳庆已经举起手枪，啪！往丁二泉头上射出去。那丁二泉只听耳边"嗖"地一声，子弹冲上头来。反应灵敏的他一偏头，子弹从右耳旁"嗞"地飞走，仅离开四寸，射进了街边的树木里。

好险！

他精神高度集中，见那子弹长啸而去，丁二泉加快逃走，欧阳庆追了上来，迅速加进一粒新子弹，又举起那把勃朗宁手枪，拨动机关，只听枪管里卡、卡两声磕碰，枪子儿竟然停在枪管里边，再没有射出去。

其实是他自己太紧张的原因，欧阳庆此刻反而自我疑惑：一枪不准，二枪卡壳？

眼见丁二泉飞快而逃，他追上去大声喊："你要命不？第三枪来了！快停住，饶你不死。"

丁二泉知道第三枪必死无疑，不会再卡壳或偏了，于是只好乖乖地转身走到欧阳庆面前。

欧阳庆一看，啥人儿？面阔耳方，身材高大，不像个二流子吗！

便问他："为什么夺走账簿？"

丁二泉说："那是钱庄落笔签章的账簿，易老板让我们夺回来的。"

欧阳庆回头问酸韭菜："对不？"

恶徒点头。

此刻易步义、刘掌柜走出店门，对欧阳庆说："丁二泉说的是事实。"

欧阳庆于是详问："易老板怎么回事？"

易步义和盘托出，说恶徒赖账不还钱，还要抢走账簿。

酸韭菜还在哼哼作态。

欧阳庆听懂了，便命令："账簿归还易老板。"

丁二泉把手里账簿往易步义面前一丢，易老板捡起来交给身旁刘掌柜。

欧阳庆对酸韭菜说："如数交换本息，一手交钱一手取条，回去拿钱吧！"

酸韭菜抱头鼠窜而去。丁二泉还蠢头蠢脑地在街人面前生气。

这时欧阳庆忽然灵机一动说："小伙，你做对了。下次不可粗鲁，有理尽管来告诉我好了。"其实是想这等大汉，不如跟我身边走走。

他灵机一动，随即笑笑对丁二泉说："喊我一声干爹就好了，我下次再不难为你。"这话让人不知真假。

丁二泉何等聪明，知道胖欧阳是缉私营长官，要认他做干儿子，"啪"地一声立刻跪下，叩了三个响头，只听他在众人面前喊了一声："干爹！"

欧阳庆心里欢喜，顺水推舟说："那我就给个人情。易老板改天来鄙舍喝杯喜酒，做个见证。"

易步义求之不得，多了个官方靠背。

丁二泉几个看见欧阳庆笑呵呵地，大家识势，快步离去。

易步义回钱庄，坐在内堂，扑、扑、扑心跳不已。商人重利，易步义盘算的是幸好欧阳庆给了脸面，要是他帮了酸韭菜，无法无天抢夺账簿，这条子上的钱就要不到了。生意不成倒赔账，真是便宜了酸韭菜，又想到要是丁二泉继续逃跑，那肯定第三枪击中，一命呜呼，到时候本息被酸韭菜赖掉，钱庄还要赔偿丁二泉的命钱，这是一种最坏的结果。

第二种结果是欧阳庆改变主意，支持钱庄收回账簿和条子本利，也算中等运气。

第三种是刚刚发生的最奇妙结果。欧阳庆竟然不怪罪丁二泉和钱庄，还认了二泉当干儿子。这对钱庄和丁二泉以及欧阳庆都是最好的结果，皆大欢喜。酸韭菜还钱还落个赖账坏名声，又以不义得罪欧阳庆，从此在街面上抬不起头来。

易步义双手合十，内心念叨：菩萨保佑，这年头生意难做，让我碰到这等惊险事！

不过他被刚才惊险一幕闹晕了，反复回忆，经过是这样的：

双方不约而同在北桥镇易顺新钱庄门墙出现，混混丁二泉等五个躲在门外，竖起耳朵听到恶徒强抢账本，便迅速进来排成人墙。之后，躲在转角弄堂的欧阳庆，率领缉私营黑衣警察出来，追赶丁二泉要账簿交给恶徒。

这就发生了两枪空打的戏剧性局面。

易步义在门口张望，既不敢出去阻拦，又不敢大声喊回丁二泉。他知道欧阳庆弹无虚发，奇的是两枪既扣出，第一枪不中，第二枪却意外哑了声。丁二泉闻喊转身下地一跪。

此时易老板心想，真是识时务者为俊杰。如此彻底解除了欧阳庆的杀心，使他死心塌地不再追赶了，双方算得上聪明灵活，一追一逃往远处跑，那虽是玩别人的命，难逃有人挨一颗枪子崩盘，钱庄也必连带倒霉。

他忽然警醒，要知道，枪是操在欧阳庆手里啊！连他都为丁二泉捏把汗。

易步义又想，两个对手都不一般，能在瞬间把进行中的追杀，换成面对面的招安，非明眼人不可为。欧阳庆既获口碑又得良知，何乐而不为？这也是聪明过人、经验老辣所致。

此时的易步义浑浑噩噩都想不过来了，心扑扑的跳。

一年的烂账惹下的许多烦心事，会在一天之内发生而又结束？在这不可思议的生死之间，自家有不可推脱的干系。去年要是自家识人，不贪恋酸韭菜那利息，拒绝他不就完了！内心又庆幸又感叹：化干戈为玉帛，善哉善哉！他连忙踏进钱庄后堂，在观音菩萨佛龛前上香，叩了好几个响头。

兵家重计，瞬息万变。这欧阳庆一路回去，也有一种想法冒出来：天意和缘分。

一来这易顺新是街面说得出的名店，自家拨乱反正收个好名声。二来丁二泉一表人才，人高马大，身手不凡，命大纳福，这个人得用。三个姨太膝下无子，认了丁二泉当然愿意。细想还不止这些：易顺新门前酸韭菜遇危即刻兵到，算不负人托。枪响二度眨眼收兵，可谓当机立断，选择何时出现，不起人疑？何时收枪，尽得人心？不可不谓老谋深算。没听信酸韭菜一面之言，一琢磨来个金蝉脱壳之计。五分钟的时间，从酸韭菜的糟局中脱身，不可不谓爽利转身。

漂亮！兴头上的他想：我欧阳庆可不是一般人啊！

那欧阳庆为什么要收丁二泉？

当年十一圩港黄花鱼市场日益扩大，每日里来来往往不下千数客商。小贩、小船、独轮车、肩挑负贩都有。客船不告而来，许多不上港口税收，场面混乱，身边市场急需维护。凭欧阳庆班底多个人忙不过来，这期间又常有地痞流氓来捣乱。欧阳庆弄不转，早考虑把这帮小混混收进来，让他们不再横行霸道，变害为利，也许他们的狠劲，才能拿得稳客户的把儿，船只不好逃税。因此这易顺新的事儿，不管是不是恶徒招他来搅局，还是他偶然走到易顺新，都是一个机缘。欧阳庆心中，原来隐隐有此念头。

今天当面遇见了丁二泉这个人，两枪空开，绝不是眼力不好，而是老天有眼。

他想，毕竟酸韭菜不对。丁二泉人不错，还有点仗义，不是那种吃喝玩乐的人。真像那刘备手下留情，战场收马超，不开第三枪多妙！只要第三枪一开，那段路上必定血染黄沙，丁二泉有九条命也保不住了。

他在暗自得意，我欧阳庆既得口碑又获良知，何乐而不为？

这丁二泉呢，老百姓当然要命的。

要命的招数，遇上他转身之快，他不愿去地主仓房当保镖，混到抢亲、打群架的地步，缉私营长要认亲，小强盗变为黑警察，当然是再好不过的出道了，混到十八九岁都没个准儿，不想今天竟让他一枪成名！

等他回家一说，父母亲又惊又吓，竟发生这样的事儿！一出连环套的惊险，都把儿子的命捡回来了，拍拍胸口，想来想去这一天可神了，同意儿子的意见。于是准备拿些礼品去认干爹。丁二泉去找易步义，易步义说："我来跟欧阳庆联络吧。"两天后欧阳庆回音说："等我定个日子，到我家里办个人情酒席？"

二泉说："好，好。"

这就到了欧阳庆六十大寿，庆寿、收子双喜临门。十一圩港营里、十二圩港三镇各界人士，重金相授，笔笔记录。他换了新的马褂长衫亲自迎接，记账人悄悄告诉他："礼满五百份，有的人捎带记名，没到场。"

欧阳庆想想，也对！礼到就行。咋我坐在太师椅里，叩头的还不来啊？

他在想儿子了，就在他盼望的时刻，丁二泉由易步义领着，人高马大地站在面前，先喊上一声："干爹。"再跪叩三个响头。

欧阳庆乐得双眼眯缝，拿出一个大红包交给二泉，说："喝酒去！喝酒去！"

他的三房姨太太，穿金戴银，妖里妖气地坐在另一边，要看看新认儿子丁二泉。她们见丁二泉年轻雄壮，有的心里想：兴许还能沾点腥味儿。于是丁二泉走到大姨太、二姨太、三姨太面前，免不了一声声喊过去："大娘、二娘、三娘。"她们答应后，便一手摸出个大红包。三姨太的多些，二泉特地叩了头，喊声："娘！"把她乐得屁颠屁颠。

大厅里一共三十桌。商家、地主、船户、圩里人家，哪个敢不来？这田大叔呢，见到自家手下丁大泉兄弟，做了欧阳庆的义子和保镖。今后新丰镇有事，就与他沟通。大通轮船公司停靠的税收，也许可以通融一点。那静山先生呢，因为这事儿在新兴镇地面上发生，当然要联络关系。那易顺新老板是丁二泉帮的忙，和欧阳庆拍板才收回三百三十大洋的，既有交情自当酬谢，自然也来凑份子，送一份厚礼。张乐泉呢，也因为老家在十一圩管辖，少不得随个份子。今后也去南通办事什么的，在码头给欧阳庆可打招呼。

下面这些地主老板，因他有枪便是草头王，如若不送会吃亏的，所以礼少不成敬意，点到为止，加上欧阳庆的沙上亲戚、湘军后裔，一共三十桌，绰绰有余。只见寿堂之内，喜气盈盈。欧阳庆正面坐，手下警察各个前来叩头，但他心里最高兴的是新认的儿子给爹叩头。

那天，丁二泉特意穿戴像样地走进大厅，场面犹在回味中。

他从众人目光中看出，哦，自家端的好一表人才！不无自豪感的他，脱帽跪下时，自觉一大堆人围观，四方目光都朝向他，一片寂静。

他大声喊了个："干爹！"声震大堂，欧阳庆笑得嘴抿不拢。

众人在灯光酒气中感觉喜气洋洋，那些姨太太一个个爱听他喊声："娘！"给了红包，丁二泉大大地赚了一笔。他的小兄弟们：老财、晃儿、清郎、小狗、李四，也送礼如数。他们开心的事是今后改编为缉私营警察，吃上皇粮。五个人排在二泉之后，整整齐齐跪下，给欧阳庆叩头，一起喊："欧阳老伯洪福齐天。"欧阳庆微笑，也给了红包，稳坐中军帐的欧阳庆心宽体胖，兵收六崽，麾下添将，不免洋洋自得。

　　丁二泉呢，热闹中并未在意父母亲坐在末席，也许觉得这反而不重要了，仿佛假的变成真的，真的变为假的了。

　　酒席堂上众人悄悄谈笑，意想不到的是两枪未中，安然回身，一跪之下，父子名立。

　　丁二泉攀上缉私营长算得神奇了。传说中丁二泉挨了三枪，究竟怎样逃过？怎样阎王面前放了回来？一时间茶楼酒肆、赌场烟馆议论纷纷，无非是张三李四、王五赵六、周七陈八的陈年八卦：

　　第一枪偏，靠年轻灵敏，身手不凡。

　　隔空过招，咻！子弹射出三十多步。丁二泉感觉直奔后脑勺，枪法之准名不虚传，下意识头左偏半尺，躲过飞弹，试想右手瞄准，子弹自右边而来。如果头往右偏则一命呜呼。三秒，黄泉路上捡了条命，沙上故事添了角儿。

　　第二枪准，子弹卡在枪管喉咙，咔咔！出不来了，老天有眼，小子造化。

　　第三枪不发，欧阳庆一闪念，天不欲其死，奈其何也？

　　奇的是：事为易顺兴而发，场为欧阳庆所收，命为丁二泉而留。这顺天、逆杀、留命三部曲，是在陌生人欧阳庆与丁二泉的五分钟内发生的，究竟有什么神秘，传出了各式版本。沙上无报纸，沙人有评论。欧阳庆和丁二泉，一下子成了沙上红人。

　　二十年后，这对父子命运如何，还真不好说。

第四十五章　卍字会五教合一
育婴堂善播远近

仰慕崔颢的《黄鹤楼》：

> 昔人已乘黄鹤去，此地空余黄鹤楼。
>
> 黄鹤一去不复返，白云千载空悠悠。
>
> 晴川历历汉阳树，芳草萋萋鹦鹉洲。
>
> 日暮乡关何处是，烟波江上使人愁。

商静山倚江而立。

大江之畔，香山脚下，常看大江东去，宇宙空蒙尽收眼底，心情至最佳状态，而师从云淼读经、读史、读诗，山上的小和尚偏爱这首《黄鹤楼》，特别欣赏颔联的"黄鹤一去不复返，白云千载空悠悠"。

五十一岁的静山先生，已迈入后半生了，一种急促感随之而来。人生几何，孰轻孰重？他感觉要积些善德了。

这段时光，静山先生责子自责，年过半百的他，自思于乡梓并无寸功，决定扩大卍字会，在两间供奉菩萨的内室旁，索性造起一座三层楼，仿八角四方的黄鹤楼。筹办卍字会期间，静山去常州寻找熟人讨教，又听说沙上李胜千的渡轮，十一圩至任家港的大班，由卍字会员老闫掌班。静山即请来询问，了解卍字会的办教细节。十二圩的卍字会，依样画葫芦办起来了。自幼皈依佛门的他，总是保留了内心最纯真的秉性。法师沙盘预测、占卜年景、慈善募捐、名医义诊、施药施柩、救灾发粮、收留弃婴，一样样地不可或缺。楼下大院一所，盘门四厢。临街门面设：义诊所、育婴堂、粮仓。后院设仆役宿舍、厨房，满足一所卍字会的运转。

那影子黄鹤楼，一楼供奉观音菩萨、送子娘娘、韦陀菩萨。二楼是卍字会行教：黄沙开盘，占卜年景、事件凶吉、病体康健之所。顶楼则供奉元始天尊一神。

开张之日，四方百姓前来拜神。一大早，涌进来很多乡人，大家看见静山先生和夫人郑灵素，手持大把高香，亲自点燃后朝天三叩，在铁香炉中插入高香，又跪地祭拜众天神。乡人随其后，在铁香炉中烧香叩拜。祈求的人们聚集在一楼拜观音，口中念念有词，各自许愿。二楼贴有布告，需佩戴卍字会徽章。静山与夫人先进去，二三十个会员也随入观看。

且看法师如何推演沙盘，如何占卜吉凶。

那法师头戴僧侣帽，闭着眼睛轻轻祷念。另一小沙弥在他对面，和他一起双手把持竹节盘。他们四手相扶，竹盘底有一根竹脚，在一盘平沙中慢慢悠悠，划来划去。

一会儿，那法师念出沙盘内写的字：盘古开天。四围观众一看沙盘字，果然！

好兆头！静山想。

接着法师用竹板刮平黄沙，大小僧侣重新拿起竹盘，在黄沙中划来划去。

那竹脚写出了：女娲造人。

念出声来后，众人松了口气。第三回刮平沙子后，法师手拿竹节盘，与沙弥又如此这般划来划去。

最后念出来：风调雨顺。

众人顿时兴奋起来，小声议论今年年景不错。没有大风大潮旱灾虫灾，是沙上农民最大的期盼了。卍字会的一道术语，叫作扶乩。只在重要时刻，占卜吉庆、战乱、灾害等神秘事件时加以预测。人们都相信那大法师，占卜时已经完全坠入神界，头脑里的一招一式都来自上天的指示，手随神谕，此举只能神会不可言传，且两人操作，亦非一下写得出字来的，仿佛有一种力量在驱使。众人相信：这是得道高僧才有的法力。

这大法师姓赵，名际会，六十四岁。风云际会的意思，已经修道三十多年，白须飘胸了。大事家国、琐事生意、他破解的如鹰眼透彻，屡屡奏效，是静山先生从南通请来的。法师答应一年只能来沙上一次，只在正月半这一天。

静山想想，正月十五元宵节，多少乡村上天灯，挂街灯。小孩子手提灯笼，着地滚灯，跑来跑去。富户人家，用毛竹挑起一串高灯，要耗掉好几斤豆油呢。上灯、落灯，都是一年继往开来的意思。三道神谕十分吉利，静山很欢喜。仪式完毕，请法师用膳，人流散去。

静山和夫人上三楼，停在元始天尊座前，焚香祷告，只见那元始天尊袒胸露肩，伫立佛龛正中。他目光下垂，面相慈善，光头圆脑似乎放出某种光芒。

这元宵节一天下来，院子里一只大铁香炉，香烟缭绕袅袅腾天，积满了香灰。火红的檀香烧到后半夜方熄灭。卍字会楼角挂起八串红灯，二里路外都能看见。静山念叨：诚信请佛，佛定能给卍字会带来好运的。

街上有人气热闹的元宵灯会，静山与夫人却没出去看。礼佛毕，夫妇二人正坐在大院内室，饮茶商议搬迁育婴堂的事。

那育婴堂从坍塌的毛竹镇迁店岸有两年了。如今西边开始海坍，上头虑及幼儿的安全，建议迁往十二圩港，征求各处大佬意见，只有静山先生一人附议。一座育婴堂，不但要有房子，而且要有人管理，不但要养园内婴儿，还要抚恤贫苦人家无力养活的婴儿。毛竹镇时期，这笔不小的费用来自江阴县管的慈善公田。千亩之广的芙蓉圩地租，完全充入育婴堂使用，另有部分募捐。芙蓉圩坍入长江后，靠全县的田亩税维持，还需富户捐赠若干。江阴县决定，育婴堂由官办改为私立官助，迁往十二圩港。

静山领命，十二圩港属于南通县，江阴县甩掉了一个包袱。

夫妇二人匡算了一下，由卍字会牵头办育婴堂。盐行头办了一所小学，加上诊所的义诊医药费、贫不能葬的施椁费、仆役的工资费，统归卍字会支出。资金盘子太大，头寸不足。数十年来，商家主要资金来自沙上三大海夹，筑坝造田，总工程师应得的股权、滩照、工程报酬。其次是油厂利润，资金回流后应付卍字会绰绰有余。

夫人倒也大家出身，说："看着办吧。既然现已开办，一锤定音。"

这两位信心足着呢！

这里，牵涉到育婴堂的堂主问题。卍字会是花大代价建起来的，而且，慈善上达天庭，人在做天在看。事以贫者为对象，仁义为目的。如何选个中用之人，是重中之重。

一句话找个管理人很重要。静山夫妇计划，请耕余庄的蔡仕祺、外八圩的黄一定和天福街的耿善春好了，只在六月大伏天和腊月九，以及防治疫病时来卍字会报到。卍字会给予登门穷人看病吃药不要钱的待遇。

这育婴堂的堂主，该请谁，一时反倒想不出来。

夫人郑灵素提议："听说十二圩乡下有家年轻女人，名唤陈文倩的，贤惠名声在外，可以用。"

静山说："不妨叫来谈谈？"

灵素说："她丈夫在南通做事，她独自抚养一家老小，生活困难。咱不就请来办育婴堂，一举两得，既有了主脑人，又帮了一位穷苦人。"

静山点头："就让仆人阿秋去耕余庄里走一遭。"

阿秋回来向主人汇报那陈文倩的故事，足足讲了一天，听得太太郑灵素哭湿了三条手绢。静山也沉默不语，连连点头，决定第二天叫她来面试。

文倩来后，站立叫声老爷太太。他们一看身材苗条，清秀端方，赐座，且由她慢慢道来。

陈文倩与闫天伟，是从长江渡轮上相识结合，三年后因偶然事故而婚变。她娘家在十二圩港乡下的老永圩，家境不富裕，却坚持供女儿读书。文倩上有种地父母，下有幼年弟妹，日子清苦。有个姑姑住在海门，姑父施念棠是教书先生，膝下儿女尚幼。文倩奉父母之命，过江去看姑姑。姑侄来往，对文倩的影响甚深。姑父母教她读书，将来做点事情，她也喜欢去海门。

春天，恰好有一次乘船北渡。小渡轮俗称小火轮，一共两条来回接送乡民。船主是赫赫有名的西街港财主李胜千，也是刘海沙小学的校长。他常在教育界和生意场，来往江南江北，索性自办轮渡随性来去。李大老板算得开辟常阴沙的施、李、顾三大家之一。鼎峰公司、北夹滩地、毛竹镇都有他的投资。他在大上海的湖北路、山东路的交界处开一座中和旅馆，接待沙上客人。服务跟班，全用沙上人。

两条渡轮也是从上海采购，有人举荐山东人闫氏父子做驾驶、买票、兼茶房。轮渡来往，大多是沙上做事人。

上船后，闫天伟给陈文倩弄个好座，喝点茶水，她就感激不尽了。江上风浪阵阵，船又颠簸，闫天伟会来关照她不受惊吓。陈文倩在轮渡上闲听闫天伟说事。山东青岛被德国占领，卍字会从德国传到中国，最初在山东滨州，后来又渗透到理教，以戒烟、戒酒、戒毒为主旨。半个时辰水路，就在闲聊中结束。

文倩上岸，天伟送别。时间多了，孤男寡女的就生出感情。文倩出身农家，倒也没有看不起船夫的意思。闫天伟呢，看到这么一个十七八岁的大姑娘，长得苗条得体，瓜子脸，齐耳短发。文倩看天伟，好高的身材，宽阔的肩膀，脸黑黑的，透出风里来雨里去的风霜坚韧，特别那一双澄澈的黑眼睛，很受女人的喜爱。不到半年，闫天伟打听到陈文倩的家况，告知父亲希望娶她。老闫又托李胜千老板的管账做媒，即去陈家提亲。

真是有缘千里来相会。这是陈文倩第一次恋爱，到媒人上门交上聘礼，她就默认许可了。不过陈家的条件是闫家必须在街上有房子。闫家就买下中街一间门面，后地造了三间房子，挑个良辰吉日，用沙上一顶花轿，把陈文倩娶到了闫家。婚后天伟与文倩进出上街，街人羡慕真是一对好鸳鸯。

二人甜甜蜜蜜地过了四五年。老闫去世，就由闫天伟一人在轮渡上工作，一年收入颇丰。不过天伟常在船上轮班，不常在婚房居住。人潮来去，他把一半时间交给了大江东流。几年后，生了个女儿，六岁读小学。家里三个人，生活喜气洋洋。

有一天，文倩的姑姑身体不适，姑父来信让文倩去照看一月。文倩把女儿托付后，同意去姑家住段时间。

令人惊奇的是当文倩回来时，开门竟迎来一位乡下姑娘，这姑娘在文倩母女面前，打上了一个大大的问号。

天伟在船上，无人说话。

文倩放下行李，坐下来问这姑娘："你哪里的？"

姑娘先不言，看文倩目光柔和，不像要伤害她的样子，就说："我是永兴圩的，是闫天伟把我带来的。"

文倩心头一惊："哦！"顿时明白了一切。

她是聪明人，知道丈夫是个什么样的人。他虽然长相端正，内心却十分好色。她在家时，除了例假，一晚不空的。

文倩想，哎，怎么没算到这一步呢？为姑姑病重拖了一月，家里就出这等大事！

姑娘知道她已经明白了，文倩见天色已晚，留她一宿。第二天一早，女孩惶恐地说："我走，我走！"三步两脚，便跨出了闫家大门。文倩出门一望，乡下女走巷穿村，不知往哪儿去了。

文倩在家，看着女儿说："你别害怕，有娘在呢。"

女儿哭了，似乎知道父亲领个野女人进来不对。

第二天，闫天伟回家，开门见到文倩，就不好意思地说："你回了？"

文倩冷冷地嗯了一声。

天伟隔了一会儿，忍不住问："她呢？"

文倩火了："问谁呢？"

天伟说："她啊，你没看到吗？"

文倩说："看到了，来了多久了？"

天伟说："你走第二天来的。"

文倩忍不住问："怎样认识她的？"

天伟说："问这干吗，毕竟是缘分，船上认识，街上相遇，我让她进屋了。"

文倩说："不问问她是怎样的人？哪处人家的？这么盯上了，你也太容易了吧？"

天伟不好意思地说："寻个开心，你不在这么久，她现在不走了吗？"

文倩说："和人家好了一个月，就忍心把她赶走？"

天伟说："也不是什么正经的事儿，走就走了呗。"

文倩说："我看不成。她回家，家里人怎么会饶她，无声无息离家一个月，不给个理由？闫天伟，你以为就可以放过你吗？"

天伟无语，觉得对不起那个女孩，更对不起文倩。

他右边一巴掌拍着自己的脸说："我从此不犯了。"

文倩是个理性的人，说："只怕由不得你了。"

隔了两三天，一对农民夫妇领着这个年轻女孩来到闫家，文倩开门一看，女孩回来了，后边是她父母。

那农民说："这哪门子理？把我家姑娘玩了一个月，还赶出来啦？"

旁边农妇也说："出事了，我家女孩还嫁得出去吗？"

女孩哭哭啼啼。

文倩说："这个我不能做主，一人做事一人当。明天来，闫天伟在这等你。"

第二天，文倩定好了主意。她的心里竟是这么想的：我得走了。

文倩不是很包容的人，也绝不是得理不让人的人。她从海门回来那刻，三个人走进屋里，她熬住了没骂那女孩一句。女孩不走了，她留她住了一夜。天伟下班回来，文倩告诉他事情经过，但现在形势变了，天伟必须接受这女孩。街面上闹出来，太理亏。

天伟以后如何继续工作？如何继续做人？

文倩想想夫妻感情，竟一月而生变，这与闫天伟的船夫生涯有关，但对一个知书达理的乡村女士，她对爱情的要求过高。宁可不要闫天伟，也要独立正气，对得起自个儿对爱情的信仰。她容不得一心二意，而闫天伟来往彼岸，是个贪恋腥味的男人。陈文倩宁可退出，做育婴堂嬷嬷，也不愿和偷情汉子过了。她叫上闫家的亲戚，当大家的面说清楚。

一气之下，文倩回了娘家，与天伟形式离婚了。隔一年多，天伟来她娘家认错劝回，她也不干了。离婚，女儿归夫家，文倩执意离开了。十二圩街上议论纷纷，都说痴心女子负心汉。陈文倩的孤傲自信，赢得了普遍尊敬。

这个故事，静山们早些时候听到过。当然，文倩只能简单说，不细说分由，没想到最初的一片温情，降到此刻的冰凉。她不免泪珠双垂，再三拭擦。

郑夫人忙说："这么多年过去了，女儿大了吧？"

文倩说："嗯，上了初中常来看我的。"

静山说："好。"

郑夫人说："孝顺女儿。"

然而，不幸的是文倩又掉入另一个陷阱。

回到娘家后，同村有个南通做事的何朝再，丧妻未娶，有两男一女，无人抚育。好事者撮合其间，文倩父母同意。文倩看何先生是个正派人，于是同意。只是何家有婆婆，年事已高还需伺奉。文倩内心纠结：丈夫常年不在家，想那伺候公婆，应是分内之事。默默无闻的她，终于低调嫁人。按说，她没责任在何家抚儿养母。子女及老母是很重的负担，她可以选择离开。但斟酌之后，何先生的感情要高于闫天伟，她决定咽下苦水，不再离开，叹口气，就把一老三小抚养起来吧！

静山面前的陈文倩，变得高大起来。

她只是坐椅子里慢慢诉说，平淡似水。看得出来，她是个能接受前夫婚变、后夫家重的坚强女子。她清秀的面容显得比实际年龄二十七岁大了些。

静山想起汉朝的蔡文姬，堪称才女。蔡文姬一生三嫁：一嫁河东世族卫仲道，夫死无后而去，也曾有十里相送恩爱，不幸夫君早逝悲别离。二嫁匈奴左贤王，生下二子，可惜北漠风寒胡地俗异，十载南望肤发粗糙，幸为父亲蔡邕的知己曹操重金赎回。三嫁田校卫大夫董祀，先冷后热，董祀被拘，文姬蓬头垢面为夫哀求，被曹操宽恕放回，后与董祀相敬如宾。

前不因夫死而改志，中不为回汉而轻前，又不为薄情郎身陷囹圄，而弃之如敝履，情愿苦情上求，重新开始。文姬之大度忍让，皆为大局。而陈文倩虽不恕天伟情变，而能为无辜女子瓦全。进何家善待前妻遗子，奉养婆母风烛残年，堪称相夫教子恩德暗留。

静山想，算个乡下奇女子吧！

他当面决定陈文倩名录卍字会，嘱咐她安排好家里生活，再来上班。文倩想想，月薪六块大洋，一年七十二块大洋，够买半亩地了。虽说穷家难舍，为了自己的夙愿，情愿接受这份工作。

她点头了。

育婴堂创办仅半年，便已经送来具名和不具名的婴儿二十多名，有的托人送来，有的丢在门外，估计都是父母贫穷，生怕落下丢弃亲子的名分。夜深人静之时，偷偷包好婴儿，放在台阶前面。那婴儿哭出声来，育婴堂嬷嬷们听了，会抱进来喂奶安顿。嬷嬷把他们放进摇篮小床。第二天一个个睡醒后可爱的小面孔，瞪着双眼看着陌生的她们。孩子大多是女婴，二十多个中有十五名女婴，六名男婴。

文倩每天进育婴堂，抱起孩子一个个亲吻。她是个爱孩子的母性，可怜这些无父无母、写了出生年月八字的婴儿，长得胖瘦不一，来到育婴堂吃得好了，红红的小脸蛋，灵活的小眼睛，使她喜欢不过来，每天都来询问看望好几次。有一次还领来老夫人郑灵素，看望这些会哭会笑的婴儿，抱起来在小脸蛋上亲一亲，夫人觉得这些婴儿是上天送来的宝贝，内心充满了温暖。

文倩骑车去沙上乡村，核实了多名无力抚养小孩的穷困家庭。

有一家在和顺圩里，文倩单枪匹马去找寻。那和顺圩在西街港东雪菁沙上，试问好几个乡人才找到。那家人住在圩塘胯脚里，两间草屋。夫妇二人三十多岁，倒有了六个孩子，刚刚又生下第七个孩子，取名七宝。那母亲黑瘦脸蛋，头发都有几根白了，额头上有了皱纹。那男人也是未老先白头，在阳光里晒得脸蛋黝黑，是个能劳动的庄稼人。最大的孩子才九岁，挨个儿八岁、七岁、六岁、五岁、三岁，新生儿一岁。几乎每年生一个，有的孩子还蹲在草窝，有的孩子没有桌子高。桌子上放了八碗稀粥、几根腌黄瓜、半碗咸菜。那几个孩子争抢那咸菜。

文倩想，一张桌子八碗粥，哪能吃得饱？

文倩送来一包红糖，二斤猪肉，男人忙说谢谢。孩子们几个月没尝肉味，不知肉是啥样的了。

这家唤作刘二宝的穷人家，被记下了是周济户，属于育婴堂管辖，每月会有粮食送来，足够照顾婴儿，一直供养到三岁，停止拨付。虽不能包养到大，自是上天怜生之德。他们有免费上学的机会，名字都已经被记录在册了。

半年下来，卐字会育婴堂的名气越来越大。

沙上人无不夸赞他们，如沐春风的育婴户，更是感念，富人们也有些捐赠。那陈文倩是个才女，进出的账户名目记得头头是道，每月都要向郑老夫人报告。静山和夫人露出了笑容，找到这样的好人，育婴堂才越办越好。何先生从南通回家，听到妻子办事公道，颇觉欣慰。婆母也夸赞文倩真是个少有的好媳妇。

文倩感到，多年读书没有白读。丈夫能懂得她，这家省吃苦用的日子值得过。后来她的女儿也上了初中，常来育婴堂忙些事。日子就这样由苦而甜，不富而泽。街坊邻居看来，平平静静的她，是苦尽甘来。

对于这样的女人来说，什么才叫赏心悦事？应该是有自我的信仰和追求。

第四十六章　百步穿杨陈云飞救驾
二度惊吓吴四哥失忆

吴四跟了乐泉十四年。

从一个理发店学徒，到地主老板的亲随，换了很多工作。先前替老板理发，后来旅途相随、陪伴在侧，学会买车票、约时间、安排上车、管好老板作息、买可口的随意小吃……客户门堂守候老板出来，陪送老板去赌场、妓院玩耍。虽然他自己从不插手，也不参与这些社会陋俗，但关心好老板生活，成为他的主要职责。

太太春秀每次出门都关照吴四，不能领老板去不干净的地方，不能让老板饿着，不能让老板独自出门，离开吴四半天……吴四量力而行，春秀看他人很老实，回家也常给他几个小赏钱。老板出门，仆人伺候，乃正常的义务。张乐泉呢，讨厌吴四管的太宽，不免骂他几句。吴四不敢还嘴，不敢说出是太太的吩咐。有时怕老板罚他，心中踌躇，也只好一个点儿、两个点儿在外等待。有时老板不遵守约定，在外头时间长了，吴四左顾右盼，心里焦急。有时轮船、火车延迟，既要被老板辱骂，又要重新改签车票，常受那些码头上的黄牛欺负，轻则恶骂，重者拳脚打上来。

胳膊拧不过大腿，这个二十多岁的青年人，约束着自己，去遵循老板的种种不合理需要。

乐泉身份特殊，是个生意场中的竞争者，吴四因此也会受到来自多方面的惊吓。有一次在南京，他们从省管理沙田局出来，估计有人从沙上跟踪而来。一个打扮斯文的人，在大门外递给吴四一封信件，对方说"是南京老板给张老板的，邀请吃饭"，然后就离开了。吴四老实收下却又觉奇怪，牛皮纸信封里竟有一样沉重的东西。他不敢私拆老板信件，等半个点儿老板出来，就说有人请你吃饭，地点在信封里，把恐吓信递给了乐泉。

乐泉疑惑：南京熟人很少，请吃饭的会有吗？他一拿到吴四交给他的信件，心里就觉得颤颤发毛。再掂掂信件分量，一下猜出那是一颗子弹，撕开信封，果然子弹落地，里边夹一纸条：张乐泉当心！乐泉人生地不熟，也就不敢报警，立即转移旅馆，从小巷子左拐右弯出来，看看身后有没有盯梢。晚上，就从另一地点瞎逛转至中山码头，去乘船，而不乘火车回沙上了。回家后，乐泉和夫人责怪吴四不该收下陌生信件，还问这问那，问对方的面孔。

吴四百口难辩，感到很不自在。

春秀拿出子弹在他面前晃悠，说："你不知道这是要命的东西！"

他心里想，老板受惊吓，我一个仆人怎么能预料。

除了恐吓信，还有赌场输赢以后，地痞流氓围攻等多次惊吓。

有一回，乐泉从通海垦牧公司收款回来，专门去陈宝通宅上拜望，他跟这位大生纱厂股东是多年老朋友了。时近傍晚，陈先生用汽车送乐泉在城里兜风，又派个大生纱厂手脚最伶俐的保镖陈云飞开车。在南通城里濠河畔转弯抹角，看到有个较大的赌场名唤天天来，一般都是沙上乡绅、行商、赌鬼来玩，赢个三两百块的。

白天，乐泉从大丰滩地问账务先生："到南通有没有回沙上的船了？"

那账房说："回南通得一个时辰，夜间长江渡轮停摆了。"

乐泉拿到一张银行本票，定在明天南通城里兑现，还有两百担米条子，也要在南通城里变现的。天色尚早吃过晚饭，就和吴四坐上陈云飞开的黑色老爷汽车，兜风来到濠河上玩耍，只见马路上人声热闹，不免下车走走，这就有保镖陈云飞贴身、吴四拎包随行，看着濠河两旁人气热闹，河面月上柳梢头煞是好看，三人边赏月边游玩。

谁知走到一家赌场，门前站立光头大汉三四个，穿的上下两短打。他们看见乐泉长衫马褂身材矮短，气色旺盛，便上来喊："哈哈，老板甚风吹来，一个月不见了。快快，进去玩一把吧。"于是生拉硬扯，把乐泉拉了进去，云飞和吴四随跟了进去，站在老板身旁以备万一。

赌场内乱哄哄的，三间大厅倒有五六个场子。赌博名堂有：推牌九（麻将）、打沙蟹（扑克）、游湖（清湖、闷湖、飘湖等）、着摇宝（骰子）等。这大厅里当众放的就是着摇宝的长方桌子，已经有四五个客人和庄家站着。负责开宝的赌场中间人，在桌子中间站立。

　　乐泉不免凑上前去看看，只见中间人手里捧着一樽椭圆形的玻璃瓶子，上加盖。有一人赌三担米条子，押放在面前桌子上，喊声："押小。"

　　庄家也如数押宝在桌上，喊声："押大。"

　　然后中间人就把摇宝罐子送到赌客手里，只见那人放在手里上下摇动，四粒骰子上下抖动，在玻璃罐子里边发出叮叮当当的声音，最后那赌客平举胸前，摇了几个圈子，等骰子落定后，轻轻放在开宝人面前桌子上。

　　大家的眼睛都盯住开宝人的手，只见那开宝的不声不响，用一只手的拇指食指夹住盖顶。然后轻轻揭开一看，那四粒骰子朝天的是：四、三、一、一，加起来是九点。

　　那赌客大笑喊起来："赢啦。"庄家面前三担米条子，推过来给了赌客。

　　然后，中间人把玻璃罐子捧起重新摇晃几次，全部打乱。

　　第二次，同样的形式。庄家先出五担米，押小。赌客同意押出五担米条子，在桌子上一拍。二者赌资十担米，够有吸引力的了，中间人把弄和了的摇宝罐子推给庄家。那庄家也按法捧在手里上下左右摇晃，耍了好几次，然后停下轻放在中间人面前开宝。那中间人不慌不忙，大家在揭开瞬间一看，四粒骰子显示：五、四、六、一，加起来是十六点，这次押大的赢了，庄家又输了。

　　乐泉一算庄家输了八担米。他想，常有人说摇宝最公平。这不，庄家两次就输了八担米，滩价低落时够买半亩地了，但那庄家笑嘻嘻的，很不在意。乐泉心动，看见那赢了的赌客付出台子费后，当场卷走两张米条子走人。

　　旧时赌场自称摇宝最为公平。

　　四粒骰子全部朝天为青龙——十二点，十点为白虎，十一点为出门，十三点为进门，总点数为四至十称作小，十一至十七为大。押宝者大多用米条子，动辄十几担米，市价一百多块银洋。青龙、白虎者是押价的三倍，出门、进门一倍，白虎搭角——骰子碰在边上，亦一倍。但此种情况出现概率太小，故虽云公平，其实庄家坐大，赌客押中者甚少，赌场不管输赢稳进银子。每局临终，押宝人输掉后，钱被庄家全部捋走，仅有几次机会为押宝人赢。当然，赌场中间人少不了抽取分成。

　　也有赌场马仔扮演醒家，赢取赌场银洋，骗取新赌客进来入局，此刻乐泉很兴奋，云飞和吴四分站两旁。新来者，哪里看得清他们的手法。

　　乐泉想，不知今天运气怎样。

庄家是个中等个儿黑脸的江北人，身穿短打黑绸对襟衫，双目炯炯，袖口翻白。他看乐泉的脸色跃跃欲试，就说："这位客人，赌一把吧？看到吧，很公平！我们输了算数，你赢了拿钱走人。"

乐泉就让吴四从皮包中，第一次拿出五十担米条子，压在桌子上，喊声："押小！"

那庄家也推出五十担米条子，喊声："我押大！"

中间人把摇宝玻璃瓶推至乐泉面前。

乐泉矮个身稳，双手捧牢摇宝罐子，在手里前后上下两次摇晃，然后转动罐子做旋转式摇晃两次，再左右摇晃两次，轻放罐子，推给摇宝中间人。那中间人想，这乡下老土准输，当众揭开一看，五、六、四、三，加起来十八点。乐泉脸色煞白，把五十担米条子推给庄家。

然后，庄家说："我出一百担米条子！"放在桌上后，喊声："押小！"

吴四身上总共两百担米票，输了一次剩下一百五十担。乐泉心想，赢了增加五十担米。输了，还剩下五十担呢。赌徒的心理，就是碰运气和不服气。

吴四看老板不服气，又让他拿出一张最大的一百担米条子。

乐泉喊："我押大！"

庄家手指乐泉，说："你押的是大。记住，开大呢，你赢了，开小我赢。"

乐泉看他当真了，倒也不怕。这次是乐泉先押，摇宝罐子由乐泉摇。众人只见那乐泉把摇宝拿在手中如此这般迅速利落，摇了五六次，轻轻放在中间人面前。此刻众目集中，齐看骰子点数，大家傻了：四、四、四、四。十六点是青龙，输家要用双倍押价给赢家。乐泉心想，多好的运气啊，双眼看着庄家，微微一笑。这次庄家惨败，需取出两百担给乐泉。

但那庄家竟说："我押的大呀，你押的小！"明显在耍赖皮了。

乐泉目视中间人，喊道："大家有目共睹，如何抵赖！"

那中间人眨了眨眼，竟改口说："老板，是庄家他下大的。"这时，庄家身边站过来五大三粗的两个汉子怒目圆睁，伸出手来抓乐泉的米条子。

乐泉虎着脸说："还有规矩没有？"朝庄家喊道："把你的条子拿来。"

那庄家赖皮，欲收走自家面前押下的米条子。

这时，陈云飞左手一拍桌子，喊声："看我的！"

立马手到擒来，把庄家面前的一张米条子抢到手中，还给乐泉。

陈云飞当众说："我们押的大呀！"青龙少见，张老板手气不错，乐泉叠起两张米条子，正要收入囊中。

陈云飞又说："庄家押小的，开宝是青龙，庄家还要拿出一百担米来才对。"

那庄家到了这时不得不认输，取出另一张米条子，边侧脸假装问中间人："是吗？"

他一手把补上的条子压在一起，假装欲推过来。谁知道，刹那间庄家旁边的俩马仔快步围上，伸手过来抢乐泉面前的三张米条子。

庄家笑嘻嘻地说："呀，我赢了。我拿钱！"

只见那陈云飞喝声："谁敢拿条子！"他目视庄家喊："乖乖地退回。"

还没说完，咔嚓，拔出手枪上了子弹。

他说："告诉你们！我是大生纱厂保镖陈云飞。南通城里谁人不知谁人不晓，我的子弹百步穿杨，哪个想试一试？张老板输掉一局，五十担米买账，是庄家你拿走的。这次他押大：四四四四，青龙少见的。你敢赖账？"

他一只手压住桌子上的罐子不动，说宝点在此，大家来看！

那庄家虽尚存抢回米条子之心，一听是百步穿杨的陈云飞，胸前佩戴大生纱厂的徽章。以前也曾见过一面，只好对马仔说："算了，算了！看陈大侠的面子，我输了。"

乐泉就把庄家推过来的两张米条子和自个的叠在一起，塞进吴四皮包。然后，陈云飞领头，三个人一步步退出大厅。那庄家带领几个马仔，一步步逼出，看到陈云飞的枪口，始终对准庄家的脑袋，他们不敢抢夺这几个陌生赌客的皮包。

云飞等人走到外边的汽车旁，迅速上车。夜幕中，赌场众人眼睁睁地看那汽车飞驰而去。外边聚集着一堆人群，小贩的、过路的、擦皮鞋的，人声鼎沸。赌场人出来说："都常见的戏啦。看什么看！散、散、散！"混乱的人群见车已开走，慢慢散了。

吴四和乐泉坐在汽车里心扑扑跳。陈云飞说："定心。南通地界，我陈云飞说了算。百步穿杨谁人不知？他要今天抢了皮包，明天砸烂他的场子！"回到陈府，云飞向老板陈宝通说了赌场惊险记。陈老板次日备办酒席为乐泉压惊，乐泉在座间拿出五十担米条子，推给陈老板，说："一点小意思给云飞，答谢救命之恩。"

　　但陈宝通说："乐泉何必客气，不瞒你说云飞是我亲侄子，等于你的侄子。救人不但是他的行事风格，且是我派他陪你们的，客到保护安全，是不？"

　　乐泉想这次真亏了陈宝通老兄。陈宝通的内心也想，多年前大生纱厂破产，乐泉没有退股通海垦牧。那时乘人之危者大大有之，他没来踩上一脚反而来帮忙了。现在南通地界的些许小事，凭我陈宝通，哪有摆不平的？

　　云飞本人呢，说啥也不要。这个年轻人，喜欢武侠仗义，特好名声。

　　他推辞说："保护老板的客户，是我分内之职。"

　　第二天，乐泉千恩万谢，让陈宝通以后带云飞侄子来沙上游玩。

　　但吴四回家后，却开始沉默寡言，看他呆头呆脑，做事恍惚，额角有点微微发热，给邻居蔡医生看了，断定是失心疯，这可急坏了耕余庄的丁赛福一家。吴四这人胆儿本来就小，怀疑、恐怖、惊悚、悲伤等各种情绪，前前后后集中在一起向他袭来，整个人慢慢木讷、迟钝、忧郁和失去记忆。他不说话了，呆头呆脑，答非所问，不能做事了，张乐泉只能让他回家养病。

　　其实吴四只是一个朴实的农民儿子，能不能面对复杂的社会，是个很大考验。在老板们的竞争和斗法面前，他竟产生一种等待宰割的愚昧反应。民国二十一年（1932），令弟的丈夫吴四患了那乡下人口传的"脑子不清病"。丈母娘费静贤焚香拜佛，以求一死替代女婿之生命。岳母、女婿两个人，一个从清醒走向昏迷，一个从昏迷渐至清醒。

第四十七章　费静贤绝食替生死
俏末姐隔江做丫鬟

昼夜交替，黑白轮换，吴四跌入了很深的窟窿。

风声呼呼，他感到从山上摔下来，一下滚回童年的青草滩！他是一个放牛郎，到如皋磨坊里添草喂牛。大海澎湃，身陷走马地坍的人们大喊救命！危及全家，不救就来不及了……梦又变到江南，他成为一名小小剃头郎，穿村走埭，端着剃头盘子去给乡下人剃头。这些少年时代的记忆，一波波泛滥出来，遏制不住。但他回不到结婚生子，回不到与张老板南北奔走的日子。整个人昏昏沉沉，不认识自己的妻子、丈人，乃至亲生儿子金狗，更罔顾身畔横七竖八的实物体。

他更不知身在哪方。

这可急坏了丈人、丈母、妻子，一家人束手无策。乡下人说，也许犯了传说中的失心疯。他们哪知道吴四在外边受了多大刺激，村人更不知道，怎样的事情会引发这等怪病。回家后的他，不言不语，像犯傻了一般。老板来催他去上工，也不去。后来竟有些蒸寒发热，卧床不起，家里叫上有名的中医蔡大夫来把脉，开了几付中药吃下去，也没效果。

老丁家自从招赘吴四后，才有点工钱拿回来。虽说不多，但对于穷惯了的人家，何异干涸的稻地淌进了两三寸水，可消解庄稼人的饥渴了。后来孙子出世，为耕余庄这个赤贫之家带来了无限希望。庄里的人们都说："这下丁家要翻身了。"

然而，吴四出事，对刚刚好起来的一户贫农，是一个惊天大雷。老丁家的主意，历来是由费静贤拿的，面对如此紧急场面，她想问问老天爷，烧香叩拜之后，跪在蒲团上轻轻祷告。过了几天，吴四痴呆依旧，连吃饭也要令弟喂。

静贤想想：也许吴四在外不规矩，得罪了哪方土地，不如请个巫婆，试一试究竟在哪方遇到鬼了，好去烧烧路头，请求当地神灵原谅保佑。丁赛福急忙到扁担圩里，请来一名六十多岁的有名巫婆黄师娘。巫婆要价两块大洋，他们也在所不惜。黄师娘来后观察一阵，那吴四躺在床上双目直瞪，不会转动。

巫婆对静贤说："赛福嫂子，你女婿这毛病定是在外头路上，中了一股旋转鬼风，魂儿被鬼摄取。若要魂回来，先看熔锡往哪方流淌。"

黄师娘拆开包裹，拿出带来的一只铁勺，又从口袋里摸出一块桃核大锡块，放在铁勺之内。她让赛福在桌子上架起一盏灯火，旁边再放上一大碗清水，然后拿了铁勺锡块，在吴四的面孔上左转三转、右转三转。

一面口念咒语："太上老君，急急如律令，快快还我吴四魂来。"

随之揪住木柄，把铁勺放在灯火上轮番烧，约有半个时辰，那块锡慢慢融化。

她又念咒语："哪方鬼神？吴四如有得罪定当到尔处拜求。"

然后，把烧融化的锡水倒入清水碗中。"呲！"激起一股白气，周围大家的目光，朝那灼热的碗中，看那锡水的形状，只见那融化的锡水一段往北淌出，向外扩展，形状没太大变化。

黄师娘一拍桌子，说："吴四近期到哪里去过？"

令弟说："他从南通回来不到五天啊。"

黄师娘说："他定是在南通得罪了当地神灵，问清跟随道伴，走过何方，再去叩头烧纸钱吧。"

静贤一家听了十分相信，当即去仓房里问了张老板，对方回答是在南通濠河边，天天来赌场边上。丁赛福便随张家仆人，渡江看了那原地原貌，晚上就地烧化纸钱，叩头谢神。

奇怪的是，吴四的目光里，并未有半点变化呀。

费静贤活到五十岁，没见过这等奇怪的事。她更想不到奇怪的事会发生在自己家里。娘家十八年，点心店生意不错，过着青春好岁月，嫁给了茶馆大少爷赛福，恩爱不错，人是称心满意的。毛竹镇坍塌，茶馆和土地坠入江中，丁家变成破产农民。迁移到耕余庄后，丁赛福一家落到社会最底层。租田租的胯脚地，只能种些旱地庄稼麦子、棉花、黄豆等，不够一家吃饱，因此才把大女、二女、三女，送出去做童养媳和丫头。

静贤想到，老天为何一定要惩罚我家？赛福受伤，二丫头在江阴突然失踪，自己勤恳劳作想补上一时闪失。现在好好的日子才开头，吴四又突然痴呆卧床不起，真是八合头的升箩，七合头的命，横竖补不上！又想，前后几十年出的大事，不是无缘无故的，莫非我前世作孽，犯下天条，老天一定要惩罚我？

赛福是个只知道干活、没有任何主意的穷少爷，这担子必须由静贤来挑，于是她开始天天上香念佛，祈求愿意拿一人性命来挽救全家念了几天也没效果！又想这是自己心念不诚，于是拒绝进食，卧床待毙。家人绝不要她这样做，邻里也劝她吃饭。静贤认为女婿一定会死于非命，只能靠自己舍死求生。

她心意已决，双眼紧闭，沉浸在自己的一人世界里，面前好像一幅图画，疏密相间，远近自然，很好看。她仿佛回到了幼年，蹒跚学步，深一脚浅一脚，云雾漫游，记录着她的行程：

五月天的耕余庄，农人都在水田插秧，赛福把哭闹着的五岁令弟，抛到了隔河的草堆。她和赛福继续弓腰，一棵棵六行后退，号称"快手风"。年轻的夫妻总是劳动主力，一高一矮的伴侣形成鲜明对比。她想，这就是老天的婚配，前世里的债。

南兴镇的教堂，她和姊妹乡邻站在大厅里听圣经。黑色袍帽的牧师朱季虬先生，站在很高的云端里，俯瞰着她微笑。

人不吃饭以后，心会更宁静，灵魂会飘起来吗？

令弟看到母亲闭目不闻的神态，急得不知道该用什么来唤醒她，她去灶间烧好一碗清香扑鼻的豌豆汤，端来床前。坐在母亲头畔，试用调羹喂给她吃，轻轻地喊："母亲，这豌豆汤是你最喜欢的，你喝上一口？"母亲毫无反应，紧闭口唇，等了好一会儿也不张开。她听见母亲的呼吸轻微，气若游丝。

劝进食的人一拨拨的，从令弟到末姐、赛福，都不成，只得作罢。令弟想，泗港的三姐最有主意，于是马上叫上岸顶的印老四，坐黄包车赶到泗港吴家基。三姐知道后，立马乘车，不到半夜，她已跨进了娘家大门，一看母亲垂危，她跪在静贤一旁千唤万呼："母亲，醒来！"

静贤微微睁眼，看了三女的面孔，又继续如初，无声无息。

赛福的悲痛异于常人。

妻子要走，等于宣告他的生活将要堕入孤独无助的境地。他这一辈子除了长手大脚、好相貌以外，身无一技可以安家，还不是靠妻子纺纱织布，挣点儿苦工钱才撑起这个家。他的缺点她能原谅，他的吃喝她给体贴，他的伤痛她给按摩。如果失去了她，自己还能活下去吗？真是不可想象！赛福除了悲痛，绝望，别无良策。他是个好人，但想不出办法来。他突然想起，叫上民丰港的施家妹夫，来看看香头，算个命，他见识广，或许有办法。

赛福马上出门，推上他的独轮车往南赶去。不到半个时辰，民丰港施庭贵先生坐车赶过来了。他到房里叫上几声嫂子，无回音。

赛福在堂屋菩萨面前点上一炉好香。那庭贵妹夫跪下，口中念念有词："恳请菩萨留下一个好人，给这个不幸的家庭留下安宁。"

当他跪了半刻，六炷香中的一炷，竟然眨眼倒下。庭贵的眉头皱起了疙瘩。他站起来对赛福说："菩萨要她去，怕是没指望了。"他又在堂屋里摊开他的算命书，瞧瞧又皱起眉头。赛福报上静贤的生辰八字，庭贵坐在桌旁掐指一算，不觉一阵阴云漫上脸来。

他对赛福说："大哥哥，嫂子是属马的，马最忠勇，生在三月青草遍地，所以娘家早期生活好。到了中年，奔波劳累是马的常态。您又属蛇，蟒蛇盘马脚，总有些牵绊。今年是壬申年，猴子多变，看你家突然遇上两桩性命大事。"

他叹口气说："看来，也没法子了。"

丁家小姊妹三个听了此言，赛过判官的判决词，彻底绝望。一下眼泪滴滴，不敢哭出大声音，怕惊吓了母亲。她们只有长守母亲床前，静观后效。姊妹轮番吃饭，赛福还要照顾卧床的女婿吴四。

第一天过去了。母亲的变化，像一盏豆油灯，火焰慢慢地由红而淡。年轻时，她在西兴镇面店执掌，感觉有西兴四虎来吵闹，纠缠不休，自己被逼得不能上厨房。

第二天过去了，母亲又瘦了一圈。偶尔睁开眼看看大家。西兴镇避祸，选择东迁。教堂里的十字架，耶稣的受难像，牧师的布道，她们一群孩儿的唱诗班……

第三天过去了，母亲仍在昏迷中，一天没醒。她去了毛竹镇的山歌会，在早市遇到流氓，幸由赛福解围。港河两岸人山人海，赛福哥的山歌清亮破空。

第四天过去了，母亲气息微弱。忽然又到了江阴峭歧，看见二丫头被拐，囹囵一个人出去的，头发丝也没飘回一根。丢了二丫头，成了她一辈子的遗憾。峭歧追女，路遇瘪三……一直到大雨滂沱、纱锭被偷、女儿讨饭、赛福受伤……多的是悲伤！

屋子上下烟雾腾腾，女儿们不断地插香、看香、等香。那长长的檀香似乎也受到病人情绪影响，又一炷香突然倒下。令弟惊悸异常，母亲没救了？三个女儿微微哭泣，不知老天为何要将母亲这样的好人带走。

第五天过去了，静贤脸上好像有些红颜色，早年间说回光返照。出嫁那天大雪纷飞，马匹、花轿、丁福轩的红灯，跨过那熊熊燃烧的山灯旺火、贺客盈门、雪夜良宵。五个活泼可爱的女儿，一张张嗷嗷待哺的哭脸、笑脸。

又回到招婿添孙子，一下子安宁了。天啊，她自己感叹，命啊命！归咎于天生命不好，多灾多难。面前竟摆个不会说话的痴女婿，那巨大的厄运竟然再一次降临在这位善良而又弱小、勤劳而又贫穷、快乐而又忧郁的弱女子身上。

她会走向何处去，是向命运低头，向生活喊饶了我吧，还是别有办法？

黄昏，她对着令弟说了句："好好照顾你父亲。"

脱离了艰难的纺纱织布的日子，她再也不用为丈夫、家人操劳了。

第六天过去，静贤还是这样无声无息，安详地睡着。

这六天，耕余庄里纺纱织布的缓慢声音，一直回荡在空中，一条整齐的天路，展现在她面前，洒落一路花瓣。静贤回到童年，回到西兴镇，看见大海里大浪滔天。父母亲紧紧抱着她一个人，船在海上颠簸。海水溅到船内，她被父母亲紧紧抱住。慢慢看见了耶稣和天空，静贤对父母说："有小天使引我，去踩踏那远挂天边的五彩天虹。"

父母不见了，大海不见了。天使在飞翔，彩虹在引渡，是耶稣的召唤吗？脚下浩浩荡荡，人间离得远了，她想轻轻地离开。

二十多年来，她付出的太多了，五十岁的她已经很累了，不想再活下去了。如果能用自己性命换上吴四一命，那么还是值得的。

丁家还会有希望吗？

西兴镇的一朵名花，几十年后凋落在乡村泥土之中。她本来可以做富家太太。绫罗绸缎使不完，金子银子满箱笼，出入轿子车马的。只为青春的选择，她付出了劳苦万分的一生。她闭目后又睁眼，看到她男人赛福五十多岁，依然是俊美的脸庞。身材高大的他，把小小的她托在怀中，她满足地闭上了眼睛。

第七天后的黄昏，静贤睁开眼看了一下家人和孙子，然后微微吐了口气，闭上了眼。她微弱的眼睛四顾，算是对这个家尽上的最后一次责任。

费静贤绝食一周而亡。时农历六月半，一年中最炎热的日子，人瘦得连苍蝇都不来叮，人们啧啧称奇，享年虚龄五十岁。

那吴四被满堂哭声惊醒，终于，他看到了面前景象。满屋子白衣号啕痛哭，终于撼动了这位年轻人。他清醒了，两条生命之链就这样岔开了。最终，一个回到人间，一个去了天上。

六月大伏天，很热。赛福家几个女儿，哭得梨花带雨。

白衣白头巾白布，还是母亲织的呢。当初是做夏天衣服，现在做了夏天的丧服。尤其四姐令弟，想到亲爱的母亲竟是为她男人而死的，心如刀割，大哭不止。那吴四躺在西厢房里，慢慢苏醒过来，听到满屋子的哭声，别人告诉他岳母死了。他睁大两只瘦瘦的眼睛，觉得不可思议，自己怎么能几天不省人事？好好的岳母怎么会突然死去，令弟告知了他详情。吴四对岳母倍感尊敬，是岳母救了他的命，即使自己母亲，也远远不够以命换命的赤诚。

细细琢磨，昨日似年，娘亲一般的关怀，才有做长辈的资格啊。

静贤的丧事办得十分隆重。张乐泉听说有此义气之女人，便来磕个头，奉上一份礼金，吃了顿素饭匆匆离去了。想想一场赌博，竟会牵扯这小小贫穷之家的生死相替。

奇哉怪也！

然而，这就是农妇费静贤的人格，虽然极致，却有点残酷，她活成了一个大写的"人"。费家教女有方，静贤的父母已去世，接到报丧后，妹妹静慧先到，看到姐姐安详地走了，想起娘家的一番情谊，痛哭流泪。小弟费华成与媳妇抱了两岁的儿子费玉文，来为大姑母守孝、叩头。静贤表弟，点心店的搭档王小六夫妇也来叩头，吊唁这位少年时代的好大姐。丁家的美娟、顺兴、俩侄儿也过来吊唁，一起安慰赛福节哀顺变。

这丁家女儿一场一场地号哭母亲之死，孝堂里庄严肃穆，大伏天连苍蝇都不飞来扰闹。费氏面目安详，年轻时的美貌轮廓未改，多少乡邻敬重祭拜，传播了远近圩塘。

静贤去世百日，九月二十五日，耕余庄丁家照常进行了百日的祭奠仪式，无非是在牌位桌子上摆菜八样、酒水一盅、米饭一碗。女儿四姐和末姐，加上泗港的三姐，和老伴丁赛福免不了恸哭一场。蜡烛高烧，香烟缭绕，魂在何方？老伴以沉默结束哭声，三个女儿还泪珠不断。

失去主心骨，索然无味的生活使大家愁眉苦脸，一时打不起精神。这时候，上了班的吴四带回一个消息：张乐泉老板，想举荐丁家小女儿末姐去苏北做事。

大家问："去做什么呀？"

吴四说："去南通城里顾九斤老爷家，陪伴他的妹妹顾建红起居。"

那么，张老爷何以认识末姐？何以放心荐头她去南通亲戚家？末姐又有何等资格，可以陪伴一个有文化的富家小姐呢？

原来，在费氏的丧礼上，张乐泉也来了，在灵前叩首祭拜。他走到白色孝幛幕前，丁家后代都要施行谢礼，全部人要手扶吊唁者的双臂，低头单跪，喊上尊称以致诚谢。这乐泉来后，先由三姐、四姐两夫妇，依次跪谢，临到末姐的那刻，她照例见面单跪，喊声："张先生。"当她跪毕站起来，乐泉看到一个身穿白衣，腰缠稻草绳子，披麻戴孝的人。一张年轻美丽的脸庞突然呈现在面前，使他吃惊不小。他咯噔了一下，丁家还有这个小女儿，真是楚楚动人，悲惨氛围随即平静下来。

事后问了吴四，他回报说："她是我小姨子丁桂英，今年才十六岁。"问过以后，也就慢慢淡忘，恰好乐泉有次去表弟顾家拜访，见到了舅母和九进夫妇，以及表妹顾建红。那顾建红比丁桂英大一岁，到了青春岁月，女仆都是粗使丫头，需要有个识时务的读书良伴，要求是能懂得小姐日常需要、能说话知人心的清秀闺女。

说者无心听者有意，乐泉一下就想到了吴四的小姨子丁桂英，那模样和心计定是不错的。俗话说，看脸三分意，听话一句清。短短的跪谢之间，乐泉对丁桂英印象深刻，就对舅母推荐，由沙上妹子来做建红的伴读。消息由吴四带到家里。

沉浸在悲伤中的丁桂英默默无言。这忽然传来一个消息，去南通做事，陪伴富家小姐，应该能做到。令弟想，能让家里的妹子去富家吃省力饭，何乐不为？而一想到二姐的遭遇，她又有点不放心。

但吴四说："这家不比那家。这老二去的江阴陌生人家，丫头陪小姐，还要做跑堂端饭端菜的杂活。这次去南通，是熟门熟路——张老板的表弟家，书香门第，有啥不放心的？"

经过三天思考，吴四把全家同意的消息传给老板，再带到南通顾家，又有一个多月。

这就到了十月芦花飞的深秋天气，丁家才忙完静贤的百日祭奠，又增添一番离情别意。丁桂英装扮一番，穿一件蓝底白花的短夹袄，一条黑色宽脚裤，脚穿一双合脚白布鞋子，由熟人带到九进大宅，给老夫人、九进夫妇、顾建红看。对答之间，桂英口才伶俐，上下礼数一教就会。顾家觉得此人可用。试用几天后，扫地、搭桌子、端茶送水，顾小姐也满意，特别是晚上和丁桂英说话，讲些沙上事情，不免说道丁家来龙去脉。

顾建红想到，丁家也是跟随老父顾飞龙一起到毛竹镇的。她是茶馆人家孙女，因此又多了份乡谊，决定留用。好在换洗衣服都带来了，顾府上一样不缺的。顾建红有个聪明小丫鬟。丁桂英呢，从失去母亲的悲哀中慢慢走出，适应了客地南通的女仆工作，第一个月开工资就是五块。老夫人说，做得好逢年过节加赏钱。因此丁桂英特别小心，逐步了解了小姐的种种心思，让小姐快乐。这点都遗传了母亲费静贤的智慧，她们慢慢成为一对好闺蜜。

这年，丁桂英出门打工，有了收入安顿下来了。丁家走出伤痛，慢慢开始另一种生活。令弟挑起安排全家生活的担子，那金狗逐步长大，蹒跚学步又带来许多快乐。末姐在母亲的几个祭奠日，乘渡船过江回家，在牌位面前哭上一场，对母亲诉说哀痛，带上一点南通脆饼，芝麻糖礼物，给全家添点欢喜。

丁福轩从湖南到江南，从毛竹镇到庞家桥，再到耕余庄，经历的灾难不少。失去财产土地外，大儿子赛福还失去了家里的女主人，那中年茁壮的鲜活生命倏然夭折，使悲伤一度笼罩全家。大浪淘沙，丁家会重新起步吗？这是一户贫民擦干眼泪，第四次前进的机会了。

第四十八章　纾国难邝伟业细说根由
兴家业商从贤重振旗鼓

民国二十年（1931），一幅乱世景象到来：水灾、虫灾、匪灾、百物涨价。百姓既需求不振，又荒芜歉收，虽努力经营，却连年亏损，连平静的南方也逃脱不了。1929至1933年，经济危机带来全球大萧条，连中国最富庶的江南也波及了。有人说在南美洲的河畔，一只蝴蝶扇动翅膀会引起亚洲原野的大风暴。

"蝴蝶效应"，真神了！

仅仅两年前，美国遭遇最大的经济危机，影响世界各国经济下滑。一场旷世大灾难的来到，最初是看不出来的。正所谓风起于青萍之末，时间积累起来的力量是破坏性、撕裂性、毁灭性的。此刻，在中国江南地区，不可能看到些微征象，种地的依然种地，开店的依然开店，匠人依然开工，学堂书声琅琅。偏安一隅的绅士和百姓，哪里会知道瞬息之间，灾难已经悄悄向他们伸出了魔爪！

两年后的夏秋，中国江淮大水。

长江流域、淮河流域、珠江流域水涨，凄风苦雨布满大地。水患南起百粤，北至关外，东抵苏北海岸，西达四川盆地。先南后北地延伸16省，灾民5000多万。长江流域受灾面积达15万平方千米，中下游淹没农田5600多万亩。灾民2800万人，死亡近15万人，按银圆计损失138400万元。

回到沙上。

人事倥偬、世情迭变是个煎熬。商静山开设的源丰油厂，因经营不善，于开业五年后不得不歇业。民国二十年（1931）转租南通孙中泰，更名为源丰泰。一年后结算赔本，交还商家。接手者多则三年少则一年，都败北退租。时局不济，形势危峻，油厂不善六年转租三家，令跃跃欲试的商户望而却步，弄得商静山伤透了脑筋。

这年，南开大学邝伟业教授，与夫人商从德在十月份返回南通，休假期间，他向亲友宣传危难的国家形势，后又到沙上拜见丈人丈母。除了叙亲情，又说了日本侵略东北的事。邝伟业夫妇身在天津，最先看到东北军撤退的车马兵炮，萎靡不振的队伍，不知道他们要往哪里去，是谁命令他们不抵抗的？其后零零落落的百姓，扶老携幼，靠双脚一步步从关外涌来。满目疮痍、衣衫不整的伤痛，写在这支队伍的脸上。

这一天午餐过后，大伙特在曾九圩乡下庄园书房畅叙。此处安静，室内五个人都是商家顶梁柱，静山、从树、从贤、邝伟业和商从德，清茶一杯，香气袅袅而升。大家知道形势不妙，于国于家有何妙法，不免整容肃穆，望着伟业夫妇。

静山问一句："伟业，我们在乡下不闻国家大事，你就给我们说说吧。"

邝伟业说："父亲，我不客气了，这是个非常时代。多数国人还在迷茫中，先讲讲经济大萧条时，三个国家如何对付的。"

从贤问："愿闻其详，世界各国如何对付大萧条哦？"

伟业说："美国实施了'罗斯福新政'，增加就业机会，资本主义从内部改良，化解危机。德国希特勒上台，实行法西斯专政，走上对外扩张的战争道路。日本军国主义上台，积极发展军工，对外扩张，侵略中国的东三省。"

伟业又叹了口气："这是个多么紧张的危机年代！中国军阀们却互相斗争、内战不休，大大削弱了整个国家的实力。"

从邝伟业的嘴里说出来，给丈人和从树、从贤两个舅子听，让他们产生一种前所未有的大灾难降临的感觉，奇怪得恍如天方夜谭。沙上乡村太闭塞了，此刻平静得连一声咳嗽都没有。在座的觉得常阴沙一下子变小了，小如一粒粉尘，却与五大洲四大洋连接在一起，同在大海浪涛中颠仆。

继续听伟业的下文。

再讲1931年的"九一八事变"。

9月18日，日本突然吞并中国东三省，称为"九一八事变"，起因是关东军借口士兵失踪，与东北军有关，在夜间迅速占领沈阳北大营。张学良不战，退出东三省。消息传遍南北，激怒四亿中国人。全国奋起反抗，工人、知识分子、爱国学生游行示威，遍及各大城市。但日本虎视眈眈，目标远不止此。张学良退出热河，热河被关东军迅速占领。平津危急、华北危急！！形势诡谲纷呈，警告中国人必须做好全面抗日准备。

光绪三十一年（1905），日本在东北的日俄战争中获胜，划出原俄控的中东铁路长春以南段，归日本所有。日本取得了驻军南满铁路的特权，但东北十几万的中国驻军——张作霖部队依然存在，包围着日军。这对于日寇想吞并东三省极为不利，分裂或赶走东北军，是日本内阁的主策略。张作霖则是民族意识严重的主帅，对苏俄毫不退让，对日本人也决不肯退让。于是日、俄两家都想杀死张作霖。

此刻的俄国，仍有中东铁路北段的特权，极想控制东北。据说是俄国的特工，在皇姑屯炸死张作霖嫁祸日本的。总之，张作霖的民族主义成为日、俄都想除之而后快的理由。那张学良是个纨绔子弟，名声在外，很好对付的，后来成了日本不费一兵一卒，旋风式占领东三省的原因。

日本占领东北。张学良放弃东北、热河，号称不抵抗将军。

一家人听伟业讲长了，对少帅为何如此，困惑不解。

伟业补充："张作霖死后，张学良竟擅杀杨宇霆、常荫槐、郑谦等老臣，不仅失去了自己最重要的军政支撑，更令东北军将士寒心，其昏聩尽人唾骂。"

从德接话："说说天津看到的吧。那会儿天津火车站、大街小巷、塘沽乡下，都看到扶老携幼、蓬头垢面、衣衫褴褛、浑身发臭的难民。天津人热心，设点放粮倒水给灾民充饥解渴。长长的队伍哩哩啦啦，络绎不绝。前边的走了又来了后边的。这一群难民一天天地往南走，不知道要去向哪里，哪里才是他们的家。"

邝伟业又说了大局："再说此时的南京政府蒋介石的处境，实际上有四五个集团割据争权，内战延时不息。民国北洋时期挂五色旗，还有直皖、直奉之战。迁到南京的民国，挂青天白日满地红，又有蒋桂战争，中原大战，等等。国民政府不能统一全国军令、政令，实际上很软弱。日本人正是看到这一现实，才攫取了这一千载难逢的机会，想一举吞并中国。"

大家很好奇，不解地看着邝姑爷："中国为何如此一盘散沙？"

邝伟业说："真是一言难尽。从文化、经济、到宗教，儒家三纲五常的等级制度两千年不变。官权覆盖，民权不张，循环回复的是封建皇权的专制特点，要么分久必合，要么合久必分，再也没有新东西。中国人没有科学信仰，缺少文艺复兴，中国缺席了一个思想解放的时代！封建帝制压迫形成长久的奴性，国人双眼看上不看下，重利不重德。自私的陋习恶习，沿袭大部分国人身上。"

他很无奈地笑了一笑："连痞子阿Q也自称革命派，来调戏女佣吴妈哩。"

这一段国土沦丧，虎父犬子的教训，在静山心里引起很大的震撼。从树和从贤各有所思，默默无言。虎父犬子家教不善，竟与丢弃国土联系在一起，实是想不到的啊，不知那张学良是怎样想的。

伟业又说："可见，中国教育出了问题，而教育要从孩子抓起，所以你们家办学校是对的。要坚持不懈，不管到什么时候什么情况，都要坚持办下去。"

这句话震动了静山，他的内心掠过一丝涤荡尘杂的欣慰。

这次回家，是从德建议的。邝伟业和她在南开大学目睹了半年之内发生的残酷现实。国土大片丢失，民众颠沛流离。学校的广播喇叭一天到晚广播：日本侵略军已经跑到京津大门口了，激起众多爱国游子的热血。他们二人很忙，不但要教书还要参加天津的抗日爱国运动，住了三天就匆匆回去了。

临别前夜，邝伟业向岳父透露一条重要消息，学校传言如果日军占领北平，为保国家精英，北大、清华、南开三所名校可能随时南迁。

他说："我们南开有可能一起走，随时奔向南方。"

伟业最后告诫丈人："日本的狼子野心必将以侵略全中国为目标，开展掠夺式的军事行动。他们喊出三个月内消灭中国。北部中国危在旦夕，南部中国应准备抗击。"

一家人到江畔，送姑爷们回南通小住。

伟业夫妇向商家人挥挥手，喊道："日本人是一定会来的，万万轻视不得啊！"

静山有了危机观念，须作长久打算。第一次，鞭挞犯法之人严惩吸毒，从大儿子身上做起。召集族人现场观看血肉淋漓，喊声透顶有多惨，那就叫家法。家法不严必出不肖子孙，那种大范围教育，大大小小每个人都看到了。第二次，就是"九一八"后国家形势大变，伟业和从德渡江到沙上，告知几年内将要发生的灾难。女儿口述的难民潮，不能不信。女婿出的主意，也被静山采纳。

全家人记住了伟业临走的强调："这几年，日本人一定会来到沙上的。"

女儿和女婿走后，商家商议，做好应对日本南侵的部署。静山开始慢慢转移，先把大儿子、二儿子和小女儿，安排在卍字会学校教书。伟业说过无论何时，教育始终是国民运动的先策，不可小视。孩子们受过什么样的教育，长大后就变成什么样的人。商从树是个读书人，不善经营，改去教书，正合胃口。大儿子脱离油厂，静山决定由自己管辖。静山想，这厂子开建以来，一直困于管理。油厂的机器虽是美国进口货，但长期耽于账务，不能独立核算。

现在他清醒了，油厂管了许多与本身无关的慈善、借贷，挪用了大笔资金，管理重点抓不住——销售的利润和成本概念并未建立，原因算是找到了。但时局不利，先后转租几年无起色，静山细想，这跟政治经济走向也有关系。他认定转租策略正确，至少保本不亏，能在萧条年代维持运转，也好。

另外，曾九圩的油坊仍由从贤独家经营，并需建立自卫队——保家卫国保家乡。

年过半百的静山先生，依然思路清晰。这年秋天，商家油坊张榜招收工厂自卫队。榜书一出，吸引沙上乡民围观集议。

啥叫自卫队？当然得要个正当的理由。榜书贴出：

> 敬启者。敝厂业务专事榨油，收进黄豆、棉籽，出售油品和豆饼、棉饼。兹因工厂业务繁忙，需招收青年工人若干名。特注：年龄十七岁至二十岁。须会基本的中国功夫，能在时局变化时，担任保卫工厂之责。有意者可至曾九圩商从贤先生处面议，工资待遇从优。
>
> 曾九圩　商家油坊署

商从树写好榜书，派人在各乡镇贴出后，反应热烈。他在沙上自由招工，来者不拒。留者能干、遣散有因，不需要什么手续的。油厂的工人，以苏北来谋生的贫农居多。油厂安置草房，小孩免费上学，所以不缺工人。说白了，这次招工，就是招些有本领的小伙子，年纪要轻，榜上未点明防备外敌，留一手不大事张扬，这也是静山和从贤的高明之处。

八月下半月，就有好几十人来曾九圩油坊报名。老板房间门外排起数十人长队。前边好几个人进去，没多少时间就出来。从贤客气地告诉孩子们，这是干的啥工作，没有几下功夫是不行的，这就议论纷纷，谁人不知商家条件优越，谁不想来捧饭碗吃饱，穷家无房无地，还给安家落户。

那天，排队第一个是个高大小伙子，喊进去后，他看到老板在办公桌后面坐着，笑眯眯看着他。那小伙人长脸黑皮肤，头发茂密。

老板问他："多大了？"

答："十八岁。"

问："家住哪？"

答："同心圩。从贤知道，东海边上来的。"

问："家里几个人吃饭？"

答："老母亲，还有两个妹妹。父亲去世了。"

从贤有点恻隐之心，单刀直入地问："你有点啥本事？实在说出，要比赛的。"

答："我会反骑脚踏车。"

从贤好奇地问："脚踏车沙上不多，你哪里学的？"

答："有个修车人王世保，借车教我学的。"

从贤明白，哦了一声。又问："早先做啥？"

答："父亲走后家里困难，我从小舞被单狮子。逢年过节，一家家讨几个喜钱。"

从贤又"哦"了一声，突然想到忘了问名字，问："你叫啥？"

答："龚宝胜。"

这时，从贤再看一眼这小子：脸皮黑色双目炯炯，很有点气势，但不脱少年稚气，脸上有三五点麻子。他这就答复："九月初一来小学操场参加比赛。"

龚宝胜见老板眼露喜色，内里高兴，回头一个健步跨了出去。

从贤想，这孩子不错，可造之才。

此次招工，共有十五人初试成功，之后他们都要参加九月初一的比赛。

三老板写下的名单：龚宝胜、倪世祥、沈超英、龚王富、陈招财、王鸟宝等。他们都各有本领，龚宝胜的反骑脚踏车，倪世祥的七镖连发，沈超英的赤膊钻火圈，王鸟宝的百米赛跑，龚王富的单手玩丐杖，还有陈招财的双足垒桌子，六张高四角相抵不倒下，一个个不太会说话，由三老板记下了特长。

可讲究地道的三老板告诉他们，必须面试，才能找到真英雄，犹如古代打擂台。

他又决定办事方面招收几个能干青年，有李洪山、周国华、顾承祖三人报名。

要测试的项目是：做得一手好菜，招引来客光顾，再有会说话与客人唠嗑，都接得上口，其次是会赌博，能留住各种客人。这些人进来，负责对外联络、销售运输。

你看这三老板奇也不奇，到底是读过同济大学的，见多识广，想得多周到！

九月初一打擂台。

静山先生在踏过的芦苇滩办了一家小学。整个学校呈三角形，东傍私盐港，北靠常通港，西边是一条长长的十一圩至常熟的军路。路与校间有丈宽小河隔开，好一个长三角形的小圩！岸下盆地，出现了青砖白墙的校区，单门两侧各四间主教室，二进中心花园两厢教室，殿后大会堂。东教室建在港岸上，办公室建在西厢房。

一字形校舍正面朝南，前边一个大操场。草坪宽广，可供踢足球、抛篮球。教师都是大学毕业生，包括商家三兄妹。谁也想不到，这曾是静山被追缉的逃出之处。愁云惨雾、地动天摇的瞬间，竟变为一派安静肃穆、书声琅琅的景象。日夜潮汐，象征学校思想活跃。长江潮流顺者进之、退则有道，学生流向四面八方。学校后来更名为静山中学。静山者，智者安静如山，目瞰八方也。校训为宁远、平实、坚韧、发展，囊括了做学问的品位。

赛手和观众陆续来到。静山先生赫然坐在校门前的评判席中心，五十多岁精神矍铄，三绺长髯风中飘拂。从贤和从树坐在两边。从贤还请来一位武林高手——青草沙少林和尚云浮，坐在侧席客座。那云浮不过三十多岁，中等身材、态度和蔼，他从河南嵩山云游到常阴沙，看到此地面临大海，天空昊然，潮汐来去，甚是喜欢，掸去一身尘土，就住在青草沙一处土地庙，替人念经超度过日子。此人本领，从贤见过，轻功能上屋顶，一拳头打下去能掰开一块大石头。一套五禽戏拳，矫若游龙，闪如惊雷，真的是常阴沙无人能敌。

此刻，他笑微微地扫了周围观众一眼，向主宾席颔首合十。

主持人李洪山站在席位前，高声对全场观众和赛手喊道：

"比赛现在开始。"

这次比赛单打独斗，没有双拳对掐，都是独家本领。

然后那龚宝胜领头的十几个选手，呈一字型排在桌子面前，向主、宾席鞠躬行礼，回身向操场观众致礼后，站一侧待命。

那李洪山高喊："放炮！"

早已准备好的工人们一连放了八个大炮仗，个个腾空响彻云霄。从树示意："洪山，开始。"

那李洪山就喊："龚宝胜，表演反骑脚踏车！"

原先铺好的数百米绕场白灰圈，只见那高个儿龚宝胜推辆自行车，伶俐跨上先顺道慢行，单手把柄过段，双手举起招呼全场，半圈后，只见那黑小子一个腾空，竟反身落在车座。观众奇怪只见车前行人背座，双手举起，全靠双脚反蹬，车朝前很稳当。那车、那人弯弯溜溜地顺白线大圈子，往回转圈，此刻场内人们议论纷纷。一圈后，龚宝胜又翻起身照样一个腾空，落正座椅，又一样双手向上作"V"形，双脚蹬车招呼全场。如此这般跑了四圈，正骑、反骑都不用手，只靠脚蹬车踏板向前转过全场。最后走到主宾席前，抓住车把一侧，弯腰跷腿而下。

从贤喊了声："好！"意思是褒奖。

观众拍手喊："好！"

第二个上场的是倪世祥，是个矮个儿，也是黑皮肤，横阔竖短身段。他在场北端，手持七支白亮飞镖，从左手倒右手，倒来倒去，先轮转一回亮相给观众看。

然后镖摆在地面，只见他右手拿起第一支飞镖，双指那么一夹，泼水似的，嚓！甩出去五十米内插进靶子圆圈，大家兴奋起来。第二支飞镖也一样稳稳插进圈内……到第五支飞镖插进中心。还有两只飞镖，他左手、右手轮换先拿后发，瞬间呼呼地发出去，竟然全命中在圆心左右，这叫连发，也是双枪手交替射击的功夫。这招在于速度快，场子里众人的目光跟飞镖一同呼呼向前，二十秒刀尖就插入靶子，全场一片欢呼。

第三个上场准备稍久，只见工人取出三个中等铁圈。那圈子裹了布条浇上油熊熊燃烧，只够一人穿过。他们用三张铁凳把火圈竖起扎牢，火圈舔出火苗。三个火圈距离二丈。

随后，那沈超英瘦条个儿，像掺丝条鱼，只听他"呼"一声腾空而起，双手并拢超前，一眨眼，鱼跃般投出第一道火圈，双手着地，然后再穿过第二火圈。第三火圈较远，他拍拍双腰双手对并，双脚轻轻跷地。这次腾空高了一点，差不多二十秒钟，也鱼跃式穿过火圈，着地后站起，双手拱拳转身一周谢意。

从树、从贤都叫好，那云浮和尚也喊了声好。

全场拍手。观众估摸危险，沈超英身上竟没扎到火，安全落地，很了不起。

第四个是龚王富单手玩丐杖了。

那龚王富不过是个大小孩。走到厂前，大家议论。只见他别无长物，丐杖一根在手中甩来甩去，左右轮替。他走上场子，站在台前向主宾席鞠了一躬，然后右手一抛，丐杖歪歪斜斜上升到一人高，左手稳稳接下，再用左手甩上歪歪斜斜落进右手，如此这般越摔越快。看那丐杖竟闪闪烁烁，在头顶上下，都能被小乞丐连连接住，毫无闪失，场上议论也是一绝。最后鞠了一躬，大家也报以掌声。

第五个就是陈招财的顶桌子了。

工人先搬来一张四方饭桌。陈招财半身躺在上边，双脚并拢翘起。岔开后，工人搬上第二张桌子，桌面贴在陈招财的两脚。第三张的四脚对住下边的四脚。第四张的桌面贴住下桌面。第五张四足相对你，第六张面下足上。如此挨个儿两联正垒，至第六张也有两人多高了吧。

然后工人推出一个六岁小孩，把他顶上最上边朝天桌底，站在上边，此过程用了大约十分钟。那小孩双手叉腰示意安稳。节目结束先把小孩接住落地。工人一层层搬下桌子：六、五、四、三、二，最后陈招财跳跃腾身，下来向大家致谢。

这功夫考验双脚力量和稳度，总算没摔着那小孩，屏气功夫一流。

第六个表演百米赛跑。

赛手叫王鸟宝，也是个瘦长个子，狭脸眯眼，一身黑布短打。他跑至起跑线，双手垂地听令。只听一声哨响，王鸟宝的长脚不慢不快，抓住瞬间一步跨出，众人还没看清，他已经闪过去了，到终点白线挺胸冲了过去。

秒表打出：十二秒五。

民国二十一年（1932），那是很好的成绩了。

大家喊了声"好"！

那李洪山，在赛手退出后，突然向大家喊："现在由云浮大师傅，表演头抵车座反骑脚踏车！"

云浮离席，两短打腰束皮带，合十后走进白线圈子。工人推上脚踏车，交接腾空，只见他一个鹞子翻身，瞬间稳稳落座。

他不用车把儿，顾自骑车绕圈而行，双手合十向周边观众致意，一圈后，一个鹞子翻身，反骑，车子向前又走了一圈，正骑、反骑只用脚蹬不用把手。第三圈，只见他鹞鹰般翻身，双脚朝天，那光头竟一丁点落在车座中间。那车如何向前？动力怎样前行？云浮双手伸平，像划水一般把车子推向前去，奇的是还要绕圈子，足见他的头顶功和手划功都超一流。人们看他在运气指挥着力道的方向呢。

这又走一圈。第三圈，一个鹞子翻身，头顶座位脸朝后，反手划车，车竟如退潮般向后走。观众看清了：他是用顶力推车再辅以反划水，竟使车尾部向前，带车头返走了一圈，奇就奇在他用气功代替了蹬车。

真了不起！全场掌声雷起！主宾席上统统站立，连连喊好。

最后他坐正方向，双手把车。这时观众让出一条小道，让车走来小河畔。小河的芦苇割掉了，看得见对岸。那云浮骑到河畔四尺地，一个腾起功夫，双手把车举起离地五尺高，画一个抛物线落到对岸草丛里。

这时，全场观众几乎疯了，纷纷向云浮招手、竖大拇指、跳脚、叫喊，那声音十分钟之后才停下来。云浮和尚表演反骑、倒立、过河，惊得全场欢呼，沙上人见识了少林功夫的出奇制胜。

李洪山宣布："三老板要向各位赛手和观众喊话。"

商从贤走到台前，笑呵呵喊道："太精彩了！向云浮大师致敬！他五六年不露面，常阴沙不知有此武林高手，能莅临寒舍为我助阵，朋友好啊！"

又说："再向各位赛手道谢，想不到我区区沙上，能有如此年青力强的后辈。十七八岁啊，就有能耐显出沙上人的威风。从此谁敢犯我沙上？"他声音宏大，语气威严，明显激动了。

他感谢各位放下农活前来撑场面，向观众深深鞠躬。

那些农民围着云浮师傅和赛手，都在细细地认下面孔呢。沙上英雄知为谁？这帮农民最先看到了。民众见识了少年英雄如何了得，看得沙上人心潮澎湃。

随后吃饭，静山和儿子陪着云浮，李洪山等陪着赛手小伙子。他们录用了龚宝胜、倪世祥、沈超英、龚王富、陈招财、王鸟宝等人为自卫队骨干和其他几个陪练青年。李洪山、周国华、顾承祖都口齿伶俐、反应敏捷，也被录用了。

民众口传言谈，龚宝胜事母至孝。被他惹毛的，有事都找他老娘告状，必胜。而陈招财的扛重力特强，在家里能挑一百五十斤担子。沈超英家孩子多，跑码头卖伤膏药，养家糊口。人们都说，这些沙上舞龙调狮的高手、卖伤膏药的徒弟、讨饭的小叫花子，到商家油厂做事真是交到了好运。

后半年，从贤独自踩一辆脚踏车，百里走单骑，去江阴城里见到外祖父、舅舅等，告知形势。他又拉到十一圩码头工加入，为商家自卫队做了扎实铺垫。经过改善，曾九圩的商家油坊有进展。大厂、油坊都打出了商家品牌。慈善由卍字会统领，育婴堂居中。学校更新教材，编进爱国、悯农故事，教育孩童。静山先生的保大提小、细水长流的方针，大体有了眉目，为应对日后的艰难时世做好了准备。

第四十九章　北夹河虬龙盘古镇
东海滩杨树得地名

北夹河畔，蕉沙小岛。

那棵五丈高的杨树，从一粒种子开始生长，到蕉沙潮退沙平露出海面，它已经长成三抱粗的参天大树了。大海茫茫，一座荒芜的独岛上，一粒掉进泥土的种子，竟会如此茁壮地成长！

见到它的船户、草工都很惊奇。割草人在树下乘凉，船夫把缆绳系在树根。小小的人在五丈高的杨树下，总会想起这棵大树的经历。海风摧残没被卷走，烈日暴晒没有枯死，虫蚁蛀蚀没有掏空。而西坍东涨的沙上，树下来去匆匆的农民不计其数，树下的凉茶，凭放牛者、车夫、铁匠、木工，汗流浃背者取饮之。说说它的奇处：荒草滩有潮灾，树高地陡可登而避之。万物有灵，尊长者为教，书声琅琅，幼童诵之。可谁又知道，多少年后，大杨树成为一座镇的图腾。

张乐泉在树下冥想：此树百年届望，是所谓天下有道，当以物而行世也。一百年啊，遥望西沙古镇，瓦堡参差，还剩几许魅影？幼读私塾欣赏这句"古道西风瘦马"。这泱泱古风如斯，为道旁阅世甚深的人悟知世上伟业，皆靠树人而为之。看北夹河的大岸，贯通常阴沙东西，跋涉身劳在树下歇憩，遂有绿荫浓影随身。

他顿时明白了，树亦如人。

张乐泉不下三四次来过此地。十岁，随九进和静山等乘船来此地看鲸鱼。鲸鱼卧滩陷入危难，这鱼翅膀扯起如船篷，尾巴翘起似蛟龙。谁承想，一夜潮来它重归大海，再获自由。

大吉庆！

久困沙场的感觉，在他身上如毛毛虫一般咬啮。他坐在倪老大的船尾，几十年前的帆船，吃水十几吨，看那鲸鱼卧在泥沙之中，尖嘴鱼头两边眼睛一闪闪，令他怜悯和惊奇，少见又可怜。一个晚上，大鲸鱼就被潮水卷入海洋去了。他想危难之中，命运不可测啊。

帆桅高大他矮小。小人儿同情大鲸鱼，被老天看到了，几十年后，他在此造镇。

天意！

那次回船在北夹河遇到一场大风雨。月黑风高雨猛，他们躲进苇丛。一惊一乍之间，孩子们领略世态惊险、命运无常。

壮年后他才觉得，人一生都走在路上。十二岁去草滩放牛，天天走路。十五岁去长江大轮做茶房，经历了轮船失火，五夹泓历险记。狂风乌云里火势凶猛，掩住鼻子忍住烟熏火燎，又要咳嗽。他是最后一名撤离的船员，心慌意乱之中，一脚踩空，从此就变成瘸子。这一脚瘸一脚颠，伴随了他一生。到了开花行做老板，下决心买了一根镶银拐杖，还得走路。

他习惯边走边思考，去舅舅围垦公司做账房，开股会、察看工地、验收圩塘，走哪就得学到哪儿，等到自家开公司，勘探、报摊、领证、召集民工，已经相当熟悉。呵，一切免不了靠脚走路解决，招个吴四做个帮手。他还小，跑路转弯来来去去，要教他。

沙上有个车夫叫乔五。乔五的独轮车推得稳当，他人高马大又做事精细，乐泉满意。瘸子跑路总是费劲，夫人春秀常常埋怨：老板还天天出去跑？不在家里吩咐得了，真是个劳碌鬼！

这不，乐泉与海门周季诚先生攀上老乡。民国十三年（1924）围了周案千亩，自家只要了一块小沙圩。别看这小沙圩不到千亩，乃是块可靠的宝地。第二年，乐泉就建造仓房宅，离开毛竹镇泉静庄，三十七岁独立成家了。

又六年了，战争远去。

乐泉早年向往建学校、造市镇、兴百业。民国二十二年（1933），造镇的时刻到了，周围的杨竹堂、沈全洲、柳得风，加上朋友商静山都对他说开始吧。

第一笔资金，手里两万银圆不够，为筹资他蹲守仓房半个月，看账簿催债期，陆续收到了几千块大洋，好几天睡不着觉。春秀问他怎么了，她哪能知道，知道了也拿不出主意。女人管家，大事就不指望了。

乐泉一下想到南京交通银行的王经理，那年结交甚深，后来拜访过几次，他是个很有诚心的长辈。于是第二天一早，由吴四陪同乐泉去南京。火车很快，朝发夕抵，那些人参、珠宝礼品带上是人之常情，还带了家传的王羲之书法帖，这可贵了。那王先生已经六十多了，变成中央农业银行大股东，住在南京中山路最好的地段，鸡鸣寺那边的一所绿树环绕的私宅。

乐泉来访，王先生觉得似有故人来。茶叙之后，皆大欢喜。恰好中央农行推出一项农贷。王先生说可用造好的新镇，抵押贷出，数额一万大洋。在乐泉的精打细算之下，不但可以买下毛竹镇，且可以买坍塌的南新街。

忽然归结一点：三十年来，他一直走在不得不走的路上。

乐泉和马木匠计算了一下，建造一座二里长的新镇，旧料翻新足够，不需再买大批新料。其实，他早就有旧镇新造，保持毛竹镇模样的念头。

这么大的工程，谁做主事人？乐泉想来想去，要紧关头换上搭档柳得风，让他规划图形、添置材料、监督人工、施工进度，论肚才、口才、事才，非他莫属。一座东部大镇欲与西部匹敌，绝少不了风水先生看地，为此柳得风请了民丰港的施庭贵，苏州资深风水先生又是圩长，风水和土建很在行。施先生来后与乐泉、得风三人，在北夹河两岸大体侦察了一番。

先看到那棵大杨树，立在北夹河北岸。

施先生赞道："好一棵大树，常阴沙独一无二！"

看过形势，西边恤济港，北边周案圩沟，二里之外是青草沙海沟。四围起来，一个长方形百亩地基，足可安放长虫般的集镇。长度与毛竹镇一样，宽度不及。那样，十字街可改为南北工字、中间一字贯之。北夹河一条龙从南穿过，恤济港第二条龙西边护住，北是周案圩沟三条龙。镇后两条带子般的镇河，是小龙，这就打造了沙地上长方形的城池，真是青龙盘古镇，杨树挺小沙。

施先生好有一算。他说："五龙盘水，难得。长街东、西、南三座岗楼，帅如刘、关、张结义三兄弟。这样看起来，沙上小镇一个也比不上它的！"

兴盛不落矮，是他想要的结果。

地形看好，张乐泉好生欢喜。给过风水钱后，与柳得风择日兴造，亲自派兵点将，柳总管施工总务，马木匠雇请匠人，沈全州负责财务，乔五监督进度、排解难题，再有杨竹堂掌握资金大盘，基本敲定。工人住宿吃饭，仓房内腾出三大间屋子，铺上稻草，每人自带被褥。大厨房新增佣仆数名，管好百来个工人的吃住。

足足花了两年，常阴沙半岛东海之滨，北夹河的出海口，一座雄伟的新镇屹立起来。它与大杨树同名同姓，就叫大杨树镇。不可小觑的是，算是异地搬迁的百年古镇哩！

一个黄昏，镇未开业，人们还在地里劳动，镇周围十分幽静，乐泉抬头看，东岗楼有二丈高，黑瓦青砖二层、三层，都有几眼黑乎乎的枪洞。兴之所至提步上楼，款款风声从碉口吹进。他站在二层，俯瞰东侧关帝庙银杏矗立，天井寂静。往东平望，远处仓房被竹园树木围住。再上三层，呼呼呼风声更大，往远处一看，周案的田地、人家、小河依次显现。

他想，真是此一时彼一时。行动如箭在弦，多么紧张的日子，为造新镇，开花行掘到第一桶金。懂得谨慎经营，用人得当，步步为营。开始投资，本和庄、合顺圩都有份子。看准时机，在恤济港办学。此镇必造的原因是利于管理田地则一，开垦大片东沙则二。

他缓步下东楼，进入五十丈北街，伫立石街中点，正好与主街对峙，突起想，人说一念之差，而我是一念之功。二里笔直的直线街道，思绪由近而远。上次勘察小沙心里曾一愣：那不是那日夜想念的地方吗？

充分感到这是地缘了！

于是，他三天两头观察工地，从几尺高的墙体，直到丈五高的山墙，眼下镇基亦如一个小孩，从褪褓中的哇哇啼哭，到一笑一颦善解人意的过程，被他看到了。上梁时刻都有马木匠撒合子，说吉祥！高处抛出许多热腾腾的馒头，还未落地就被匠工们抢去给孩子们解馋。十一道梁齐了，摆椽子密密麻麻，铺上砖上青瓦，最后一道顶天立地的脊梁瓦。

看起来二里长两条长廊并行南北，但弄堂是逐段砌造的。对弄八条，加十六条好似人的肋骨，看着它逐渐长高成型，变成二十岁的小伙子了。它是我儿子啊，令人欣喜！乐泉不觉怦然心动，倥偬岁月，在这里找到了家，长街会陪伴他一生，他不再寂寞。此刻虽未饮酒，他却独自兴奋起来。

二里长街，商家入驻稀少，一片肃静。日光西沉，加上他的沉默，漫长空间里，竟无一点人声。听到了闹市的声音吗？许多热闹的戏剧将要开演！

任由思绪蹁跹，他转身而下再登西岗楼，远望十二圩顾、曾、商三家巷。日之夕矣，牛羊归来，炊烟袅袅。原野漠漠，远了看不见了。

这就下楼再逛主街，边走边看，瓦檐两线后退，木柱也纷纷后退。街面十丈多地，就有弄堂，便于运输、清厕、走动，弄口的双窨井通河出水。

不到半个时辰，他来到南岗楼前，少不得上去一看究竟，上楼顶，站碉口外看，日落西山晚霞璀璨，那北夹河南的八字街上已有了人烟，黄案居南，树木葱茏，田园整洁。楼东口一望，夜色初上，三里外的青草沙扑朔迷离。帆影片片往北过江，可通任家港。狼山青霭，立于江之东北。西望近岸，大杨树在西侧三十丈处，矗立在昏黄斜照中，十分雄伟。

他知道半岛东边就是大海了，心里赞了个"好"！

新镇刻意模仿了古毛竹镇：北傍长江，西有五圩港、东北斜南大白港，南部还有同治年间的常通港。四龙戏水、以水兴镇，是顾七进看中的地皮，建立了南北长二里、东西宽里半的十字街。城隍庙里，关帝、观音菩萨、韦陀菩萨、城隍老爷等，毛竹镇的众神都被请到了新街，原模原样仍有昔日的威严。

他想，关帝的义气、韦陀的勇气、观音的善意，或许标榜了清末人生三大信仰。

与毛竹镇的协议中，无主孤坟两千必须随迁。他另雇十九条木船，才运完这些孤独的遗骨，免使葬身海底。新镇北郊，就有了沙上的北邙山。北邙山无人祭扫，翘首待望，清明节重葬可安孤魂。这是他内心的真诚吧。

大杨树小学，替代了毛竹镇国小。校舍镌刻了圆底蓝字校训：礼、义、廉、耻、信，构成民国绅士的品位。

新街曲径通幽，他多次游看，注视着每一个细节。

纵览了周案全圩。南圩沟一路向东，穿城隍庙、小学，一条宽可丈余的小河，到了冬天结冰尺厚。小孩们在冰上行走、玩打砖板、滚弹子，绝不会掉进河里。春天，河岸梧桐树遮阴，溪水清澈，有棵弯梧桐覆盖水面，胆大的就坐在树上摇晃背书，校园中鸟鸣阵阵。有时遇到一群小学生，认得他的齐声喊道："张先生！"他微笑了，"先生"二字，那是非常有尊严了。

沿镇西南，恤济港北去，与北夹河在此交叉，有土坝，其下有木涵洞通潮水，坝址南端是张家铁匠铺。乐泉走过坝上，听到铁铺里叮叮当当，清脆的打铁声，篱外绿杨丝丝垂，篱内桃花三两枝，展现出大自然的宁静。闹中有静的小坝风光，使镇的角落充满幽默。他不禁感叹造物之奇妙，高兴起来，不免吟唱：

总有溪水垂杨柳，恰见桃花二三春。

坝前铁铺叮当响，北夹河畔船出行。

坝北的一条土岸贯通南北，排列着贫民的茅屋。黄包车夫、渔夫、索粉豆芽贩子、船户、江湖郎中，聚集一线，傍着潮来潮去的水港，传来忙碌的节奏。那些贫民见到镇主，都要喊声："张先生。"这使他感到亲切和高兴，不分贫富，都是他的镇民。

童年时的乐泉最羡慕的是黑色倾斜的屋面上，长了一撮撮紫白色瓦楞草。瓦楞草的种子沾在旧瓦片上，被带到了百里外的大杨树镇，年复一年开花结果，几处朝街的窗户，凸出在檐瓦之上，反射着闪烁的阳光。窗下的阁楼，由住家在屋顶铺架，其下三角形空间，有窗口通风见光。扶手木梯连阁楼，窗内安宁舒适的环境，他很向往，然而乐泉住在乡下，只有到镇上才能看到。

现在，这些他都有了。

…………

有一天，乐泉请一队人参观大杨树，顺便邀请入驻。其中有刘福泰布庄刘兆其、蒋川福酒店蒋士南、集美南北货的王元定、镇天祥绸缎庄的徐国庆、永福泰老板黄随之等。毛竹古镇的大商户们，举棋不定，是去老海坝、新丰镇、十二圩，还是大杨树，想来察看动静。乐泉请他们吃过午餐，上大杨树参观。

由柳总管带领大家，走出北夹河东第一桥，进入河南的八字街。

乐泉告诉他们："款不足，堤岸趸给了散户自造房屋，小街是他们的，已经开业了。"

八字街下，就是当年的黄案滩，芦苇茅草不见，田埂井然有序。

八年了啊！他感慨：黄案，曾堵住北夹口子的一片海水呢。

柳得风指出："西边的梁案跨河要跑好几里地，不去了。"

客人们返身上桥入镇，一座威武的三层青砖岗楼矗立在眼前。瓦顶方身，黑乎乎的碉洞，很是神秘，上到楼顶，南、北、东、西八个碉口阴气逼人。二里路外田野、树木、草房，历历在目。

那蒋川福老板说："是个易守难攻的堡垒，十二圩和新丰镇都没岗楼，你家独创。"

乐泉说："那是！时代不同了。"

下楼看街，风雨长廊南北一统的。檐瓦相向，檐下是整齐的圆木柱子。站住南街北望，由高而低的两行屋檐随由大而小的木柱延伸，天空从阔而窄，逶迤远去，划出了流水般的空间。主街二里遥远、整洁、大气。

王元定说："气派！为西部小镇所无。"

乐泉忐忑地想，他是那个想来的吗？

木柱下一块块整齐的横条石，黄石街平实微陡，下雨天水流能迅速排出。下暴雨的夏秋两季，满街淌水，以弄堂为界的涵洞，旋着深深的漩涡，通往东西镇河，水尽街露，濯净了一切污垢。

刘兆其说："又是个独创。风雨长廊，为贩夫走卒铺一条遮风避雨之路。"

乐泉想想说："毛竹镇长廊下，也有的。"

徐国庆说："虽说老镇药铺诊所、花行粮行、苏扬菜谱、竹木建材、馒头糕点、茶馆酒肆不缺。到新镇，这棉布丝绸仍是我的本行。"

他们想到毛竹镇的热闹。大年初五，商家要拜财神，算初开市。大年初六，巷门大开，农民入镇买卖开张，炮仗响彻长街，元宵锣鼓一遍遍地敲击。龙灯队十来个汉子，一家家上门舞动祝贺新年，大年过完了。

身临其境，触景生情，是八十年前的记忆。长廊里抱柱子躲猫猫、划地线打砖板、女孩造瓦屋、男孩玩弹弓，一直要到日落西山，大人们喊吃晚饭了才散开。大家说得喜笑颜开，返老还童了。

还是那永福泰老板黄随之说："毛竹镇数百商家，大多迁走了，我们在等。此镇造得不错，有东沙出海口，来往交通便利。"

被潮水鲸吞，是毛竹镇的悲哀。大杨树下说古风，徽商、镇商、本商，各有做生意的门道，但坍海终不能避，形势越靠东越有安全感。古镇人聪明、通达，他们宁可等待，也要找这个好地方。

突然，一阵大风穿街而入。

仿佛毛竹镇那年，那破落残败的废墟，被一阵狂风折断了北街的一批大梁，纷纷跌落，幸而风吹过了废墟，没有伤到人。漫步的商人，体验着眨眼的惊悚、苍凉、不幸，过去和现在，说不清的情愫混杂一起。这怪风突来并未卷走他们，又倏忽停止，于是他们从眼前的风，说起毛竹镇的风，回味深远了。

柳得风说："大风的教训，这里旧料重用时锯掉了毁坏的一头。新镇房梁比旧镇短了二寸，就这缘故。"

乐泉虽震惊，但绝不说话。他想，那种一百五十年的古镇，是风的动作能摧毁的吗？百足之虫，死而不僵啊。

肯定是命运！

毛竹镇在同治三年（1864）建镇，到民国二十年（1931）全部坍入长江，历时六十七年。乐泉内心想，世上本无一劳永逸的事，几代人都过去了，人生能信的只是看到的东西。世上并无预言，但有命运。

此刻他想到的是，毛竹镇难道不是如此吗？

笑谈间大家说："不就几阵风吗，几个挫折，几次大灾难，我们就过来了。风再大哪能拂去我们脸上的黄沙？"

哈哈哈哈！一群绅士的跋涉、心血、意气，都在感叹中远去。沙地人共聚聊的话题，引起了共鸣。选择什么样的路？乐泉觉得还有好多事要做。

沙族古训：不走回头路，哪吃百家饭。谈笑声中，绅士们的童年在遥远的五圩港戛然而止。五圩港外一片汪洋，很多记忆在忙乱中遗失了。看那新镇一块贺匾的落款：马轶群。有意思吗？在马群的奔腾中，必然会有遗失。各家有各家的难处，这是他们藏在心底不想说出来的一句话。

乐泉想，世上大事莫不如此。

也许此刻大家都会体会到毛竹镇与大杨树，仿佛父与子，一为长袍马褂拖着辫子，二为剪辫子后的短发。而张乐泉想的是为一个信仰等候四十年，岁月倥偬，没白费，吃力而大胆，真是一个梦！

日月星辰，潮涨潮落，故乡就在他们脚下，长廊加上老虎窗、黄石街面，变成一幅悠悠的时间之图。毛竹镇、十字街、缉私营、私塾、山歌会，载着他们摇曳的梦，远去了，那是一条时代的大船，乡愁飘在同一条河畔，长哦！

祖宗们，你们会来梦里寻找淹没的故乡吗？

荒原上的古风，扶老携幼，风餐露宿，这一切没有战争之痛，生命之恨，灾难之哭，大义如归。此后的大杨树镇，逐渐成为沙族人长期生活的地方。

第五十章　小张菊同窗携手
赛马会古镇狂欢

世上开心之事有三件：金榜题名时、新婚第一夜、他乡遇故知。

丁赛福与黄随之，总角之年师从藕境庄施老夫子，读《百家姓》《三字经》《大学》《中庸》。毛竹镇时代，一家茶馆对一家酒店。多年后，丁家女婿吴四开一家东乐理发店，不偏不倚正对永福泰，两家店重现大杨树，又做了对门邻居。

黄家永福泰酒店三间门面较大。吴四的店仅为单间，大为逊色，知道原委的说，瘦死的骆驼比马大。黄家在西兴镇做过花翎顶戴官员的，有谁会知道丁福轩离开毛竹镇后，迭经几起几落，最惨时沦落为乞丐，重新开店营业，算是丁氏复兴第一步了。所以，天底下的事儿，真不能用"对比"二字衡量的。谁能预测他们会去向哪里？又会有咋样变化？

大杨树落户，两家的店先后开张。永福泰早半月，东乐后到。永福泰门店有三间，虽算大的了，但比毛竹镇时期差远了。

随之第一次来东乐理发，聘用的两名理发师姚三、宁宝迎上。他们与丁赛福，住在店上阁楼，有老虎窗通风透气。

东乐理发店是木板地面，一溜儿三面大镜子、三把转椅，还有三个脸盆架子。店面左右墙上挂了两排匾额，上款贺喜、落款具名，有署名朱松山、马轶群的先生，不知为谁，总之是吴四的朋友吧。

那随之走进来后，姚三嬉皮笑脸地迎接，让他坐在第一把椅子上，然后把白布披巾在手里一摔两下，发出哗哗的声音，就挂到他的颈上。另将柔软毛巾护在里边，便开始用推剪，先下而上地转圈。

随之近年来发福，头顶从前沿掉落不少黑发。光秃秃的头，省了理发师功夫，剪完就洗头，再躺下修面。修面要从脑后发际、两耳、额角、双鼻、嘴巴、胡须等处剃刮，比剪发时间长多了。修面之后例行挖耳朵，挖耳朵见功夫，是最惹顾客喜欢的活儿。那姚三做来得心应手，最后随之给了三个铜板。姚三接过往竹筒里一摔，哐当！进去了。

随之少不得道个谢，姚三也回声再来。

随之往外走的时候，一个高大汉子走进来。只见那人长方脸、直鼻，额头有了两道皱纹，但那一双剑眉凤眼十分有神，身上穿的土而新的粗布链条衫，发出新缝的棉纱气息。随之不禁愣了一下：哪里见过？

那汉子见一秃头，穿的白熟罗两袖短衫，黑脸大眼睛，就停下，又看一眼："这不是随之兄弟吧？"

随之想了想，笑了："哈哈，赛福哥哥，您怎么在这儿？"

赛福说："这我的家呀。吴四是我女婿。"

随之反应过来，拍了拍赛福臂膀说："都有四十年没见啦！"

赛福说："那是，那是。"

赛福说："你家在哪？"

随之说："对面酒店是我家。"

赛福睁大眼睛，看了一眼对门酒店，俩兄弟又见面了，虽时过境迁，但早已熟稔。

随之说："不如常来我家酒店喝酒唠嗑？"

赛福说："那是，那是。"

他的话不多，长年的劳累使他变得麻木了许多。

随之离开后，丁赛福对女儿女婿说："黄家酒店搬过来了。"

令弟小时候在毛竹镇，认识这家，而永福泰换了女主人，生了个儿子。前妻病故，大儿子留在了老海坝。店内人物如今不同了，但他们都觉得，需要重新开始的。

黄随之对妻子袁三姐说："丁赛福是我的同学呢，小时候读书、逛庙会常一起的。"

袁三姐说："难怪，那令弟总是笑微微地给我们打招呼呢。"

后来，黄随之与丁赛福在酒店对饮念旧，喝得糊里糊涂。赛福遇到了当年的老邻居、老同学，高兴得不得了。他是个有激情的人，不脱农民底色。而随之喜欢读

《三国演义》《水浒传》《聊斋志异》，熟到能讲故事，这是丁赛福所赶不上的。五十多岁的赛福，妻子静贤死后鳏居，他的孤独无人能体会。

他想，反正两家情谊好于别家。

许多毛竹镇老店迁到了大杨树，选址是西街南一弄侧，柳得风开了德丰花行，往北依次是陈老三靖江粮行、刘兆其刘福泰布庄、蔡庭祥糕团、大同客栈、程荆楚程记南货、周氏面条店、石老二石记花行、黄随之永福泰酒店。

东街依次是钱春林森泰米行、顾石方顾记花行兼邮政、余凤鸣余家茶食点、施根寿肉台、石国章石家粮行、徐记馒头店、蒋传福川福酒店、黄家义泰茶食店、卢福泰布庄兼药店、刘雨庆钱庄、倪胖子茶品店、李胖子客栈、丁记东乐理发店、王御龙鱼沓子客栈、永昌南货店。

那王御龙客栈，其实是由赛福妹子丁美娟主持，丈夫王御龙仍在十二圩，那边有大儿子。这大杨树的店面给了小儿子，分家公平，互不牵扯。镇上门面地紧，丁美娟托了侄女婿吴四，特意跟老板商定，多加了一大把银子。如今关了原南二弄，扩大成一间半宽，廊下鱼沓子、落屋四五间，另有一单间租给鱼贩子等住宿。这也是丁美娟的精明之处。

几个月来的大杨树，两边的店面迁入仿佛蚂蚁搬家，忙忙碌碌，不一而足。

茶馆、布庄、杉竹行、药店、酒店、面店、花行、钱庄、酱油店、水果店，乃至蜡烛灯笼、竹器、百货、中医诊所、妓院、书场……三十六家七十二行无所不有。这东西街两廊下，店门交错比邻而居，算起来大小人口也有上千了。

晨起，岗楼下守门人打开巷门。那些蔬菜担子、鱼贩子、唱戏的、杂耍的、算命的如潮水般涌了进来。镇主委托柳得风管理市面，划好了巷门内南一、南二弄廊下为蔬菜区。北街的巷门内外为肉墩、柴火、竹器、小家具区，有打称师傅两个，定分量算价钱。其中一个，就是大泉和二泉的父亲丁顺兴。

小沙岛树木茂密，腹地深广。

北夹河大岸西通新丰镇，恤济港北通登瀛沙，过江可去南通任家港。沙人自民丰港至雁行头一线以东，都往这边来赶集。民众看好新镇的规模、交易、行当，适应了多种需要，那些跑班头、小买卖的外来户多过邻镇。上海的庆丰、无锡的申新、南通的大生，都来大杨树设点收购。花行老板联系上了上海，粮行的交上了苏北南通。大交易如此，小买卖不乏。卖蝈蝈笼子的河北小贩、卖小鸡小鸭的苏北小贩、卖竹淘箩的江南挑子，都来了。旅馆生意也日渐兴隆，整日开张。

大杨树一炮打响！

开镇那天。张乐泉请到了十三沙区长刘剑白、乡绅柯老四。俩大佬骑了一白一黑两匹骏马，在恤济港两岸驰骋了半个时辰，扬起一片沙尘，惹得民众侧目鼓掌，叫好声一片。

开市后小镇井井有条，商贩农民放心地入市交易，热闹程度被誉为沙上小上海，这真是乐泉想不到的。店家生意好，少不了他的房租。地里庄稼好，少不了他的地租。为了感念这些租户人，他定下过大年初五宴请房客、初六请佃户的惯例，亲自作陪。把一古镇弄成这般兴旺，乐泉命中有贵人相助吧。

张乐泉初心方定，膝下一女一子，前后两妻所生，幸而俞春秀辛辛苦苦，从未耽误小张菊的生活。早在三余庄，小张菊就已读小学，民国十三年（1924），又被送去上海读书。大杨树开市时，张菊已经十七岁了。

父亲多年致力的新镇，一朝尽到眼前来。船从北夹河进来，一拨又一拨停靠在镇外河中。她决定回家小住，还带来一男二女的同学，回张家庄园住一宿，观看赛马会。乐泉是在上海待过的，这种新风尚很理解，关照腾出一个房间给男同学，女同学合住一间。

晚饭时，点上玻璃灯罩的美孚灯，亮了好几盏放在八仙桌、长台、茶几上，宅主张乐泉、俞春秀、张菊陪同，喝的沙上老白酒，甜蜜蜜醇香可口，上海是没有的。

一片橙光熠熠，充满喜气。灯光照出饮者面孔：张乐泉黑脸笑容可掬，俞春秀胖脸富态仁慈，张菊未脱少年稚气、白皙清秀。两个女同学文质彬彬，再看那男同学毛增，身材高些，宽肩方脸，双目炯炯有光彩，二十岁左右。

陶英上菜，四盆八碗，为上海客人接风，大家免不了美言几句。

男同学毛增说："伯伯、伯母辛苦了，忙这么多菜。"

乐泉说："来看看大杨树，我很高兴的。年轻人多吃点吧。"

毛增站起来敬酒："祝伯父母健康！贺大杨树开市大吉！"他仰脖子一饮而尽。

乐泉想，这小子能说会道。大家都干了一杯。

乐泉又说："忙了好几年，总算盖起了这房子，请个马戏班子，热闹热闹。明天去看看？"

客人们说："谢伯父母邀请。"

饭后，张菊陪女同学去房间。

乐泉和毛增，两个大男人，喝茶聊天。

乐泉说："你苏北的？"

毛增说："是的。"

乐泉笑笑说："我家从海门迁来，都三代人了。"

毛增说："沙上都是平原，河道纵横，芦苇丛丛，风景有江南的味道。"

乐泉说："沙上旱涝保收，灾害少。庄稼长得旺盛，饿不着人。"

毛增说："真是个乐园，但是年年潮来潮去，我看到还有农民住环筒舍的。"

乐泉说："一样有乞丐，环筒舍也有，但很少。在小学河坝南，有一家，还是我同意让他造的。他们是下河人，发大水逃难，以乞讨为生。我这空地给些竹篾稻草，搭个窝棚栖身。这是流动人口，过了水灾就要回去的。"

说着笑了一下，他接着说："本地没有一家住环筒舍。"

毛增说："听张菊说伯伯经常看《申报》的？"

乐泉说："是，认点儿字。《申报》是我在上海就订的，二三十年了。"

毛增说："看到日寇侵华的事情吗？"

乐泉说："看了点，不知道为什么来得这样快。"

毛增说："政府腐败无能吧，不抵抗政策。"

乐泉说："很难弄的，国内本来分裂，四五个地块各行其是。"

毛增说："政府不抵抗是主要原因。"

乐泉说："日本实力强大，恐怕一下子打不过它吧？"

毛增说："把四五块地区扭在一起，力量不是大了。"

乐泉说："还有北边的人虎视眈眈呢。"

毛增不言语，他笑笑，想了一想，不好把苏维埃一套穷人翻身理论，讲给一个地主听的。

乐泉问："在学校都参与这些活动吗？"

毛增说："我们只管读书啊，管不了那么多。"

谈话结束，张乐泉隐约感到毛增还有一大套没说出来的话。他是经常看报的，也许知道批评南京的都是些什么人，这个青年不一般，但初次见面不好说穿啊。

第二天，大杨树的居民听到炮仗的响声，七上八下连续不断，不但一条街的大商家都在放炮仗，连关帝庙里也砰、砰、砰响声不绝，声音超过毛竹镇的大年初一。那是商号开门大利，庙宇开光大吉。上海客人笑嘻嘻地想，双喜临门的大杨树，有多风光，从这炮仗声便听出来了。

一大早，张菊带领同学去关帝庙烧香。随后，他们从东岗楼进入大杨树镇看热闹，大街上人头攒动，挑蔬菜的、卖淘箩的、上街卖柴火的、卖土布的……各行当都有，东西两条长廊，也被人群挤得不好走路。张菊知道上午爹娘要到关帝庙上香，祈祷风调雨顺，年年兴旺，下午才有赛马的戏班子到来。因此，他们随人群自北而南地观光。

那各家商号的金字招牌，都挂在廊檐下的木柱子上方，有的黑底金字、绿底黄字，有的褐色黑字。镇天祥、集美、蒋川福、刘福泰……地面上残留了炮仗碎屑，空气中还有火药味。各式面店里热气腾腾，他们进了董记面店，坐了一桌，要了三碗清汤肉丝青菜面，没多会儿，店小二端上来。那三碗面飘出一般青菜香味，麻油、酱油、青大蒜洒在上边。几个人不慌不忙地吸溜那细如发丝、鲜美可口的面条，连说："好吃、好吃！"

二里长街上，整个上午热闹非凡，闻声而来的亲戚好友不少，各家商户都忙着接待。东乐店有吴四的师兄满侯、赛福的表亲庭贵夫妇，坐了一桌子。黄记永福泰也有老海坝大儿子一家，随之的几个姐姐。王家客栈更多，有十二圩来的大儿子、大姐等，菜肴都提前准备好的，亲友聚会吃一顿，皆大欢喜，比过年还热闹。

下午，跑马戏在操场演出，此事早已家喻户晓。

锣声就是号召，人们陆续来到，那些卖瓜子、香烟的小贩乘机转悠兜售。跑马圈子范围大约二三百丈，场内用矮木棍拉绳，拦住人群。最吸引人的是开场锣鼓，咚咚呛、咚咚呛！越敲越紧迫。看客不下三四百人了，场上开始走马，一黑一栗两匹马，骑跨稳坐男女小孩，头顶一根葱红线扎。两匹马儿浪走几圈，还未表演。咚咚呛！咚咚呛！锣鼓敲得更紧密了，观众听出马戏快开场了。沙上孩子很少见到的栗红马、黑油马，吸引了他们的好奇眼神，都想冲出去摸摸，大人们得拉住孩子。

开演越来越近，人数增加两倍，前几排自带凳子，后边的站着，再后边立在凳子上观看，形成一圈高大的人墙。外边来的人逐渐稀少，观众迫切想看的心情急起来。马戏班主眼光一扫：今天的圈子特别大，里三层外三层，索性让人看放堂戏得了。

张菊与三个同学穿着学生装，明显与大杨树农民不同。他们从学校搬出两个木凳子，坐第一排，只见两匹马走过两圈，一前一后，那马蹄嘚嘚嘚地越走越快。第三圈开始，男孩一个迭起，双足并立站在栗马背上。只见他拉着紧紧的缰绳，加快步子绕圈，观众担心他会滑下来。女孩的黑马走了三圈。第四圈，那女孩忽而一个坠落，把双脚钩住马鞍，手拉缰绳，人向前挺起个"V"型。栗马上的男孩缰绳系手，马儿嘚嘚、嘚嘚快步前进。这一前一后两孩子，坠落马肚子和站立马背，不跌下来真是不易！人群看两马嘚嘚、嘚嘚地走了第五圈。两孩子忽地一跃回身，瞬间抓住缰绳，恢复了坐姿。

看他们轻松自如，一点不费力。

张菊说："这些孩子不易啊。"

毛增说："马戏团孩子从三四岁就开练啦。"

还有俩女孩说："吃得苦中苦，方为人上人，太形象了，一点不错！"

他们一边嗑瓜子，一边交谈。

前后看客都有议论。

最后，黑、栗两匹马并肩走在一起。班主一声口哨响起，马儿立即飞步绕圈，只听嘚嘚、嘚嘚、嘚嘚……扬起一黑一褐的两条马尾巴，扫帚般腾空而起，全场观众兴奋起来。看那两匹马忽而黑前栗后，忽而栗前黑后，相差不过丈把。走了六圈后，还是那匹黑马在前，栗马拉后一截。

张菊他们在上海的跑马厅看过赛马，当然场子大，五十几亩地呢。那赛马的匹数也有十几头，不过那需要买票押注的，场面比这精彩多了。观众们的欢呼声，随所押注的马匹高喊，欢声雷动，全场疯了。在沙上小镇，是看不到跑马厅那样的精彩赛马的。但对于大杨树的乡民，本次赛马会已是难得一见了。

赛马后又表演节目，班主令搬出方桌子，让一妇女背躺桌面，翘起双足，顶住一只大圆缸。那大缸有几斗米的容积，但此刻定在女人的双足上稳稳有余。一会儿女人开始盘转大缸，左转三转右转三转，停会儿用双足尖一蹭大缸横平，双足拴住缸身盘旋，也是左转三转右转三转。转完，那女人双足尖又来一蹭，甩了个缸口朝上底儿在下，又是这般左右转了六遍。

然后见女人双足用力一蹬，那大圆缸竟然平地落下，被台下两杂役接住放稳。

懂行的喊："那叫'车缸车甏'。"

接着，来了另一女人背躺桌子，双手挽住一个丈高小竹梯子。一小女孩眉心点红，小辫扎的一根葱。

张菊说："只有五岁不到吧？"

毛增说："有六岁了。"

俩女同学眼瞪瞪地关注着小女孩。

观众知道，孩子的安全，看下边女人双手腾空挽住梯子的力量了。

台下锣鼓阵阵，衬托着女孩爬梯的惊险。这梯子有十个档子，每爬一档那梯子微微颤动，锣声就"嘡"地敲一句，以示惊骇与鼓励。爬到第八九档，那竹梯子竟然不做大的晃动，又是嘡嘡两声！最后那孩子用双脚钩住第九档，身体下垂，口衔一簇鲜花，头挺起来，双手呈飞燕状，面朝观众示意。锣声再度嘡嘡猛敲，有好一会儿，全场爆出掌声，为这勇敢的小女孩拍手欢呼。随后小女孩一步步慢慢地退下来，竹梯子由下边人拿走，两人在桌子上四面鞠躬，大家又一阵鼓掌。

有懂得的旁边喊："这节目叫'山上吊'，马戏班的压轴戏。"

几个节目表演完毕，人们慢慢散场，大量观众需通过二里街，沿北夹河散去，也有往北沿着恤济港，回登瀛沙的农民。这边马戏团把拆掉的围栏和绳索卷起，一些杂物驮在两匹马的背部，还有的杂物用三辆独轮车推走。街上拥挤着许多散场行人，此刻张菊四人从东巷子门外，缓步回庄园，走到一半路，只听路上农民说："大街上一孩子被黑马踢伤了。"

人们很诧异，都散场了，马怎么会碰到孩子的？

原来，在北街中段，一个穿灰色长衫的小男孩跌倒在路上。他本是跟随人流往南走的。在西边廊檐下，他被大人裹挟的很闷气，走出了人群，踏入石阶沿下一个人走。不巧此刻，那两匹驮了东西的马，一前一后嘚嘚嘚嘚地从北而来，那黑马走在前面。人们看见一个小孩挡道，来不及喝住他。马蹄掀起的小风使男孩的长衫飘了起来，并粘住了蹄蹶。马儿感觉后，扬起前蹄往后一摔，踢了出去。谁承想不偏不倚，正好踢到男孩肚子上。那孩子疼得叫了一声，就扑倒了。近处人停下欲搀扶，那栗马又从后边来了。

这时大一点的哥哥和姐姐，从人群穿出，他们听见了弟弟的声音，连忙来看究竟。

只见弟弟扑倒地下，双手捂住肚子大喊："疼死我了！"姐姐和哥哥立马把他拖上街沿，架在肩膀，近处人少不得停下观看，只有少数人看到了他被马踢的情景，接着又都往前了。后边没看到的人问："咋回事啊？"

人群混乱无序，谁也不能还原场景。男孩的哥哥和姐姐架住他的双臂一步步往南走，一直走到王御龙鱼沓子客栈，才进屋去。人们纷纷议论，那是鱼沓子王家的孩子吗？他们中有少数看见马踢孩子的惊恐场面，大多数不知道。王家人追出门外察看，那两匹马随了马戏班子已经消失，找不到去向了。

这可哭惨了老王家的女人。孩子的父母王御龙和丁美娟把他抱到床上，解开裤子、衣服一看，肚子上一大块青紫颜色。孩子不断喊疼，父亲王御龙马上去对门的香山堂药店，问了中药大夫高乐山，开了伤膏药。丁美娟给儿子洗净肚皮，找到青紫的伤处，慢慢贴上。

她大嗓门地责怪儿子和女儿："怎么不与小弟走一块？"

旺宝和聚美说："他一个人突然从人群钻了出去，我们来不及喊他，已经被马儿踢倒在地了，随后我俩赶忙搀扶回家的。"

事情出了，怪谁都没用，王御龙夫妇好不痛心。马班子走了，谁也找不到，找到了也没法子证明是谁之错。这马走大道，人走廊下，早上就敲锣对每家每户关照过的。谁知道这小小的孩子金山，会突然从廊下人群中钻出来呢，这事找不到追究人。可惜的是，伤膏药治不了被踢坏的内脏器官，后来小弟弟金山屙血不止，三四天后去世了。

大杨树从开市的狂欢到结束，出现了伤人事件，真令张乐泉夫妇料想不及。王家隔壁东乐店的丁赛福和吴四等，少不了去看望、解劝、落泪。人死不能复生，令弟劝慰姑姑不要想不开。

半年后，这出喜剧中的悲剧也就慢慢淡化了。是的，毕竟是个孩子，生活还要继续下去。

乐泉和春秀抚摸着独生儿子荷宝，认真地对他说："以后不管从哪里走，一定要当心，眼观四面，耳听八方，不要到处瞎闯，说不定会有危险的。"荷宝长大了，平时还学会与大人打牌，读书就在大杨树小学。私立小学请的先生都很棒，很多是大学生呢。

乡村的事总算平静下来，张菊回了上海，乐泉想休息半年。大杨树热闹不歇，天天有戏。四乡爱看戏的农民，挤呀挤进了戏场，开场锣鼓咚咚锵、咚咚锵，可吸引人哩！

第五十一章　泥城桥游行毛增被捕
　　　　　张乐泉奔走营救官邸

庄园阴气深深，风吹过来，萧瑟的树木发出密集的呼呼声。张菊走了不久，有次突然回家，父母追问原因，她不得不对父亲说出了5月1日（1935），学生们参加上海泥城桥游行，毛增被捕并押送南京被判死刑的经过。

她对父亲说："事情复杂，不是三言两语说得清的"。但父亲不断插话，想了解详情。她只有细说下去，才能解释现实的曲折与历史的纠缠。

张菊说："我先说泥城桥，它可不是土里土气的乡下小桥。一百年前，此处曾是上海市煤气公司所在地，有两个大煤气包、红砖楼层的办公大楼。而今，泥城桥一带成为上海最繁华的商业闹市。"

乐泉点头："哦！泥城桥是上海最热闹的地方了。"

张菊继续讲：民国二十四年（1935），中共左联的艺文委，领导当时上海左翼力量。他们设计的飞行集会，往往挑选最热闹的市区游行示威。游行如遇危险，可迅速撤退。飞行集会模仿了山区游击战术，来之能战，战之能退。

民国二十四年（1935），国难重重，中日矛盾激发，驻华日军为了进一步侵略中国，策动华北各省脱离中央政府，实行"华北自治"。日寇企图分离和蚕食华北。早在民国二十二年（1933），驻华日军以武力迫使南京国民政府签订《塘沽协定》。后日军战略重点转向，准备对苏作战和防范英、美，全力推出"华北自治"。

1935年1月中旬，日军首先制造"察东事件"，迫使南京国民政府承认察哈尔、沽源以东地区"非武装化"。同年5至7月，其华北驻屯军司令官梅津美治郎和关东军奉天（今沈阳）特务机关长土肥原贤二，又借"河北事件""张北事件"，胁迫南京政府批准国军北平军分会何应钦，与梅津达成《何梅协定》，又驱使察哈尔代理主席秦德纯签订《秦土协定》，接受日提出的取消冀、察两省境内的国民党党部的多项要求。

至此，河北、察哈尔两省的主权大部分丧失。在日寇的软硬兼施下，华北当局拟执行土肥原贤二提出的"华北高度自治方案"。华北事变是日本侵略中国、称霸世界的一个重要步骤，遭到全中国人民的坚决反对。

太复杂了！

乐泉听得似是而非。《申报》没有这样连续的详细报道。他自问，这些年发生这么多事，乡下人哪里知道？连《申报》也说不清啊！

张菊说："当时上海的左翼力量，发动了反华北自治、反国民党投降派的学生游行，有五百多人参加，其中也有工人、小贩、黄包车夫、码头工人等。左联内部打算先搞经济斗争，升级为政治斗争，再搞武装斗争。上海工厂众多，背景不一，有的厂罢工搞不起来，就组织他厂工人去冲，叫'冲厂'，搞'同盟罢工'。"

此时，张菊心痛得滴下泪来。

她缓慢地说：左倾机会主义路线使革命力量遭受的损失，我亲身经历，深切感受。记得1933年五一节上午，左联艺文委在泥城桥一带组织示威游行，先是几百人聚在一起吵闹。有人从茶馆楼上撒下传单，群众队伍集中起来，向大马路前进。工部局巡捕房的警车马上开来，巡捕堵住了队伍，打散了人群，那次"飞行集会"失败了。

今年五一下午，左联又组织群众去西藏路游行，游行后转南市公共体育场集中。他们看中星火商店、明星公司、中法大药房等热闹去处，原以为影响力很大，人多不好抓的，于是队伍中领头高喊：

"打倒蒋介石！打倒国民党！打倒日本帝国主义！

拥护红军！拥护苏维埃！拥护苏联！"

口号声此起彼伏，路人都闪开和观望。这次我和毛增都参加了，毛增还是领头人之一，奇怪的是这次大游行，并未遭遇警察的驱赶，游行队伍声势浩大，自以为如入无人之境。我们都很兴奋，以为胜利了！谁知工部局早已接到叛徒密告，南市是国民党管辖地区，他们来了个后发制人。巡捕们先把马路两头堵死，最后把体育场的大门一关，包围会场。荷枪实弹的警察，把开会的人一个个拎出来排队，统统抓走，我也在内，都被押送到看守所。

张乐泉吓得心惊肉跳，蒋委员长也敢反啊？这些年轻人太毛躁了。

张菊无奈地说："左联游行都用这老法子。巡捕房的人，早已经掌握了。我们逢节搞游行，这种活动是把我们的力量集中起来，导致自投罗网送给敌人。左派力量主要由党、团员和群众组成，被工部局一抓，大规模游行搞不起来了。左派就转入地下，布置几个人晚上上街，贴标语、用粉笔写口号，口号的内容是：红军长征起步，中日形势诡异，警惕投降派等。"

张菊讲得两眼泪光闪烁，乱纷纷的故事，张乐泉都听不清了。

幸而女儿解释："华北事变后，民族矛盾上升为主要矛盾。而上海艺文委得不到中央指示，很懵懂。他们继续组织反蒋游行，把矛头指向国民党与政府，遭遇残酷镇压是必然的。由于叛徒告密，参与游行的毛增等左派党员，与一块游行的群众一个也跑不了。由于人数太多，都被押在看守所外广场点名甄别。我不是党员，所以不在点名之中。"

乐泉紧张的心，稍稍缓和些。

看守所根据名单，一一比对面孔。他们感觉我年纪太轻，属于胁从者，便放了出来。

张乐泉悬着的心，这才放了下来。

张菊继续说："而毛增始终没有放出来。这次游行损失大，放出来的普通学生，没放出来的是党员干部。"

乐泉还是弄不清楚，问："毛增到底是咋样被抓的？"

张菊说："父亲，我讲这么长时间，你还没听懂？毛增他一直是爱国者！只是形势改变了，他还走在最前面，他的被捕是早晚的事。沙上说的'出头橡子先朽烂'呗。"

接着她又说："很快，上海党的力量损失得差不多了，革命遭受了严重的挫折。从正面，毛增怎会被捕？是左联艺文委的极左政策，分辨不出主要敌人和次要敌人。在革命低潮时，还用罢工、罢市、游行等方式。形式多变的飞行集会，早已不灵且危险了，他们却还以为是唯一法宝。而在上海，实际情况冰火两重天，他们要热而外界是寒冷彻骨，他们怎么不会失败被捕？"

张菊补充说："这些综合情况，都是我们的左艺委王部长事后说的。"

1931年至1935年，在国民党白色恐怖中，受王明的"左"倾错误路线影响，上海地下党遭到严重破坏，失去了和中央的联系。这危急时候，左联组织部部长王尧山和他的战友们，想尽办法，克服重重困境，多渠道去了解党中央的方针政策。同时尽可能地开展营救工作。其实，张菊就是接受王部长的委托，回家找关系的。她知道，是王部长改变了原有策略，现今采取联系实际、依靠群众、保护力量的策略。她还知道，他们仍在坚持地下斗争。

张菊向父亲细细地叙述如何参加游行、自己如何被捕又被释放的。在昏黄的美孚灯的光晕里，乐泉不禁为女儿吓出一身冷汗，只有啊啊啊地似懂非懂的简单反应，女儿不知道他全身的神经都在抽搐。

张菊加强语气说：“毛增是地下党。叛徒供出了和他一起开会策划，带领游行的人，毛增首当其冲，是组织者、煽动者和地下党学生首领。毛增被审问、判死刑，押到南京做终审处决。”

又说：“毛增人很好的，学习名列前茅。上次他来了，父亲您看到的。他温文尔雅的外表，藏着强悍的激情能力。”

乐泉沉默许久，连口水都不喝，陷入了前所未有的尴尬处境。

静静的夜色笼罩房间，黑暗在继续，不知道什么时候天才亮！

张菊急了说：“父亲现在必须马上想法营救。不知道哪一天，他就被送去雨花台枪毙了。”

乐泉是个不愿随便答应的人，已经站起身的他对女儿说：“此事太大，父亲地位太小，没本领。”

张菊旁敲侧击：“只要您拿出点银子，便可救下毛增一命。”

张乐泉听说银子可以救命，便停下来愿意听一下。原来毛家人从南京打听到：时局之下，凡没有真凭实据的被捕者，只有银子可免死，但得坐牢。

张乐泉便问：“这毛增倒是来过庄园一次，你与他啥关系呢？”

张菊立马说：“父亲你以前不是这样的，救人一命还要什么关系？”

乐泉知道毛增是海门圩子里小地主毛公尧的独生儿子。毛增一死，毛家就绝后了。他心里七上八下，与自己中年得子比，谁不愿意身后有靠？一下子经不起女儿的央求，便答应了。

第二天，乐泉取好五根金条和一张汇票放进皮包匆匆地由吴四陪同到常熟，乘车去南京。他只有一条路，先去找临驻那里的兄弟吉庆商量。吉庆知情后，便说只有靠表妹夫张道航了，后来俩兄弟同去张道航府上，少不得与表妹顾建红提及此事。

晚饭后，张道航回家，张家兄弟向他道出来由。

第二天，张道航电话联系军统戴笠，问了问上海泥城桥的事。

戴笠说："抓了几个学生，已经判了带头的几个死刑。"

张道航问："可有个叫毛增的？"

戴笠说："有。此人年纪才二十岁，可惜了。"

于是，张道航说："刀下留人，我到您那里亲自说明。"

戴笠与张道航都是见过场面的人。张道航择机去了戴府，奉上金条五根、汇票一张。

戴笠说："要说你，我还真不好推，但此毛增罪行复杂，等我考虑一下。"并未当面答应。

后来戴笠下令，把毛增从死狱里带出。毛增吓了一跳，想这下该为革命献身了。这几天坐在一牢房的五六个人，都在大清早被警察带到雨花台，再也没有回来了。谁知会把他带到什么地方，没过多少时间，居然进了个人多的监狱，他心里打出大大的问号。

监狱警察说："你瞎子命大，蒙着了！"并告诉他改判了十五年。

毛增想不到会有这等好运！

半年功夫，最急的也许不是毛增父母，而是他的同学张菊父女。每一天，张菊不管在上课、吃饭，都要想到毛增的模样，他是那样纯真、忠勇而又富有人情味儿。父亲去南京后，她一直在想是否可能免除死刑，他还可能回到我面前吗？

当知道毛增不会死了，张菊高兴极了。忽然想十五年刑期，我能等待吗？当然最好是立即放出来。但父亲会答应他们的婚事吗？如果毛增刑满释放以后，兴奋而快乐的他会想些什么？是去找张菊？还是有更大的事情？

张菊正在翘首以待。她想，毛增第一感觉应该是咋一出来什么都变了？同志们在哪里？还得寻找组织，继续他的革命事业。而毛增找到组织后，会派到哪里工作？是城市还是乡村？则是个大大的疑问了。

这些都是张菊得知毛增被释放后的无数个"假如"。

等了一年，一封信都没有。他们的婚事乐泉坚决不同意，杜绝了张菊只身寻找毛增的任何可能。可怜的她既没等到毛增上门，也没听到任何消息，父亲就把她嫁给了表亲杨家儿子——杨相元，中央大学毕业，南京晨光机器厂工程师。这位人品可嘉的杨公子，绝对不知道还有个毛增夹在里边。

毛增彻底失联，张菊无望，只得面对既成事实。她对父亲说："毛增是忠诚的党员，视革命事业高过一切，也许正在秘密状态中。"她同时认命了，尊重现实，过好自己的一辈子，也许父亲的想法是对的。

数十年以后，她在心里仍然要自问：这后来，他到哪里去了？

第五十二章　二里长街商贾密集
北夹河畔客船又来

民国二十四年（1935）春，大杨树开镇，生意兴隆，活脱脱一个小毛竹镇。但也有人说，即使有张乐泉的运气，加上商静山的神奇，也盖不过淹没了的毛竹镇。

入驻大杨树的商家，老店甚多。这些故乡的老面孔，独爱岗楼、长廊、老虎窗、关帝庙、银杏树、茶馆酒楼、南北杂货、绸缎棉布、木排店门的旧风景旧音符……念旧是历史的记忆，民国的雅致和乡土的淳朴都没有被浪潮冲走。人们喜欢这里，是因为找回了一个被潮水沉淀的故乡。

一句话，有大杨树在东边挺立，来了更多的海门人。一夜之间的坍海梦，突然变成了一江之隔的古镇重放，看得见，摸得着了。这不，上海圣约翰大学的高才生，一对三十岁的夫妇，带个小女孩来了。

那一对大学生夫妇，男高女矮。男的长方脸黑分头，穿一件斯文的长衫。女的穿件民国学生服，只是裙子换上了居家黑色长裤。她瓜子脸慈眉善目，脑后梳个黑绾子，一枝碧玉簪横插，古色古香的书卷气。

他们从上海坐火车到无锡，然后雇佣一只小船，装载衣衫、用具、杂物等，摇呀摇，船到鹿苑黑桥头进十一圩港，花大半天时间经新丰镇往东，航入北夹河，又花大半天时间才抵达大杨树，太阳已经落山了。他们是杨家海门乡邻。

蒋仲尧，字文贵，江苏海门人士。1928年从海门毛家镇出发，到上海读圣约翰大学物理系。1933年毕业，获物理学学士学位。在校时，他天资聪颖，成绩突出，颇得校方器重，原本有公费留学英国的名额，因为时局不稳，财力有限，南京教育部取消了这批名额。

多事之秋，在上海观望了一段时期后，他的同乡鼎峰公司总账杨竹堂，已经在沙上买田置业。

偶然联系时告诉他："来沙上暂栖谋生？"

彼时，沙上是新开发的处女地，百业待兴，机会最多。

蒋先生想，就在大杨树开个照相馆，也可赚钱养家呀。于是，凭杨竹堂介绍，他们一家来到了大杨树，看到这里人气旺、生意兴隆、物价便宜，重要的是口音似乎回到故乡，滋生了落地生根的念头。

蒋先生携有妻女。妻子姓朱，名睿芬，系海门富家女，因羡慕蒋先生的才华，不听父母之言，而到上海与他结婚。后来，他们生下一个女儿名唤丽宝，十岁，美丽聪明。他们选择了王御龙的客栈，住宿宽敞。租房外隔出一条走廊，客人住房自锁、进出自由，还可营业。南街来往人多，地皮小菜沿街叫卖。蒋氏吃饭家什为：三脚立式照相一架，洗印照片的暗房药水器皿，还有一个背景画，花费不多就凑成了。三人租一间卧室，炊饮与房东合灶。房租一年也就十二块银洋，不吝支付。

住下来后，那男主人王御龙常在十二圩称鱼，只有妻子丁美娟管理鱼沓子、租房。美娟因人口不多，自家只用一间，另有三间出租。她在走廊下固定摊板，由晨至晚卖鱼。除了吕四鱼贩子，还有当地农民网来的新鲜河鱼。她请了秤杆师傅徐仕范，一个精干小个子，眼睛内有个小白点，口齿伶俐，动作利索。

客人多，她在门面屋顶吊一木板楼，向街开一面老虎窗作为楼间，名唤"阁楼"。木梯往上，也住了好几个客人。蒋先生眼瞅着屋内客人、门外大街，人流密集，天天生意热闹。他的照相馆不时进来几个乡下人，拍个合家欢。

日子倒也过得轻松和愉悦。

那王家女儿聚美，胖胖的，天真烂漫。儿子旺宝生得大头大脸大眼睛，一看就是聪明过人。旺宝一直喜欢带着蒋家女儿丽宝在大街小巷玩耍。一个十二岁，一个十岁，都在少年时代。这大杨树好比上海的石库门，有三座岗楼，屏蔽了镇外杂扰，很有安全感。照相馆只此一家生意兴隆，蒋先生夫妇颇为得意。

大杨树有儿童的天地。

东镇河水清澈碧绿，对岸有芦苇丛，春冒芦箭，秋飞白絮。还有一株鸦雀树，正好长在王、丁两家对岸。此树的奇处在于它的树叶，在秋天变成深红色的圆尖形，在南风吹拂下一片片掉到河里，有的飘上岸来。那丽宝很喜欢捡起来，挑叶子大、色泽鲜艳的，夹进课本中与同学一起欣赏。土名雅雀树其实是槭树，春天萌芽较迟，以一树绿绒见长，秋天变为红黄斑斓的叶子，染红了碧绿的芦苇河岸。更奇的是，四季的鸟儿会来树上，唱出不同的歌儿。

蒋丽宝想，我要是公冶长，就能听懂它们在说些什么了。

这时丽宝和旺宝各自起床吃早饭，上学了，俩学生一起走过二里长街。同学们看到他俩都会笑嘻嘻地打招呼，这使新来的三年级学生蒋丽宝觉得很温馨。

学校是快乐的地方。粉色的墙上，刻着校训：礼、义、廉、耻、信。虽逢乱世年景，但学校请来的教师都是大学生。校外一带种了冬青篱笆，隔开大路很是安静。丽宝是三年级插班生，成绩一直很好。语文和算术的小考大考都在九十分以上。老师想上海来的孩子，底子不错，期末时，班主任推荐丽宝为班长。

老师在讲台上喊："现在由蒋丽宝做班长，因为她成绩好，对同学友爱和气，大家同意不同意？同意的举手。"一下子齐刷刷地举起了四十多双小手。

老师笑笑，通过了。

老师有事常叫丽宝去办公室交代，帮助农村同学提高成绩啦，收集作业本啦，她都会一一完成。丽宝父母觉得来大杨树以后，丽宝的学习没有退步，反而提高了，非常高兴。

因住一屋，两家合灶做饭都客气。王家常拿早市剩余的鱼类，送给蒋家做午餐。晚上旺宝和丽宝回来，去河畔看小鱼游泳、小虾追逐。这对小伙伴玩得可开心了。大人关照小孩，千万别掉河里，有红眉毛绿眼睛的落水鬼会来抓你们的。但有旺宝在一起，蒋先生就不必担心宝贝女儿的。旺宝是个很谨慎的孩子。有一次，俩人还从河滩水草中，抓了一大把青虾，给蒋先生做下酒菜呢。

三四年级同学比较淘气，有时难免欺负外来的女同学，喊蒋丽宝："上海瘪三！"骂人的并不知道"瘪三"是啥意思。丽宝哭了，她知道"上海瘪三"是指那些不讲理的弄堂小流氓。旺宝看到后，就狠狠地对调皮男孩说："你知道蒋丽宝的父亲是谁吗？他是圣约翰大学高才生。"那小男孩愣住了，觉得骂错了，脸红红的。旺宝对他说："还不向她道歉？"那男孩看到旺宝的眼睛里充满怒火，就低头对丽宝轻轻说一句："向你道歉，下回不了。"

小丽宝扭过头，去不理他，眼睛里滚出两颗晶莹的大泪珠。

丽宝对旺宝说："他们总是欺负新人，特别爱欺负女生。"旺宝说："没关系，他不是一班的，不了解你，道了歉就算了。"丽宝点头，擦掉泪珠上课去了。

最令蒋先生夫妇高兴的是期末时，学校组织朗诵比赛，蒋丽宝和另外一女一男被推为选手。那天蒋先生两口子一同来到校园，他们坐在后排，与家长们一起观看。

近两百名小朋友，列队站好。比赛开始，第一个上台的是较大的女生谢婉玉。她穿着蓝色裙子，白纱袜子，一双黑色鞋，轻盈地走上台，前后鞠了躬，然后拿起稿子，念起来：我朗诵的是朱自清先生的《春》。

盼望着，盼望着，东风来了，春天的脚步近了。

一切都像刚睡醒的样子，欣欣然张开了眼。山朗润起来了，水涨起来了，太阳的脸红起来了。

小草偷偷地从土里钻出来，嫩嫩的，绿绿的。园子里，田野里，瞧去，一大片一大片满是的。坐着，趟着，打两个滚，踢几脚球，赛几趟跑，捉几回迷藏。风轻悄悄的，草软绵绵的。

桃树、杏树、梨树，你不让我，我不让你，都开满了花赶趟儿。红的像火，粉的像霞，白的像雪。花里带着甜味儿，闭了眼，树上仿佛已经满是桃儿、杏儿、梨儿！花下成千成百的蜜蜂嗡嗡地闹着，大小的蝴蝶飞来飞去。野花遍地是：杂样儿，有名字的，没名字的，散在草丛里像眼睛，像星星，还眨呀眨的。

"吹面不寒杨柳风"，不错的，像母亲的手抚摸着你。风里带来些新翻的泥土气息，混着青草味儿，还有各种花的香都在微微润湿的空气里酝酿。

雨是最寻常的，一下就是两三天。可别恼。看，像牛毛，像花针，像细丝，密密地斜织着，人家屋顶上全笼着一层薄烟。树叶子却绿得发亮，小草儿也青得逼你的眼。傍晚时候，上灯了，一点点黄晕的光，烘托出一片安静而和平的夜。

天上风筝渐渐多了，地上孩子也多了。城里乡下，家家户户……一个个都出来了。舒活舒活筋骨，抖擞精神，各做各的一份儿事去了。"一年之计在于春"……有的是工夫，有的是希望。

谢同学声音清脆，口齿伶俐地读完手中稿子，大家听得鸦雀无声。结束后，她鞠了躬，走下台，获得了一阵掌声。

第二位就是蒋丽宝。圆圆的脸，温和的眼睛，一小撮刘海遮在白皙的额头上，也是蓝裙白袜子，穿一件对襟短袖玉白学生装。只见她走到台中，优雅的前后一鞠躬。她的特点是不用稿子，就把那篇《春》一字不漏地背了出来。随文字的轻重缓急，拉长语调。

读到"一年之计在于春"这一句，她充满激情地挥手做圆弧状，表达了人在春天里要珍惜时光、努力工作的激情。

蒋丽宝的演讲，获得更多掌声。坐在后排的蒋先生夫妇，一边鼓掌一边笑了起来。

第三位是个男同学，他显得胖胖的，憨厚可爱，笑嘻嘻地走到台正中，前后鞠躬之后，便拿起稿子，读了起来。

但他明显有些结结巴巴，读不出句子的优美感。读完后，他满脸通红下台了，众人礼貌性地轻拍了几下手掌。

这次国语朗诵比赛，蒋丽宝毫无悬念拿了第一名。蒋先生夫妇回来后，也颇高兴。但是丽宝放学回来，父母并不怎么夸她，而是很冷静地告诉她："你的朗读虽然拿了第一，也不用骄傲，天下能人多的是，今天只有四个班级比。再有，朱自清先生文字的轻柔、细腻、活泼，你还是没有完全体现出来。"蒋丽宝知道父亲永远不会让她自满的，一次一次，考了满分也好，得了奖品也好，都只是告诉她"继续努力"四个字。

看那旺宝和丽宝，天生一对好伙伴。蒋夫人暗暗想，长大后把丽宝许给东家独子旺宝吧，但是又觉得这样做父母，太自私。孩子还小，谈不上这终身大事的，只有慢慢教好丽宝，将来能有出息，才是要紧的事。

第五十三章　杨家酒店图谋逐客
徐氏裁缝寻求靠山

后来，发生了许多趣事，考验着张乐泉的人品和能力，百姓内心的疑问则是：本镇老板是怎样一个人？

在北大街转角处，余洪开了一间独门小车行，修理脚踏车和其他机械。这全镇的门面收月租，单间为十块。门面后自造落屋算镇基地，一次性收取一百二十大洋。这在沙上乡镇是通例。

余家车行开在镇北，远离大杨树的交通要道。那时自行车并不多，只有富家子弟和地痞流氓才有资格骑自行车。富家小伙儿骑车行走南北，故意绕圈给乡人看看，有多威风！车行虽独此一家，生意却实在惨淡，不够吃喝，房租交不上。收房租的刘文轩只是个仓房的跑腿，人家不给他也没治。但是账房先生沈全洲，却不同意。他的想法是全镇好几百户，你车行不交，人家也可以各种理由，推迟房租。

怎么办？

这沈先生来个硬的，让刘文轩告诉余车匠："老板说了，按合约你不交可以退出。明天再不交，我就来掮你家排门了。"

刘文轩掮排门，就是扛走一块木门，让租户不能关门过夜。这是个急法子，但不合人情。第三天了，余洪还未交房租，也没有找老板说明原因。这刘文轩只好奉命，跑到余家车行门前，看到店门已开，十几扇排门竖叠在走廊角落。刘文轩走上前去，看了余洪一眼，问："房租交了吗？"

那余洪正在忙着扫地，没看刘文轩。

他没好气地说："没有！"

刘文轩二话不说，掮了两扇排门就往回走。

余洪说："放下来！"

刘文轩："不放！"

余洪："这是我的排门！"

刘文轩已经对余洪说过几遍，他只想交差，当然不再听余洪的，噔噔地扛着两扇排门返回庄园了。

这边余洪就开骂："什么道理？有掮排门要债的吗？还让人做生意不！"

他的高声大喊，惊动了隔壁卖生姜的老万和开酒店的老李。

两位中年老板，走来问余洪："什么事大清早骂人？"

余洪就告诉他们："你们看张家仓房来要房租，我又没说不给。他二话不说掮走了两扇排门，这叫我晚上怎么关门？明早怎么开门？"

老万和老李说："这倒也是。"为人在世总有个难处的，张老板不是这样不讲理的啊，他们相信张乐泉不至于此。

又围了几个乡民和路人，纷纷议论。这时，走来一个三十多岁的男人，一身长衫打扮，大家知道是曹先生来了。此人在南街开一家店，卖杂货，据说考过秀才的，写得一手好文章，只是现在废了科举，没有文人的出路了。他爱揽闲事，常为民间鸣不平，在镇上有些威望。他看见人群聚集，就慢悠悠地踱了过来。

那余洪说："正好，曹老板来了。您给评评理，我余家从来不欠人家一子儿的。本月生意不好，内人还有小恙，手里紧了点，房租没交。您看张家仓房竟然在大白天，掮走我排门，这是不让我做下去了？"

曹先生听清脉络后，就对余洪说："不急。"他对左邻右舍的店家喊道："这白天抢东西不对的，何况这余洪没说赖账，张家仓房竟这样倔？"

他让人从店里取出纸笔，用一只小茶碗沾了点红砂印泥，在白纸上扣出一个圆圆的碗印，于是由他带头，在场的商家都亲自在碗印子四周写上名字。不一会儿，一张纸写满了。

这叫啥？旧时到衙门告状的"碗书"，表示团结一致，人数众多。

碗书上边曹先生写道：

> 车夫余洪，偶遇家计困境，未交房租，曾言明善后补交。不料房主张乐泉，不念困苦，竟然令下人抢走车店排门，是为大不敬又大不公。我等不服为同侪之冤，特请上司伸张正义。

　　兹事体大，早日昭彰是望。

　　然后就让余洪拿了碗书去找沈全洲，由他转交给张乐泉。余洪看到市面大佬帮他说话，来劲了，手持这张红印子黑字的签名书，跑到张家仓房，找到了沈全洲。沈全洲收下碗书一看，有这么多大商户帮余洪说话，笑了一笑没说啥。余洪也不吱声，就走了。

　　这叫瞎子吃馄饨，心里有数。

　　随后，沈先生赶去乐泉的房间里，看到老板和老板娘都在喝茶聊天，场面轻松。

　　乐泉问："沈先生手里拿的什么纸条？快坐下来说。"

　　沈先生坐下后，便将事情告知了张老板。

　　乐泉听了，一边喝茶一边对他说："沈先生啊，你是做得不对，看人要有三放三收。第一次碰到余洪交不出房租，你就去抢排门了？"说罢，莞尔一笑。

　　沈全洲说："哪里，已经催了他三四次，他总是交不上来，又不来宅上说情。我一气之下，就让刘文轩去掮门了。"

　　乐泉说："做人要有容量的。房客都是正经人家，有难处可以商量嘛。"

　　乐泉收了那曹先生带头写的碗书，上面分明指责张家逼租不对。他看了一圈签名，都是镇上的大商户。收租虽是小事，这曹先生却用了群告，等于多数商户联名告我，官府不好不受理的，内心不免咯噔了一下。他又知道，碗书是上告官府前的通知，比法院传达书早一步，留个机会给被告。他心想，区区两月房租，用得着去官府？那是我张乐泉吗！

　　于是他对沈全洲说："快去对那余洪说，掮排门不对。认个错，马上交还，其他都不必多说。"

　　沈全洲吩咐刘文轩掮了两扇排门，一步步地向镇上走去。路上他想，这老板会做人，一会儿唱白脸，一忽儿唱红脸，让我做小丑！收不到房租，又要怪我收租人？他气哼哼地自认倒霉，跑到余家店门前，放下排门，不得不装个笑脸对余洪说："是我不对，排门还来你收好。"

　　余洪想，这么快？曹先生的碗书真灵。

　　但是他又想到，既然惊动市面大佬，现在人家道歉，不提房租，我余洪还要不要在市面混？隔了几天，他就凑了些钱，把两月房租如数交给了沈全洲。大家一笑泯恩仇，再也不用说别的。那沈全洲还客气地倒了杯茶，喊："余老板请用茶。"姿态够低的，都端茶赔礼了。那余洪呢，倒也无话可说，毕竟自家违约，这事儿就这样了啦。

后来，张乐泉收下碗书藏好，常拿出来教训下人，不可胡作非为。那曹先生呢，也伸出大拇指，在人前说："张乐泉知错即改，大丈夫也！"

之后，又有一桩，南街两家店面的纠纷，惹得乡民议论不息。

南街有家酒店，牌号杨锦记。杨锦记的隔壁是一家手工裁缝店，无名无号，镇上便称徐裁缝店。这杨家酒店主人杨洪熙，高个儿，长双臂，乃马褂长衫的场面中人。那杨夫人齐耳短发，穿一身旗袍，夏天露出白白嫩嫩的双臂，惹人遐想。

这徐裁缝矮个子，脸黄黄的，穿件长衫，邋里邋遢，家中儿女也多。徐妻高高大大，身材可以。她爱说话，和邻里相处融洽。说起来杨、徐两家还是几十年旧邻，都从坍海的乡下迁来。到了大杨树还做邻居，两家一起联了门面。谁知杨家来大杨树竟然遇到好生意，大发了。杨家嫌门面窄了，想扩大一间，增加六张酒桌。而徐裁缝虽然平常衣冠不整，却是手艺超群，生意兴隆。他常做新娘的嫁衣、老人的寿衣、年轻人的相亲长衫，以及普通人的换季衣衫，裁剪得体，名气也越来越大。

这南街上，来往客人多，也是杨家扩张门面的考虑。你叫徐裁缝搬走，他咋能愿意？此想法两家都放在心里，杨家不好开口，徐家也不相让，把个旧日情意都丢脑后了。

这杨家女人，朋友多，就去咨询别人，也没办法，因为理儿讲不过去。毕竟徐裁缝是不偷不抢的穷人家。杨妻听来可恨，一心想来点手段吧，看看灵不灵。

一天，徐家在灶间烧水，热气腾腾，全家下一锅米汤团子。这杨家女人就乱来了，两家一墙之隔，正好有个窗户，她躲在那边窗台下，手里捏个黄泥团子，看到徐妻离开灶头。水开了，一锅米汤团子在水里香气扑鼻。她想此时不扔更待何时，就伸出手把黄泥团扔进了锅里。徐妻回来一看，顿时傻了：那满锅的米汤团子，被黄泥染成黄汤团子了，还能吃吗？

她不免想，这黄泥团从哪里来的呢？听到咯咚一声的，能从哪里来？定是隔壁的！于是开骂。

徐妻大声喊："哪个贼往我家汤里扔泥块？好不要脸！"

杨妻想对骂一番，吐一吐胸中积郁，转而想想自己做得太丑，不好传出去的。要是邻居来观看，隔壁乡邻的还有脸吗？黄汤团子放在面前，只有一种可能，赖不掉的，她身上冒出一股冷汗，只好蹲在屋角，听徐妻骂她。

"做出这等缺德事，畜生不如！"

杨妻心里被刺了一下，还是不好还嘴，一还嘴等于承认扔了泥团。她这下哑巴吃黄连，有苦只能往自己肚里吞了，原想撒赖逼走徐家，却不料用的手法太拙劣，反显出自己的愚蠢。

她想，这次真是失算了，但此女一计不成，还施一计，她托朋友去找了张乐泉，试了一下，果然灵的。

第三天，那沈全洲就派长腿刘文轩，敲了徐裁缝家店门。

刘文轩笑笑说："徐师傅，做的衣服挺不错，下回我也来一件。"

徐裁缝正在平布划线，抬了一下头，问："小刘做上衣还是裤子？"

但他内心想的是，收租的小刘无事不登三宝殿，我没欠他家房租，看他说什么。

刘文轩接着说："不忙，我想做夏衣。"

徐裁缝低头不语。

刘文轩凑上去轻拍一下他的肩头说："这南街地段好，下月房租涨成双倍了。"

徐裁缝不看他，说："为什么？"

刘文轩说："不为什么，就像卖地皮的小菜，物以稀为贵，这南街涨价也是合理的。"

徐裁缝说："就我一家？"

刘文轩说："那倒不，要涨大家涨。"

徐裁缝不予理睬。他的内心想，你们哪里是要涨价，是要赶我走吧！

刘文轩见话难说，聊不到一起，便转身离开了。

刘裁缝客气一声："再来喝茶啊。"其实心里想，看你能咋样？

但是，来者不善，善者不来。刘文轩一连来了三次，未果。

到最后，他不得不亮出底牌："徐师傅，你我也不是对头，明白告诉你，不知你得罪谁了，他们家现在愿出双倍价钱，转租你这店面。我家张老板答应了，除非，徐师傅也出双倍价钱。"

徐裁缝愣了，正是隔壁杨家在捣鬼，而且张老板还点头了？看来我在大杨树待不下去了。

他气愤地说："出双倍价，这话怎么说得出口的？人家不涨，我徐家出双倍？"

徐裁缝愤愤不平，但这至少也算一条理啊。杨家明白整你，你咋办？想来想去，这话也不能马虎。当前，眼见此地生意最旺。想想在常熟时低三下四做茶房，有时还遭骂，恢复本行做裁缝有了稳定收入，再也不想折腾了。

他和家里人一说，妻子第一个反对，说："我就不搬走，看咋的？"

徐裁缝想，这不是好办法，人家财大气粗，今天不搬，下回还得搬。你有啥本事搞定这杨家？

徐裁缝思量了几天，忽然想到去求求保长高鹏远吧。他们是同乡，兴许能在张老板面前说上句话。于是，他晚上悄悄去了高府。那高保长奇怪地说："老徐，你咋来了？"

徐裁缝说："高先生，你是个通情达理的人。保里要的钱，我都一分不缺的。"

高鹏远想，这是吃人饭受人之事了，他要托我什么？

徐裁缝便告诉高鹏远，杨家要占门面，软的不来来硬的，保长似乎看到了，那杨家女人两手一叉，摆出一副这间门面非要不可的姿态。

高鹏远想了想，这事除非张乐泉改口，否则没指望的。又一想，要张乐泉那边改主意，只有这一招了，便问："徐师傅，你亲戚朋友里有没有可指望的？"

徐裁缝一想，说："亲戚朋友都没有说得上话的。"

高鹏远说："再详细想想。"

徐裁缝一拍大腿，说："有了，我少年时候，在雪菁沙地面拜过师傅的。"

高鹏远问："拜的谁呀？"

徐裁缝说："新丰镇的杨洪鼎。"

高鹏远高兴地忙说："成了成了！算你徐师傅有福气。谁不知道，杨洪鼎是新丰镇田大叔的堂兄弟。"

他拍拍徐裁缝的肩头说："你去找杨洪鼎，告知眼前遇到困难，他一准帮你。"

徐裁缝谢过高鹏远，第二天便雇上一辆黄包车，去了新丰镇杨府。

待仆人通报后，徐裁缝带着礼品进了杨府。那杨洪鼎正坐在八角椅子上抽水烟。

徐裁缝忙喊一声："师傅，我来了。"

杨洪鼎略显奇怪，这徐锦山咋来了？于是问："你咋来了？人家说你去了大杨树，生意好啊。"

徐裁缝说："倒是好，但最近遇到麻烦了。"

杨洪鼎放下水烟管，扑地吹掉一口烟灰，问他："啥难事呀？"

徐裁缝说："有人要占我门面。"他细细说来缘由，"现在我不搬都不成了，张家答应许我去北街，另租一间，不然就涨价"。

杨洪鼎说："岂有此理？这样吧，我给你一封信，你拿去交给张乐泉吧。看他怎么回答你。"

徐裁缝说："好的，多谢师傅了！"

杨洪鼎说："不成再来找我，我上门和他评理。"

徐裁缝谢过师傅，这就回家，第二天就来到张宅。

仆人问他："徐老板，你找谁？"

徐裁缝说："我找张先生。"

仆人心里议论，你平时和张先生素无来往，怎会找他？便追问一下："啥事情找张先生？"

徐裁缝没细说，只是说："你别管了，我和张先生之间的事。"

这天上午，在张宅大厅里，张乐泉还真接见了这位瘦小的徐裁缝。

他坐在椅子里，笑笑说："徐师傅，坐吧。"

徐裁缝不敢坐，只把那封信递给他。

张乐泉戴上眼镜，拆信一看，并无信纸，只有一张名片，仔细端详，上面竖写了"新丰镇杨洪鼎"六个字。

这张乐泉也是走四方的，怎能不知道这张名片的主人，当然是新丰镇田大叔的堂兄弟——地方青帮帮主杨洪鼎了。那些年他在缉私营可是风头十足，要枪有枪，要人有人，私盐贩子见他都胆怯的。现在虽然归隐，但威名不小呀。

张乐泉想不通，徐裁缝咋和他搭上关系，忍不住问了一句："杨先生是你什么人？"

徐裁缝老早想好了，只说两个字："师傅。"

张乐泉这下彻底服了，能人之外有能人，心想，不得不防呀。于是，他小声说："回去在师傅面前说，啥时候来大杨树做客哦。"

徐裁缝这才听清，一切烟消云散了。

他内心喜洋洋的，回到南街，仍做他的裁缝生意。此后再没见谁敢来骚扰他的裁缝店。

乐泉忽然醒悟了，心里想必须树立一个"信"字，毕竟自己也要面子的呀！他叫来沈全洲，一拍桌子喊："我张乐泉响当当的，都大半个常阴沙了，能不要招牌？休再说涨房租、退门面，三言两语的事，任谁我也不答应了。为几个房租小事，被沙上人茶余饭后嘲笑，咋这才半年，就朝三暮四没信用了？这不坏了我张乐泉的本意。"

一顿怒吼，等于训斥了管账先生，如此斩钉截铁地关照下去，让这帮富人大爷们总算消停下来。前面几家，石国祥粮店想占徐小辫子的馒头店不成了，黄桷轩想占倪凤生杂货摊子也不成了，穷人们也可安居乐业了。

百姓们纷纷赞到，到底张老板是个好人，事儿一到他那里，都给抹平了。

第五十四章 黄案榷租正田十亩
堂屋少间全家拥挤

丁福轩一家从湖南迁到沙上，一百年间迁徙四次了，毛竹镇、庞家桥、耕余庄都经历了。老家湖南娄底是啥样，无人提及，旧时代被去世的丁耀湘一代带走了。

而丁家来大杨树，最大的缺憾是没有带上费静贤，悲伤留在丈夫赛福和女儿令弟的心里，很久很久……丁赛福五十出头就做鳏夫，能不寂寞？令弟们缺少了慈爱的母亲，有多悲凉？更不用说孙辈没有奶奶，如鱼缺水。

总之，丁家的理发店在大杨树南街开张了，放了不少炮仗，挂了许多贺匾，喜气洋洋，犹如丁福轩茶馆的开张，重现在赛福的脑海里。他喜上眉梢，笑容挂在残留几分清秀的脸上。别人问他为什么笑，他总习惯性地回答："嗯呐。"

小店开张后请理发师。卞傢俚、宁傢俚都是二十多岁的小伙子，一瘦一胖，恰好相反。卞傢俚爱说笑，往往边给客人理发，边说个市面新闻，博得大家哈哈一笑。宁傢俚则功夫细致，服务出色，一把刀能把脸刮得光鲜神气，光头能照见人影儿，所以东乐理发店生意好，一些大佬都乐意来这儿消遣。令弟把大姐遗孤阿迷带来学生意，吴四也把远亲明矣找来学徒。师傅、学徒加上赛福，住在店面上方的木质阁楼上，卞师傅家近，便不住。

阿迷、明矣学艺很快。第一年从给客人洗头开始，学推、剪头发。第二年就会修面了。师傅偶尔回乡，他们可顶个缺。恨只恨，这俩小子都有尿床的坏毛病。令弟骂则骂，还要帮他们洗被单。有一次阿迷接连两次不听责骂，又尿床了。老板娘令弟是他四姨，恨铁不成钢，为了让他记住不能再尿床了，想出一个笨办法。早餐后，让他自己拿尿湿的裤头顶在头上，在太阳底下晒干。自然，只是吓唬一下，不过后来尿床果然少些。

赛福爷爷呢，爱开玩笑，一大早就喊："阿迷、明矣扯开裤子给摸摸，尿湿了没有？"弄得俩小子脸红红的，十五六岁了怪不好意思的，自己平时也很注意了。

理发店的规矩是包吃包住，师傅每次理发收下铜板后，都要丢入竹筒内。理发每人收三五个铜板，大人五个、小孩三个。理完发的客人把铜板给师傅，师傅再顺手丢进桌子上的竹筒中，只听哗啦几声，铜板进去了。小孩们竟能凭声音数出有几个铜板，师傅都很老实。令弟大方，三天两头买点鱼肉开荤，至少炖碗鸡蛋。他们心有良知，不敢胡来的。等老板娘开了竹筒，数好钱，与他们四六分成。师傅之间，各自记住理了几个头，分配合理、报账诚实。这种契约，各店约定俗成，主客双方都没有异议。

日子一天天地过。理发店地段好，师傅好，生意比其他店好多了。这时，小时候曾做乞丐的令弟，手中有了点余钱。虽然店内辛苦，也能应付下来。但是，令弟还有黄案里十亩地的榷租田，需要自种自管和收割。

黄案由江阴大地主黄庭魁围垦，地理位置优越，早被大小买家抢完。这里地势平坦，没有流漕，像斩肉的砧板平整方圆，砧板田是农民喜欢的好地。吴四榷租的十亩地有三年租期，一亩的榷租费八斗米，十亩地一年就是八担米，合大洋捌拾元左右。三年租金是两百四十元，土地所有权仍归地主。

一次性榷租是令弟想的办法。三年榷租收粮足可养活多人，但令弟一家没有这么多劳力。父亲老了，干不了重活。令弟就想不如把五亩地转租出去，得些租赁钱。她决定了，便这边向老板上交榷租，那边按照四六分成，少拿回些粮食。租赁收入，补上了榷租欠缺，自耕五亩地的粮食，足够一家吃喝了。她把耕余庄搬来的两大柜床，装满了稻谷、麦子。

地，永远是农民的生命。第一次拥有十亩租地，丁家再也不用出去讨饭了。迁徙大杨树的人，近水楼台先得月，吴四积起来的钱押在租地上了，镇上房子狭窄将就些，但心无遗憾。

令弟高兴的是，十亩榷租地靠在大杨树镇南，灌溉充沛，耕种方便。太阳总是很早就从东边上来，斜照黄案的棉花、稻子。空气中散发着庄稼的自然清香。她带上儿子金狗下地，要走过两座小桥，河畔杨树桑树杂错，河里小虾小鱼游弋。

小金狗在河岸玩耍，母亲在岸上耕地，时刻俯瞰着调皮的儿子。

丁家西侧地在严车匠名下，东侧是范老荣的地。严氏夫妇没儿子，按习俗储了一个登九圩的侄儿孟生，十七岁的孟生跟伯伯学做车匠。范家领养了一个女儿，名唤扣弟，意思姐姐来了，会扣住一个小弟弟的。田间邻舍相处和气。小桥堍有邻舍严家的茅屋。黄案胯脚地，刚好与严家毗邻。收上来的麦秆、稻草就堆在严家的河畔。严家的大红公鸡咕咕、咕咕，威武地叫着，母鸡常来稻草堆啄剩余的稻粒，或在柴火屯内孵上一窝小鸡儿。

理发店柴火短缺，令弟喊："明俟、阿迷，去黄案的柴堆上搬些。"

学徒乖乖去了，一拔一按，使柴堆严实不漏雨，扛柴火回店。

令弟不仅管店，下地种庄稼，还要纺纱织布，解决穿衣着鞋。这时，自母亲那里学到的耕种、纺织，统统派上用场。家人身上有了新衣服，不露出破洞，才真正地走上温饱之路。丁家的温饱全靠女主人的辛勤劳动得来，耕地、下种、管理、收获，一年年反复轮回，这是农民喜欢的踏实日子。

用独轮车运送，是赛福的长项，他在大街上推车，咿咿呀呀地碾过石子街。春季他去围垦场子挑泥，哼着嘹亮的号子，来往穿梭，甩起两络子泥块，垒在大堤残余的缺口。一个挑泥汉子有这样令人欣赏的本领，常有人喝彩，这使他高兴，号子喊得更响亮。挑泥得来的收入，令弟从来不向父亲讨要的。父母之恩，她记牢了。

种地与磨坊，是农耕俩兄弟。

大杨树只有一户施家磨坊，丰收季节进磨坊，小孩子感觉很有趣。稻子到了施家需要晒一晒上磨，施家的场地宽敞，能帮孤独的令弟晾晒。

令弟看那老牛身上的毛稀稀疏疏，没有几根，牛皮泛着干白的色彩，掉下皮屑，表明这头牛很老了，还在继续耕地和牵磨。她同情瘦弱的牛骨架和牛的那双哀怨的大眼睛。磨坊老板施老大个儿矮矮的，一双眯细眼有点模糊带红丝。他给牛蒙上一对大眼罩、套上肩架，牛就自然地围了石磨转悠起来。石磨发出"轰轰轰"的缓慢声音，一直不停地转着掉下米粒。有时，老牛突然停下来，掉下一坨牛屎，散发着带青草味的臭味，施老大就赶紧去拿簸箕和铲子扫走。

豁！一鞭子抽去，牛儿继续转圈。

稻子被施老大一簸箕一簸箕地，灌进磨眼。两盘磨片之间，便有糙米在四周掉落，进了磨槽。第一道工序结束，又把糙米灌进去继续磨，直到敞亮的大米从周遭掉下来，下雨般纷纷坠落，施老大就用簸箕一一扫好。磨完后，还得上风箱摇动，用筛子滤去糠皮。当然那糠皮也舍不得丢的，是喂猪的好原料。丁家不养猪，便送给施家磨坊减少磨工钱。最使令弟和儿子金狗高兴的，是吃到自己地里产的，刚磨出来的喷香新米，吃顿磨坊饭——大米粥，一碗粥端上来，清香扑鼻，十分好吃。

又一年过去了，令弟知道那是自家的汗水灌溉的，感到很幸福。

一两米四两汗水的艰苦，被磨坊生生地放大在眼前。施家磨工精细、态度和蔼、老实信用，从不暗偷余粮的。那施家大婶遂成为令弟的好朋友。七岁的金狗常听得那磨坊的粉筛，筛掉杂质，"轰、轰、轰"的均衡低音，有着音乐般的美妙。

他问妈妈："咱家的米碾出来了吗？"

在磨坊吃到第一顿新米，金狗回家后，还吵吵着一直要去施家吃饭。

四邻六舍的人情是必须要送的，有的远有的近，都是丁家的老亲戚。远的就十几里地得雇上黄包车，带上儿子金狗，一溜风地赶去送礼吃饭。有次去元丰圩里参加她寄娘大人的丧礼，黄包车里的令弟心里涌起一阵悲哀，在颠簸的车中哀伤起来。车停到王家门口，只听从孝棚里传出一阵哭声。令弟付过车钱，赶紧带着金狗去交了丧礼纸钱，主家发给白兜头、白衣服的丧服。令弟穿上白衣白兜，忙去看一眼死者的面容，就跪在稻草堆上号啕大哭起来。

只听她哭得是：

偶俚寄娘呀，你怎么一甩手就丢下满堂儿女走，连我看你一回的机会都没有？

偶俚寄娘呀，你真苦，生病几月吃喝不顾瘦的这样儿，也不来告诉一声？

偶俚寄娘呀，你待我如亲生，教我道理给我衣，我不忘记呀。我怎能报答在何处？

偶俚寄娘呀，你三个娃儿丢下怎么过？一个未出嫁，两个未娶媳妇。小孙子没长大，你怎狠心走？

偶俚寄娘呀，你慢慢走。寄丫头我还有好多话没说出……

整段哭词多悲哀和不舍，这场号哭感染在场者掉了不少眼泪，金狗的小手为母亲抹泪都来不及，旁边的表妹看她动了真情，哭得太伤身，就拉她一把说："别哭啦，别哭啦……"

一般劝哭的做法是：哭完再由后来者跪下，接着哭上一场。哭灵，算是与死者的最后一次对话吧。

这哭丧、转圈、烧纸、下棺材，金狗只见那些帮忙师傅忙得飞起来。发丧师傅放下死者、拉平被子，在红丝被上拦腰挂上白纱条，再帮死者抹上眼皮。那逝者就平静地被放进棺材。

金狗想，那寄奶奶就在黄木棺材里，双目紧闭好像睡着了，但小孩也知道，她再也醒不过来了。

木匠盖上棺盖头后，用铁榔头叮叮叮地猛敲进铁钉，然后那棺材就被六个抬棺人，移放到大门前，由一群亲男女送去墓地安葬。少不了孝子孝女，披麻戴孝，腰缠草绳子，一大群跪在棺材前叩头。

六个抬棺人用毛竹扛，动作一致地抬向前去，口里不断有节奏地喊："哼唷、哼唷、哼唷！"

丧礼后，令弟回大杨树还哭了几天，她告诉对门邻居袁家三姐，寄娘待她很好。阎王爷请了，谁能不去，身不由己啊，由不得她多去探望。直到一月以后，令弟的悲哀才淡去，脸上有了些笑容。

大杨树依旧兴旺。隔壁王家鱼沓子的称鱼师傅徐仕范，经常送些卖不掉的鱼过来，价钱便宜。高再奎的肉墩头也可赊欠的。轧面条皮子，到周江北人的面店。这客人匆匆而来理完发就走，竹筒倒豆子，收钱分账，给俩伙计洗衣服。吴四隔三差五回来一次，捎上点鱼肉、布料等稀罕东西。令弟很快又投入了惯常的繁忙日子。

老父亲丁赛福，每天都要喝点小酒，抽一管水烟。迷惘的世道，大杨树每天会有多少事情发生。酒后的赛福喝过就忘，没有随之老头的记忆深刻。佟倐的杂事，需要用施家磨坊的筛子筛掉糠秕，才能显出真情。

平民百姓，手指缝里会有多少留得下来的快乐？

第五十五章　张鸿业弃读而耕
济生圩三子兴业

　　久别了，张家二房独子少爷，清朝末科的苏州府秀才张鸿业先生。

　　这么多年，恍恍惚惚，不觉年已五十三岁。民国二十六年（1937）夏，他家也已从三余庄迁往雪菁沙济生圩。自大儿子、三儿子迁往小沙圩以后，三余庄老宅人情不继，面临荒芜。张鸿业不耐荒凉，讨厌毫无生气的地方，决定东迁。他手里还有祖宗余钱，便在雪菁沙买地二十亩。前年春天，他找些匠人，造了朝东瓦屋四间和朝南草房两间。他家在正埭中心定居，宅后一条溪流清澈碧绿，宅上种的杨树、槐树、榆树等常见树。

　　他做的第一桩事，就是烧掉全部四书五经，只剩《百家姓》《三字经》等童读本。他的茅屋书斋积满灰尘，往昔匆匆而过。虫蛀水侵的书橱，凸显冷漠，有时还有老鼠出没。曾经的学问家张鸿业，觉得儒学对他一无所用了。但视文如命的感情毕竟难以割舍，他做了流浪的捡纸匠，每天到大杨树的大街小巷，捡取片纸只字塞入背上的竹篾笼子。

　　捡完街上，他再来小学，那里有更多的纸片。直到一天兴尽，或者他认为任务完成了，才走进隔壁关帝庙。他把纸倒入铁香炉子，焚毁殆尽，算是一个交代，其诚意可比基督徒在上帝面前的祷告，此事无人让他去做，而鸿业乐此不疲，好像要把平生所读文字，通过每日捡回的纸片捞回来，焚化成一缕青烟，才是字的真实归宿。

　　汉字中每一个字，他都曾经反复铸炼、勾勒、黏贴，他日颂夜读写成的文章，抑扬顿挫的声音在书斋里回荡。若不是废科举，何愁举人不是他。

　　他记起了在藕境庄施家私塾时，施老先生摇头晃脑，读得最得意的是苏轼那篇《前赤壁赋》：

壬戌之秋，七月既望，苏子与客泛舟游于赤壁之下。清风徐来，水波不兴。举酒属客，诵明月之诗，歌窈窕之章。少焉，月出于东山之上，徘徊于斗牛之间。白露横江，水光接天。纵一苇之所如，凌万顷之茫然。浩浩乎如冯虚御风，而不知其所止；飘飘乎如遗世独立，羽化而登仙。

于是饮酒乐甚，扣舷而歌之。歌曰：桂棹兮兰桨，击空明兮溯流光。渺渺兮于怀，望美人兮天一方。客有吹洞箫者，倚歌而和之，其声呜呜然，如怨如慕，如泣如诉，余音袅袅，不绝如缕。舞幽壑之潜蛟，泣孤舟之嫠妇。

苏子愀然，正襟危坐而问客曰："何为其然也？"客曰："'月明星稀，乌鹊南飞'，此非曹孟德之诗乎？西望夏口，东望武昌，山川相缪，郁乎苍苍，此非孟德之困于周郎者乎？方其破荆州，下江陵，顺流而东也，舳舻千里，旌旗蔽空，酾酒临江，横槊赋诗，固一世之雄也，而今安在哉？况吾与子渔樵于江渚之上，侣鱼虾而友麋鹿，驾一叶之扁舟，举匏樽以相属，寄蜉蝣于天地，渺沧海之一粟。哀吾生之须臾，羡长江之无穷。挟飞仙以遨游，抱明月而长终。知不可乎骤得，托遗响于悲风。"

苏子曰："客亦知夫水与月乎？逝者如斯，而未尝往也；盈虚者如彼，而卒莫消长也。盖将自其变者而观之，而天地曾不能一瞬；自其不变者而观之，则物与我皆无尽也。而又何羡乎？且夫天地之间，物各有主。苟非吾之所有，虽一毫而莫取。惟江上之清风，与山间之明月，耳得之而为声，目遇之而成色，取之无禁，用之不竭，是造物者之无尽藏也，而吾与子之所共适。"

客喜而笑，洗盏更酌。肴核既尽，杯盘狼藉。相与枕藉乎舟中，不知东方之既白。

秀才毕竟是秀才，这篇百读不厌的千古名章自有其动人心魄之妙。他想到了自己，想到了苏州府一考得头名而昔日荣光安在哉？十三沙议事会那县老倌，竟因言废黜了自己。他哪知道我胸中丘壑，岂是洋洋大言所可比的？仄取口才而不探实力，乃世上之通病也。想到这里，他觉得自己离开世道太远了。

鸿业决定了，后半辈子过好一家人的日子吧！此地虽窄，多有清风明月。此地虽贫，多有物产丰隆。此地虽闷，门前大江千里。读书的好处在于会思考，既有进路亦有退路。三个儿子三个媳妇，两个孙子加上老两口，生活迫使他耕种。二十亩地不可能全部租出，迫使他耕种。瘦小的妻子，付出太多，迫使他耕种。

这就是张鸿业的人生退路。

最有情景、惊慌失措的一次耕种，是在那年初夏的插秧时节。磨坊的耕牛忙得请不过来。秧苗已老，时不我待。他就向磨坊租了一头小牛，耕牛架上犁轭，后面用两根麻绳拖着一块横板，等着站人。

他对自己说："上吧。"就双脚踏上去站定。

用手揪住牛鼻子的绳，就这样，他变成一个耕夫了。牛起步了，慢慢前跨。他脚下的横板慢慢移过水田，抹平凸出的墩儿，这活叫抿田。张鸿业冒充内行，戴一袭蓑笠站在绵绵梅雨中，右手拉住牛鼻子绳，左手一甩三尺牛鞭，威风凛凛地前行，他深信这就是耕夫精神。

蒙蒙细雨落在脸上，凉凉的，痒痒的。张鸿业"呃"的一声挥鞭驱牛，那小牛"哞"了一声表示服从。他脚下的横板向前移动，溅起泥水，幸好双腿卷裤，泥点沾在长满毛的小腿上。一亩地长约十丈，宽约六丈。他已经算好从右边开始，牛儿往返五六次够了，只见那牛熟练地迈步往前，不需要鸿业多少鞭子，就到了尽头。鸿业"哦"地一声，加一鞭子。那牛就慢慢转后，回过身来再往前拉。只是在第二次回头时，那牛就撒下一堆牛屎。牛粪溅到鸿业的蓑衣上、腿上，还有一滴溅到脸上。鸿业顾不上也不好用手去抹掉，等它撒完后鞭子一响，赶紧"呃"的一声，那牛才慢慢挪步继续前行。

张鸿业并非天生耕夫，而是在租牛时向磨坊主人好好讨教了一番。之前，他在水田里看过三次耕夫抿田，一个个细节都记住了。这些简单动作需要领会的是敏巧，而实地动作、能力眼光、头脑反应及时才是最主要的。一亩地还需要一平、二平、三平，两三次反复，才能把稻地抿得完全平坦。

从水面上看去，一平如镜，照得见人影儿，便可开始插秧了。

张鸿业欣喜地觉得，自己做得一点也不比别人差。

这次他家自耕地十亩，都是他与儿子们共同完成的。

鸿业生了三个儿子，分别叫张一相、张一亮、张一兆，平日唤为大亮、二亮、三亮。鸿业喜欢敞亮，不喜欢阴暗，便把个"亮"字起在儿子们的名字中。大亮和二亮都刚娶媳妇，还有了俩儿子。鸿业特别喜欢，常抱来走东家跑西家地串门。十六岁的小儿子张一兆，鸿业不让他当农夫了，想想一生所学虽无用，但看这年头，还是识字人懂门道、有出息。

张鸿业虽把书烧了，肚中的学问却一直在。字在手里书在胸中，一年又一年捡纸为日，度过了多少个春夏秋冬。这活儿没收入，为什么非做不可？他会说，谁说读书人错了，我这是明志，不读书连"明志"两个字都写不出来，何况立身处世呢？

他的心里像明镜儿似的，知道离开文字，自己就变成一个只知干活的农人，那啥都不是了！自家认了多少字，就捡回多少字，统统还给祖宗仓颉。有人注意他将纸片投炉时的表情，时而念念有词，时而默默称颂。

有一次，一个小学生问他："张爷爷您为什么要捡字纸？"

他会说："你知道仓颉造字吗？这个仓颉太爷爷在几千年前，为部落人只说话而不懂记事闹心。那时，部落人只会结绳记事。许多很有意义的故事，后来都没保存下来，而仓颉造字，就是把远古的事记下来了。"

鸿业笑呵呵地再对他说："小朋友，知道了吧？这些字只要一写出来，就是有用的，不能废弃它，冷淡它。"

小学生有点懂了，不解地问："那你为什么又要把它们烧掉？"

鸿业说："烧掉，然后它就会飞升，到造纸的祖先——仓颉那里去了。很好懂，他是字的爷爷啊。"

小朋友终于明白了，这个解释很通俗，因此，只要张鸿业一到学堂，学生们就把字纸篓子放到门口，方便他收取。

张鸿业为肚子里的学问寻找出口，乐于为城乡百姓出生的小孩取名字。

百姓人家生的孩子多，名字雷同很多，住在一起的邻居难以分辨，就想起了鸿业，是个秀才呢。据说肚子里的墨汁能写好几斗大字。乡民们拿些青菜萝卜送给他乞求赐名，保小儿一生平安。农民只有这样的简单要求，不敢奢望什么发达、做官之类，最多学个手艺，变成木匠、泥水匠，给人家造房子。

于是，张鸿业鉴貌辨色，有的取名张达文，号制艺，有的取名王海鹏，号远程，都有美好的意义。他的取名原则是因人制宜、名号互衬、以德保安、卒章显志。替人取名，使他感到活得快乐自由，坦荡实在。

有一次，他忽然想做渭水钓鱼的姜太公了，隐隐中可能是想遇到一个周文王吧。他制作了一根长长的钓竿，然后扎上一根长长的蜡线，挂上一根铁质钓针，钓竿就做好了。那钓针必须放火里烤红，用钳子弯成能钩住鱼嘴的弯钩子。

他笑笑，自问："哪条鱼能上我的钩？"

兴冲冲的他，扛一根自制的钓竿，跑去江畔。芦苇滩外涛声依旧，远处大江帆影点点。他就像在江上坐船那般，坐在长江的怀抱里，戴笠曲腿，活像个姜尚。

他先看水面哪处有冒泡，那是鱼儿在吐气。

一会儿，看涟漪由远而近，垂进水里的吊钩掀起绳子一丁点一丁点在晃动。水面冒出一串小泡，他判断来的鱼儿不多。估计远处的鱼儿，还未闻到食物的香味。他不急，又等了一会。那长线在水面晃动的频率高了。水面随绳子的摇摆，而闪出一个个小涟漪。再过了很长一会儿，只见长线越来越晃，他知道鱼在啄食了，是否上了钩？这时他耐不住寂寞，一下子拉出钓竿，睁大眼睛一看，哎，忒急了，鱼儿没咬到钩子，扑了个空。他懊悔自己的性子太急。钓鱼这功夫，完全凭一颗沉静的心在和鱼儿斗呢。于是他拉近绳子，取下吃得差不多的钓饵，换上新的。

他挪了挪座，慢慢地挥动钓竿，把绳子垂在另一处水中。这好大会儿，水面没动静。他有些懊恼，前一次不早点取钩，鱼儿吃饱就走了，哪里还会有咬住不放的？

他在心里默默地说："上天保佑，大鱼上钩！"

那线儿掉入水中，他等了不来，来了又不够水波，他不懂了！觉得也许此处浓荫地儿，鱼儿不常来的，鱼儿也喜欢阳光啊，但他隐隐觉得不能走，仿佛有个预感，一条大鱼正在游来。这样等了两袋烟功夫，钓钩动起来了，不是小动而是大动。水面涟漪越来越大，他瞅准时刻，眨眼间，一挥钓竿手中有沉重的感觉。于是，他毫不犹豫地往上拉竹竿，那水中鱼儿还企图摆脱鱼钩呢！

鸿业见鱼出来了，不禁喊道："大鱼！"

他稳稳地收钓竿，怕绳子断了，待放到地面草丛中，鱼才垂下落地。哈哈，那一条大红鲤鱼，正在草丛中挣扎。

他放心地把这条大红鲤鱼，塞进竹篮，鱼儿进去后再也不能活跳出来了。他花了半天钓到一条大鲤鱼，足够全家人吃个开心了。

他转身回去，海岸上江风猛烈，又要下大雨了。半支烟的功夫，便到家了。

瘦小的妻子和大亮、二亮，见他笑嘻嘻的，连喊："钓到了！钓到了！"

他说："当然啦！我当姜太公，鱼儿争着上我的钩呢。"

他取出红鲤鱼，足足有二尺半长。妻子黄氏连忙拿去刮鱼鳞、取内脏、挖去鱼鳃，用清水洗了两次。

他对黄氏说："赶紧趁新鲜红烧鲤鱼，爷儿们喝上一斤高粱烧吧。"

后来，他除了捡字纸外，又多了个钓鱼行当。这一家人，吃鱼不用上街买，也是秀才的本领啊。在去江畔钓鱼的路上，他常想这辈子就算了，对得起文字，对得起家人。

他的秀才名气，有时也派到用场。乡民写个婚姻八字帖子、祭祀祈祷文、家书往来，都会来找张鸿业的。书写中他常以文喻武，畅想那玩剑三尺，闪烁有光，矫若游龙，遂至落笔如神，自叹翻来覆去五十而至。光绪末代科举，一场场考过了中上了。可惜漂亮文笔，普通人何解其妙？

但他对自己强壮的身体和健康的心理，颇为满意。从屈辱、不公、卑劣到欺骗、白眼……有过彷徨无主、徘徊两难的尴尬，不是第一次而是无数次，然而他很会简化，三个字总结一生：没什么！这是他对艰涩命运的裁定。人还是个完整的人，三个字就够一辈子消磨了。

捡字纸秀才或秀才痴子，很能代表他的特点，这是乡民心中的张鸿业。

想起那篇屈原的《渔父》：

屈原既放，游于江潭，行吟泽畔，颜色憔悴，形容枯槁。渔父见而问之曰："子非三闾大夫与？何故至于斯？"屈原曰："举世皆浊我独清，众人皆醉我独醒，是以见放。"

渔父曰："圣人不凝滞于物，而能与世推移。世人皆浊，何不淈其泥而扬其波？众人皆醉，何不哺其糟而歠其醨？何故深思高举，自令放为？"

屈原曰："吾闻之，新沐者必弹冠，新浴者必振衣，安能以身之察察，受物之汶汶者乎？宁赴湘流，葬于江鱼之腹中，安能以皓皓之白，而蒙世俗之尘埃乎？"

　　渔父莞尔而笑，鼓枻而去。歌曰："沧浪之水清兮，可以濯吾缨；沧浪之水浊兮，可以濯吾足。"遂去，不复与言。

书虽没了，字在胸中。也许正是"痴"，才是他的智慧光辉。每听顽童的呼唤，他只有淡然一笑，慨叹世人真痴，古今皆然也！张鸿业就是张鸿业，以清朝秀才胜出。

第五十六章　各行当进驻大杨树
蒋氏妇教民明世道

大杨树的繁荣，不是没有来由，而是选址忒神了。

东街：孙吉车行、郭记杉竹行、华士小百货、紫云文具百货、殷老九羊肉店、赵三保盐行、毛家染坊、顾记皮匠店、永昌京南货、王御龙客栈鱼沓子、东乐理发店、李胖子客栈、倪记茶食、刘雨庆钱庄、卢福泰药店、义泰茶食、毛长根茶馆赌场、高川福酒店、徐小辫子馒头店、石国章粮行、施根寿肉台……

西街：祥泰绸缎店、镇大祥布庄、曹开诚杂货、杨锦记酒店、徐氏裁缝店、集美南货、王腾记客栈、香山堂中药店、陆记理发店、永恒太酒店、石老二花行、周记面店、程荆楚南货、大同客栈、蔡庭祥馒头店、靖江粮行。

这就到了南街。东边是余凤茶食、顾记邮局、森泰粮行。西边是柳记花行——八门面一处大院，常阴沙最大的收棉行。南岗楼夜间闭门防盗匪，由十名散兵游勇看守。

新来的照相馆蒋先生，眼观六路，耳听八方，说这地方不但宜居且宜文。古镇虽窄，百姓不愚。大商埠外来的徽商、澄商、通商等多家，都得前辈真传。店员长衫洁袖，笑脸迎客、礼宾送客。一札茶食都要黄纸包成棱角，红线套系结实，给买家拎在手里，笃悠悠好卖相。

也有一些书摊摆在廊下。一书贩拉碴胡子，人高马大杵在那里，正拂去书面灰尘。古镇人极爱看书，小孩买书大人不挡的。店主空闲一卷在手，看到悲伤时不忍卒读，滑稽时笑得古怪，大有看评书掉泪、替古人担忧的书呆子相。

蒋氏夫妇发现这里竟还有多个海门老乡。杨竹堂父子全家移居，来此开了一家蜡烛店，生意挺好。还有海门三厂人王福昌，只为躲避包办婚姻，单身逃走，来做理发店师傅。蒋家夫妇感到亲切，顿有乡音润泽之熟悉感。呵，到沙上来对了。蒋家一心住了下来，不再思迁。

从此，大杨树有了独家的蒋记照相馆。慕名而来的人不断：老人像留念、全家福、朋友照、姊妹合影，大杨树人流旺，带动了这冷门生意。每天进项铜板、银圆开销有余，蒋家三口活得舒畅。蒋先生以大学生的底蕴，应对普通市民宽绰去了。夫人朱睿芬是大家闺秀，聪慧的资质感动平人。

本书开头，蒋记照的一张三姊妹合影，也在此时。东乐店女主人令弟，与朱睿芬越来越熟。令弟觉得称呼她蒋先生娘娘，是应该的。人家有底子，比自己高出一层。

一天，有点郁闷的令弟，突然想去与蒋太太说话。她长己十岁，从来不摆架子，顾全了丁令弟的尊严感。这种契机或许是缘分，午后稍闲，她就转身去姑妈家，看到朱睿芬戴个眼镜，左手拿鞋底，右手在哗哗地抽鞋底线。她正在为女儿纳鞋底。蒋太太见邻居女主人来到，连忙请坐，倒水。

令弟对朱睿芬说："不客气，想来看看您在做啥。"

朱睿芬笑笑："扎鞋底呢，丽宝爱跑，一双鞋子又坏了。"

她给令弟看手中活，问："这样扎，密不密？"

令弟放在手里端详了一下，说："蛮网了。"

她的意思是够牢度了，顺便拿过未完成的鞋底，给一针一线地扎、顶、抽线，先用大扎底针钻进去，再用手指上的铜针窝，往针屁股一顶，有力啊，针尖就过来了。再用俩手指头一拔，发出哗、哗、哗的抽线声音。这活儿很慢，需要耐心。令弟给全家扎的鞋底不少，手工灵巧，一双鞋底三两天就扎密了，然后剪黑布做鞋帮，最后是鞋帮上鞋底，把鞋帮用大扎底针，一针针地圈上去，新鞋便做好了。

晚上给家人试试，灯光下一穿，哈，正好合适！便是对几天来费心思做鞋的那份较真劲儿的褒奖。

这次，令弟见蒋太太做得不利索，便对她说："这双鞋我来帮你做。"

朱睿芬客气地说："哪能这样烦？你也很忙的。"

令弟说："不忙，小孩子鞋子做得快。"

朱睿芬就勉为其难地，让令弟帮这次忙。

没两天，新鞋送来。材料是主家的，白底红花帮，两只小脚船很有样儿。

令弟小时候就被母亲教会做鞋子，不觉得有多烦。朱睿芬看她直爽心诚，做来并不费力，后来蒋家三人的鞋子，被令弟包下来。一来二去，令弟常拿些地里的蔬菜送给蒋家，朱睿芬总觉得欠了情。

但是令弟似乎像姊妹般的，并不在意，有种出自内心的缘分使她们亲近起来。有一次，令弟在蒋家客房看到许多书籍堆在房里，有的发霉虫蛀，有的撕角破页。

她颇为不解地问蒋太太："这些书要它有啥用？"

蒋太太说："上至天文地理，下至百姓命运，都在上头呢。书是一种大道理。"

令弟问："小孩子上学，是为识字。识了字，能做些啥呢？"

蒋太太说："识字的好处大多啦。识字就是知道怎样做个人。"

令弟一闪念：做人？觉得母亲常说的做个好人，大抵也就是不做坏事，做好事就是好人了，便问蒋太太："我不懂。只知道做人一定要做好人，还有些什么样的好人呢？"

这下打开了蒋太太的话匣子，说了孟母三迁、木兰从军、王宝钏十八年寒窑等故事。

令弟听得心惊肉跳，女子还有这么烈性的啊？朦朦胧胧地，只能记住故事影子罢了。

蒋太太说："普通的只要为人忠厚够了，善良能使人一辈子走下去。"

令弟听懂了，觉得男人在外，自己一人独自撑家，体恤上下，照顾店员做对了。年轻人嘴馋，每周间隔荤菜，至少煮两三个鸡蛋，她会的。

丁令弟想到老家丁福轩，幸运而衰落的悲苦经历。为什么母亲费静贤这样既能干又贤惠的妇女，却早早绝命而走？老天为什么不给她享福的机会，却只有求死的份？这些是她思考了好几年的问题。她自问：书能解开我母亲的命，自家的命和丁福轩的命吗？

丁令弟终于害羞地向蒋太太提出："我这个人能识字读书吗？"

蒋太太不觉笑起来："能啊！只要自己要，就可以从头开始学的。要认字，要读书？"她觉得令弟有这样的素质，看到她凡事都做得很认真。而认真，是识字的基础。

蒋太太听到邻里们对丁氏家风评价好。她觉得令弟这种需求十分合理，有点赏识，于是问："令弟，你想念书吗？"

令弟一愣，很自然地反应："想啊。但是哪里有我这么大的女人念书的地方？"

蒋太太笑笑说："自然在我这里啊。"

令弟问："可以吗？"蒋太太温和地点了点头。

她来兴趣了，说："好。那我得叫你先生了。"

蒋太太说："不必客气，你要我教啥都可以的。"

令弟满怀兴奋地说："朱先生，在哪开始念书？"

于是朱睿芬说："就在这教。"

下午，她就给这位大龄学生开课了。没有黑板，就拿张大白纸，在上边写了：家、父母、吃饭、种地、买卖、邻里、兄弟姊妹、朋友、诚信和廉耻十组字词。

一个个让令弟看和认，念出声来，完了，教她怎样写字。她随手抽出丽宝的空白练习本和一支铅笔，手把手地，让令弟伏在桌子上，一笔一画地模仿。

让她想不到的是令弟非常聪敏，竟然一教就会，第一次就歪歪斜斜地写出了十个词。

第二天下午，上第二课。先复习前十个词，让令弟念出来。令弟一个个，不偷懒地念了，又写了一遍。

出乎意料！朱睿芬笑笑。不知道一个二十五岁的农妇，一下子接受了十个单词！

这就开始第二课：牛、马、羊、鸡、鸭、狗、鸟、天、地、人十个字。

令弟像前一次的，先念后写，再听先生解释词意。先生说拿回去，重写在作业本上。

意想不到，这纳鞋底事儿让这两个古镇妇女结成了淳朴的师生。热切的人很认真地教，喜欢的人很费心地学，一点不比一年级小学生偷懒啊。有教无类，不图回报的圣人孔训，在这对师徒之间，不知不觉地践行。朱睿芬在令弟有点吃力的时刻，也会严厉一点。令弟失去母亲后，有了这么个外来者来做严师，不敢怠慢。一步步地学了下去，虽然忙里偷闲，一年后能识到三五百字，竟会读写、解释、使用了。上街看到木柱上的广告，也能念个大概。旁人的嘲笑，她也不难为情，不但认识了许多字，也懂得了世上喜、乐、苦、悲不同的典故。

借助读书，令弟的视野开阔了，从前的岁月就像一把锁，被识字的钥匙打开了。

蒋太太看令弟年纪轻轻，要种十亩租田、管小店、看孩子、养老人，也颇同情，特别是她秉性直爽，做事公平合理，独撑门面大，有男儿风。这使朱睿芬感到欣慰，觉得教到了一个好学生。

蒋先生问太太："此子可教乎？"

朱睿芬笑道："可教。此子一副善相，领悟敏捷是个能者。"

小小的邻里空间，传说着令弟学字的故事。大家觉得诧异，这么个农妇识字有何用？都说蒋太太自编识字课本，从方块字教起的，却没有第二个学生来报名了。经历两年七百多个晨昏夜课，令弟学到了很多。

蒋太太发现：令弟的素质好，可塑性强。读是硬办法，写才能造字、咬字、懂字。

丁令弟居然读到小学四年级的程度。蒋先生看到，令弟居然在读《西游记》了。朱睿芬与丁令弟成师徒后，告诉了蒋家的故事。令弟知道蒋先生有英国的留学名额，又知道日本打中国，是因为中国太贫弱；就如乡下的为富不仁，欺负穷人。朱先生平时也教些科学道理，例如太阳、月亮、地球三星高照，互绕运行等。

令弟想，山外有山，天外有天。

穷人的女儿，有了小学文化，开始用另一只眼看世界。人品不能以地位而论，公平不能以势大而断，成了她的座右铭。人生识字聪明始，丁令弟唯一的老师是朱先生。

…………

大杨树南街，开了间孙吉修车行。

孙家弄些车轮、轴承等零件，修理脚踏车。那时候，自行车很少，顶多只有一两辆，为那些富家少年所有。修理活儿不多，买一辆蓝令牌自行车要好几百大洋，修一修只要一两块大洋。

孙大妈与前夫生了一个男孩，前夫亡故又嫁人，生了小康。儿子聪明伶俐，只是十几岁了却没有读书。他在家吃闲饭不务正业，同母异父的大康哥，就揣摩给他弄个手艺学学。听说南二弄的蒋先生，照相生意蛮好，独此一家。这照相不需要大力气，活儿不重。孙大妈便去王家客栈串门。

自己儿子小康是怎样想的，她并不知道。

小康心里有一股裸体欲望，于是他找到了游泳这个最好的解脱办法。每次在小康去游泳时，孙大妈都会喊邻居小孩去守着他，那小孩也十分乐意。到了河边，小康脱掉身上的汗衫和短裤，伸长双臂左右甩几下，然后双手并拢往前伸，一声扑通，倒插式地跳进了河里。

小康藏在水里，半天不出来，可急坏了那看守的孩子，直喊："哥哥！哥哥！"

过了一会儿，小康才冒了出来，往河心游去。

小孩看到，他往河心游的时候连扎了三个猛子。第二个猛子在游了三尺后，哗啦一声来了个鱼儿打挺。他把头钻入水里，弓身腰段露出来，接着又双腿斜竖朝天。一会儿又不见人影了，小孩又连喊："哥哥！哥哥！"大约一口气的功夫，小康露出了黑头发紧贴的面孔，小孩这才不叫了。

第三个猛子直冲河心，也是头尖钻水弓腰，这回双脚没出来。

水深了呵！小孩心想。

等再浮出水面时，小康抹了抹脸，双腿嘭通、嘭通、嘭通地连续游起来了。小孩后来才发现，这是小康哥的习惯——三个猛子到河心，双腿嘭通才是游。

小康游累了，就去对岸的芦苇丛中，用手去摸蟹洞。头一天摸过的就不管，看到河泥有蟹印的才伸手。他一次可以抓到七八只大蟹，带回家后由孙大妈蒸熟。蟹变得红艳艳的，香气扑鼻，全家一块吃。孙大妈也不责怪儿子去玩水了。那小孩守护有功，孙大妈会特意送两只大蟹感谢他。

在芦花开放的季节，水凉了，小康不能下河玩了，就从家里端来一只圆形木脚盆。他只身坐在木盆里，双手划来划去。木盆便在翠绿的河水里，慢慢浮动着。小康划到芦苇丛里，拔了很多芦苇，他觉得好玩。芦苇被晒干后可以用来编制冬天穿的蒲鞋，而小康只是觉得好玩而已，晒干后都做了柴火。孙小康看到自己逐渐变化的身体，他内心希望给别人看看这些奇异的变化，觉得是一种骄傲。性格孤僻的小康，平时又能找谁说说这些害羞的话题呢？

曾淹死过一个孩子的东镇河，相传会有红眉毛、绿眼睛的鬼来讨命。镇上的商户一般都不准自己孩子去东镇河游泳，难怪孙大妈要派一个小孩盯住小康，害怕他不小心溺水而亡。她再三关照那个小孩，如果小康下水后，好长时间看不到人，就要喊人去救的。一到夏天，小康几乎天天去东镇河里游泳。在这种不读书、不种地的少年时代，无所事事的他，真的需要有人管啦。

后来，孙大妈想不光是游泳，孩子大了什么事都干得出来。办法只有一个：让他有正经事儿做。于是她想试试用学艺来拴住小康的心，便去了王氏客栈。

她先是向客栈老板丁美娟问了蒋家底细，琢磨人家可不可靠。丁美娟又跟蒋先生露口风，问蒋先生收不收徒弟？恰恰蒋先生生意太忙，需要个小徒弟。这就让孙大妈把小康领到客栈。

孙大妈让小康喊句："蒋先生。"

蒋先生坐着左右端详他，觉得此儿一副聪明样子，蛮喜欢的。但一停下来，看小康那双眼眸有点闪烁不定，很难说老实不老实，于是暂时搁置。

孙大妈急了，派大康前来与蒋先生商谈。

蒋先生说："学是可以的，但此技术也很宝贝的，要十担米钱才同意传授他人。"

大康回家与母亲商量，觉得十担米钱有些舍不得，但是小康却吵着要学照相。他觉得照相很神奇，有心去学会。孙大妈没法，就从亲戚那里挪了三担米钱，自家拿了七担米钱，请丁美娟做中人，黄随之写好学徒契约。

就这样，孙小康成为蒋先生的学生了。

这独门技术看似神秘，对感兴趣的小康而言，学起来应该不难。但是蒋先生先要考查学生是否诚信？是否尊重师傅？是否品行端正？

半年下来，才开始教他。拍照用的是胶片，对胶片的原理说了许多，小康不甚了了，只知道感光是使白色相纸受影的，而人影到了相机里为什么颠倒，得慢慢理解。感光需要配好显影的药水，然后用胶片搭上特制相纸投进去，这叫洗照片，需要在避光的暗室里进行。这技术在小镇独一无二，蒋先生且不忙教他。不久，小康的兴奋感凉下来，觉得无聊，但他打定主意，无论如何要把师傅的技艺学到手。

一切按照原来的秩序进行着。王家客栈一大早就忙摊鱼称鱼。大师傅徐仕范照常提溜剩鱼剩虾，去拿给镇上人家。东乐理发店的卞傣俚，边刮脸边说笑。永福泰酒店的家酿米酒上市，酒桌上多了酒客。旺宝和丽宝早上一块上学，中午回来吃饭再去上学。

一切照旧，平静如初。

丁耀湘的茶馆，传到第三代由武转文，有趣的是文化的种子竟传到丁赛福的文盲女儿手里。令弟学会了识字，打开了一扇看世界的新窗户。尊师重教的读书传统，在丁福轩后代中传承下来。这起点，竟从一个外乡人教的方块字开始，别看方块字那么简单，《道德经》说：道生一，一生二，二生三，三生万物，那就是方块字的神奇作用。后来，令弟的两个曾孙，还成了德国、英国的留学生呢。

蒋门传道，是蒋氏夫妇无心之功在古镇留下的一段佳话。大杨树的生活，在琐碎的故事中前进着。时局晃荡的岁月里，大杨树已经处在急剧变动的前夜了。

第五十七章　上海闸北同仇敌忾
　　　　　十九路军名扬天下

1932年伊始，天刚亮。

十颗炸弹爆炸，上海市民死伤惨重，这消息激起世界震惊。沉睡在夜梦中的上海市民还没醒来。一群日本飞机发出呜呜的吼叫声，从停在吴淞口东的战舰上飞来。熹微晨光中，十架呈品字状组合"灰老鸹"有目的地低飞，声音特别大。浑浑噩噩的市民被惊醒，赶紧爬起来看看天空。

没等到他们睁开第一只眼睛，"轰"一声巨响，炸弹就在近处飞溅。被炸的是一家菜市场，正逢大清早菜农聚集的时候，炸弹击中菜场的棚顶，炸开了一个大窟窿。里边的菜摊、蔬菜、卖菜摊贩、早来的顾客，一下子被炸得血肉横飞。正在外边水龙头洗菜的几个菜农，被碎片击中了手臂、脚腿、屁股，满地的鲜血流淌着四处渗散，空气中弥漫着一阵阵血腥味。

还没等人们反应过来，第二颗炸弹落在马路上，"嘭"地炸开了四张桌子宽的一个大坑。早行的有轨电车，被炸成两截倒塌在轨道上。乘客死亡，司机也被炸死了伏在驾驶盘上，弹片飞出十多米远。路上的行人被炸倒在地，路过的三轮车连车带人炸碎了。警察吹着叽叽叽叽的紧急哨号声，让人们躲到有掩蔽的地方，躲避炸弹。

砰！第三颗又炸弹了，落在一家夜总会的顶上，顿时变成一地血污。那轻柔忸怩的歌者，被炸成眨眼哑巴。死伤者横七竖八，倒在血泊之中。

过了半小时，才有几辆救护车前来。去菜场、马路、夜总会寻找躺下的，气息微微的幸存者。那些车发出呼呼的疾驰声，开往近处的维多利亚医院，或较远的其他医院。

日本飞机第一波投了十颗炸弹，继续绕飞，寻找轰炸目标。

十颗炸弹就是日本人要的恐吓效果。驱逐守备闸北的十九路军，是他们轰炸的原因。日本强占东北后，在中国第一大城市上海，日寇又发动了两次激烈的侵略战争——1932年的第19路军与日军的战斗，五年后由淞沪战役启动的全面抗战。遥远的江南小镇大杨树，与此有关而无关。上海生活着大量的沙人，如纺织女工、厂子铁匠、商店学徒，乃至沙人开设的旅馆、饭店。

陈少山先生是上海维多利亚医院中医骨伤科大夫，他家住在四川路南端的石库门内，深巷幽僻的二层楼上下，多为知识分子，有报社的、医院的、学校的、商家的。这些人，生活比较优裕，害怕战争祈盼平静，炸弹声中，他们急于从广播电台、报纸和人际传播中，挖出更多的战争信息。

陈大夫一家三口人。闺女陈姗姗十七岁，长得苗条，父母十分宠爱。妻子余美静是家庭妇女。中学毕业后的姗姗没考上大学，因父亲是中医骨科，决定学医。陈大夫就教她一些基本的医理知识。后来，姗姗在维多利亚医院做见习护士。

战争状态下，维多利亚医院作为一家租界区中立医院，义不容辞地接受了收治伤员的任务。陈姗姗这样的见习护士，正好派上了用场。她的敬业精神获得同伴的好评，从此在救护室轮班工作。

日机第一轮轰炸闸北后，医院涌进很多伤者。医院太小，而伤情很严重。许多伤员只是简单包扎就离开了，给后来伤员腾位置。必须手术的，就取出弹片输血后，回家输液消肿。

日军进攻很快。1月28日深夜23点30分，闸北天通庵路的日军，突然向19路军翁照垣部袭击。军部蒋光鼐、蔡廷锴、戴戟三人，星夜步行经北新泾到达真茹车站——建了临时指挥部。依照原定计划，电话命令后续部队迅速向上海推进。29日天亮，日本飞机出动助战，在闸北、南市一带滥施轰炸，战火逐渐扩大。

我驻军依照总部命令：日军确实向我驻地部队攻击时，应以全力扑灭之，随即有日军铁甲车二十余辆为前导，分兵五路从闸北各马路口前来进犯。铁甲车小巷子口开不进去，19路军士兵与日军在巷子里开展肉搏战。他们是当地守军，对自己的地段非常熟悉，与矮小的日本鬼子躲猫猫，放冷枪。巷子里凌乱躺下许多日军尸体，日本人始终没有攻下这地方，我军也死伤了部分。

巷战打得中国人扬眉吐气。在十九军顽强抵抗下，各路进犯敌寇均被击退，先后截获铁甲车三辆，伤、毙敌军甚众。

我军伤员被送到维多利亚医院，医院早就准备了急救室。陈姗姗的团队听主治医生的吩咐，给担架进来的伤兵洗伤口，做包扎。急速而来的救护车抬下来许多伤员，疼得哼哼着的战士还在叨念一起的战友。

昏迷中的伤兵，闭着眼睛向陈姗姗打听："他们打得怎么样了？"

她只知道简单回答："还在打。"细致到班、连、营无法回答。

有些下半身伤重需截肢的，可以留下，其他都是待三两天，伤口稍好就返回战场。受伤战士的事迹，感动了陈姗姗。女护士们迅速细致地为伤员做好恢复防护，又得换上刚运来的新伤兵。

敌方因进攻没有得手，第二天晚上8点，通过英、法、美各国领事，提出停战要求。我军需要加强部署，明知其为缓兵之计，也接受了停战。前线停止战斗，严密戒备。指挥部将原驻镇江以东的60师调到南翔、真茹一带，并将61师调运来沪。原驻上海的78师全部到达前线。

1月30日，日巡洋舰三艘、驱逐舰四艘、航空母舰两艘，并随带陆战队5000人到沪。敌军增援后，对已提出的停战要求无耻抵赖。31日23时，再度向我闸北防地猛攻，仍被我军奋勇击退。

电台的播音严肃正义、清晰愤慨。姗姗在紧张的工作间隙，每天速看新闻报。陈姗姗每天与伤病员接触，也能听到交战的最新状态。

炮火声中，战争的第一个星期，始终在闸北范围进行，敌军丝毫没有进展。

2月4日，敌军开始第一次总攻，战火蔓延到江湾、吴淞一带。各线点均展开了猛烈战斗，闸北方面青云路，向我军进攻的敌军被击退。吴淞屹然无恙，江湾敌一联队被我军包围歼灭，我军乘胜反攻。各线激战达九小时，完全粉碎了日军的总攻。敌司令盐泽幸一被免职调回。接替盐泽幸一的，是日海军第3舰队司令野村。野村到沪，日军续有增援，海陆空军已增加到近万余人。

2月22日下午，日寇出动飞机在闸北投下了大量燃烧弹，同时大炮轰击，又向蕴藻浜、曹家桥一带我军驻地进攻。我军猛烈抗击，最后展开肉搏战，毙敌数百人。至晚7时，我军将进犯蕴藻浜之敌，全部击退。吴淞方面，当闸北战事重起时，日寇曾分出部分海空军，向吴淞炮台和吴淞镇进犯，另有一股进袭吴淞附近的张华浜。

紧张时刻，北四川路的维多利亚医院急救室，扩大了好几间仍不够用。医院又招聘上海略懂医道，或别的医院护士、医生前来救急。每天医院门口的草绿色救护车、白色救护车来来往往。护士们急忙抬出包好的伤兵，又接下刚来的伤兵。主治医生低头察看伤势，指导包扎或立即手术。

有一天，来了一位重伤员。

这位伤者昏迷不醒，医生交到姗姗这边行军床位。担架员轻轻放下后，就行军礼告辞。医生拨开他的头部一看，是中了皮层的弹片。再拨开手臂上的包扎，伤口严重，有子弹在内，究竟有几颗子弹还不知道。目前最重要的是取出子弹弹片，制止流血后，又立即输血。

医生对姗姗说："这位很严重，措施不及时、不到位，很可能死去。"

姗姗的心里一沉，低头和医生一起包扎，给其伤口清洗消毒。姗姗给打了止痛针，再由医生剖开表层，在肉里寻找硬质的弹片。头部的不深，很快取出一小铁片，再消毒包扎，手臂上的进弹较深，而且在左右臂不同部位三处，打开伤口消毒后，医生在伤口深处夹出了一颗半寸长的子弹。那伤员也感知了，眉头皱了一下。第二颗子弹要深一些，取出时碰到神经。他"哎"了一声醒来了，睁开那双狭长深沉的黑眼睛，仰视着手术中的医生和护士。第三颗子弹最深，在左臂弯里。当医生小心翼翼地一取、二取、三取，夹出全部子弹的时候，他又昏迷了。姗姗仔细清洗伤口撒上药粉，再由医生缝了好几针，手术终于结束。

姗姗为他仔细包扎，又为他挂上了输血瓶子。

换班时姗姗关照护士要看好这位战士，一有情况立即喊医生。第二天接班时他醒了，奇怪地看着姗姗，她那么年轻，怎么可能来战地救护？但是他虚弱得说不出话，只得闭了眼睛。一直到第三天，输血完毕，伤员脸上才褪去了极度的苍白，有点气色了。

姗姗为他打针时，轻轻唤了声："觉得好一点吗？"

他那长长的澄澈的眼睛，有点笑意，回了声："谢谢。"

这位重伤员一时不能出去，但是战事仍在进行。

他每天都问医生："我可以出去了吗？"

后来变成："我好了，我要上战场。"

这期间，少不了和姗姗的接触。

姗姗总是勉励他："好得快，会出去战斗的，现在要听我的。"

这一句话拉近了两人的距离。

她知道了他叫金贻谋，江西人，黄埔九期士官。

他也知道了她是维多利亚医院护士，骨科大夫的女儿。

伤势一天天痊愈，他的那种跃跃重上战场的气概，感动了陈姗姗。她看到了他为什么这样急，是因为狂妄的日寇，叫嚷三个月消灭中国。他哪里有工夫待在医院，军人的天职就是保卫国家。

在近距离的接触中，姗姗感觉到了他的坚强和淳朴。一个月后，她与金贻谋恋爱了。到金贻谋重上战场时，二人已经确立了关系，姗姗也告知了父母亲，但准女婿忙得上不了门。听姗姗介绍后，父母对金贻谋的勇敢和人品，大为赞许，这事也就定下来了。后来金贻谋到陈家，拜见了准岳父母。他坐下后，取出一枚金戒指说："这是老家母亲的。"当着岳父母的面给姗姗戴上了。

住在四川南路石库门内的医生、校长、老板、报人们，每天即时从电波收听十九路军浴血奋战，击退日军多次，多地反复进攻，都喜笑颜开。他们组织了十几个人的劳军队，带了罐头、水果、瓶水、药品、毛巾等，赶去十九路军阵地慰问。

陈大夫也去了。阵地上弥漫硝烟味，战斗间隙的军士们脸色凝重，穿插轮替。受伤者不少但都坚持不下火线。当然没见到金贻谋，他在更远的前线。仗打的灰头土脸，看到一个个士兵不言后退，慰问的上海市民都被深深感动。陈大夫回家后，向妻子说了战斗紧张的状态，夫妇二人心里说不出是喜是忧。

闸北八字桥形成拉锯战，我军三失三得，伤亡不少。敌人死伤极大，遗尸累累。日军联队长林崛大佐被击毙。

3月1日，日军又开始新攻势，闸北战线，敌冲击未逞。江湾方面，日军向杨家楼方向猛攻，用重炮、钢炮、野炮和飞机连续猛轰。日步兵乘势进袭，白刃相接，血肉横飞。78师155旅扼守广肇山庄附近，仅营连长的队伍死伤十二人之多，士兵死伤过半。庙行方面，日军从两路进犯，我军全力抵御，杀死敌军甚多。我军又调浏河一团增援，终将一度失去的阵地夺回，但由于浏河守军大部已调到正面增援，兵力单薄，敌趁此机会，强行登陆。

上海外围的浏河沦于敌手。

维多利亚医院急救室，一位连长伤势严重，忍住疼痛，由外科医生奉达熙替他取出两颗血淋淋的子弹，居然只是皱了皱眉头，忍住没喊。他也是黄埔出来的，先让状态更坏的伤员做手术，自己后做，令人感动。

浏河失陷后，19路军侧面后方，均受严重威胁，不得已于3月1日晚退守第二道防线——嘉定、黄渡。苦战月余的军士们日夜不得休息，后援不继，休整无暇，但士气始终旺盛。当听到需要退守时，他们无不义愤填膺，声泪俱下，决心战斗到底！

3月3日，国际联盟开会决定，要求中日双方停止战争。5月5日，国民党政府与日寇签订了丧权辱国的《淞沪停战协定》。从5月9日起，日军自浏河、嘉定、南翔等地撤兵。十九路军也已调离原第二道线，去往福建。

临行前，金贻谋郑重拜见了一次岳父母，告诉全家十九路军调防，是为执行《淞沪停战协定》。战争结束了，去福建将会有较为安定的日子，这次他想带走姗姗。

大厅里瞬间弥漫着别离的伤痛和对未来的迷惘。

陈大夫看着女婿，伤还未全好，但见他脸色黝黑，双目炯炯，精神不错。他正在悉心和大家讨论，姗姗可否随行？

这个话题沉默了好大一会，各有理由。

事情明摆着：军人的生活就是浪迹天涯。

姗姗不顾母亲的哀求，父亲铁青的脸色，决定随军去福建。她的信念越来越坚定，她不会离开金贻谋的，她要看着他的身体逐渐恢复。因此，这对情侣就收拾行囊，恋恋不舍地告别石库门。

金贻谋携姗姗，带着行李走出门外。

母亲余美静泪眼婆娑，临走对女儿女婿说："我听你们的。"

夫妻二人掉了不少眼泪，送走了这对唯一的亲人。

这场血肉纷飞的战争，让人们知道了世界上应该做的事和应该爱的人。姗姗不在乎放弃优裕的上海生活，与心上人一起去了福建。她每天只能通过打电话，来安慰慈爱的父母。她想，十九路军在上海和全国人民心里，就是这样一批忠勇无比的英雄。

十九路军抗击日军可歌可泣，是上海抗战的第一个光辉篇章。

第五十八章　殊死一搏淞沪炮声隆隆
　　　　　孑然丧偶名医携恨回乡

五年后，1937年8月13日，淞沪会战又打响了。

陈少山与夫人余美静仍然在石库门生活，只是心里添了一份卸不掉的牵愁。女儿走了，幸而经常有信息，不是电话就是信。她和金贻谋还给陈家添了个外孙，这使他们两口子非常高兴。但见不到女儿一家回来，他们始终不放心的。外孙长得如何，聪明不聪明，一直是他们饭后乐谈的话题。二人的心被女儿那头牵住，部队今天在哪里？明天会不会开拔别处？外孙读书了吗？福建在不在打仗？

五年来，陈少山在医院常遇到中国军队的伤员来就诊。他都悉心为他们疗伤，使他们能够继续和日本人打仗。回到家里，一架小收音机成了陈大夫的爱物，晚餐后在客厅里坐下，就听前线新闻，这使他第一时间获知了淞沪大战的具体情况。

战争的残酷不时闪烁在他的面前，让他泪眼昏花。石库门人，只要一听到中国军队打了胜仗，都会喜不自胜地告诉邻居们：中国人胜利了！而中国军队受挫，也令他内心纠结，暗暗祈祷：明天就好起来吧。

然而，谁都知道，在残酷的战争中，灾难不可避免。淞沪会战最后的日子，陈大夫的妻子不幸被炸死，维多利亚医院也被炸掉了。

余美静被炸死在去菜市场的路上。陈大夫照例去医院上班，陈夫人买菜回来，拎了一篮子的鱼肉和蔬菜走在人行道上。前后左右都有市民，只听见行道树上空，一阵低音呜呜呜地来了，她抹去脸上的头发朝上一看：不好，魔鬼飞机来了！行人们立马飞快奔跑，想早一点躲掉。

路中央的电车立马停下，让乘客下车。可是慌乱中的人们，还未走远就传来巨大的炸弹爆炸声，炸弹直接砸在路面，横飞的弹片砸向此刻的行人。一大片穿着不一的男女人群，纷纷乱乱卧倒地面，血流汩汩，四散而淌。

飞机呜呜呜地逃走，好一会才有救护车前来，救走有气息的人。躺下的尸体横七竖八，在硝烟散尽后毫无声息。陈大夫是接到楼下邻居的告急电话，驾车回来的中途看到了这残酷的一幕！

停车寻找，他知道这期间夫人一定也遇难了，不久就看到穿着蓝上衣、黑裤子，一头卷发的余美静，倒在地上。他忍住悲痛，翻开了她的身躯。妻子那早晨还微笑说话的脸，此刻双目紧闭，气息全无，胸部飞进了一块弹片，鲜红的窟窿血肉模糊，血流染红了她的蓝色上衣。他给妻子擦去脸部的血迹，一把抱起，眼泪忍不住夺眶而出。他打开车门，让妻子躺在后座，边哭边开回石库门。

进了家门，邻居都来慰问。陈大夫坐在沙发上说不出话来，待大家走后，他把妻子抱进浴室，弄好一缸清水，边哭边给妻子洗净，然后把炸开的胸部，一针针缝好，又给妻子穿上最喜欢的衣服，让她躺在客厅大沙发里。

她好似在静静地听丈夫的诉说，有太多的遗憾也需要向丈夫倾诉，当然包括见不到女儿一家，以及未能摸一摸宝贝外孙的遗恨。第二天，就有亲戚好友前来凭吊，把纸钱和白色康乃馨搁放在死者周围。如果说人死有灵的话，余美静是躺在洁净的鲜花丛中平静地走的，战争给她的伤痛已经远离。

女儿姗姗一家已经失联三个月，陈大夫无法打通福建部队的电话。这送别亲爱的妻子，是在邻居们的帮助下完成的。他将妻子安葬在一间肃静的墓园里，是大轰炸中上海的遇难民众的群体安息之所。

回到家里，陈大夫接受死一般的寂静。十多天后，连维多利亚医院也被日本飞机炸毁了，他忍不住去医院探视了一番，那是他几十年工作的地方。一片废墟之中杂七杂八，搭进去的人们中，还有许多他熟悉的、为救死扶伤付出心血的当班医护、病床的普通病人和前线下来的伤兵们。

陈大夫的耳朵被多次突然的大轰炸炸聋了。医院被炸这天，他正好休息，逃过了这场痛彻心扉的灾难。活着的同事们跳着双脚，义愤填膺："这叫大家怎么过呀？"悲恸充斥在每个人的脸上。

又过了一个多月，陈大夫从悲伤无助中慢慢清醒，思考着这以后的日子。工作丢了，必须选择，再到其他医院不无可能。虽然他的名医招牌有口皆碑，上海——这个伤心之地，他还能孤独地待下去吗？

他想起了故乡大杨树有他买下的地基和造好的四间瓦屋。一间街上门面，可以重新开业，回头一想，不行！他的耳朵已经被炸聋了，听不见周围人的说话声、马路上的汽车声音，他与别人只能凭嘴巴的动作交流。可怜的是飞机再来了他听不见了。怎么办，在上海等死？

妻子被日本飞机炸死，他已经别无选择。大杨树，现在竟是他唯一的退路了。他终于认定：大杨树才是他的故乡。只有故乡能让他安静下来，他以陈少山骨科的名义挂牌，在大杨树东街重新开业。

二十年后又回沙上谋生，熟人都失散了。

他来了。乡民约略知道些陈大夫不平凡的经历，他的耳朵是被炸弹声炸聋的，邻居都不太和他说话，说了也没用，他听不见。但是陈大夫的高超医术，在大杨树获得普遍尊敬。

他的推拿绝技很快就传遍沙上。就医者治愈的很多，收入没有减少，生活过得去。亲人远离，生活的海洋里，已经没有他的闪光点了。他已经木讷，逐渐走向死亡。

后来一件事，使大杨树的人们连连称道。

有一次，乡民张某的下巴，突然脱落下来，到镇求医。张某在斜对门天生茶园坐定，有走方郎中开价二斗米能治愈。张某坐定，只见那游医让龚汉臣端来一盆开水，迅疾用毛巾浸入其中，立等可取式捞出搅干。毛巾热气腾腾，放在他手掌上。那游医用双手托住热毛巾，往松懈的下巴上一抬。热毛巾烫得张某大喊一声，竟被烫伤了。第二次再来，游医仍用开水毛巾上托，张某被烫得大冬天摇头出汗，立即叫停。大家看着这老实巴交的农民，下巴仍然耷拉，像一张开口的驴嘴巴，合不上来。

看他很痛苦，那游医的治疗费当然不好要了。

龚汉臣老先生，看他下巴拉长没有回到原位，想起了对街的中医陈少山。他便让儿子去请，都大天明早市结束了，陈大夫尚未起床。小龚在外边大声喊叫，也喊不出来。灵机一动，小子就敲门，结果他听到了震动，起床刷牙洗脸，穿好整齐棉衣，来到茶馆。

一看那嘴巴合不拢的农民，便知道怎么回事了。那张某眉间皱成了"川"字，眨巴着眼睛正在痛苦中，双目哀哀地祈求陈大夫。再看他的下巴底下，烫伤的皮肤红红的。陈大夫开口示意，让小龚去取一盆温水，毛巾浸入后，捞出再搅干。只见陈大夫双手并拢，在张某颌下用温水毛巾稍一托。哈，不到一秒下巴复位，和原来的一样了。用力之妙成全了患者，立马变回正常人。

奇的是，太快了！人家都没看清陈大夫的动作，患者也感觉未受任何力道，忽地回到正常人。陈大夫拿镜子来一照，张某一看脸不再歪了，表情立马不哭丧了。

怎样掉下，怎样上来了？好奇的人们纷纷喊："还未看清楚！"

但陈大夫耳聋，不好麻烦他重来一次，张某也不可能再掉一次下巴。那张某再三摸摸下巴，向围观者左顾右盼，似乎在问好了没有啊？生怕有所闪失，令他惊慌的怪病一下解决了，他心突突跳着，庆幸遇着了高手。被治愈的张某连连道谢陈大夫。陈大夫没有笑容，漠然不知患者说些什么，收过患者例钱，淡然地回家了。走方郎中没本领，开价倒要两斗米，围观者对他指手画脚，哈哈大笑。他只得自叹不如，掩面逃走。

茶馆里众人议论纷纷，见识了这位骨科高手，跷起大拇指喊："陈大夫神了！"说到医术，行医济世是陈大夫一生夙愿。上海枪林炮火的乱世都闯过来了。其实那刻陈少山想的是：些许小事，何足道哉？

他看到旁观者一脸惊讶，不得不低声叨念着："没什么，没什么！"

第五十九章　江水滔滔抗日方兴
飘忽迷离世纪重乱

我已经长大，不穿开裆裤了。

爷爷喜欢我是因为有某种满足，孙子对他太重要了。那时，我们家只是在大杨树开了一家小小理发店。十亩椎租田，吃饭有了保障。爷爷喜欢白天在街上闲转，黄昏与理发师说笑话，还爱唱个山歌，高兴时与邻居喝个小酒。眼前这种生活，对于要求不高的爷爷，已经足够了。

五十开外的他，脸色白里透红不见老。他会和我站在店前走廊，闲看南来北往的赶集人。看街，成了我们的一种爱好。早晨市面人特多，农民、工匠、小贩，要来南街设摊；拥挤的街面，留个小空档给人行走；人们弯腰买菜，问价给钱，林林总总，不一而足。混混杂杂，熙熙攘攘，看不出谁南谁北，去向哪里。

有一天，早市快散了，我站在爷爷身旁只有半人高。

稀稀朗朗的街上，从南边走来一位个儿不高的光头和尚。这是真的，我保证不虚构。那是一个走方和尚，身穿一袭叉领灰色袈裟，奇怪的不是他的面孔，而是他背后挂了一个木架，内有一尊小佛像。

春夏之交，我仰脸对爷爷说："奇怪，你看他是谁？"

爷爷说："一个和尚，也许是路过看看市貌的。"

此人三十多岁，略显疲倦苍老。他手中并无木鱼，不像个化缘和尚。

我还小，不会判断，但当他走过廊前，看到一个施主和小孩对他微笑时，也就用单手还个礼，朝我们点了一下头。

然后，他伸出右手在我的小光头上摩挲了一遍，还是没有说什么。

爷爷看他很善意，也就没说话，还以一个宽厚的微笑。

我下意识地，眼睛盯住光头和尚往哪里去。

好奇地看着他往北，直到没有影儿了，我不停地问爷爷："他是谁？"爷爷说："蠢小倌。他是游方和尚。"我想起了父亲曾说过有个最小的叔叔在老磨坊坍塌后，出去做和尚了。我的脑子里一下跳出了他是我叔叔的奇怪想法。

这是一个美妙的猜想，直到现在，我都在想七十年前那一面之缘，会不会真是我的叔叔特意来我家门前，摸了下我的光头。兴许他耳闻我家地址，用这种形式还了一次俗，就再也没回来了。

他是不是那个商家请来比武的云浮和尚？云浮和尚是不是我失散的叔叔？我感到有些遗憾，太离奇了。

晚间灯光下，爷爷走到对面永福泰酒店，与老板黄随之喝酒聊天。我在跟前吃几颗炒蚕豆、花生米，两只小耳朵拉长了，在听大人们说道呢。

爷爷对黄爷爷说："嗨，你知道当年那九进，在什么地方？"

黄爷爷说："九进不是一直在南通吗？顾家最小的少爷自然住南通城咯。"

爷爷说："听张乐泉在店里说，九进现在得管九十多岁老娘，妹夫在国府做大事，一大家子可兴旺啦。"

黄爷爷说："呵，一起坐船的人，几十年了还能谁见到谁吗？临了都忘啦！乐泉老板也难一见啊。"

爷爷说："那是，那是。小时候的事哪能管一辈子，静山家大业大，很久不来大杨树了。"

谁知黄爷爷说了一桩奇事："赛福，你听说静山的女儿、女婿去昆明了吗？"

我爷爷当然没听说过。

黄爷爷说："都做南开大学教师了，走两千里从长沙到昆明为点啥？三个大学并一处，叫作'西南联大'。"

爷爷说："啊，有两千里路？这些人怎样用脚走完，走了多少天？"

他一般是出于同情心，对国家的形势不甚了了，不知道西南联大的教师们都是好样的，是中国人的脊梁。

黄爷爷说："那静山正天天愁着女婿一伙人怎样过日子。"

这些都是他偶然从别人嘴里听到的。大街上每天有热闹的早市，什么人、什么事都会发生。我还小，由爷爷每天带在身边。我观察到好多有趣的事，那个孙才狗和肖宝华，都是跑班头的，从上海批发小商品，帽子、袜子、玻璃弹子、女子花粉等。这大半年，他突然不来摆摊了。

我跟爷爷说："他俩去哪了？"

爷爷说："谁知道啊。"

我的脑子里，孙才狗的光头大阔嘴，很有特色，对小孩很好，那是为了推销他的玩具。而肖宝华，是卖万金油、花露水、胭脂花粉的，与女人有缘，常在摆摊时，掬起一脸的麻子笑容拉生意。他的眼睛不好，经常泪光闪闪地劝说大辫子姑娘买他的化妆品。

爷爷告诉我："兴许上海正在打仗，谁敢去挨子弹找死啊？他们也就不来这儿啦。"

子弹和炮声，在我的头脑里没有概念，我只知道是很可怕的要死人的东西。

听爷爷们喝酒时说，这半年大杨树倒是来了好几个河南人。上海打仗时，部队失散了，他们逃到沙上来的。

后来，我发现这些河南老兵，穿着黄得发白的兵装，还很年轻，顶多与那个云浮和尚差不多。在我混进天生茶馆捡香烟屁股那会儿，听茶客说长沙上九饼麻子的男人叫张耀楠，河南人。九饼是家里独女，招他为婿在这种地了。我又看见港沿上的茅草房子，有个瘦小长脸的河南人，说话时两眼藐视一切的样子，人不高，却精神，与一个寡妇成了家，人们都喊那女人夏怀征家的。

有一次，我跟随母亲去双桥镇庙里烧香，还听到埭上有个河南兵很能干的，来一家馒头店做伙计，娶了他家女儿。我小时候，怎么会对外地人这样注意，总觉得他们与沙上人不是一个"品种"，比如大杨树的自卫队长李士德，人高马大，一副大脸盘红红的，散发酒气，像个武士，一口不改的山东话，一直说到老，娶了梁案的女人，竟然还把山东老娘带来过日子。他的待遇不错，免费店面，自造屋的地基不要钱。由商家合起来供月薪，还养了十个大兵哩。

这叫小镇自卫队。

这阵在大街上听到最多的是上海还在打仗。中国军队全被打跑了，现在是日本人的天下。大人们叹息地说："日本人可坏了，炸马路炸菜场炸医院，什么缺德事都做。"

听得大杨树人心惶惶，不知道哪天日本人也要来大杨树杀人了。没有办法，大杨树人能往哪里逃，连南京都被占了，逃到哪里都有日本人。日本成了凶恶魔鬼的代名词。

一个叫嘉明的算命先生，他的左手由一个破烂少年用根竹子握领，从人群中走过。算命先生圆脸，双眼窝了进去，剩下两条眯缝。他不说话，只是用他的右手小锤子击打那圆形单片小铜，"当！"敲一记停三分钟。那铜质的小锣音色纯正悠长，不紧不慢很好听，便有商家喊住他，放一长凳坐下。先生开口问事主："算啥命？男女分开，求富贵、婚姻、前程？只要报上生辰八字，待我慢慢算来。"

此人后来消失了，消失在长长的时光链条里，但那铜片发出的声音仍在惊醒后人，不断地寻找未知命运。

瞎子算命，能解一切灾难吗？

有一天，新丰镇田大叔的侄儿田植方，带好几个学生来大杨树演戏。上午散市后，他们在关帝庙小场地摆下道具，几辆脚踏车停进庙里。一会儿人圈子就围了百余人，也用不着舞台。第一个上来一个二十出头的小个儿田植方，戴了超帽，穿了黑色学生装，先向大家鞠躬。

他说："大杨树父老乡亲，我们是上海战地宣传队，我是新丰镇的田植方。我们是从上海退回来的，在上海亲眼看到日本人的飞机炸弹，不是老母鸡咯咯叫下蛋，而是接连的垂直丢下来的。上海的医院、菜场、工厂、商店、戏院，眨眼变成火海。老百姓被炸得血肉横飞，流血满地，都是我们中国同胞啊。"

接下来后，主持学生喊："第一个节目是田植方拉二胡《二泉映月》。"

那田植方鞠躬后，说："找不到更好的音乐，先来一曲《二泉映月》，听一听悲凉的气氛。"

场子静下来了，他把瞎子阿炳的曲子拉的幽怨、悲凉、绝望，如死亡般的低沉。在场每个人都听出了，曲子隐藏的是国土沦丧的悲哀，演完他弯腰致谢观众。

第二个上场的是另一个男学生，他先向大家鞠躬。

他说："老乡们，日本人从哪里来中国的？大家知道大东北啊，大东北有多大？十个江苏省也没它大，但非我们的黑土地了，被日本人用枪炮占领了。百姓被杀、土地被占、煤矿被夺，东北人只好逃往南方，那有多悲惨！我来唱一首《松花江上》。"

他随即唱：

> 我的家在东北松花江上，
>
> 那里有森林煤矿，
>
> 还有那满山遍野的大豆高粱。
>
> 我的家在东北松花江上，
>
> 那里有我的同胞，
>
> 还有那衰老的爹娘。

这个小伙子声音浑厚，用悲情怀念故乡，怀念父母，歌声使在场观众感同身受。流浪的滋味，引起议论纷纷。

> 哪年，哪月，才能够回到我那可爱的故乡？
>
> 哪年，哪月，才能够收回那无尽的宝藏？
>
> 爹娘啊，爹娘啊。
>
> 什么时候，才能欢聚一堂？

最后一段他声泪俱下，唱出了对故乡的强烈思念，有的人也感动得掉出眼泪。观众小声说："十八九岁的学生，演得这么真情，很难得。"

然后，田植方出来说："大家说要不要收回东北？"

大家齐喊："要！那是中国的土地。"

这次演出生动地体现了失去土地的东北难民对家乡的思念。围在庙前场子里的市民，越来越多，后来又增加了几个节目。

到了结束的时刻，田植方对观众说："同胞们，日本人已经霸占上海，强占南京。杀人如麻，不分老幼。奸淫掳掠，无恶不作。我们中国人怎么办？第一，我们大家都是中国人，要同仇敌忾。第二，日本是个小国，兔子尾巴长不了，我们老百姓只有等待，千万不能帮助他们。第三，要相信，中国人总有一天要收回我们的国土，把凶恶的豺狼赶出中国。大家说要不要！"

场子里暴风般一阵怒号："要！"

日本人占领上海后，田大叔的大通轮船公司被迫停止航行。长江里看不见"呜呜呜呜"地用汽笛向沙上鸣声示意的大字号客船了。割草人在江畔看到黄茫茫的长江水。白浪滔滔，似乎在诉说着日军的凶恶残暴，长江后浪推前浪，叙述着中国人的抗日战争，一波高于一波。

一大波上海市民逃难来到沙上。许多在沪学生，为躲避战乱，纷纷返回沙上。

国危家亡，人们无奈地背井离乡，流浪四方。在民族大灾难之中，他们在干什么？他们对未来的局面，会有预感吗？

沙上的绅士、百姓们，其实并没有绝望和等待，那些飘忽的人们在隐蔽的大杨树不期而遇。他们暗暗地祈祷、朦胧地躁动着，思考着未来要如何渡过艰险，追寻着生活的信念和中国的希望。

后 记

  民国究竟是什么样的？中国社会艰难转型，民国被赋予重要的历史使命，前后的走走停停，乃至大步倒退，充斥了太多的失落和教训。本书只是一个地方个案，但它发生在大江南北，牵涉全国社会制度大变革，自然也令人想到那个时代究竟发生了什么，值得探讨。

  试以小说，来叙述一个彼年代的故事。

  时势出英雄，英雄造时势。小说的前半部分，主要围绕大片沉积平原的围垦权之争，充满行动的疾速和思考的力量，交替着国家与地方的矛盾，以及绅士之间的龃龉。中国人的行事方式，如托人、请客、送礼、公议、契约等都与核心利益牵连。后半部分，沙上三足鼎立的市镇架构完成，奠定一百年基础，通过三个家族的不同生活，展开人物的命运。聚会、报纸、邮差、租赁、集资、钱庄、种地、开厂、红白喜事等社会活动，与赌博、吸毒、嫖妓、算命、抢亲、械斗、阴谋等并存。长衫马褂与精干短打、小分头和光头胡茬、黑色绉子和刘海、绣花拖鞋与夏日木屐并存。穿着打扮的习俗和喜怒哀乐的情绪，混淆于生活的缝隙之中。

  民国比起清末，多数人的自由值得肯定。

  斯人已逝，而面貌鲜活。认识民国，需要探究人性，有的才能匮乏，有的太过强悍；有的优柔寡断，有的足智多谋；有的赤胆忠诚，有的阴险毒辣。芸芸众生中，强者与弱者都是少数，智慧与愚蠢摆在天平的两端。顷刻之间，望多而偏寡，趋富而怨贫，乐极而生悲。幸福变成祸害，亲人形同陌路，充满不确定性。忐忑的心情如何平衡？内中一个"德"字，起着隐隐的作用。故事彰显了人性，坦荡的心灵呈现出风俗美、人格美、道德美。

  越来越远的民国，如何能让它变得更为柔软或者坚硬？柔软是一种天性，对祖辈的爱心蓦然而生；坚硬，是必备的一把利刃，用来切割林林总总的芜杂，但小说对于一个年龄较大者的时间容量，有逼仄感和朦胧感，这就有了构思的烦恼。

第一，需要合理虚构。

没有虚构就没有小说。虚构，作者是要对其负责的，必须与历史背景挂钩。这里说的是迁徙，每一家至少迁移两次，多的七到十次。最远从甘肃出发，辗转山西大杨树，由北而南过江来到沙上。最近的也在大江上下几百里。为了生存，他们得走路。迁徙催生了各种不同的性格，何时何地会偶遇幸运？是个惹人诘问的难题，这就看作者的技巧了。

因此虚构是主要的，万万不可对号入座。

第二，艺术的真实，其实是在写作情怀中的你、我、他。

光看表面是看不出来的。思维对准了什么？自身的信息库、感情库、嗜好倾向。海量的信息在小说中被舍、取、断、改，使之典型化。作家必须做典型化，文学的积累会帮你设计和创造人物，这一切需要不断地改造既有模式，产生新东西，这样你会变得更冷静、更容纳和谦虚。常听老师说，作者人老实，作品不可老实。要鬼——别人达不到的地方，你抵达了。

因此，艺术的真实是说这一切都是可能的、合理的、必然的。文艺作品只有艺术真实，不可能有一丝不苟、严丝合缝的生活写实。

第三，修改的过程就是成败的宣言书。

回到第一稿，不断发现破绽、混乱、不如己意，那就打个补丁缝上，搬块石头填实，注入新东西，会有美好的发现，激发内在的美学底蕴、情感资源，由自己的文学风格来拍定作品。历经斧凿后的成型需要内心的拍板，"成了"二字，暗含着多少个不眠之夜，谁知盘中餐，粒粒皆辛苦。

大背景策划，还有如何处理人与自然的关系。

中国古典哲学的天、地、人，囊括万物。其中，自然是世界发展的最后一道屏障。尊重自然、保护自然，获得安宁的环境。这里，需要人的冷静，而不是浮躁。它是不管颜面的，任谁也不能一蹴而就，逞一时之快。几个世纪以来的水灾、滔滔大江的怒吼是在对人说，你的能耐仅止于此，人必须有自知之明。

对混乱的秩序，必须推倒重来。

一部小说的骨鲠是由逻辑堆砌的。偶然性与必然性的碰撞，闪烁奇异的火花，但不能胡编乱造。迁徙，是因呼啸的河流吞没土地，而围垦，直接为西坍东涨的地缘服务。这里边牵涉清末维新与顽固的专制的悖论，废除科举与新学出发的目标悖论，陈旧不堪的体制与个性自由的文化悖论，权力结构的内部悖论。还有，列强觊觎和掠夺着中国的好地方——老大帝国与外部世界的悖论，矛盾推出了中国问题积重难返的复杂性。历史本就处于矛盾中，百日维新也好，洋务运动也好，辛亥革命也好，二次革命也好，清朝走了，给民国留下千年的封建包袱。没搬掉的东西，打断骨头连着筋。共和，只能抑郁前行。

现代逻辑揭示了历史大因果包含了小因果，逻辑推动小说，呈现必然的想象力。用不着担心，生活就会流淌起来。所谓逢山开路遇水搭桥，这就有了小说的机遇。

雕琢故事，连贯性是第一要素，不然就不叫小说。高潮迭起，是波折必需的力度。为了叙述开展，几乎每一天都殚精竭虑。一章写完，反复修改、休息、酝酿、寻找灵感、搭出框架、琢磨切入点，开始另一章。读者在字里行间，看到了作者的用心。

逐步完善故事，是文本的要求。小说中的人物辈出，波澜起伏，踩踏了历史，勾勒了人物，温热了感情。阅历是天生财富，生活是磨炼经验的础石，生活底蕴万不可少。跌宕之间，必有惨痛的惊险，触类旁通，得心应手是写出来的，

　　除非不写现实主义，脱离生活的写作，是没有出路的。

　　笔者生于民国时期，接受一脉相承的传统教育多年，形成清新、淡雅、深沉的文墨，充满感情的叙述，捧出梦一般的憧憬。细心的读者会发现，通篇的自然风景、人物形象、曲折情节、语言结构，都有笔者的影子在晃荡。

　　蒹葭青青，母亲的温热乳汁和咸味的汗水洒落在那片绿色的土地，那是我们共同的家园。

　　悠久的人事代谢显现生命的本相，是小说想表达的正面思想。浸染在灰色意境中的人物，那么真切、生动、可信，深深感动着的我觉得需要向他们——前辈、亲人、邻居，乃至大路上遇见的每一个生于民国的人，表达敬意，是他们陪同我走过了人生初程，必须向他们反馈，偿还那个时代。

　　短评民国，开辟了认识的多样性。人们一次次冲刺，迈不出刻板的大墙。反思文化的更新，更在于重塑灵魂的迫切，开始思考许多问题，自身得到很大的启发，几乎变为另一个人。坎坷，反而成了写作的助跑器。

　　民国虽短，而扑朔迷离。笔者对沙上的历史并不精通，难免挂一漏万。期待读者细心翻阅，获得你们的批评。谢谢读者的真诚和支持我的朋友们。

丁竹鸣

2018年6月